NECROSCOPE

COLLECTION TERREUR
dirigée par Patrice Duvic

BRIAN LUMLEY

NECROSCOPE

Préface de Denis Labbé

POCKET

Titre original :
NECROSCOPE

Traduit de l'anglais par Denis Labbé

ISBN 2-266-09102-6

Préface

Brian Lumley, le voyageur de l'inconcevable

La France, qui est depuis si longtemps la terre d'accueil de la plupart des auteurs étrangers de littérature fantastique a, jusqu'à présent, partiellement ignoré Brian Lumley. Certes, une maison d'édition avait publié ses romans rattachés au *Mythe de Cthulhu* dans les années quatre-vingt, et une autre, défunte depuis, avait osé éditer trois recueils de nouvelles, dont certaines n'appartiennent pas au *Mythe.*

Mais depuis 1989 ? Absolument rien.

Alors que les étagères des librairies regorgent de romans fantastiques américains et anglais, personne ne s'était lancé dans la traduction des romans de Brian Lumley. Pourquoi ? On peut se le demander. Car depuis des années, de nombreux lecteurs attendaient avec impatience la parution de *Nécroscope,* qui est devenu, à présent, une décalogie. Est-ce justement l'ampleur de la tâche qui a découragé les maisons d'édition ? La parenté trop prononcée et réductrice avec Lovecraft ? Ces questions restent en suspens.

Et pourtant, lorsque les premières œuvres de Brian Lumley commencèrent à hanter les rayons des librairies, tout le prédisposait à devenir rapidement l'un des grands maîtres de la littérature de terreur en France, à l'instar de Stephen King, Graham Masterton ou Anne Rice. Mais rien de tout cela ne se passa. Sa carrière française fut coupée en plein élan. Alors que dans le monde entier, ses œuvres faisaient le bonheur de millions de lecteurs, dans les pays francophones, les amateurs de terreur étaient condamnés à relire les quelques nouvelles et les cinq romans disponibles ou à se lancer dans la lecture de l'œuvre originale.

Et quelle œuvre ! Plusieurs dizaines de romans et de nouvelles pour ce romancier prolifique qui écrit régulièrement, depuis près d'une trentaine d'années des histoires d'une grande richesse, touchant à de nombreux styles et utilisant toutes les ficelles du fantastique classique et de la terreur contemporaine.

Pourtant, rien ne prédisposait cet Anglais né en 1937 à devenir auteur de best-sellers fantastiques. Militaire de carrière dans la British Army au sein de laquelle il a passé vingt-deux ans, il avoue avoir commencé à écrire pour lui-même et par amour pour l'œuvre de Howard Phillips Lovecraft. C'était un passe-temps. Un sérieux passe-temps même, puisqu'il l'amena à publier en 1968 sa première nouvelle, *The Cyprus Shell (Le Coquillage de Chypre),* dans la mythique maison d'édition Arkham House dirigée par August Derleth et Donald Wandreï. Cette histoire, rattachée, comme il se doit, au Mythe de Cthulhu, fit rapidement entrer Brian Lumley dans le monde de la littérature fantastique.

L'intérêt fut presque immédiat, surtout de la part de Derleth, puis de ses lecteurs. Lovecraft était en pleine renaissance à cette époque, grâce aux efforts de Derleth et Wandreï, et le monde entier était à l'affût du moindre écrit le concernant, de la plus petite histoire flirtant avec le Mythe. Ce premier succès d'estime encouragea l'auteur à poursuivre dans cette voie et, en 1971, parut l'anthologie *Dark Things,* toujours chez Arkham House, dans laquelle on retrouva notamment la nouvelle *The Deep-Sea Conch (La Conque des grands fonds).* En 1972, *Hing about cars (Le Fou du volant), The Mirror of Nitocris (Le Miroir de Nitocris,* à paraître dans *Phénix,* comme d'autres nouvelles de Lumley) furent éditées dans le recueil *The Caller of the black,* confirmant le talent de Lumley.

Stimulé par cet intérêt du public et par le soutien d'une maison d'édition, l'auteur, toujours à l'armée, s'attela à une tâche plus ardue : l'écriture d'un roman, puis de plusieurs. Ces premiers essais destinés à rendre hommage à son maître littéraire parurent entre 1974 et 1978 dans les pays anglo-saxons et furent traduits en France entre 1977 et 1980 sous les titres suivants : *Le Réveil de Cthulhu, La Fureur de Cthulhu, Les Abominations de Cthulhu, Le Démon du vent et Les Lunes de Borée.* Malheureusement pour les lecteurs français, malgré le succès d'estime qu'ils rencontrèrent, ils lièrent pendant trop longtemps l'auteur à Lovecraft. Ainsi, malgré un renouvellement et malgré les efforts de la revue *Fiction* et de Richard D. Nolane, son image de « fils spirituel de Lovecraft » ne le quitta pas. Et pourtant, comme le fait si bien remarquer Brian Lumley, ces nouvelles et ces romans de « jeunesse » lui ont servi à se « faire les dents ». D'autres l'avaient fait avant lui. L'imitation est la base du travail de l'écrivain, à condition qu'il soit capable de se détacher de ses influences.

Malheureusement pour lui, en dehors des revues spécialisées dont j'ai parlé plus haut, certains critiques et la plupart des amateurs de fantastique ne cherchèrent pas plus loin que ses influences et en firent, jusqu'à aujourd'hui, un imitateur de Lovecraft, sans étudier de plus près les trois recueils parus chez NéO : *L'Avant-poste des Grands Anciens, Le Seigneur des vers* et surtout *Compartiment Terreur.* Mais il fallait s'en douter. Car après cinq romans remettant aux goûts du jour Cthulhu et des nouvelles retenues dans diverses anthologies lovecraftiennes, on ne pouvait pas s'attendre à autre chose.

En revanche, en Angleterre et aux États-Unis, ses romans ne suivirent pas le même chemin et commencèrent à se vendre plus qu'honorablement. Ainsi, *Khai of Ancient Khem* (un roman dont l'action se déroule dans une Égypte préhistorique), *Demogorgon, The House of doors* firent connaître l'auteur au-delà du cercle lovecraftien. Puis ce fut le tour de la trilogie de *Psychomech : Psychomech, Psychosphere* et *Psychamok* de bien se vendre, donnant enfin à Brian Lumley la possibilité de se plonger définitivement dans son travail littéraire et surtout l'opportunité d'explorer de nouvelles contrées.

À partir de cette époque, l'intérêt pour cet auteur devient grandissant, lorsque soudain, tout bascule, en 1986, avec la sortie de *Nécroscope.* C'est le succès. Les aventures de Harry Keogh, le nécroscope et son affrontement avec Dragosani, le nécromancien, font le tour du monde, apportant un vent de fraîcheur dans le monde fantastique. À la suite de cette première aventure, une deuxième suit en 1988. Commençant exactement à la fin du précédent volume, elle en est la suite logique et étoffe le monde déjà bien riche du nécroscope. D'autres volumes vont régulièrement suivre, jusqu'à cette année, puisque le dernier épisode de la décalogie vient juste d'être achevé par Brian Lumley, mettant un terme à dix années de travail acharné dans cet univers entre la vie et la mort.

À l'heure actuelle, rien qu'aux États-Unis, les cinq premiers volumes se sont déjà vendus à plus d'un million deux cent cinquante mille exemplaires. Traduits dans de nombreuses langues, seule la France et les pays francophones étaient passés à côté de l'une des séries les plus originales de la littérature fantastique.

Ne nous lamentons pas. L'injustice est en passe d'être réparée, puisque vous tenez en main le premier volume des aventures de Harry Keogh, le Nécroscope et que les autres vont suivre à raison de deux ou trois par an, rattrapant enfin tout le retard que nous avons accumulé.

Mais qu'est-ce qu'un nécroscope ? Vous pouvez regarder dans tous les dictionnaires, même les meilleurs, aucun ne vous livrera ce mot. Et pour cause, puisque c'est Brian Lumley lui-même qui l'a construit pour définir ce qu'était Harry Keogh. Un nécroscope est en fait quelqu'un qui peut discourir avec les morts. Quelqu'un qui peut entrer en contact avec eux et étudier ce qu'ils font. Bien entendu, ceux qui s'intéressent à l'occultisme vont immédiatement penser à un nécromancien. Et ils ne seront pas très loin, à la seule différence près que le nécromancien (celui qui évoque les morts) force les âmes à lui livrer leurs secrets, alors que le nécroscope (celui qui observe les morts) écoute les morts lui livrer leurs secrets. Cette histoire de nécroscope est donc plutôt originale, puisqu'elle oppose deux « philosophies » différentes du paranormal, deux conceptions qui vont s'affronter tout au long de ce roman.

Face à face, deux orphelins, deux êtres en quête de reconnaissance : l'un cherche le pouvoir, l'autre l'amitié. L'un joue avec les forces des ténèbres, l'autre reçoit l'appui des morts. Pourtant, réduire *Nécroscope* à cette opposition serait réduire l'œuvre de Lumley à sa plus simple expression. Car en fait, ce roman n'est pas uniquement un roman prenant l'occultisme pour base, c'est également un roman d'espionnage, appuyé par des faits historiques et scientifiques, domaines dans lesquels Lumley aime faire des recherches approfondies avant de commencer à écrire une histoire. Mais *Nécroscope* est aussi un roman fantastique dans la plus pure tradition, puisque Harry Keogh va devenir au fil des épisodes un chasseur de Wamphyri... de vampires.

Ces chers vampires ! Ces très chers vampires ! Certainement le personnage le plus célèbre de toute la littérature fantastique, celui à qui des centaines d'auteurs ont consacré des romans et des nouvelles, celui à qui des revues ont ouvert leurs pages. Eh bien, le vampire a trouvé un nouvel auteur un peu plus original que les autres et un nouvel ennemi un peu plus dangereux que les autres. Car il faut l'avouer, si certains auteurs sont parvenus à réactualiser le mythe du vampire, d'autres n'ont fait que l'empoussiérer. Brian Lumley, lui, est parvenu à donner une explication presque scientifique, et tout à fait crédible, de l'existence des vampires, pardon, des Wamphyri. Quant à Harry Keogh, que dire de plus ? Il est bien loin de tous ces habituels chasseurs de vampires, car lui aussi est un accident de la nature, un être à part, unique en son genre.

Mais n'en dévoilons pas plus. Car *Nécroscope* se découvre, se goûte, s'apprécie au fur et à mesure de ses nouvelles apparitions. Sa construction même conduit le lecteur dans cette direction, le menant tout au long de la vie de Harry Keogh et d'Igor Dragosani, l'amenant à faire, en même temps qu'eux, l'expérience de leurs dons.

Souhaitons donc que ce premier roman de la décalogie du Nécroscope entraîne de nombreux lecteurs à adhérer au monde de Brian Lumley et à reconnaître en lui un des grands voyageurs de l'inconcevable.

Denis Labbé, Bagacum le 1er mai 1996

Définitions

Tele — (Grec *tele :* loin)

Le télescope est un instrument optique qui agrandit l'image perçue d'un objet éloigné.

Par exemple, la surface de la Lune vue au travers d'un télescope, donnera l'impression qu'elle n'est distante que de quelques centaines de kilomètres.

Micro — (Grec *mikros :* petit)

Un microscope est un instrument optique qui agrandit l'image d'objets petits ou infiniment petits (microscopiques) invisibles à l'œil nu.

Une goutte d'eau observée au travers d'un microscope fera découvrir l'innombrable quantité de micro-organismes insoupçonnés.

Nécro — (Grec *nekros :* le cadavre)

Le nécroscope est un « instrument » humain qui permet d'accéder à l'esprit d'un mort. Harry Keogh est un nécroscope, il connaît les pensées des morts dans leurs tombes.

La différence fondamentale entre ces instruments est la suivante : les deux premiers fonctionnent au moyen de lentilles sur la base de principes physiques et mécaniques, et dans une seule direction. La Lune est bien incapable de regarder au travers du télescope, l'amibe ne sait pas qu'elle est observée au travers du microscope.

C'est le problème majeur d'Harry Keogh, son « talent » fonctionne dans les deux sens. LES MORTS LE SAVENT ET PAR CE FAIT N'EN RESTERONT PAS LÀ...

Pour « Squidge »

Prologue

L'hôtel jouissait d'une assez bonne réputation, et son architecture était plutôt ostentatoire, à défaut d'être franchement flamboyante. Il était situé à quelques pas de Whitehall, et... n'était pas tout à fait ce qu'il semblait être. Selon le directeur de l'hôtel, tout son étage supérieur était entièrement affecté à une compagnie d'entrepreneurs internationaux. Mais les occupants de cette région inconnue possédaient leur propre ascenseur à l'arrière de l'immeuble, des escaliers privés et étaient totalement séparés du reste de l'hôtel. Ils avaient même leur propre sortie de secours. En fait, ils — « ils » étant le seul qualificatif que l'on puisse leur attribuer — possédaient tout l'étage supérieur, et n'étaient ni contrôlés, ni gérés par l'hôtel. De l'extérieur, il était impossible de suspecter l'immeuble d'être autre chose que ce qu'il prétendait être ; ce qui était exactement l'apparence qu« 'ils » avaient souhaité donner à leur repaire.

Quant aux prétendus « entrepreneurs internationaux », quels qu'ils soient, « ils » n'existaient pas. Ils appartenaient en réalité à un réseau gouvernemental, ou pour être plus précis, à une excroissance gouvernementale. Le gouvernement les supportait comme un arbre supporte une petite plante grimpante, mais leurs racines étaient complètement indépendantes. Et de fait, puisqu'ils n'étaient qu'un minuscule parasite, l'énorme masse de l'arbre ignorait totalement leur présence. Comme c'est le cas pour beaucoup de projets expérimentaux et non homologués, leurs fonds n'étaient pas prioritaires et parvenaient au compte-gouttes. Les frais d'entretien de leurs bureaux figuraient par conséquent bien loin sur la liste des dépenses, mais c'était inévitable.

À la différence des autres projets, la nature de celui-ci nécessitait une discrétion absolue. La découverte de son existence serait très embarrassante ; on le regarderait sans aucun doute avec méfiance et mépris, si ce n'est avec une hostilité incrédule et flagrante ; on le verrait comme une dépense totalement superflue, une charge inutile pour le contribuable, un véritable gaspillage de l'argent public. Et il n'y aurait personne pour justifier cela ; les avantages ou les fruits de son existence restaient encore entièrement conjecturaux et la plus légère « gelée » aurait sans aucun doute raison d'eux. Les mêmes principes s'appliquent à n'importe quelle organisation : elle doit tout d'abord sembler efficace tout en maintenant paradoxalement sa cape d'invisibilité, son anonymat. Par conséquent : exposer un tel corps, c'est le tuer...

Une autre façon de se débarrasser de cette sorte d'hybride serait, tout simplement, d'arracher ses racines et de nier jusqu'à son existence. Ou attendre qu'il soit déraciné par quelque agence extérieure et oublier de le replanter.

Trois jours auparavant, il s'était justement produit un tel déracinement. Une vrille importante avait été cassée. Sa fonction essentielle était de lier la plante à son corps tuteur, pourvoyant ainsi à sa stabilité. En bref, le patron du réseau avait fait une crise cardiaque et était décédé sur le chemin de son domicile. Il avait le cœur malade depuis des années, fait peu étrange en soi — mais quelque chose était arrivé apportant un éclairage différent sur cet événement, quelque chose sur lequel Alec Kyle ne voulait pas que l'on s'attarde.

Pour le moment, en ce lundi matin d'un mois de janvier particulièrement froid, Kyle, le second sur l'organigramme du réseau, devait évaluer le préjudice et la possibilité de faire quelques réparations ; et si de telles réparations s'avéraient possibles, alors il devait essayer de s'arranger pour que tout redevienne normal. Les fondations du projet avaient toujours été un peu vacillantes mais à présent, sans ordre concret et sans direction, l'édifice tout entier pouvait très bien se désagréger en un clin d'œil. Comme un château de sable lorsque la marée monte.

Telles étaient les pensées de Kyle lorsqu'il quitta le trottoir détrempé, s'engouffra dans les portes battantes en verre et pénétra dans un minuscule hall. Il secoua la neige humide de son pardessus et baissa son col. Il ne doutait pas de la validité du projet — en fait c'était tout à fait l'opposé : Kyle croyait que le Réseau était de la plus haute importance — mais comment défendre sa position face à tous ces sceptiques ? Le vieux Gormley était capable de mener à bien un tel projet, lui qui avait tant d'amis hauts placés, une image de marque « cravate de la vieille école », une autorité, un enthousiasme et un incroyable dynamisme, mais des hommes comme Keenan Gormley se faisaient rares. Surtout de nos jours.

Cet après-midi-là, à quatre heures, Kyle devait parler pour défendre sa position, la validité de l'existence de son réseau, son existence même. Oh, tout irait plutôt vite et Kyle croyait savoir pourquoi. C'était un instant crucial. Sans aucun résultat à présenter après cinq années de travail, le projet était voué à une fin inéluctable. Quels que soient les arguments qu'il donnerait, on allait le conspuer. Le vieux Gormley était capable de crier plus fort qu'eux tous réunis ; il avait de l'influence, du soutien ; mais Alec Kyle — qui était-il ? Dans son esprit, il voyait le tableau de cette inquisition comme cela :

— Oui, Monsieur le Ministre, Alec Kyle. Ma fonction dans le Réseau ? Eh bien, à part être le second de Sir Keenan, j'étais — je pense que j'étais — euh, c'est-à-dire, je faisais des prédictions...

— Je vous demande pardon ?

— Euh, cela signifie que je lisais l'avenir, monsieur. Euh, non, je dois admettre que je serais probablement incapable de vous donner le gagnant de la 3 h 30 à Goodwood demain. Ma prescience n'est généralement pas si précise. Mais...

Mais ce serait sans espoir ! Cent ans auparavant, ils n'auraient pas accepté l'hypnotisme. Il y a seulement cinquante ans, ils auraient ri de l'acupuncture. Alors, comment Kyle espérait-il les persuader de prendre en considération le Réseau et son travail ? Et pourtant, s'il écartait cette sensation de découragement et ce sentiment de perte personnelle, quelque chose d'autre l'intriguait. Kyle savait ce que c'était : son « don » lui apprenait que tout n'était pas perdu, que d'une manière ou d'une autre il allait les convaincre, que le Réseau allait survivre. C'est pour cette raison qu'il était là, pour examiner les affaires de Keenan Gormley, préparer quelques arguments en faveur du Réseau et continuer le combat. Kyle, lui-même, avait du mal à croire à son étrange don, à sa capacité d'entrevoir le futur.

La nuit précédente, il avait rêvé que la réponse à tous ses problèmes se trouvait ici, dans cet immeuble, parmi les papiers de Gormley. Peut-être que « rêvé » n'était pas le mot exact pour décrire ses expériences : les révélations de Kyle — ses aperçus de choses qui n'étaient pas encore arrivées, des événements du futur — survenaient invariablement dans ces moments brumeux entre le sommeil et le réveil, juste avant le plein éveil de la conscience. La simple sonnerie d'un réveil ou le premier éclat d'un rayon de soleil à travers la fenêtre de sa chambre pouvaient déclencher ses visions, mettre le processus en marche. C'est ce qui s'était produit ce matin même : la lumière grise d'une nouvelle journée maussade avait envahi sa chambre, s'était infiltrée sous ses paupières, avait imprimé sur son esprit paresseusement à la dérive l'impression qu'un autre jour naissait.

Et avec elle était née sa vision. Mais à nouveau, « aperçu » semblait être un mot bien meilleur, car c'était tout ce que le don de Kyle lui avait autorisé : un simple aperçu. Kyle le savait, et savait également qu'il n'aurait lieu qu'une seule fois, et qu'ensuite, il disparaîtrait à jamais. Il l'avait donc saisi, l'avait absorbé. Il essayait de n'oublier aucun de ces aperçus. Tout ce qu'il avait « vu » de cette façon s'était toujours avéré être d'une importance vitale.

Et en cette occasion : il s'était vu assis au bureau de Keenan Gormley, épluchant un à un ses papiers. Le tiroir droit du haut était ouvert; les papiers et les dossiers posés sur le bureau en face de lui provenaient de là. L'énorme classeur métallique de Gormley n'avait pas encore été dérangé et trônait toujours contre le mur; ses trois clefs étaient posées sur le bureau, là où Kyle les avait lancées. Chaque clef pouvait ouvrir un minuscule tiroir du classeur, et chaque tiroir avait sa propre serrure à combinaison. Kyle connaissait les combinaisons et il ne s'était pas encore donné la peine d'ouvrir le classeur. Non, car ce qu'il cherchait était juste là, dans ces documents qu'il venait de sortir des tiroirs.

Comme si la découverte de ce fait avait mis en relief cette image où il se voyait assis dans le fauteuil de Gormley, Kyle s'était alors vu stopper brusquement devant un dossier. Il était jaune, ce qui signifiait qu'il concernait un futur membre de l'organisation. Quelqu'un « d'inscrit », pour ainsi dire. Quelqu'un sur qui Gormley avait posé ses yeux de fouine. Peut-être quelqu'un possédant un don précieux.

Au moment où cette pensée lui vint à l'esprit, Kyle s'avança vers l'endroit où il avait vu s'asseoir son double onirique. Alors, d'une manière théâtrale, comme c'était toujours le cas, son « alter image » assise derrière le bureau leva les yeux, le fixa et tendit le dossier sur lequel il put lire le nom inscrit sur la couverture. Ce nom était « Harry Keogh ».

Ce fut tout. Car Kyle s'était éveillé juste à ce moment-là. Quant à la signification de tout ceci, quelle était-elle ? Kyle avait depuis longtemps abandonné tout espoir de trouver une signification à ces visions et se satisfaisait de sa certitude qu'elles en avaient une. Mais en tout cas, si quelque chose l'avait amené à cet endroit aujourd'hui, ce ne pouvait être que ce court et toujours inexplicable « rêve » d'avant l'éveil.

Comme il était encore très tôt, Kyle avait échappé aux premiers rushs de la circulation londonienne. Pendant une heure au moins, les rues disparaîtraient sous un chaos indescriptible, mais, en revanche, à l'intérieur, l'endroit était aussi calme qu'une tombe. Le reste de l'équipe administrative (trois personnes en comptant la dactylo !) avait pris deux jours de congé par égard pour le défunt, de sorte que les bureaux de l'étage étaient totalement vides.

Dans le minuscule hall, Kyle avait appuyé sur le bouton d'appel de l'ascenseur. Celui-ci venait d'arriver et avait ouvert ses portes. Une fois à l'intérieur et après avoir attendu la fermeture des portes, il sortit son laissez-passer, le glissa doucement dans la fente du détecteur. L'ascenseur eut une secousse, mais ne monta pas. Ses portes s'écartèrent, restèrent ouvertes pendant un certain temps, puis se refermèrent. Kyle fronça les sourcils, regarda sa carte et jura en silence. Tout avait bien fonctionné la veille ! Normalement,

Gormley aurait dû renouveler la validité de sa carte sur l'ordinateur du réseau, à présent c'était à Kyle de le faire. Heureusement, il avait une carte de Gormley sur lui, et certains autres effets personnels. Utilisant le laissez-passer de l'ancien Chef du Réseau, il obligea l'ascenseur à le transporter à l'étage supérieur, puis il utilisa la même procédure pour traverser les principaux bureaux.

Le silence qui régnait à l'intérieur était presque assourdissant. Situé loin au-dessus de la rue, avec ses parquets insonorisés pour étouffer les bruits de l'hôtel, ses doubles vitrages, aux verres teintés, l'endroit semblait plongé dans une sorte de vacuum. Vous éprouveriez le même sentiment si vous écoutiez assez longtemps un tel silence ; cela deviendrait même difficile de respirer. Il en était surtout ainsi dans le bureau de Gormley, où quelqu'un avait été assez intentionné pour tirer les stores vénitiens. Mais ceux-ci avaient seulement été fermés à moitié, laissant pénétrer à travers les vitres de verre fumé des bandes de lumière vertes, si bien que le bureau tout entier semblait décoré de rayures horizontales sous-marines. Cette pièce si familière se mua en un lieu étrange, presque inconnu. Ne pas voir le Vieil Homme assis derrière son bureau lui parut totalement insolite et presque irréel...

Kyle s'arrêta sur le seuil et observa le bureau pendant un long moment avant d'entrer. Puis il ferma la porte derrière lui, s'avança vers le centre de la pièce. Plusieurs scanners dissimulés dans la pièce l'avaient déjà repéré et identifié, dans les autres bureaux, comme dans celui-ci, mais un écran encastré dans le mur situé derrière le bureau de Gormley n'était pas satisfait. Il émit un « bip » et afficha :

> SIR KEENAN GORMLEY N'EST PAS DISPONIBLE POUR LE MOMENT. CECI EST UNE ZONE DE SÉCURITÉ. VEUILLEZ PARLER POUR IDENTIFICATION OU QUITTEZ IMMÉDIATEMENT CETTE PIÈCE. SI VOUS NE SORTEZ PAS OU N'ÊTES PAS IDENTIFIÉ, VOUS AUREZ DIX SECONDES POUR PARTIR, APRÈS QUOI LA PORTE ET LES FENÊTRES SE VERROUILLERONT AUTOMATIQUEMENT... JE RÉPÈTE : CECI EST UNE ZONE DE SÉCURITÉ.

Se sentant irrationnellement agressif envers cette machine froide et dépourvue de conscience, Kyle ne dit rien mais attendit avec obstination. Après trois secondes, l'écran s'effaça de lui-même et écrivit :

LE COMPTE À REBOURS COMMENCE IMMÉDIATEMENT... DIX... NEUF... HUIT... SEPT... SIX...

— Alec Kyle, dit à contrecœur Kyle qui ne voulait pas se retrouver enfermé.

La machine reconnut sa voix, stoppa le compte à rebours et commença une nouvelle routine :

BONJOUR M. KYLE...
SIR KEENAN GORMLEY N'EST PAS LÀ

— Je sais, dit Kyle. Il est mort. Il se dirigea vers le clavier et entra le code annulant les sécurités, ce à quoi la machine répondit :

N'OUBLIEZ PAS D'ENCLENCHER LE SYSTÈME AVANT DE SORTIR,. et l'écran s'éteignit.

Kyle s'assit au bureau. *Un monde amusant,* pensa-t-il. *Puis, une drôle d'équipe ! Des robots et des romantiques. La science de pointe et le surnaturel. Télémétrie et télépathie. Des modèles de probabilités informatisés et de la prescience. Des gadgets et des fantômes !*

Il fouilla dans une poche à la recherche de ses cigarettes et de son briquet, trouva les deux et aussi les clefs du classeur de sécurité de Gormley. Sans réfléchir, il lança les clefs vers un coin vide du bureau. Puis, il s'arrêta et les fixa attentivement : elles formaient un dessin — un dessin issu tout droit de sa vision matinale. *Parfait, allons-y.*

Il essaya les tiroirs du bureau. Verrouillés. Il tira l'agenda de Gormley de la poche intérieure de son pardessus, vérifia le code. C'était : SÉSAME OUVRE-TOI.

Ne pouvant réprimer un ricanement, Kyle tapa SÉSAME OUVRE-TOI sur le clavier et essaya à nouveau d'ouvrir. Le tiroir en haut à droite s'ouvrit sur une simple traction. À l'intérieur, des papiers, des documents, des dossiers...

Ici commence la partie amusante, pensa-t-il.

Il sortit les papiers et les plaça devant lui sur le bureau. Abandonnant le tiroir ouvert (à nouveau sa « vision »), il commença à fouiller dans les documents, repoussant chacun d'eux au fond du tiroir. Il savait à présent que son don ne pouvait plus le surprendre réellement, mais c'était toujours pareil — et il eut un léger sursaut involontaire lorsqu'il arriva au dossier jaune. Le nom sur la couverture était, bien entendu, Harry Keogh.

Harry Keogh. En dehors du rêve de Kyle, ce nom ne lui était apparu qu'une seule fois : dans un jeu de perception extrasensorielle auquel il avait joué en compagnie de Keenan Gormley. Quant à ce dossier : il ne l'avait jamais vu de sa vie (dans sa vie consciente, évidemment) et il resta assis à le regarder, exactement comme dans son rêve. C'était un sentiment très étrange.

Dans son rêve, il tirait le dossier vers lui. La pensée donna alors vie à la scène. Se sentant idiot — ne comprenant pas pourquoi il faisait cela, mais en même temps sentant son être chargé d'une énergie étrangère — il tira le dossier dans la pièce vide, comme s'il le tendait à un fantôme de son passé récent. De la même façon qu'une pensée avait mis en marche l'action, l'action mit en marche quelque chose d'autre — quelque chose de totalement différent de toutes les expériences précédentes de Kyle, de tout ce qu'il avait connu.

Dieu tout-puissant! Des gadgets et des fantômes!

La chaleur de la pièce était agréable quelques instants auparavant. Équipés d'un chauffage central, les bureaux n'étaient jamais froids. Ou n'auraient pas dû l'être. Mais à ce moment-là, en une poignée de secondes, la température chuta brusquement. Kyle s'en rendit compte, il put le sentir, mais, en même temps, il conserva assez de raisonnement instinctif pour se demander si ce n'était pas la température de son corps qui avait chuté. Si c'était vrai, cela allait être difficile à expliquer. Ce devait être en raison du choc. Il était normal de frissonner!

— *Jésus-Christ!* lâcha-t-il. Son souffle s'empanacha dans l'air devenu soudainement glacial. Le dossier échappa à ses doigts tremblants et vint s'écraser sur le bureau avec un claquement sec. Le bruit de cette chute, et ce qu'il aperçut, firent sursauter Kyle. Sa réaction fut brutale. Il se rejeta violemment en arrière dans son fauteuil, heurta la pile de dossiers qui s'effondra sur la moquette, percuta la fenêtre et rebondit.

L'apparition ? — la chose, qui se tenait à mi-chemin entre la porte et le bureau, n'avait pas bougé. Kyle avait tout d'abord pensé (et il avait été effrayé par cette pensée) que c'était son image qu'il avait vue, une sorte de projection issue de son rêve. Mais à présent, il se rendait compte qu'il s'agissait de quelqu'un d'autre, de quelque chose d'autre. Pas un seul instant, il ne douta de la réalité de ce qu'il voyait, ni de son origine surnaturelle. Comment pouvait-il en être autrement ? Les scanners qui balayaient sans arrêt la pièce, et l'ensemble des bureaux, n'avaient rien détecté. Entièrement autonomes, s'ils avaient capté quelque chose, les alarmes se seraient immédiatement déclenchées et auraient sonné de plus en plus fort jusqu'à ce que quelqu'un vienne vérifier. Mais elles restaient silencieuses. Il n'y avait donc rien à détecter — et pourtant, Kyle voyait quelque chose.

C'était un homme — un jeune homme, d'ailleurs — nu comme un nourrisson, qui se tenait en face de Kyle et le regardait attentivement. Mais ses pieds ne touchaient pas le sol recouvert de moquette et les bandes de lumière vertes venues des fenêtres traversaient sa chair comme si elle n'avait aucune consistance. Bon sang ! Elle n'avait réellement aucune consistance ! Et pourtant, la chose le fixait et Kyle savait très bien qu'elle le voyait. Il se demanda : *est-ce amical, ou —* ?

Il avança son fauteuil de quelques centimètres, puis jeta un coup d'œil au fond du tiroir ouvert. Un Browning 9 mm automatique y était posé. Il savait que Gormley portait toujours une arme sur lui, mais il n'avait jamais entendu parler de celle-ci. Le revolver était-il chargé et, dans ce cas, avait-il une quelconque utilité contre cette chose ?

— Non, fit l'apparition nue avec un léger, presque imperceptible, mouvement de tête. Non, il ne servirait à rien.

Le plus surprenant, c'était que ses lèvres n'avaient pas bougé d'un pouce !

— Mon Dieu ! lâcha Kyle, à haute voix cette fois-ci.

Il eut à nouveau un mouvement de recul involontaire. Puis, il se contrôla et se dit :

Vous... vous lisez dans mes pensées !

L'apparition eut un léger sourire.

— Nous avons chacun des dons, Alec. Vous avez les vôtres et j'ai les miens.

La mâchoire inférieure de Kyle, toujours béante, s'ouvrit au large. Il se demanda ce qui serait le plus facile : penser ou parler à cette chose ?

— Me parler, dit l'autre. Je pense que ce sera plus facile pour nous deux.

Kyle déglutit, essaya de dire quelque chose, déglutit à nouveau et lâcha finalement :

— Mais qui... que... que diable êtes-vous donc ?

— Qui je suis n'a guère d'importance, ni ce que j'ai été ou serai. À présent, écoutez, j'ai beaucoup de choses à vous raconter et elles ont toutes de l'importance. Cela prendra du temps, des heures peut-être. Vous n'avez besoin de rien avant que je commence ?

Kyle fixa attentivement le... ce que c'était. Il le fixa, détourna la tête puis l'observa du coin de l'œil. C'était toujours là. Il fit confiance à son instinct, qu'au moins deux de ses cinq sens appuyaient, la vue et l'ouïe. La chose semblait rationnelle ; elle existait ; elle voulait lui parler. Pourquoi à lui et pourquoi à ce moment précis ? Sans doute allait-il bientôt le savoir. Mais — bon sang ! — lui aussi voulait parler à cette chose. Il avait devant lui un fantôme bien vivant, ou bien mort !

— Besoin de rien ? répéta-t-il d'une voix mal assurée.

— Vous alliez allumer une cigarette, fit remarquer l'apparition. Vous pourriez aussi vouloir enlever votre manteau ou prendre un café. Il haussa les épaules. Si vous commenciez par cela, alors nous pourrions ensuite être plus à l'aise pour discuter.

La chaleur provenant du chauffage central avait augmenté légèrement pour compenser la soudaine chute de température. Kyle se leva avec précaution, ôta son pardessus et le suspendit au dossier de son fauteuil.

— Du café, dit-il. Oui — euh, ce ne sera pas long.

Il fit le tour du bureau et passa devant son visiteur. Celui-ci se retourna pour le regarder quitter la pièce ; l'ombre blafarde d'une créature-chose flottait à cet endroit, sans épaisseur, aussi solide qu'un flocon de neige, qu'une bouffée de fumée. Et pourtant... il y avait une telle puissance en elle que Kyle fut heureux qu'elle ne le suive pas...

Il mit deux pièces de cinq pence dans la machine à café du bureau principal, en tâtonnant gauchement, puis il se dirigea vers les toilettes pour hommes avant que la machine ne lui serve son café. Il se soulagea rapidement, revint vers le bureau de Gormley et attrapa en passant son gobelet de café chaud. La chose était toujours là. Elle l'attendait. Il la contourna avec précaution et s'assit au bureau.

Pendant qu'il allumait une cigarette, il observa attentivement son visiteur dans les moindres détails. Il devait absolument tout mémoriser.

En tenant compte du fait que ses pieds ne touchaient pas le sol, elle devait mesurer environ un mètre soixante-quinze. Si son corps avait été réel au lieu de n'être qu'une brume laiteuse, cela — ou il — aurait dû peser dans les soixante-cinq kilos. Tout chez lui était vaguement lumineux, comme s'il brillait d'une faible lumière intérieure, ce qui empêchait Kyle de déterminer sa couleur. Ses cheveux, sorte de tignasse en bataille, semblaient blond-roux. Ses joues et son front étaient parsemés de marques irrégulières ressemblant à des taches de rousseur. Il devait avoir dans les vingt-cinq ans. Il avait paru plus jeune au départ, mais ce n'était plus le cas.

Ses yeux étaient énigmatiques. Ils observaient Kyle mais semblaient également regarder à travers lui, comme si Kyle avait été le fantôme et non pas le contraire. Ils étaient bleus, d'un bleu délavé si surprenant et si peu naturel, qu'on pensait immanquablement à des lentilles. Mais au-delà de leur couleur, on y lisait plus de connaissances que ce que des yeux de vingt-cinq ans reflètent habituellement. La sagesse de l'âge semblait ancrée en lui, le savoir de plusieurs siècles se devinait derrière le léger film bleu qui les couvrait.

Cela mis à part, ses traits étaient fins comme de la porcelaine et semblaient aussi fragiles ; ses mains étaient minces, fuselées ; ses épaules tombaient légèrement ; à part sur son visage, sa peau était pâle et sans tache. Mais à l'exception de ses yeux, personne ne se serait retourné sur lui en le croisant dans la rue. Il n'avait rien d'extraordinaire. C'était juste... un jeune homme. Ou un jeune fantôme. Ou peut-être un très vieux fantôme.

— Non, dit-il de ses lèvres immobiles, je ne suis pas un fantôme. Pas dans le sens habituel du mot du moins. Mais à présent que vous m'avez totalement accepté, pouvons-nous commencer ?

— Commencer ? Euh, bien sûr ! Soudain, Kyle se mit à rire, d'un rire hystérique d'écolière. Il fit un effort pour se contrôler.

— Etes-vous certain d'être prêt ?

— Oui, oui. Allons-y. Mais — euh — puis-je enregistrer tout cela ? Pour la postérité ou n'importe quoi d'autre ? Il y a un magnétophone ici, et je...

— La machine ne pourra pas m'entendre, dit l'autre, en secouant la tête. Désolé, mais je ne peux parler qu'à vous — en vous. Je pense que vous pouvez le comprendre ? Mais... prenez des notes si vous voulez.

— Des notes, oui... Kyle fouilla dans les tiroirs du bureau, trouva du papier et un crayon. Parfait, je suis prêt.

L'autre hocha lentement la tête.

— L'histoire que je vais raconter est... étrange. Mais en travaillant dans une organisation comme la vôtre, vous ne devriez pas la trouver si incroyable que cela. Dans le cas contraire... vous aurez beaucoup de choses à faire par la suite ; la réalité de ce que je vais vous révéler vous apparaîtra au fur et à mesure. Quant aux doutes que vous pouvez avoir sur l'avenir de votre réseau — oubliez-les. Votre travail va se poursuivre, et ça s'améliorera. Gormley était la tête, mais il est mort. Maintenant, vous serez la tête — pour un petit moment. Vous serez à la hauteur, je vous l'assure. De toute façon, rien de ce que savait Gormley n'a été perdu ; au contraire, beaucoup a été gagné. De même pour l'Opposition — ils ont subi des pertes dont ils peuvent ne jamais se remettre. Ils vont au moins essayer de se relever.

Pendant que l'apparition parlait, les yeux de Kyle s'écarquillèrent de plus en plus et il s'assit de plus en plus droit dans son fauteuil. Ça (ou plutôt il) était au courant pour le

Réseau. Pour Gormley. Pour « l'Opposition », ce qui était le terme employé par le Réseau pour désigner les Russes. De quelles lourdes pertes parlait-il donc ? Kyle n'était pas au courant ! D'où cet... être tenait-il cette information ? Et que savait-il encore ?

— J'en sais plus que ce que vous pouvez imaginer, dit l'autre, avec un léger sourire. Et ce que je ne sais pas, je peux le savoir. Je peux presque tout savoir.

— Ah bon, répliqua Kyle sur la défensive, ce n'est pas que je doute de vos paroles... ni de ma santé mentale, d'ailleurs... c'est juste que j'essaie de m'adapter, et...

— Je comprends, le coupa l'autre. Mais, je vous en prie, adaptez-vous au fur et à mesure, si vous en êtes capable. Dans ce que je vais vous dire, les repères temporels pourront parfois se chevaucher un petit peu, alors vous aurez besoin de vous accommoder à cela aussi. Mais je vais essayer de garder le plus possible un ordre chronologique. La chose primordiale, c'est l'information elle-même. Et ses implications.

— Je ne suis pas certain d'être assez...

— Je sais, je sais. Asseyez-vous tout simplement et écoutez, et alors peut-être comprendrez-vous.

Chapitre I

MOSCOU, MAI 1971.

Au centre d'une zone fortement boisée, pas très loin en dehors de la ville — là où la route Serpukhov passe par un col entre des petites collines et regarde pendant un moment à travers les cimes denses des pins en direction de Podolsk, qui apparaissait comme une tache brumeuse à l'horizon, piquetée çà et là par les premières lumières du soir — se dressait une maison ou un manoir au patrimoine altéré et aux antécédents architecturaux mélangés. Plusieurs de ses ailes étaient en briques modernes posées sur des fondations de pierre, tandis que les autres étaient en parpaing bon marché grossièrement peint en vert et en gris, comme pour masquer leur construction mal assortie. Encastrées dans des murs à pignons, des tours jumelles ou des minarets, pourris comme deux crocs gâtés et lugubres comme des tours de guet — dont les contreforts et les parapets affaissés et les décorations écaillées ne diminuaient en rien l'impression d'abandon de l'ensemble — dressaient loin au-dessus des plus hauts arbres leurs dômes brisés en forme de bulbes. Leurs fenêtres condamnées par des planches paraissaient aussi tristes que des yeux aux paupières tombantes.

La disposition des dépendances, dont la plupart avaient récemment été recouvertes de tuiles rouges, aurait très bien pu annoncer une ferme ou une communauté agricole, même s'il n'y avait ni récoltes, ni animaux de ferme, ni machines en vue. Le haut mur d'enceinte qui, grâce à son imposante construction, renforcée de contreforts et de larges murs de soutènement, pouvait être pris pour une relique des temps féodaux, montrait les mêmes signes d'un récent travail de rénovation. De lourds parpaings de béton gris avaient remplacé la pierre effritée et la brique ancienne. Venant de l'est et de l'ouest, des cours d'eau couraient et murmuraient audessus de roches sombres, coulaient entre des talus escarpés formés par des fossés naturels. De vieux ponts de pierre supportant des toits de plomb rendus verts par la mousse et les ans, les surplombaient et traversaient les murs, jusqu'à de sombres bouches muselées par des grilles de fer.

Tout à fait sinistre et inquiétant. Comme si ce qu'on apercevait de l'endroit depuis l'autoroute n'était pas un avertissement suffisant, un panneau au carrefour de la piste qui s'enfonçait dans la forêt annonçait que cette zone tout entière était « Propriété de l'État », qu'elle était surveillée et protégée, et que tout contrevenant serait poursuivi. Les automobilistes n'étaient pas autorisés à s'arrêter. Se promener dans la forêt était strictement interdit, tout comme chasser et pêcher. Les peines encourues étaient sévères.

Mais l'endroit semblait totalement désert et perdu dans ses propres miasmes de désolation, tandis que la nuit descendait et que la brume, sortant des ruisseaux, transformait la terre en une surface laiteuse. Puis des lumières vacillèrent derrière les baies masquées de rideaux, réduisant à néant cette première impression. En plein bois, sur la route menant aux ponts couverts, les grosses berlines noires qui bloquaient le chemin auraient pu, elles aussi, paraître abandonnées, sans la faible lumière orangée de plusieurs cigarettes qui brillait à l'intérieur et sans la fumée qui s'échappait par les vitres arrière. C'était la même chose sur les terrains alentour : des formes, indistinctes, silencieuses, qui devaient être des hommes, se tenaient dans l'ombre, leurs pardessus gris anthracite en guise d'uniforme, les visages dissimulés sous les bords de leurs feutres, les épaules aussi larges que celles de robots...

Dans la cour intérieure du bâtiment principal, une ambulance — ou peut-être un corbillard — attendait, les portes arrière ouvertes ; deux hommes vêtus de blanc patientaient, et le conducteur était assis inconfortablement au volant.

L'un des deux hommes jouait avec un brancard, le faisant glisser sur ses rails lubrifiés à l'arrière du long et quelque peu sinistre véhicule. À proximité, dans un bâtiment ouvert ressemblant à une grange, mais au toit de toile, un hélicoptère à la peinture terne et aux vitres carrées luisait lugubrement dans l'ombre. Son fuselage était frappé de l'insigne du Soviet Suprême. Dans l'une des tours, se penchant précautionneusement au-dessus d'un petit parapet, une silhouette chaussée de lunettes à vision nocturne observait les alentours et, en particulier, la zone à découvert située entre le mur d'enceinte et le bouquet d'arbres le plus proche. Dépassant de ses épaules, le museau répugnant en métal bleu d'une Kalachnikov modifiée se détachait sur l'horizon qui s'assombrissait progressivement.

À l'intérieur du bâtiment principal, des cloisons anti-bruit divisaient ce qui avait été un vaste hall en larges pièces aux plafonds très hauts. Celles-ci étaient desservies par un couloir central éclairé d'une rangée de tubes fluorescents. Chaque pièce possédait une porte de sécurité, et toutes les portes étaient munies de fenêtres grillagées, qu'un volet coulissant obstruait de l'intérieur. Au-dessus, de petites lumières rouges signifiaient, lorsqu'elles étaient allumées : « Entrée interdite — Ne pas déranger ! » L'une de ces lampes, au milieu du couloir sur la gauche, était justement allumée. Appuyé contre le mur à côté de cette porte, un immense agent du KGB au visage sévère tenait une mitraillette. Détendu pour le moment, il était prêt à entrer en action au moindre signe. L'ouverture d'une porte, la lumière rouge qui s'éteint subitement, et il serait au garde-à-vous, droit comme un piquet. Bien qu'aucun des hommes dans cette pièce ne fût réellement son patron, l'un d'eux était néanmoins aussi puissant que n'importe lequel des plus hauts responsables du KGB, peut-être l'un des dix hommes les plus puissants de Russie.

D'autres hommes se tenaient dans cette pièce, derrière la porte. En fait, il y avait plutôt deux pièces, séparées par une porte de communication. Dans la plus petite pièce, trois hommes étaient assis dans des fauteuils, en train de fumer, les yeux fixés sur la cloison, dont une large section, allant du sol jusqu'au plafond, était constituée d'une unique glace sans tain. Le sol était recouvert de moquette, une petite table à roulettes à proximité supportait un cendrier, des verres et une bouteille de très bonne slivovitz. Seuls la respiration des trois hommes et le léger ronronnement de l'air conditionné venaient troubler le silence. Un éclairage tamisé fixé au faux plafond reposait leurs yeux.

L'homme au centre devait avoir un peu plus de soixante ans, ceux de droite et de gauche peut-être quinze de moins. Ses protégés, mais aussi des rivaux. L'homme au centre le savait. Il avait œuvré en ce sens. C'était la loi du plus fort, l'un d'eux seulement survivrait pour prendre sa place, dans l'éventualité d'un tel événement. À ce moment-là, l'autre serait destitué, politiquement peut-être, mais plus vraisemblablement d'une autre manière, d'une façon plus détournée. Les années à venir allaient en décider. C'était la raison du plus fort.

Grisonnant des tempes, mais pourvu d'une large mèche de cheveux noirs tombant vers l'arrière, les sourcils abondants, l'homme le plus âgé sirotait son cognac. Il fit un signe avec sa cigarette. L'homme sur sa gauche lui tendit le cendrier. La moitié des cendres chaudes trouva sa cible, le reste s'écrasa sur le sol. En quelques instants, la moquette commença à se consumer et un nuage de fumée âcre s'éleva. L'homme resta assis, ignorant délibérément le feu. Ils savaient tous à quel point le vieil homme détestait l'agitation. Mais finalement, leur chef le sentit, regarda le sol de ses yeux aux sourcils broussailleux et frotta la moquette sous sa chaussure, d'avant en arrière, jusqu'à ce que le morceau en train de se consumer soit totalement éteint.

Au-delà de la glace, les préparatifs étaient bien avancés. Dans le Bloc de l'Ouest, on aurait dit que l'homme s'était « préparé mentalement ». Sa méthode était simple... d'une saisissante simplicité étant donné ce qui s'était passé : il s'était lavé. Il s'était dénudé, avait pris un bain, s'était minutieusement savonné et avait laborieusement frotté chaque centimètre carré de son corps. Il s'était entièrement rasé, à l'exception de ses cheveux coupés ras. Il s'était soulagé avant et après son bain, la deuxième fois il s'était doublement assuré de sa propreté en baignant ses parties intimes dans de l'eau chaude et en se frictionnant avec une serviette. Puis, toujours nu, il s'était reposé.

Sa méthode pour se reposer pouvait sembler macabre à quelqu'un ne le connaissant pas, mais cela faisait partie des préparatifs. Il était allé s'asseoir à côté du deuxième occupant de la pièce qui était étendu sur une table ou un chariot pas tout à fait horizontal, à la surface recouverte d'aluminium ; il avait appuyé sa tête sur ses bras croisés, puis il avait posé ses bras sur le ventre de l'autre homme. Finalement, il avait fermé les yeux, et avait apparemment dormi pendant une quinzaine de minutes. Il n'y avait rien d'érotique là-dedans, pas la moindre trace d'homosexualité. L'homme sur le chariot était nu lui aussi, il semblait plus vieux que le premier, flasque, ridé, et presque chauve, si l'on exceptait une frange de cheveux gris sur les tempes. Il était mort, aussi ; mais même dans la mort, son visage blafard et bouffi, sa bouche étroite et ses épais sourcils gris tournés vers l'intérieur paraissaient cruels.

Les trois hommes de l'autre côté de la vitre observaient la scène, et chacun le faisait avec une sorte de détachement clinique. L'exécutant ne semblait pas se rendre compte de leur présence. En fait, il avait tout simplement « oublié » qu'ils étaient là, son travail était trop prenant, trop important pour prendre en compte des actions ou des interférences extérieures.

Mais, soudain, il remua. Il tourna la tête, cligna doucement des yeux et se leva. Tout était prêt, l'investigation pouvait commencer.

Les trois observateurs s'avancèrent un peu dans leurs fauteuils, retinrent automatiquement leur respiration, et portèrent toute leur attention sur l'homme nu. C'était comme s'ils avaient eu peur de déranger quelque chose, et cela en dépit du fait que leur cellule d'observation fût totalement isolée et insonorisée.

L'homme nu fit descendre le chariot transportant le cadavre jusqu'à sa position la plus basse, là où les pieds glacés s'avançaient en formant un « V », au-dessus du bord de la baignoire. Il tira un deuxième chariot, beaucoup plus conventionnel, et ouvrit la mallette en cuir qui était posée dessus, exposant scalpels, ciseaux, scies, toute une rangée d'instruments chirurgicaux aux lames aiguisées comme des rasoirs.

Dans la cellule d'observation, l'homme du centre se permit un sourire sinistre qui échappa à ses subordonnés, qui s'étaient un petit peu reculés dans leurs fauteuils, certains de n'assister qu'à une autopsie spectaculaire et plutôt bizarre. Leur chef pouvait à peine contenir son petit rire naissant et le frémissement d'une joie vampirique qui montait dans son corps, tandis qu'il anticipait leur choc à venir. Lui avait déjà vu cela auparavant, mais pas eux. Et cela aussi servait en quelque sorte de test.

L'homme nu prit une longue tige chromée, terminée à une extrémité par une aiguille acérée et, à l'autre, par une poignée de bois ; puis, sans s'arrêter, il se pencha au-dessus du cadavre, plaça la pointe de l'aiguille dans le cratère du nombril et appliqua tout son poids sur la poignée. La tige glissa dans la chair morte et les boyaux distendus laissèrent échapper les gaz accumulés pendant les quatre jours qui avaient suivi le décès. Ils sifflèrent jusqu'au visage de l'homme nu.

— Du son ! lança l'observateur du milieu, ce qui fit tressaillir les hommes qui l'accompagnaient. Sa voix bourrue était si profonde dans cette pièce qu'elle ressemblait plus à une série de gargouillis. Plus vite. Je veux entendre ce qui se passe ! Et il tendit un doigt épais en direction du haut-parleur accroché au mur.

Déglutissant bruyamment, l'homme de droite se leva, marcha jusqu'au haut-parleur et appuya sur le bouton marqué « Réception ». On n'entendit rien pendant un moment, puis un *hsss* se fit entendre, tandis que, dans l'autre pièce, les plis graisseux du ventre du cadavre descendaient doucement. Alors que les gaz s'échappaient toujours, sans reculer, l'homme nu baissa la tête, ferma les yeux et *inspira* profondément, emplissant ses poumons !

Les yeux collés à la glace sans tain, en trébuchant maladroitement, l'officiel retourna à son fauteuil et s'y laissa tomber lourdement. Sa bouche, comme celle de son compagnon, était grande ouverte. Les deux hommes étaient à présent perchés au bord de leurs fauteuils, droits comme des piquets, les mains crispées sur les bras de bois de leurs sièges. Une cigarette, oubliée en équilibre sur le cendrier de la table répandait de fraîches odeurs de fumée. Seul le spectateur du milieu semblait indifférent. En fait, il était bien plus intéressé par le changement d'expression sur les visages de ses subordonnés au fur et à mesure de la poursuite de l'étrange rituel.

L'homme nu s'était levé et se tenait à nouveau debout au-dessus du cadavre dégonflé. Il avait posé une main sur la cuisse du mort, l'autre sur sa joue, paumes tournées vers le bas. Ses yeux étaient maintenant ouverts, aussi ronds que des soucoupes, mais sa couleur avait visiblement changé. Le rose habituel, sain, d'un corps jeune, récemment lavé, avait disparu, remplacé par un gris uniforme semblable à celui du cadavre qu'il avait touché. Il était devenu gris comme la mort. Il retint sa respiration, semblant savourer l'odeur de la mort. Puis ses joues se creusèrent doucement. Alors...

Il retira vivement ses mains du cadavre, expira tous les gaz en un bruyant *whoosh,* et se balança sur ses talons. Pendant un instant, on aurait pu croire qu'il allait tomber à la renverse, mais il se balança à nouveau vers l'avant. Puis, il baissa une nouvelle fois les mains vers le corps. Décharné et gris comme la pierre, il caressa la chair de la tête aux pieds, les doigts tremblants, avec la légèreté d'un papillon. Puis recommença. Là encore, il n'y avait rien d'érotique, mais l'homme de gauche du trio de spectateurs bougea pour souffler :

— Est-ce un nécrophile ? Qu'est-il réellement, Camarade Général ?

— Restez calme et regardez, grogna l'homme du milieu. Vous savez où vous êtes, n'est-ce pas ? Rien ne devrait vous surprendre ici. Quant à ce que c'est — à ce qu'il est — vous le verrez assez tôt. Ce que je vous dirai, c'est qu'à ma connaissance, il n'y a que trois hommes comme lui dans toute l'URSS. L'un est un Mongol de la région de l'Altaï, un guérisseur tribal, presque mort de syphilis et inutilisable pour nous. L'autre est totalement fou et doit subir une lobotomie corrective, dès qu'il sera aussi... sous notre contrôle. Il ne reste que celui-ci, et son art est instinctif, difficile à enseigner. Ce qui fait de lui un *sui generis.* C'est du latin, une langue morte. Plus approprié. Bon, à présent, taisez-vous ! Vous observez quelqu'un possédant un don unique.

De l'autre côté de la glace sans tain, le « don unique » de l'homme nu le galvanisait. Comme s'il avait été secoué par les fils d'un invisible marionnettiste devenu fou, il fut soudain pris d'une crise de spasmes aussi déconcertante qu'inattendue. Son bras droit battit l'air en direction de la mallette d'instruments, la faisant presque tomber de la table. Sa main, transformée en serre grise par son spasme, se balançait dans les airs comme si elle dirigeait quelque concerto ésotérique, mais en lieu et place de la baguette, elle tenait un scalpel argenté en forme de croissant.

Les trois observateurs tendaient le cou, les yeux écarquillés et la bouche grande ouverte ; mais tandis que le visage des deux hommes placés sur les côtés restait figé par une sorte d'involontaire rictus de rejet — prêt à grimacer de dégoût ou même à protester contre ce qui allait se produire — leur supérieur affichait simplement son goût pour la connaissance et le morbide.

Avec une précision rejetant tout geste superflu et tout mouvement inutile du reste de ses membres — qui à présent s'agitaient et se convulsaient comme ceux d'une grenouille morte, maintenue grâce à l'électricité dans une pseudo-vie — le bras et la main de l'homme nu descendirent et ouvrirent le cadavre depuis le dessous de la cage thoracique, en passant par le nombril, jusqu'à la touffe de poils pubiens gris. Deux entailles, apparemment faites au hasard mais tout à fait précises, se suivant si rapidement qu'elles semblaient presque faire partie du premier mouvement, et le ventre du cadavre fut marqué d'un grand « I » muni d'une barre en haut et en bas.

Sans s'arrêter, l'auteur de cette horrible opération jeta sans regarder sa lame à travers la pièce, plongea ses mains jusqu'aux poignets dans l'incision et rabattit vers le haut les parois de l'abdomen du mort comme les portes d'un placard. Froides, les entrailles découvertes ne fumèrent pas ; aucun sang ne coula ; mais quand l'homme nu retira ses mains, elles luisaient d'un rouge sinistre, comme si elles venaient d'être peintes.

Ouvrir ce corps demandait une force presque herculéenne, ce qui était visible au gonflement soudain des muscles des épaules de l'homme nu, de ceux de sa cage thoracique et du haut de ses bras — car tous les tissus fixés aux couches protectrices de l'estomac avaient été arrachés en même temps.

Les lèvres retroussées et les tendons faisant saillie dans son cou, il avait ainsi poussé un furieux grognement, clairement audible même sans la liaison radio.

Mais maintenant que les viscères de son cobaye étaient totalement sortis, un calme étrange le submergea à nouveau. Plus gris encore qu'auparavant, si possible, il se redressa, se balança sur ses talons et laissa ses mains sanglantes retomber sur ses côtés. Se balançant à nouveau vers l'avant, ses yeux bleus se baissèrent vers le corps et il commença alors un lent et minutieux examen de l'intérieur du cadavre.

Dans l'autre pièce, l'homme assis à gauche déglutissait sans arrêt, les mains agrippées aux bras du fauteuil, le front luisant de transpiration. Le visage de celui de droite avait pris la couleur de l'ardoise ; il tremblait de la tête aux pieds, et haletait rapidement afin de compenser le rythme de son cœur qui s'emballait dans sa poitrine. Mais entre eux deux, l'ex-général d'armée, Gregor Borowitz, à présent à la tête de la très secrète Agence pour le Développement de l'Espionnage Paranormal, était captivé ; sa tête léonine penchée en avant, son lourd visage carré rempli de respect et de crainte, il buvait chaque détail et chaque nuance de la séance, ignorant autant que possible l'inconfort de ses cadets assis à ses côtés. Dans son esprit, une pensée naquit subitement ; il se demanda si les autres seraient malades et lequel vomirait en premier. Et surtout, *à quel endroit.*

Sous la table, à même le sol, était posée une corbeille métallique contenant quelques boulettes de papiers froissés et des mégots de cigarettes. Sans quitter la glace du regard, Borowitz se pencha, souleva la corbeille entre ses genoux et la plaça sur la table devant lui. Il pensa : *Laissons-les se battre pour elle.* En tout cas, et quel que soit celui qui vomira le premier, son vomi appellera sans aucun doute une réponse de la part de l'autre.

Comme s'il avait lu dans son esprit, l'homme sur la droite dit d'une voix haletante.

— Camarade Général, je ne pense pas que...

— Taisez-vous ! Borowitz envoya un violent coup de pied, touchant l'autre à la cheville. Regardez... si vous le pouvez. Si vous ne vous en sentez pas capable, alors taisez-vous et foutez-moi la paix !

L'homme nu se pencha en avant, approcha son visage à quelques centimètres des organes et des entrailles du cadavre. Il dardait son regard de gauche à droite, de haut en bas, comme s'il pensait trouver quelque chose à l'intérieur. Ses narines grandes ouvertes reniflaient avec méfiance. Son front, lisse jusqu'ici, était à présent ridé par un froncement de sourcils. Il ressemblait dans cette attitude à un gros limier en train de traquer sa proie.

Alors... un rictus sournois déforma ses lèvres grises, une lueur de triomphe s'alluma dans ses yeux ; un secret venait d'être découvert, ou était sur le point de l'être. C'était comme s'il avait dit : « Oui, il y a quelque chose là, *quelque chose qui essaie de se cacher!* »

Il rejeta la tête en arrière et rit, un rire moqueur mais bref, avant de se replonger dans un examen frénétique. Mais non, ce n'était pas suffisant, la chose cachée ne voulait pas apparaître. Cela se dérobait au regard. En un instant, sa joie se transforma en rage.

Il haletait furieusement, son visage gris tremblait sous l'emprise d'émotions inimaginables ; puis il saisit un petit outil dont la lame tranchante brillait comme un miroir. D'une manière quelque peu étrange tout d'abord, il commença par tailler dans différents organes, tuyaux et vessies mais, au fur et à mesure que son travail avançait, il devenait plus vicieux, moins précis, jusqu'à ce que les boyaux, partiellement ou presque totalement détachés, pendent le long de la table métallique en lambeaux grotesques, en loques bosselées et en morceaux indistincts. Et ce n'était pas encore suffisant, car la chose traquée lui échappait toujours.

Il poussa un hurlement perçant qui passa par le haut-parleur dans l'autre pièce. Cela ressemblait au bruit que fait une craie crissant sur un tableau ou une pelle grinçant dans la cendre froide. Grimaçant de manière atroce, il commença à hacher les morceaux luisants et à les jeter dans la pièce. Il les frotta sur son corps, les porta à ses oreilles et les « écouta ». Il les éparpilla, les lança par-dessus ses épaules voûtées, les plongea dans la baignoire, dans le lavabo. Du sang giclait en tous sens. Et à nouveau, son cri de frustration, son angoisse mystérieuse, déchira le haut-parleur :

— Pas là ! *Pas là !*

Dans l'autre pièce, les halètements de l'homme de droite s'étaient transformés en suffocations. Soudain, il saisit la corbeille sur la table, se leva en vacillant et se précipita en chancelant dans un coin de la pièce. De mauvaise grâce, Borowitz reconnut qu'il était resté silencieux.

— Mon Dieu, mon Dieu ! s'était mis à répéter l'homme de gauche, à maintes reprises, et de plus en plus fort. Puis : Répugnant, c'est répugnant ! C'est un dépravé, un fou, un démon !

— Il est excellent ! grogna Borowitz. Regardez ! Mais regardez donc ! Maintenant il plonge au cœur du problème...

De l'autre côté de l'écran, l'homme nu s'était saisi d'une scie chirurgicale. Son bras, sa main et l'instrument lui-même ne formèrent plus qu'une tache indistincte rouge, grise et argentée lorsqu'il scia à travers le sternum. Il fit levier avec la lame. De la sueur ruisselait sur sa peau maculée de sang, puis dégoulinait en pluie chaude. Cela ne fonctionnait pas comme il le souhaitait. La lame de la scie se brisa et tomba sur le sol. Hurlant comme un animal, s'agitant frénétiquement, il leva la tête et examina la pièce à la recherche de quelque chose. Ses yeux s'arrêtèrent brièvement sur une chaise métallique et il eut une idée. D'un bond, il saisit la chaise et se servit de deux de ses pieds comme d'un levier qu'il enfonça dans le sillon fraîchement coupé.

Dans un craquement d'os et un arrachement de chairs, le côté gauche de la cage thoracique du cadavre se souleva, fut poussé en arrière, formant une trappe dans la partie supérieure du tronc. Les mains de l'homme nu plongèrent *à l'intérieur...* un terrible arrachement... et elles en ressortirent, tenant leur prise... mais seulement pendant un instant. Puis...

Tenant le cœur à bout de bras, l'homme nu valsa à travers la pièce, tourbillonna, encore et encore. Il le serra fermement, le porta à ses yeux, à ses oreilles. Il le pressa contre sa propre poitrine, le caressa et pleura comme un bébé. Il pleura de soulagement. De chaudes larmes coulèrent sur ses joues grises. En un instant, toute sa force semblait l'avoir quitté.

Ses jambes tremblaient. Tenant toujours le cœur bien

serré, il se décomposa, s'écrasa sur le sol, se pelotonna dans une position fœtale, le cœur enfoui contre lui. Il ne bougea plus.

— C'est terminé... dit Borowitz... peut-être !

Il se leva, alla jusqu'au haut-parleur et appuya sur un deuxième bouton marqué « Intercom ». Mais avant de parler, il lança un regard vers ses subordonnés. L'un d'eux n'avait toujours pas quitté son coin, où il était vautré, tête pendante, la corbeille coincée entre ses jambes. Dans un autre coin de la pièce, le deuxième homme se pliait en deux, les mains sur les hanches, d'avant en arrière, d'arrière en avant, expirant lorsqu'il était penché en avant, inspirant lorsqu'il se redressait. Les visages des deux hommes étaient luisants de sueur.

— Ah ! grogna Borowitz, puis il lança dans l'intercom : Boris ? Boris Dragosani ? Pouvez-vous m'entendre ? Tout va bien ?

Dans l'autre pièce, l'homme étendu sur le sol bougea, s'étira, tourna la tête et regarda autour de lui. Puis, il frissonna et se leva d'un bond. Il paraissait un peu plus humain à présent et ressemblait moins à un automate déréglé, même si sa peau avait toujours la couleur grise du plomb. Ses pieds nus glissèrent sur le sol gluant, ce qui le fit vaciller un peu, mais il reprit rapidement son assise. C'est à ce moment-là qu'il vit le cœur toujours prisonnier de ses mains, ce qui provoqua un nouveau frisson. Il jeta le cœur et s'essuya les mains sur les hanches.

Il était comme quelqu'un sortant à peine de l'agitation d'un cauchemar, pensa Borowitz... mais il ne devait pas le laisser se réveiller trop rapidement. Il y avait quelque chose que Borowitz devait savoir. Et il devait le savoir maintenant, tandis que c'était encore frais dans l'esprit de l'homme nu.

— Dragosani, dit-il à nouveau, d'une voix aussi douce que possible. Est-ce que vous m'entendez ?

Au moment où les compagnons de Borowitz qui avaient repris leurs esprits venaient le rejoindre devant la large glace, l'homme nu regarda dans leur direction. Pour la première fois, Boris Dragosani fit attention à la glace sans tain, qui, de son côté, était simplement composée de petits miroirs. Il regarda à travers la glace, à la manière d'un aveugle et répondit :

— Oui, je vous entends, Camarade Général. Et vous allez bien rire : il avait prévu de vous assassiner.

— Ah ! Bon !

Borowitz ferma le poing et frappa dans sa main gauche. Combien étaient-ils avec lui ?

Dragosani paraissait exténué. Sa peau perdait peu à peu sa coloration grise et déjà, ses mains, ses jambes et le bas de son corps avaient retrouvé une teinte plus charnelle. Ce n'était qu'un homme après tout, et il était sur le point de s'effondrer. Rejoindre la chaise métallique sur laquelle il se laissa tomber n'avait demandé qu'un petit effort, mais cela sembla avoir consumé ses dernières forces. Posant ses coudes sur ses genoux, la tête dans les mains, il regarda le sol entre ses pieds.

— Alors ? lança Borowitz dans l'intercom.

— Un autre, répondit Dragosani finalement sans lever la tête. Quelqu'un proche de vous. Je n'ai pas pu lire son nom.

Borowitz était déçu.

— C'est tout ?

— Oui, Camarade Général.

Dragosani tourna la tête, regarda à nouveau en direction du miroir. Il y avait quelque chose qui ressemblait à une prière dans ses yeux bleus délavés. Avec une familiarité à laquelle les subordonnés de Borowitz pouvaient difficilement croire, il ajouta :

— Gregor, s'il te plaît, ne me demande pas ça.

Borowitz resta silencieux.

— Gregor, répéta Dragosani, tu m'avais promis...

— Beaucoup de choses, le coupa vivement Borowitz. Oui, et tu les auras. *Beaucoup* de choses ! Le peu que tu donnes, je te le rembourserai au centuple. Les moindres services que tu accomplis, l'URSS t'en sera extrêmement reconnaissante — quel que soit le temps que cela mettra. Tu as sondé des abîmes profonds comme le cosmos, Boris Dragosani, et je sais que ton courage est plus grand que celui de n'importe quel cosmonaute. Contrairement à ce que raconte la Science-Fiction, il n'y a pas de monstres là où ils vont. Mais les frontières que tu traverses sont vraiment les antres de l'horreur ! Je *sais* tout cela...

L'homme dans l'autre pièce se leva, s'étira longuement. Ses membres et son corps avaient perdu leur teinte grise.

— Oui, Gregor, dit-il.

Malgré le fait que Dragosani ne puisse pas le voir, Borowitz lui fit un signe de tête.

— Alors, tu comprends ?

L'homme nu soupira, laissa à nouveau retomber sa tête et demanda :

— Que veux-tu savoir ?

Borowitz se passa la langue sur les lèvres, s'approcha plus près de la glace sans tain et dit :

— Deux choses. Le nom de l'homme qui complotait avec cette espèce de porc éviscéré et une preuve que je peux présenter devant le Présidium. Je ne suis pas le seul à être en danger sans cette information, toi aussi. Oui, et le Réseau tout entier. Souviens-toi, Boris Dragosani, il y en a au KGB qui nous étriperaient s'ils en avaient la possibilité !

L'autre ne dit rien, mais retourna vers le chariot portant les restes du cadavre. Il se pencha au-dessus des restes profanés et sur son visage se lisaient ses intentions : *une ultime profanation*. Il respira profondément, dilatant ses poumons et laissant ensuite l'air ressortir doucement, puis il répéta la procédure. Chaque fois, sa poitrine semblait se gonfler un petit peu plus, tandis que sa peau reprenait rapidement sa teinte gris ardoise. Après quelques minutes, il tourna son regard en direction de la mallette contenant les instruments chirurgicaux.

À ce moment-là, même Borowitz fut troublé, agité, énervé. Il s'assit dans son fauteuil et sembla quelque peu s'y ratatiner.

— Vous deux, grogna-t-il à ses subordonnés, est-ce que ça va ? Vous, Mikhail... n'y a-t-il pas des traces de vomi sur votre veste, à gauche ? Si c'est le cas, tenez-vous à l'écart. (Il s'agissait de celui de gauche, celui dont les narines n'étaient plus que deux trous humides, noirs comme le jais dans un visage crayeux.) Et vous, Andrei, avez-vous terminé de vous plier en deux et de vous aérer ?

Celui de droite ouvrit la bouche mais ne dit rien, et ne quitta pas l'écran des yeux. Sa pomme d'Adam remontait violemment. L'autre dit :

— Laissez-moi au moins regarder le début. Mais je préférerais ne pas vomir. Bien entendu, quand tout sera terminé, je vous serai reconnaissant de me donner des explications. Vous pouvez dire ce que vous voulez de cet homme, Camarade Général, mais je crois qu'il devrait être piqué.

Borowitz hocha la tête.

— Vous aurez votre explication en temps voulu, gronda-t-il. En attendant, je suis d'accord avec vous... je préférerais également que vous ne vomissiez pas ici !

Dragosani tenait dans une main ce qui semblait être une gouge en argent et, dans l'autre, un petit maillet recouvert de cuivre. Il plaça la gouge au milieu du front du cadavre, frappa violemment dessus avec le maillet et enfonça à fond la gouge. À la suite du coup, le maillet rebondit et un peu de liquide cérébral remonta le long de la gouge. C'en était trop pour Mikhail. Il déglutit une nouvelle fois, puis retourna dans son coin et resta là, tremblant de tous ses membres, le visage tourné vers le mur. L'homme nommé Andrei resta où il était, sans bouger, comme paralysé, mais Borowitz remarqua cependant qu'il ouvrait et fermait les poings sans arrêt.

Dragosani s'écarta du cadavre, s'accroupit, considéra avec attention la gouge qu'il venait de retirer du crâne. Il hocha lentement la tête, puis se redressa d'un bond et se dirigea vers la table aux instruments. Il laissa tomber le maillet sur le sol carrelé, attrapa une mince paille en acier et l'introduisit de façon experte dans le trou percé par la gouge en jetant à peine un coup d'œil. Le fin tube d'acier s'enfonça lentement dans la cavité, puis Dragosani le porta à sa bouche.

— Il le porte à sa bouche ! croassa soudain Andrei en se détournant avant de quitter la pièce d'observation, trébuchant comme un aveugle. Mon Dieu, mon Dieu — *à sa bouche !*

Borowitz ferma les yeux. Aussi dur qu'il fût, il ne pouvait pas regarder cela. Il avait déjà vu tout cela auparavant, et il valait mieux en rester là.

Quelques minutes s'écoulèrent. Recroquevillé dans son coin, Mikhail tremblait comme une feuille. De l'autre côté de la pièce, Andrei tournait le dos à l'écran. Leur supérieur, quant à lui, les yeux mi-clos, s'était enfoncé dans son fauteuil. Soudain...

Le cri qui leur parvint par le haut-parleur aurait pu ébranler les nerfs de n'importe qui, un cri à réveiller les morts. Il était chargé d'horreur, chargé de savoirs monstrueux, chargé... d'indignation ? Oui, d'indignation, le cri d'un fauve blessé, d'un animal vengeur. Et ayant sur ses talons... le chaos !

Les yeux de Borowitz s'ouvrirent, alors que le cri décroissait déjà, et ses épais sourcils prirent un air interrogateur. Pendant un instant, il resta assis là, tel un hibou en alerte, les nerfs à vif, les doigts agrippés aux bras de son fauteuil. Puis, il poussa un hurlement rauque, leva un bras devant son visage et projeta violemment son corps en arrière. Son fauteuil s'effondra, l'envoya rouler à terre, mais cela le protégea des éclats de verre et des petits morceaux de plomb projetés par l'écran qui venait de s'effondrer vers l'intérieur. Un large trou y était apparu, au milieu duquel dépassaient les pieds de la chaise métallique balancée depuis l'autre pièce. La chaise disparut puis fut à nouveau projetée en avant, brisant le reste des petits carreaux et envoyant des fragments de verre voler en tous sens.

— Salaud ! Le hurlement de Dragosani parvint à la fois par le haut-parleur et par l'écran détruit. Eh, Gregor Borowitz, espèce de salaud ! Tu l'as empoisonné... un agent pour pourrir son esprit... et maintenant, espèce de bâtard, *maintenant j'ai goûté au même poison !*

À la suite de la voix indignée, chargée de haine, Dragosani apparut. Il se découpa un moment dans un encadrement de dents de verre déchiquetées et tranchantes, avant de s'élancer par-dessus la table et les chaises renversées en direction de Borowitz qui se débattait sur le sol. Dans sa main, quelque chose brillait, argenté contre le gris de sa chair.

— Non ! mugit Borowitz, dont la voix lourde de terreur résonna dans la petite pièce confinée. Non, Boris, tu te trompes. Tu n'es pas empoisonné !

— *Menteur !* Je l'ai lu dans ce cerveau mort. J'ai senti la douleur de son agonie. À présent, cette chose est en moi, Dragosani !

Dragosani sauta sur Borowitz qui luttait pour se remettre sur pieds, en levant bien haut la lame recourbée en argent qu'il tenait à la main.

L'homme nommé Mikhail avait été repoussé dans le fond comme un épouvantail arraché par le vent, mais, à présent, il s'avança, plongea la main à l'intérieur de son pardessus. Il saisit le poignet de Dragosani juste au moment où il commençait à descendre. Spécialiste de la matraque, Mikhail le frappa en un point précis, avec juste assez de force pour l'étourdir. L'acier brillant échappa aux doigts inertes de Dragosani qui s'écroula, la tête la première, sur Borowitz. Mikhail aida le vieil homme à se relever. Borowitz jurait et tempêtait. Il donna même un ou deux coups de pieds à l'homme nu qui gémissait. Une fois debout, il repoussa son subordonné et s'épousseta, mais, soudain, il aperçut la matraque dans la main de Mikhail et comprit ce qui était arrivé. Il écarquilla les yeux d'inquiétude.

— Quoi? dit-il, la bouche grande ouverte. Vous l'avez frappé? Vous vous êtes servi de ça contre lui? Pauvre idiot!

— Mais Camarade Borowitz, Général, il...

Borowitz le coupa en le repoussant violemment des deux mains et lui lança :

— Imbécile! Idiot! Priez pour qu'il soit indemne. Si vous croyez en un dieu, priez pour que vous n'ayez pas irrémédiablement endommagé cet homme. Ne vous ai-je pas dit qu'il était unique?

Il mit un genou à terre et retourna l'homme en grognant. Des couleurs étaient revenues sur le visage de Dragosani, des couleurs humaines, mais juste à la base de son crâne une grosse boule enflait. Il cligna des paupières au moment où Borowitz examina avec anxiété son visage.

— Allumez! hurla le vieux Général. Nous avons besoin de lumière. Andrei, ne restez pas là comme...

Il s'interrompit, regarda la pièce tandis que Mikhail allumait la lumière. Andrei n'était plus là et la porte de la pièce était entrouverte.

— Espèce de lâche! hurla Borowitz.

— Peut-être est-il sorti chercher de l'aide, lâcha Mikhail. Camarade Général, si je n'avais pas frappé Dragosani, il vous aurait...

— Je sais, je sais, grommela Borowitz. Je m'en rends compte à présent. Aidez-moi à le mettre dans un fauteuil.

Tandis qu'ils le relevaient et l'installaient dans un fauteuil, il secoua la tête, grogna bruyamment et ouvrit les yeux. Ils fixèrent le visage de Borowitz et se plissèrent, accusateurs.

— Toi ! lâcha-t-il en essayant en vain de se relever.

— Reste calme, dit Borowitz. Et ne sois pas idiot. Tu n'es pas empoisonné. Mon vieux, crois-tu que je me débarrasserais de mon meilleur atout ?

— Mais il a été empoisonné ! dit Dragosani d'une voix grinçante. Il y a seulement quatre jours. Cela lui a brûlé le cerveau et il a souffert avant de mourir, en pensant que sa tête était en train de fondre. À présent, j'ai la même chose en moi ! Je vais être malade ! Je suis malade !

Il se débattit avec frénésie pour se relever.

Borowitz hocha la tête, le maintint assis d'une main ferme et sourit. Il brossa sa mèche de cheveux en arrière.

— Oui, c'est bien de cette façon qu'il est mort... mais pas toi, Boris, pas toi. Le poison était quelque chose de spécial, une mixture bulgare. Il agit rapidement... et se dissipe aussi vite. Il disparaît en quatre heures, ne laisse aucune trace et devient indécelable. Comme une dague de glace, elle frappe puis fond.

Mikhail le regardait, bouche bée, comme un homme qui entend quelque chose d'incroyable.

— Qu'est-ce que c'est ? demanda-t-il. Comment peut-il savoir que nous avons empoisonné le Commandant en Second de...

— Taisez-vous ! lança Borowitz en se tournant vers lui. Vous ne savez pas tenir votre langue, Mikhail Gerkhov !

— Mais...

— Vous êtes aveugle ? N'avez-vous rien compris ?

L'autre haussa les épaules et se tut. Tout cela le dépassait totalement. Il avait vu beaucoup de choses étranges depuis qu'il avait été transféré dans le Réseau trois ans auparavant, il avait vu et entendu des choses qu'il n'avait jamais crues possibles, mais ça, ça dépassait tout ce qu'il avait déjà vu, ça défiait l'entendement.

Borowitz s'était retourné vers Dragosani et l'avait saisi par le cou. L'homme nu était pâle, ni gris plomb, ni rose chair, mais pâle. Il frissonna quand Borowitz lui demanda :

— Boris, connais-tu son nom ? Réfléchis bien, car c'est très important.

— Son nom ? Dragosani leva la tête. Il avait l'air malade.

— Tu as dit que l'homme qui projetait de m'assassiner en compagnie de cette espèce de porc était un de mes proches. Qui est-ce, Boris ? Qui ?

Dragosani hocha la tête, plissa les yeux et dit :

— Proche de toi, oui. Son nom est... Ustinov !

— Hein... ?

Borowitz se leva et commença à comprendre.

— Ustinov ? hoqueta Mikhail Gerkhov. Andrei Ustinov ? Est-ce que c'est possible ?

— Très possible, dit une voix familière venant de la porte. Ustinov entra, une mitraillette à la main. Il dirigea le canon de son arme dans leur direction, en prenant soin de les tenir tous les trois en joue. Tout à fait possible.

— Mais pourquoi ? demanda Borowitz.

— Mais n'est-ce pas évident, camarade Général ? Ne pensez-vous pas qu'un homme qui a été aussi longtemps que moi à vos côtés veuille vous tuer ? De très longues années, Gregor, j'ai supporté vos accès de colère et de fureur, toutes vos petites intrigues insignifiantes et vos brimades. Oui, je vous ai servi loyalement... jusqu'à maintenant. Mais vous ne m'avez jamais apprécié, vous ne m'avez jamais mis au courant de quoi que ce soit. Qu'ai-je été... que suis-je aujourd'hui, à part un de vos pions, un appendice dont on a honte ? Eh bien, vous serez heureux d'apprendre que je suis, finalement, un élève très doué. Est-ce que vous me considériez comme votre adjoint ? Non, absolument pas. Et j'aurais été écarté par cet arriviste ? Il fit un geste méprisant en direction de Gerkhov.

Le visage de Borowitz affichait clairement son dégoût.

— Vous êtes celui que j'avais choisi ! grogna-t-il. Ah ! Il n'y a pas pire aveugle que celui qui ne veut pas voir...

Dragosani gémit et porta une main à sa tête. Il essaya de se lever, tomba sur les genoux et s'écroula la tête la première sur le carrelage. Borowitz fit un geste pour s'agenouiller à ses côtés.

— Restez où vous êtes ! hurla Ustinov. Vous ne pouvez plus rien pour lui. Il va mourir. Vous allez tous mourir.

— Vous ne sortirez jamais d'ici, dit Borowitz, mais son visage avait perdu ses couleurs et sa voix n'était plus qu'un bruissement sec.

— Bien sûr que si. Au milieu de tout ce désordre, de toute cette pagaille ? Oh, j'inventerai une bonne histoire, soyez-en certain. Quelque chose sur vous, le fou furieux, et sur les déments que vous employez. Et qui sera là pour dire le contraire ?

Il avança. L'arme dans ses mains fit un dur *ch-ching* lorsqu'il l'arma.

Sur le sol, à ses pieds, Boris Dragosani n'était pas inconscient. Son malaise n'avait été qu'une ruse pour lui permettre de trouver une arme. Ses doigts s'étaient à présent refermés sur le manche en os du petit couteau chirurgical recourbé qu'il avait laissé tombé. Ustinov s'avança, tourna rapidement son arme en souriant et assena un coup de crosse sur le visage de Borowitz qui nc s'y attcndait pas. Tandis qu'il tombait en arrière, du sang gicla de sa bouche fendue. Ustinov ajusta sa prise sur l'arme et pressa la détente.

La première rafale toucha Borowitz à l'épaule droite, le fit tourner sur lui-même et le projeta à terre. Elle fit également décoller Gerkhov, lui fit traverser la pièce et l'envoya contre le mur. Il y resta suspendu une seconde, comme un homme crucifié, puis il fit un pas en avant, cracha un flot de sang et tomba tête la première. Le mur était rouge à l'endroit où son dos avait porté.

Borowitz recula avec difficulté en traînant son bras droit sur le sol jusqu'à ce que ses épaules soient appuyées contre le mur. Incapable d'aller plus loin, il rentra la tête dans les épaules et s'assit là, attendant la suite. Ustinov montra les dents à la manière d'un requin qui va passer à l'attaque. Il visa le ventre de Borowitz et referma son doigt sur la détente. Au même moment, Dragosani se leva brusquement derrière Ustinov. Il hurla — Borowitz également — lorsque les balles grignotèrent le mur au-dessus de sa tête.

Dragosani se hissa sur ses pieds en s'accrochant au manteau d'Ustinov, puis il frappa une deuxième fois, à l'aveuglette. Sa lame recourbée coupa à travers le pardessus, la veste, la chemise et la chair. Elle s'enfonça jusqu'à l'os dans le bras droit d'Ustinov, dont les doigts inertes lâchèrent l'arme. Presque par réflexe, il donna un coup de genou au visage de Dragosani.

Haletant de douleur et de terreur, sachant très bien qu'il

avait été sévèrement blessé, Andrei Ustinov, le traître, sortit en boitillant et claqua la porte derrière lui. En un instant, il traversa une petite antichambre et s'échappa dans le couloir. Là, il referma la porte anti-bruit plus doucement, enjamba le corps de l'homme du KGB qui gisait la langue pendante et le crâne défoncé. La mort de celui-ci était regrettable, mais s'était avérée nécessaire.

Jurant et haletant de douleur, Ustinov traversa le couloir en laissant derrière lui une traînée de sang. Il avait presque atteint la porte donnant sur la cour, lorsqu'un bruit le fit se retourner. Il tira une grenade à fragmentation de sa poche intérieure, arracha la goupille. Il vit Dragosani entrer dans le couloir, trébucher sur le corps étendu et tomber à genoux. Puis, au moment où leurs regards se croisèrent, il lança la grenade. Après cela, il n'avait plus rien d'autre à faire que sortir de là. Les ricochets de la grenade et le souffle de la respiration de Dragosani sifflèrent à ses oreilles lorsqu'il ouvrit la porte métallique, sortit et la referma derrière lui.

Dans la nuit, Ustinov comptait mentalement les secondes, tandis qu'il se dirigeait vers les deux hommes vêtus de blanc qui attendaient près de l'ambulance.

— À l'aide! cria-t-il. Je suis blessé! C'est Dragosani, l'un de nos agents spéciaux. Il est devenu fou. Il a tué Borowitz, Gerkhov et un homme du KGB.

Derrière lui, confirmant ses dires, se produisit une explosion étouffée. La porte métallique résonna, comme si quelqu'un l'avait frappée de l'intérieur avec un gigantesque marteau de forgeron. Elle se bomba un petit peu vers l'extérieur, cassa un gond, puis fut éjectée et s'ouvrit en claquant contre le mur du couloir. De la fumée, de la chaleur et une langue de flammes rouges sortirent en tourbillonnant, apportant une forte odeur d'explosifs.

— Vite! cria Ustinov, couvrant les questions des deux hommes et les hurlements des gardes dont les bottes claquaient sur les pavés. Toi, le chauffeur, emmène-nous loin d'ici avant que tout n'explose!

Il y avait un peu de peur dans sa voix, mais cette peur le galvanisait. Et cela mettrait Ustinov en lieu sûr, pour un moment tout au moins. Hélas! il ignorait si ceux qu'il laissait derrière lui étaient bien morts. S'ils l'étaient, il aurait du temps pour bâtir son histoire; sinon, il était fichu. Seul l'avenir le dirait.

Il se laissa tomber à l'arrière de l'ambulance tandis que le moteur rugissait et que les deux hommes qui le suivaient enlevaient leurs manteaux. Les portes claquèrent. Le véhicule s'élança à travers la cour, passa sous une grande arche de pierre et s'engagea sur un chemin menant au mur d'enceinte.

— Foncez, hurla Ustinov. Emmenez-nous loin d'ici !

Le chauffeur se pencha sur son volant et appuya sur l'accélérateur.

Dans la cour, les agents de sécurité et le pilote de l'hélicoptère volaient littéralement au-dessus des pavés, toussant dans les nuages de fumée âcre qui s'échappaient par la porte. Le feu, qui n'avait pas été très important, avait été étouffé par la fumée. Et à présent, sortant de derrière ce mur de fumée dense, nauséeuse, apparut en titubant une silhouette cauchemardesque, couverte de cendres : Dragosani, toujours nu, le corps maculé de sang, portant sur ses épaules à la manière d'un pompier un Gregor Borowitz vociférant.

— Quoi ? meugla le général au milieu de quintes de toux et de crachats. Quoi ? Où est ce chien d'Ustinov ? Vous l'avez laissé s'enfuir ? Où est l'ambulance ? Qu'avez-vous donc fait, bande de cons ?

Tandis que les agents de sécurité faisaient descendre Borowitz des épaules de Dragosani, l'un d'eux en grande hâte lui dit :

— Le Camarade Ustinov était blessé. Il est parti dans l'ambulance.

— Camarade ? *Comment ça Camarade ?* beugla Borowitz. Fini les « camarade », pour lui ! Vous avez dit « blessé » ? Ce connard est blessé ? Il me le faut mort !

Il tourna son visage de loup vers la tour et hurla.

— Vous là-haut... est-ce que vous voyez l'ambulance ?-

— Oui, Camarade Général. Elle approche du mur d'enceinte.

— Stoppez-la ! cria Borowitz en étreignant son épaule blessée.

— Mais...

— Envoyez-la en enfer !

Le tireur d'élite de la tour glissa sa lunette de vision nocturne dans une encoche de la crosse de sa Kalachnikov et plaça un chargeur de balles traçantes et de balles explosives. Il s'agenouilla, saisit à nouveau l'ambulance dans son viseur de nuit et pointa son arme en direction de la voiture. L'ambulance ralentissait à l'approche d'un des porches d'entrée du mur d'enceinte, mais le tireur d'élite savait qu'elle ne l'atteindrait jamais. Calant son arme contre son épaule et sur le parapet du mur, il pressa la détente sans la relâcher. Un jet de flamme s'élança de la tour, suivit le véhicule pendant quelques mètres, puis combla le fossé qui les séparait et atteignit sa cible.

L'avant de l'ambulance éclata dans un nuage de flammes blanches, explosa et projeta de l'essence enflammée dans toutes les directions. Le véhicule quitta la route, se coucha sur le côté et laboura le gazon avant de s'arrêter. Quelqu'un habillé de blanc s'échappa à quatre pattes de la carcasse en flammes ; une autre silhouette, vêtue d'une chemise ouverte et portant un pardessus sombre, se traîna hors des flammes et boita en direction de la sortie.

Incapable de voir ce qui se passait hors de la cour, Borowitz, toujours soutenu par des agents de sécurité, hurla rageusement en direction de la tour :

— L'avez-vous arrêtée ?

— Oui, monsieur. Deux hommes au moins sont en vie. L'un est un ambulancier, et je pense que l'autre est...

— Je sais qui est l'autre, brailla Borowitz. C'est un traître ! Pour moi, pour le Réseau, pour la Russie. Descendez-le !

Le tireur d'élite déglutit, visa, tira. Les balles sifflèrent, martelèrent la terre sur les talons d'Ustinov, le rejoignirent et le mirent en pièces dans un embrasement de phosphore et d'acier explosif.

C'était la première fois que l'homme dans la tour tuait quelqu'un. Il posa son arme, se pencha en tremblant au-dessus du mur et lança :

— C'est fait, monsieur.

Au milieu du calme revenu, sa voix semblait ténue.

— Excellent, lui envoya Borowitz en retour. Restez là-haut pour le moment et ouvrez l'œil.

Il geignit et serra à nouveau son épaule d'où le sang coulait sur le tissu de son pardessus.

L'un des agents de sécurité lui dit :

— Monsieur, vous êtes blessé.

— Évidemment que je suis blessé, imbécile ! Cela pourra attendre un petit peu. Mais avant, je veux appeler tout le monde. Je veux leur parler. Et pour le moment, rien de cela ne doit sortir de ces murs. Combien de ces connards du KGB avons-nous ici ?

— Deux, monsieur, répondit le même agent de sécurité. Un à l'intérieur...

— Il est mort, grogna Borowitz, insensible.

— Alors, il n'en reste qu'un, monsieur. Dehors, dans les bois. Tous les autres sont des agents du Réseau.

— Excellent ! Mais... celui de la forêt a-t-il une radio ?

— Non, monsieur.

— De mieux en mieux. Très bien, amenez-le ici et enfermez-le pour l'instant... j'en prends la responsabilité.

— À vos ordres, monsieur.

— Et que personne ne s'inquiète, poursuivit Borowitz. Tout repose sur mes épaules... qui sont très larges, comme vous le savez. Je n'essaie pas de cacher quelque chose, mais je veux régler cela à ma façon. C'est peut-être notre seule chance d'empêcher le KGB d'être dans nos pattes. Bien, voyons ce qu'il y a à faire ici ! Vous.... Il se tourna vers le pilote de l'hélicoptère. Décollez. J'ai besoin d'un docteur... le docteur du Réseau. Amenez-le ici immédiatement.

— Oui, Camarade Général. J'y vais.

Le pilote se précipita vers sa machine et les agents de sécurité vers leurs voitures garées en dehors de la cour. Borowitz les regarda partir, prit le bras de Dragosani et lui demanda :

— Boris, est-ce que tout va bien ?

— Je suis toujours entier, si c'est ce que tu veux dire. J'ai juste eu le temps de me réfugier dans l'antichambre avant que la grenade n'explose.

Borowitz rit bruyamment malgré la terrible brûlure de son épaule.

— Parfait ! Dans ce cas, rentrons et voyons si tu peux trouver un extincteur. Quelque chose brûle encore, il faut l'éteindre. Après cela, tu pourras me rejoindre dans la salle de conférence. Il serra la main de l'homme nu, vacilla un instant puis se remit d'aplomb. Eh bien, qu'attends-tu?

Tandis que Dragosani replongeait dans le couloir où la fumée s'était presque entièrement dissipée, Borowitz lui lança :

— Eh, Camarade, trouve des vêtements, ou une couverture au moins. Ton travail est terminé pour cette nuit. Cela semble peu raisonnable que Boris Dragosani, le Nécromancien du Kremlin, puisse courir dans ce costume d'Adam, n'est-ce pas?

Une semaine plus tard, lors d'une audience spéciale tenue à huis clos, Gregor Borowitz justifiait les décisions qu'il avait prises au Château Bronnitsy, la nuit en question. L'audience devait avoir deux utilités. La première : Borowitz devait être entendu pour avoir assisté « à une sérieuse défaillance du 'Réseau expérimental' placé sous son commandement ». La deuxième : il devait pouvoir trouver l'opportunité de présenter ses arguments en faveur d'une indépendance vis-à-vis du reste des services secrets de l'URSS, particulièrement vis-à-vis du KGB. En bref, il souhaitait utiliser cette audience comme une plate-forme dans sa tentative d'autonomie.

Les cinq juges, plus exactement les enquêteurs, les investigateurs, étaient formés de Georg Krisich, du Comité Central du Parti, d'Oliver Bellekhoyza et Karl Djannov, membres du conseil des ministres, Youri Andropov, chef du Komissoa Gosudarstvennoy Bezopasnosti — le KGB — et un autre, qui n'était pas « un observateur indépendant », mais, en fait, le représentant personnel de Leonid Brejnev. Depuis que le Chef du Parti ne voulait plus avoir le dernier mot, son « inconnu », mais ô combien important adjoint était l'homme que Borowitz devait le plus impressionner. Il était aussi, en vertu de son « anonymat », celui qui avait le moins à dire...

L'audience se déroulait dans une grande pièce au deuxième étage d'un immeuble sur la Prospective Kurt suzov, ce qui rendait la venue des hommes d'Andropov et de Brejnev très facile depuis qu'ils avaient leurs bureaux dans ce quartier. Personne ne se montra ouvertement hostile.

Il y avait une part de risque acceptée dans tout projet expérimental ; bien que, comme l'avait calmement fait remarquer Andropov, on pût espérer qu'ayant été accepté, le risque aurait pu aussi à l'occasion être « anticipé », ce à quoi Borowitz avait souri et avait acquiescé de la tête par déférence. Borowitz se fit la promesse qu'un jour ce bâtard allait payer pour cette froide insinuation au sujet de son inefficacité et pour son air de supériorité, sournois et totalement inopportun.

Durant l'audience, il apparut, exactement comme Borowitz l'avait exposé, que l'un de ses subordonnés, Andrei Ustinov, avait succombé au stress et aux pressions de son travail et était devenu fou. Il avait tué l'agent du KGB Hadj Gartezkov, avait essayé de faire exploser le Château, et avait même blessé Borowitz, avant d'être arrêté. Malheureusement, durant « l'arrestation », deux autres hommes avaient également perdu la vie et un troisième avait été blessé. Heureusement, aucun de ceux-ci n'étaient des citoyens importants. L'État allait faire ce qu'il fallait pour leurs familles.

Après la « défaillance » et jusqu'à ce que les faits puissent être élucidés, il avait été malheureusement nécessaire d'enfermer un deuxième membre du KGB d'Andropov dans le Château. Cela avait été inévitable ; à l'exception du pilote de l'hélicoptère, Borowitz n'avait autorisé personne à partir avant que tout ne soit rentré dans l'ordre. Même le pilote serait resté, si la présence d'un médecin n'avait pas été requise d'urgence. Quant à l'agent emprisonné, on avait fait cela pour sa propre sécurité. Jusqu'à ce qu'il soit possible de démontrer que le KGB lui-même n'avait pas été la cible d'Ustinov, en fait, jusqu'à ce que l'on découvre qu'il n'y avait pas de « cible », mais qu'un homme était simplement devenu fou et avait perpétré un massacre, Borowitz avait considéré qu'il était de son devoir de mettre cet agent en sécurité. Après tout, un agent du KGB mort, c'était déjà un mort de trop. Un sentiment qu'Andropov fut bien obligé de partager.

En résumé, toute l'audience ne fut rien de plus qu'une répétition de la première explication de Borowitz et de son rapport. Aucune allusion ne fut faite au sujet de l'exhumation, de l'éviscération et de l'examen nécromantique d'un ancien officiel. Si Andropov avait été au courant de cela, cela aurait certainement posé problème, mais il ne l'était pas. D'ailleurs, comme Andropov lui-même avait déposé une couronne sur sa tombe moins d'une semaine auparavant, il n'aurait pas apprécié d'apprendre qu'en ce moment même, le corps reposait dans une deuxième tombe, anonyme, quelque part au Château Bronnitsy...

Pour le reste, le ministre Djannov avait fait quelques allusions déplacées au sujet du travail, ou au supposé travail, effectué par le Réseau de Borowitz. Ce dernier l'avait regardé d'un air étonné, presque outragé. Le représentant de Brejnev avait toussé, s'interposant puis détournant la question. Après tout, quelle était l'utilité d'un réseau secret ou d'une telle organisation si on en révélait les secrets ? En fait, Leonid Brejnev avait déjà mis son veto à toute enquête directe au sujet du Réseau ESP[1] et de ses activités. Borowitz était un vétéran et avait été un homme du Parti toute sa vie, pour ne pas dire un supporter dévoué et puissant du Chef du Parti.

Tout le monde avait remarqué qu'Andropov était mécontent. Il aurait volontiers aimé porter des accusations, ou au moins demander une enquête approfondie du KGB, mais cela avait déjà été interdit — mieux encore, on l'avait « convaincu » qu'il ne devait pas poursuivre dans cette voie. Mais quand tout fut terminé, le chef du KGB demanda à Borowitz de rester pour discuter.

— Gregor, dit-il lorsqu'ils furent seuls, tu sais évidemment que rien d'important, absolument rien, n'a de secret pour moi. Ce qui est 'inconnu' ou 'encore ignoré'n'est pas tout à fait un secret. Et tôt ou tard, je suis au courant de tout. Tu le sais ?

— Ah, l'omniscience ! sourit Borowitz. Un lourd fardeau pour les épaules d'un seul homme, Camarade. Je vous plains.

Youri Andropov sourit légèrement, ses yeux semblaient brumeux et vides derrière les verres de ses lunettes. Mais il

1. *ESP : « Extra Sensory Perception », perception extrasensorielle. Nous avons utilisé les initiales anglaises « ESP », pour conserver les jeux de mots de l'auteur. (N.d.T.)*

ne fit aucun effort pour dissimuler les menaces contenues dans sa voix lorsqu'il dit :

— Gregor, nous devons tous prendre notre avenir en considération. Tu dois garder cela à l'esprit. Tu n'es plus un jeune homme. Si ton cher réseau disparaissait ? Es-tu prêt pour une retraite anticipée, la perte de tous tes petits privilèges ?

— C'est étrange, répondit Borowitz, il y a quelque chose dans la nature même de mes travaux qui assure mon avenir, mon avenir prévisible en tout cas. Oh, et incidemment, le tien aussi.

Andropov prit un air étonné.

— Oh ? fit-il avec un petit sourire. Et qu'est-ce que tes astrologues lisent dans mes étoiles, Gregor ?

Bien, il sait quelque chose ! pensa Borowitz, mais cela ne le surprenait pas vraiment.

— Entrée au Politburo dans deux ans, dit-il, sans changer d'expression. Et peut-être, dans huit ou neuf ans tout au plus, la direction du Parti.

— Vraiment ? lança Andropov avec un sourire mi-étonné, mi-sardonique.

— Oui, vraiment. L'expression de Borowitz n'avait toujours pas changé. Et je peux te le dire sans crainte, car tu ne le diras pas à Leonid.

— Ah bon ? répondit cet homme dangereux. Et il y a une raison particulière pour que je ne lui raconte pas cela ?

— Certainement. Je pense que tu peux appeler cela le Principe d'Hérode. Bien sûr, étant de bons membres du Parti, nous ne lisons pas le « Livre Saint », mais comme je sais que tu es un homme intelligent, je sais aussi que tu comprendras ce que je veux dire. Hérode, comme tu l'apprendras, devint un boucher parce qu'il ne supportait pas la menace d'un usurpateur... même un nourrisson. Tu n'es pas ce que l'on pourrait appeler un bébé innocent, Youri. Et de la même façon, bien sûr, Leonid n'est pas Hérode. Je ne crois pas que tu lui raconteras ce que je t'ai prédit.

Après un moment de réflexion, Andropov haussa les épaules.

— Peut-être que je ne le ferai pas, dit-il.

— D'un autre côté, lança Borowitz par-dessus son épaule

en quittant la pièce, peut-être que moi, je le ferai... à moins que...

— À moins que quoi ? Que veux-tu ?

— Eh bien, à moins que nous prenions en compte nos avenirs respectifs, bien entendu ! Et aussi parce que je me considère plus sage que ces trois imbéciles de « sages »...

D'un pas lourd, il traversa le couloir en direction des escaliers, en grimaçant sauvagement pour lui-même. Soudain, le sourire de loup de Borowitz revint sur ses lèvres, lorsqu'il se remémora ce que ses voyants avaient dit au sujet de Youri Andropov : peu de temps après son accession au pouvoir, il allait tomber malade et mourir. Oui, après deux ou trois ans tout au plus. Borowitz espérait seulement que cela allait bien arriver... ou peut-être qu'il pouvait faire encore mieux que simplement espérer.

Peut-être devrait-il lui-même faire des préparatifs, commencer quelque chose dès maintenant. Peut-être devrait-il contacter un certain chimiste bulgare de ses amis. Un poison lent... indécelable... sans douleur... causant une rapide détérioration des organes vitaux...

Il fallait certainement y penser.

Le vendredi suivant, dans la soirée, Boris Dragosani quitta la ville et fit les trente kilomètres le séparant de la spacieuse, mais rustique datcha de Gregor Borowitz à Zhukovka. Agréablement située sur une petite colline couverte de pins qui dominait la paresseuse rivière Moskova, l'endroit était à l'abri des oreilles et des regards indiscrets, spécialement des oreilles et des regards électroniques. Borowitz ne voulait pas d'objets métalliques chez lui, à part son propre détecteur de métaux. Officiellement, il l'utilisait pour chercher de vieilles pièces le long des rives de la rivière, et en particulier près des anciens gués, mais c'était en réalité pour sa propre sécurité et pour être rassuré. Il connaissait l'emplacement du moindre objet dans sa datcha. Les seules puces[1] qui pouvaient approcher de l'endroit étaient celles qui rampaient dans la terre riche du jardin de Borowitz.

1. *En anglais, le mot « bug » désigne aussi bien une « punaise », une « bestiole », qu'un micro. (N.d.T.)*

Malgré tout, le vieux général emmena Dragosani se promener pour mieux parler avec lui, préférant l'extérieur à l'intimité toujours douteuse de quatre murs, même s'ils ont été bien sondés auparavant. Car même ici, à Zhukovka, le KGB était présent. Beaucoup de membres importants du KGB, et même quelques généraux, avaient leurs datchas dans la région, sans compter tous les anciens agents à la retraite. Borowitz ne comptait aucun ami parmi eux ; tous seraient même ravis d'informer Youri Andropov des bribes d'informations qu'ils pourraient entendre.

— Mais au moins, le Réseau lui-même est à présent débarrassé d'eux, confia Borowitz, en ouvrant la route vers un chemin qui longeait la rive de la rivière. Il conduisit Dragosani jusqu'à un endroit où il s'assirent sur des roches plates, et où ils purent admirer le soleil descendre à l'horizon, transformant la rivière en un miroir vert foncé.

Ils formaient un couple étrange : le vieux soldat, râblé, noueux, typiquement russe, tout en corne, en ivoire jaune et en cuir travaillé par le temps ; et le jeune homme élégant, presque mou en comparaison, d'apparence délicate (quand il n'était pas métamorphosé par les rigueurs de son travail), aux longues mains de pianiste concertiste, mince mais néanmoins costaud, aux épaules aussi larges que son sourire était étroit. Non, à part un respect mutuel, ils semblaient ne rien avoir en commun.

Borowitz respectait Dragosani pour son don ; il n'avait aucun doute que c'était l'un de ceux qui pouvait aider la Russie à redevenir puissante. Pas simplement une « superpuissance », mais une nation invulnérable à tout envahisseur potentiel, indestructible par les armes, invincible dans la poursuite d'un expansionnisme régulier, furtif et mondial. Oh, cet expansionnisme existait déjà, mais Dragosani pouvait accélérer le processus. Si les espoirs que Borowitz avait placés dans le Réseau se réalisaient finalement. C'était encore de l'espionnage, oui, mais c'était l'autre face de la police secrète d'Andropov. Ou presque, la tranche de la pièce en fait. L'espionnage, mais en appuyant bien sur « ESP ». C'était pour cela que Borowitz « aimait » le peu sympathique Dragosani : il n'aurait jamais l'air à l'aise en pardessus bleu nuit et en chapeau feutre, mais de la même façon, aucun homme du KGB ne pourrait pénétrer les puits de secrets dans lesquels Dragosani s'informait. Et bien entendu, Borowitz avait lui-même « découvert » le nécromancien et l'avait ramené avec lui. C'était une autre raison pour laquelle il l'aimait : il était sa plus grande trouvaille.

Lui aussi avait ses buts, ses ambitions. Quels qu'ils fussent, il les gardait pour lui-même, bien enfermés dans son esprit macabre, mais ce n'étaient certainement pas les visions de Borowitz, d'une Russie dominant le monde et d'un Empire Universel, d'une mère Russie dont les enfants ne seraient plus menacés par aucune nation.

En premier lieu, Dragosani ne se considérait pas comme un vrai Russe. Il avait un héritage bien antérieur à l'oppression du communisme et des tribus qui utilisaient leur faucille et leur marteau, pas seulement comme des outils, mais comme un étendard et une menace. Et peut-être était-ce l'une des raisons pour laquelle il appréciait le peu sympathique Borowitz, pour qui la politique était presque apolitique. Quant au respect... il en avait pour les vieux vétérans, oui, mais pas pour les anciens héros des champs de bataille, ni pour la facilité avec laquelle Borowitz pouvait bluffer face au danger. Dragosani respectait plutôt son patron comme un réparateur de cheminées respecte le plus haut barreau de son échelle. Et comme celui-ci, il savait qu'il n'aurait jamais les moyens de descendre pour admirer son travail. Mais pourquoi le ferait-il, puisqu'un jour la cheminée serait terminée et qu'il pourrait alors se tenir à son sommet et savourer son triomphe depuis cette vue imprenable ? Ce qui signifiait que Borowitz pouvait donner les ordres, lui mettre le pied à l'étrier, et Dragosani grimperait, aussi vite et aussi haut que possible tant que l'échelle supporterait son poids. Ou peut-être le respectait-il comme un funambule respecte son fil. Et comment alors pouvait-il regarder en bas ?

Les quelques frictions qui existaient entre eux provenaient en grande partie d'antécédents, d'éducation, de loyauté et de styles de vie différents. Borowitz était un Moscovite de pure souche, devenu orphelin à quatre ans, qui, à sept ans, faisait des fagots de bois de chauffage pour vivre et était entré dans l'armée à seize ans. Dragosani avait été appelé ainsi en raison de son lieu de naissance près de la rivière Oltul, juste à l'endroit où elle descend des Carpates Méridionales en direction du Danube et de la frontière avec la Bulgarie. Dans le passé, ce pays se nommait la Valachie, et était coincé entre la Hongrie au nord et la Serbie et la Bosnie à l'ouest.

Et c'était ainsi qu'il se voyait lui-même : comme un Valache, ou au pire, comme un Roumain. Et comme un historien et un patriote (bien que son patriotisme fût pour un pays dont le nom avait depuis longtemps disparu des vieilles cartes), il savait que l'histoire de son pays avait été longue et sanglante. Remontez l'histoire de la Valachie et qu'est-ce que vous trouvez ? — qu'elle a été troquée, annexée, volée, reprise puis à nouveau volée, dévastée, violée et ruinée — mais qu'elle est toujours restée elle-même. Le pays était un phénix ! Sa terre était vivante, noire de sang, tirant sa force du sang. Oui, la force du peuple avait été dans la terre, et celle de la terre dans son peuple. C'était un pays pour lequel ils pouvaient se battre, et qui, par sa nature même, pouvait presque lui-même se battre. Toutes les cartes historiques en montraient clairement les raisons : dans ces temps anciens, avant les avions et les chars — entourée de montagnes et de marais, avec la Mer Noire à l'est, des terres marécageuses à l'ouest et le Danube au sud — la région était presque complètement insulaire, imprenable comme une forteresse.

Ainsi, en raison de la fierté qu'il éprouvait pour son héritage, Dragosani était tout d'abord un Valache (et probablement l'unique Valache encore en vie dans le monde) ; ensuite c'était un Roumain, mais absolument pas un Russe. Qu'étaient-ils après tout, de même que Gregor Borowitz, simplement l'écume des différentes vagues d'envahisseurs, des fils de Huns et de Goths, de Slaves et de Francs, de Mongols et de Turcs ? Bien sûr, il y avait également du sang de ces chiens dans les veines de Boris Dragosani, mais avant tout, il était Valache ! Il pouvait uniquement se comparer au vieil homme parce qu'ils étaient tous deux orphelins ; mais même à ce propos, les circonstances étaient très différentes. Borowitz avait au moins eu des parents qu'il avait connus tout bébé, même s'il les avait depuis longtemps oubliés. Mais Dragosani... c'était un enfant trouvé. Trouvé sur un pas de porte dans un village roumain, il n'avait pas plus d'un jour ; il avait été recueilli, puis élevé par un riche propriétaire terrien. C'était là sa vie. Elle n'avait pas été si pénible.

— Eh bien Boris, dit Borowitz, arrachant son protégé à ses rêves, que penses-tu de tout cela, hein ?

— De quoi ?

— Hum ! grogna le vieil homme. Écoute, je sais que cet endroit est très reposant, et que je suis vraiment un vieux con ennuyeux, mais par pitié, ne t'endors pas ! Que dirais-tu si le Réseau pouvait se libérer de l'emprise du KGB ?

— C'est fait ?

— Oui, c'est fait ! (Borowitz se frotta les mains de satisfaction.) Nous sommes purgés, pour ainsi dire. Nous sommes simplement obligés de les supporter parce que Andropov aime bien goûter tous les morceaux. Eh bien, ce morceau ne restera pas longtemps à son goût. Tout a très bien fonctionné.

— Comment y es-tu parvenu ? (Dragosani savait que Borowitz mourait d'impatience de lui en parler.)

Borowitz haussa les épaules, comme pour minimiser son rôle dans cette affaire — ce qui, en soi, prouva à Dragosani que c'était tout à fait le contraire.

— Oh, un petit peu de ceci, un petit peu de cela. Dois-je vraiment raconter comment j'ai remis mon boulot sur les bons rails ? Comment j'ai sauvé le Réseau ? J'ai fait un pari, si tu préfères, sauf que j'étais certain de ne pas perdre.

— Alors ce n'était pas un pari, dit Dragosani. Qu'as-tu fait exactement ?

Borowitz eut un petit rire.

— Boris, tu sais à quel point je déteste l'exactitude. Mais bon, je vais tout te raconter. J'étais allé voir Brejnev avant l'audition pour lui dire comment certaines choses allaient se dérouler.

— Ah ! (Ce fut au tour de Dragosani de grogner.) Tu lui as raconté quelque chose ? Tu as dévoilé une partie de son avenir à Leonid Brejnev, le chef du Parti ? Que lui as-tu raconté ?

Borowitz sourit.

— Des événements futurs ! Des choses qui ne sont pas encore arrivées ! Je lui ai dit que ses roucoulements politiques avec Nixon deviendront de plus en plus forts — mais qu'il devait se préparer à la chute de Nixon d'ici trois ans, lorsque le monde découvrira qu'il est corrompu. Je lui ai dit que lorsque tout cela sera terminé, il sera en position de force, puisqu'il traitera avec un incapable à la Maison Blanche. Je lui ai dit ce qu'il avait en préparation avec les Américains purs et durs qui allaient suivre, que l'année prochaine il allait signer un traité permettant aux spoutniks de photographier les sites de missiles aux États-Unis et vice versa — qu'il devait le faire pendant qu'il en avait encore la possibilité et pendant que les Américains sont en avance dans la course aux étoiles. Toujours la détente comme tu peux le voir. Il est enthousiaste. Il fut tout aussi enthousiaste de savoir qu'ils ne sont pas tellement en avance dans cette course, et je lui ai également promis une rencontre dans l'espace pour 1975. Quant à la masse de Juifs et de dissidents qui lui posent problèmes, je lui ai dit que nous allions nous débarrasser d'une bonne partie d'entre eux — peut-être 125 000 — dans les trois ou quatre prochaines années.

— Oh, ne sois pas si choqué ou si dégoûté, Boris. Nous ne sommes pas des barbares, mon jeune ami. Je n'ai parlé ni d'extermination, ni de Sibérie, ni de lobotomie, mais d'expulsion, d'émigration, de les obliger ou de leur permettre de traîner leur cul hors de Russie ! Oh, oui !

« Je lui ai dit tout cela et bien d'autres choses encore. Et je m'en suis porté garant auprès de Leonid, tu comprends, à la seule condition qu'il me laisse faire mon boulot et qu'il tienne le KGB loin de moi. Que sont ces policiers inexpressifs, à part des espions à la solde de leur chef? Et pourquoi devraient-ils m'espionner, moi qui suis le plus loyal des hommes ? Mais par-dessus tout, comment pouvais-je espérer maintenir un secret, absolument nécessaire dans une organisation telle que la nôtre, avec des membres d'un autre service regardant par-dessus mon épaule et rapportant à leurs maîtres tout ce que je suis en train de faire ? Des maîtres qui seraient bien incapables de comprendre quoi que ce soit à mes activités. Ils en riraient, tourneraient en ridicule ce qu'ils ne peuvent pas comprendre, réduisant à néant tous nos efforts ! Et dans ce domaine aussi, nos adversaires prendraient de l'avance, car, sans faire d'erreur, Boris, les Américains et les Britanniques, mais aussi les Français et les Chinois, ont tous des espions télépathes !

— Mais donne-moi quatre ans, Leonid, lui ai-je dit, quatre années sans les gorilles de Youri Andropov, et je te donnerai les germes d'un réseau d'ESPionnage, dont l'incroyable potentiel dépasse tout ce que tu peux imaginer !

— Très astucieux ! dit Dragosani, visiblement impressionné. Et quelle fut sa réponse ?

— Il m'a dit : « Gregor, vieil ami, vieux combattant, vieux camarade... d'accord, tu auras tes quatre ans. Et je vais attendre et voir si tu paies tes dettes et je vais te donner, à toi et à ton réseau, assez de moyens pour faire ce que vous voulez, et je vais voir si tout ce que tu m'as promis ou prédit arrive, ce qui me rendrait très reconnaissant envers toi. Mais si pendant ces quatre années, rien n'arrive, alors j'aurai vos couilles ! »

— Ainsi tu as mis tous tes espoirs dans les prédictions de Vlady, dit Dragosani. Es-tu vraiment sûr que ses prophéties soient infaillibles ?

— Oh oui ! Il est presque aussi bon pour prédire l'avenir que toi pour renifler les secrets des morts.

— Hum ! (Cette fois, Dragosani n'était pas impressionné.) Et pourquoi alors n'avait-il pas prévu cette pagaille au Château ? Il ne pouvait certainement pas prévoir un tel désastre ?

— Mais il l'avait prédit, répondit Borowitz, d'une manière indirecte. Il y a deux semaines, il m'a dit que j'allais bientôt perdre en même temps mes deux plus proches collaborateurs. Et c'est ce qui est arrivé. Il avait également dit que je devrais en désigner d'autres, mais cette fois issus de la base.

Dragosani était incapable de dissimuler son intérêt.

— Tu as quelqu'un en vue ?

Borowitz secoua la tête.

— Toi et peut-être même Igor Vlady lui-même.

— Je ne veux pas de rival.

— Il n'y a pas de rivalité possible. Vos dons sont différents. Il ne désire pas devenir nécromancien, tu ne peux pas lire l'avenir. La raison pour laquelle vous devez être deux est que cela assure la continuité si jamais quelque chose arrive à l'un d'entre vous.

— Oui, et nos deux prédécesseurs, alors ! grommela Dragosani. Quels étaient leurs dons, et ont-ils aussi commencé sans rivalité ?

Borowitz soupira.

— Au début, au tout début, quand j'ai mis en place le Réseau, j'avais beaucoup moins de gens de talent dans mon effectif que maintenant : mon premier groupe d'agents, d'ESPerts, était sans expérience. Ceux ayant un réel don — comme Vlady, qui est là depuis le début, et qui s'améliore de jour en jour et, plus récemment, comme toi, étaient trop importants pour être attachés à l'habituelle administration. Ustinov, qui est lui aussi avec nous depuis le début mais simplement en tant qu'administrateur, et plus tard Gerkhov, correspondaient exactement à leurs emplois. Ils n'avaient pas le moindre don ESP, mais tous deux semblaient avoir l'esprit ouvert, ce qui est difficile à trouver en Russie ces temps-ci, surtout lorsqu'on veut en même temps rester du bon côté du mur politique. J'avais espéré qu'au moins l'un des deux deviendrait aussi intéressé que moi par nos travaux. Lorsque la jalousie est apparue et qu'ils sont devenus rivaux, j'ai décidé de les laisser régler cela entre eux sans intervenir. La sélection naturelle. Mais pour toi et Vlady, c'est une autre paire de manches. Je ne permettrai aucune rivalité entre vous. Mets-toi bien cela dans la tête.

— Pourtant, insista Dragosani, quand tu ne seras plus là, l'un de nous deux prendra les rênes.

— Je n'ai pas l'intention de partir, dit Borowitz. Pas avant très longtemps. À ce moment-là... nous verrons ce que nous verrons.

Il se tut, réfléchit, le menton dans les mains, en regardant le lent tourbillon de la rivière.

— Pourquoi Ustinov s'est-il retourné contre toi ? demanda finalement le jeune homme. Pourquoi ne s'est-il pas tout simplement débarrassé de Gerkhov ? Cela aurait certainement été plus facile et moins risqué, non ?

— Il y avait deux raisons pour lesquelles il ne pouvait pas uniquement éliminer son rival. La première, c'est qu'il avait été suborné par l'un de mes vieux ennemis, l'homme que tu as 'examiné', quelqu'un que je suspectais depuis quelque temps de comploter ma perte. Nous nous détestions. C'était inévitable : soit il me tuait, soit c'était moi. Pour cette raison, j'avais demandé à Vlady de l'épier, de se concentrer sur lui, de le lire. Dans son futur immédiat, il avait lu la trahison et la mort. La trahison ne pouvait être que dirigée contre moi, la mort pouvait être la mienne ou la sienne. Dommage qu'Igor ne puisse être plus précis. De toute façon, je me suis arrangé pour que ce soit la sienne.

« Et puis, même s'il avait maquillé la mort de Gerkhov et même s'il avait fait bien attention de cacher son propre rôle dans cette mort 'accidentelle', cela n'aurait pas réglé le problème à sa racine. C'était couper une mauvaise herbe... au bout d'un certain temps elle repousse. J'aurais sans doute mis quelqu'un d'autre au même poste, probablement un ESPert, et quel espoir là-dedans pour le pauvre Ustinov ? Son seul véritable problème, c'était l'ambition.

« Comme tu peux le voir, je suis un miraculé. J'ai utilisé Vlady pour voir ce que ce vieux porc de botteur de cul bolchévique avait prévu pour moi, afin de le buter avant qu'il ne me bute, et je t'ai utilisé pour lire dans ses entrailles et voir qui était le traître. Hélas, c'était Andrei Ustinov. J'avais pensé que peut-être Andropov et son KGB pouvaient être là-dessous également. Ils m'aiment autant que je les aime. Mais ils n'étaient pas dans le coup. J'en suis heureux, car ils n'abandonnent pas facilement. Mais dans quel monde de querelles mesquines et de vendettas vivons-nous, hein, Boris ? Pourtant, cela ne fait que deux ans que Leonid Brejnev lui-même a ouvert les portes du Kremlin ! »

Dragosani sembla réfléchir quelques instants.

— Éclaire-moi sur un point, dit-il finalement. Quand tout fut fini, cette nuit-là au Château, c'est pour cette raison que tu m'as demandé s'il m'était possible de lire dans le cadavre d'Ustinov ? Ou plus exactement, dans ce qui en restait ? Parce que tu pensais qu'il pouvait avoir été dirigé par le KGB, aussi bien que par feu ton vieux copain du MVD ?

— Quelque chose comme ça. Mais cela n'a plus d'importance maintenant. Non, parce que s'ils avaient été impliqués, leur rôle serait apparu à l'audition ; notre ami Youri Andropov n'aurait pas été autant à l'aise. J'aurais pu le remarquer sinon. Cela le faisait juste un petit peu chier que Leonid lui ait réduit sa marge de manœuvre.

— Ce qui signifie qu'il va réellement vouloir ta peau maintenant !

— Non, je ne le pense pas. Pas pendant quatre ans, tout au moins. Et quand on s'apercevra que j'ai raison, quand les prédictions de Vlady au sujet de Brejnev se réaliseront, cela prouvera l'efficacité du Réseau ! Alors... avec un petit peu de chance, nous serons débarrassés d'eux pour de bon.

— Hum ! Eh bien, espérons-le. Cela montre que tu as été très astucieux, général. Mais je le savais déjà. À présent, dis-moi, pour quelle autre raison m'as-tu demandé de venir ici aujourd'hui ?

— Eh bien, j'ai encore des choses à te dire. Mais nous parlerons de cela après le repas. Natasha a préparé du poisson pêché dans la rivière. Des truites. Strictement interdit. Elles n'en ont que plus de goût ! (Il se leva, et commença à s'éloigner de la rivière.) Autre chose, (par-dessus son épaule) tu pourrais vendre cette boîte à savon maintenant et t'acheter une voiture décente. Une Volga d'occasion, par exemple. Rien de plus neuf que la mienne, de toute façon. Cela va avec ta promotion. Tu pourras l'essayer lorsque tu partiras en vacances.

— En vacances ?

Tout arrivait trop vite à présent.

— Oh, oui, ne t'en avais-je pas parlé ? Trois mois au moins. Je fortifie le Château. Ce sera impossible de travailler...

— Tu fais quoi ? Veux-tu dire que tu es en train de...

— Fortifier la place, oui. Des nids de mitrailleuses, une clôture électrique, ce genre de choses. Ils en ont à Baïkonour au Kazakhstan, là où ils lancent les véhicules spatiaux... Notre travail est-il moins important que le leur ? De toute manière, les travaux ont été approuvés, ils commencent vendredi. Nous sommes nos propres patrons maintenant, tu sais, avec certaines contraintes... à l'intérieur du Château. Quand j'aurai terminé, nous aurons des passes pour entrer, et personne n'entrera sans eux ! Mais c'est pour plus tard. En attendant, il va y avoir beaucoup de travail, dont je superviserai moi-même une bonne partie. Je veux tout étendre, ouvrir, agrandir. Plus de pièces pour les expériences. J'ai quatre ans, oui, mais ils passeront très vite. La première partie des modifications prendra presque un mois, alors...

— Alors comme tout est en chantier, je vais prendre des vacances ?

Dragosani était enthousiaste à présent, le ton de sa voix en devint passionné.

— Exact, toi et un ou deux autres. Pour toi, c'est une récompense. Tu as été parfait cette nuit-là. Si l'on excepte ce trou dans mon épaule, ce fut un franc succès... oh, et aussi, la perte de ce pauvre Gerkhov, bien entendu. Mon seul regret, c'est d'avoir été obligé de te demander de le faire malgré tout. Je sais combien tu détestes cela...

— Ça ne t'ennuie pas si nous ne parlons pas de cela ?

Dragosani trouva Borowitz soudain un petit peu plus concerné par sa susceptibilité — sans compter que cela ne lui ressemblait pas vraiment.

— D'accord, nous n'en parlons plus, dit l'autre. Mais, se retournant à moitié et avec un affreux rictus, il ajouta : « De toute façon, le poisson aura meilleur goût ! »

Il y avait du progrès.

— Espèce de vieux sadique !

Borowitz rit bruyamment.

— C'est ce que j'aime chez toi, Boris. Tu me ressembles : tu ne respectes pas tes supérieurs.

Il changea de sujet.

— Au fait, où passeras-tu tes vacances ?

— Chez moi, dit l'autre sans hésiter.

— En Roumanie ?

— Bien sûr. Retour là où je suis né.

— Ne vas-tu jamais ailleurs ?

— Pourquoi le ferais-je ? Je connais l'endroit, et j'aime les gens, autant qu'il m'est possible d'aimer quelque chose. Dragosani est une ville à présent, mais je trouverai un endroit hors de la ville, quelque part dans les villages des collines.

— Ce doit être très agréable. Il y a une fille là-bas ?

— Non.

— Quoi alors ?

Dragosani grommela, haussa les épaules, mais il plissa les yeux. Marchant en tête, son chef ne put voir l'expression de son visage lorsqu'il répondit :

— Je ne sais pas. Quelque chose dans le sol, je suppose.

Chapitre II

Harry Keogh sentait sur sa joue la chaleur du soleil qui tombait à travers la fenêtre ouverte de la salle de classe. Il éprouvait le contact solide et presque indestructible d'un banc de bois sous ses cuisses. Sa surface avait été polie par des dizaines de milliers de fesses. Il avait perçu le bourdonnement agressif d'une minuscule guêpe qui faisait un tour d'inspection de son encrier, de sa règle, de ses crayons, des dahlias dans le vase sur l'appui de fenêtre. Mais toutes ces choses se déroulaient à la périphérie de sa conscience, un petit peu plus loin à l'arrière-plan. Il percevait tout cela de la même façon qu'il percevait le martèlement de son cœur dans sa poitrine — un martèlement beaucoup trop rapide et beaucoup trop fort pour une classe d'arithmétique un mardi après-midi ensoleillé d'août. Le monde réel était là, bien entendu — réel comme la petite brise qui venait de temps en temps, par la fenêtre ouverte, éventer ses joues — et encore Harry avait autant besoin d'air qu'un homme qui se noie... Ou une femme qui se noie.

Et le soleil ne pouvait pas le réchauffer là où il luttait sous la glace, et le bourdonnement de la guêpe était presque entièrement couvert par les gargouillis et les clapotis de l'eau glacée et le murmure des bulles sortant de ses narines et de ses mâchoires crispées sur un cri silencieux! En dessous les ténèbres, de la boue gelée et des mauvaises herbes; et au-dessus...

Une couche de glace, épaisse de plusieurs centimètres, et quelque part un trou — le trou par lequel il (elle?) était tombé(e) — mais où ? Lutte contre le courant de la rivière ! Révolte-toi contre lui et nage, nage ! Pense à Harry, le petit Harry. Tu dois vivre pour lui. Pour sa santé. Pour Harry...

Là ! Là ! Merci mon Dieu pour le trou ! Oh, merci mon Dieu !

Elle s'agrippe au bord, des lames de glace coupantes comme du verre. Et des mains secourables descendent dans l'eau, semblent se mouvoir si lentement — presque au ralenti — terriblement, affreusement lentes ! Des mains puissantes, poilues. Une bague au deuxième doigt de la main droite. Un œil-de-chat serti dans de l'or. Une bague d'homme.

Relevant la tête, un visage flou, regarde à travers le clapotis des vaguelettes et les rafales liquides de l'eau. Et à travers la glace, la silhouette gelée agenouillée sur le bord. Saisis ses mains, ces mains si fortes, et il te soulèvera comme un bébé. Et il te secouera, te tirera au sec.

Lutte contre le courant — agrippe-toi aux mains — révolte-toi contre les assauts de la rivière. Lutte, lutte ! Lutte pour Harry...

Là ! Tu as attrapé les mains ! Serre fort ! Tiens bon ! Essaie de sortir la tête par le trou et respire, respire !

Mais... les mains te poussent vers le bas !

Vois à travers l'eau, le visage tremble, bouge et change. Les coins des lèvres semblables à de la gelée se relèvent. Elles sourient — ou grimacent ! Tu attends. Tu cries — et les assauts de l'eau remplacent l'air enfui.

Cramponne-toi à la glace. Oublie les mains, les mains cruelles qui continuent à t'enfoncer. Essaie juste d'agripper le bord et hisse la tête. Mais les mains sont là, brisent tes appuis. Elles te repoussent, sous la glace. Elles t'assassinent !

Tu ne peux pas lutter en même temps contre le froid, la rivière et les mains. Les ténèbres hurlent au plus profond de toi. Dans tes poumons, dans ta tête, dans tes yeux. Plante tes ongles dans les mains, griffe-les, arrache la chair. La bague en or glisse de la main, tombe en tourbillonnant dans la boue et l'obscurité. Le sang teinte la rivière en rouge — du rouge contre l'ultime noirceur de la mort — du sang qui tombe de ces mains si cruelles.

Plus aucune volonté en toi. Imprégnée d'eau, tu coules. Le courant t'entraîne vers le fond, te secoue. Mais tu n'y fais plus attention. Excepté que... tu t'inquiètes pour Harry. Pauvre petit Harry ! Qui s'occupera de lui maintenant ? Qui soignera Harry... Harry... ?

— Harry ? Harry Keogh ? Eh, mon garçon ! Es-tu avec nous ?

Harry sentit le coude de son copain Jimmy Collins s'enfoncer discrètement, mais avec force, dans ses côtes, ce qui lui fit expulser violemment l'air de ses poumons ; il entendit la voix grinçante de M. Hannant percuter ses tympans par-dessus le lointain tumulte de l'eau. Il se redressa sur son banc, ravala de l'air, et leva bêtement la main, comme s'il avait voulu répondre à une question. C'était un réflexe : si vous avez des réactions rapides, le professeur sait que vous connaissez la réponse et il interrogera quelqu'un d'autre. Sauf que... parfois cela ne marche pas comme ça, certains professeurs ne tombent pas dans le panneau. Et Hannant, le professeur de maths, lui, n'était pas stupide.

Envolée à présent l'impression de noyade ; totalement envolée la morsure de l'eau glacée, l'implacable torture de ces mains terriblement inhumaines ; envolé le cauchemar tout entier — ou plus exactement, la rêverie. En comparaison, la nouvelle situation n'était qu'une simple broutille. L'était-elle vraiment ?

Harry était soudain devenu l'objet de tous les regards, tout le monde le fixait, même le visage rouge de colère de M. Hannant le dévisageait depuis le fond de la classe. Qu'étaient-ils en train de faire ?

Il regarda au tableau. Oh, oui ! Des formules — aires et propriétés des cercles — le Facteur Constant (?) — diamètres, rayons et pi. Pi ? C'était marrant ! Tout était pi pour Harry. Des promesses en l'air. Mais quelle avait donc été la question de Hannant ? Avait-il vraiment posé une question ?

À présent, le visage livide, Harry regardait la classe d'un air inquiet. Il était le seul à lever le doigt. Lentement, il le descendit. À côté de lui, Jimmy Collins pouffait de rire, toussait et bredouillait pour le dissimuler. Habituellement, cela aurait dû être suffisant pour faire rire Harry également, mais le souvenir de ce rêve — ou de cette rêverie — était si frais dans sa mémoire qu'il avait quelque difficulté à s'en défaire.

— Eh bien ? demanda Hannant.

— Monsieur ? s'enquit Harry. Euh, pouvez-vous répéter la question ?

Hannant soupira, ferma les yeux, posa ses grosses mains sur son bureau et appuya son corps trapu sur ses bras puissants. Il compta à voix basse jusqu'à dix, mais assez fort pour que toute la classe l'entende. Puis, sans ouvrir les yeux, il dit :

— La question était : « es-tu avec nous ? »

— Moi, monsieur ?

— Bonté divine, oui, Harry Keogh ! Oui, toi !

— Eh bien, oui monsieur !

Harry essaya de ne pas paraître trop innocent. C'était comme s'il allait pouvoir s'en tirer — le pourrait-il ?

— Mais il y avait cette guêpe, monsieur, et...

— Mon autre question, le coupa Hannant, en fait, ma première question, celle qui m'a fait penser que peut-être tu n'étais pas avec nous, était celle-ci : « quelle est la relation entre le diamètre d'un cercle et pi ? » Je présume que c'est à celle-là que tu voulais répondre ? Celle pour laquelle tu avais levé le doigt ? Ou peut-être étais-tu en train de chasser les mouches ?

Harry sentit sa nuque s'empourprer. Pi ? Diamètre ? Cercle ?

La classe commençait à s'agiter ; quelqu'un renifla bruyamment, probablement Stanley Green, la sale brute, l'arrogant, la grosse tête, le bachoteur ! L'embêtant avec Stanley, c'était qu'il était intelligent et gros... Quelle était la question déjà ? Mais quelle importance cela avait-il sans la réponse ?

Jimmy Collins baissa la tête vers son pupitre, et regarda soi-disant son livre d'exercices, puis il chuchota du coin de la bouche :

— *Trois fois !*

Trois fois ? Qu'est-ce que ça voulait dire ?

— Eh bien ?

Hannant savait qu'il le tenait.

— Euh, trois fois ! laissa échapper Harry, en priant pour que Jimmy ne se soit pas foutu de lui. — Monsieur.

Le professeur de maths aspira une grande bouffée d'air, se redressa. Il grogna, fronça les sourcils et parut un petit peu perplexe. Mais, alors il dit :

— Non ! mais tu as vraiment essayé. C'était presque cela. Pas trois fois, mais trois virgule un quatre un cinq neuf fois. Eh ! Mais fois quoi ?

— *Le diamètre,* souffla Jimmy, *est égal à la circonférence...*

— Le d... diamètre ! lâcha Harry. Est égal, euh, à la circonférence.

George Hannant regarda Harry fixement. Il voyait un garçon de treize ans, blond, couvert de taches de rousseur, dans un uniforme d'écolier tout froissé, une chemise débraillée, une cravate semblable à un bout de ficelle mâchée, accrochée de travers, au bout effiloché, et une paire de lunettes en équilibre sur le bout du nez, derrière lesquelles des yeux bleus rêveurs regardaient avec une sorte de crainte perpétuelle. Pitoyable ? Non, pas exactement ; Harry Keogh pouvait très bien serrer les poings et s'en servir lorsqu'il était en colère. Mais... un enfant difficile à cerner. Hannant pensait qu'il y avait de l'intelligence quelque part derrière ce visage hagard. Si seulement elle pouvait donner signe de vie.

Le tirer hors de lui-même, peut-être ? Une secousse brève mais violente ? Lui donner quelque chose à quoi penser dans ce monde, au lieu de le laisser dans cet endroit où il s'enferme ? Peut-être.

— Harry Keogh, je ne suis pas vraiment certain que cette réponse vienne entièrement de toi. Collins est assis trop près de toi et semble bien trop désintéressé à mon goût. Alors... dans ton livre à la fin de ce chapitre, tu trouveras dix questions. Trois d'entre elles concernent des aires de cercles et de cylindres. Je veux les réponses à ces trois questions demain matin sans faute sur mon bureau, entendu ?

Harry secoua la tête et se mordit les lèvres.

— Oui, monsieur.

— Alors, regarde-moi. Regarde-moi bien, mon garçon !

Harry releva la tête. Et, à ce moment-là, il semblait pitoyable. Mais il lui était impossible de revenir en arrière.

— Harry, soupira Hannant, tu files un mauvais coton ! J'ai parlé aux autres professeurs, et ce n'est pas uniquement en mathématiques, mais partout. Si tu ne te réveilles pas, fiston, tu vas quitter l'école sans le moindre diplôme. Oh, on a encore le temps, es-tu en train de penser, quelques années au moins. Mais seulement si tu te mets au travail dès maintenant. Le travail à la maison n'est pas une punition, Harry, c'est ma façon d'essayer de te montrer le bon chemin à suivre.

Il regarda le fond de la classe, là où Stanley Green était toujours en train de renifler et de se cacher le visage derrière sa main qui se grattait le front.

— C'est la même chose pour toi, Green — mais pour toi c'est une punition, tu es répugnant. Tu feras les sept autres questions !

Le reste de la classe fit des efforts pour ne pas montrer son contentement — car le gros Stanley leur aurait certainement fait payer cher s'ils l'avaient montré — mais Hannant s'en rendit néanmoins compte. C'était mieux ainsi. Cela ne le dérangeait pas d'être considéré comme une peau de vache, mais il préférait être une peau de vache ayant le sens de la justice.

— Mais monsieur... ! commença à protester Green en se levant.

— Tais-toi ! lui répondit violemment Hannant. Et assieds-toi immédiatement !

Et comme la brute s'affaissait dans un gros *huh!* Il ajouta :

— Parfait, et maintenant ?

Il jeta un coup d'œil au programme de l'après-midi placé sous le sous-verre recouvrant son bureau.

— Oh oui — ramasser des pierres sur la plage. Parfait ! Un petit peu d'air frais ne peut que vous réveiller. Très bien, vous pouvez ranger. Ensuite vous pourrez y aller — mais en rangs ! (Comme s'ils ne le savaient pas !)

Mais — avant qu'ils ne puissent commencer leurs rangements dans un brouhaha de crayons entrechoqués, de pupitres rabattus et de planchers secoués...

— Attendez ! Vous pouvez très bien laisser vos affaires ici. Le responsable fermera à clef et vous ouvrira dès que vous aurez ramené vos pierres de la plage. Lorsque vous aurez repris vos affaires, il pourra alors refermer derrière vous. Qui est le responsable cette semaine ?

— Moi, monsieur ! dit Jimmy Collins en levant la main.

— Ah ? fit Hannant en fronçant les sourcils, mais sans être réellement surpris. Tu t'es bien défendu, pas vrai Collins ?

— J'ai marqué le but victorieux contre Blackhills samedi, monsieur, dit Jimmy avec fierté.

Hannant sourit, mais seulement pour lui-même. Oh, oui, cela le valait bien. Jamieson, le directeur, était dingue de football, et de tous les sports. *Un esprit sain a besoin d'un corps sain...*

Les garçons étaient énervés à présent. Green qui jouait des coudes pour se frayer un passage semblait plus renfrogné que jamais. Keogh et Collins fermaient la marche. Tous deux, malgré leurs différences, étaient inséparables comme des siamois. Ils attendaient à la porte.

— Eh bien ? demanda Hannant.

— Nous vous attendons monsieur, dit Collins. Ensuite je pourrai fermer à clef.

— Oh, c'est cela ? dit Hannant en l'imitant. Et nous allons partir en laissant les fenêtres ouvertes ?

Comme les deux élèves retournaient dans la salle de classe, il sourit, ferma sa serviette, remit le dernier bouton de sa chemise et réajusta sa cravate, puis il sortit dans le couloir avant qu'ils n'aient terminé. Alors Collins ferma la porte à clef et ils partirent, le frôlant à peine, faisant bien attention à ne pas le toucher, comme s'ils redoutaient d'attraper quelque chose, et ils se précipitèrent les uns derrière les autres dans un battement de semelles.

Maths ? Hannant réfléchissait en les regardant s'éloigner le long du couloir ensoleillé, découpé par les faisceaux carrés des rayons poussiéreux provenant des fenêtres. *Qu'est-ce qu'ils en ont à foutre des maths ? Star Trek à la télé et une pile de nouvelles BD Marvel dans les maisons de la presse — et j'espère qu'ils apprennent les nombres ! Mon Dieu ! Et ils attendent simplement une nouvelle année et encore, jusqu'à ce qu'ils remarquent ces agréables rondeurs chez les filles — comme si ce n'était pas déjà fait ! Et encore : les Maths ? Sans espoir !*

Il sourit avec regret. Seigneur, combien il les enviait !

Harden Morden Boys était une école moderne sur la côte

nord-est de l'Angleterre, qui nourrissait les esprits en herbe des jeunes garçons des houillères. Cela ne donnait pas de grands résultats : la plupart des garçons allaient devenir mineurs ou employés de la Coal Board[1] comme leurs pères et leurs frères aînés. Mais quelques-uns, un petit pourcentage, allaient pouvoir entrer dans des collèges ou des collèges techniques situés dans des villes voisines, en passant un examen.

Installée à l'origine dans des bureaux de la *Coal Board*, l'école avait fait peau neuve trente ans auparavant, lorsque la population du village avait soudainement augmenté pour s'adapter à l'expansion des mines. À présent, elle se dressait derrière des murs bas, à un mile de la côte vers l'est et à moitié moins de cette distance de la mine au nord. Les vieilles briques claires de la bâtisse et les fenêtres carrées lui donnaient un air austère qui tranchait avec ses jardins prospères, une froide sévérité que l'on ne retrouvait pas chez son personnel. Non, car l'un dans l'autre c'était une bonne équipe de bosseurs. Et le directeur, Howard Jamieson, licencié ès lettres, un loyal survivant de « la Vieille École », n'avait pas l'intention d'en changer.

Les ramassages hebdomadaires de pierres avaient trois buts. Tout d'abord : ces randonnées pédestres faisaient prendre l'air à tous les enfants, donnant ainsi aux enseignants une chance unique d'arracher leur esprit aux pupitres afin de le tourner vers les merveilles de la nature. Ensuite : le ramassage de pierres fournissait gratuitement une bonne partie des matériaux destinés à élever des murs autour du jardin de l'école, remplaçant au fur et à mesure les vieilles clôtures et les treillis, un projet qui naturellement arrangeait le directeur. Et enfin : une fois par mois, les trois quarts des maîtres pouvaient quitter l'école plus tôt, abandonnant leurs responsabilités aux soins de ces randonneurs consciencieux.

L'idée était la suivante : que tous les élèves emploient la fin de journée du mardi pour descendre vers la plage par le chemin bordé d'arbres ; là, qu'ils collcctent de grandes pierres plates et rondes qui recouvraient la plage, et qu'ils les transportent jusqu'à l'école. Et à l'heure fixée, tout le

1. *Les Charbonnages britanniques. (N.d.T.)*

long du chemin, un professeur masculin (habituellement le professeur de gymnastique, un ancien instructeur d'éducation physique de l'armée) et deux des plus jeunes professeurs féminins célibataires devaient chanter des louanges à la gloire des haies d'épineux et porter aux nues les merveilles de la flore sauvage et du paysage en général. Rien de tout cela n'avait d'intérêt pour Harry Keogh ; mais il adorait la plage, et tout valait mieux que d'être enfermé dans une salle de classe par une chaude après-midi d'été.

— Eh, fit Jimmy Collins à Harry, tandis qu'ils descendaient en direction de la mer, à deux de front, au milieu d'une longue file d'enfants, à travers l'étroit passage venteux bordé d'arbres. Tu devrais vraiment faire attention au vieux Hannant, tu sais. Je veux dire, pas à propos de tous ces trucs de « diplômes dont on a besoin » — c'est ton affaire — mais pendant les cours. C'est pas un mauvais bougre, le vieux George, mais il pourrait très bien devenir méchant s'il pensait que tu te fous de lui.

Harry haussa les épaules :

— Je rêvais. En ce moment, c'est assez marrant. Quand je rêve comme ça, c'est comme si je ne pouvais pas m'arrêter. Seuls les cris du vieux Hannant et ton coup de coude m'ont tiré de là.

Tiré de là... les grosses mains plongent dans l'eau... pour me tirer de là ou pour m'y enfoncer ?

Jimmy hocha de la tête.

— Je t'ai déjà vu plusieurs fois dans cet état-là. Ton visage devient une sorte de drôle... (Il devint sérieux quelques instants, puis il gloussa et donna une grande claque sur l'épaule de Harry.) Non, n'en fais pas toute une maladie, t'as toujours l'air drôle !

Harry grogna :

— Écoutez-moi ça ! Moi, l'air drôle ? C'est moi qui jouerais Kirk et toi Spock ? Attends, je rêve. De toute façon, qu'est-ce que ça signifie ? Je veux dire, qu'est-ce que j'ai de drôle ?

— Eh bien, tu es juste assis calmement, le regard dans le vague, l'air effrayé. Mais pas toujours. Parfois tu as l'air un peu rêveur. De toute façon, comme dit le vieux George : tu sembles être totalement absent. En ce moment, tu es vraiment bizarre ! C'est vrai, non ? Tu as combien de copains ?

— Je t'ai toi, protesta doucement Harry. Il savait très bien ce que voulait dire Jimmy : il était trop réservé, trop calme. Mais pas sérieux, pas bosseur pour deux sous. S'il avait eu de bonnes notes, cela aurait pu s'expliquer, mais ce n'était pas le cas. Oh, il était plutôt intelligent (au moins il sentait qu'il pouvait être intelligent) s'il voulait bien se concentrer sur quelque chose. Simplement, il trouvait que c'était trop dur de se concentrer. C'était comme si parfois les pensées qu'il avait n'étaient pas du tout les siennes. Des pensées compliquées et des rêveries, des lubies et des phantasmes. Son esprit lui racontait des histoires — qu'il le veuille ou non — mais des histoires si détaillées qu'elles ressemblaient à des souvenirs. Les souvenirs d'autres personnes. Des personnes qui n'étaient pas là non plus. Comme si sa tête avait été une chambre d'écho pour des esprits qui étaient... quelque part ailleurs ?

— Oui, je suis ton copain, lui dit Jimmy en interrompant ses pensées. Et qui d'autre ?

Harry haussa les épaules et se mit sur la défensive.

— Il y a Brenda. Et... et de toute façon, qui donc a besoin de beaucoup de copains ? Pas moi. Si les gens ont envie d'avoir des copains, ils ont des copains. S'ils n'en veulent pas, c'est leur affaire.

Jimmy ne fit pas attention au nom de Brenda Cowell, la *grande passion*[1] de Harry, qui habitait dans la même rue que lui. Il aimait le sport mais pas les filles. Il avait plus tendance à s'accrocher à son poste de gardien de but plutôt qu'à une fille au cinéma lorsque les lumières étaient éteintes.

— Tu n'as que moi ! C'est ça. Alors pourquoi je t'aime bien — j'en sais rien.

— Parce que nous ne sommes pas rivaux. Je ne comprends rien au sport, alors tu essaies de me l'expliquer, parce que tu sais que je ne vais pas te contredire. Et tu ne comprends pas que je sois si... calme...

— Et si bizarre, l'interrompit Jimmy.

— ... Alors nous nous entendons bien.

— Mais tu ne voudrais pas avoir d'autres copains ?

— Eh bien, soupira Harry, c'est comme si j'avais des copains... Dans ma tête.

1. *En français dans le texte. (N.d.T.)*

— Des copains imaginaires ! se moqua Jimmy, mais sans méchanceté.

— Non, ils sont plus que ça. Et il y a de bons copains. Bien sûr ils sont... Je suis leur seul ami !

— Hein ? Oh, tu es vraiment bizarre, ça c'est sûr !

Avançant en tête de la file, le « Sergent » Graham Lane sortit des bois et déboucha en plein soleil, s'arrêtant pour presser les gosses qui avançaient derrière lui sur deux rangs. Il se tenait dans l'étroite ouverture de la vallée, là où débouchait le ruisseau qui avait tracé sa route à travers les falaises. Du nord au sud, ces falaises de grès entourées de ceintures d'argile et de galets se dressaient, et là, le ruisseau passait sous un vieux pont de bois délabré. Au-delà, s'étendait un marais d'eau saumâtre couvert d'herbes et de roseaux, que seuls les grandes marées et les orages remplissaient. Un chemin longeait cette étendue fangeuse en direction de la plage de sable. Au loin, on pouvait apercevoir les eaux grises de la Mer du Nord qui s'assombrissaient chaque jour un peu plus à cause des déchets provenant des puits. Mais aujourd'hui, sous les rayons brillants du soleil, elle paraissait bleue, tachetée de blanc ici et là par la pluie des mouettes qui pêchaient.

— D'accord ! hurla Lane qui se tenait les poings sur les hanches à côté du pont, en pantalon de survêtement et en T-shirt. Vous passez sous le pont, contournez le marais et allez sur la plage. Trouvez des pierres et apportez-les moi pour les trier — euh, non, à Melle Gower. Nous n'avons qu'une demi-heure, mais si quelqu'un en a envie, il peut aller se baigner après avoir ramené sa pierre, mais uniquement s'il a son maillot. Pas de baignade sans maillot, s'il vous plaît, n'oubliez pas qu'il y a d'autres personnes sur la plage. Et évitez les trous. N'oubliez pas qu'il y a du courant à cet endroit, espèces de couillons !

Ils le savaient très bien : le courant était traître, spécialement quand la marée descendait. Chaque année, des personnes étaient emportées, même des nageurs confirmés.

Mlle Gower, professeur en éducation religieuse et en géographie, depuis sa position au milieu de la file, avait entendu la voix grave de Lane, sa voix pour terrain de manœuvre. Elle fit une petite grimace. Oh, elle avait très bien compris pourquoi elle devait contrôler les pierres : c'était pour permettre à Lane et à Dorothy Hartley d'être un petit peu tranquilles et de pouvoir faire une petite « promenade » dans les rochers et de se trouver un endroit pour baiser ! C'était purement physique, bien sûr, car leurs esprits étaient totalement incompatibles.

Mlle Gower se pencha et renifla bruyamment. À présent, comme l'allure des gosses des premiers rangs s'accélérait, elle leur cria :

— Très bien, les garçons, pressez-vous. Et n'oubliez pas que cette semaine est consacrée à la vie sauvage. Nous avons besoin de couteaux pour notre salle d'histoire naturelle. Des couteaux entiers, encore attachés si vous pouvez en trouver. Mais s'il vous plaît, des vides ! Ne mc ramenez pas des mollusques en décomposition, compris ?

Plus loin en arrière, le long du chemin qui serpentait sous les arbres, là où le dernier rang avait été arrêté par Mlle Hartley et les moniteurs des classes d'Anglais et d'Histoire, Stanley Green traînait les pieds, les mains dans les poches, son esprit vicieux assombri par des envies de violence. Il avait entendu le mémo fait par Mlle Gower aux enfants : pas de coquillages morts. Non, mais il voulait bien faire une exception pour un Keogh à binocles mort ! Peut-être pas mort, mais sévèrement amoché. C'était de la faute de cet imbécile s'il avait des problèmes de maths à faire ce soir. Une petite merde, assis comme un zombie, qui s'endort les yeux grands ouverts ! Allez, Big Stanley allait lui ouvrir les yeux ; ou les lui fermer !

— Sortez les mains des poches, Stanley, dit la charmante Mlle Hartley derrière lui. Noël, c'est dans cinq mois, il ne fait pas assez froid pour qu'il neige. Et pourquoi haussez-vous les épaules ? Il y a quelque chose qui vous ennuie ?

— Non, mademoiselle, grommela-t-il pour toute réponse.

— Essayez de vous amuser, Stanley, lui dit-elle malicieusement. Vous êtes encore très jeune, mais si vous restez à l'écart du monde, vous allez vieillir très, très, très vite. Et elle ajouta pour elle-même : *Comme cette frustrée de Gertrude Gower... !*

Harry Keogh n'était pas d'un naturel voyeur, c'était juste un garçon curieux. Le mardi précédent, sur la plage, il était tombé sur quelque chose, et il espérait que cela allait se reproduire. Aussi, après avoir apporté sa pierre à mademoiselle Gower, il vérifia que personne ne le regardait et il coupa à travers les dunes, contourna le marais par l'autre côté. Ce n'était qu'à une centaine de mètres, mais, à mi-distance, il put déjà repérer des empreintes de pas dans le sable. Celles d'un homme et celles d'une femme... Alors, c'était certain, il allait pouvoir apercevoir le « Sergent » et mademoiselle Hartley au bout de ce chemin, comme il l'avait suspecté.

Plus tôt, Harry avait fort opportunément « oublié » ses affaires de bain, ce qui lui avait permis de faire ce qu'il voulait, car Jimmy était parti nager avec le reste des garçons. Ce qu'attendait Harry était simple : il voulait des tuyaux. S'asseoir à côté de Brenda au cinéma et presser ses genoux contre les siens (ou toucher ses petits seins à travers son manteau et son pull lorsqu'elle se serrait contre lui en lui prenant le bras), c'était très bien et même quelque peu excitant, mais cela semblait plutôt insipide à côté des jeux de ses profs Lane et Hartley !

Finalement, il escalada une dune et se tapit au sommet. De là, il les aperçut, assis sur une langue de sable au milieu d'un demi-cercle de hautes herbes, au même endroit que la semaine précédente. Harry recula et s'installa rapidement en haut d'une autre dune où il put s'allonger derrière une touffe de hautes herbes. La semaine précédente, elle (mademoiselle Hartley) avait joué avec la chose du « Sergent », dont Harry avait trouvé la taille extraordinaire. Elle avait enlevé son pull, et le « Sergent » avait glissé une main sous sa jupe tandis que l'autre caressait et malaxait ses seins fermes aux larges mamelons. Au moment où Harry était arrivé, elle venait de prendre un mouchoir et avait délicatement épongé le sperme luisant sur son ventre et sur sa poitrine. Puis elle l'avait embrassé sur le bout de sa chose — elle l'avait vraiment embrassé là — et avait commencé à se rhabiller tandis qu'il restait allongé comme un mort. Harry avait essayé d'imaginer Brenda Cowell lui faisant la même chose, mais cette image n'avait pas pu se développer dans son esprit. Elle était trop incroyable.

Cette fois, c'était très différent. Cette fois, c'était exactement ce que Harry voulait voir. Le temps qu'il s'allonge sur le ventre, le « Sergent » avait ôté son haut de survêtement et avait relevé autour de la taille la courte jupe de tennis blanche de mademoiselle Hartley. Ensuite, il lui avait enlevé sa culotte, et sa chose — plus grosse encore que la semaine précédente — avait jailli de son slip comme une marionnette tenue par des fils invisibles.

Venant de derrière les dunes, de la plage en contrebas, Harry pouvait entendre les gosses crier et rire pendant qu'ils nageaient et plongeaient dans l'une de ces grosses mares laissées par la marée ; allongé sur le sable, le menton dans les mains, le soleil brûlait sa nuque et ses oreilles, et des puces de mer sautaient à quelques centimètres de son visage. Mais il ne laissa rien le distraire, ses yeux restèrent rivés aux ébats sexuels des amants dans leur alcôve de roseaux.

Au départ, elle sembla repousser le « Sergent ». Mais au même moment, elle déboutonna son corsage, ce qui fit apparaître ses seins nus dans les rayons du soleil, leurs bouts pointus incroyablement bruns. Harry perçut chez elle une sorte de panique qui le gagna immédiatement. C'était comme si elle avait été hypnotisée par le pénis reptilien du « Sergent » qui se balançait au-dessus de son ventre — entièrement fascinée que son amant puisse lui enlever sa culotte, lui plier les genoux et lui écarter les jambes. À cet endroit, elle était sombre comme la nuit — comme si elle avait porté une petite culotte noire sous sa culotte blanche. Noire, oui, mais rose également là où elle avait mis ses mains entre ses cuisses pour s'ouvrir au « Sergent ».

Harry entr'aperçut un bref instant quelque chose de rose, blanc, arrondi, sombre, brun, mais ce fut tout. Grimpant entre ses jambes, son incroyable pénis disparut en elle en un clin d'œil. Le « Sergent » ne permit pas d'en voir plus. Tout ce qui restait, c'était des pieds et des jambes et les fesses du professeur qui s'étaient mises à bouger. Le garçon haleta et il sentit quelque chose grossir dans son pantalon. Il roula sur le côté pour calmer les pulsations de ses organes génitaux — et pour apercevoir Stanley Green qui arrivait par les dunes, de mauvaise humeur, ses petits yeux porcins pleins de haine !

Sur la piste des amants, Harry avait trouvé un couteau en

parfait état, dont les deux parties intactes étaient encore accrochées ensemble. Il se mit donc à gratter soigneusement le sable, « trouva » le coquillage et dévala la dune en le tenant prudemment dans la main. Sachant parfaitement qu'il devait être écarlate, il détourna la tête pour ne pas regarder Green avant d'être à sa hauteur. Après cela, il n'allait pas pouvoir y échapper. Pas pouvoir échapper non plus à l'épreuve de force.

— Salut binoclard, grogna la brute, en approchant, bras ouverts, prêt à lui sauter dessus, lui coupant toute retraite. C'est chouette de te trouver tout seul ici, sans que tu sois en train de glandouiller avec ton copain, la star du football. Qu'est-ce que tu fous donc ici, binoclard ? T'as trouvé un mignon petit coquillage pour mademoiselle Gower ?

— Qu'est-ce que ça peut te faire ? lui lança Harry en cherchant à lui échapper.

Green lui barra le chemin et lui arracha le coquillage des mains. Il était d'une belle couleur olive, vieux et friable comme une hostie. Green referma volontairement le poing, et le réduisit en morceaux.

— Voilà, dit-il d'une voix satisfaite. Tu vas cafter, binoclard ?

— Non, répondit Harry d'une voix haletante, en essayant à nouveau de forcer le passage. Dans son esprit, il voyait l'image des fesses du « Sergent » allant et venant, allant et venant, au milieu du berceau de roseaux à quelques mètres de lui, sur l'autre versant de la dune. Je ne le dirai à personne. Et je ne me battrai pas non plus.

— Te battre ? Toi ? Green trouvait ça marrant. Tu ne pourrais même pas battre une grenouille ! T'es juste bon à ronfler en classe et t'es aussi actif qu'une moule ! T'es bon qu'à ça et à foutre les autres dans la merde.

— Tu t'y es mis tout seul ! protesta Harry. En gloussant comme ça...

— En gloussant ? Le gros Stanley lui attrapa le bras et le tira vers lui. T'as dit en gloussant ? C'est les filles qui gloussent, binoclard. Tu me traites de fille, c'est ça ?

Harry se libéra d'un geste et serra les poings. Tremblant comme une feuille, il lança :

— Fous le camp !

Green en resta bouche bée.

— Mal élevé, dit-il.

Puis il haussa les épaules, fit demi-tour, comme s'il voulait partir, et quand Harry baissa sa garde, il se retourna et lui décocha un coup de poing sur le coin de la bouche.

— Oh ! lâcha Harry, en crachant du sang. Il perdit l'équilibre et s'affala. Green allait lui balancer un coup de pied, lorsque le « Sergent » Lane, vêtu de son T-shirt, apparut en haut de la dune en hurlant, rouge de rage et de frustration.

— Qu'est-ce que vous foutez... ? aboya-t-il. Il attrapa Green par la nuque, le fit pivoter, saisit son fond de pantalon et l'envoya voler. Green glapit en s'écrasant la tête la première dans le sable.

— Tu fais encore des tiennes, Big Stanley ? hurla le « Sergent ». Et qui est ta victime cette fois-ci ? Quoi ? Le petit Harry Keogh ? Mon Dieu, et après ça tu vas étrangler des bébés !

Au moment où Green se relevait, crachant du sable, le prof de gym le repoussa violemment et l'envoya une nouvelle fois voler.

— Tu vois, ce n'est pas si marrant, Stanley, quand on se bat contre quelqu'un de plus fort que soi. Et c'est ce que tu fais avec Harry. Pas, vrai, Keogh ?

Se frottant toujours la bouche, Harry dit :

— Je peux me défendre tout seul.

Big Stanley, qui n'avait qu'un an de plus que Harry, était sur le point de pleurer.

— Je vais le dire à mon père, dit-il en s'en allant.

— Quoi ? lâcha le « Sergent » en riant, les mains sur les hanches. Le dire à ton père ? Ce gros plein de bière qui fait des bras de fer avec ses copains du Black Bull pour des pintes de bière ? Eh bien, tant que tu y es, demande-lui qui l'a battu la nuit dernière et qui lui a presque cassé le bras !

Mais Stanley s'était sauvé en courant.

— Ça va, Keogh ? lui demanda-t-il en l'aidant à se relever.

— Oui, monsieur. Ma bouche saigne un peu, mais c'est tout.

— Fiston, tu devrais te tenir loin de lui, dit le professeur. C'est un mauvais gars, et il est beaucoup plus fort que toi.

Quand j'ai dit petit en parlant de toi, je ne le pensais pas, c'était juste pour expliquer votre différence de taille. Le gros Stanley n'oubliera pas si facilement, alors fais attention.

— Oui, monsieur.

— Parfait, alors. Tu peux y aller.

Lane allait retourner dans les dunes, lorsque mademoiselle Hartley apparut, impeccablement habillée. Harry entendit le « Sergent » réprimer un « merde ! ». Il aurait voulu sourire, mais cela aurait un peu plus ouvert sa lèvre. Il se tourna et chercha les autres garçons qui s'étaient rassemblés autour de mademoiselle Gower, prêts à rentrer.

C'était la deuxième semaine d'août, un mardi soir, et il faisait chaud. C'était amusant, pensait simplement George Hannant, tandis qu'il s'épongeait le front avec un mouchoir, à quel point il pouvait faire chaud un soir comme celui-ci. On pense que ça va se rafraîchir, mais au lieu de cela la chaleur semble stagner. Pendant la journée le vent s'était levé, à peine une brise, mais une brise quand même ; à présent il n'y avait plus rien, dehors, tout était aussi immobile qu'un tableau. Toute la chaleur du jour absorbée par la terre ressortait maintenant, vous submergeant de tous côtés. Hannant s'épongea à nouveau le front et la nuque, en sirotant une limonade glacée. Il savait que la fraîcheur de la boisson allait rapidement s'évaporer.

Il vivait seul près de l'école, mais du côté le plus éloigné de la mine. L'autre côté aurait été trop déprimant, trop oppressant. Cette nuit, il avait des papiers et des livres à répertorier et des cours à préparer. Il ne pouvait rien faire d'autre que cela, ou faire des choses y ressemblant. Il aurait pu aller boire un verre mais... les pubs seraient pleins de mineurs coiffés de bonnets et en manches de chemise, aux voix vulgaires et gutturales. Il y avait bien un film convenable au Ritz, mais le son était assourdissant aux premiers rangs, et les amoureux des derniers rangs l'ennuyaient à chaque fois, car leurs tâtonnements humides de sueur détournaient son attention de l'écran. Et de toute façon, il avait tout cela à répertorier.

La maison de Hannant, un petit pavillon semi-individuel construit sur un terrain privé qui dominait l'étroit chemin menant à la mer, était séparé de l'école par un grand cimetière et sa vieille église, des terrains bien entretenus et le haut mur d'enceinte. Chaque matin, il traversait la place pour se rendre à l'école, puis repassait par là pour rentrer chaque soir. Des bancs de bois et de fer encerclaient de gigantesques marronniers aux vives couleurs, dont les feuilles commençaient déjà à tomber. Il pouvait toujours prendre ses livres et ses papiers et se rendre là-bas.

Finalement, ce n'était pas une si mauvaise idée. Le vieux, un retraité survivant des houillères, devait y être assis en compagnie de son chien et de sa canne, chiquant du tabac ou tirant sur une vieille pipe... et crachant, bien sûr. La fosse lui avait légué des poumons pourris ; des poumons pourris et des vertèbres semblables à des coquilles d'œuf. Mais débarrassé de ses chers élèves, c'était finalement un lieu très calme, à l'écart du centre du village, des pubs et du cinéma, de la rue principale. Oh, quand les marrons commençaient à tomber, il y avait toujours des gosses pour venir faire des batailles avec, bien entendu ; que serait un marron sans son enfant au bout d'une lanière ? C'était une pensée agréable, et elle fit sourire Hannant. Quelqu'un avait dit que, du point de vue d'un chien, un humain était une chose à lancer des bâtons. Alors pourquoi un marron ne pourrait-il pas avoir un point de vue ? Ce qui revenait à dire que des garçons étaient destinés à les faire tourner dans des lanières... et à les faire éclater. Une chose était sûre, les garçons n'étaient pas destinés à faire des maths !

Hannant se doucha, s'essuya lentement, méthodiquement (se dépêcher ne pouvait que le faire transpirer), enfila un pantalon gris et une chemise à col ouvert, prit son porte-documents et sortit. Il traversa le terrain en direction du cimetière et suivit le chemin de gravier. Des écureuils jouaient dans les hautes branches des arbres et faisaient tomber quelques feuilles. Les rayons du soleil descendaient des collines basses de l'ouest, où cette grosse boule de feu semblait suspendue à jamais, comme si elle n'allait jamais vouloir abandonner le jour pour la nuit. La journée avait été agréable ; la soirée, malgré la chaleur, était plus agréable encore ; et toutes les deux (Hannant portait son lourd porte-documents à la main) avaient presque été perdues. Ou au moins, étaient restées improductives — ce qui n'est pas très différent. Il grogna tristement, en s'imaginant le jeune Johnnie Miller quelques années auparavant, « au fond du trou », abattant du charbon, chassant son ennui et passant son temps à calculer des aires de cercles. Qu'est-ce que cela signifiait ?

Et pour des gosses comme Harry Keogh — pauvre petit bonhomme — il n'a pas plus de muscles pour la mine que de cervelle. Bon, peut-être a-t-il un cerveau, mais il est alors comme un iceberg, on n'en voit que le dessus. Qu'y a-t-il sous la surface — qui peut le savoir ? Hannant souhaitait simplement trouver une façon d'intéresser ce petit bonhomme, s'il était encore temps... Il avait cette sensation à propos de Keogh que, quoi qu'il dût faire ou quoi qu'il dût être, cela commençait déjà à se manifester. C'était comme regarder pousser une étrange graine, et attendre quelle fleur elle va donner.

Mais quand on parle du loup... n'était-ce pas Keogh, assis sur une vieille dalle à l'ombre d'un arbre, le dos appuyé contre une pierre tombale ? Oui, c'était bien Keogh ; les rayons du soleil, qui s'étaient hasardés entre les feuillages, avaient trahi sa présence. Il était assis là, un livre ouvert sur les genoux, suçant le bout d'un crayon, la tête rejetée en arrière, perdu dans ses pensées. Et pas de Jimmy Collins en vue ; il devait être à l'entraînement de football avec le reste de l'équipe. Mais Keogh — il ne faisait partie d'aucune équipe.

Hannant eut soudain pitié de lui. Pitié, ou... culpabilité ? Seigneur, non ! Keogh s'en tirait à bon compte depuis pas mal de temps. Un de ces jours il allait partir comme ça — en sortant de lui-même — et ne jamais revenir ! Et alors...

Hannant soupira, et suivit le vieux chemin qui serpentait entre les pierres tombales vers l'endroit où était assis le garçon. En s'approchant, il put voir que Harry était à nouveau plongé dans ses pensées, perdu dans ses rêveries sous l'ombre glaciale de l'arbre. Pour une raison irrationnelle, cela mit Hannant en colère, jusqu'à ce qu'il s'aperçoive que le livre qui reposait sur les genoux de Harry était son manuel de maths, preuve qu'il était en train de faire sa punition.

— Keogh ? Comment ça va ? dit Hannant en s'asseyant sur la pierre.

Ce coin du cimetière ne lui était pas inconnu ; il s'était

promené par ici et s'était assis là des milliers de fois. En fait, Keogh était presque un envahisseur en ces lieux. Mais il était certain que le garçon n'était pas au courant et, de toute façon, il n'aurait pas pu comprendre.

Harry enleva son crayon de la bouche, regarda Hannant, et sourit.

— Salut, monsieur... Euh, pardon ?

Euh, pardon ! Hannant avait eu raison, le gosse n'était pas vraiment là. Le roi des rêveurs. Tout le Secret de la Vie de Harry Keogh !

— Je t'ai demandé comment ça allait, dit Hannant en essayant de ne pas grogner.

— Oh, tout va bien, monsieur.

— Laisse tomber le « monsieur », Harry. Garde ça pour l'école. À l'extérieur, cela rend la conversation très difficile. Alors, ces problèmes que je t'ai donnés ?

— Les devoirs à la maison ? Je les ai terminés.

— Quoi, ici ? Hannant était réellement surpris.

— C'est tranquille ici, répondit Harry.

— Est-ce que tu peux me les montrer ?

Harry haussa les épaules.

— Si vous voulez.

Il lui tendit le cahier d'exercices.

Hannant l'examina avec étonnement. Le travail était très soigné, presque irréprochable. Il y avait deux réponses, toutes deux exactes, si sa mémoire ne le trompait pas. Bien sûr, le raisonnement était aussi important, mais il ne l'avait pas encore vérifié.

— Où est la troisième question ?

Harry fronça les sourcils.

— Est-ce celle avec le graisseur, où... ?

Mais Hannant, impatient, le coupa.

— Ne te moque pas de moi, Keogh. Tu n'avais que trois questions sur dix à faire. Les autres concernent des volumes, ni des cercles, ni des cylindres. Ou est-ce que je me trompe ? Ce livre est tout nouveau pour moi aussi. Donne-le moi.

Harry baissa la tête, se mordit les lèvres et tendit le livre. Hannant tourna les pages.

— Le graisseur. Oui, celui-ci, dit-il, en frappant la page de l'index.

Sur celle-ci, on y voyait ce schéma : (toutes les cotes sont en centimètres).

Les cotes étaient internes ; le piston et la canule étaient cylindriques, pleins de graisse ; si on le pressait, de quelle longueur serait la ligne de graisse ?

Harry le regarda.

Hannant était en colère. Deux sur trois, ce n'était pas assez bon. Trois mauvaises réponses auraient presque été meilleures que ces conneries.

— Pourquoi n'avoir pas simplement dit que c'était trop difficile ? Tu avais assez bluffé pour la journée. Pourquoi ne pas simplement admettre que tu ne peux pas le faire ?

Soudain, le garçon parut malade. Son visage se couvrit de sueur et ses yeux se mirent à briller derrière ses lunettes.

— Mais je peux le faire, répondit-il lentement ; puis, plus rapidement, il ajouta : « N'importe quel imbécile pourrait le faire ! Je ne pensais pas qu'il fallait le faire, c'est tout. »

Hannant n'en crut pas ses oreilles.

— Quelle est la formule ?

— Pas nécessaire !

— Merde, Harry ! C'est pi fois rayon carré fois longueur est égal au contenu. C'est tout ce que tu dois savoir. Regarde...

Et il écrivit sur le cahier d'exercices :

Contenu du piston : Contenu de la Canule :

$$\frac{3.14159 \text{ X}.75 \text{ X}.\ 75 \text{ X } 4.5}{3.14159 \text{ X}.25 \text{ X}.\ 25} + \frac{3.14159 \text{ X}.25 \text{ X}.25 \text{ X } 1.5}{3.\ 14159 \text{ X}.\ 25 \text{ X}.\ 25}$$

Il rendit le crayon à Harry, puis ajouta :

— Regarde. Après ça, presque tout s'annule. Le diviseur est bien entendu la surface de la coupe transversale de la ligne de graisse.

— Perte de temps, dit Harry d'une telle manière que Hannant ne pensa pas à une simple insubordination. Il y avait de l'assurance dans la voix de Harry. Pendant un moment... Hannant se sentit presque intimidé ! Que se passait-il derrière les lunettes du gosse, dans son crâne ? Que voulaient dire ces yeux qui n'étaient pas tout à fait là ?

— Explique-toi ! Et fais-le bien !

Harry regarda le schéma.

— La réponse est trois pieds et demi, dit-il avec la même assurance dans la voix.

Comme l'avait dit Hannant, le livre était nouveau pour lui, il n'avait pas encore réellement travaillé dessus. Mais en regardant simplement Keogh, il était enclin à croire que le gosse avait raison. Ce qui signifiait que...

— Tu es revenu dans la classe avec Collins après la plage, l'accusa-t-il. Je lui avais dit de fermer à clef, mais avant, il t'a ouvert mon bureau, et tu as regardé les réponses. Je n'aurais pas cru cela de toi Keogh, mais...

— Vous vous trompez, le coupa Harry, de cette même voix atone, dépourvue d'émotion, et si précise.

À présent, il frappait du doigt sur le schéma.

— Regardez vous-même. Les deux premières questions requéraient des formules, d'accord, mais pas celle-ci. Prenez un diamètre à quatre décimales, quelle est sa surface ? Cela demande une formule. Prenez une surface à quatre décimales, quel est le rayon ? Cela demande presque la même formule, mais inverse. Mais ça ? Écoutez : le diamètre du piston est trois fois plus grand que celui de la canule. L'aire du cercle est donc neuf fois plus grande. La longueur du piston est trois fois plus grande. Trois fois neuf, vingt-sept. Le piston contient vingt-sept fois plus de graisse que la canule. Le piston et la canule contiennent donc ensemble vingt-huit fois le contenu de la canule. La canule mesure un pouce et demi de long. Vingt-huit fois un pouce et demi cela fait quarante-deux. Et quarante-deux pouces cela fait trois pieds et demi, monsieur...

Hannant regardait fixement le visage dépourvu d'émotion, presque absent, du garçon. Il regarda ensuite le schéma. La tête lui tournait, et il sentit comme un vent glacial courir le long de sa colonne vertébrale, ce qui le fit frissonner. Comment diable ? Pour l'amour de Dieu, n'était-ce pas lui le professeur de maths ? Mais il n'y avait aucune faille dans le raisonnement de Keogh. La question ne nécessitait ni formule, ni mathématique d'ailleurs ! C'était un simple calcul mental... pour quelqu'un comprenant les cercles. Pour quelqu'un capable de ne pas s'arrêter à l'arbre qui cache la forêt. Et bien sûr, sa réponse était, devait être, exacte ! Si Hannant avait laissé tomber ses formules, il aurait lui aussi été capable de le faire... en réfléchissant un petit peu. Mais la réflexion de Keogh avait été spontanée. Son mépris avait été réel.

Et à présent, Hannant savait que s'il ne jouait pas serré, il allait probablement perdre ce garçon. Il savait aussi que si cela arrivait, il n'allait pas être le seul à le perdre. Il avait un esprit qui possédait... un énorme potentiel ! Quel que soit son trouble, même s'il était important, il devait absolument conserver son autorité.

Il se força à sourire et dit :

— Très bien ! Même si je n'avais pas bien évalué ton QI, Harry Keogh. C'était simplement pour vérifier si tu connaissais tes formules. Mais là, tu m'as réellement étonné. En voyant à quel point tu es doué, je me demande pourquoi ton travail de classe a toujours été aussi nul ?

Harry se leva. Ses mouvements étaient rigides, presque mécaniques.

— Est-ce que je peux partir maintenant, monsieur ?

Hannant se leva également, haussa les épaules et s'écarta.

— Tu fais ce que tu veux de ton temps libre. Mais quand tu auras cinq minutes, tu pourras réviser tes formules.

Harry s'en alla d'un pas rigide, le dos droit. Quelques pas plus loin, il se retourna et regarda en arrière. Ses lunettes capturèrent un rayon de soleil qui passait à travers les arbres ; il leva les yeux vers les étoiles.

— Les formules ? dit-il de sa nouvelle voix si étrange. Je pourrais vous apprendre des formules dont vous n'avez même jamais rêvé.

Tandis qu'un nouveau frisson lui glaçait l'échine, Hannant sut que Keogh n'était pas en train de se vanter.

Le professeur de maths voulut appeler le garçon, courir vers lui, l'attraper même, mais ses pieds semblaient cloués au sol. Toute son énergie l'avait quitté. Il avait perdu ce round... Tremblant, il s'assit sur la dalle, s'adossa mollement contre la pierre tombale et regarda Harry Keogh s'éloigner. Il resta un moment sans bouger... puis il se projeta en avant, se leva d'un bond et quitta le cimetière. Il trébucha et s'étala dans l'herbe. Keogh avait disparu.

La soirée était chaude... ou plutôt, il faisait une chaleur infernale, même à cette heure tardive... mais George Hannant était glacé jusqu'aux os. Il y avait quelque chose dans l'air, dans son cœur, qui le pétrifiait. Là, à cet endroit, venant de toutes parts. Il venait de se rendre compte où et quand il avait déjà entendu quelqu'un parler comme Harry Keogh, avec cette autorité, cette précision et cette logique. Trente ans auparavant, quand Hannant n'était encore qu'un enfant. Et l'homme n'était autre que son père. Il avait été son héros, presque son dieu.

Encore tout tremblant, il se remit sur pied, ramassa le livre de Keogh et le rangea dans sa serviette, puis ressortit du cimetière.

Gravée dans la pierre tombale, presque entièrement recouverte de lichen, l'épitaphe était simple et George la connaissait par cœur :

JAMES GORDON HANNANT
13 Juin 1875 — 11 Sept. 1944
Professeur à l'école de garçons de Harden
pendant trente ans, Directeur pendant dix ans,
à présent, un simple numéro
parmi les hôtes
du Paradis.

L'épitaphe était une idée du Vieil Homme. Son principal sujet, comme celui de son fils après lui, avait été les maths. Mais il avait été bien meilleur que George ne le serait jamais.

Chapitre III

Le matin suivant, George Hannant avait une petite leçon de maths à donner, mais, avant cela, il avait fait quelques introspections. Pendant ce temps, tous les élèves travaillaient et la pièce était calme, à part le crissement des plumes et le bruissement du papier ; il était satisfait d'avoir eu la bonne réponse à ce qui lui avait semblé être, la nuit précédente, un incident ou un événement important. Keogh était manifestement l'une de ces personnes capables d'aller au fond des choses, un pensif plutôt qu'un actif. Et un pensif dont les pensées, bien qu'allant à contre-courant, s'avéraient néanmoins exactes.

Si vous étiez capable de l'intéresser à un sujet suffisamment passionnant pour qu'il veuille se pencher dessus, alors il pourrait sans nul doute faire quelque chose d'extraordinaire. Oh, il était parfaitement capable de faire des erreurs dans une addition ou une soustraction — deux plus deux pouvait très bien faire cinq — mais les solutions invisibles aux autres lui paraissaient instantanément évidentes. C'était pourquoi Hannant avait vu dans ce garçon une ressemblance avec son père ; James G. Hannant, lui aussi, avait eu ces sortes d'intuitions et avait été un mathématicien spontané. Et lui aussi avait eu quelques problèmes avec les formules.

Il était également évident pour Hannant qu'il avait vraiment attisé des braises dans l'esprit de Keogh, car c'était avec plaisir qu'il remarquait que le garçon semblait travailler un peu plus — ou au moins, qu'il l'avait fait durant quinze bonnes minutes. Après cela, bien sûr, il s'était remis à rêvasser. Mais quand Hannant s'approcha à pas de loup derrière lui, les questions qu'il avait posées avaient toutes trouvé une réponse correcte, mais brève. Cela allait être intéressant en fin de semaine, quand ils allaient aborder la trigonométrie, de voir ce que Keogh allait en faire. À présent que le cercle avait perdu un peu de ses mystères à ses yeux, peut-être allait-il trouver quelque intérêt dans le triangle.

Mais il y avait encore quelque chose qui tracassait Hannant, et, pour avoir la réponse à ses questions, il devait aller chez Jamieson, le directeur. Laissant les garçons travailler seuls pendant quelques minutes, il se rendit dans le bureau du directeur, non sans leur avoir donné les habituels conseils sur la conduite à tenir en son absence.

— Harry Keogh ? Howard Jamieson semblait un petit peu interloqué. Qu'a-t-il obtenu aux tests du Collège Technique ? (Il sortit un mince dossier de l'un des tiroirs de son bureau, l'ouvrit et le lut.) J'ai bien peur que Keogh n'ait pas passé ces tests. Apparemment, il était au lit avec un rhume des foins ou quelque chose de ce genre. Oui, c'est cela : rhume des foins, il y a trois semaines ; il a été absent deux jours. Malheureusement, les examens ont eu lieu à Hartlepool le deuxième jour. Mais pourquoi demandez-vous cela, George ? Pensez-vous qu'il avait une chance de réussir ?

— Je pense qu'il l'aurait eu haut la main.

Jamieson sembla surpris.

— Un petit peu tard, n'est-ce pas ?

— Pour s'en inquiéter ? Je suppose que oui.

— Non, je voulais parler de cet intérêt pour Harry Keogh. Je ne savais pas que vous lui portiez tant d'intérêt. Attendez...

Il sortit un autre dossier, plus épais, d'une armoire.

— Les bulletins de l'année dernière, dit-il en fouillant dans le dossier. Cette fois-ci, il ne parut pas surpris du tout.

— Selon tous vos collègues, il n'y avait aucune chance pour que Keogh réussisse — et cela vous incluait également, George !

— Oui, fit Hannant dont la nuque rougit un petit peu, mais c'était l'année dernière. Bien sûr, les examens du collège technique visent plus l'intelligence de base que les connaissances académiques. Si vous faisiez passer un test de

QI à notre Harry Keogh, je pense que vous seriez très surpris. Si cela a rapport avec les maths. C'est de l'instinct, de l'intuition, mais il est intelligent, c'est certain.

— Eh bien, c'est rare qu'un professeur s'intéresse à un gars de Harden. Je ne veux critiquer personne, pas même les gosses eux-mêmes, mais ils ont un sacré handicap ici, tant au niveau culturel que social. Savez-vous combien de nos élèves ont réussi cet examen ? Trois ! Trois sans compter cette classe, ce qui veut dire un sur soixante-cinq !

— Quatre, si Harry Keogh l'avait passé.

— Oh ?

Jamieson n'était pas convaincu. Mais il était impressionné, tout au moins.

— Très bien, admettons que vous ayez raison en ce qui concerne les maths. En fait, vous avez tout à fait raison de dire que le test mesure l'intelligence de base plus que les connaissances apprises par cœur. Mais en ce qui concerne les autres matières ? D'après ces bulletins, Keogh est habituellement nul dans toutes les autres matières que vous n'avez pas mentionnées ! Le dernier de sa classe dans la plupart d'entre elles.

Hannant soupira, acquiesça et dit :

— Eh bien, je suis désolé de vous avoir fait perdre votre temps de la sorte. De toute façon, la question ne se pose guère, puisqu'il ne s'est de toute façon pas présenté à l'examen. C'est juste que je pense que c'est triste. Ce garçon a un potentiel.

— Trouvez lequel, dit Jamieson en contournant son bureau et en se dirigeant vers la porte, la main posée sur l'épaule de Hannant. Envoyez-le moi cet après-midi. Je parlerai un peu avec lui. Non, attendez, peut-être que je peux être un petit peu plus constructif que cela. Un mathématicien instinctif ou intuitif, c'est cela ? Très bien...

Il retourna à son bureau, prit un porte-plume et écrivit rapidement quelque chose sur une feuille de papier A4.

— Vous pouvez y aller, dit-il. Voyez ce qu'il peut faire de cela. Faites-le travailler là-dessus à midi. S'il trouve une réponse, alors je le recevrai et nous verrons ce que nous pourrons en tirer.

Hannant prit la feuille et sortit dans le couloir, en fermant la porte derrière lui. Il jeta un coup d'œil sur ce que le directeur avait écrit et secoua la tête de dépit. Il plia la feuille et la glissa dans sa poche, puis il la reprit, la déplia et la lut à nouveau. D'un autre côté... peut-être que c'était exactement le genre de chose que Keogh pouvait faire. Hannant était certain qu'il allait pouvoir le faire, avec un petit peu de réflexion, quelques essais et des erreurs, mais si Keogh pouvait résoudre cela, ils allaient pouvoir faire quelque chose. Ses arguments en faveur du garçon seraient prouvés. Si Keogh échouait, alors Hannant cesserait simplement de s'inquiéter à son sujet. Il y avait d'autres élèves dignes de son attention, il était certain...

À 13 heures 30, Hannant frappa à la porte de Jamieson qui l'invita immédiatement à entrer. Jamieson venait juste de rentrer de déjeuner, s'était à peine assis. Il se leva au moment où Hannant pénétra dans son bureau. Ce dernier sortit la feuille et la lui tendit.

— J'ai fait exactement ce que vous m'aviez dit, dit Hannant au directeur. Voici la solution de Keogh.

Le directeur parcourut rapidement le texte de son problème :

Un carré magique.

Un carré est divisé en 16 petits carrés identiques. Chacun de ces petits carrés contient un nombre de 1 à 16. Placer les nombres de telle manière que la somme de chaque ligne, de chaque colonne, et de chaque diagonale, donne un seul et même nombre.

1	2	3	4
5	6	7	8
9	10	11	12
13	1		

16	2	3	13
5	11	10	8
9	7	6	12
4	14	15	1

La réponse, au crayon — de même que ce qui semblait être un mauvais départ — avait été tracée en dessous de la question et était signée Harry Keogh : *(Voir page 98)*

Jamieson l'étudia, l'étudia plus attentivement, ouvrit la bouche pour parler, mais ne dit rien. Hannant pouvait le voir additionner les colonnes, les lignes et les diagonales, il pouvait presque entendre son cerveau fonctionner.

— C'est... vraiment très bien, dit finalement Jamieson.

— C'est mieux que cela, lui dit Hannant. C'est parfait.

Le directeur lui fit un clin d'œil.

— Parfait, George ? Mais tous les carrés magiques sont parfaits. C'est ce qui fait leur charme. C'est là leur magie !

— Oui, mais il y a parfait et parfait. Vous avez demandé les colonnes, les lignes et des diagonales identiques. Il vous a donné cela et bien plus. La somme des coins est identique elle aussi. Les quatre carrés de quatre également. Même la somme des nombres opposés situés au milieu de chaque côté donne le même total. Et si vous regardez de plus près, ce n'est pas terminé. Non, il est absolument parfait.

Jamieson vérifia une nouvelle fois le carré, fronça les sourcils pendant un moment, puis sourit avec ravissement. Et finalement :

— Où est Keogh en ce moment ?

— Il est dehors. Je pense que vous devriez le voir...

Jamieson soupira et s'assit à son bureau.

— Très bien, George, faites entrer votre prodige.

Hannant ouvrit la porte et appela Keogh.

Harry paraissait inquiet.

— Jeune homme, dit le directeur, M. Hannant m'a dit que tu avais un penchant pour les nombres.

Harry ne dit rien.

— Ce carré magique, par exemple. Il m'arrive de m'amuser avec ce genre de choses, même depuis, oh, depuis que j'ai ton âge. Mais je ne pense pas être déjà arrivé à un résultat aussi bon que celui-ci. C'est vraiment remarquable. Est-ce que quelqu'un t'a aidé ?

Harry leva la tête et regarda Jamieson droit dans les yeux. Pendant un moment, il le regarda — effrayé ? Peut-être, mais juste après, il se mit sur la défensive.

— Non monsieur, personne ne m'a aidé.

Jamieson hocha la tête.

— Très bien. Alors, où est ton brouillon? Je veux dire, on ne doit pas arriver à quelque chose d'aussi parfait que cela du premier coup, tu en as un?

— Non, monsieur. Mon brouillon est là, je l'ai barré.

Jamieson regarda la feuille, se gratta la tête, déjà presque chauve, et jeta un coup d'œil à Hannant. Puis il observa Keogh.

— Mais c'est simplement un carré avec les nombres écrits à la suite. Je ne comprends pas comment...

— Monsieur, l'interrompit Harry, cela me semblait être la manière la plus logique de commencer. Quand j'ai fait cela, j'ai compris ce que je devais faire.

À nouveau le directeur et le professeur de maths se regardèrent.

— Continue, Harry, dit le directeur.

— Voyez-vous, monsieur, si vous écrivez simplement les nombres ici, comme je l'ai fait, tous les grands nombres vont vers la droite et vers le bas. Alors, je me suis demandé comment je pouvais en faire passer la moitié de la droite vers la gauche et la moitié du bas vers le haut. Et comment je pouvais faire les deux en même temps.

— Cela semble... logique, dit Jamieson en se grattant à nouveau la tête. Alors qu'as-tu fait?

— Pardon?

— Je disais, qu'as-tu fait, mon garçon!

Jamieson avait horreur de répéter quelque chose à un élève. Ils devaient boire chacune de ses paroles.

Harry devint soudain pâle. Il dit quelque chose, mais il ne proféra qu'un son rauque. Il toussa, et sa voix baissa d'une octave ou deux. Quand il parla à nouveau, cela ne ressemblait plus du tout à la voix d'un enfant.

— C'est là, devant vous. Ne pouvez-vous pas vous en rendre compte vous-même?

Jamieson écarquilla les yeux et resta bouche bée, mais avant qu'il n'explose, Harry ajouta:

— J'ai inversé les diagonales, c'est tout. C'était la réponse la plus évidente, la seule réponse logique. Toute autre façon est un jeu de hasard, d'essais et d'erreurs. Aller au petit bonheur la chance, ce n'est pas assez bien. Pas pour moi...

Jamieson se leva, se laissa retomber dans son fauteuil et pointa un index rageur en direction de la porte.

— Hannant, fichez-moi ce garçon dehors ! Puis revenez me voir.

Hannant attrapa Keogh par le bras et l'entraîna dans le couloir. Il avait le sentiment que s'il n'avait pas soutenu le garçon, celui-ci aurait très bien pu défaillir. Il l'adossa donc contre le mur, lui ordonna d'attendre là et le laissa. Il paraissait un peu hébété et malade.

De retour dans le bureau du directeur, Hannant trouva ce dernier en train de s'éponger le front avec un grand morceau de buvard. Il regardait fixement la solution de Harry et murmurait pour lui-même :

— Inverser les diagonales ! Hum ! Et c'est ce qu'il a fait !

Mais au moment où Hannant ferma la porte, Jamieson releva la tête et esquissa un petit sourire. Il avait apparemment retrouvé son calme et il continua à éponger la sueur sur son front et sur sa nuque.

— Saleté de chaleur ! dit-il, en indiquant d'une main flasque un siège à Hannant.

Sous sa veste, la chemise de Hannant lui collait à la peau du dos.

— Je sais. C'est infernal ! L'école ressemble à un four, et c'est dur également pour les élèves.

Il resta debout.

Jamieson qui avait compris où il voulait en venir secoua la tête.

— D'accord, mais cela n'excuse pas l'insolence... ou l'arrogance.

Hannant savait qu'il devait garder son calme, mais il en fut incapable.

— S'il a vraiment été insolent. Je crois qu'il énonçait simplement un fait. Il a fait la même chose lorsque je l'ai croisé hier. Apparemment, dès que vous l'avez bousculé, il s'est mis sur la défensive. Ce garçon est brillant, mais il ne veut pas l'admettre ! Il fait tout son possible pour garder cela secret.

— Mais pourquoi ? Ce n'est certainement pas normal. La plupart des garçons de cet âge aiment faire les intéressants. Est-ce simplement à cause de sa timidité, ou est-ce plus profond que cela ?

Hannant hocha la tête.

— Je ne sais pas. Laissez-moi vous raconter ce qu'il s'est passé hier.

Quand il fut au courant, le directeur dit :

— Presque la même chose que ce que je viens de voir.

— Exactement.

— S'il est réellement aussi intelligent que vous semblez le croire, et il ne fait aucun doute qu'il semble avoir de l'intuition, alors je n'aimerais pas être celui qui le prive d'une chance de faire quelque chose dans la vie. Très bien, c'est décidé. Keogh a manqué les examens, alors... je vais appeler Jack Harmon au collège technique pour voir si nous pouvons décider d'un examen pour lui. Bien sûr, je ne peux rien promettre, mais...

— C'est mieux que rien, termina Hannant. Merci, Howard.

— Bien, bien. Je vous ferai savoir comment ça s'est passé.

Après un signe de tête, Hannant sortit dans le couloir où attendait toujours Keogh.

Pendant les deux jours suivants, Hannant essaya en vain de chasser Keogh de son esprit. Au milieu d'une leçon, ou à la maison pendant les longues soirées d'automne, même parfois au cœur de la nuit, le visage du garçon était là, rôdant à la frontière de sa conscience. Dans la nuit du vendredi au samedi, le professeur se réveilla vers 3 heures du matin, et fit les cent pas en pyjama dans la maison où toutes les fenêtres étaient ouvertes pour laisser entrer le plus petit soupçon de brise. Il s'était éveillé avec dans la tête cette image de Harry Keogh, tenant à la main la feuille de papier A4 de Jamieson, traversant la cour de l'école remplie de millions de garçons et passant sous l'arche en pierre de la porte de derrière; puis le garçon avait traversé le chemin recouvert de poussière et était passé par la grille du cimetière. Et Hannant pensait bien savoir où Harry était allé.

Et soudain, au sein de cette nuit qui ne s'était pas rafraîchie, Hannant frissonna d'une manière devenue habituelle. Cela pouvait tout simplement n'être qu'un frisson psychique, comme il le soupçonnait, le prévenant que quelque chose de terrible allait arriver. Il y avait bien quelque chose d'étrange au sujet de Keogh, mais cela défiait toutes les conjectures ou les remettait presque en question. Une chose était certaine : George Hannant espérait de toute son âme que le gosse serait capable de réussir les examens que Howard Jamieson et Jack Harmon du collège technique de Hartlepool lui avaient concoctés. Et il ne souhaitait pas uniquement que le garçon exprime son plein potentiel. Non, c'était plus simple que cela. Sincèrement, il souhaitait voir Keogh quitter la ville, quitter l'école, quitter les autres enfants. Ces garçons si parfaitement normaux, si ordinairement normaux de Harden.

Une mauvaise influence? Même pas! Qui pouvait l'influencer... de quelle manière?... lorsque le reste des gosses le considéraient comme une mauviette? Une altération alors, une corruption qui pouvait se propager d'une façon ou d'une autre... comme la pomme pourrie au sommet du tonneau? Peut-être. Et encore, cette comparaison ne convenait pas tout à fait. Ou peut-être, d'une certaine façon, si. Car après tout, cela fait-il une petite différence si une pomme ne peut pas se rendre compte de son propre pourrissement : la corruption continue néanmoins. Ou était-ce trop fort? Comment pouvait-il être possible qu'il y ait quelque chose qui... n'allait pas chez Harry Keogh, quelque chose qu'il ignorait ou qu'il ne pouvait pas comprendre? Actuellement, tout cela était devenu complètement ridicule! Et alors... qu'est-ce qu'il y avait chez Keogh qui inquiétait tant Hannant? Qu'y avait-il en lui qui cherchait à sortir? Et pourquoi Hannant avait-il l'impression que si cela sortait, ce serait terrible?

Hannant décida donc de fouiller dans les antécédents de Keogh, et de trouver quelque chose dans son passé. Peut-être était-ce là que résidait le problème. Et peut-être qu'il n'y avait rien du tout et que tout cela n'était que le fruit de son imagination. C'était peut-être à cause de la chaleur, du manque de sommeil ou de la routine scolaire, sans fin, ingrate et répétitive... ou de toutes ces choses à la fois. C'était peut-être cela, mais pourquoi cette voix intérieure lui affirmait-elle que Keogh était différent? Et pourquoi parfois avait-il trouvé que Keogh le regardait avec les mêmes yeux que son père décédé...?

Une dizaine de jours plus tard, la tragédie se produisit. Cela arriva lorsque les élèves, Graham Lane et mesdemoiselles Dorothy Hartley et Gertrude, rentraient de leur habituelle collecte de galets sur la plage. Le « Sergent », officiellement pour ramasser de rares spécimens de fleurs sauvages, mais en fait pour impressionner sa maîtresse, avait escaladé les falaises surplombant la mer. Alors qu'il était arrivé à mi-chemin du sommet, des pierres s'étaient détachées sous ses pieds, le projetant sur la plage recouverte de rochers et d'éboulis. Il avait bien tenté de s'agripper à la surface friable en tombant, mais ses pieds avaient rencontré une arête acérée, s'y étaient brisés, et il avait été projeté dans le vide. Il avait atterri sur la poitrine et le visage et avait été tué sur le coup.

L'affaire parut plus horrible encore car, la nuit précédente, le « Sergent » et Dorothy Hartley avaient annoncé leur liaison. Ils devaient se marier en été. Le vendredi suivant, le « Sergent » fut enterré. Cela aurait pu mieux tourner pour lui, se dit plus tard Hannant en voyant le cercueil de Lane s'enfoncer dans un trou fraîchement creusé dans le vieux cimetière, si seulement il était resté dans l'armée.

Après cela, on servit des toasts, des gâteaux et du café dans la salle des professeurs de l'école et une goutte de quelque chose de plus fort à ceux qui en avaient envie. On en offrit aussi à Dorothy Hartley pour la réconforter un peu, si cela était possible. Alors qu'aucun des professeurs n'était là pour voir la tombe être refermée, et après que le fossoyeur fut parti et que les couronnes eurent été disposées sur la pierre tombale, le dernier ami du défunt, assis sur une dalle toute proche, le menton dans la paume de la main et les yeux dépourvus d'éclat, regardait la scène de derrière ses lunettes, fixant tristement — avec curiosité ? expectative ? — le tertre.

Malgré cela, Howard Jamieson n'avait pas négligé l'idée de faire repasser un examen d'entrée au collège technique de Hartlepool à Harry Keogh ; ou s'il n'y avait pas de place, au moins de trouver l'opportunité d'en obtenir une pour lui-même. L'examen, essentiellement un test de QI, consistant en questions destinées à mesurer la perception et l'aptitude orale, numérique et spatiale, eut lieu au collège de Hartlepool sous le contrôle direct de John (« Jack ») Harmon, le directeur. Cependant, certains avaient eu vent de cela grâce au bouche à oreille de l'école de garçons de Harden, et Harry était devenu la cible de moqueries et de blagues.

Il n'était plus uniquement le « binoclard », mais avait acquis d'autres surnoms, tel que « le chouchou » — parce que Big Stanley avait décrété qu'il était le chouchou du directeur et du professeur. Et suivant une logique retorse, dans laquelle Stanley était passé maître (ne parlons pas de ses menaces, mais de ses poings), il n'avait pas été très long à convaincre même l'élève le plus large d'esprit qu'il y avait quelque chose de suspect dans l'émergence tardive de quelqu'un qui, jusque-là, était tout à fait « ordinaire ».

Pourquoi, par exemple, le Binoclard, ou le « Chouchou », allait-il passer tout seul cet examen spécial ? D'autres élèves n'avaient-ils pas été malades ce jour-là, eux aussi ? Avaient-ils eu droit à un traitement spécial ? Non, absolument pas ! C'était juste parce que ce petit péteux de rêveur était à la bonne avec les profs. Qui était allé déterrer des stupides coquillages pour cette vieille croûte de mademoiselle Gower ? Keogh le Binoclard, qui d'autre... et n'avait-il pas toujours été défendu par ce vieux « Sergent » ? Bien sûr que si ! Et aujourd'hui, depuis qu'il était devenu un peu meilleur en maths, même ce sale con de Hannant était de son côté. Oh, il était « le Chouchou », c'était certain, le petit péteux quat'yeux. Mais pas pour Big Stanley Green !

Tout cela sonnait plutôt juste ; en y ajoutant les voix mécontentes de ceux qui, malgré eux, avaient manqué l'examen, la brute avait de son côté un groupe important de garçons pensant comme lui. Même Jimmy Collins semblait croire que ça « puait un peu ».

Le mardi suivant, exactement une semaine après la mort du prof de gym, tous les élèves de l'école descendirent sur la plage pour ce qui allait heureusement être la dernière récolte de pierres de la saison. Au début, l'idée avait été originale, mais, à présent, élèves et professeurs souhaitaient en finir avec cela ; la mort de Lane l'avait rendue amère à tout le monde. Mademoiselle Gower était présente, comme d'habitude, avec Jean Tasker, le professeur de sciences (un petit peu plus vieille que Gower mais beaucoup moins bien roulée) qui avait pris la place de Dorothy Hartley absente.

George Hannant était là, lui aussi, en remplacement de Graham Lane.

Comme d'habitude, après la collecte des pierres, les garçons furent autorisés à faire ce qu'ils voulaient pendant une heure avant de ramener leur butin à l'école. « Gigi » Gower (comme l'appelaient parfois les élèves, en faisant référence à son allure chevaline autant qu'à ses initiales), donna des conseils à un groupe de non-nageurs peu attentifs dans une mare laissée par la marée ; George Hannant et Jean Tasker descendirent jusqu'à la mer et ramassèrent des coquillages et des galets tout en bavardant pour passer le temps. Pendant ce temps, Big Stanley, qui ne pouvait pas retenir plus longtemps sa haine, saisit cette opportunité pour donner une leçon à Keogh.

Harry s'était retiré en lui-même ; tête baissée, les mains derrière le dos, il arpentait la plage ; soudain, il se retourna en direction du tas de pierres et, en levant la tête, il aperçut Green et une poignée d'autres élèves qui l'attendaient.

— Bien, bien ! ricana la brute en s'avançant à la tête de sa troupe. N'est-ce pas notre petit chouchou, cette mauviette de Keogh le binoclard, avec une poignée de jolis coquillages pour cette conne de Gigi ? Comment ça va, Binoclard ? Quelles sont tes chances pour cet examen spécial qu'ils ont fixé pour toi, hein ?

— Avoue que tu vas l'avoir, Binoclard ? dit un autre d'une voix agressive. Ils vont te le donner, c'est ça ?

— Oh, c'est le chouchou, bien sûr ! dit un troisième. Ben, lui ? C'est le chouchou du prof et des autres... il peut pas le rater !

Jimmy Collins, qui se séchait après être sorti de l'eau, se rendit compte de la mauvaise humeur de la troupe, mais il ne dit rien. Au lieu de cela, il alla derrière le groupe, s'enroula une serviette autour de la taille et s'habilla.

— Alors ? demanda Green en le poussant. Qu'est-ce que t'en dis, quat'zyeux ? Est-ce que les gentils profs vont te laisser passer tes petits examens, pour que tu puisses échapper à toutes ces sales brutes et aller à l'école à Hartlepool avec les autres pédés ?

Harry recula en trébuchant, laissa échapper les coquillages qu'il avait collectés. Big Stanley poussa un cri de triomphe, sauta en avant, les réduisit en poussière sous son talon et les enterra dans le sable. Harry vacilla; il semblait malade. Ses yeux étaient soudain devenus vitreux derrière ses lunettes; son visage, qui n'était déjà pas bronzé comme ceux des autres, pâlit encore plus.

— Sale petit chouchou de merde! jubila Green. Le préféré du vieux Jamieson, hein, Binoclard? Mais c'est qu'tu pleures? C'est des larmes? Tu vas nous mouiller? Le quat'zyeux...

— Ta gueule, connard! hurla Harry en se retournant pour faire face à la brute. Tu es déjà assez répugnant comme ça sans que j'en rajoute!

— Qu...? Green n'en croyait pas ses oreilles. Qu'est-ce que Keogh avait dit? Non, c'était impossible. Ce n'était même pas sa voix. Il devait avoir un chat dans la gorge, ou il avait tellement peur...

— Pourquoi tu le laisses pas? dit Jimmy Collins en traversant le groupe. Trois ou quatre garçons l'attrapèrent et le retinrent.

— Reste en dehors de ça, Jimmy, dit Harry de sa nouvelle voix pleine de cran. Tout va bien.

— Tout va bien? cria Big Stanley. J'dirais plutôt que ça va pas, mon petit binoclard. J'dirais même que t'es dans la merde.

Sur ce, il envoya un coup poing en direction du petit visage du garçon. Harry l'évita, fit un pas en avant, et frappa droit devant lui, doigts tendus et bien rigides. Big Stanley se plia en deux, son visage descendit à la hauteur du genou de Harry, qui le remonta vivement! On entendit comme une détonation. Green fut projeté en arrière, les bras ballants, et alla s'écraser sur le sable.

Harry ne bougea pas. Quelques secondes s'écoulèrent, mais Green resta étendu, immobile. Puis, il s'assit, secoua la tête. Son nez avait une forme étrange et saignait abondamment; derrière un flot de larmes de douleur, ses yeux étaient vitreux.

— Tu... tu... tu! dit-il en crachant du sang.

Harry se pencha vers lui et lui montra un poing blanc noueux.

— Tu quoi? grogna-t-il, le coin de la bouche retroussé

sur ses dents. Vas-y, gros lard, dis quelque chose. Donne-moi une autre raison pour te cogner.

Green ne dit rien, mais leva une main tremblante pour toucher son nez cassé et sa bouche fendue. Alors, il se mit réellement à pleurer.

Mais Harry n'en avait pas terminé avec lui. Il voulait absolument qu'il s'en souvienne.

— Écoute, connard. Si jamais... si jamais tu me traites encore de Binoclard ou de Chouchou ou de n'importe quel autre nom à la con, si jamais tu essaies de me parler, je te cognerai si fort que tu cracheras toutes tes dents ! T'as compris, Ducon ?

Big Stanley se retourna et pleura de plus belle.

Harry leva la tête et regarda les autres. Il ôta ses lunettes, les rangea dans sa poche et leur jeta un regard mauvais. Il ne louchait plus et ne semblait plus avoir besoin de lunettes du tout. Ses yeux ressemblaient à des billes, et brillaient de mille feux.

— Ce que j'ai dit à cette merde est valable pour vous aussi. Mais si quelqu'un veut tenter sa chance... ?

Jimmy Collins avança à ses côtés.

— Ou si deux d'entre vous ? dit-il.

Le groupe resta silencieux, la bouche ouverte et les yeux atterrés. Lentement, ils s'en allèrent ; se mirent à parler, à rire nerveusement, à faire les imbéciles, comme si rien ne s'était passé. Tout était terminé... et bizarrement, tout le monde était content.

— Harry, dit doucement Jimmy du coin de la bouche, c'est la première fois que je vois ça ! La première fois ! Ben, dis donc, tu t'es battu comme... comme... comme un homme ! Comme un adulte ! Comme ce vieux « Sergent » quand il s'entraînait dans la salle de gym. Du combat à mains nues qu'il appelait ça.

Il prit son copain par l'épaule... mais en faisant attention.

— Eh ! tu sais quoi ?

— Non ? demanda en tremblant Harry, avec sa propre voix.

— T'es bizarre, Harry Keogh. T'es vraiment bizarre !

Harry Keogh passa son examen une quinzaine de jours plus tard.

Le temps avait changé durant la première semaine de septembre. Il s'était progressivement dégradé jusqu'à ce que le ciel soit en permanence chargé de pluie. Il plut d'ailleurs le jour de l'examen, un véritable déluge frappait les carreaux du bureau du directeur lorsque Harry s'installa derrière un immense bureau avec ses feuilles et ses crayons.

Jack Harmon lui-même le surveillait. Assis derrière son propre bureau, il rédigeait le compte-rendu de la dernière réunion des professeurs (et y ajoutait ses propres commentaires). Mais tout en travaillant, il relevait de temps en temps la tête pour observer ce garçon qui l'étonnait.

Harmon ne voulait pas vraiment de Harry Keogh dans son collège. Il n'avait pas de motif personnel, cela ne le dérangeait même pas de devoir faire repasser un examen à un élève qui avait tout simplement raté sa chance, mais, en fait, cela créait un précédent malheureux. Le temps était assez précieux comme ça sans avoir à faire des heures supplémentaires comme celles-là. Un examen était un examen : on le passait chaque année et les enfants des houillères qui le réussissaient avaient la possibilité de terminer leurs études ici, où peut-être ils allaient pouvoir trouver mieux que ce que leurs parents avaient connu. C'était un système établi depuis longtemps et qui fonctionnait très bien. Mais cette nouveauté, Howard Jamieson poussant Harry Keogh en avant comme ça...

D'un autre côté, le directeur de l'école de garçons de Harden était un ami de longue date, et c'était vrai que Harmon, lui devait un ou deux services. Lorsque Jamieson lui avait parlé de son projet, Harmon avait essayé de l'en dissuader, mais l'autre avait insisté. À la longue, cela avait piqué la curiosité de Harmon et il avait voulu se rendre compte par lui-même de ce phénomène. En même temps, cependant, il n'avait pas vraiment envie de créer un précédent. Il avait cherché un moyen de s'en sortir et croyait l'avoir trouvé. Il avait lui-même rédigé les questions, ne choisissant que les problèmes les plus difficiles parmi les examens des six dernières années. Aucun garçon ayant les antécédents scolaires de Keogh n'était capable d'y répondre (en tout cas, pas de répondre à tous les problèmes, et certainement pas de manière exacte). Pourtant, même si l'examen était pratiquement un leurre, Harmon allait être à même de satisfaire sa curiosité. Cela servait également à satisfaire Jamieson, et respectait au moins sa demande de faire tester le garçon. L'échec de Keogh allait enlever toute crédibilité aux demandes futures. C'est pour cela que Jack Harmon le surveillait, gardant un œil sur le garçon pendant qu'il remplissait ses papiers.

On lui avait donné une heure pour chaque matière, dix minutes de battement entre deux matières. Du thé et des biscuits allaient être servis à chaque pause dans le bureau du directeur, et les toilettes du personnel étaient juste derrière la porte. Il avait passé l'examen d'anglais en premier, puis Keogh était resté assis à siroter tranquillement son thé en regardant la pluie tambouriner à la vitre. À présent, il était à la moitié de sa feuille de maths, ou pouvait y être. C'était discutable.

Harmon l'avait observé. Le crayon du garçon avait à peine gratté le papier, ou, s'il l'avait fait, c'était pendant que le directeur avait été accaparé par son propre travail. Oh, le garçon avait bien travaillé pendant la première heure, le premier test : l'examen d'anglais avait semblé l'intéresser, il avait souvent froncé les sourcils, mâché son crayon et avait écrit et réécrit, il était même encore en train de travailler quand Harmon avait dit que c'était terminé. Mais il était évident qu'il séchait sur la feuille de maths. Il faisait une tentative de temps en temps. Harmon pensait qu'il en avait assez, et alors il repartait, son crayon semblait voler, mais au bout d'un moment il s'adossait à sa chaise, regardait la fenêtre, redevenait pâle et calme à nouveau, presque comme s'il était épuisé.

Puis, il semblait se recroqueviller, lisait la question suivante, écrivait à une vitesse inimaginable, comme s'il avait été inspiré, avant de faire une nouvelle pause, épuisé, et tout recommençait. Harmon comprenait très bien cette tension ou cette anxiété ou quoi que ce soit d'autre : les questions étaient vraiment très difficiles. Il y en avait six ; chacune d'entre elles demandait normalement au moins un quart d'heure, et uniquement si le garçon était en avance sur son âge et sur la classe dans laquelle il était à Harden. Ce que Harmon n'arrivait pas à comprendre, c'était pourquoi il s'entêtait, pourquoi il continuait à se jeter avec fureur sur la feuille, pour ensuite se radosser au bout de quelques instants, fatigué et déçu. N'avait-il pas compris qu'il ne pouvait pas y arriver ? À quoi pensait-il lorsqu'il regardait par la fenêtre ? Où était-il quand son visage prenait cette expression vide, presque absente ?

Peut-être que Harmon aurait dû tout arrêter, mettre fin à ça. Manifestement le garçon n'allait pas y arriver...

Le directeur regarda sa montre : cela faisait déjà trente-cinq minutes que le test de maths était commencé. Comme le garçon s'était à nouveau rejeté en arrière, les bras ballants et les yeux mi-clos derrière ses verres de lunettes, Harmon se leva doucement et s'approcha de lui. Dehors, la pluie redoublait contre les carreaux. Dans le bureau, une vieille horloge tictaquait sur le mur. Le directeur s'approcha à pas de loup en retenant sa respiration. Il jeta un coup d'œil par-dessus l'épaule de Keogh, sans vraiment savoir ce qu'il allait y découvrir.

Son regard se figea. Il cligna des yeux, cligna à nouveau et les écarquilla. Ses sourcils se rejoignirent tandis qu'il tendait le cou pour mieux voir. Si Keogh entendit son halètement de surprise, il n'en laissa rien paraître, ne bougea pas et continua à observer avec attention la pluie ruisseler sur les vitres.

Harmon s'éloigna du garçon, fit demi-tour et retourna à son bureau. Il s'assit, ouvrit un tiroir, reprit son souffle et sortit les réponses aux questions de maths. Keogh n'avait pas seulement répondu aux questions, il les avait résolues ! Il les avait toutes résolues ! De plus, il avait fait cela presque sans brouillon et sans utiliser les formules habituelles.

Finalement, le directeur poussa un très profond soupir, regarda à nouveau bouche bée la feuille de réponses qu'il tenait à la main, une feuille couverte d'exercices compliqués et de réponses habiles, puis il replaça soigneusement tout cela dans le tiroir qu'il referma. Il avait du mal à le croire. S'il n'était pas resté assis là pendant tout l'examen, il aurait certainement cru que le garçon avait triché. Mais évidemment, ce n'était pas le cas. Alors... qu'est-ce que Harmon avait devant lui ?

Un intuitif ? Un mathématicien intuitif comme l'avait

appelé Howard Jamieson ? Très bien, Harmon allait voir à quel point avec la feuille suivante. Cependant...

Le directeur se frotta le menton et regarda la nuque de Keogh. Il devait absolument parler à Jamieson et au jeune George Hannant, qui avait apparemment été le premier à attirer l'attention de Jamieson sur cet enfant. C'était un peu tôt, bien sûr, mais... intuition ? Harmon pensait qu'il y avait un autre mot qui s'appliquait mieux à Keogh, un mot auquel les professeurs de Harden n'avaient pas pensé. Harmon comprenait cela très bien : lui aussi hésitait.

Le mot auquel songeait Harmon était « génie », et si cela se vérifiait, Keogh avait sans aucun doute sa place au collège. Harmon allait rapidement découvrir s'il avait raison.

Et bien sûr, tel était le cas. Seuls ses arguments étaient faux. Le génie de Keogh partait dans une direction totalement différente.

Jack Harmon était petit, gros, hirsute et ressemblait à un singe. Il aurait pu être carrément laid, mais il avait une attitude tellement bienveillante et inspirait une telle confiance que cela faisait ressortir l'homme qu'il était réellement : un véritable gentleman. C'était également un esprit très brillant.

Dans sa jeunesse, il avait connu le père de George Hannant. J. G. Hannant était alors directeur et Harmon enseignait les maths et les sciences dans une petite école de Morton, un autre village minier. Il avait régulièrement rencontré le jeune Hannant et l'avait vu grandir. Cela ne l'avait pas vraiment surpris d'apprendre que George Hannant, lui aussi, était entré dans le métier : enseigner devait également faire partie de sa vie, comme cela avait été le cas pour son père.

« Le jeune Hannant » : Harmon le voyait toujours comme ça. C'était ridicule car, bien sûr, George était professeur depuis près de vingt ans.

Harmon avait appelé le professeur de maths pour qu'il vienne à Hartlepool lui parler de Harry Keogh. Cela se passa le lundi suivant l'examen de Keogh, et ils se rencontrèrent au collège. Harmon habitait à côté et invita le jeune homme à déjeuner de viande froide et de pickles. Sa femme, qui savait que c'était une réunion de travail, servit le repas, puis s'en alla faire des courses et laissa les deux hommes manger et discuter. Harmon commença par s'excuser :

— J'espère que cela ne vous a pas dérangé d'être convoqué comme ça ? Je sais que Howard vous donne pas mal de travail.

Hannant secoua la tête.

— Aucun problème. Il m'a lui-même proposé de me remplacer cet après-midi. Il aime bien faire ça de temps en temps. On peut même dire que la classe lui manque. Je suis certain qu'il échangerait bien son bureau et tout le travail administratif qui va avec contre une classe pleine d'élèves !

— Oh, il le ferait, il le ferait ! Ne le ferions-nous pas tous ? Mais il y a l'argent, George, il y a l'argent ! Et je crois que le prestige compte également. Tu comprendras ce que je veux dire lorsque tu seras toi-même directeur. Mais à présent, parle-moi de Keogh. C'est bien toi qui l'as découvert, n'est-ce pas ?

— Je pense qu'il serait plus exact de dire qu'il s'est découvert lui-même. C'est comme si son potentiel ne s'était réveillé que très récemment. Un départ tardif, si l'on peut dire.

— Mais un départ qui a laissé sur place les autres coureurs, non ?

— Ah ! fit Hannant.

Comme Harmon n'avait encore rien dit à propos des résultats de Keogh, il avait craint que le garçon ait échoué. Le fait d'avoir été invité ici l'avait en partie rassuré, et à présent, la remarque de Harmon ne faisait que confirmer cette impression.

— Il a réussi alors ? lança-t-il dans un sourire.

— Non. Il a échoué... lamentablement ! Le test d'anglais était trop dur. Je pense qu'il a vraiment essayé, mais...

Le sourire de Hannant s'effaça. Ses épaules s'affaissèrent un petit peu.

— ... mais je vais tout de même le prendre, termina Harmon, en vertu de ce qu'il a fait sur les autres feuilles.

— Qu'a-t-il fait ?

Harmon hocha la tête.

— Je reconnais lui avoir donné les questions les plus difficiles que j'aie pu trouver, et il n'en a fait qu'une bouchée ! S'il n'a fait aucune erreur, je dirais qu'il y en avait une dans son approche peu orthodoxe... si cela peut constituer en soi une erreur. Il semble faire abstraction de toutes les formules habituelles.

Hannant acquiesça sans faire de commentaire, mais pensa : *Je sais exactement ce que vous voulez dire!* Et comme il se rendit compte que Harmon attendait une réponse, il dit à voix haute :

— Oh, oui... c'est exactement ça.

— Je pensais que c'était simplement en maths, dit l'autre, mais c'est pareil dans les autres matières. Appelez ça « QI » ou ce que vous voulez, d'habitude on s'en sert pour tester l'intelligence. J'ai trouvé sa réponse à l'une des questions particulièrement intéressante; pas la réponse en elle-même, comprenez-moi, elle était tout à fait exacte, mais la manière par laquelle il y était parvenu. Elle concernait un triangle.

— Ah oui?

Ah! la trigo. pensa Hannant, en enfournant un morceau de poulet. *Je serais étonné de voir ce qu'il a fait.*

— Bien sûr, il aurait pu simplement résoudre le problème à l'aide de la trigonométrie, (Harmon avait presque lu dans son esprit), ou même de façon visuelle, c'était si évident. D'ailleurs, c'était la seule question vraiment facile dans le tas. Laissez-moi vous montrer.

Il écarta son assiette, prit un crayon et dessina sur une serviette en papier :

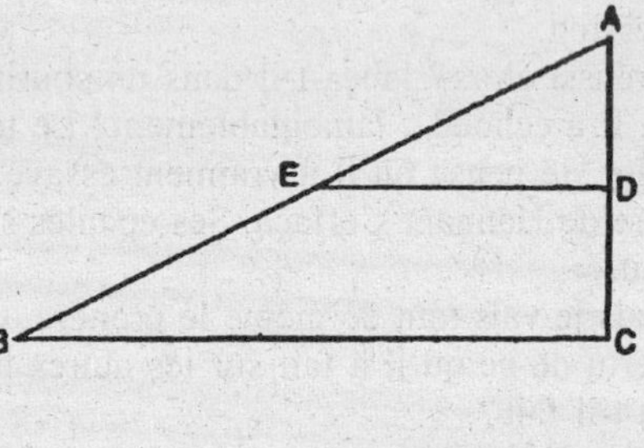

— Si AD est la moitié de AC et AE la moitié de AB, combien de triangles ADE faut-il pour faire un triangle ABC?

Hannant ajouta des pointillés,

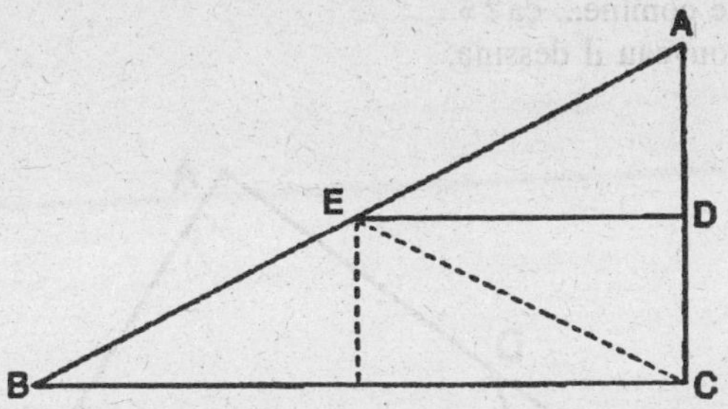

et dit :

— Quatre. C'est visuel, comme vous l'avez dit.

— Exact. Mais Keogh a simplement écrit les réponses en dessous. Pas de pointillés, juste la réponse. Je l'ai arrêté et je lui ai demandé : « Comment as-tu fait ça ? » Il a haussé les épaules et m'a dit : « Un demi fois un demi cela fait un quart, le plus petit triangle fait un quart du plus grand. »

Hannant sourit :

— C'est du Keogh tout craché. C'est ce qui m'a attiré en premier chez lui. Il ignore les formules, passe par-dessus les failles des raisonnements habituels, va de l'essentiel à l'essentiel.

L'expression de Harmon n'avait pas changé. Il semblait très sérieux.

— Quelles formules ? A-t-il déjà fait de la trigo avant ?

Le sourire de Hannant disparut. Il fronça les sourcils, et sa fourchette s'arrêta à mi-chemin de sa bouche.

— Non, nous allons seulement commencer.

— Alors, il ne pouvait pas connaître ces formules ?

— Non, c'est vrai. (Hannant fronça un peu plus les sourcils.)

— Mais il les connaît maintenant...

— Pardon ?

Hannant avait manqué quelque chose.

Harmon poursuivit.

— Je lui ai dit : « Keogh, c'est très bien, mais si ce n'avait pas été un triangle rectangle ? Si cela avait été un triangle comme... ça ? »

À nouveau il dessina,

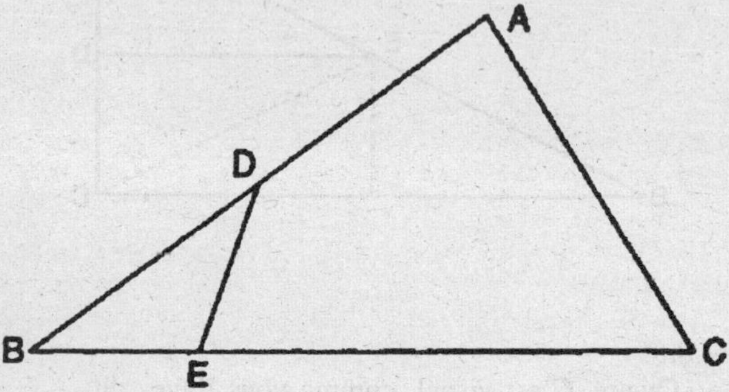

— Et je lui ai dit, continua Harmon : « Cette fois AD est la moitié de AB, mais BE mesure seulement un quart de BC. » Eh bien, Keogh a simplement regardé le schéma et m'a dit : « Un huitième. Un quart fois un demi. » Et alors il a fait ceci :

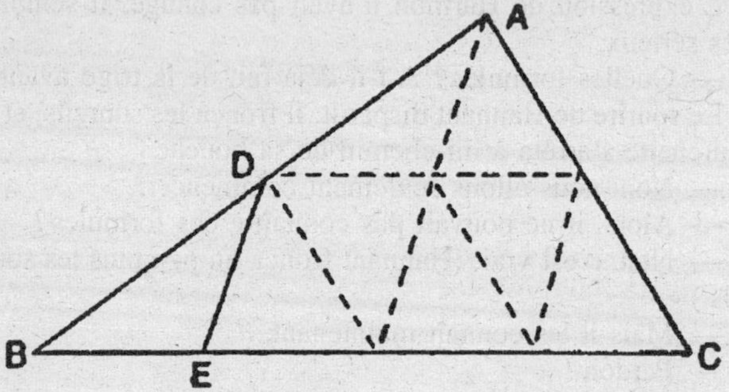

— Qu'est-ce que vous essayez de me dire? demanda Hannant.

Il était plus fasciné par l'expression tendue du directeur que par ce qu'il disait. Où Harmon voulait-il en venir?

— Mais n'est-ce pas évident? C'est une formule, et il l'a inventée tout seul. Et cela, pendant l'examen!

— Ce n'est peut-être pas aussi brillant ni aussi inexplicable que vous semblez le penser. Comme je l'ai dit, nous allons vraiment commencer la trigo dans un futur proche. Keogh le savait. Il a peut-être lu le chapitre à l'avance, c'est tout.

— Oh? fit Harmon, avec un large sourire; il tendit les bras par-dessus la table et saisit Hannant par les épaules. Alors, faites-moi une faveur, George, et envoyez-moi une copie du livre qu'il a potassé. J'aimerais vraiment voir ça. Dans toute ma carrière d'enseignant, c'est une formule que je n'ai jamais rencontrée. Archimède devait la connaître, Euclide et Pythagore aussi, mais pas moi!

— Quoi? Hannant observa attentivement le dessin. Mais je dois certainement la connaître? Je comprends les principes de Keogh. Je l'ai sûrement vue avant. Je dois l'avoir déjà vue... Seigneur, j'enseigne la trigo depuis vingt ans.

— Mon jeune ami, moi aussi j'enseigne la trigo, et depuis plus longtemps. Écoutez: je connais tout sur les sinus, les cosinus, les tangentes, je comprends parfaitement les proportions trigonométriques, et je connais autant les formules mathématiques que vous. Peut-être mieux même. Mais je n'ai jamais vu un principe si clairement amené, si brillamment logique, si habilement... exposé! Exposé, oui, c'est ça! On ne peut pas dire que Keogh l'ait inventé, car c'est impossible, pas plus que Newton n'a inventé la gravité, ni ne l'a découverte, comme on le dit. Non, car c'est une constante, comme pi: ça a toujours existé. Mais il a pris Keogh pour nous montrer qu'il existait. Il haussa les épaules de dépit. Comment pourrais-je mieux l'expliquer?

— Je comprends ce que vous voulez dire. Pas besoin d'autres explications. C'est ce que j'ai raconté à Jamieson: cette façon qu'a Keogh de regarder derrière l'arbre qui cache la forêt! Mais une formule...?

Et soudain, il lui revint en mémoire: *des formules? Je*

pourrais vous apprendre des formules dont vous n'avez même jamais rêvé...

— ... Oh, mais c'en est une ! insista Harmon en interrompant les pensées de Hannant. D'une certaine façon, certainement, mais il ne fait aucun doute que c'est une formule. Et je me demande d'où il la tient. Y a-t-il d'autres « principes de base » dans sa tête, des principes contre lesquels nous n'avons pas encore trébuché, qui n'attendraient que le bon stimulus ? C'est pour cette raison que j'aimerais l'avoir au collège. Afin de pouvoir les découvrir.

— Je suis heureux que vous le preniez, dit Hannant au bout d'un moment.

Il était sur le point de parler de ses inquiétudes concernant Keogh, mais il changea d'avis et mentit.

— Je... ne pense pas qu'il puisse atteindre son plein potentiel à Harden.

— Oui, je le sais, répondit Harmon, en fronçant les sourcils. Mais bien entendu, nous en sommes déjà convaincus. De toute façon, vous pouvez être assuré que je vais faire tout mon possible pour développer tout son potentiel. Mais à présent, parlez-moi plutôt du garçon lui-même. Que savez-vous sur ses antécédents ?

Sur le chemin de retour vers Harden, au volant de sa Ford Cortina 67, Hannant réfléchit à ce qu'il avait raconté à Harmon au sujet des origines de Keogh et de son éducation. Presque tout ce qu'il savait provenait de l'oncle et de la tante du garçon, chez lesquels Keogh vivait. Son oncle tenait une épicerie dans la rue principale, et sa tante était femme au foyer, même si elle venait aider au magasin deux ou trois jours par semaine.

Le père de Keogh était irlandais. Il avait émigré de Dublin en Écosse en 1918, à la fin de la guerre, et avait travaillé à Glasgow comme maçon. Sa grand-mère était une Russe de bonne famille, qui avait fui la Révolution en 1920 et avait élu domicile dans une maison au bord de la mer à Édimbourg. C'est là que Sean Keogh l'avait rencontrée, et ils s'étaient mariés en 1926. Trois ans plus tard, Michael, l'oncle de Harry, était né, et en 1930, ce fut au tour de sa mère, Mary. Sean Keogh était apparemment très sévère avec son fils, qu'il emmenait avec lui sur les chantiers et qu'il fit travailler dès l'âge de quatorze ans, mais en revanche, il semblait complètement fou de sa fille, pour qui rien n'était jamais assez bon. Cela fit naître de la jalousie entre le frère et la sœur, qui ne prit fin qu'à l'âge de dix-neuf ans, lorsque Michael s'enfuit dans le sud pour se mettre à son compte. Michael était l'oncle avec lequel Harry Keogh vivait à présent.

Lorsque Mary Keogh eut vingt et un ans, cependant, l'amour de son père s'était transformé en une possessivité maladive qui lui interdisait toute vie sociale. Elle restait donc toute la journée à la maison et aidait aux tâches ménagères, ou accompagnait son aristocratique mère russe dans le petit cercle psychique que celle-ci avait créé ; là, elle pouvait assister et même prendre part à ces séances pour lesquelles Natasha Keogh était devenue une sorte de célébrité locale.

Puis, durant l'été 1953, Sean Keogh mourut écrasé par un mur sur lequel il était en train de travailler. Sa femme, qui n'avait pas encore cinquante ans mais dont la santé était précaire, vendit l'affaire et vécut dans une semi-retraite, se servant de ses séances pour agrémenter sa vie qui, à présent, ne trouvait d'intérêt que dans l'argent. Pour Mary, d'un autre côté, la mort de son père fut l'annonce d'une liberté inespérée jusqu'ici : une véritable renaissance.

Pendant les deux années qui suivirent, elle se contenta d'une vie sociale limitée par sa petite pension, jusqu'en hiver 1955, quand elle se maria à Édimbourg avec un homme de vingt-cinq ans son aîné, banquier de son état. Il s'appelait Gerald Snaith. Lui et Mary furent très heureux malgré leur grand écart d'âge, et ils vécurent dans une grande maison située sur un parc privé pas très loin de Bonnyrigg. Malheureusement, la mère de Mary tomba rapidement malade, et ses docteurs diagnostiquèrent un cancer. Alors, Mary vécut la moitié du temps à Bonnyrigg, et l'autre moitié dans la maison d'Édimbourg, où elle veilla sur sa mère, Natasha.

Harry « Keogh », en fait Harry Snaith, naquit juste neuf mois après le décès de sa grand-mère en 1957 et juste un an avant que son père ne la suive, terrassé par une attaque dans son bureau de la banque.

Mary Keogh était une femme solide et encore très jeune.

Elle avait déjà vendu la vieille maison familiale et se trouvait à présent héritière du domaine de son mari. Décidée à quitter Édimbourg pendant un petit moment, elle arriva au printemps 1959 à Harden et y loua une maison jusqu'à la fin du mois de juillet. Elle passa beaucoup de temps à se réconcilier avec son frère et à connaître sa nouvelle femme. En même temps, elle se rendit compte que son travail périclitait ; alors elle lui donna suffisamment d'argent pour le remettre à flot.

C'est à ce moment là également que Michael s'aperçut que sa sœur était triste. Lorsqu'il lui demanda ce qui la tracassait, en dehors, bien sûr, du décès de son mari, qui lui pesait encore, elle lui parla du « sixième sens » de leur mère, de sa sensibilité psychique. Elle croyait avoir hérité d'une partie de son don ; une voix intérieure lui disait qu'elle n'allait pas vivre longtemps. Cela ne l'inquiétait pas vraiment — que pouvait-elle y faire ? — mais elle s'inquiétait plutôt pour le petit Harry. Qu'allait-il devenir si quelque chose lui arrivait alors qu'il n'était encore qu'un enfant ?

Il était peu probable que Michael et sa femme, Jenny, puissent avoir des enfants. Ils le savaient lorsqu'ils s'étaient mariés, mais ils avaient tous les deux été d'accord pour ne pas y accorder une importance primordiale ; leurs sentiments l'un pour l'autre passaient avant tout. Plus tard, lorsque leur petit commerce marcherait mieux, il serait alors temps de penser à l'adoption. Dans ces circonstances, cependant, et si quelque chose arrivait à Mary (une prédiction qui, même si elle n'était pas prise au sérieux par son frère, semblait néanmoins préoccuper Mary), elle n'avait plus à s'inquiéter. Bien sûr, son frère et sa femme élèveraient le petit Harry comme leur propre fils. La « promesse » avait été faite plus pour apaiser l'esprit de Mary que comme une véritable promesse.

Alors que Harry n'avait que deux ans, sa mère fut fascinée par un homme qui n'avait que deux ou trois ans de plus qu'elle, un certain Viktor Shukshin, un dissident qui était passé à l'Ouest pour y chercher un refuge politique, ou au moins une liberté politique, comme la mère de Mary Keogh l'avait fait en 1920. Peut-être que la fascination de Mary pour Shukshin était due à cette « parenté russe », mais quoi qu'il en soit, ils se marièrent fin 1960 et vécurent dans la maison de Bonnyrigg. Le beau-père de Harry avait donné des cours privés de russe et d'allemand à Édimbourg pendant deux ans ; après quoi, tous problèmes financiers écartés, lui et sa nouvelle épouse s'accordèrent une vie faite de loisirs, d'intérêts personnels et d'affection. Lui aussi était passionné de paranormal et il encouragea sa femme dans ses recherches psychiques.

Michael Keogh avait rencontré Shukshin au mariage de sa sœur, et une autre fois, brièvement, lors d'un voyage en Écosse... mais après cela... seulement pendant l'enquête. Car, pendant l'hiver 1963, Mary Keogh mourut, comme elle l'avait prédit, à seulement trente-trois ans. De Shukshin lui-même, Hannant avait simplement appris que les Keogh n'avaient jamais aimé cet homme. Il y avait quelque chose en lui qui les dérangeait, probablement cette chose même qui avait attiré la sœur de Michael.

Au sujet de la mort de Mary :

Elle avait été patineuse et adorait la glace. Une rivière que l'on pouvait voir de la maison de Bonnyrigg l'avait attirée. Elle était apparemment passée à travers la glace pendant qu'elle patinait et avait été entraînée par le courant. Viktor, qui l'accompagnait, n'avait rien pu faire. Affolé, presque fou de douleur, il avait bien essayé, mais...

Sous la glace, la rivière était en crue, très agitée, le jour de l'accident. En aval, il existait de nombreux bras morts où le corps de Mary pouvait avoir été emprisonné sous la glace et conservé jusqu'au dégel. De plus, beaucoup de boue était descendue des collines et avait dû recouvrir le corps. Bref, son cadavre ne fut jamais retrouvé.

Michael tint sa promesse, Harry « Keogh » vint vivre avec son oncle et sa tante à Harden. Cela avait satisfait Shukshin : Harry n'était pas son fils, il n'était en aucun cas attiré par les enfants et il n'avait jamais eu envie de garder le garçon avec lui. Les dernières volontés de Mary assuraient l'avenir de Harry ; la maison et le reste du domaine allèrent au Russe. Selon Michael Keogh, Shukshin vivait toujours là-bas, il n'était toujours pas remarié, mais donnait à nouveau des cours de russe et d'allemand. Pendant toutes ces années, il n'avait jamais souhaité voir Harry, et n'avait même pas demandé de ses nouvelles.

Comparés à l'histoire dramatique de sa famille, les débuts de Harry Keogh n'avaient pas été très marquants. La seule chose qui avait réellement intéressé Hannant, c'était l'attirance de la grand-mère et de la mère de Keogh pour le paranormal, mais cela n'avait rien d'extraordinaire en soi. Ou... peut-être que si. Mary Shukshin semblait convaincue que Natasha lui avait transmis ses « pouvoirs », et, dans ce cas, si elle les avait transmis à Harry ? Ça, c'était une idée ! Ou cela aurait pu en être une, si Hannant avait cru à ce genre de chose.

Mais il n'y croyait pas.

Un soir, trois semaines plus tard, quatre ou cinq jours après que Keogh eut quitté l'école de Harden pour le collège, Hannant tomba sur une autre « singularité » concernant le garçon.

Dans le grenier de sa maison, Hannant conservait une malle ayant appartenu à son père et qui contenait quelques livres, des liasses de vieux papiers, un bric-à-brac poussiéreux et divers souvenirs des années d'enseignement du vieil homme. Il était monté pour fixer une tuile arrachée par un bref orage, avait vu la malle et l'avait admirée. Solidement bâtie, son corps sombre, ses fermoirs de cuivre et ses gonds conservaient un charme vieillot. Placée à côté des étagères, dans la pièce de devant, elle créerait un bel effet.

Avant de descendre la malle, il la vida, jeta un coup d'œil aux vieilles photographies qu'il n'avait pas vues depuis des années, et mit de côté les choses qui pouvaient lui être utiles à l'école (quelques vieux livres, par exemple), jusqu'à ce qu'il tombe sur un grand calepin relié de cuir plein de notes écrites de la main de son père. Quelque chose dans le style et la mise en page du travail de son père captiva son regard pendant un moment... jusqu'à ce qu'il comprenne ce que c'était exactement... ou ce qu'il pensait que c'était.

Immédiatement, cet inexplicable et terrible frisson revint à nouveau saisir l'échine de Hannant, le faisant trembler, le livre toujours ouvert sur ses genoux. Puis... il ferma le livre, l'emporta dans la pièce de devant où un feu de charbon brillait dans la cheminée. Là, sans même jeter un coup d'œil au livre, il le jeta dans les flammes et le laissa brûler.

Ce même jour, Hannant avait rassemblé les vieux livres

de Keogh pour pouvoir les emmener à Harmon au collège. Prenant le plus récent, il l'ouvrit pour y jeter un dernier coup d'œil, puis il le referma et l'envoya rejoindre le vieux livre de son père dans les flammes.

Avant son « réveil », le travail de Keogh avait été peu soigné, sans ordre, sans précision. Après cela, depuis six ou sept semaines...

Eh bien, il n'y avait plus de livres, ils ronflaient au milieu des flammes et disparaissaient dans la cheminée, avant d'être avalés par la nuit.

Il n'y avait plus aucun moyen de les comparer à présent, et c'était probablement mieux ainsi. En admettant qu'il puisse y en avoir, toute réelle comparaison aurait été si choquante, si monstrueuse. À présent, Hannant pouvait à jamais chasser tout cela de son esprit. Des pensées comme celles-ci n'appartenaient pas vraiment à un esprit sain.

Chapitre IV

Nous étions en 1972, pendant l'été, et Dragosani était de retour en Roumanie.

Il paraissait très à la mode avec sa chemise bleue délavée à col ouvert, son pantalon gris à pattes d'éléphant, ses chaussures noires à bouts pointus (très différentes des habituelles chaussures à bouts carrés importées de Russie, que l'on trouvait dans les magasins du pays) et sa veste à carreaux aux grandes poches rapportées. Dans la chaleur roumaine de midi, particulièrement lourde dans cette ferme située à la périphérie d'un petit village loin de l'autoroute Corabia-Calinesti, il ne passait pas inaperçu. Appuyé contre sa voiture, il scrutait les toits serrés et les coupoles du village semblables à des coquilles d'escargot, qui se dressaient en contrebas de terrains légèrement en pente. Il ne pouvait être qu'un riche touriste venu de l'Ouest, de Turquie ou de Grèce.

Mais d'un autre côté, sa voiture était une Volga, noire comme ses chaussures, ce qui suggérait quelque chose d'autre. Bien sûr, il n'avait pas les yeux écarquillés, prudents et innocents des touristes, mais l'expression satisfaite de celui pour qui tout est familier, qui se sent à sa place. S'approchant de lui en provenance de la cour de sa ferme où il était en train de nourrir ses poulets, Hzak Kinkovsi, le « propriétaire », n'en croyait pas ses yeux. Il attendait des touristes pour la fin de la semaine, mais celui-ci l'avait intrigué. Il renifla avec méfiance. Un officiel, peut-être, venu du ministère des Terres et des Propriétés ? Quelque larbin de ces industriels bolchéviques à face de pierre qui avait traversé la frontière ? Il devait aller y jeter un coup d'œil. Au moins pour savoir qui était ce nouvel arrivant.

— Kinkovsi ? demanda le jeune homme, en le regardant de haut en bas. Hzak Kinkovsi ? On m'a dit à Ionesti que vous avez des chambres. Je suppose que c'est votre pension.

Il fit un signe de tête en direction d'une maison branlante en pierre de trois étages.

Kinkovsi prit volontairement un air interdit, feignit de ne pas comprendre et fronça les sourcils en regardant Dragosani. Il n'avait toujours pas déclaré ses gains provenant des touristes... pas tous, en tout cas. Finalement il dit :

— Je suis bien Kinkovsi, oui, et je dois avoir des chambres. Mais...

— Très bien, est-ce que je peux rester, oui ou non ?

L'autre semblait fatigué et impatient à présent. Kinkovsi remarqua que ses vêtements, qui de loin paraissaient modernes et élégants, étaient froissés.

— Je sais que je suis en avance d'un mois, mais vous ne devez pas avoir tant d'invités que cela.

En avance d'un mois ! À présent, Kinkovsi se rappelait.

— Ah ! Vous devez être ce Herr de Moscou ? Celui qui a demandé des renseignements en avril ? Celui qui retient des chambres... mais qui n'envoie pas d'argent à l'avance ! C'est vous alors ce Herr qui porte le nom de la ville en contrebas de l'autoroute ? Mais vous êtes vraiment en avance... bienvenue quand même ! Je vais devoir vous préparer une chambre. Ou peut-être que je peux vous mettre dans la chambre anglaise, pour une nuit ou deux. Combien de temps comptez-vous rester ?

— Au moins dix jours, si les draps sont propres et la nourriture supportable... et si votre bière roumaine n'est pas trop amère !

Son regard semblait inutilement sévère.

— Mein Herr, commença Kinkovsi en grognant, mes chambres son si propres que vous pourriez manger sur le sol. Ma femme est une excellente cuisinière. Ma bière est la meilleure de toutes les Carpates méridionales ! Que rajouter de plus ? Nous avons de bonnes manières dans la région... elles semblent même être meilleures que les vôtres, Moscovite ! Alors, vous voulez une chambre, oui ou non ?

Dragosani ricana et leva la main.

— Je vous fais marcher. J'aime voir de quoi les gens sont capables. Et j'aime ceux qui ne se laissent pas abattre ! Vous êtes typique de cette région, Hzak Kinkovsi : vous portez des vêtements de fermier, mais vous avez un cœur de guerrier. Mais moi, un Moscovite ? Avec un nom comme le mien ? Pourquoi est-ce que certaines personnes disent que vous êtes un étranger ici, « Hzak Kinkovsi » ! À cause de votre nom, de votre accent aussi. Et pourquoi utilisez-vous des « Mein Herr » ? Vous êtes hongrois ?

Kinkovsi étudia pendant quelques instants le visage de l'autre, le dévisagea de haut en bas et décida qu'il l'aimait bien. L'homme avait le sens de l'humour.

— Le grand-père de mon grand-père était hongrois, dit-il en serrant la main de Dragosani, mais la grand-mère de ma grand-mère était valache. Quant à l'accent, il est bien d'ici. Nous avons absorbé pas mal de Hongrois au cours des siècles, et beaucoup se sont installés ici. Aujourd'hui ? Je suis tout autant roumain que vous. À part que je suis moins riche que vous. Il rit en montrant des dents jaunes, usées au milieu d'un visage de cuir chiffonné. Je pense que vous savez que je suis un paysan. Eh bien, je suis ce que je suis. Quant à « Mein Herr »... préférez-vous que je vous appelle « camarade » ?

— Dieu merci, non ! Pas ça ! « Mein Herr » sera parfait, merci.

Ils rirent de bon cœur.

— Allons, montrez-moi cette chambre anglaise...

Kinkovsi montra le chemin en direction de la grande maison.

— Des chambres ? Oh, j'ai des tas de chambres ! Quatre à chaque étage. Vous pouvez avoir toute une suite de chambres si vous voulez.

— Une seule, ça ira, répondit Dragosani, du moment qu'elle ait une baignoire et des toilettes.

— Ah... avec salle de bains attenante ? Eh bien alors, c'est tout en haut. Une chambre avec toilettes et baignoire, juste sous le toit. Très moderne.

— J'en suis sûr, dit Dragosani d'un ton sec.

Il s'était rendu compte que les murs du rez-de-chaussée de la maison avaient été plâtrés et recouverts d'un crépi granité de sable coloré. Des infiltrations, probablement. Mais dans les étages supérieurs, la pierre originale apparaissait. La maison devait avoir au moins trois cents ans. Cela lui convenait. Un retour en arrière... un retour à ses origines, et même au-delà.

— Depuis combien de temps êtes-vous parti ? demanda Kinkovsi en le faisant entrer dans une chambre du rez-de-chaussée. Il va falloir que vous restiez ici pour l'instant, jusqu'à ce que j'aie préparé la chambre du haut. Une heure ou deux, pas plus.

Dragosani ôta ses chaussures, suspendit sa veste sur une chaise en bois et se laissa tomber sur le lit au milieu d'un rayon de soleil provenant d'une fenêtre ovale.

— Je me suis absenté toute ma vie, dit-il, mais c'est toujours bon de revenir chez soi. Je suis revenu ces trois derniers étés et je reviendrai encore quatre fois.

— Oh ! Est-ce que votre futur est entièrement planifié ? Encore quatre fois ? Cela semble sans appel. Que faites-vous dans la vie ?

Dragosani s'allongea, plaça ses mains derrière la tête et regarda l'autre de ses yeux à moitié fermés par le soleil aveuglant.

— De la recherche, dit-il finalement. Sur l'histoire locale. À raison de deux semaines par an, il me faudra encore quatre ans.

— De l'histoire ? Ce pays baigne dedans ! Mais ce n'est pas votre boulot, alors ? Vous ne faites pas ça pour gagner votre vie ?

— Non, à Moscou je suis... un entrepreneur de pompes funèbres.

C'était assez précis.

— Ah ! Ben, il en faut. Bon, je vais vous préparer votre chambre. Et je vais faire préparer un repas. Si vous avez envie d'aller aux toilettes, c'est dans le couloir. Faites juste attention...

Comme il n'avait obtenu aucune réponse, il regarda à nouveau Dragosani et se rendit compte qu'il avait fermé les yeux... la chaleur du soleil et le calme de la chambre ? Kinkovsi ramassa les clefs de la voiture de son hôte, qu'il avait laissées tomber au pied du lit puis, doucement, il quitta la chambre et ferma la porte. Un dernier regard en partant ; la respiration de Dragosani avait pris le doux rythme du sommeil. C'était parfait. Kinkovsi hocha la tête et sourit. Apparemment, il se sentait chez lui.

Dragosani choisissait un nouveau logement chaque fois qu'il venait dans la région. Toujours dans les environs de cette ville qu'il appelait son chez-lui, à deux pas, mais pas trop près de l'endroit de l'année précédente. Il avait pensé prendre un nom d'emprunt, un pseudonyme, mais il n'avait finalement pas essayé. Il était fier de son nom, probablement en raison de son origine. Cela n'avait aucun rapport avec la ville de Dragosani, ni avec son origine géographique, mais plutôt avec ce qui avait été trouvé ici. Quant à ses parents : son père, c'était cette chaîne de montagnes presque imprenables appelée Alpes transylvaniennes, et sa mère, cette riche terre noire elle-même.

Oh, il avait sa propre théorie à propos de ses véritables parents ; ce qu'ils avaient fait était probablement ce qu'ils avaient de mieux à faire. Il les imaginait Szgany, « Bohémiens », Tsiganes, jeunes amoureux échappant à des familles ennemies, dont l'amour n'était pas parvenu à faire oublier les vieilles offenses et les rancunes. Mais ils s'étaient aimés, Dragosani était né et il avait été abandonné. En ce moment, il les cherchait, ces parents inconnus : cela l'avait pris trois ans auparavant et il était venu ici pour cette raison. Mais... c'était absolument sans espoir. La tâche était colossale, impossible. Il y avait autant de Tsiganes en Roumanie en ce moment que par le passé. Malgré leur appellation « satellite », la Valachie, la Transylvanie, la Moldavie et toutes les régions autour avaient gardé une sorte d'autonomie, d'autodétermination. Les Tsiganes avaient autant le droit d'être ici que les montagnes elles-mêmes.

C'était à cela que pensait Dragosani lorsqu'il s'était endormi, mais le rêve qu'il était en train de faire n'avait absolument aucun rapport avec ses parents ; il s'agissait de scènes de son enfance, avant qu'il ne soit envoyé loin de Roumanie pour parfaire son éducation. Même en ce temps-là, il avait été solitaire et, parfois, il s'était demandé pourquoi les autres avaient peur d'aller dans certains endroits où il leur était interdit d'aller...

La forêt à flanc de coteaux était sombre, profonde et venteuse comme un Grand Huit de fête foraine. Boris avait vu un seul Grand Huit, trois ans auparavant, le jour de son septième anniversaire (de sa septième « découverte », quand son cadeau avait été une excursion à Dragosani pour aller dans le petit cinéma de la ville. Un petit film russe se déroulant dans une fête foraine avait été projeté et le Grand Huit avait été si réel que Boris avait eu le vertige, il en était presque tombé de son siège. Il avait été très effrayé, mais encore plus excité ; à tel point qu'il avait inventé son propre jeu pour en simuler les sensations. Ce n'était pas aussi bien et c'était très fatiguant, mais c'était mieux que rien. Et en plus, il suffisait d'aller sur les pentes de ces collines boisées qui se dressaient pas très loin de la maison.

C'était un endroit où personne ne venait jamais, un endroit totalement isolé, dont Boris se sentait très proche. La forêt n'avait pas été taillée depuis presque cinq cents ans ; aucun garde-chasse n'avait jamais pénétré les pinèdes, où seuls quelques rares rayons de soleil parvenaient à percer les épaisses ténèbres ; seuls les roucoulements assourdis et quelques vols de pigeons troublaient le silence, et les bruissements de petites créatures ; c'était le domaine des poussières dansantes, des pommes et des aiguilles de pins, des champignons et de quelques écureuils étrangement silencieux.

Les collines étaient situées dans la plaine de Valachie, qui descendait depuis les pieds des Alpes. Elles avaient la forme d'un crucifix, et son corps central mesurait environ trois kilomètres de long du nord au sud, et la barre transversale un kilomètre d'est en ouest. Autour, il y avait des prés séparés par des murets de pierres sèches, des haies et des clôtures, et parfois par d'étroites bandes d'arbres ; mais les terrains proches des collines formant la croix étaient en friche : de grandes herbes y poussaient et les chardons y proliféraient. Le père adoptif de Boris y faisait paître ses chevaux et ses vaches de temps en temps. Même les animaux évitaient l'endroit ; ils étaient nerveux et parfois brisaient la clôture ou sautaient par-dessus les haies pour aller dans un pré plus tranquille.

Mais pour le petit Boris Dragosani, l'endroit était parfait. Il pouvait faire de gigantesques jeux, pénétrer au fin fond de l'Amazone, chercher les cités perdues des Incas. Il pouvait faire tout cela et bien plus... à condition de ne jamais parler de ses jeux à son père adoptif. Ou plutôt, de l'endroit où ils se déroulaient. Mais en dépit de toutes ces interdictions, la forêt le fascinait. Il y avait quelque chose en elle qui l'attirait comme un aimant.

C'était le cas en ce moment, tandis qu'il escaladait les pentes près du centre de la croix, s'agrippant d'arbre en arbre, soufflant et haletant, tout en traînant derrière lui la grande boîte en carton qui lui servait de véhicule, sa voiture de Grand Huit. Une longue montée, oui, mais ça valait le coup. Il voulait faire une dernière descente, cette fois-ci depuis le haut, avant de rentrer à la maison. Le soleil était déjà bas sur l'horizon et il ne faisait aucun doute qu'il était déjà bien en retard, alors une dernière descente, ce n'était pas grave.

Au sommet, il s'arrêta pour reprendre son souffle, s'assit un moment sur le sol dans la pâle lueur solaire qui passait à travers les grands pins noirs, puis il tira sa boîte sur la crête jusqu'à un endroit d'où il pouvait voir une piste descendre jusqu'en bas. Quelques années auparavant, un coupe-feu avait été tracé là avant que les bûcherons ne se souviennent ou n'apprennent ce qu'était cet endroit. Depuis, de jeunes arbres avaient poussé, mais sans refermer complètement la balafre. À présent, la balafre était devenue la piste de Boris le casse-cou.

Balançant sa « voiture » par-dessus le bord, il sauta dedans, saisit les côtés et poussa la boîte en avant jusqu'à ce qu'elle commence à descendre.

Au début, la boîte avança doucement, glissant facilement sur un lit d'aiguilles de pins et d'herbe, entre deux rangées de jeunes arbres, suivant la vieille balafre du coupe-feu. Mais... Boris n'était qu'un enfant. Il n'avait pas vu le danger et n'avait pas compté avec la déclivité de la pente, ni avec la vitesse d'accélération.

À présent, la boîte prenait de la vitesse et sa course ressemblait de plus en plus à celle de la terrifiante voiture du Grand Huit. Il heurta une grosse touffe d'herbe, et la boîte décolla. Elle retomba, passa en coup de vent au-dessus d'un jeune arbre, quitta la balafre et se précipita à une allure folle au milieu des pins.

Il n'y avait plus moyen de contrôler la direction de la « voiture ». Boris n'avait ni freins, ni système de direction. Il ne pouvait aller que là où l'emmenait la boîte.

Les secousses et les glissades secouaient sa boîte comme un prunier. De plus, loin de la balafre du coupe-feu, la lumière déclinante était presque totalement absente. Boris baissa la tête, une précaution contre les branches invisibles qui lui fouettaient le visage. Son cauchemar continuait, mais avec ces grands arbres si serrés, cela ne pouvait pas durer bien longtemps.

Finalement, à un endroit où l'espace entre les arbres était jonché de schistes glissants et d'éboulis, où les racines affleuraient tels des serpents, la course prit fin. Dans un bruit effroyable, le fond de la boîte se déchira et les côtés se désintégrèrent littéralement entre ses doigts tremblants. Il fut projeté contre le tronc d'un arbre. Tombant cul par-dessus tête, moitié roulant, moitié glissant, Boris sentit à peine les milliers d'éclats de bois acérés comme des tessons de poterie lorsqu'il passa à travers les branches ; il ne fut conscient que de ces morceaux de ciel qui tournoyaient entre les cimes des pins sombres, que de cette chute qui semblait interminable, que de ce plongeon par-dessus un rebord ou une saillie rocheuse et de l'atterrissage au milieu d'un espace sombre et poussiéreux.

Il y eut l'impact, et après, plus rien. Rien pendant un certain temps, en tout cas...

Boris aurait pu rester inconscient une minute, cinq minutes ou cinquante. Il aurait même pu ne rien avoir. Mais il avait été secoué, bien secoué. S'il ne l'avait pas été, alors ce qui arriva par la suite l'aurait certainement tué. Il aurait pu mourir de peur.

— Qui es-tu ? fit une voix dans sa tête. Pourquoi es-tu venu ici ? T'offres-tu... à moi ?

La voix était malfaisante, terriblement malfaisante. Tout en elle était terrifiant. Boris n'était qu'un enfant, il ne connaissait pas les mots « bestial », « sadique », « diabolique », ou la signification de phrases telles que « les Puissances des Ténèbres », ou les Actes que ces mêmes Puissances évoquaient. À son âge, la peur c'était un bruit de pas à l'étage, la terreur, une branche cognant contre la fenêtre de sa chambre quand tout le monde était endormi, l'horreur, le saut soudain d'un crapaud ou la fuite d'un cafard quand la lumière se rallumait.

Une fois, dans la cave sombre en dessous de la ferme, là où son père adoptif entreposait son vin dans des casiers et des fromages enveloppés de mousseline sur des étagères, Boris avait entendu le chant de plusieurs grillons. À la lueur d'une petite torche, il en vit un, d'un gris lépreux, sortir de sa cachette obscure. Alors qu'il s'approchait pour l'écraser, l'insecte avait disparu d'un bond. Il en trouva un autre et la même chose se reproduisit. Et un autre, et un autre encore... Il en vit une douzaine et ne put en écraser aucun. Ils s'étaient tous enfuis. En grimpant les escaliers pour sortir de la cave, un grillon avait sauté du short de Boris. Ils étaient sur lui ! Ils avaient sauté sur lui ! En agissant de la sorte, on ne pouvait pas les écraser.

C'était cela son idée du cauchemar : prendre conscience qu'une intelligence inconnue existait là où il ne devrait pas y en avoir. Tout comme il ne devrait pas y en avoir ici...

— Ah ! fit la voix, plus forte à présent. Ah !... alors tu es l'un des miens ! Et c'est parce que tu es l'un des miens que tu es venu, parce que tu savais où me trouver...

C'est alors que Boris comprit qu'il était conscient et que la voix qu'il entendait dans sa tête était bien réelle ! Et sa malfaisance avait l'aspect visqueux du crapaud, des grillons bondissant dans les ténèbres, du lent tic-tac de la pendule qui semblait parler dans la nuit et se moquer des peurs et des insomnies. Oh, et c'était même pire que cela, il en était certain... sauf qu'il n'avait ni les mots, ni les connaissances, ni l'expérience pour le dire.

Mais il pouvait parfaitement s'imaginer la bouche qui prononçait dans sa tête ces mots gutturaux, grumeleux, sournois et corrompus. Et il savait pourquoi la voix était grumeleuse et suintante. Dans son esprit, l'image était impressionnante et monstrueuse : la bouche ruisselait d'un sang pareil à des rubis liquides, et ses incisives étaient pointues comme celles d'un grand chien !

— Quel... est ton nom, mon garçon ?

— Dragosani, *répondit Boris, ou plutôt pensa Boris, car sa bouche était trop sèche pour pouvoir parler. De toute façon, cela suffisait.*

— Ahhhh ! Dragosani ! *La voix était devenue un soupir rauque pareil aux feuilles d'automne frôlant les pavés. Un signe de conscience naissante, de compréhension, de satis-*

faction. Alors, en effet, tu es bien l'un des miens. Mais hélas, trop petit, trop petit ! Tu n'as pas la force, mon garçon. Un enfant, un simple enfant. Que peux-tu faire pour moi ? Rien ! Tu n'as encore rien dans les veines.

Boris s'assit, scruta les ténèbres autour de lui d'un air effrayé en secouant la tête. Il avait atterri à mi-pente sur une sorte de saillie rocheuse entre les arbres. Il n'était jamais venu ici auparavant, et ne pensait même pas que cet endroit puisse exister. Lorsque ses yeux se furent accoutumés aux ténèbres, il vit qu'en fait il était assis sur une pierre couverte de lichens devant ce qui ne pouvait être qu'un... mausolée !

Boris en avait déjà vu un avant ; son oncle (en fait, le frère de son père adoptif) était mort un mois auparavant et il avait été enterré dans un endroit comme ça ; mais c'était dans un sol consacré, dans le cimetière de Slatina. Cet endroit, en revanche... ce n'était pas une terre consacrée. Non, même en faisant un gros effort d'imagination...

D'invisibles présences rampaient dans les ténèbres, faisaient vibrer l'air vicié, sans déranger les festons des toiles d'araignées ni les doigts des branches mortes qui pendaient à l'extérieur de la clairière. Il faisait froid ici... moite et froid... ici où le soleil n'avait pas atteint le sol depuis cinq siècles.

Derrière Boris, taillée à même un grand affleurement rocheux, la tombe elle-même s'était depuis longtemps effondrée, la dalle massive du plafond reposait à présent sur des débris de maçonnerie. Dans sa chute, Boris avait dû passer par-dessus cet enchevêtrement de pierres, ou il s'y serait sans aucun doute assommé. Peut-être avait-il quand même été étourdi, puisqu'il ressentait et entendait des choses, alors qu'il n'y avait rien à ressentir ni à entendre... alors qu'il n'aurait rien dû y avoir...

Boris essaya de se relever et y parvint au bout de sa troisième tentative. Il s'appuya contre une dalle inclinée qui avait dû être le linteau de la porte de la tombe. Puis, il écouta et scruta les ténèbres une nouvelle fois, ouvrant les yeux et les oreilles. Mais il n'y avait aucune voix, aucune bouche ruisselant de sang dans sa tête. Il soupira de soulagement, son souffle grinça dans sa gorge.

Il débarrassa la dalle d'une épaisse couche de saletés, de lichens et d'aiguilles de pins enchevêtrés, révélant en partie un dessin ou un blason. Boris nettoya une plus grande surface de sa crasse séculaire, et...

Il retira vivement les mains, vacilla, trébucha et se rassit en haletant. Le blason était constitué d'un bouclier frappé d'un dragon, une patte menaçante tendue en avant ; une chauve-souris aux yeux triangulaires de cornaline le chevauchait, et surmontant ces deux figures, la tête cornue du diable lui-même, dardant une langue dégoulinante d'un sang de cornaline !

Ces trois symboles, le dragon, la chauve-souris, le démon, apparurent alors dans l'esprit de Boris. Ils fusionnèrent avec l'auteur de la voix. La voix choisit ce même moment pour lui parler à nouveau :

— Cours, petit homme, cours... Va-t-en. Tu es trop petit, trop jeune, trop innocent, et je suis vraiment trop faible, et oh ! si vieux...

Boris se leva et recula, ses jambes tremblaient tellement qu'il était certain qu'il allait tomber. Puis il se retourna et fuit cet endroit... ses aiguilles de pins recouvrant les pierres, sa tombe écroulée et les secrets enfouis qu'elle contenait, ses ténèbres si menaçantes qu'elles semblaient presque palpables.

Tandis qu'il s'enfuyait à travers les arbres sombres, dévalait la colline, griffé par les branches et les buissons, la voix, au savoir séculaire obscène, crissa dans sa tête comme une lime sur du verre ou une craie sur un tableau noir.

— Allez, cours... cours ! Mais ne m'oublie jamais, Dragosani. Et sois certain que je ne t'oublierai jamais. Non, car je vais t'attendre jusqu'à ce que tu sois fort. Et quand tu seras assez puissant et que tu sauras quoi faire... car cela ne peut venir que de ton propre chef, Dragosani... alors nous nous reverrons. Pour l'instant je dois dormir...

Boris creva l'orée de la forêt au pied de la colline, sauta par-dessus une barrière dont la planche du haut était cassée, puis s'étala dans l'herbe haute, les chardons et la lumière, la lumière bénie ! Mais là, il ne s'arrêta pas, sauta sur ses pieds et courut jusqu'à la maison. Il ne stoppa qu'au milieu du pré, à bout de souffle, se laissa tomber sur le sol, tourna la tête et regarda les contours imprécis des collines. À l'ouest, le soleil s'était couché ; ses derniers rayons changeaient la cime des pins en or, mais Boris savait que dans cet endroit secret, dans la clairière entourée d'un linceul d'arbres où se trouvait la tombe, tout était moite, grouillant et sombre d'effroi. Et seulement, alors, il pensa à demander :

— Quoi... qui... qui êtes-vous ?

Et comme si elle avait traversé des millions de kilomètres, portée par la brise vespérale qui avait soufflé dans les collines et les terres de Transylvanie depuis des temps immémoriaux, la réponse surgit dans son esprit :

— Aaahhh ! mais tu le sais, Dragosani. Tu le sais. Ne demande pas « qui êtes-vous » mais « qui suis-je ». Mais quelle importance ? La réponse est toujours la même. Je suis ton passé, Dragosani. Et tu... es... mon... fuuutuuur !

— Herr Dragosani ?

— Quoi... qui... qui êtes-vous ? demanda Dragosani en se réveillant.

Des yeux le dévisageaient, presque triangulaires, impassibles, desséchés dans l'obscurité inattendue de la chambre, si bien que, pendant un moment, une seconde, il se crut revenu dans la clairière de la tombe. Mais les yeux étaient verts, comme ceux d'un chat. Dragosani les regarda, et ils reculèrent, nullement intimidés. Ils étaient enchâssés dans un visage blanc encadré de cheveux d'un noir de jais. Un visage de femme.

Il s'assit, s'étira et posa les pieds sur le sol. La propriétaire de ces yeux portait des vêtements de paysanne, inélégants. Il se moqua d'elle. En s'éveillant, il était toujours grincheux, surtout lorsqu'il était dérangé avant l'heure par une intrusion, comme c'était le cas maintenant.

— Êtes-vous sourde ? lui demanda-t-il en pointant son index en direction du nez de la femme. Je vous ai demandé qui vous étiez. Et pourquoi m'a-t-on laissé dormir aussi longtemps ?

Il pouvait également être très contrariant.

Son doigt pointé ne semblait pas du tout l'impressionner. Elle sourit, un de ses sourcils s'arrondit délicatement, presque de manière insolente.

— Je suis Ilse, Herr Dragosani. Ilse Kinkovsi. Vous avez dormi trois heures. Comme vous paraissiez très fatigué, mon père m'a demandé de vous laisser dormir et de vous préparer une chambre dans la mansarde. C'est ce que j'ai fait.

— Oh, et alors ? Que voulez-vous à présent ?

Dragosani ne voulait pas se montrer agréable. Et ce n'était pas du tout le même jeu que celui qu'il avait joué avec le père, non, car il y avait quelque chose en elle qui l'irritait vraiment. D'un côté, elle était trop sûre d'elle, trop malicieuse. Et d'un autre côté, elle était si jolie. Elle devait avoir, oh... dans les vingt ans. Bizarre qu'elle ne soit pas encore mariée, car elle n'avait pas d'alliance au doigt.

Dragosani frissonna, son métabolisme s'ajusta, il n'était pas encore tout à fait réveillé. Elle s'en aperçut et dit :

— Il fait plus chaud à l'étage. Le soleil est encore au-dessus de la maison. Grimper les escaliers vous fera circuler le sang.

Dragosani regarda la chambre, et enleva délicatement du bout des doigts les croûtes de sommeil aux coins de ses yeux. Il se leva, fouilla la poche de sa veste.

— Où sont mes clefs ? Et... mes valises ?

— Eh bien, répondit-elle avec un sourire, mon père vous a monté vos valises. Voici vos clefs.

Lorsqu'il toucha la main de la jeune femme, celle-ci était glacée, et la sienne s'enfiévra brusquement. Et pendant qu'il frissonnait, elle rit :

— Ah ! Un puceau !

— Quoi ? siffla-t-il, ce qui le trahit probablement. Qu'avez-vous dit ?

Elle se tourna vers la porte, sortit dans le hall et se dirigea vers les escaliers. Dragosani, furieux, attrapa sa veste et la suivit. Arrivée au pied des escaliers, elle se retourna :

— C'est une blague de la région. C'est juste une blague...

— Laquelle ? lâcha-t-il, en la suivant dans les escaliers.

— Eh bien, lorsqu'un garçon frissonne alors qu'il fait chaud, c'est parce qu'il est vierge. Vierge malgré lui.

— Une blague vraiment stupide !

Elle se retourna et sourit.

— Ça ne s'applique pas à vous, Herr Dragosani. Vous n'êtes plus un garçon et vous ne me semblez ni timide, ni vierge. Et de toute façon, c'est juste une blague.

— Êtes-vous toujours aussi familière avec vos hôtes ? grommela-t-il, sentant qu'elle avait eu pitié de lui et qu'elle voulait le laisser tranquille.

Elle l'attendait sur le premier palier en riant.

— Je me suis montrée amicale. L'accueil est glacial quand les gens ne se parlent pas. Mon père m'a demandé de vous demander si vous vouliez manger avec nous ce soir, puisque vous êtes tout seul ici, ou préférez-vous manger dans votre chambre ?

— Je vais manger dans ma chambre, grommela-t-il à nouveau. Si nous y arrivons un jour.

Elle haussa les épaules, fit demi-tour et grimpa vers le deuxième étage. Les escaliers étaient plus raides.

Ilse Kinkovsi était vêtue de vêtements démodés pour la ville, mais pas pour un petit village et une communauté de paysans. Elle portait une robe en coton plissé serrée à la taille qui descendait jusqu'aux genoux, un corsage noir à manches courtes boutonné sur le devant, avec des bouillons aux épaules et aux coudes, et (ce qui paraissait ridicule à Dragosani) des bottes en caoutchouc qui, sans aucun doute, étaient très utiles dans la cour de la ferme. En hiver, elle devait certainement porter des bas. Mais on n'était pas en hiver...

Il essaya de détourner les yeux, mais il ne pouvait rien regarder d'autre. Et, bon sang, quel déhanchement ! Un étroit « V » noir séparait les deux globes blancs de ses fesses.

Au deuxième palier, elle s'arrêta, se tourna délibérément pour l'attendre en haut des marches. Dragosani s'arrêta net et retint son souffle. Debout sur le palier, et semblant toujours aussi calme, elle s'était appuyée sur une jambe et se frottait l'intérieur de la cuisse du genou. Elle lui décocha un troublant regard vert :

— Je suis certain que vous aimerez ça... ici, dit-elle, et doucement elle reposa son pied sur le palier.

Dragosani détourna les yeux.

— Oui, oui... je suis certain que je... je...

Ilse remarqua la fine couche de sueur sur son front. Elle détourna le visage et renifla. Peut-être avait-elle eu raison. Une pitié...

Chapitre V

Sans plus attendre, Ilse Kinkovsi conduisit directement Dragosani dans la mansarde, lui montra la salle de bains (qui, étonnamment, était tout à fait moderne) et sortit. Les chambres étaient très accueillantes : poutres de chêne blanchies à la chaux, placards en bois vernis et étagères. Dragosani commençait à se sentir mieux. À présent que l'ardeur avait quitté la jeune fille, elle lui paraissait un petit peu plus sympathique... ou plus exactement, la famille Kinkovsi tout entière lui paraissait plus sympathique. Cela aurait été extrêmement maladroit de sa part de manger tout seul dans sa chambre, après que les Kinkovsi, père et fille, lui eurent montré une telle hospitalité.

— Ilse, l'appela-t-il sur un coup de tête. Euh... mademoiselle Kinkovsi... j'ai changé d'avis. J'aimerais bien manger à la ferme. J'ai vécu dans une ferme lorsque j'étais enfant. Cela ne me dérangera pas... et j'aimerais ne pas paraître trop bizarre. Alors... quand est-ce qu'on mange ?

Sans s'arrêter, elle lui jeta un coup d'œil par-dessus son épaule :

— Dès que vous vous serez rafraîchi et que vous descendrez. Nous vous attendons.

Elle ne souriait plus à présent.

— Ah ! Deux minutes alors. Merci.

Pendant que le bruit de ses pas décroissait dans les escaliers, il enleva rapidement sa chemise, ouvrit une de ses valises et en sortit un rasoir, une serviette, un pantalon propre et bien repassé et des chaussettes. Dix minutes plus tard, il se précipita dans les escaliers, sortit de la maison d'hôtes et fut accueilli par Kinkovsi à la porte de la ferme.

— Veuillez m'excuser ! dit-il, j'ai fait aussi vite que possible.

— Il n'y a pas de mal, lui répondit Kinkovsi en le prenant par le bras. Bienvenue dans ma maison. Nous allons manger.

L'intérieur était un petit peu étriqué. Les pièces étaient grandes, mais basses de plafond, et la décoration était sobre et faisait très « vieille Roumanie ». Dans la salle à manger, Dragosani s'installa face à la fenêtre, à une grande table qui pouvait accueillir au moins une douzaine de personnes. La lumière était telle que le visage d'Ilse — qui, après avoir aidé sa mère à servir, s'était assise en face de lui — n'était plus qu'une vague silhouette. Hzak Kinkovsi et sa femme s'assirent à la droite de Dragosani, et à sa gauche, deux garçons d'environ douze et seize ans. Une petite famille paysanne standard.

Le repas était simple, copieux, digne d'éloges. Dragosani en fit la remarque, Ilse sourit, et sa mère, Maura, leva vers lui un visage rayonnant.

— Je pense que vous deviez être affamé. Après un tel voyage ! D'une traite depuis Moscou ! Vous avez mis combien de temps ?

— Oh, eh bien, je me suis arrêté pour manger, répondit-il en souriant. Puis, il fronça les sourcils et ajouta : « J'ai mangé deux fois, et les deux fois les repas laissaient à désirer et étaient hors de prix ! J'ai également dormi une heure ou deux, dans la voiture, près de Kiev. Je suis bien sûr venu par Galatz, Bucarest et Pitesti, surtout pour contourner les montagnes. »

— Une longue route, acquiesça Hzak Kinkovsi. Mille six cents kilomètres.

— À vol d'oiseau, dit Dragosani. Mais je ne suis pas un oiseau ! Plus de deux mille kilomètres, d'après le compteur.

— Et toute cette route simplement pour étudier une petite histoire locale, fit le paysan en secouant la tête.

Ils avaient terminé leur repas à présent. Le paternel (pas tellement vieux, plus tanné par le temps qu'usé par les ans) s'assit en arrière, une pipe en terre à la bouche. Dragosani alluma une Rothmans, tirée d'un paquet de deux cents que

Borowitz lui avait rapporté d'un magasin « spécialisé » de Moscou destiné à l'élite du parti. Les deux garçons sortirent faire leurs corvées du soir et les femmes allèrent faire la vaisselle.

La remarque de Kinkovsi à propos de « l'histoire locale » avait un petit peu pris Dragosani au dépourvu, jusqu'à ce qu'il se souvienne que c'était la raison officielle de sa venue ici. Tirant sur sa cigarette, il se rendit compte combien il le regrettait. De plus, il était également supposé être entrepreneur de pompes funèbres... cela n'allait peut-être pas paraître étrange si ses penchants paraissaient morbides.

— L'histoire locale dans un sens, oui... mais j'aurais très bien pu également me rendre en Hongrie, ou m'arrêter en Moldavie, ou traverser les Alpes jusqu'à Oradea. Ou en Yougoslavie d'ailleurs, ou même plus à l'est, en Mongolie. Ces régions ont toutes un intérêt commun à mes yeux, mais je préfère venir ici, car c'est mon pays de naissance.

— Et quel est donc cet intérêt ? Les montagnes ? Ou peut-être les batailles, hein ? Car ce pays en a connu des guerres !

Kinkovsi ne se montrait pas simplement poli, mais était sincèrement intéressé. Il reversa de son excellent vin fait à la ferme dans le verre de Dragosani, et remplit ensuite le sien.

— Les montagnes en font partie, je suppose. Et dans ce coin, les batailles aussi, sans aucun doute. Mais la légende dans son intégralité est bien plus vieille que n'importe quelle histoire dont nous pouvons espérer nous souvenir. Il est même possible qu'elle soit aussi vieille que les montagnes elles-mêmes. Une chose assez mystérieuse... et plutôt horrible !

Il se pencha en avant et regarda fixement Kinkovsi.

— Eh bien, allez-y, ne me laissez pas sur ma faim ! Quelle est cette passion mystérieuse, cette ancienne quête qui est la vôtre ?

Le vin était capiteux et avait ôté à Dragosani toute sa prudence naturelle. Dehors, le soleil s'était couché et le crépuscule avait envahi la campagne. On entendait des bruits de vaisselle et des éclats de voix provenir de la cuisine. Dans une autre pièce, une vieille horloge tictaquait doucement. C'était le cadre parfait. Et les habitants de ce pays étant si superstitieux et tous...

Dragosani ne put résister.

— La légende dont je parle, dit-il en parlant lentement et distinctement, est celle du *vampire !*

Pendant un moment, Kinkovsi ne dit rien, comme stupéfait. Puis, il se rejeta en arrière sur sa chaise, rit bruyamment et se tapa sur la cuisse.

— *Ah !... le vampire...* J'aurais dû m'en douter ! Chaque année, il y en a beaucoup comme vous qui viennent par ici, et tous cherchent Dracula !

Dragosani était abasourdi. Il ne savait pas exactement à quelle réaction il s'attendait, mais certainement pas à celle-ci.

— Beaucoup comme moi ? Chaque année ? Je ne suis pas sûr de comprendre.

— Eh bien, à présent qu'on a levé les interdictions, à présent que votre si précieux « rideau de fer » a été un petit peu ouvert, il en vient d'Amérique, d'Angleterre et de France, même un ou deux d'Allemagne. Des touristes curieux, la plupart du temps... mais parfois des chercheurs et des spécialistes. Et tous courent après cette même légende. Comment ? Eh bien, j'ai déjà reçu une demi-douzaine de personnes dans cette même pièce qui prétendaient avoir peur de ce... ce « Dracula ». Mais ce sont des fous ! Tout le monde sait... même des paysans incultes comme moi... que cette créature est un simple personnage de roman créé par un écrivain de la fin du siècle dernier ! Pas plus tard que le mois dernier, on a projeté un film portant ce titre au cinéma de la ville. Oh, vous ne m'aurez pas comme ça, Dragosani. Je ne serais pas surpris d'apprendre que vous êtes l'éclaireur d'une équipe britannique. Ils doivent arriver vendredi. Et eux aussi sont à la recherche du gros méchant *vampire !*

— Vous avez dit des spécialistes ? (Dragosani avait du mal à cacher son embarras.) Des chercheurs ?

Kinkovsi se leva, alluma une lampe électrique dont l'abat-jour bosselé était suspendu au plafond. Il tira sur sa pipe.

— Des spécialistes, c'est ça... des professeurs de Cologne, de Bucarest, de Paris. Ces trois dernières années. Tous armés de calepins, de photocopies de vieilles cartes et d'anciens documents, de leurs appareils photos, de leurs carnets à dessins et... de tout un attirail bizarre !

Dragosani avait retrouvé ses esprits.

— Et de leurs chéquiers aussi, non ? lança-t-il avec un sourire.

Kinkovsi ricana à nouveau.

— Oh oui, bien sûr ! De leur argent aussi. J'ai même entendu dire que dans les montagnes, il existe des magasins de village qui vendent de petites bouteilles contenant de la terre provenant du château de Dracula ! Mon Dieu ! C'est incroyable ! Ensuite, ce sera au tour de Frankenstein ! Je l'ai vu dans un film, et il était vraiment effrayant !

Dragosani sentait la colère monter en lui. De manière irrationnelle, il avait l'impression que Kinkovsi était en train de se moquer de lui. Ce nigaud ne croyait pas aux vampires ; cela le faisait rire aux éclats ; pour lui, ils étaient comme le Yéti ou le Monstre du Loch Ness : des attractions pour touristes tirées de mythes ou de vieux contes de bonnes femmes...

... Dragosani se fit alors la promesse que...

— Pourquoi parlez-vous de monstres ? demanda Maura Kinkovsi en entrant dans la pièce. Sois prudent, Hzak ! Attention quand tu parles du démon. Et vous, Herr Dragosani. Il existe encore des choses dans des lieux abandonnés que les gens ne peuvent pas comprendre.

— Quels lieux abandonnés, femme ? rugit son mari. Cet homme est descendu de Moscou, en moins d'une journée, un voyage qui aurait dû lui prendre une semaine au moins, et tu parles de lieux abandonnés ? Il n'existe absolument aucun lieu abandonné !

Oh, mais si, pensa Dragosani. *Il existe bien de tels endroits. Je le sens en eux : quelque chose qu'ils ignorent encore... jusqu'à ce que cela s'éveille à mon contact !*

— Tu sais très bien de quoi je parle ! lâcha la femme de Kinkovsi. On dit que dans les montagnes, il y a encore des villages où l'on enfonce des pieux dans le cœur de ceux qui sont morts trop jeunes ou dans des conditions étranges... pour être certain qu'ils ne reviendront pas. Et personne ne trouve ça bizarre. C'est juste une coutume (dit-elle à Dragosani), comme d'enlever son chapeau devant un mort.

Ilse apparut à ce moment-là.

— Quoi ? Vous aussi, vous êtes un chasseur de vampires,

Herr Dragosani ? Mais quel passe-temps morbide ils peuvent avoir ! Vous ne pouvez certainement pas être un des leurs ?

— Non, non, bien sûr que non, bredouilla Dragosani avec un petit sourire forcé. Je voulais simplement plaisanter avec votre père, c'est tout ! Mais ma plaisanterie semble s'être retournée contre moi.

Il se leva.

— Eh ? lança Kinkovsi, visiblement déçu. Il est encore tôt. Je suppose que vous êtes encore fatigué. Dommage, j'aurais bien aimé discuter avec vous plus longtemps. Tant pis, j'ai plein de choses à faire. Peut-être demain alors.

— Oh, je suis certain que nous trouverons le temps de parler, dit Dragosani en suivant son hôte à la porte.

— Ilse, dit Kinkovsi, prends une torche et montre le chemin à Herr Dragosani. Les ténèbres sont très épaisses lorsqu'on ne connaît pas la route.

Ilse fit ce qu'il avait demandé et guida Dragosani à travers la cour jusqu'à la maison d'hôtes. Là, elle alluma la lumière dans les escaliers. Puis, avant de prendre congé, elle lui dit :

— Herr Dragosani, il y a un bouton à côté de votre lit. Si jamais vous avez besoin de quoi que ce soit pendant la nuit, appuyez dessus. Malheureusement, cela réveillera probablement aussi mes parents. Il serait préférable d'ouvrir à moitié vos rideaux... je peux voir votre fenêtre depuis ma chambre...

— Quoi ? demanda Dragosani, en feignant de ne pas comprendre. En plein milieu de la nuit ?

— Je ne dors pas très bien. Ma chambre est au rez-de-chaussée. J'ai l'habitude d'ouvrir la fenêtre et de venir respirer l'air de la nuit. Parfois, je sors même par là pour me promener sous le clair de lune... souvent vers une heure du matin.

Dragosani hocha la tête, mais ne répondit pas. Elle se tenait très près de lui. Avant qu'elle ne puisse clarifier un peu plus la situation, il s'éloigna et monta les escaliers. Le regard moqueur de Ilse ne le lâcha qu'au moment où il atteignit le premier palier.

Arrivé dans sa chambre, Dragosani ferma immédiatement les rideaux, défit ses valises et se fit couler un bain. Chauffée au gaz, l'eau fumait de façon accueillante. Après avoir ajouté des sels, Dragosani se déshabilla.

Il plongea dans son bain et resta là sans bouger, s'abandonnant à la chaleur et aux lentes ondulations de l'eau qu'il faisait avec les bras. Après ce qui lui parut un temps très court, il se rendit compte qu'il dodelinait de la tête, le menton sur la poitrine. L'eau était devenue froide. Il se remua, finit de se baigner et alla se coucher.

Il n'était que dix heures du soir quand il se glissa entre les draps, mais une ou deux minutes plus tard, il s'était déjà endormi.

Il se réveilla juste après minuit. Un rayon de lune blanc, large et profond, semblable à une flèche argentée, ruisselait dans la chambre à travers la fenêtre dont les rideaux étaient écartés. Se souvenant de ce qu'avait dit Ilse Kinkovsi, il se leva, prit une épingle de sûreté et accrocha les rideaux ensemble. Il souhaitait à moitié que cela puisse être différent... plus qu'à moitié même... mais... c'était impossible.

Non qu'il n'aimât pas les femmes ou qu'il les détestât, ce n'était pas ça du tout. C'était plutôt qu'il ne les comprenait pas, et qu'il avait plein d'autres choses à faire, tellement de choses à apprendre et à essayer de comprendre, il n'avait tout simplement pas de temps à perdre. Et de toute façon, ses besoins étaient différents de ceux des autres hommes, ses émotions étaient moins vives, sauf quand il en exprimait le besoin. Mais, ce qu'il perdait en sensualité, il le gagnait en sensibilité. Même si cela semblait être un paradoxe pour quiconque connaissait son travail.

Quant aux autres choses qu'il avait à apprendre ou au moins à essayer de comprendre... elles étaient nombreuses. Borowitz était content de ce qu'il était, mais pas Dragosani. Il sentait parfois que son don était unidimensionnel, qu'il manquait d'une réelle profondeur. En fait, il voulait atteindre une plus grande profondeur, une profondeur restée inexplorée depuis cinq cents ans ! Dehors, au sein de la nuit, quelqu'un détenait des secrets uniques, quelqu'un qui, en vie, avait possédé une terrible magie et qui, même à présent qu'il était mort, vivait encore. Pour Dragosani, la clef de toute la connaissance était là.

Il était minuit, l'heure des sorcières. Dragosani se

demanda jusqu'où les rêves du dormeur pouvaient s'étendre au-delà des frontières de la sombre clairière. Pouvaient-ils se rencontrer à mi-chemin ? La lune était pleine et les étoiles brillaient ; loin dans les montagnes, des loups rôdaient et hurlaient comme ils le faisaient déjà cinq cents ans auparavant : tous les auspices étaient bons.

Il retourna au lit, s'allongea et s'imagina la tombe en ruine sur laquelle des racines tâtonnaient comme des tentacules fossilisés et où les arbres montaient la garde pour protéger leur secret. Il se l'imagina et lui envoya mentalement :

— Je suis de retour, mon vieil ami. Je t'apporte l'espoir en échange de la connaissance. C'est la troisième année, et il n'en reste que quatre. Comment vas-tu ?

Un vent s'éleva dans la nuit et dévala les montagnes. Des arbres murmurèrent au moment où leurs branches s'inclinèrent, et Dragosani entendit un soupir dans les chevrons audessus de sa tête. Mais aussi vite qu'il se fût levé, le vent retomba et, à sa place :

Ahhh ! Dragosani ! C'est toi, mon fils ? Es-tu revenu me voir dans ma solitude, Dragosaaani... ?

— Qui veux-tu que ce soit, vieux démon ? Oui, c'est Dragosani. Je suis devenu plus fort, je jouis même d'une certaine autorité dans le monde. Mais je veux plus encore ! Tu détiens les ultimes secrets du pouvoir. C'est pour lui que je suis revenu et que je continuerai à venir, jusqu'à... jusqu'à...

Encore quatre années, Dragosani. Et alors... alors tu pourras t'asseoir à ma droite, et je pourrai t'apprendre plein de choses. Quatre années, Dragosani. Quatre années. Ahhh !

— De longues années pour moi, vieux dragon, pour moi qui dois me lever chaque matin, m'endormir chaque soir et, entre les deux, compter toutes les heures. Et le temps s'écoule lentement. Mais pour toi... ? Comment s'est passée cette année ?

Cela aurait pu n'être qu'un simple instant, éphémère, rapide, mort !... si tu ne m'avais pas dérangé, Dragosani. Mais tu m'as apporté... l'envie. Pendant cinquante ans, j'ai haï et j'ai espéré me venger de ceux qui m'ont envoyé ici. Et pendant cinquante ans encore, je n'ai eu qu'un désir, me lever pour tuer mes ennemis. Et ensuite... ensuite j'ai pensé à moi ; mais mes meurtres n'ont pas cessé. Il n'y a plus que des os dans leurs tombes aujourd'hui, ou des cendres dans le vent. Et une centaine d'années plus tard... même les fils de mes ennemis alors ? Ah ! Que pourrais-je bien demander ! Et les légions qui se heurtèrent à ces montagnes et rencontrèrent les pères de mon père ? Et le Lombard et le Bulgare, l'Avar... et le Turc ? Ah !... un combattant courageux en ce temps-là, le Turc... Il était mon ennemi, mais pas plus. Et alors, cinq siècles plus tard, j'étais en train d'oublier ces exploits, de la même façon qu'un grand-père oublie sa propre enfance, jusqu'à ce que j'aie tout oublié... ou presque. Jusqu'à l'oubli total... ou presque ! Et puis, alors que je n'étais plus rien qu'un nom dans un livre et que ce livre lui-même était en train de tomber en poussière, alors tu es venu, un simple enfant, mais un enfant dont le nom... était... Dragosaaaniiii...

La voix s'éteignit peu à peu et le vent redoubla de plus belle, puis tous deux se mêlèrent et moururent ensemble. Dragosani pensa à ce qu'il devait faire et il frissonna dans son lit. Mais c'était son propre choix, son destin. Et craignant d'avoir perdu son interlocuteur, il l'appela sans délai :

— Vieil ami, toi dont l'étendard porte le dragon, la chauve-souris et le démon... es-tu là ?

Où veux-tu que je sois, Dragosani ?... La voix semblait narquoise. Oui-da, je suis là, je m'agite dans ma tombe abandonnée, dans cette terre qui fut ma vie. Je pensais avoir été oublié, mais une graine avait été semée et fleurissait, et tu te souvins de moi. Et grâce à ton nom, je t'ai reconnu, Dragosaaaniiii...

— Raconte-moi encore cette histoire ! Raconte-moi ! Ma mère, mon père, leur arrivée, raconte-la moi !

Tu as déjà entendu cette histoire deux fois, et tu veux à nouveau l'entendre ? Tu espères les retrouver ? Mais je ne peux pas t'aider. Leurs noms n'avaient aucune importance pour moi : je ne les connaissais pas, je ne connaissais rien d'eux, à part leur chaleur et leur sang. Oui-da, et jusqu'à ce que j'aie goûté une toute petite goutte, une petite éclaboussure rose. Après cela, il y avait quelque chose d'eux en moi, et quelque chose de moi en eux... puis en toi. Ne pose pas de questions sur eux, Dragosani, je suis ton père...

— Veux-tu à nouveau marcher sur terre, à nouveau respirer, à nouveau étancher ta soif, mon vieil ami ? Veux-tu à nouveau abattre tes ennemis, les repousser comme avant, comme tes ancêtres avant toi et cette fois en tant qu'homme, pas simplement comme un mercenaire des peu reconnaissants princes Dracul ? Si tu le souhaites, alors faisons un marché. Parle-moi de mes parents.

Parfois un marché est préférable à une menace, Dragosani. Et tu voudrais me menacer ? La voix siffla dans sa tête comme de la glace sur les cordes d'un violon désaccordé. *Tu oses me parler, tu oses te souvenir de moi, des Vlad, des Radu, des Dracul et des Mircea ? Tu m'as appelé un mercenaire ? Mon enfant, à la fin mes « maîtres » comme tu dis me craignaient plus que le Turc lui-même ! C'est pourquoi ils m'ont couvert de fer et d'argent et m'ont enterré dans cet endroit secret, dans ces collines en forme de croix que j'avais défendues de mon propre sang. C'est pour eux que j'ai combattu, pour le salut de leur « Croix Sacrée », de leur « Chrétienté », mais, à présent, je me bats pour être libre. Leur traîtrise est ma douleur, leur croix, l'épée plantée dans mon cœur !*

— Une épée que je peux tirer pour toi ! Tes ennemis sont de retour, vieux démon, et personne n'est là pour les repousser et te sauver. Et toi tu reposes là, infirme ! Le croissant du Turc s'est transformé en faucille et ce qu'il ne peut pas couper, il l'écrase. Je suis autant un Valache que toi, dont le sang est plus ancien que la Valachie elle-même. Je ne supporterai pas non plus les envahisseurs. Mais aujourd'hui, il y a un nouvel envahisseur et nos chefs sont à nouveau des pantins. Es-tu satisfait, ou veux-tu à nouveau te battre ? La chauve-souris, le dragon, le démon, contre le marteau et la faucille !

Très bien, je vais te raconter comment c'était, et comment tu... es arrivé.

C'était... le printemps. Je pouvais le sentir dans le sol même. Le temps des naissances. L'année... mais qu'est-ce qu'une année pour moi ? Il y a un quart de siècle.

— C'était en 1945, dit Dragosani. La guerre touchait presque à sa fin. Les Szgany étaient ici, réfugiés dans les montagnes, comme ils l'avaient fait pendant des siècles. Ils étaient ici par milliers pour échapper aux machines de guerre allemandes. Et le plateau transylvanien les protégeait comme toujours. Les Allemands les avaient parqués, Szganys, Romanis, Szekelys, Bohémiens, appelle-les comme tu veux ; partout en Europe, ils avaient été massacrés avec les Juifs dans les camps de la mort. Staline avait déporté de nombreuses minorités du Caucase et de Crimée, des prétendus « collaborateurs ». Au printemps 1945, mais nous avions capitulé plus de six mois plus tôt. De toute façon, la fin était proche, les Allemands étaient en fuite. À la fin d'avril, Hitler s'était suicidé...

Je ne sais que ce que tu m'as appris. Capitulé, tu dis ? Ah ! Je ne suis pas surpris. Mais 1945 ? Aieee ! Plus de quatre siècles et demi, et il y a toujours des envahisseurs... et je n'étais pas là pour boire le vin de la guerre. Oh, oui, tu attises de vieux désirs en moi, Dragosani...

De toute façon, c'était le printemps quand ils sont arrivés. Je pense qu'ils étaient en fuite. Peut-être à cause de la guerre, qui peut savoir ? Ils étaient très jeunes et de sang ancien. Des Bohémiens ? Oui-da. De mon temps, des milliers d'entre eux m'ont adoré comme un grand Boyard, m'ont prêté allégeance, alors qu'ils ne l'avaient pas fait aux Basarab, aux Vlad et aux Vladislav. Allaient-ils encore m'adorer ? Je me le demandais. Allais-je encore avoir de l'influence sur eux ?

Ma tombe était déjà brisée en ce temps-là, et personne ne l'avait visitée depuis que j'y avais été enterré, excepté pendant les cinquante premières années, par des prêtres venus maudire la terre où je reposais. Puis, ils sont arrivés, une nuit, alors que la lune s'élevait au-dessus des collines. Deux jeunes, des Szekelys, un garçon et une fille. C'était le printemps et il faisait chaud, mais les nuits étaient fraîches. Ils avaient des couvertures et une petite lampe à huile. Ils avaient peur. Et s'aimaient. C'est cela, je pense, qui m'a tiré de mon sommeil. Ou peut-être étais-je déjà à moitié éveillé. Après tout, des machines de guerre grondaient, et leur tonnerre emplissait le ciel. Peut-être était-ce cela qui avait éveillé mes vieux os...

Je sentais ce qu'ils allaient faire. En plus de quatre siècles et demi, j'avais appris à reconnaître la chute des feuilles d'un arbre, le doux atterrissage d'une plume de bécasse. Ils posèrent une couverture entre deux souches et se fabriquèrent un abri. Ils allumèrent la lampe pour se voir, et pour se réchauffer. Ah! Szekely? Ils n'avaient pas besoin d'une lampe pour se réchauffer.

Ils... m'intéressèrent. Pendant des années, j'avais appelé, pendant des siècles, et personne n'était venu, personne ne m'avait répondu, peut-être étaient-ils retenus par des prêtres, par des sortilèges, par des mythes qui étaient devenus des légendes au cours des âges. Ou... peut-être que mes excès avaient été...

Tu m'as rapporté, Dragosani, combien de mes plus grands exploits sont à présent attribués aux Vlad, et comment j'ai été réduit à un simple fantôme pour effrayer les enfants. Plus encore, mon nom même a été rayé des anciens registres, car c'était l'habitude en ce temps-là. S'ils avaient peur de quelque chose, ils le détruisaient et prétendaient ensuite que cela n'avait pas existé. Ah, mais pensaient-ils vraiment que j'étais le seul de mon espèce? Ce n'était pas le cas... Ce n'est pas le cas! J'étais un parmi quelques autres qui se sont multipliés. Oui-da, et mon appel au secours devait certainement être parvenu jusqu'aux autres. Pendant des centaines d'années, cela m'a mis en colère de ne voir personne venir pour me sauver! Et finalement, quelqu'un est venu... des bohémiens, des Szekelys!

La fille avait peur et il n'arrivait pas à la rassurer. Moi, je l'ai fait. J'ai pénétré son esprit, je lui ai donné la force pour faire face à ses peurs, et pour qu'elle le rencontre dans une torride collision de chair. Ahhh!

Oui-da, et elle était encore vierge! Son hymen était intact. J'aurais pu à nouveau mourir, dans ma tombe, en désirant cela! Un hymen, intact! J'en avais percé deux mille de mon vivant, d'une façon ou d'une autre. Ha, ha, ha! Et ils ont appelé le jeune Vlad: « L'empaleur »!

Bon... ils étaient amants, mais pas encore au plein sens du terme. Lui, c'était un garçon, un simple puceau qui n'avait jamais sauté une pute, et elle, une vierge. Alors, j'ai aussi investi l'esprit du garçon. Ah!... et j'ai fait entrer la nuit en eux. J'ai tiré de la force d'eux, et eux de moi. Pendant toute une nuit, ils furent à moi, juste une, jusqu'à ce que l'aube les sépare. Après cela, je ne sais plus rien d'eux...

— À part qu'ils m'ont détesté, et m'ont abandonné sur le pas d'une porte.

La réponse mit du temps à venir, dans un souffle de vent qui n'était plus qu'une petite brise. L'être de la tombe était fatigué, il n'avait plus assez de force, pas même pour penser. La terre le gardait en son sein protecteur, tournait sur son axe éternel et le berçait. Mais finalement, doucement :

Ouiii. Oui, mais au moins, elle savait où te déposer. C'était une bohémienne, souviens-toi. Une nomade. Dès que tu vis le jour, elle te ramena ici. Elle te ramena... à la maison ! Elle fit cela parce qu'elle savait qui était ton véritable père, Dragosani ! Tu pourrais même dire que toute ma vie, qui fut sanglante au-delà de tout entendement, se réduit à une nuit de plaisir. Oui-da, et mon seul tribut, une goutte de sang. Dragosaaaniiii...

— Le sang de ma mère.

Celui de ta mère, renversé sur la terre où je repose. Mais comme un don précieux ! Car c'était ton sang, aussi, et il coule toujours dans tes veines. Il t'a amené à moi, lorsque tu étais enfant.

Dragosani était calme, son esprit était encombré de pensées étranges, d'images, que toutes ces paroles avaient évoquées en lui. Finalement, il dit :

— Je viendrai te voir demain. Nous pourrons parler plus longtemps.

Comme tu veux, mon fils.

— Dors à présent... père !

Une dernière rafale de vent fit bouger une tuile, et dans un long et dernier soupir : *Dors bien, Dragosaaaniiii...*

Dix minutes plus tard, dans la ferme, Ilse Kinkovsi se leva, alla à la fenêtre et regarda dehors. Elle pensait que c'était le vent qui l'avait réveillée, mais il n'y avait pas la moindre brise. Cela ne faisait aucune différence, elle avait prévu de se lever vers une heure du matin, de toute façon. Dehors, la campagne était éclairée par les rayons argentés de la lune, mais dans la mansarde de la maison d'hôte, les rideaux de la chambre de Dragosani étaient fermés. Et la lumière était éteinte.

Le lendemain, c'était mercredi.

Dragosani prit un rapide petit déjeuner et partit au volant de sa voiture vers huit heures et demie. Il emprunta la route menant aux collines en forme de croix. Au fond d'une large vallée située à l'ouest des collines se dressait la ferme dans laquelle il avait passé son enfance. De nouveaux habitants l'occupaient à présent depuis neuf ou dix ans. Dragosani trouva un bon point de vue au bord d'une petite route peu fréquentée et regarda la ferme. Cela ne lui faisait plus rien. À peine une petite boule dans la gorge, qui était probablement due à la poussière ou au pollen de cet air estival.

Puis il tourna le dos à la ferme et observa les collines. Il savait exactement où regarder. Comme si ses yeux avaient été des lentilles de jumelles, ils semblaient faire le point sur l'endroit, le faisaient apparaître plus grand, avec une incroyable netteté et force détails. Il pouvait presque voir au-delà du dôme feuillu des arbres, au-delà des pierres effondrées, au-delà de la terre. Et même si cela ne suffisait pas, il semblait capable d'aller au-delà encore.

Il détourna les yeux. Il était de toute façon plus facile d'aller là-bas avant la tombée de la nuit. Ou le soir suivant, de bonne heure.

Cela lui fit penser à un autre soir, quand il n'était alors qu'un enfant...

Il n'avait encore que sept ans, et cela s'était passé six mois avant qu'il ne retourne dans les collines. Il avait sorti sa luge, un chien bondissait à ses côtés. Bubba était un chien de ferme, un vrai, mais il allait toujours là où Boris allait. Il y avait une pente, de l'autre côté de la ferme, qui descendait en direction du village, un endroit où les enfants jouaient à se lancer des boules de neige et faisaient de la luge chaque hiver. Boris venait jouer là également, mais il connaissait un endroit bien meilleur : le coupe-feu. Il savait très bien, il l'avait toujours su, que ces collines étaient interdites et, depuis l'été précédent, il savait pourquoi. Les gens rêvent parfois de choses étranges, de choses qui sont enfouies dans leur mémoire et qui reviennent pendant la nuit pour les tourmenter. C'en était une. Mais cela ne l'arrêtait pas. Cela l'attirait presque.

Sous l'épais manteau neigeux, les collines ne semblaient

pas si interdites et le coupe-feu était parfait pour des descentes en luge. Boris aimait ça. Il était venu là l'hiver précédent, tout seul, et même l'hiver d'avant, alors qu'il était très jeune. Mais ce jour-là, il n'utilisa qu'une seule fois la luge et, à mi-pente, il regarda sur sa droite pour voir s'il ne pouvait pas apercevoir la clairière sous les arbres. Après cela, il laissa la luge au bas de la colline, et lui et Bubba grimpèrent sous les arbres, ombres noires sur la neige. Il voulait retourner voir la tombe pour se persuader qu'elle n'était rien d'autre que la sépulture d'un noble oublié depuis longtemps. Tout cela n'avait été qu'un mauvais rêve la première fois, dû à sa chute sur la tête quand il avait été éjecté de sa voiture en carton. De toute façon, Bubba était là pour l'accompagner et pour le protéger.

Ou plutôt, il aurait bien voulu avoir Bubba à ses côtés, mais en approchant de l'endroit secret, le chien poussa un long gémissement, aboya et se sauva. Boris l'aperçut à travers les arbres bondir jusqu'au bas de la pente en agitant nerveusement la queue et en poussant des jappements apeurés.

Finalement, Boris déboucha dans la clairière. L'endroit était exactement comme dans ses souvenirs. Il faisait seulement un peu plus sombre, car la neige qui recouvrait les plus hautes branches empêchait la lumière de passer et, là où l'hiver n'était pas parvenu à percer, le sol était plus sombre encore pour des yeux habitués à la blanche clarté de la neige. L'endroit semblait toujours privé d'air, et le peu d'air qu'il y avait semblait tourmenté par d'invisibles présences. Oh, c'était sans aucun doute un endroit de cauchemar. Spécialement le soir. Et le soir approchait...

À la limite de sa conscience, qui était absorbée par la contemplation de la clairière, Boris entendait de temps en temps les aboiements de Bubba, semblables à des détonations déchirant l'air. Voulant calmer le chien, il escalada les débris de maçonnerie et le linteau portant les anciennes armoiries.

Maintenant que ses yeux s'étaient accoutumés à la pénombre ambiante, il utilisait ses doigts engourdis par le froid pour faire apparaître le symbole gravé dans la pierre ; il se souvint de la voix démoniaque qu'il avait cru entendre la fois précédente. Un rêve ? Mais un rêve qui paraissait si réel qu'il l'avait tenu éloigné de la colline pendant six mois !

Qu'est-ce qu'il y avait d'effrayant, de toute façon ? Une vieille tombe brisée ? Les rumeurs de paysans ignorants, leurs signes mystérieux ? Une voix étrange dans sa tête, aux relents de décomposition ? De décomposition, oui, mais si pressante ! Combien de fois depuis ce jour-là était-elle venue vers lui pendant la nuit, au milieu de ses rêves, alors qu'il était en sécurité dans son lit, pour lui murmurer :

— Ne m'oublie pas, Dragosaaniiii...

Pris d'une soudaine impulsion, il s'écria :

— Voyez, je ne vous ai pas oublié. Je suis revenu. Je suis venu. Chez vous. Non, chez moi. Dans mon endroit secret.

Son souffle s'empanachait dans l'air glacé en petits nuages blancs qui s'élevaient avant de se disperser. Boris désirait une réponse de tout son être. De longs glaçons bleus, semblables à des crocs étincelants, pendaient au bord d'une dalle. Les aiguilles de pins formaient une croûte gelée sous les pieds de l'enfant. Chacun de ses souffles s'écrasait au sol en milliers de cristaux de glace avant même le suivant. Puis il écouta à nouveau. Mais... rien.

Le soleil avait disparu à l'horizon. Boris devait rentrer. Il s'éloigna de la tombe. Ses mots, capturés par les cristaux gelés de sa respiration, envoyèrent leur message dans les profondeurs du sol.

Ahhh ! Cela aurait pu n'être que le souffle du vent dans les hautes branches, mais il cloua Boris sur place, comme si on lui avait enfoncé des aiguilles dans les pieds.

— Vous... ! s'entendit-il répondre à personne, à rien, aux ténèbres. Est-ce vous ?

Ahhh ! Dragosaaniii ! Est-ce que la force coule enfin dans tes veines, mon garçon ? Est-ce pour cela que tu es revenu ?

Boris avait répété ce moment des centaines de fois : sa réponse, sa réaction, au cas où la voix lui aurait répondu. Fanfaronnade : il ne se souvenait de rien à présent.

Eh bien ? Est-ce que l'hiver t'a gelé la langue ? Dis-le dans ta tête si tu ne peux pas parler. Quoi, es-tu un vacuum ? Les loups hurlent dans les cols, les vents font de même au-delà des mers et des montagnes. Même la neige semble soupirer dans sa chute. Et toi, si plein de mots, débordant de questions, avide de connaissances, es-tu muet ?

Boris avait l'intention de dire :

— Ce sont mes collines. Cet endroit est à moi tout seul. Vous êtes simplement enterré là. Alors taisez-vous !

Il avait l'intention de le dire avec audace, exactement comme il se l'était répété. Mais ce qu'il dit finalement, en hésitant, ce fut ceci :

— Êtes-vous... réel ? Qui... qu'est... comment existez-vous ? Comment pouvez-vous exister ?

Comment les montagnes peuvent-elles exister ? Comment la lune peut-elle exister ? Les montagnes grandissent et s'érodent. La lune croît et décroît. Elles existent, et moi aussi...

Même s'il n'arrivait pas à comprendre ce qu'il disait, Boris s'enhardissait. Du moins, savait-il où se tenait cet être : dans le sol. Mais comment pouvait-il nuire à quelqu'un depuis cet endroit ?

— Si vous êtes réel, montrez-vous !

Est-ce que tu joues avec moi ? Tu sais que cela ne se peut pas. Veux-tu me voir en chair et en os ? Je ne peux pas. Pas encore. En outre, je vois que ton sang n'est encore que de l'eau. Oui, il se glacerait si tu me voyais, Dragosani.

— Etes-vous... une chose morte ?

Je suis une chose non-morte.

— Je sais qui vous êtes ! dit soudain Boris en claquant des mains. Vous êtes ce que mon père adoptif appelle « imagination ». Vous êtes mon imagination. Il dit que j'ai une grande imagination.

Il a raison, mais ma nature est... tout autre. Non, je ne suis pas issu de ton esprit. Ne te flatte pas.

Boris faisait de gros efforts pour comprendre. Finalement, il demanda :

— Mais qu'est-ce que vous faites ?

J'attends.

— Vous attendez quoi ?

Toi, mon fils.

— Mais je suis là !

Tout s'assombrit subitement, comme si les arbres s'étaient serrés les uns contre les autres, coupant toute lumière. Le contact des présences invisibles était aussi léger que la plume, mais il devint soudain plus lourd. Boris, qui avait presque oublié sa peur, la sentit subitement resurgir. Il avait presque oublié ce que la voix dans sa tête pouvait contenir de démoniaque. Il se souvint également de ceci :

Fils, ne me tente pas ! Ce serait rapide, ce serait agréable, et ce serait futile. Il n'y a pas assez de toi, Dragosani, et ton sang manque de substance. J'ai faim et j'aimerais festoyer... mais qu'es-tu à part un en-cas ?

— Je... je m'en vais maintenant...

Oui-da, va-t'en ! Reviens lorsque tu seras un homme et pas une simple irritation.

Puis, tandis qu'il s'éloignait rapidement, quittant cet endroit pour rejoindre la neige étincelante du coupe-feu, il lança par-dessus son épaule :

— Vous n'êtes qu'une chose morte. Vous n'êtes rien ! Que pouvez-vous me raconter ?

Je suis une chose non-morte. Je sais tout ce qu'il faut savoir. Je peux tout te raconter.

— À propos de quoi ?

De la vie, de la mort, de la non-mort !

— Je ne veux pas connaître ces choses !

Mais tu le feras, tu le feras.

— Et quand est-ce que vous m'apprendrez ces choses ?

Lorsque tu pourras les comprendre, Dragosani.

— Vous avez dit que j'étais votre futur. Vous avez dit que vous étiez mon passé. C'est un mensonge. Je n'ai pas de passé. Je suis juste un enfant.

Oh, ha, ha, ha ! Évidemment que tu es un enfant, évidemment ! Mais dans ton pauvre sang coule l'histoire d'une race, Dragosani. Je suis en toi et tu es en moi. Et notre lignée est... ancienne ! Je sais tout ce que tu désires savoir, tout ce que tu voudras savoir. Oui-da, et ce savoir sera le tien, et tu feras partie d'une élite et d'un ordre très ancien.

Boris était à mi-chemin de la tranchée. Jusqu'à cet endroit, et depuis le moment où il avait quitté la clairière, ses paroles avaient été à moitié de la fanfaronnade, à moitié de la terreur, comme un homme sifflant dans la nuit. À présent, se sentant plus en sécurité, il redevint curieux. Il se cramponna à un tronc d'arbre, se retourna puis demanda :

— Pourquoi voulez-vous m'offrir quelque chose? Qu'attendez-vous de moi?

Rien que tu ne veuilles volontairement me donner. Seulement ce qui est volontairement offert. Je veux un peu de ta jeunesse, de ton sang, de ta vie, Dragosani, je veux que tu vives en moi. Et en retour... ta vie sera aussi longue, peut-être même plus longue, que la mienne.

Boris perçut le désir, l'avidité, l'insatiable soif éternelle. Il comprit, ou ne comprit pas, et les ténèbres derrière lui semblèrent enfler, s'étendre, se précipiter sur lui en sombres nuages empoisonnés. Il se détourna et s'enfuit en direction de la blancheur miroitante du coupe-feu qu'il apercevait entre les troncs noirs des arbres.

— Vous voulez me tuer! Vous voulez que je sois mort comme vous!

Non, je veux que tu sois un non-mort. Il y a une différence. Je suis cette différence. Et tu l'es également. C'est dans ton sang, c'est dans ton nom même... Dragosaaniiii...

Boris émergea dans le coupe-feu au moment où la voix s'éteignit. Dans la lumière déclinante, il sentit le poids de la peur le quitter, il se sentit... grandi... si bien qu'il se tint droit en descendant jusqu'au pied de la colline, où il trouva sa luge.

Bubba l'avait attendu patiemment, mais quand Boris tendit la main pour le caresser, le chien grogna et recula, les poils du dos hérissés.

Après cela, Bubba ne s'approcha plus jamais de Boris...

Sous les yeux de Dragosani, la neige disparut et les pentes redevinrent vertes. La vieille cicatrice du coupe-feu était toujours là, mais elle était maintenant intégrée aux contours naturels de la colline, sous le poids de presque vingt années de croissance. Les jeunes sapins étaient devenus grands, leurs feuillages épais, et dans une vingtaine d'années, il allait être difficile de prouver qu'à cet endroit-là un coupe-feu avait existé.

Dragosani supposait que dans les arrêtés du gouvernement de cette région, il devait y avoir un article qui interdisait encore l'exploitation de ces collines en forme de croix. Oui, en dépit de l'absence chez le vieux Kinkovsi de toute superstition paysanne, qui était sans doute le résultat direct du boum touristique, les vieilles peurs étaient toujours vivaces. Les tabous étaient tenaces, même si leur origine était oubliée. Ils existaient aussi sûrement que les choses dans le sol existaient. Les lois qui l'avaient isolée, à présent la protégeaient, la préservaient.

La chose dans le sol. C'était de cette façon qu'il pensait à ça. Pas à « lui », mais à « ça ». Le vieux démon, le dragon, le *vampire*. Le vrai vampire, et pas simplement une créature de romans et de films. Toujours présent, étendu dans le sol, attendant.

À nouveau, Dragosani laissa son esprit dériver à travers les années...

Alors qu'il avait neuf ans, l'école de Ionnesti avait fermé et son père adoptif l'avait envoyé dans une école dc Ploiesti. Peu de temps après, on avait découvert qu'il avait une intelligence au-dessus de la moyenne. L'État était intervenu et l'avait envoyé dans un collège de Bucarest. Toujours à l'affût des jeunes talents de leurs républiques satellites, des officiels soviétiques du ministère de l'Éducation l'avaient en fin de compte trouvé là, et avaient « recommandé » qu'il aille suivre de hautes études à Moscou. Ce qu'ils voulaient dire par « hautes études », c'était en fait un endoctrinement intensif, à la suite duquel il devait un jour être renvoyé en Roumanie comme officiel fantoche dans un gouvernement fantoche.

Mais avant ça, quand il avait appris qu'il allait aller à Ploiesti, et qu'il n'allait pouvoir rentrer à la maison qu'une ou deux fois par an, il était retourné dans la sombre clairière sous les arbres pour demander des conseils à la chose dans le sol. Aujourd'hui, il y retournait, sur les ailes de la mémoire, et se voyait lui-même comme il avait été : un garçon, sanglotant dans ses mains, agenouillé devant une dalle brisée et dont les larmes maculaient un bas-relief en forme de chauve-souris-dragon-démon.

Quoi ? Alors que tu sais que j'attends du sang et de la viande, tu m'offres du sel et du gruau ? Est-ce que c'est toi, Dragosani, qui possèdes la semence de la noblesse en toi ? Me serais-je trompé, alors ? Et suis-je alors condamné à reposer éternellement ici ?

— Je vais aller à l'école à Ploiesti. Je vais vivre là-bas et ne revenir que de temps en temps.

Est-ce là, la cause de ton chagrin ?

— Oui.

Alors tu n'es qu'une fillette ! Comment voudrais-tu apprendre les chemins du monde ici, dans l'ombre de ces montagnes ? Même les oiseaux connaissent plus de choses que toi ! Le monde est vaste, Dragosani, et pour en connaître les chemins, tu dois les parcourir. Et Ploiesti ? Mais je connais Ploiesti : ce n'est qu'à une bonne journée de cheval, deux tout au plus ! Est-ce une bonne raison pour pleurer ?

— Mais je ne veux pas aller...

Je ne voulais pas être enterré, mais ils m'ont enterré quand même. Dragosani, j'ai vu une de mes sœurs, la tête tranchée, un pieu planté dans la poitrine et les yeux pendant sur ses joues, et je n'ai pas pleuré. Non, au contraire, j'ai poursuivi les meurtriers, je les ai écorchés et je leur ai fait manger leur peau. Puis, je les ai violés avec des fers chauds et avant qu'ils ne meurent, je les ai badigeonnés d'huile, je les ai allumés comme des torches et je les ai jetés du haut des falaises de Brasov ! Seulement, après, j'ai pleuré... des larmes de joie ! Quoi ? Et je t'ai appelé mon fils, Dragosani ?

— Je ne suis pas votre fils ! lâcha Boris. Je ne suis le fils de personne. Et je vais aller à Ploiesti. Et ce n'est pas à deux jours, mais à seulement trois ou quatre heures en voiture ! Vous prétendez tout savoir, mais n'avez jamais vu de voiture, n'est-ce pas ?

Non, pas jusqu'à... maintenant. Maintenant j'en vois une, dans ton esprit, Dragosani ! J'ai vu un grand nombre de choses dans ton esprit. Certaines m'ont surpris, mais aucune ne m'a fait peur. La « voiture » de ton père adoptif rendra plus facile ton voyage pour Ploiesti, hein ? Bon ! Et ce sera plus facile aussi pour toi de rentrer quand il le faudra...

— Mais...

Maintenant, écoute : va à l'école à Ploiesti, deviens aussi intelligent que tes professeurs, plus intelligent même, et quand tu reviendras, fais-le en tant qu'érudit. En tant qu'homme. J'ai vécu il y a cinq cents ans et j'étais un grand érudit. C'était nécessaire, Dragosani. Mon érudition m'a été très utile, et le sera encore. Un an après mon éveil, je serai le plus puissant de ce monde ! Oh, oui ! Autrefois j'aurais été satisfait avec la Valachie, la Transylvanie, la Roumanie, appelle-la comme tu veux, et avant ça, il me suffisait que les montagnes soient miennes, mais le monde est devenu petit et je deviendrai plus puissant. Quand j'ai pris part aux guerres des hommes, j'ai connu la joie du conquérant, alors je vais tout conquérir. Et toi aussi, tu seras puissant, Dragosani, mais chaque chose en son temps...

Boris comprit l'importance des paroles de la Chose dans le sol. Derrière ses mots, il sentit la puissance de la créature.

— Vous voulez que je devienne... un érudit ?

Oui. Lorsque je parcourrai à nouveau le monde, je veux parler à des gens instruits, pas à des idiots de village ! Oh, je te parlerai, Dragosani, et beaucoup plus que n'importe quel tuteur de Ploiesti. Je t'apporterai de grandes connaissances... et, en retour, j'apprendrai de toi. Mais comment pourrais-tu m'apprendre quelque chose si tu es toi-même ignorant ?

— Mais qu'allez-vous m'apprendre ? Vous savez si peu de choses de maintenant. Comment pouvez-vous en savoir plus ? Vous êtes mort... non-mort... dans le sol, de toute façon... depuis cinq cents ans, vous l'avez dit vous-même.

À ce moment, Boris entendit un petit ricanement dans sa tête.

Ne sois pas stupide, Dragosani. Eh bien, peut-être que tu as raison. Ah, mais il existe d'autres sièges du savoir, et d'autres sortes de savoir ! Très bien, j'ai un présent pour toi. Un présent... et un moyen d'apprendre certaines choses. Des choses que tu ne peux pas imaginer.

— Un présent ?

Oui-da. Va, dépêche-toi, et trouve-moi quelque chose de mort.

— Quelque chose de mort ? Quel genre de chose ?

Peu importe. Un cafard, un oiseau, une souris. Cela fait peu de différence. Trouve-moi quelque chose de mort... ou tue quelque chose de vivant... et apporte-moi son cadavre. Offre-le moi comme un présent, et toi, en retour, tu obtiendras ton présent.

— J'ai vu un oiseau mort au pied de la colline. Un jeune pigeon, je crois. Il a dû tomber du nid. Est-ce que ça ira ?

Ah! Et quel terrible secret possède un jeune pigeon? Mais... oui, cela suffira. Apporte-le moi.

Boris fut de retour vingt minutes plus tard. Il déposa le pauvre petit cadavre sur la terre noire à côté des dalles brisées.

Et à nouveau le grognement cynique résonna dans sa tête.

Ah! Un petit tribut en effet. Mais c'est sans importance. À présent, dis-moi, Dragosani, veux-tu apprendre les habitudes de cette petite chose morte?

— Il n'a pas d'habitudes. Il est mort.

Avant sa mort. Veux-tu connaître les choses qu'il a connues?

— Il n'a rien connu. Ce n'était qu'un oisillon. Que pouvait-il savoir?

Il savait beaucoup de choses! Maintenant, écoute attentivement : écarte ses ailes, arrache les petites plumes du bas et sens-les, respire-les, frotte-les entre tes doigts et écoute-les. Fais-le...

Boris fit comme il lui avait été demandé, mais maladroitement, sans émotion et sans espoir. Des mites, des puces et un petit cafard s'échappèrent du petit cadavre.

Non, non! Pas comme ça. Ferme les yeux, ouvre-moi ton esprit au maximum. À présent, comme cela... là!

Boris se trouvait dans un endroit élevé, il sentait un balancement et entendait le murmure des hautes branches. Audessus de sa tête, l'attirante tombe bleue du ciel s'ouvrait vers l'éternité. Il sentait qu'il pouvait s'élancer vers le ciel et ne jamais s'arrêter. Le vertige le submergea; il se sentit à nouveau dans son propre esprit, lâcha l'oiseau mort et se cramponna au sol.

Ah-hahhh! Ah-hahhh! Quoi? Le nid n'était pas à ton goût, Dragosani? Mais non, ne t'arrête pas, il y a plus encore. Ramasse l'oiseau, serre son corps, sens-le si docile dans tes mains. Sens les petits os sous la peau, le petit crâne. Porte-le à ton visage. Ouvre tes narines. Sens-le, respire-le, laisse-le te guider! Voilà, laisse-moi t'aider...

Boris n'était plus seul, il était une chose-double, et il n'était plus Boris! La sensation était étrange, effrayante. Il se cramponna violemment à la mémoire de Boris, rejetant l'autre.

Non, non! Laisse-toi aller. Entre dans la chose. Ne fais qu'un avec elle. Apprends ce qu'elle savait. Comme ça :

Il faisait chaud... une plate-forme dure en dessous, une douce chaleur descendait... ciel ni clair ni bleu mais sombre... beaucoup de petites pointes de lumière blanche, des étoiles... la nuit était calme... une chaude pesanteur, écrasante, des ailes le recouvraient... la chose-double roulée en boule... quelque chose tout proche, un bruit, un hululement!... la chaleur d'un corps au-dessus, le corps parental, pesant, protecteur, des ailes serrées, tremblantes... un lent, lourd brassage d'air, de plus en plus fort, s'éloignait, diminuait, de plus en plus faible... à nouveau le hululement, plus loin... la chouette chassait une petite proie cette nuit... le corps parental se détendait un petit peu, le rapide battement de son cœur se calmait... des petites pointes de lumière plombaient le ciel... douceur en bas... chaleur.

Maintenant, brise le corps, Dragosani! Déchire-le! Écrase le crâne entre tes doigts et écoute les vapeurs du cerveau! Regarde-le dans tes mains, les entrailles, les intestins, les plumes, le sang et les os. Dragosani! Sers-toi de tous tes sens : le toucher, le goût, la vue, l'ouïe, l'odorat! Sers-toi de tous les cinq... et tu en découvriras un sixième!

Il est temps de voler!... il est temps de partir... l'air appelle, lisse les nouvelles petites plumes et fait signe... et l'être-double est déjà parti, vole... les parents impatients, frustrés, s'agitent, planent, appellent, « viens, vole, comme ça, comme ça! »... la terre loin tout en bas, et le nid oscille dans le vent.

Boris s'élança avec l'oisillon depuis la plate-forme de brindilles qu'était le nid. Pendant un bref moment, il connut la joie du vol... et l'instant suivant connut l'échec. Le vent le prit par surprise, sur le côté. Après ça, la confusion se changea rapidement en cauchemar! Tournoyant, tombant, une aile inexpérimentée coincée dans la fourche d'une branche, tordue puis brisée, la douleur d'être pendu par une aile brisée, et ensuite la surprise de la chute, mi-voletant, mi-tombant... et le craquement final d'un petit crâne sur une pierre...

Boris revint rapidement à lui, se débarrassa du charme et regarda la chose qu'il tenait dans ses mains.

Voilà ! Crois-tu encore que je ne peux rien t'apprendre, Dragosani ? Que penses-tu de cette leçon, et n'est-ce pas un présent des plus rares ? Dans toute mon existence, je n'ai connu qu'une poignée de gens possédant un tel don. Et tu t'y es mis comme un... voyons, comme un oisillon prend son envol ! Bienvenue dans une très petite et très ancienne fraternité, Dragosani.

Le cadavre glissa des mains de Boris, souilla la terre, laissant un dépôt visqueux dans ses paumes et sur ses doigts.

— Laquelle ? fit-il, la bouche grande ouverte. Laquelle ?

Boris Dragosani... nécromancien !

Alors, l'horreur de la situation le submergea, et Boris se mit à hurler, et, une nouvelle fois, il s'enfuit, pris d'une telle panique que plus tard, il ne put se souvenir que de très peu de choses, à part les battements de ses pieds sur le sol et ceux de son cœur.

Mais il ne pouvait pas échapper à son « présent », il faisait partie de lui.

Ce n'était peut-être pas l'horreur de ce qu'il avait fait qui avait privé sa mémoire de cette fuite, mais quelque chose d'autre, qui survint entre le moment où il avait crié et sa fuite proprement dite. En tout cas, quelques vagues images de ce *quelque chose* lui étaient revenues en mémoire depuis, et revenaient à la surface de temps en temps, lorsqu'il s'y attendait le moins... comme maintenant.

Dans la clairière sombre, le cadavre éventré reposait dans un enchevêtrement de plumes, de boyaux et de membres arrachés à leurs cavités. Un mince tentacule lépreux surgit des profondeurs de la terre, écarta l'humus, les aiguilles de pins, les caillots de lichens et les éclats de pierre. Lépreux, oui, et composé d'autre chose que de chair, mais possédant quand même des veines écarlates qui battaient.

Et ensuite... et ensuite... un œil cramoisi émergea de cette chose et observa avidement le sol. L'œil se dissolut et une bouche reptilienne armée de crocs prit sa place, donnant au tentacule l'aspect d'un serpent aveugle à la peau tachetée et lisse. Un serpent qui dardait sa langue fourchue au-dessus des restes pitoyables. Un serpent dont les crochets blancs étaient effilés comme des aiguilles et dont les mâchoires dévorèrent goulûment le cadavre jusqu'au dernier morceau.

Puis, le retrait rapide, et le charme se rompit au moment où le membre fut aspiré par la terre.

Un « petit tribut », comme l'avait appelé la chose dans le sol...

Quand Dragosani en eut terminé avec ses souvenirs et ses rêveries, il roula jusqu'à la ville dont il portait le nom. Entre les parcs à bestiaux du chemin de fer et la rivière située à la périphérie de la ville, il trouva le marché qui prospérait ici le mercredi depuis le temps où la ville n'était qu'un simple groupe de cabanes; en effet, Dragosani aurait très bien pu quitter d'un bond cette place du marché, ce lieu de rassemblement. Et mieux que ça, elle avait été un endroit pour passer à gué. À présent, il y avait des ponts sur la rivière, plusieurs même, mais dans l'ancien temps, le passage se faisait à gué.

C'était là que, des siècles auparavant, les envahisseurs turcs en provenance de l'Est avaient rencontré la rivière à l'endroit où elle se jette dans le Danube. C'est là aussi que le *Hunyadi* et, après lui, les Princes de Valachie, étaient descendus de leurs châteaux pour rassembler les combattants sous leurs bannières et pour placer des *Voevods* territoriaux au-dessus d'eux, des guerriers chargés de défendre les territoires contre toute incursion de maraudeurs turcs. La bannière sous laquelle ces guerriers avaient été rassemblés était celle du dragon, sceau et emblème immémorial d'un défenseur, et particulièrement d'un défenseur chrétien ayant combattu les Turcs. À présent, Dragosani se demandait si l'origine du nom de la ville ne se trouvait pas là. C'était en tout cas l'origine du dragon des armoiries gravées sur la tombe oubliée.

Sur le marché, il acheta un porcelet vivant qu'il fourra dans un sac. Il le ramena à sa voiture et le mit dans le coffre, puis il ressortit de la ville et prit un chemin tranquille loin de la route principale. Là, il entrouvrit le sac, cassa une ampoule de chloroforme dans le coffre, le referma et compta jusqu'à cinquante. Dix minutes plus tard, il rouvrit le coffre, utilisa la ventilation pour évacuer les dernières vapeurs de chloroforme, puis sortit le porcelet. Dragosani ne voulait pas que l'animal meure. Pas encore.

Il ressortit de la vallée et retourna au pied des collines, où il se gara à nouveau à environ un kilomètre des collines en forme de croix. Il se tailla un passage à travers les haies en direction des pentes boisées et commença à les gravir. Là, sous le couvert des pins, il se sentait plus à son aise. Il portait sur son épaule le sac contenant le porcelet inconscient qui allait bientôt quitter ce monde.

À l'emplacement de la tombe, Dragosani déposa l'animal drogué dans une cavité entre deux racines, l'attacha au tronc d'un arbre et le recouvrit du sac pour qu'il ait chaud. Il y avait de nombreux porcs sauvages dans les collines ; si le porcelet revenait à lui et se débattait, on le prendrait pour un animal sauvage. Cela n'avait pas d'importance, puisque les prés alentour étaient déserts sur plus d'un kilomètre, comme pendant l'enfance de Dragosani.

Il laissa là le porcelet, retourna dans sa chambre au milieu de l'après-midi, commanda un repas pour le début de la soirée et dormit le reste de la journée. Il restait encore une bonne heure de jour lorsque Ilse Kinkovsi le réveilla avec un plateau-repas. Elle ne lui dit pas un mot, mais lui jeta un regard méprisant. C'était très bien ainsi, en tout cas, c'est ce qu'il préférait... ou ce dont il voulait se persuader.

Mais au moment où elle quitta la chambre, Dragosani avait les yeux rivés sur son déhanchement, et il était bien prêt à reconsidérer sa position. Pour un paysan, c'était vraiment une femme attirante. Et, à nouveau, il se demanda pourquoi elle n'était pas mariée. N'était-elle pas trop jeune pour être veuve ? Et quand bien même, ne porterait-elle pas encore son alliance ? C'était curieux...

Chapitre VI

Vingt minutes avant le coucher du soleil, Dragosani était de retour dans son endroit secret. Le porcelet avait repris conscience, mais n'avait pas eu assez de force pour se détacher. Sans perdre de temps et ne voulant pas être dérangé, Dragosani assomma à nouveau l'animal d'un simple coup de matraque. Puis il s'installa et attendit en fumant une cigarette et en regardant la lumière décliner peu à peu, à mesure que le soleil descendait à l'horizon. Là où les pins avaient grandi en formant un anneau autour de l'ancienne tombe, l'unique lumière tombait directement à la verticale après avoir été filtrée par un réseau de branches entrelacées. Avec l'arrivée de la nuit, les premières étoiles apparurent. Dragosani les vit avant qu'elles n'apparaissent, bien avant n'importe quel homme en pleine possession de ses moyens.

Et finalement, alors qu'il venait de jeter sa cigarette et que les ténèbres s'étaient un peu plus refermées sur lui :

Ahhh! Dragosaaniiii!

Les présences invisibles étaient là, comme toujours, sortant de nulle part, spectres invisibles dont les doigts caressaient le visage de Dragosani, comme pour essayer de le reconnaître, pour être bien certain de son identité. Il frissonna et dit :

— Oui, c'est moi. Et j'ai apporté quelque chose pour toi. Un présent.

Oh, et quel est ce présent? Et que veux-tu en retour?

Dragosani était impatient et ne fit aucun effort pour le cacher :

— Le présent est... un petit tribut. Tu l'auras plus tard, avant que je ne parte. Mais pour l'instant : je t'ai parlé ici-même de nombreuses fois, vieux dragon, et tu ne m'as encore réellement rien révélé. Oh, je ne dis pas que tu m'aies trompé, mais je n'ai appris que très peu de choses avec toi. C'est peut-être de ma faute, je n'ai peut-être pas posé les bonnes questions, mais en tout cas, c'est quelque chose qu'il faut changer. Tu connais des choses que je désire connaître. Et notamment, lorsque tu avais... *des pouvoirs!* Je suis certain que tu en possèdes encore de nombreux dont je ne suis pas au courant.

Des pouvoirs? Oh, oui... beaucoup de pouvoirs. De grands pouvoirs...

— Je veux le secret de ces pouvoirs. Je veux ccs pouvoirs. Tout ce que tu connaissais et tout ce que tu connais encore, je veux le connaître.

En fait, tu désires devenir un... Wamphyr!

Le mot et la façon dont il avait été prononcé dans son esprit était tel que Dragosani frissonna. Même lui, Dragosani, le nécromancien, l'inquisiteur des morts, ressentit de l'effroi, comme si le mot lui-même contenait une partie de la terrible nature de cet être ou de ces êtres qu'il nommait.

— Wamphyr... répéta-t-il. Ici, en Roumanie, ils ont toujours été des légendes, et durant ces cent dernières années, elles ont gagné l'étranger. Personnellement, je sais ce que tu es depuis bien des années, vieux démon. Ici, ils t'appellent *vampir,* et dans le monde de l'Ouest ils te nomment vampire. Ici, tu es une créature de contes racontés à la veillée, d'histoires pour effrayer les enfants et pour exalter les imaginations morbides. Mais je veux savoir ce que tu es vraiment. Je veux séparer les faits de la fiction. Je veux séparer les mensonges de la légende.

Il ressentit du mépris dans la réponse de la chose.

Alors, je vais te le dire à nouveau, tu dois devenir un Wamphyr. Il n'y a aucune autre façon de connaître tout ça.

— Mais tu as une histoire, insista Dragosani. Tu es enfermé ici, depuis cinq cents ans, je sais ça, mais avant de mourir?

Mourir? Mais je ne suis pas mort. Ils auraient pu me tuer, car c'était en leur pouvoir. Mais ils ont choisi de ne pas le faire. Le châtiment qu'ils ont choisi était plus terrible. Ils m'ont simplement enterré, non-mort! Mais laissons ça de côté... tu veux vraiment connaître mon histoire?

— Oui!

C'est une longue histoire, sanglante. Cela va prendre du temps.

— Nous avons du temps, beaucoup de temps, dit Dragosani, mais il sentit de l'impatience, de la frustration dans les présences invisibles. C'était comme si quelque chose le prévenait de ne pas tenter le diable. Ce n'était pas dans la nature de cette chose non-morte de subir de telles pressions.

Mais finalement :

Je peux te raconter une partie de mon histoire, je peux te raconter ce que j'ai fait, mais pas comment cela s'est terminé. Pas explicitement. Connaître mes origines, mes racines, ne t'aidera pas à faire partie des Wamphyri, ni même à les comprendre. Je ne peux pas non plus t'expliquer comment être un Wamphyr, pas plus qu'un poisson ne peut t'expliquer comment être un poisson, ou un oiseau comment être un oiseau. Si tu veux essayer d'être un poisson, tu te noieras. Lance-toi du haut d'une falaise, comme un oiseau, et tu tomberas et t'écraseras. Si les voies de simples créatures comme celles-là sont inaccessibles, que dire de celles des Wamphyri?!

— Ne puis-je rien apprendre de tes habitudes, alors? Rien de tes pouvoirs? Je ne peux pas te croire. Tu m'as montré comment parler à la mort, alors pourquoi ne peux-tu pas me montrer le reste?

Ah! Non, tu te trompes, Dragosani. Je t'ai montré comment devenir un nécromancien, ce qui est un don humain. C'est en général un art interdit chez les hommes, c'est certain, mais néanmoins, la nécromancie est un art aussi vieux que la race elle-même. Parler à la mort, c'est quelque chose de totalement différent. Très peu d'hommes en ont la capacité!

— Mais je te parle!

Non, mon fils, c'est moi qui te parle. Parce que tu es l'un des miens. Et souviens-toi, je ne suis pas mort. Je suis non-mort. Même moi je ne peux pas parler aux morts. Les examiner, oui, mais pas leur parler. La différence réside dans l'approche, dans leur consentement, dans leur volonté de dialogue. Quant à la nécromancie, le cadavre n'est pas consentant, le nécromancien arrache les informations comme un bourreau, comme un dentiste arrachant de bonnes dents !

Soudain, Dragosani sentit que la conversation tournait en rond.

— Arrête ! cria-t-il. Tu as volontairement éludé le problème.

Je réponds à tes questions du mieux que je le peux.

— Très bien. Alors ne me raconte pas comment devenir un Wamphyr, mais plutôt ce qu'est un Wamphyr. Raconte-moi ton histoire. Raconte-moi ce que tu faisais lorsque tu étais en vie, si tu ne peux pas me dirc comment tu étais. Raconte-moi tout sur tes origines...

Après quelques instants :

Comme tu veux. Mais tout d'abord... tout d'abord, dis-moi ce que tu sais... ou penses savoir... sur les Wamphyri. Parle-moi de ces « mythes », de ces « vieux contes de bonnes femmes » que tu as entendus et sur lesquels tu sembles faire autorité. Ensuite, comme tu dis, nous séparerons les mensonges de la légende.

Dragosani soupira, appuya son dos contre une dalle, alluma une autre cigarette. Il avait encore l'impression d'être mené en bateau, mais il ne voyait pas ce qu'il pouvait faire. Il faisait nuit à présent, mais ses yeux s'étaient accoutumés aux ténèbres, et, de toute façon, il connaissait chaque racine et chaque dalle. À ses pieds, le porcelet grognait de temps en temps, puis se rallongeait.

— Nous procéderons par étapes, grommela-t-il.

Un haussement d'épaules mental.

— Très bien, allons-y : un vampire est une chose des ténèbres, un loyal sujet de Satan.

Ha, ha, ha ! Shaitan était le premier de tous les Wamphyri, dans nos légendes, tu comprends. Des choses des ténèbres : oui, car la nuit est notre élément. Nous sommes... différents. Mais il existe un proverbe : la nuit tous les chats sont gris ! Ainsi, pendant la nuit, nos différences ne sont pas si importantes, ou ne semblent pas si grandes. Avant que tu me le demandes, laisse-moi te dire qu'à cause de notre inclination pour les ténèbres, le soleil est nocif pour nous.

— Nocif ? Il pourrait vous détruire, vous transformer en poussière ?

Quoi ? C'est un mythe ! Non, rien d'aussi terrible, mais une faible exposition au soleil peut nous rendre malade, comme vous lors d'une forte exposition au soleil.

— Vous redoutez la croix, le symbole de la Chrétienté.

Je déteste la croix ! Pour moi, c'est le symbole de tous les mensonges, de toutes les traîtrises. Mais la redouter ? Non...

— Es-tu en train de me dire que si on brandit une croix devant vous, un crucifix, cela ne va pas révulser votre chair ?

Ma chair pourrait se révulser de dégoût, juste avant que je ne tue celui qui brandit cette croix !

Dragosani respira profondément.

— Tu ne chercherais pas à me tromper ?

Tes doutes mettent à l'épreuve ma patience, Dragosani.

Après avoir juré entre ses dents, Dragosani poursuivit :

— Vous n'avez pas de reflet. Ni dans un miroir, ni dans l'eau. De la même façon, vous n'avez pas d'ombre.

Ah ! Une simple méprise, pas dénuée de fondements. Le reflet que j'émets n'est pas toujours le même, et mon ombre n'est pas toujours conforme à ma forme.

Dragosani fronça les sourcils. (Il se souvint du tentacule lépreux qu'il avait vu vingt ans auparavant.)

— Veux-tu dire que tu es fluide, que tu n'es pas solide ? Que tu peux changer de forme ?

Je n'ai pas dit ça.

— Alors explique ce que tu as dit.

Ce fut au tour de la chose dans le sol de soupirer.

Tu ne veux pas laisser un peu de mystère, Dragosani ? Non, je suis sûr que non...

Mais Dragosani était déjà en train de penser à quelque chose.

— Je crois que ça pourrait répondre à deux questions en même temps. Votre aptitude à vous changer en chauve-souris ou en loup, par exemple. Cela fait aussi partie de la légende. Si c'est une légende. Es-tu un changeur de formes ?

Il sentit l'amusement de l'autre.

Non, mais je peux prendre l'apparence d'une telle créature. En fait, il n'existe pas de changeur de formes, je n'en ai jamais rencontré...

Alors... la chose sembla prendre une décision.

Très bien, je vais tout te dire : que sais-tu sur la puissance de l'hypnotisme ?

— L'hypnotisme ? répéta Dragosani, en gardant les sourcils froncés. Mais alors sa bouche s'ouvrit, comme s'il avait découvert la vérité, ou ce qu'il pensait être la vérité.

— L'hypnotisme ! De l'hypnotisme de masse ! C'est comme ça que vous faites !

Bien sûr. Mais ce qui trompe l'esprit ne peut tromper un miroir. Et si je peux apparaître sous la forme d'une chauve-souris ou d'un loup, mon ombre reste celle d'un homme. Ah ! Le mystique s'écroule, hein, Dragosani ?

Dragosani se souvint à nouveau du tentacule lépreux, mais ne dit rien. Il avait depuis longtemps compris que les choses mortes (ou non-mortes) qui parlaient dans l'esprit des hommes pouvaient aussi être des maîtres en mensonges. De toute façon, il avait d'autres questions à poser :

— Vous ne pouvez pas traverser une eau vive. Elle vous noie.

Hum ! Je peux également répondre à cette question. J'ai été un mercenaire Voevod, pendant ma vie. Et oui-da, je ne pouvais pas traverser l'eau vive ! C'était ma stratégie. Lorsque l'envahisseur arrivait, je l'attendais et je le laissais traverser l'eau... et je le massacrais lorsqu'il mettait pied de mon côté. Peut-être est-ce de là que vient la légende, des rives de la Dunarea, de la Motrul et de la Siretul. Et j'en ai vu des rivières charrier du sang, Dragosani...

Pendant que la chose lui offrait cette explication, Dragosani avait préparé une autre question importante.

— Vous buvez le sang des vivants ! C'est une soif insatiable. Sans ce sang vous mourriez. Votre nature démoniaque vous oblige à vous nourrir de la vie des autres. La vie est dans le sang.

Ridicule ! Comme pour le mal : c'est une invention. Si tu acceptes le mal, tu dois accepter le bien. Peut-être que je ne connais pas ton monde, Dragosani, mais dans le mien, il y avait très peu de bien ! Quant au fait de boire du sang : ne manges-tu pas de viande ? Ne bois-tu pas de vin ? Bien sûr que si ! Tu dévores la chair de certaines bêtes et tu bois le sang de la vigne. Est-ce mal ? Montre-moi une créature vivante qui ne dévore pas des vies inférieures. Cette légende vient de ma cruauté et de tout le sang que j'ai répandu au cours de mon existence. Pourquoi étais-je si cruel ? Parce que je pensais que si mes ennemis croyaient que j'étais un monstre, ils répugneraient à venir me combattre. Alors, j'étais un monstre ! Si ma légende a subsisté aussi longtemps et est devenue si terrible, qui peut affirmer que j'avais tort ?

— Cela ne répond pas à ma question. Je...

Et moi... je suis fatigué à présent. Sais-tu ce que j'éprouve face à cette inquisition ? Crois-tu que je sois l'un de tes cadavres ? Un bon sujet pour un examen de nécromancie ?

— Une dernière question, dit-il sombrement.

Très bien, si tu veux.

— La légende dit que la morsure du vampire change les hommes en vampires. Si tu buvais mon sang, vieil ami, pourrais-je devenir comme toi... un non-mort ?

Il y eut une longue pause, pendant laquelle Dragosani ressentit une certaine confusion, un tâtonnement mental. Et finalement :

Il fut un temps, lorsque le monde était jeune, où les forêts étaient peuplées de grandes chauves-souris, comme elles l'étaient de toutes sortes de créatures. Une maladie tua la plupart d'entre elles, une maladie singulière, et horrible, mais certaines apprirent à vivre avec. À mon époque, il existait une espèce qui buvait le sang des autres animaux et des hommes également. Depuis, les chauves-souris sont porteuses de cette maladie, elles la transmettent à ceux qu'elles mordent, et les victimes infectées semblent affublées de certaines caractéristiques qui...

— Arrête ! dit Dragosani. Tu parles de la chauve-souris vampire qui vit encore en Amérique Centrale et en Amérique du Sud de nos jours. Ça y ressemble beaucoup. Cette maladie, c'est la rage. Mais... je ne vois pas le rapport.

La chose dans le sol choisit d'ignorer son scepticisme.

Amérique ?

— Un nouveau pays, s'exclama Dragosani. Il n'avait pas été découvert à ton époque. Il est immense, riche et... très, très puissant !

Ah ? Eh bien ! tu me décriras ce nouveau monde avec plus de détails... mais une autre fois. Car à présent... je suis fatigué, et...

— Pas si vite ! cria Dragosani, conscient que la conversation avait dévié. Es-tu en train de me dire que je pourrais devenir un vampire si tu me mordais ? Essaies-tu de me dire que la légende est inexacte, excepté dans ce rapport avec les chauves-souris vampires ? Ça ne va pas, vieux démon ! Non, car la chauve-souris a été baptisée après vous, pas vous après la chauve-souris !

Une autre pause, mais pas trop longue, comme pour donner à l'autre également du temps pour réfléchir à ce qu'il avait dit, et Dragosani continua rapidement :

— Tu m'as demandé si je désirais faire partie des Wamphyri. Et comment pourrais-tu faire de moi un Wamphyr si ce n'est pas de cette manière ? Pourrais-je être « élevé » Wamphyr, alors, comme tu as été élevé dans l'Ordre du Dragon ? Ah ! Plus de mensonges, vieux démon, je ne veux que la vérité. Et si tu es réellement mon « père », pourquoi me caches-tu la vérité ? De quoi as-tu peur ?

Dragosani sentit la désapprobation des présences invisibles, il les sentit s'éloigner de lui. Dans son esprit, la voix de la chose était fatiguée... et accusatrice.

Tu m'as promis un présent, un petit tribut, et tu ne m'as apporté que lassitude et tourment. Je suis une étincelle qui s'éteint, mon fils, une braise qui expire. Tu as maintenu la flamme vacillante en vie et tu voudrais la souffler à présent ? Laisse-moi dormir si tu ne veux pas... totalement... m'épuiser... Dragosaaniiii...

Dragosani serra les dents, grogna de frustration, attrapa le porcelet par les pattes de derrière. Il se leva d'un bond, sortit un couteau à cran d'arrêt et l'ouvrit. La lame semblait aussi tranchante qu'un rasoir.

— Ton présent, lâcha-t-il.

Le porcelet se débattit, poussa un cri perçant. Dragosani lui trancha la gorge, laissa le sang s'écouler avant de le répandre sur la terre sombre. Un vent se leva immédiatement et soupira dans les pins avec une voix qui n'était pas sans rappeler celle de la chose dans le sol : *Ahhh!*

Dragosani laissa tomber le cadavre du porcelet sur un enchevêtrement de racines, s'en éloigna, sortit un mouchoir et s'essuya les mains. Les présences invisibles s'avancèrent en rampant.

— Arrière ! lança Dragosani, en tournant les talons pour partir. Arrière fantômes. C'est pour lui, pas pour vous.

Descendant à travers les pins au milieu d'une obscurité totale, Dragosani avait la même démarche assurée qu'un chat. En fait, lui aussi était une créature de la nuit. Mais une créature vivante. En pensant à la vie, à la mort, à la non-mort, il esquissa un sourire dépourvu d'émotion en direction des ténèbres. Il repensa alors à l'unique question à laquelle il n'avait pas eu de réponse : comment peut-on tuer un vampire ? Le tuer réellement.

Non, il n'allait pas poser une telle question à la Chose dans le sol, pas à cet endroit, pas au cœur des ténèbres. Qui pouvait prévoir ses réactions ou son absence de réaction ? Cela pouvait être une question très dangereuse.

Et de toute façon, Dragosani croyait déjà connaître la réponse.

Le jour suivant était un jeudi. Dragosani avait passé une nuit très courte, sans sommeil et il s'était levé très tôt. En regardant par la fenêtre, il vit Ilse Kinkovsi qui nourrissait les poulets qui gambadaient hors de la cour de la ferme et sur les bas-côtés couverts d'herbe de la route. Du coin de l'œil, elle le vit bouger derrière la fenêtre et elle leva la tête vers lui.

Dragosani avait ouvert la fenêtre au large et respirait l'air matinal à pleins poumons. Il était appuyé sur le rebord, penché en avant dans la lumière. Sa peau était pâle comme la neige. Ilse regarda sa poitrine dénudée. Lorsqu'il respirait profondément, les muscles sous ses bras semblaient se gonfler comme des sacs d'air. Il était trompeur, celui-ci. Elle le soupçonna d'être plus musclé qu'il n'y paraissait.

— Bonjour ! lui lança-t-elle.

Pour toute réponse, il lui fit un petit signe de la tête et la regarda, en sachant à présent pourquoi il avait si mal dormi. Elle en était la cause...

— Est-ce bon ? demanda-t-elle.

— Quoi ? Il était à nouveau sur la défensive... et il se maudit d'être aussi immature. Oui, *lui*, Dragosani !

— L'air sur votre peau. Est-ce que c'est bon ? Mais regardez-vous, vous êtes si pâle ! Vous devriez aller plus souvent au soleil, Herr Dragosani.

— Oui, vous devez... devez avoir raison, bégaya-t-il, et il quitta la fenêtre pour s'habiller. Il enfila ses vêtements en pensant avec colère : *femmes, féminin, sexe! Si... répugnant? Vraiment? Si contre nature? Et si... nécessaire? Est-ce ce dont je manque?*

C'était un moyen de le découvrir. Cette nuit. Ce devait être cette nuit, car les Anglais arrivaient demain. Il se remit les idées en place et retourna à la fenêtre.

Ilse était repartie nourrir ses poulets. Elle leva les yeux en l'entendant tousser. Il boutonnait sa chemise et la regardait intensément. Leurs regards se croisèrent pendant un long moment, puis, brutalement, il demanda :

— Ilse, est-cc qu'il va faire encore frais? Euh, cette nuit, je veux dire...

Elle fronça les sourcils, se demandant où il voulait en venir.

— Frais? Non, c'est l'été.

— Alors, cette nuit... je crois que je vais laisser ma fenêtre... et mes rideaux... ouverts.

Elle se détendit, baissa la tête et rit.

— C'est très sain, répondit-elle après un certain temps. Je suis certaine que vous vous sentirez mieux.

Embarrassé, Dragosani quitta à nouveau la fenêtre et finit de s'habiller. Il regretta pendant un moment ce qu'il avait fait, ce rendez-vous si vite arrangé, qui paraissait en fait avoir été arrangé pour lui, mais finalement il chassa ce sentiment de sa tête. C'était fait. Ce qui est fait est fait. Et de toute façon, il était temps qu'il perde sa virginité.

Perdre sa virginité, en effet! Il ressemblait à une jeune fille! Et encore, il y avait une naïveté touchante dans cette phrase, en dépit de ce que lui en avait dit son mentor non-mort. Comment ce vieux démon dans le sol avait-il appelé ça? « Un simple puceau qui n'avait jamais sauté une pute... »

Oui, c'était cela... et il avait fait référence au père de Dragosani. Son propre père. *Alors, j'ai aussi investi l'esprit du garçon... et j'ai fait entrer la nuit en eux!*

Il entra dans son esprit... pour lui montrer comment faire...

Dragosani revint à lui lorsqu'un caillou claqua contre sa

fenêtre. Assis sur son lit, il était perdu dans ses pensées. Il se leva et rouvrit la fenêtre. C'était Ilse.

— Petit déjeuner dans votre chambre, Herr Dragosani ? lui lança-t-elle, ou voulez-vous manger avec nous ?

L'insistance avec laquelle elle avait dit « votre chambre » était sans équivoque, mais Dragosani n'y prêta pas attention. Non, il devait d'abord parler au vieux dragon.

— Je vais descendre, répondit-il. Oh, oui, il avait besoin d'assistance pour cela, cette fois-ci, cette première fois. Elle saurait exactement quoi faire et il ne savait rien. Mais... le Wamphyr savait tout. Et Dragosani soupçonnait qu'il y avait certains secrets que même ce vieux dragon à l'esprit tortueux n'hésiterait pas à lui donner. Non, pas du tout...

Le problème sexuel de Dragosani, presque un blocage mental qui avait jusqu'ici freiné son développement psychologique dans ce domaine, était survenu à la puberté, au moment où les autres garçons partaient voler leurs premiers baisers et explorer leurs premiers corps de leurs doigts chauds, hésitants, inexpérimentés. Tout était arrivé pendant sa troisième année à Bucarest, alors qu'il était pensionnaire dans un lycée.

Il devait avoir treize ans et attendait les vacances d'été. Il avait reçu une lettre de son père adoptif lui disant de ne pas rentrer à la maison. Une épidémie s'était abattue sur la ferme, certains animaux étaient morts. Les visiteurs étaient interdits, et même Boris n'était pas autorisé à rentrer. La fièvre était virulente, on pouvait facilement la propager par les pieds, les chaussures ; la région tout entière était sous quarantaine dans un rayon de trente kilomètres.

Un désastre, apparemment... mais ce n'en était pas vraiment un pour Boris. Il avait une « tante » à Bucarest, la jeune sœur de son père adoptif, et il pouvait rester chez elle pendant les vacances. C'était mieux que rien ; au moins il avait quelque part où aller et n'était pas coincé dans une chambre du vieux lycée, préparant lui-même ses repas sur un petit réchaud.

Sa Tante Hildegard était une jeune veuve. Elle avait deux filles qui avaient presque le même âge que Boris, Katrina et Anna. Elles vivaient dans une grande maison de bois sur la route de Budesti. Bizarrement, on n'en avait jamais beaucoup parlé à la maison et Boris les avaient seulement rencontrées lors de ses rares visites à la campagne roumaine. Il avait toujours trouvé sa tante très affectueuse, peut-être trop même, et ses cousines un petit peu souffreteuses et gloussantes, comme toutes les petites filles, sauf qu'en dépit de leur âge, il émanait d'elles des ondes d'une sensualité sournoise, mais sombrement vicieuses et vraiment étranges. Il tenait cette impression de l'attitude de son père adoptif à leur égard, comme si sa tante avait été une sorte de brebis galeuse, ou au moins une dame possédant un terrible secret.

Pendant les trois semaines qu'il passa avec elle et ses filles si précoces, après que le lycée eut fermé pour les vacances d'été, Boris avait découvert tout ce qu'il pensait avoir besoin de savoir sur sa « bizarrerie », sur le sexe et les habitudes perverses des femmes et ses expériences qui l'en avaient détourné pendant toutes ces années... jusqu'à maintenant. Sa tante était une nymphomane. La mort de son mari lui ayant récemment apporté toute liberté, elle avait laissé ses obsessions sexuelles échapper à tout contrôle ; et ses filles, apparemment, avaient été coulées dans le même moule. Même lorsque son mari malade était encore en vie, elle avait eu ouvertement des amants. Ses scandales étaient souvent arrivés jusqu'aux oreilles de son frère à la campagne, qui s'était montré distant et avait désapprouvé. Il n'était pas prude, mais il la considérait un petit peu comme une putain.

Son frère ne savait pas jusqu'où ses excès étaient allés, surtout depuis qu'il avait rompu tout contact avec elle. S'il l'avait su, il aurait pris d'autres dispositions ; mais après tout, son fils adoptif n'était qu'un enfant ; il resterait certainement à l'écart des vices de cette femme.

Boris ne savait rien de tout cela, mais il allait rapidement le découvrir.

Pour commencer, les portes intérieures de la maison de sa tante ne possédaient aucune serrure. Ni les chambres, ni la salle de bains n'avaient de serrure, pas même les toilettes. Tante Hildegard avait expliqué qu'il n'y avait aucun endroit secret ici, que rien de ce que l'on faisait n'était secret, et que les choses secrètes n'étaient pas tolérées. Ce qui fut dur à comprendre pour Boris, c'étaient les regards furtifs qu'échangeaient souvent la mère et les filles en sa présence.

Quant à l'intimité : il n'y avait absolument pas besoin d'intimité dans une maison où rien n'était interdit, où rien n'était reproché. Pour l'initier à sa philosophie, sa tante lui avait raconté que c'était « une maison de la Nature », où le corps humain et ses fonctions étaient des choses que la Nature nous avait données pour « les explorer, les découvrir, les comprendre et les aimer, sans les habituelles restrictions ». À condition de respecter la maison et la propriété de son hôtesse, il n'y avait rien qu'il ne puisse faire et recevoir; mais il devait de la même façon respecter le comportement « naturel » des habitantes de la maison, dont les manières étaient entièrement libres et sans restriction. Quant à la philosophie en elle-même : il y avait trop peu d'amour dans le monde et beaucoup trop de haine; si les désirs du corps et les feux de l'esprit pouvaient être éteints, rassasiés dans l'agréable violence des étreintes, au lieu de faire la guerre, alors le monde serait certainement bien meilleur. Peut-être que Boris ne pouvait pas comprendre dans l'immédiat, mais sa tante était certaine qu'il le comprendrait rapidement...

Après avoir soupé de bonne heure le premier soir, Boris était monté dans sa chambre pour lire. Il avait apporté quelques-uns de ses livres du lycée, mais en bas de l'escalier menant à sa chambre, il y avait une petite pièce qui servait de « bibliothèque » à sa tante. En y jetant un œil, Boris y avait trouvé des étagères chargées de livres sur les perversions érotiques et sexuelles; certains d'entre eux étaient si fascinants qu'il avait pris plusieurs volumes illustrés avec lui. Ils étaient différents de tout ce qu'il avait vu avant, même dans la bibliothèque du lycée qui était plutôt complète.

Dans sa chambre, il avait été absorbé par l'un des livres (qui prétendait être factuel, mais qui paraissait si « improbable » pour l'esprit de Boris qu'il « savait » que c'était un canular, une œuvre de fiction pleine d'imagination; en dépit des prétendues photographies qu'il avait devant les yeux) et, comme n'importe quel garçon de son âge, cela le stimula. La masturbation n'était pas inconnue pour Boris, il se soulageait de cette façon de temps en temps comme le font la plupart des jeunes gens, mais là, dans la maison de sa tante, il ne se sentait pas assez en sécurité ou n'avait pas assez d'intimité pour le faire. Pour échapper à d'autres frustrations, il avait redescendu les livres dans la bibliothèque.

Plus tôt, pendant qu'il lisait, il avait entendu une voiture s'arrêter devant la maison et un visiteur était entré, quelqu'un d'apparemment familier, mais il n'y avait pas prêté attention. Cependant, alors qu'il remettait les livres dans la bibliothèque, il entendit des rires et les bruits d'une activité physique en provenance de la salle de séjour principale, une pièce qu'on lui avait montrée et dans laquelle il avait admiré les miroirs accrochés aux murs et au plafond. Il fut tenté d'aller voir ce qui se passait. La porte était légèrement entrebâillée, et comme il approchait en silence, il entendit, venant de l'intérieur, la voix gutturale d'un homme, qui semblait fournir un effort, plus les voix grossières et pressantes de sa tante et de ses cousines. C'est alors qu'il commença à penser que quelque chose sortant de l'ordinaire était en train de se dérouler. Boris s'arrêta à la porte pour regarder par l'étroite ouverture et il fut choqué par ce qu'il vit. Loin d'être « fantastique » comme il l'avait supposé, le livre qu'il avait lu ne contenait rien de comparable à ça ! L'homme, un étranger pour Boris, barbu, vérolé, bedonnant et couvert de poils, avait une apparence presque repoussante et un corps difforme. De plus, il était entièrement nu. Ce que Boris ne pouvait pas savoir c'était que cet homme était un satyre, ce qui, au regard des normes de la maison, faisait plus que compenser sa laideur et ses malformations.

Regardant à l'intérieur de la pièce par l'intermédiaire d'un miroir situé juste en face de la porte, Boris ne pouvait pas voir tout le spectacle, mais ce qu'il aperçut était plus que suffisant. Les trois femmes se relayaient sur leur compagnon, le pressant, s'affairant sur lui de leurs mains, leurs bouches et leurs corps dans une frénésie d'excès sexuels.

Il était allongé sur un divan, tandis que la plus jeune des sœurs, Anna, agenouillée à califourchon sur lui, faisait littéralement des bonds sur lui. À chaque bond de son corps, elle laissait apercevoir presque toute la longue et épaisse saillie de l'homme, toute luisante des liquides de leurs corps vibrants. À chaque apparition de cette trique de chair humide, Boris pouvait voir la petite main presque fragile de

Katrina qui l'enserrait fermement, s'affairait dessus avec autant d'ardeur que le corps agité de sa sœur, tandis qu'ils continuaient à se heurter. Pendant ce temps, la mère des fillettes, « Tante » Hildegard, une femme de trente-quatre ans, était agenouillée à la tête du divan et agitait ses seins lourds sur le visage fiévreux de l'homme, plaçant alternativement ses mamelons dans sa bouche béante et haletante. Parfois, apparemment en manque d'extase, elle s'étirait, plongeant sa région pubienne contre les lèvres tremblotantes et la langue de son compagnon.

Les femmes n'étaient pas nues, mais toutes les parties lubriques de leurs vêtements, des choses blanches et bouffantes, étaient ouvertes et découvraient leurs poitrines et leurs fesses pour qu'on puisse les caresser et les toucher à volonté. Ce qui stupéfia le plus Boris, le clouant sur place, ce n'était pas tant le sexe, dont il ne connaissait que très peu de choses, mais plutôt le fait que les quatre participants semblaient totalement concernés et absorbés, chacun ne prenant pas seulement plaisir dans la récompense de sa propre performance, mais également dans le plaisir des autres.

Puis, ils changèrent de places et de positions, et, presque sans aucune pause, commencèrent une nouvelle série d'efforts compliqués (cette fois l'homme montait sa tante par derrière comme un chien, pendant que les filles jouaient des rôles moins importants) ; alors Boris commença à comprendre. Personne n'était négligé ici, chacun devenait tour à tour l'agresseur pour que chacun reçoive le maximum de satisfaction. Ou, aux yeux de Boris, afin que tout soit équitablement répugnant.

En tout cas, il comprenait à présent en partie ce qu'il était en train de voir, encore qu'il ne crût pas être réellement en train de le voir.

C'était le personnage central, l'homme, la terrible machine tressautante, qu'il n'arrivait pas à cerner.

Boris savait à quel point il était fatigué après s'être masturbé, alors comment devait donc se sentir cet animal hirsute dans la pièce aux miroirs ? Il semblait être capable de faire jaillir du sperme presque continuellement, et grognait sous l'intensité du plaisir que lui donnait chaque nouvelle percussion, ce qui, loin de sembler le fatiguer, le menait vers de plus grands excès. Il allait certainement s'effondrer à un moment ou un autre !

Et alors que Boris était finalement en train de s'éloigner de la porte, et comme si sa tante avait presque pensé à la même chose que lui, il l'entendit dire d'une voix haletante :

— Allons, allons, toutes les deux ! N'épuisez pas Dmitri tout de suite. Pourquoi n'allez-vous pas jouer avec Boris, hein ? Mais pas avec autant d'ardeur, ou alors vous risquez de l'effrayer. Pauvre agneau, il semble être de ceux qui s'effraient facilement. Il est haut comme trois pommes !

Boris en avait suffisamment entendu. Il monta quatre à quatre les escaliers, se précipita dans sa chambre, enleva ses vêtements en un tour de main et se jeta dans son lit. Il s'allongea et eut un mouvement de recul, en sachant que la porte de sa chambre était déverrouillée, qu'elle ne pouvait pas être verrouillée. Il attendit... S'il avait été seul avec une cousine, une fille normale, alors peut-être que les choses auraient été différentes. Peut-être alors qu'il aurait pu faire une entrée timide, progressive et tâtonnante dans le sexe, dans le sexe traditionnel, prenant lui-même l'initiative.

Jusqu'à présent, les rêves et les phantasmes de Boris avaient été tout à fait ordinaires. Il avait même eu la tentation de rester seul avec sa tante, de s'étouffer contre sa douce poitrine, contre son corps blanc, et n'avait pas trouvé ça spécialement répugnant ni honteux. Pas avant.

Mais à présent il avait vu ! Toute l'innocence de ses phantasmes avait disparu, lui avait été arrachée. Quel rapport avec le sexe pouvait-il avoir à présent ? Une telle chose était-elle possible ?

En bas, dans la maison, il avait vu trois femmes (il ne pouvait plus regarder ses cousines comme des filles) s'accoupler avec une bête apparemment inépuisable. Il avait vu la grosse trique de chair humide de la bête. Allait-il devoir se comparer à ça ? Est-ce qu'un homme pouvait encore exister après ça ? Une brindille contre une branche ? Est-ce qu'il devait participer à de telles orgies, comme un petit lapin au milieu d'une meute de chiens ? L'idée du moindre contact avec la bête le révulsait !

Il avait pensé à tout cela lorsque ses cousines vinrent le chercher. Il était emmitouflé sous ses couvertures et ses draps, immobile et hors d'haleine. Il les avait entendues entrer, avait essayé de ne pas bouger quand Anna avait ricané et demandé :

— Boris, es-tu réveillé ?

— Il y est ? il y est ? avait voulu savoir Katrina.

— Non, je ne pense pas.

— Mais... la lumière est allumée.

— Boris ? Anna s'assit sur le lit à côté de lui. Es-tu sûr d'être endormi ?

Feignant de dormir, son cœur battant la chamade, Boris se tourna un petit peu, grommela et dit :

— Qu —? Quoi ? Allez-vous-en. Je suis fatigué.

Ce fut une erreur. Toutes deux pouffèrent, de leurs voix grossières et pleines de désir.

— Boris, ne veux-tu pas jouer avec nous ? demanda Katrina. Sors ta tête au moins. Nous avons quelque chose... quelque chose à te montrer !

Il ne pouvait plus respirer. Il s'était tellement enfoncé loin sous ses draps et ses couvertures qu'il manquait d'air à présent. Il allait devoir sortir dans peu de temps, qu'il le veuille ou non.

— S'il vous plaît, allez-vous-en et laissez-moi dormir.

— Boris ! (à nouveau Anna, et une vision d'elle, les mains sur la bedaine de la bête, montant et descendant sur la trique rose). Si nous éteignons la lumière, est-ce que tu sortiras ?

Pendant un instant — un tout petit instant — une bouffée d'air — juste assez pour remplir ses poumons !

— Oui, lâcha-t-il.

Alors, il entendit le bruit de l'interrupteur et sentit Anna se lever, ôtant son poids du lit.

— Ça y est, c'est éteint !

C'était bien éteint, comme put le découvrir Boris un instant plus tard quand, luttant pour sortir sa tête, il émergea dans l'obscurité et aspira l'air à pleins poumons.

Mais à nouveau, au milieu de ricanements qui emplirent la pièce, la lumière se ralluma.

Laquelle des filles était-ce, il ne le sut jamais, mais l'une des deux se tenait à côté du lit, sa tunique passée au-dessus de la tête comme une tente. Une odeur de renfermé provenant de son corps le frappa en plein visage et il put voir le sombre V de sa toison pubienne perlée d'une rangée de petites gouttes de sperme. La lumière passant à travers son vêtement n'était pas très forte, mais c'était suffisant pour que Boris puisse voir, lorsqu'elle écarta volontairement les jambes, ce qu'il lui sembla être la séparation de cette toison, un sourire vertical avide !

— Voilà ! Ne t'avions-nous pas dit que nous avions quelque chose à te montrer ?

Mais elle ne dit rien d'autre, car soudain, fou de panique, Boris leur assena de violents coups de poings. Plus tard, il se souvint très peu de tout cela, seulement des ricanements se transformant en cris, et de la douleur de ses poings et des articulations de ses doigts, mais il put se souvenir comment, le lendemain, ses persécutrices s'étaient tenues loin de lui, et comment toutes deux avaient arboré des ecchymoses. Anna avait une lèvre éclatée et Katrina un œil au beurre noir ! Peut-être que sa tante avait eu raison de le comparer à une pomme, dans un sens. Mais quant à la ténacité et la férocité, Boris ne manquait ni de l'une, ni de l'autre.

Ce jour suivant avait été cauchemardesque. Épuisé après une nuit sans sommeil, barricadé dans sa chambre pour empêcher toute intrusion, Boris avait eu à subir la colère de sa tante et les accusations de ses filles. Tante Hildegard ne lui donna pas à manger, le privant de nourriture pour le punir, et elle jura qu'elle allait se plaindre à son père s'il ne revenait pas à la raison. Elle voulait qu'il sorte de sa chambre pour lui parler, présenter des excuses aux fillettes et prétendre que rien ne s'était passé. Il ne fit rien de tout cela et resta enfermé dans sa chambre, excepté pour de courts passages aux toilettes et dans la salle de bains, bien décidé à s'enfuir de la maison à la nuit tombée et de retourner à Bucarest.

Le seul problème avec ce plan, c'était que son père serait obligé de venir le rechercher et qu'il voudrait savoir pourquoi. Mais Boris ne se sentait pas capable de tout lui raconter. Il n'avait jamais été quelqu'un de loquace, et tout ça... tout ça avait été absolument incroyable. Et même alors, en supposant que son père adoptif puisse le croire et accepte tout ce qui était arrivé, ne pouvait-il pas avoir des doutes quant à la participation de Boris ? Sa participation active, ou peut-être volontaire...

D'autres difficultés se présentaient également. Boris n'avait pas d'argent et rien n'avait été prévu pour lui au lycée. C'est pourquoi, lorsque le soir fut tombé et quand les menaces de sa tante se transformèrent en prières, il retira le lit et l'armoire de devant la porte et la suivit en bas.

Elle était désolée, disait-elle, quc les filles l'aient taquiné si méchamment la nuit précédente, et qu'il ait été si effrayé. Ce qu'elles avaient bien pu faire pour le choquer, et pour qu'il réagisse si violemment, dépassait son entendement. Mais cependant, tout était terminé et Boris devait essayer de tout oublier. Cela pouvait créer des problèmes entre son frère et elle si jamais il apprenait... ce qui s'était passé. Oh, oui, car il la blâmait toujours.

Boris, sans mot dire, fut d'accord avec elle. Cela causerait des problèmes, oui... et même plus s'il était fait mention de la bête ! Mais sa tante ne savait pas qu'il était au courant de cela et c'était mieux ainsi. Autrement... la mascarade tout entière s'effondrerait. De toute façon, le satyre n'était plus dans la maison, et Boris espérait qu'il ne reviendrait plus ; tante Hildegard donna à manger à Boris et plus tard, il l'entendit dire à Anna et Katrina de le laisser tout seul, qu'il n'était pas fait pour elles ; tout semblait donc terminé, ce qui réjouissait Boris.

Jusqu'à cette nuit...

Épuisé, Boris s'était endormi dans son lit contre la porte, son propre poids remplaçant celui de l'armoire ; mais ce ne fut pas assez. À environ trois heures du matin, alerté par une espèce de mouvement irrégulier et intermittent, il s'était à moitié réveillé pour entendre la voix de sa tante essayant maladroitement d'une voix calme et apaisante de le faire se rendormir. Sa voix était pâteuse et sa respiration très lourde ; elle avait dû boire et était nue, comme il le découvrit en tendant la main dans l'obscurité. Cela le réveilla totalement, conscient que cette femme insatiable était en train d'essayer de se mettre au lit avec lui. Immédiatement, et comme une douce main fraîche sur son front fiévreux, une colère glacée le submergea et chassa toute peur :

— Tante Hildegard, lança-t-il, assis dans son lit et sentant son haleine alcoolisée sur son visage, allumez la lumière s'il vous plaît.

— Ah ! Cher enfant ! Tu es réveillé et tu veux me voir. Mais... voyons ! J'étais au lit, Boris, et j'ai peur de ne pas avoir de vêtements sur moi. Ces nuits d'été sont si chaudes ! Je me suis levée pour chercher un verre d'eau et j'ai dû me retrouver là par erreur.

Après avoir parlé, ses seins caressèrent le visage de Boris.

Serrant les dents et se détournant à nouveau, il répéta :

— Allumez la lumière !

— Mais c'est très mauvais pour toi, Boris ! fit-elle semblant de protester tout en allumant la lumière. Momentanément éblouie, elle resta là, complètement nue, à l'endroit où elle avait repoussé le lit. Elle lui adressa un sourire d'ivrogne, ce qui eut pour effet de la faire paraître totalement stupide et repoussante, se dirigea vers lui et lui prit les mains.

Alors, s'apercevant qu'il était habillé, et remarquant pour la première fois l'étrange expression sur son visage, elle porta une main à sa bouche.

— Boris, je...

— Ma tante ! Il était sorti du lit et avait enfilé ses chaussures. Vous allez immédiatement sortir de cette chambre, et ne plus y entrer. Si vous ne le faites pas, je vais m'en aller, et si la porte d'entrée est verrouillée, alors je casserai une fenêtre. Ensuite, dès que j'en serai capable, je raconterai à mon père adoptif exactement ce qui se passe dans cette maison, et...

— T'en aller ? Elle réfléchit rapidement, essaya de lui saisir les mains et commença à paraître inquiète.

— Je parlerai de ces hommes qui viennent ici pour vous baiser vous et mes cousines, comme les gros taureaux avec les vaches de mon père !

— Pourquoi, tu... ! Elle s'était écartée, les yeux comme fous, le visage blême. *Tu regardais !*

— *Dehors !*

Boris la regardait avec un air profondément méprisant, un air qu'il emploierait à partir de ce jour-là dans ses relations avec les femmes, et il essaya de la pousser dehors.

Elle avait plissé les yeux et elle lui cracha :

— Alors, c'est comme ça? Les grands garçons du lycée t'ont eu en premier, c'est ça? Tu les préfères aux filles, hein?

Boris se tourna vers la fenêtre et s'empara d'une chaise :

— Dehors, hurla-t-il, dehors! Ou je m'en vais, tout de suite. Et je n'irai pas seulement le dire à mon père, mais aussi à tous les policiers que je rencontrerai entre ici et Bucarest. Je leur parlerai de ta bibliothèque pleine de livres obscènes, qui, à elle seule, peut t'envoyer en prison, et de tes filles, qui ne sont plus des filles mais déjà guère mieux que des putains...

— *Des putains?* le coupa-t-elle avec un tel sifflement qu'il pensa qu'elle allait se précipiter sur lui.

— ... mais qui ne peuvent pas être encore aussi corrompues que toi! termina-t-il.

Alors, elle s'effondra, fondit en larmes et le laissa la pousser hors de la chambre sans protester. Et pendant le restant de la nuit, il dormit profondément sans être dérangé.

Ce fut la fin de tout cela. Le lendemain midi, tandis que Boris prenait un repas solitaire en silence, son père adoptif arriva pour le ramener à la maison. Le problème avec les animaux était terminé. Cela n'avait pas été si sérieux après tout. Dieu merci! Jamais Boris ne fut si content de voir quelqu'un dans toute sa vie, et il dut faire des efforts pour ne pas trop le montrer. Tandis qu'il rassemblait ses affaires, Tante Hildegard passa une demi-heure apparemment chaleureuse ou au moins prudente avec son frère, qui demanda des nouvelles de ses nièces, toutes deux absentes. Puis, après de brefs adieux, Boris et son père adoptif la laissèrent pour prendre le chemin du retour.

Pendant qu'ils montaient dans la voiture, Tante Hildegard parvint à attirer le regard de Boris. Elle eut, pendant une seconde, une attitude suppliante. Ses yeux imploraient son silence. Pour toute réponse, il ne lui offrit que son mépris : cette attitude était pire que n'importe quelle menace et en disait plus sur ses pensées que n'importe quel mot.

De toute façon, il ne parla jamais à personne de cette épouvantable visite. Ni ne le ferait jamais, pas même à la Chose dans le sol.

La Chose dans le sol... le vieux démon... le Wamphyr.

Il attendait (que pouvait-il faire d'autre à part attendre ?), quand Dragosani arriva dans la clairière enténébrée juste avant le crépuscule avec un autre porcelet dans un sac. Il était éveillé, furieux, allongé là dans le sol, et en colère. Et comme le bord du soleil touchait le bord du monde et que l'horizon lointain se transformait en sang, il fut le premier à parler :

Dragosani ? Je te sens, Dragosani ! Es-tu venu pour me tourmenter ? Avec d'autres questions, d'autres demandes ? Voudrais-tu me voler mes secrets, Dragosani ? Petit à petit, morceau par morceau, jusqu'à ce qu'il n'y ait plus rien à prendre ? Et après ? Quand je repose ici dans la terre glacée, comment me remercieras-tu ? Avec le sang d'un cochon ? Ahaaa ! Je vois, c'est ça. Un autre porcelet... pour quelqu'un qui s'est baigné dans le sang d'hommes, de vierges et d'armées entières ! Si souvent !

— Du sang c'est du sang, vieux dragon. Et je remarque que tu es plus alerte cette nuit grâce à ce que tu as bu la nuit dernière !

Grâce à ce que j'ai bu ? (mépris, mais feint ou réel ?) Non, la terre est la plus riche, Dragosani, pas ces vieux os.

— Je ne crois pas.

Ça n'a aucune importance ! Va-t'en, laisse-moi, tu me déshonores. Je n'ai rien pour toi et ne veux rien recevoir de toi. Je ne souhaite pas te parler. Hors d'ici !

Dragosani sourit.

— Je t'ai apporté un autre cochon, pour toi et pour la terre, mais il y a quelque chose d'autre, quelque chose de rare. À moins que...

Le vieux dragon était intéressé, intrigué.

À moins que ?

Dragosani haussa les épaules.

— Peut-être que c'est trop loin. Peut-être que tu n'es pas assez fort pour ça. Peut-être que c'est impossible... même pour toi. Car après tout, qu'es-tu à part une chose morte ?

Et avant que l'autre ne puisse faire une remarque :

— Ou une chose non-morte. Si tu insistes.

J'insiste... Est-ce que tu te moques de moi, Dragosani ? Que m'as-tu apporté cette nuit ? Que voudrais-tu me donner ? Que proposes-tu ?

— Peut-être que c'est plus que ce que nous pouvons nous donner.

Continue!

Dragosani lui raconta ce qu'il avait dans la tête, exactement ce qu'il avait l'intention de partager.

Et tu veux négocier? Qu'aurais-tu à m'offrir en retour pour ce... partage?

Dragosani pouvait presque sentir le Wamphyr se lécher les lèvres.

— La connaissance, répondit Dragosani. Je ne suis qu'un homme, avec un savoir d'homme sur les femmes. Il mentait, et...

Il s'arrêta, troublé, car le vieux dragon gloussait. Cela avait été une erreur de lui mentir.

Oh, un savoir d'homme sur les femmes? Le savoir d'un « vrai » homme, hein, Dragosani?

Il serra les dents et lâcha d'une voix étranglée :

— Je n'avais pas le temps... mon travail, les études... l'opportunité ne s'est pas présentée...

Temps? Études? Opportunité? Tu n'es plus un enfant. J'avais onze ans quand j'ai déchiré mon premier hymen, il y a mille ans. Après ça... vierge, garce, putain, qu'est-ce que ça pouvait faire? Je les prenais toutes, dans toutes les positions... et elles en voulaient toujours plus! Et toi? Tu n'y as pas encore goûté? Tu ne t'es pas trempé dans l'humidité, le jus et le doux sang chaud d'une femme? D'aucune? Et tu m'appelles une chose morte!

La chose riait à présent, riait aux éclats, outrageusement, de manière obscène. Elle trouvait tout cela si ridicule! Son rire enfla, devint un déluge, un raz de marée, un océan furieux de rire dans la tête de Dragosani, menaçant même de le noyer.

— Va au diable!

Il se leva et martela la terre, cracha.

— Va au diable!

Il frappa du poing la terre noire et les plaques effondrées.

— Va au diable! Va au diable! Va au diable!

Le vieil être resta calme un moment, suintant dans l'âme de Dragosani comme un cauchemar.

Mais j'y suis déjà, mon fils. Oui, et toi aussi...

Dragosani ouvrit son couteau, attrapa le porcelet.

Attends ! Pas si vite, Dragosani, je n'ai pas refusé. Mais dis-moi : puisqu'il paraît que tu t'es abstenu pendant de longues années comme un prêtre, pourquoi aujourd'hui ?

Dragosani y avait pensé et avait décidé qu'il pouvait aussi bien dire la vérité. Le vieux démon dans le sol l'avait probablement déjà lu en lui, de toute façon.

— C'est la femme. Elle m'aguiche, se moque de moi, étale sa chair.

Ahhh ! Je connais ce genre de fille.

— Je crois aussi qu'elle pense que je préfère les hommes... ou au moins elle se pose la question.

Comme les Turcs ?

La remarque mentale du vieux démon était cinglante et teintée de haine.

C'est une insulte !

— Je le pense aussi. Alors... le feras-tu ?

Tu m'invites dans ton esprit, c'est cela ? Cette nuit, quand cette femme viendra ?

— Oui.

Et c'est une invitation, faite de ta propre volonté ?

Dragosani devint prudent.

— Juste cette fois, répondit-il. Ce ne sera pas permanent.

Tu te flattes une nouvelle fois. J'ai... ou j'aurai... mon propre corps, Dragosani, qui ne sera pas aussi faible que le tien !

— Et tu peux le faire ? Est-ce que j'apprendrai quelque chose ?

Oh, je peux le faire, mon fils, ouuiiii ! As-tu oublié l'oisillon ? Est-ce que tu vas apprendre quelque chose cette fois aussi ? Qui a fait de toi un nécromancien, Dragosani ? Oui, et cette fois tu apprendras... plus !

— Alors je ne veux rien de plus venant de toi... pour aujourd'hui, bien sûr.

Il commença à s'éloigner de la tombe, descendit la colline, s'éloignant de cet endroit d'horreurs centenaires. Et...

Mais... et le porcelet ? demanda l'épaisse voix visqueuse dans sa tête. Et plus vivement :

Pour la terre, Dragosani, pour la terre.

Dans les ténèbres profondes et agitées, Dragosani plissa les yeux.

— Oh oui, j'allais oublier. Le porcelet, bien sûr. Pour la terre...

Il se tourna rapidement, trancha la gorge de l'animal inanimé, et laissa tomber le corps rose. Puis, sans regarder derrière lui, il s'en alla silencieusement.

Quelques mètres plus bas sur la pente, contre le tronc d'un arbre, là où des racines faisaient une fourche, retenu là et incapable de rouler plus loin, se trouvait quelque chose de curieux que Dragosani s'arrêta pour voir. C'était l'offrande de la nuit précédente, ou ce qu'il en restait. Une boule étroitement serrée de peau rose et d'os brisés, toute desséchée, semblable à un carton froissé. Un scarabée rampait dessus, cherchant en vain un morceau de nourriture. Dragosani le fit tomber et rouler hors de sa vue.

Oh, oui, pensa-t-il, mais gardant précautionneusement ses pensées dans l'obscurité sous les pins... *oh, oui. Pour la terre. Seulement pour la terre...*

Dragosani revint à la ferme des Kinkovsi à temps pour souper avec la famille : pour la dernière fois, bien qu'il ne pût pas le savoir alors. Pendant le repas, Ilse ne lui montra que très peu d'intérêt, ce qui était parfait car il se sentait tendu et à cran. Il n'était pas sûr d'avoir fait le bon choix ; le vieux démon dans le sol n'était pas fou et avait insisté pour que ce soit sur l'invitation de Dragosani. Sa vieille répulsion était graduellement montée en lui au fur et à mesure que le moment approchait ; mais en même temps, son corps désirait se libérer de toutes ces années de refoulement sexuel. Pour la première fois depuis son arrivée, la nourriture lui sembla fade et même la bière fut terne et sans vigueur.

Plus tard, dans sa chambre, il fit les cent pas et phantasma, devenant, devenant même de plus en plus mécontent de lui-même et énervé au fur et à mesure que les heures filaient. Pour la troisième ou quatrième fois depuis le souper, il sortit la demi-douzaine de livres sur le vampirisme qu'il avait apportés avec lui, relut les passages pertinents, puis les remit dans une mallette, à l'abri des regards. En se référant à la légende, on ne devait jamais accepter l'invitation d'un vampire; et, surtout, on ne devait jamais rien demander à un vampire! La volonté de la victime est primordiale dans cette situation (accepter ou faire une invitation). Cela signifie en réalité que c'est de sa propre volonté qu'il devient une victime. La volonté est comme une barrière de l'esprit que le vampire est peu disposé, même incapable, de franchir sans l'aide de la victime elle-même. Ou peut-être, s'agit-il d'une barrière psychologique que la victime doit franchir : avant de pouvoir devenir une victime, il doit d'abord y croire...

Dans le cas de Dragosani, c'était une question de confiance. Il savait que la « chose » dans le sol était là. Mais il ne connaissait pas encore la puissance que la créature pouvait utiliser à l'extérieur. Peut-être plus important encore depuis qu'il l'avait « invitée en lui », il ne connaissait pas les limites de sa propre résistance, ou même s'il serait capable de résister. Ou même s'il désirait le faire...

Eh bien, sans aucun doute, il allait bientôt le découvrir.

L'heure entre minuit et une heure du matin passa avec une lenteur incroyable et, au fur et à mesure que le rendez-vous approchait. Dragosani commença à souhaiter qu'Ilse change d'avis et ne vienne pas. Elle pouvait même s'être endormie, et ne pas vouloir le rencontrer. Cela pouvait simplement être un jeu qu'elle jouait avec tous les hôtes de son père, pour les rendre ridicules ! En fait, elle pouvait très bien penser la même chose des hommes que des femmes... jusqu'à ce jour.

Plus d'une demi-douzaine de fois, il avait pensé qu'elle se moquait de lui et, chaque fois, il s'était dirigé vers la fenêtre ouverte pour la fermer et tirer les rideaux. Mais à chaque fois, il s'était arrêté, quelque chose l'avait arrêté ; il s'était fustigé pour son incompétence en ce domaine et était allé se rasseoir sur son lit dans l'obscurité de la chambre.

Deux minutes après l'heure dite, il se traita de bouffon et se précipita à nouveau vers la fenêtre. Il était sur le point de la fermer quand...

En bas, dans la cour de la ferme éclairée par la lune, trouvant son chemin comme une ombre parmi les ombres, une silhouette, sombre et vaporeuse avançait d'un pas léger... et la fenêtre de la chambre d'Ilse Kinkovsi, légèrement entrouverte, semblait lui sourire. Elle venait !

Dieu, comme Dragosani avait besoin du vieux dragon ! Et comme il ne le voulait pas. En avait-il réellement besoin ? Mais... oserait-il le faire sans lui ?

Allégresse et terreur luttaient en Dragosani, mais c'était la terreur qui était presque en train de triompher. Une terreur apparue pas seulement à cause du rendez-vous lui-même, pas même à cause du but de ce rendez-vous, mais peut-être plus de sa propre capacité — ou incapacité ? — à mener cela à bien. Il était un homme à présent, oui, mais, en fait, c'était comme s'il n'était encore qu'un enfant. La seule chair qu'il avait connue, dans les secrets de laquelle il avait fouillé, avait été contrainte... s'était révélée froide et morte. Mais celle-là était vivante, chaude et entièrement volontaire !

Le dégoût s'intensifia en lui, le recouvrit comme une inondation. Il n'avait été qu'un enfant, juste un enfant... des images qu'il pensait avoir pourtant oubliées, avoir effacées, défilaient devant ses yeux en une procession bestiale... le séjour dans la maison de sa tante... ses cousines... la chose-bête qu'il savait n'être qu'un homme en rut ! Dieu, cela-avait-été-un-*cauchemar !*

Est-ce que tout allait recommencer ? Allait-il devenir cette bête pleine de désirs, de luxure ?

Impossible ! Il ne pourrait pas !

Il entendit un craquement un étage plus bas dans les entrailles de la maison, se précipita à la fenêtre et jeta un œil dans la nuit. Un autre craquement, plus proche, le fit courir éteindre la lumière. Elle était là, dehors, sur le palier !

Une bourrasque de vent gémit dans la chambre, fit onduler les rideaux et pénétra dans le cœur de Dragosani. En un instant, toute peur, toute crainte s'était envolée. Il passa de la clarté lunaire à l'obscurité et attendit.

La porte s'ouvrit silencieusement et elle entra. Pris au piège par un rayon de lune, le vêtement gris en tissu léger qu'elle portait était presque transparent. Elle referma la porte et se dirigea vers le lit.

— Herr Dragosani ? dit-elle. Sa voix tremblait légèrement.

— Je suis ici.

Elle l'entendit, mais ne regarda pas dans sa direction.

— Bon... je me suis trompée sur vous, dit-elle, en se déshabillant.

Ses seins et ses fesses étaient marbrés là où la lune les caressait.

— Ouuiii, chuchota-t-il en se levant.

— Eh bien, je suis là !

Elle se tourna vers lui.

Elle se tenait comme une statue sculptée dans du lait, le regardant sans innocence aucune. Il s'avança, sombre silhouette, et tendit les bras vers elle. À la lumière du jour, elle avait cru que ses yeux manquaient un peu d'éclat, qu'ils étaient d'un bleu pâle, doux, presque féminins, un bleu de star de cinéma... mais là...

La nuit lui réussissait. Au cœur de la nuit, ses yeux étaient sauvages, comme ceux d'un grand loup. Et comme il l'entraînait sur le lit, elle eut pour la première fois un petit doute. Sa force était... colossale !

— Je me suis beaucoup, beaucoup trompé sur toi, dit-elle.

— *Aahhh!*

Le matin suivant, Dragosani demanda son petit déjeuner de bonne heure. Il le prit dans sa chambre, où Hzak Kinkovsi trouva qu'il était en pleine forme. L'air de la campagne devait vraiment lui faire du bien. Ilse, en revanche, n'était pas si chanceuse.

Dragosani n'avait pas besoin de demander de ses nouvelles, son père s'en chargea, grommelant pour lui-même tandis qu'il servait le copieux petit déjeuner sur un plateau.

— Cette femme, dit-il, ma Ilse, est une fille forte... ou devrait l'être. Mais même depuis son opération... et il haussa les épaules.

— Son opération ? Dragosani avait essayé de ne pas sembler trop intéressé.

— Oui, il y a six ans. Cancer. Très mauvais pour une jeune fille. Son utérus. Ils lui ont enlevé. L'important c'est qu'elle soit en vie. Mais c'est un pays de fermiers. Un homme veut une femme qui puisse lui donner des enfants, vous comprenez ? Alors, elle restera vieille fille... peut-être. Ou peut-être qu'elle partira et trouvera un boulot à la ville. Des fils costauds n'ont guère d'importance là-bas.

Cela expliquait bien des choses.

— Je vois... Mais ce matin ?

— Parfois, elle ne se sent pas très bien. Pas souvent. Mais aujourd'hui, elle n'est pas au mieux. Alors, elle va rester dans sa chambre un jour ou deux. Rideaux tirés, obscurité, totalement emmitouflée dans ses couvertures, frissonnante. Exactement comme lorsque, petite fille, elle tombait malade. Elle dit qu'elle ne veut pas de docteur, mais — il haussa les épaules — je m'inquiète pour elle.

— Il ne faut pas. Ne vous inquiétez pas pour elle.

— Hein ? Kinkovsi parut surpris.

— C'est une grande fille. Elle doit savoir ce qui lui convient. Repos, calme, une belle chambre obscure. Il n'y a rien de mieux. C'est tout ce dont j'ai besoin quand je ne suis pas en forme.

— Hum ! Eh bien, peut-être. Mais c'est quand même inquiétant. Et il y a plein de choses à faire, en plus ! Les Anglais arrivent aujourd'hui.

— Oh ? Dragosani était content que l'autre ait changé de sujet. Peut-être que je les rencontrerai ce soir.

Kinkovsi fit un signe de la tête; il semblait triste. Il ramassa le plateau vide.

— Difficile. Je ne parle pas bien l'anglais. Ce que je sais, je l'ai appris des touristes.

— Je parle un peu anglais. Je peux m'en sortir.

— Ah ? Eh bien, au moins ils pourront parler à quelqu'un. De toute façon, ils apportent de l'argent... et l'argent est roi, hein ? Vous allez bien manger, Herr Dragosani.

— J'en suis certain.

Marmonnant à nouveau entre ses dents, Kinkovsi quitta la mansarde et descendit. Plus tard, lorsque Dragosani partit, Hzak et Maura vinrent préparer les chambres du bas pour leurs hôtes anglais.

À midi, Dragosani roulait en direction de Pitesti. Il ne savait pas exactement pourquoi, sauf qu'il se souvenait que la ville avait une petite bibliothèque pleine d'ouvrages de référence. Serait-il allé ou non à la bibliothèque n'est que spéculation. La question ne se posa pas, car il n'eut pas la chance d'y aller; la police locale l'arrêta avant.

Tout d'abord inquiet et imaginant toutes sortes de choses (la pire de toutes : qu'il avait été surveillé et suivi et que son secret, concernant le vieux démon dans le sol, avait été découvert), il se calma dès qu'il en découvrit la raison : Gregor Borowitz avait essayé de le localiser depuis le jour où il avait quitté Moscou et y était finalement parvenu. C'était étonnant qu'il n'ait pas été arrêté à la frontière lorsqu'il était entré en Roumanie à Reni. Les autorités locales l'avaient suivi à Ionestasi, puis de là jusque chez Kinkovsi, et enfin à Pitesti. En fait, c'est sa Volga qu'ils avaient suivie : il n'y en avait pas des masses en Roumanie. Pas avec des plaques de Moscou.

Finalement, le policier conduisant le véhicule de patrouille qui l'avait arrêté s'excusa pour le dérangement et transmit un « message » à Dragosani, simplement le numéro de téléphone de Borowitz à Moscou, sa ligne protégée. Dragosani suivit la voiture au commissariat de police et téléphona de là.

À l'autre bout de la ligne, Borowitz en vint directement aux faits :

— Boris, reviens ici dès que possible.

— Qu'y a-t-il ?

— Un membre du personnel de l'ambassade américaine a eu un accident en faisant du tourisme. Un accident mortel : il a pulvérisé sa voiture et a été éventré. Nous ne l'avons pas encore identifié... pas officiellement, en tout cas... mais nous allons devoir bientôt le faire. Alors les Américains voudront son corps. Je veux que tu l'examines avant... grâce à Dragosani, euh, tes dons spéciaux...

— Oh ? Que peut-il savoir de si important ?

— Depuis quelque temps nous le soupçonnons, lui et deux autres, d'espionnage. CIA probablement. S'il fait partie d'un réseau, nous aimerions bien le savoir. Alors rentre vite, d'accord ?

— Je suis déjà en route.

De retour chez Kinkovsi, Dragosani chargea ses affaires dans la voiture, paya ce qu'il devait et même un peu plus, remercia Hzak et Maura et accepta des sandwichs, un Thermos de café et une bouteille de vin du pays. Mais à cause de tout ce qu'ils lui avaient donné, il était évident que Hzak avait quelque peu peur de lui.

— Vous m'avez dit que vous étiez entrepreneur de pompes funèbres, se plaignit-il. Les policiers se sont moqués de moi lorsque je leur ai raconté ça ! Ils ont dit que vous étiez une sommité de Moscou, un homme important. C'est bien dommage qu'un homme aussi important veuille se moquer d'un pauvre paysan, d'un homme sans importance !

— Je suis désolé, mon ami. Mais je suis un homme sans importance et mon travail est très spécial et très fatigant. Lorsque je rentre, j'aime bien oublier mon travail et prendre du bon temps, et alors je deviens un entrepreneur de pompes funèbres. Veuillez me pardonner.

L'explication sembla lui suffire ; Hzak Kinkovsi ricana et ils se serrèrent la main. Puis Dragosani monta dans sa voiture.

Derrière ses rideaux tirés, Ilse le regarda s'éloigner et poussa un soupir de soulagement. Elle n'allait certainement pas rencontrer quelqu'un d'autre comme lui, et peut-être était-ce aussi bien, mais...

Les fleurs de ses ecchymoses s'étaient épanouies, mais elles allaient bientôt se faner, et de toute façon, elle pouvait toujours dire qu'elle avait eu un petit malaise ou qu'elle avait trébuché. Les ecchymoses disparaîtraient, oui, mais pas le souvenir de la manière avec laquelle elle les avait reçues.

Elle soupira à nouveau... et frissonna délicieusement.

INTERVALLE PREMIER

Au dernier étage d'un hôtel réputé de Londres, dans une suite de bureaux privés, Alec Kyle était assis au bureau de son ex-patron et prenait frénétiquement des notes en sténo. Le « fantôme » (il ne pouvait s'empêcher de le considérer comme tel) qui se tenait devant lui de l'autre côté du bureau parlait rapidement, d'une voix douce et bien modulée, depuis plus de deux heures et demie, à présent. Kyle avait une crampe au poignet ; sa tête était douloureuse de la myriade d'images étranges qui venaient de s'y implanter ; il était certain à présent que le « fantôme » disait la vérité, toute la vérité, etc.

Quant à savoir comment *il* savait toutes ces choses qu'il avait racontées, ou pourquoi il les racontait... qui pouvait dire quel savoir une telle créature peut avoir et raconter? Mais une chose était certaine pour Kyle : les informations qu'il lui divulguait étaient extrêmement importantes et il devait se considérer comme privilégié d'être le médium par lequel elles transitaient.

Soudain, une douleur lui vrilla l'avant-bras, sa main se tétanisa, l'obligeant à lâcher son crayon. Son mystérieux visiteur s'arrêta. Kyle se massa la main et le poignet pendant une bonne minute, puis il prit son crayon et le tailla pour la neuvième ou dixième fois au moins.

— Pourquoi ne pas utiliser un stylo? demanda le fantôme, sur un ton si naturel et si curieux que Kyle se surprit à répondre sans même considérer qu'il parlait à quelque chose ayant bien moins de substance que de la fumée.

— Je préfère les crayons. Depuis toujours. C'est une manie, je suppose. Et puis, ça ne fuit pas! Je suis désolé de m'être arrêté, mais mon poignet est douloureux!

— Nous avons encore du travail.

— Je vais y arriver.

— Attendez, allez vous chercher un autre café. Fumez une cigarette. Je réalise combien cela doit vous paraître étrange. C'est aussi étrange pour moi... mais si j'avais été à votre place mes nerfs auraient lâché! Je pense que vous vous débrouillez très bien. Et nous nous entendons bien. Avant de venir ici, je m'attendais à faire plusieurs visites, juste pour que vous vous habituiez à moi. Et comme vous pouvez le voir, nous sommes déjà en tête à tête.

— Oui, mais c'est le temps qui m'inquiète, répondit Kyle.

Il alluma une cigarette, aspira voluptueusement la fumée et en satura ses poumons.

— J'ai une réunion à quatre heures de l'après-midi. C'est là que je dois essayer de convaincre des personnes assez importantes pour qu'elles autorisent le Réseau à continuer de fonctionner et me permettent de prendre le relais de Sir Keenan. Alors, vous voyez, j'aimerais bien avoir terminé avant.

— Ne vous inquiétez pas, fit l'autre avec un pâle sourire. Considérez-les comme convaincus.

— Oh ?

Kyle se leva, traversa le bureau et mit des pièces dans la machine à café. Cette fois, le fantôme le suivit et resta derrière lui. Quand Kyle se détourna de la machine, il était là, mais les meubles du bureau étaient visibles à travers lui. C'était moins qu'un hologramme, moins qu'une bulle, un ectoplasme. Kyle s'avança, renversa un peu de café, contourna le fantôme et retourna dans le bureau de Gormley.

— Oui, continua le fantôme, de retour à sa place. Je crois que nous serons capables de faire pencher vos supérieurs en votre faveur.

— Nous ?

L'autre eut un haussement d'épaules.

— Nous verrons. De toute façon, je veux vous en dire plus à propos de Harry Keogh, avant de reparler de Dragosani. Désolé de sauter comme ça du coq à l'âne, mais il est préférable que vous ayez une vue d'ensemble.

— Comme vous voulez.

— Êtes-vous prêt ?

— Oui. (Kyle prit son crayon.) Sauf que...

— Eh bien ?

— Je me demande où vous vous situez dans tout cela ?

— Moi ? (Le fantôme leva les sourcils.) Je pense que j'aurais été déçu si vous ne me l'aviez pas demandé. Puisque vous l'avez demandé : si les choses se déroulent comme je l'espère, je vais devenir votre futur patron !

Le visage de Kyle se contracta et il eut un sourire en coin :

— Un... fantôme ? Mon futur patron ?

— Je pensais que nous en avions terminé avec ça, dit l'autre. Je ne suis pas un fantôme et je n'en ai jamais été un. Bien que, je dois l'admettre, j'en fusse bien près. Mais nous y viendrons, vous verrez.

Kyle hocha la tête.

— Pouvons-nous reprendre ?

Et Kyle hocha à nouveau la tête.

Chapitre VII

Harry Keogh était à des kilomètres, ses pensées égarées dans les nuages qui dérivaient comme des houppes de coton sur l'océan bleu du ciel d'été. Les mains derrière la tête, un brin d'herbe dont le bout blanc était coincé entre les dents, maintenu bien droit comme un minuscule mât, il n'avait pas dit un seul mot depuis qu'ils avaient fait l'amour. Des mouettes criaient en plongeant sur les hauts-fonds pour pêcher des poissons, et leurs chants plaintifs s'élevaient de la mer et étaient transportés par une brise qui venait caresser l'herbe des dunes.

La main de Brenda le caressait doucement, même si elle ne parvenait pas à garder très longtemps l'attention de sa chair. Dans quelques instants, il pouvait très bien la désirer à nouveau, puis plus du tout, mais cela n'avait pas d'importance. En fait, elle l'aimait comme ça, calme, au bord du sommeil, avec toute cette étrangeté qui émanait de lui. Il était vraiment étrange, mais c'était ce qui faisait son charme. C'était l'une des raisons pour lesquelles elle l'aimait. Et parfois, elle s'imaginait qu'il l'aimait aussi. C'était difficile à dire, avec Harry. Beaucoup de choses étaient difficiles à dire avec lui.

— Harry, dit-elle, en lui chatouillant doucement les côtes. Il y a quelqu'un ?

— Hum ?

L'herbe entre ses dents bougea légèrement. Elle savait qu'il n'avait pas fait semblant de ne pas l'entendre, qu'il n'était simplement pas là. Pas là du tout, pas tout entier, mais quelque part, dans un endroit très différent. De temps en temps, elle essayait bien de se renseigner sur cet endroit, l'endroit secret de Harry, mais jusque-là il s'était tu.

Elle s'assit, reboutonna son chemisier, ajusta sa jupe et brossa le sable emprisonné dans les plis.

— Harry, tu devrais te rhabiller. Il y a des gens en bas sur la plage. S'ils prennent ce chemin, ils vont te voir.

— Hum, dit-il à nouveau.

Elle le fit à sa place, puis elle se roula à ses côtés et l'embrassa sur le front. Lui tirant l'oreille, elle y glissa :

— À quoi penses-tu ? Où es-tu, Harry ?

— Tu ne voudrais pas connaître cet endroit, dit-il. Ce n'est pas toujours un endroit agréable. J'y suis habitué, mais tu ne l'aimerais pas.

— Je l'aimerais si tu y étais, dit-elle.

Il tourna la tête vers elle, loucha un petit peu, fronça les sourcils d'un air sérieux. Il pouvait paraître très sérieux, pensa-t-elle, parfois... en fait, la plupart du temps. Puis, il secoua la tête.

— Non, tu ne l'aimerais pas si j'y étais. Tu détesterais.

— Pas si j'y étais avec toi.

— Ce n'est pas un endroit où tu peux te trouver avec quelqu'un, lui dit-il. C'est un endroit pour être entièrement seul.

Elle voulait en savoir plus.

— Harry, je...

— De toute façon, nous sommes ici, la coupa-t-il. Nulle part ailleurs. Nous sommes ici et nous venons de faire l'amour.

Sachant que si elle essayait d'en découvrir plus il battrait en retraite, elle changea de sujet.

— Tu m'as fait l'amour huit cent onze fois.

— Je faisais ça avant.

Elle s'arrêta net. Après un moment, elle demanda :

— Faire quoi ?

— Compter les choses. N'importe quoi. Les carreaux sur le mur des toilettes. Tu sais, pendant que j'y suis assis.

Elle soupira, exaspérée.

— J'étais en train de te parler d'amour, Harry ! Parfois, je pense qu'il n'y a pas une once de romantisme en toi.

— Il n'y en a pas en ce moment. Tu viens juste de tout recevoir !

C'était mieux. Il avait quitté son air morbide. C'était ce que Brenda pensait lorsque Harry avait un air absent et étrange : *Un air morbide.* Elle poursuivit, plissa le nez d'un air taquin.

— Huit cent onze fois, répéta-t-elle, en seulement trois ans ! C'est beaucoup. Sais-tu depuis combien de temps nous nous connaissons ?

— Depuis que nous sommes gosses, répondit-il.

Ses yeux étaient à nouveau tournés vers le ciel, et elle se rendit compte qu'il n'était qu'à moitié intéressé par ce qu'elle était en train de dire. Il y avait quelque chose dans son esprit, tournant à la périphérie de sa conscience. Le connaissant, elle savait que c'était là. Peut-être saurait-elle un jour ce que c'était. Tout ce qu'elle savait, c'était que ça allait et venait et qu'en ce moment, ça semblait l'accaparer.

— Mais depuis combien de temps exactement ? insista-t-elle.

Elle lui prit le menton de sa main délicate et lui tourna la tête vers elle.

Il la fixa d'un regard vide, laissant ses yeux s'habituer d'eux-mêmes à la distance les séparant.

— Combien de temps ? Quatre ou cinq ans, je pense.

— Six. Depuis que tu as douze ans et moi onze. À douze ans tu m'as emmenée au cinéma et tu m'as pris la main.

— Tu as raison, dit-il, en faisant un effort pour revenir sur terre. Et tu viens juste de m'accuser de ne pas être romantique.

— Oh ? Mais je parie que tu ne te souviens pas du film que nous avons vu. C'était *Psychose.* Je ne sais pas lequel de nous deux était le plus effrayé.

— Moi, ricana-t-il.

— Puis, quand tu as eu treize ans, nous sommes allés faire un pique-nique dans un champ à Ellison's Bank. Après avoir mangé, nous avons un petit peu chahuté et tu as glissé la main sous ma robe. Je t'ai engueulé et tu as prétendu que c'était un accident. Mais la semaine suivante tu as recommencé, et je ne t'ai plus adressé la parole pendant une quinzaine de jours.

— Je serais si malheureux aujourd'hui ! soupira Harry. De toute façon, tu es revenue rapidement.

— Ensuite, tu allais partir pour l'école de Hartlepool et je ne t'ai plus beaucoup revu. L'hiver fut très long. Mais l'été suivant fut excellent... pour nous. Un jour nous avons monté une tente pour nous changer sur la plage de Crimdon et nous sommes allés nager. Après cela, dans la tente, alors que tu étais supposé me sécher le dos, tu m'as touchée.

— Et tu m'as touché, se souvint-il.

— Et tu as voulu que je couche avec toi.

— Mais tu n'as pas voulu.

— Pas avant l'année suivante. Harry, je n'avais même pas quinze ans ! Ce fut terrible !

— Oh, ce ne fut pas si mauvais. Pas de la façon dont je me le rappelle. Mais tu te souviens de cette première fois ?

— Bien sûr que oui.

— Quelle pagaille ! dit-il avec un sourire pitoyable. Comme essayer d'ouvrir une serrure avec un morceau de papier buvard mouillé.

Elle fut obligée de sourire.

— Tu es pourtant devenu très vite un expert dans ces jeux. Je me suis toujours demandée où tu avais appris tout cela. Je crois que je me suis vraiment demandée si quelqu'un d'autre ne t'avait pas montré comment faire.

Il était en train de sourire, mais son sourire s'effaça en un clin d'œil.

— Que veux-tu dire par là ? demanda-t-il brusquement.

— Eh bien, une autre fille, bien sûr ! Elle était surprise par ce brusque changement d'humeur. À quoi croyais-tu que je faisais allusion ?

— Une autre fille ?

Il fronça à nouveau les sourcils. Mais lentement, il esquissa un petit sourire, ricana doucement et enfin éclata de rire.

— Une autre fille ! répéta-t-il, en riant aux éclats. Quoi, à onze ans ?

Soulagée, Brenda rit avec lui.

— Tu es marrant, dit-elle.

— Tu sais, j'ai l'impression que toute ma vie les gens m'ont dit la même chose : que je suis marrant. Je ne le suis pas vraiment. Parfois je souhaiterais savoir comment le devenir, comment m'amuser. N'as-tu jamais eu l'impression que si tu ne ris pas tu vas te mettre à hurler? C'est une impression que j'ai souvent.

Elle secoua la tête.

— Parfois, je pense que je n'arriverai jamais à te comprendre. Et parfois, je pense que tu ne me désires pas. Ce serait bien si tu me désirais autant que je te désire.

Il se leva, l'aida à se relever et l'embrassa sur le front, sa façon à lui de changer de sujet.

— Viens, marchons sur la plage jusqu'à Hartlepool. Tu pourras prendre un bus pour revenir à Harden.

— Marcher jusqu'à Hartlepool? Ça va prendre toute la journée!

— Nous nous arrêterons pour prendre un café sur la plage de Crimdon. Et nous pourrons nous baigner un peu plus longtemps ensemble. Puis nous irons dans mon endroit préféré. Tu pourras rester jusqu'à ce soir si tu veux... à moins que tu aies d'autres projets?

— Non, je n'en ai pas... tu sais que je n'en ai pas... mais...

— Mais?

Soudain, elle fut bouleversée, anxieuse.

— Harry, qu'est-ce qu'il va nous arriver?

— Que veux-tu dire?

— Tu m'aimes?

— Je pense que oui.

— Mais tu n'en es pas sûr? Moi, je suis sûre de t'aimer.

Ils marchèrent le long des dunes, avançant petit à petit dans le sable humide au fur et à mesure que la marée descendait. Quelques personnes se baignaient dans la mer en contrebas; la plage était polluée par tous les rejets des mines de charbon du nord, un problème qui n'avait fait que s'aggraver au cours des vingt-cinq dernières années. D'énormes camions noirs roulaient le long de la ligne des eaux comme de gros cafards amphibies, là où leurs équipes pelletaient des pépites de charbon dans la mer. Quelques kilomètres plus au sud, la mer était plus propre, mais comme à Seaton Carew, les déchets de charbon et de scories souillaient les belles plages blanches. Plus au sud encore, les dégâts étaient moins importants, mais parce que les mines étaient presque toutes épuisées. La Nature allait bientôt reprendre ses droits. Néanmoins, il faudrait un certain temps avant que les plages ne reprennent leur beauté originelle. Peut-être même n'y parviendraient-elles jamais.

— Oui, finit par répondre Harry. Je pense que je t'aime. En fait, je suis sûr de t'aimer. Je suis simplement très préoccupé. C'est ce que tu veux dire ? Que ça ne se voit pas assez ? Je ne comprends pas ce que tu veux me dire. Ou peut-être que je n'ai pas le temps de réfléchir à ce que tu dis.

Elle se serra contre lui, se blottit dans ses bras pendant qu'ils marchaient.

— Oh, tu n'as rien à dire. C'est juste que je n'aimerais pas que ça finisse...

— Pourquoi est-ce que ça finirait ?

— Je ne sais pas, mais ça me fait peur. Tout ça ne mène à rien. Mes parents s'inquiètent aussi...

— Oh. Tu veux parler de mariage ?

— Non, pas vraiment. Je sais ce que tu en penses : pas encore, tu ne veux pas en parler. Et nous sommes trop jeunes. Je suis de ton avis. Je pense que ma mère et mon père également. Je sais que tu aimes beaucoup la solitude, et tu as raison : nous sommes vraiment trop jeunes !

— Oui, mais nous sommes encore en train de tourner en rond.

Elle le regarda d'un air abattu.

— C'est juste que... eh bien, je ne sais jamais ce que tu as. Si seulement tu pouvais me dire ce qui te préoccupe autant. Je sais qu'il y a quelque chose, mais tu ne veux pas me le dire.

Il chercha quelque chose à dire. Brenda retint sa respiration jusqu'à ce qu'elle se rende compte qu'il n'allait pas insister. Elle essaya par élimination.

— Je sais que ce n'est pas l'écriture, parce que tu étais déjà comme ça avant d'écrire. Depuis que je te connais, en fait. Si seulement...

— Brenda !

Il s'arrêta, la prit dans ses bras et l'obligea à s'arrêter. Il semblait à bout de souffle, incapable de parler, de dire ce qu'il voulait dire. Cela l'effraya.

— Oui, Harry ? Qu'est-ce qu'il y a ?

Il déglutit, avala une grosse bouffée d'air et repartit. Elle le rattrapa, lui prit la main.

— Harry ?

Il ne voulait pas la regarder.

— Brenda, je... je veux te parler.

— Mais, moi aussi, je veux te parler !

À nouveau, il s'arrêta, l'enlaça et fixa la mer par-dessus son épaule.

— C'est un sujet plutôt étrange, c'est tout...

Elle prit l'initiative, se libéra de son étreinte et le conduisit par la main le long de la plage.

— Bien. Marchons, tu parles, j'écoute. Un sujet étrange ? Pas grave. Voilà, j'ai fait ma part ? À ton tour.

Il hocha la tête, la regarda du coin des yeux, toussa pour s'éclaircir la voix et dit :

— Brenda, ne t'es-tu jamais demandée à quoi les gens peuvent penser lorsqu'ils sont morts ? À quoi ressemblent leurs pensées lorsqu'ils reposent dans leurs tombes.

Elle sentit la chair de poule lui hérisser la nuque et le haut du dos. Malgré la chaleur du soleil, le ton dépourvu de toute émotion de Harry, ajouté à ce qu'il avait dit, la glaça jusqu'aux os.

— Me suis-je déjà demandé...

— J'ai dit que c'était un sujet étrange, se dépêcha-t-il de lui rappeler.

Que pouvait-elle lui dire ou lui répondre ? Elle haussa involontairement les épaules. Il ne pouvait pas rester sérieux. Ou était-ce quelque chose sur lequel il travaillait ? Ce devait être ça : c'était une histoire qu'il était en train d'écrire !

Brenda fut déçue. Une histoire, c'est tout. D'un autre côté, peut-être avait-elle eu tort de ne pas penser à l'écriture comme source de son humeur. C'était peut-être ça, la cause de cette humeur morbide, tout simplement parce qu'il n'avait personne à qui en parler. Tout le monde savait qu'il était précoce : son style était brillant, le travail d'un homme mûr. Était-ce ça ? Était-ce simplement parce qu'il avait tout intériorisé et qu'il n'avait aucun moyen pour évacuer ses problèmes ?

— Harry, tu aurais dû me dire que c'était l'écriture qui te tracassait !

— L'écriture ?

— Une histoire. C'est ça, non ?

Il secoua la tête, puis finalement acquiesça et dit dans un sourire :

— Tu as deviné. Une histoire. Mais une histoire terrible. J'ai du mal à la mettre en place. Si je pouvais en parler...

— Mais tu peux, à moi.

— Alors écoute. Cela peut peut-être me donner quelques idées en plus, ou me faire comprendre ce qui ne va pas dans celles que j'ai en ce moment.

Ils continuèrent à se promener, main dans la main.

— Bien, dit-elle. Des pensées agréables.

— Hein ?

— Les morts, dans leurs tombes. Je pense qu'ils doivent avoir des pensées agréables. Ça doit être l'équivalent du paradis.

— Les gens qui étaient malheureux pendant leur existence ne pensent à rien, lui dit-il d'une voix neutre. Ils sont juste contents d'en être sortis, pour la plupart.

— Ah ! Tu veux dire qu'il y aurait plusieurs catégories de morts : ils n'appartiendraient pas au même groupe et ne penseraient pas aux mêmes choses.

Il acquiesça.

— C'est ça. Pourquoi en serait-il autrement ? Ils ne pensaient pas aux mêmes choses de leur vivant, pourquoi changeraient-ils ? Oh, certains d'entre eux sont heureux, et n'ont pas à se plaindre. Mais il y a les autres qui reposent plein de haine, parce qu'ils savent que ceux qui les ont tués n'ont pas été punis.

— Harry, c'est une idée atroce ! Quel genre d'histoire est-ce là ? Est-ce une histoire fantastique ?

Il s'humecta les lèvres.

— Quelque chose comme ça, si tu veux. C'est l'histoire d'un homme qui peut parler avec des gens dans leurs tombes. Il peut les entendre, dans sa tête, et connaître leurs pensées. Oui, et il peut leur parler également.

— Je pense toujours que c'est terrible. C'est même horrible ! Mais l'idée est excellente. Est-ce que ces morts lui parlent vraiment ? Et pourquoi voudraient-ils le faire ?

— Parce qu'ils sont seuls. Comprends bien, il n'y a aucun autre homme comme lui. Il est le seul qui puisse le faire. Ils n'ont personne d'autre à qui parler.

— Est-ce que ça ne risque pas de le rendre fou ? Toutes ces voix en même temps dans sa tête gémissant pour attirer son attention ?

Harry se força à sourire.

— Ça ne se passe pas comme ça. Normalement, ils reposent tout simplement et pensent. Le corps s'en va, tu comprends, il pourrit, il se transforme finalement en poussière. Mais l'esprit persiste. Ne me demande pas comment, c'est quelque chose que je n'arriverais pas à expliquer. C'est tout simplement parce que l'esprit est la conscience et le centre de contrôle inconscient d'une personne, et après la mort, l'esprit continue à exister, mais seulement sur le plan inconscient. Comme si la personne était en train de dormir ; en fait, elle est, en quelque sorte, vraiment en train de dormir. Simplement, elle ne pourra jamais se réveiller. Alors tu comprends, le nécroscope parle seulement à la personne qui veut bien lui parler.

— Le nécroscope ?

— C'est le nom que je lui ai donné. Un homme qui regarde dans l'esprit des morts...

— Je vois. Du moins, je crois. Alors, les gens heureux reposent en se souvenant juste de choses agréables ou en ayant des pensées heureuses. Et les gens malheureux, ils sont juste débranchés ?

— En quelque sorte. Les gens malveillants pensent à de mauvaises choses, et les meurtriers ont des pensées meurtrières, et ainsi de suite : leur propre enfer, si tu préfères. Mais il y a les gens ordinaires, avec des pensées ordinaires. Je m'explique : leurs pensées sont très ténues, disons que pendant leur vie, leurs pensées étaient plutôt quelconques ; je ne les critique pas, ils n'étaient pas très brillants, c'est tout. Mais il y a aussi des gens extraordinaires : artistes, grands penseurs, architectes, mathématiciens, écrivains, les vrais intellectuels. Et que penses-tu qu'ils fassent ?

Brenda le regarda, essayant de jauger ses pensées. Elle s'arrêta pour ramasser un galet brillant, usé par la mer.

— Je suppose qu'ils continuent à faire ce qu'ils faisaient.

S'ils étaient de grands penseurs durant leur vie, alors ils doivent continuer à avoir des pensées extraordinaires.

— Exact ! C'est exactement ce qu'ils font. Les bâtisseurs de pont continuent à construire leurs ponts... dans leur tête. Des constructions magnifiques, aériennes, qui franchissent les océans ! Les musiciens écrivent des chansons et des mélodies merveilleuses. Les mathématiciens développent des théories abstraites et les peaufinent jusqu'à ce qu'elles soient si limpides que même un enfant serait capable de les comprendre, et si étonnantes, qu'elles contiennent les secrets de l'univers. Ils améliorent ce qu'ils avaient fait quand ils étaient vivants. Ils mènent leurs idées aux limites de la perfection, complétant toutes les pensées incomplètes qu'ils n'avaient jamais eu le temps de finir de leur vivant. Aucune distraction, aucune interférence extérieure, personne pour les embêter, personne pour les troubler, personne pour les inquiéter.

— De la façon dont tu en parles, cela paraît agréable. Mais crois-tu que ce soit réellement comme ça ?

— Bien sûr, affirma-t-il, avant de se reprendre. Dans mon histoire, en tout cas. Comment voudrais-tu que je sache comment c'est dans la réalité ?

— J'ai été stupide. Bien sûr que ce n'est pas réellement comme ça. En tout cas, je ne vois toujours pas pourquoi ces morts voudraient parler à ton, euh, nécroscope. Ne serait-il pas une distraction ? Ne les ennuierait-il pas en s'immisçant comme ça dans tous leurs grands projets ?

— Non ! dit Harry en secouant la tête. Au contraire. C'est la nature humaine, tu comprends ? À quoi bon faire quelque chose si tu ne peux ni raconter ni montrer à personne ce que tu as fait ? C'est pourquoi ils sont heureux de parler au nécroscope. Il peut apprécier leur génie. Il est le seul homme qui puisse faire ça ! De plus, il est compatissant, il veut connaître leurs extraordinaires découvertes, les fantastiques inventions qu'ils ont conçues et qui ne seront pas inventées dans le monde réel avant des milliers d'années.

Brenda saisit soudain quelque chose dans ce qu'il avait dit :

— Mais c'est une idée merveilleuse, Harry ! Ce n'est pas morbide du tout, comme je l'ai tout d'abord pensé. Pourquoi est-ce que le nécroscope ne pourrait pas « inventer » leurs inventions pour eux ! Il pourrait construire leurs ponts, jouer leur musique, écrire leurs chefs-d'œuvre ! Est-ce ce qui va arriver ? Dans ton histoire, je veux dire ?

Il détourna la tête, fixa la mer au loin et dit :

— Quelque chose dans ce genre, je suppose. C'est ce que je n'ai pas encore résolu...

Puis ils se turent un moment, et peu après, ils arrivèrent à Crimdon et s'arrêtèrent pour prendre un café au bord de la plage.

Harry dormait dans son lit, complètement nu, les draps défaits. Il faisait très chaud ce soir-là, et le soleil couchant continuait à déverser son feu doré à travers les fenêtres de son minuscule appartement. Brenda tira les rideaux devant la fenêtre pour réduire l'éclat du soleil qui venait faire briller la sueur perlant sur le corps de Harry. En sentant l'ombre descendre sur son visage, il grogna et grommela quelque chose que Brenda ne put saisir. Tout en se rhabillant lentement, elle repensa à cette journée. Elle repensa également aux années passées.

Tout s'était bien déroulé aujourd'hui. Et, au moins, Harry lui avait parlé de... de certaines choses. Il s'était un peu ouvert à elle et avait déballé ce qu'il avait sur le cœur. Depuis qu'ils avaient parlé de son histoire, il s'était montré plus calme, presque heureux. Juste ce qu'il fallait pour le rendre vraiment heureux. Brenda pouvait à peine imaginer la nature d'une telle chose. Il avait dit qu'il en avait « beaucoup dans la tête ». Beaucoup de quoi ? L'écriture ? Possible. Mais elle ne l'avait jamais connu réellement heureux. Ou, s'il l'avait été, cela ne s'était jamais beaucoup vu...

Mais là, elle s'écartait du sujet. Elle revint à cette journée.

Après Crimdon, ils avaient marché pendant un ou deux kilomètres jusqu'à une partie de la plage plus ou moins déserte, où ils s'étaient baignés en sous-vêtements. De loin, personne ne pouvait s'en rendre compte, on aurait pu croire que c'était leurs maillots de bain. Alors qu'ils avaient chahuté quelque temps dans l'eau, un vieux vagabond était arrivé et il leur avait fallu partir. Ils s'étaient rhabillés avant que le vieil homme ne soit trop près et avaient séché en terminant leur promenade. À Hartlepool, un bus reliant la vieille ville à la « nouvelle » les avait emmenés presque devant la porte de la maison à trois étages de style victorien où Harry avait son appartement mansardé. Et là, Brenda avait préparé des sandwichs pour eux deux avant qu'ils ne se douchent et fassent l'amour. Cela avait été vraiment délicieux, car tous deux avaient encore la peau salée. Elle trouvait que Harry était mieux en été, car il n'était plus si pâle et sa mince silhouette paraissait plus musclée.

Non qu'il fût faible ou chétif; Harry était capable de se défendre et n'était pas du genre à se laisser faire. Brenda l'avait vu par deux fois aux prises avec des brutes, et c'étaient eux qui étaient partis couverts d'entailles et de bleus. Elle était secrètement fière d'avoir été à ces deux occasions l'aiguillon de sa colère. Harry ne prêtait guère attention aux injures qui lui étaient lancées — il les ignorait toujours ou faisait comme s'il n'avait pas entendu — mais il n'acceptait pas les insultes ou les insinuations dirigées vers Brenda, ou vers lui lorsqu'elle était là. Dans ces moments-là, c'était comme s'il devenait quelqu'un d'autre, quelqu'un de plus fort, de plus rapide, de plus énergique. Et même sa maîtrise de la self-défense la surprenait; c'était encore une autre de ces choses dans laquelle il était inexplicablement devenu expert.

Harry avait seize ans lorsqu'il lui fit pour la première fois l'amour — quand ils le firent convenablement — mais il en avait eu envie bien longtemps avant. Et comme elle l'avait fait remarquer sur la plage, il était rapidement devenu très inventif. Totalement inexpérimentée, Brenda avait toujours pensé qu'il n'y avait qu'une seule façon de faire l'amour, mais le répertoire sexuel de Harry semblait inépuisable. Ce qui était pratiquement le cas : elle s'était souvent demandée si quelqu'un d'autre lui avait montré. Finalement, elle avait arrêté de s'inquiéter à ce sujet, considérant que c'était quelqu'un de précoce. Pour des raisons inexpliquées, il y avait des domaines dans lesquels Harry excellait — dans lesquels il excellait naturellement, sans connaissances préalables ni enseignement intensif.

Harry avait tout d'abord reconnu qu'il n'était pas très bon en anglais; cela l'avait pratiquement empêché de rentrer au collège technique pour continuer sa scolarité, lorsqu'il avait complètement manqué son examen d'anglais. Si c'était le cas à l'époque, ça ne l'était plus actuellement. Peut-être était-ce parce qu'il avait beaucoup travaillé pour s'améliorer, mais quand ? Brenda ne l'avait jamais vu ni apprendre ni réviser son anglais ; elle ne l'avait jamais rien vu apprendre d'ailleurs. Et pourtant, il avait dix-huit ans, et il était écrivain, un écrivain si prolifique qu'il avait publié sous quatre pseudonymes différents ! Seulement des nouvelles, mais au moins trois par semaine — et toutes excellentes — et elle savait qu'il était en train de travailler sur un roman.

Sa machine à écrire d'occasion, toute bosselée, trônait sur une petite table près de la fenêtre. Une fois, lorsqu'elle était venue le voir par surprise, Harry était en train de travailler. C'était l'une des rares occasions où Brenda l'avait vu en plein travail. En montant les escaliers, elle avait entendu le cliquetis de la machine et, se glissant dans sa minuscule entrée, elle avait passé sa tête par la porte. Perdu dans ses pensées, le sourire aux lèvres — semblant même marmonner quelque chose — Harry était assis à sa table, le menton posé sur les mains. Puis il s'était remis à taper quelques phrases, s'arrêtant simplement pour hocher la tête et sourire à l'une de ses pensées, ou pour regarder, par la fenêtre de sa mansarde, la rue en contrebas.

Puis elle avait frappé à la porte, le faisant sursauter, et était entrée dans la chambre ; Harry l'avait embrassée, avait abandonné son travail et cela avait été tout — sauf qu'elle avait eu le temps de jeter un coup d'œil à la feuille placée dans la machine à écrire sur laquelle était écrit : *Journal d'un Libertin du 17e siècle.*

Ce n'est que plus tard qu'elle s'était demandée ce que Harry pouvait bien connaître sur le dix-septième siècle (Harry ? avec ses connaissances si limitées en histoire, matière qu'il avait toujours détestée ?) ou, sur ce sujet, les libertins...

Elle avait fini de s'habiller à présent. Elle traversa la chambre sur la pointe des pieds jusqu'à un miroir pour se démaquiller. Puis elle s'installa à la table de Harry et regarda à nouveau la machine à écrire et la feuille qui y était engagée. Manifestement, il était toujours sur son roman : la feuille A4 était numérotée p. 213, et en haut, à gauche, on pouvait y lire *Journal d'un... etc.*

Brenda tira un petit peu la feuille et lut ce qui y était écrit — ou au moins commença à le faire. Mais, rouge de confusion, elle détourna les yeux et regarda par la fenêtre. C'était excellent : très travaillé, très stylé, extrêmement pervers ! Elle regarda à nouveau la feuille du coin de l'œil. Elle aimait les romans du dix-septième siècle et le style de Harry était parfait — mais ce n'était pas un roman et c'était carrément pornographique.

Puis, seulement, elle remarqua ce qu'elle était en train de regarder à travers la fenêtre : le cimetière de l'autre côté de la rue. Un cimetière vieux de quatre cents ans, avec ses grands marronniers, ses arbustes aux feuilles vernissées et ses parterres de fleurs, ses pierres tombales penchées, usées par les intempéries et ses parcelles bien délimitées par des cailloux. En le regardant, elle se demanda pourquoi Harry avait choisi cet endroit. Il y avait de plus beaux appartements en ville, mais il lui avait dit qu'il « aimait la vue ». Et c'était seulement maintenant qu'elle réalisait ce qu'était cette vue. Oh, assez jolie en été, certainement, mais c'était quand même un cimetière.

Derrière elle, Harry marmonna à nouveau quelque chose et se retourna. Elle marcha jusqu'au lit et sourit avec douceur, puis elle tira un drap sur Harry. Dans la pénombre, il frissonna un petit peu. Elle ne voulait pas le réveiller, pas encore, il était temps qu'elle s'en aille. Ses parents aimaient qu'elle rentre avant la nuit, surtout lorsqu'ils ne savaient pas où elle était. Mais avant, elle voulait faire du café. Alors qu'elle faisait demi-tour, Harry parla à nouveau, et cette fois, ses paroles étaient très claires.

— Ne t'inquiète pas, M'man. Je suis un grand garçon maintenant. Je peux faire attention à moi. Tu peux reposer en paix.

Il s'arrêta et sembla même se rendormir et attendre une réponse :

— Non, je te l'ai déjà dit, M'man — il ne m'a pas fait mal. Pourquoi l'aurait-il fait ? De toute façon, je suis allé chez Tatie et Tonton. Ils se sont occupés de moi. Maintenant, j'ai grandi. Et maintenant, peut-être qu'en sachant que je vais bien, tu pourras reposer en paix...

Une autre pause, une brève période d'écoute, et :

— Mais pourquoi tu ne peux pas, M'man ?

Puis, quelques marmonnements incompréhensibles plus tard :

— ... Je ne peux pas. Trop loin. Je sais que tu essaies de me dire quelque chose mais... juste un murmure. M'man. Je comprends mais... ne sais pas ce que... faire ce que tu as dit. Peut-être que si je viens te voir, si je viens là où tu es...

Harry était calme à présent et il transpirait abondamment en frissonnant. En le regardant, Brenda s'inquiéta un petit peu. Avait-il de la fièvre ? De la sueur coulait dans le creux au-dessus de sa lèvre supérieure ; elle formait des gouttelettes sur son front et suintait dans ses cheveux ; ses mains se contractèrent et eurent des mouvements convulsifs sous les draps.

Elle tendit une main et le toucha :

— Harry ?

— *Quoi ?*

Il se réveilla en sursaut, ses yeux s'ouvrirent et la regardèrent fixement ; son corps tout entier devint aussi rigide qu'une barre métallique.

— Qui... ?

— Harry, Harry ! Ce n'est que moi. Tu faisais un cauchemar.

Brenda le berça dans ses bras comme un enfant et il se laissa faire, s'y pelotonna et passa ses bras autour d'elle.

— C'était à propos de ta maman, Harry. Ça va, maintenant. Attends, je vais faire du café.

Elle le serra pendant un moment, puis doucement elle se libéra et se leva. Les yeux toujours écarquillés, Harry la suivit du regard jusqu'à l'alcôve que formait sa minuscule cuisine :

— À propos de ma mère ?

Tout en mettant du café instantané dans des tasses, elle hocha la tête, brancha la bouilloire électrique et l'alluma :

— Tu l'appelais « M'man » et tu lui parlais.

Il déplia les jambes et s'assit en se passant la main dans les cheveux :

— Qu'est-ce que je disais ?

Elle secoua la tête :

— Pas grand-chose. Beaucoup de charabia. Tu lui disais

que tu étais grand à présent, et qu'elle pouvait reposer en paix. C'était juste un cauchemar, Harry.

Lorsque le café fut prêt, Harry se leva. Ils ne parlèrent plus de son cauchemar et burent leur café ; puis il l'accompagna jusqu'à l'arrêt de bus pour Harden, où ils attendirent en silence que le bus arrive. Juste avant qu'elle ne monte, il l'embrassa sur la joue.

— À bientôt, dit-il.

— Demain ?

Le lendemain c'était dimanche.

— Non, dans la semaine. Je viendrais te voir. Au revoir, chérie.

Elle s'assit à l'arrière du bus et regarda à travers la vitre Harry, seul à l'arrêt de bus. Lorsque le bus commença à tourner le coin, il fit demi-tour et retourna à son appartement. Se demandant ce qu'il avait en tête, Brenda essaya de le suivre des yeux aussi longtemps qu'elle le put. Elle le vit même entrer par la porte du cimetière... les derniers rayons du soleil jouaient dans ses cheveux.

Puis, le bus passa le coin et Harry fut hors de vue.

Harry ne vint pas la voir pendant la semaine, et le travail de Brenda commença à en souffrir au salon de coiffure pour dames de Harden. Le jeudi, elle était vraiment inquiète à son sujet et le vendredi, pendant la nuit, elle pleura, et son père lui dit qu'il se payait sa tête.

— Ce gars est bizarre ! déclara-t-il. Brenda, tu es trop bonne avec lui.

Et il n'accepta pas de l'emmener à Hartlepool en pleine nuit.

— Pas un vendredi soir, ma fille, quand tous les gars vont dépenser leur argent dans les bars. Tu pourras aller voir ton foutu Harry demain.

Le lendemain sembla long à venir et Brenda ne dormit pas du tout, mais le samedi matin elle prit tôt le bus pour la ville et se rendit à l'appartement de Harry. Elle avait sa propre clef et elle entra, mais il n'était pas là. Il y avait une feuille dans la machine à écrire, datée de la veille avec ce simple message :

Brenda —

Je suis à Édimbourg pour le week-end. Je dois aller voir quelqu'un. Je serai de retour lundi au plus tard et je te verrai ce jour là — promis. Désolé de n'être pas venu te voir cette semaine — j'étais très occupé et je ne voulais pas être dérangé.

Je t'aime, Harry.

Les derniers mots avaient beaucoup d'importance pour elle et elle en oublia le reste. De toute façon, lundi n'était pas si loin — mais qui devait-il donc voir à Édimbourg ? Il avait un beau-père qui habitait là-bas, un beau-père qu'il n'avait pas vu depuis qu'il était gosse, mais qui alors ? Personne que Brenda connaissait. D'autres relations qu'elle ne connaissait pas ? Peut-être. Il y avait sa mère, mais elle s'était noyée lorsqu'il n'était encore qu'un enfant.

Noyée, oui, mais Harry lui avait parlé durant son sommeil...

Brenda se reprit. Certaines de ses idées étaient presque aussi morbides que celles de Harry ! Cimetières, morts et asticots. Non, bien sûr qu'il n'était pas allé voir sa mère, puisqu'on n'avait jamais retrouvé son corps. Il n'y avait pas de tombe à visiter.

Cette pensée n'améliora pas l'état d'esprit de Brenda. Au contraire, cela la conduisit à faire quelque chose qu'elle n'aurait jamais pensé faire. Elle examina soigneusement chaque manuscrit de Harry, regarda chaque histoire, qu'elle fût terminée ou à peine commencée. Elle ne savait pas exactement ce qu'elle cherchait, mais elle savait ce qu'elle n'avait pas trouvé.

Nulle part dans son travail elle n'était tombée sur une histoire à propos d'un nécroscope.

Ou bien, Harry n'avait pas encore commencé cette histoire...

Ou c'était un menteur...

Ou...

Ou ce qui l'inquiétait était entièrement différent.

Pendant que Brenda Cowell se tenait dans la lumière matinale au milieu de l'appartement de Harry, se posant des questions sur l'étrangeté de l'homme dont elle était tombée amoureuse, à deux cents kilomètres de là Harry se tenait dans la même lumière matinale, sur les rives d'une paisible rivière d'Écosse, et il regardait en direction d'une grande maison qui dominait un immense jardin en friche. Longtemps auparavant, la maison avait été bien entretenue, mais Harry ne pouvait pas s'en souvenir. Il était trop jeune à l'époque, un enfant, et il y avait beaucoup de choses dont il ne pouvait pas se souvenir. Mais il se souvenait parfaitement de sa mère. Quelque part, enfouie au plus profond de son inconscient, il ne l'avait pas oubliée — et elle ne l'avait pas oublié non plus. Et elle s'inquiétait toujours pour lui.

Harry observa un long moment la maison, puis la rivière. Ses eaux coulaient doucement en tourbillonnant, tranquilles et engageantes. Une rive couverte d'herbes et de roseaux; une eau d'un vert foncé, un fond caillouteux; et quelque part, coincé entre des galets glissants, là où elle était tombée des années auparavant... Une bague. Une bague d'homme. Un œil de chat serti dans de l'or. Harry tituba. Il se laissa volontairement choir sur la rive pour ne pas tomber dans la rivière. Le soleil le réchauffait, mais il avait froid. Le ciel bleu vacilla, se transforma en une eau agitée, grise et boueuse.

Il était sous la glace, essayant d'atteindre la surface par un trou dans la glace.

Puis le visage apparaissait à travers la glace, ses lèvres de gelée tremblante grimacèrent — ou sourirent! Les mains descendaient dans l'eau, le repoussaient — et à l'une d'elle il y avait une bague. La bague à l'œil de chat, au deuxième doigt de la main droite! Et Harry accroché à ces mains, agrippé à elles, griffant la chair dans sa frénésie. La bague en or tombait en tourbillonnant à côté de lui, dans les profondeurs boueuses et glacées. Du sang provenant des mains greffées teintaient l'eau en rouge — du rouge contre le noir de la mort de Harry.

Non, pas de sa mort à lui, mais à elle! Celle de sa mère!

Gorgé/e d'eau, il/elle coula; et le courant l'entraîna sous la glace; le/la faisant tourner; et qui allait prendre soin de Harry à présent? Pauvre petit Harry...

Le cauchemar s'estompa, ses assauts et ses gargouillis diminuèrent dans sa tête, le laissant haletant sur la berge herbeuse. Puis il se pencha sur le côté et vomit. C'était ça; c'était là. C'était là que c'était arrivé. C'était là qu'elle était morte. Là qu'elle avait été assassinée. Juste là!

Mais — Où était-elle à présent?

Harry se leva et suivit le lit de la rivière. Là où il se rétrécissait un petit peu, il rencontra un petit pont de bois, puis continua son chemin. Des clôtures de jardin descendaient jusqu'à la rive; alors il s'engagea sur le chemin envahi par les herbes, se faufila entre les haies, les roseaux et la rivière. Quelques instants plus tard, il déboucha dans un endroit où la rive, érodée, faisait une saillie. Au-dessus de l'eau paisible, dans le courant, le chemin se terminait là où la haie s'avançait dangereusement dans la rivière, mais Harry n'avait pas besoin d'aller plus loin. C'était là qu'elle reposait.

Quelqu'un le regardant depuis la rive opposée aurait observé quelque chose d'assez étrange. Harry s'assit, les pieds suspendus au-dessus du courant boueux, posa son menton sur ses mains et regarda au fond de l'eau. Quelques minutes plus tard, si quelqu'un s'était trouvé là, il aurait encore été témoin d'une chose bien étrange : des larmes coulèrent des yeux impassibles du jeune homme et tombèrent depuis le bout de son nez dans le courant, venant ajouter leur substance à celle de la rivière.

Et pour la première fois dans sa vie d'adulte, Harry Keogh rencontra sa mère, lui parla « face à face » et fut capable de vérifier les choses terribles de ses rêves et les messages tourmentés qui l'avaient rendu plus que soupçonneux au cours des années. Et tandis qu'ils discutaient, lui pleurait — des larmes de tristesse et de joie au départ; puis de remords et de frustration d'avoir été obligé d'attendre jusqu'à ce jour; et enfin de colère lorsqu'il commença à comprendre. Finalement, il lui dit ce qu'il avait l'attention de faire.

Un observateur éventuel aurait pu voir une chose encore plus étrange. Car quand Mary Keogh apprit les plans de son fils, elle s'inquiéta encore plus pour lui et lui exprima ses craintes. Elle lui fit promettre de ne rien tenter. Il ne pouvait pas ignorer ses prières, il acquiesça donc d'un signe de tête. Elle ne le crut pas, le rappela à grands cris lorsqu'il se leva et s'en alla. Pendant un moment — à peine une seconde — la surface de l'eau sembla frémir, s'agiter et des rides coururent depuis le centre vers l'extérieur. Puis la surface fut à nouveau paisible.

Harry ne vit pas cela car il était déjà arrivé au pont, retournant à l'endroit où tout était arrivé des années auparavant. L'endroit où sa mère avait été assassinée.

Il trouva un endroit où les roseaux n'étaient pas trop hauts, vérifia qu'il était bien seul, se mit en caleçon et descendit dans l'eau. Un moment plus tard, il nageait au milieu de l'eau, là où le courant était le plus rapide. Même là, le courant de la rivière était à peine perceptible, et après vingt minutes de nage et de plongeons parmi les galets du fond, il trouva ce qu'il était venu chercher. Elle était enterrée à quelques centimètres de profondeur, là où il avait toujours pensé qu'elle était, ternie et légèrement couverte de vase, mais c'était indiscutablement une bague. L'or brilla dès qu'il la nettoya, et l'œil de chat avait conservé son regard fixe et glacé. Harry ne l'avait jamais vue avant que ses doigts ne la trouvent — pas de manière consciente, en tout cas — mais il l'avait immédiatement reconnue. Elle lui était familière.

Il termina de la nettoyer sur la berge de la rivière, la glissa à l'index de sa main gauche où elle ne s'ajusta pas parfaitement, mais elle était assez serrée pour qu'il ne la perde pas. Il la tourna pensivement entre ses doigts, s'imprégna de son image. Elle semblait froide, même sous les rayons du soleil, froide comme le jour où son propriétaire l'avait perdue.

Puis Harry se rhabilla et se rendit à Bonnyrigg. De là, il attrapa un bus pour Édimbourg et prit le premier train pour rentrer à Hartlepool. Son travail ici était terminé — pour le moment.

Maintenant qu'il avait retrouvé sa mère, il n'aurait plus de mal à la contacter à nouveau, quel que soit l'endroit où il se trouvait, et il serait capable d'apaiser ses craintes et de lui apporter un petit peu de la paix à laquelle elle aspirait depuis si longtemps. Elle n'aurait plus à s'inquiéter pour son pauvre petit Harry.

Cependant, avant de quitter la rivière, il s'était arrêté une nouvelle fois près de la grande maison qui s'élevait sur la rive opposée; et il avait regardé pendant longtemps ses vieux pignons et ses jardins en friches. Son beau-père était encore en vie et travaillait ici, il le savait. Oui, et Harry n'allait pas tarder à lui rendre visite.

Mais, avant cela, il avait mieux à faire. Viktor Shukshin était un homme dangereux, un assassin, et Harry devait faire attention en l'approchant. Il voulait que son beau-père paie pour la mort de sa mère, il devait être puni, mais le punir c'était commettre un crime. Il était inutile de l'accuser, car quelles preuves restait-il après toutes ces années ? Non, Harry devait lui tendre un piège, et l'appâter. Mais pas de précipitation, le temps jouait en faveur de Harry. Le temps lui permettrait de devenir expert en de nombreuses choses, et en effet, il avait beaucoup à apprendre. Car qu'y aurait-il de bon à être un nécroscope s'il n'y trouvait pas d'utilité ? Comment utiliserait-il son don après avoir vengé la mort de sa mère ?... cela restait à voir.

Mais à présent, ses professeurs l'attendaient, et c'étaient les meilleurs du monde. Oui, et ils en savaient bien plus aujourd'hui que lorsqu'ils étaient encore en vie.

Chapitre VIII

Été 1975

Trois années s'étaient écoulées depuis le dernier voyage de Dragosani chez lui, et il ne restait qu'une seule année avant que la vieille Chose dans le sol ne lui révèle ses secrets, les secrets des Wamphyri. En échange de quoi, Dragosani devait lui redonner vie, ou plutôt, devait réanimer cette chose non-morte, pour qu'elle puisse à nouveau parcourir la terre.

En trois ans, le nécromant était devenu bien plus puissant, et était même devenu le bras droit de Gregor Borowitz. Lorsque le vieil homme s'en irait, Dragosani serait celui qui le remplacerait. Après cela, avec toute l'organisation ESP soviétique à sa botte, et avec toutes ses connaissances sur les Wamphyri entre les mains, ses possibilités seraient immenses.

Ce qui avait semblé n'être qu'un rêve impossible pouvait encore devenir réalité. La vieille Valachie redeviendrait une nation puissante — la plus puissante de toutes les nations. Pourquoi pas, avec Dragosani à sa tête ? Un mortel ne peut accomplir que très peu de choses pendant son court passage sur Terre, mais un immortel pourrait accomplir n'importe quoi. À la suite de cette pensée, une question que Dragosani s'était souvent posée, avait à nouveau surgi : si c'était vrai que la longévité apportait le pouvoir, et l'immortalité le pouvoir ultime, pourquoi est-ce que les Wamphyri avaient échoué ? Pourquoi est-ce que les vampires ne dominaient pas et ne dirigeaient pas le monde ?

Après une longue réflexion, Dragosani avait abouti à une réponse ; vraie ou fausse, il ne le savait pas encore.

Pour les hommes, le concept du vampire est odieux — le concept en lui-même ! Si les hommes croyaient — s'ils avaient la preuve irréfutable de l'existence de cette infestation vampirique — alors ils traqueraient les créatures et les détruiraient. Cela avait été le cas depuis la nuit des temps, depuis le moment où les hommes y avaient vraiment cru, et cela avait eu pour effet de limiter le champ d'action du vampire. Il n'ose pas se révéler, ne doit pas sembler différent, étranger. Il doit contrôler autant qu'il le peut ses passions, ses désirs, son besoin naturel de pouvoir absolu, que ses arts démoniaques sont capables de lui apporter. Pour avoir du pouvoir, qu'il soit politique ou financier ou de toute autre sorte, il faut être rigoureux — une chose qu'un vampire déteste par-dessus tout ! Car, grâce à un examen minutieux, il peut être découvert et détruit.

Mais si un homme pouvait contrôler les arts vampiriques — un homme vivant, pas une chose non-morte — il n'aurait pas à supporter de pareilles limites. N'ayant rien à cacher à part son sombre savoir... il pourrait accomplir n'importe quoi !

C'était pour cela que Dragosani avait une nouvelle fois fait le voyage en Roumanie ; conscient du fait que ses devoirs l'avaient gardé éloigné trop longtemps, il souhaitait parler une nouvelle fois avec le vieux démon et lui offrir de petits services, et apprendre ce qu'il y avait à apprendre avant l'été suivant, lorsque le temps imparti serait écoulé.

Le temps imparti, oui — quand tous les secrets du vampire seraient nus devant lui, ouverts et révélés comme un cadavre éviscéré !

Trois années s'étaient écoulées depuis la dernière fois où il était venu là, et cela avait été des années bien remplies. Bien remplies pour Dragosani, parce que, durant toute cette période, Gregor Borowitz avait conduit tous ses ESPerts, le nécromant y compris, jusqu'aux limites de leurs capacités. Bien sûr, il l'avait fait pour s'assurer que pendant les quatre années que lui avait accordées Léonid Brejnev, son réseau deviendrait indispensable. Et, à présent, le Président avait vu que le réseau était *absolument* indispensable. C'était le plus secret de tous ses services secrets et de loin le plus indépendant — ce qu'avait toujours voulu Gregor Borowitz.

Comme l'avait annoncé Borowitz, Brejnev avait été totalement préparé à la disgrâce de son camarade Richard Nixon aux USA. Et là où le Watergate aurait pu gêner ou même anéantir beaucoup d'autres présidents russes, Brejnev en tirait profit, mais seulement grâce aux prédictions de Borowitz (ou plus exactement d'Igor Vlady). Un Brejnev « malheureux » avait dit à Borowitz à ce moment-là : « Nixon ne t'avait pas pour travailler avec lui, hein, Gregor ? »

De la même façon, et aussi comme prévu, le Président se trouvait à présent avantageusement placé dans ses tractations avec le président « par intérim » ; et avant la chute de Nixon, dès 1972, sachant à l'avance qu'il y avait des Américains purs et durs encore à venir, Brejnev s'était servi des prévisions de Borowitz et avait signé des accords avec les USA. Comme l'Amérique était maintenant en avance dans la technologie spatiale, il s'était également dépêché d'apposer sa signature à l'ultime signe de « détente »[1] de sa carrière : un projet de rencontre avec Skylab dans l'espace, qui était justement en train de se réaliser.

Le président soviétique avait pris une telle initiative et avait pris en compte d'autres suggestions du Réseau-ESP : l'expulsion de plusieurs dissidents et le « rapatriement » des Juifs par exemple, et chaque décision qu'il avait prise avait été couronnée de succès, asseyant son indiscutable position de leader. Et presque tout était à porter au crédit de Borowitz et de son réseau.

Aussi, en même temps que Brejnev et son régime prospéraient, Gregor Borowitz prospérait également ; de même que Boris Dragosani, dont la loyauté envers le réseau semblait indiscutable. Elle était d'ailleurs vraiment indiscutable — pour le moment...

Dans le même temps que Gregor Borowitz assurait la pérennité de son réseau et montait dans l'estime de Leonid Brejnev, ses relations avec Youri Andropov s'étaient détériorées ; il n'y avait pas de conflit ouvert, mais dans les coulisses, Andropov était jaloux et complotait. Dragosani savait

1. *En français dans le texte. (N.d.T.)*

que Borowitz continuait à observer de très près Andropov. Ce que le nécromant ne savait pas, c'est que Borowitz l'observait également ! Oh, Dragosani n'était pas sous surveillance, mais il y avait quelque chose dans son attitude qui inquiétait son patron depuis un certain temps. Dragosani avait toujours été arrogant, insubordonné même, et Borowitz avait accepté cela et l'avait même encouragé — mais quelque chose d'autre l'inquiétait. Borowitz le suspectait d'être ambitieux ; ce qui était bien, aussi longtemps que le nécromant ne devenait pas trop ambitieux.

Dragosani avait également noté ce changement en lui. En dépit du fait qu'une de ses plus vieilles inhibitions, son plus grand « complexe », avait disparu, il était devenu encore plus glacial avec les membres du sexe opposé. Quand il prenait une femme, c'était toujours avec brutalité, avec peu ou pas d'amour du tout, c'était un simple biais pour réaliser ses propres besoins émotionnels et physiques refoulés. De même pour l'ambition : il avait parfois des difficultés pour contrôler sa frustration et avait du mal à attendre le jour où Borowitz passerait la main. Le vieil homme n'était plus dans la course, c'était un vieux gâteux, devenu presque inutile. En fait, ce n'était pas vraiment le cas, mais par rapport à l'énergie de Dragosani — l'accélération et le développement rapide de son comportement et de son tempérament — cela semblait être le cas. Et c'était l'une des raisons pour laquelle il revenait en Roumanie : il voulait recevoir les conseils de la Chose dans le sol. Qu'il le veuille ou non, Dragosani avait commencé à accepter le vampire comme une sorte de représentation paternelle. À qui d'autre pouvait-il parler de ses ambitions et de ses frustrations en lui faisant totalement confiance ? Personne. D'une certaine manière, le vampire était un oracle... mais d'une autre, non. Contrairement à un oracle, Dragosani n'était pas toujours certain de l'exactitude de toutes ses déclarations. Ce qui signifiait qu'en revenant ici, en Roumanie, il devait encore faire attention lorsqu'il faisait des marchés avec la Chose dans le sol.

Il pensa à tout cela sur la route menant à travers le pays de Bucarest à Pitesti ; et tandis que sa Volga croisait un panneau indiquant que la ville n'était plus qu'à seize kilomètres, il se souvint comment, trois ans auparavant, sur la route de

Pitesti, Borowitz l'avait rappelé à Moscou. Étrangement, il n'avait pas pensé à la bibliothèque de Pitesti depuis ce jour, mais il allait à nouveau pouvoir la visiter. Il ne connaissait encore que très peu de choses sur le vampirisme et la non-mort, et ce qu'il savait était douteux puisque c'était le vampire lui-même qui le lui avait appris. Mais si jamais une bibliothèque fut le dépositaire de documents sur les coutumes et les légendes, alors celle de Pitesti était une bibliothèque de référence.

Dragosani se souvenait de l'endroit qu'il avait vu lors de ses années passées au lycée de Bucarest. Le lycée avait souvent emprunté de vieux documents et des dossiers concernant la Valachie et la Roumanie ancienne, car une grande partie des documents historiques provenant de Ploiesti et de Bucarest avaient été mis en sûreté ici durant la Deuxième Guerre mondiale. Dans le cas de Ploiesti, cela avait été une sage décision, car la ville avait subi les pires bombardements de la guerre. En tout cas, la plupart des documents n'avaient pas retrouvé leur place dans leurs musées et leurs bibliothèques d'origine, mais étaient demeurés à Pitesti.

Bon... la Chose dans le sol pouvait attendre un petit peu plus longtemps le retour de Dragosani. Il devait d'abord se rendre à la bibliothèque de Pitesti, déjeuner en ville et, seulement après, poursuivre jusqu'au cœur de son pays natal...

Dragosani arriva à onze heures, se présenta au bibliothécaire et demanda à pouvoir consulter les documents concernant les familles des boyards, leurs terres, leurs batailles, leurs monuments, leurs ruines et leurs lieux de sépulture, ou tous les documents sur les pays compris entre la Valachie et la Moldavie — et spécialement sur la région — vers le milieu du quinzième siècle. Le bibliothécaire fut plutôt aimable et heureux de l'aider (en dépit du fait qu'il parut un petit peu amusé par la demande de Dragosani, ou au moins suffisamment amusé pour le faire sourire) ; il l'emmena dans la pièce contenant ces vieux documents... et alors, Dragosani fut capable d'apprécier le côté amusant de la chose.

Dans une pièce immense, il trouva des étagères contenant suffisamment de livres, de documents et de dossiers pour remplir plusieurs camions, et tout cela concernait son enquête !

— Mais... il n'y a pas de catalogue ? demanda-t-il.

— Bien sûr que si, monsieur, lui répondit le jeune bibliothécaire, en souriant à nouveau. Et il lui tendit une pile de catalogues dont la lecture elle-même lui aurait pris plusieurs jours, si Dragosani avait été disposé à entreprendre une telle tâche.

— Mais examiner ce tas prendrait au moins un an ! se plaigna-t-il finalement.

— Cela en a déjà pris vingt, simplement pour créer ces catalogues. Mais ce n'est pas la seule difficulté. Car même si vous pouviez y passer autant de temps, vous ne pourriez pas le faire. Bientôt les autorités vont tout disperser, la plupart des documents va retourner à Bucarest, une grande partie est prévue pour aller à Budapest, même Moscou a fait des demandes. Tout va être déplacé, au moins une bonne partie, peut-être dans les trois prochains mois.

— Eh bien, vous avez raison, je n'ai ni des années, ni des mois, mais à peine quelques jours. Alors... je me demande s'il n'y aurait pas un moyen pour limiter ma recherche ?

— Ah ! Mais alors c'est une recherche sur les langues. Voulez-vous les documents relatifs au turc ?... au hongrois ?... à l'allemand ? Est-ce que votre intérêt se porte uniquement sur le monde slave ? Le monde chrétien ou ottoman ? N'avez-vous pas des points de référence spécifiques — des points de repères ? Toutes les archives ici ont au moins trois cents ans, mais certaines ont plus de sept siècles, voire plus encore ! Comme je suis certain que vous le savez, la période principale — qui semble être ce qui vous intéresse — couvre plusieurs décennies de perpétuels changements. Ici, ce sont les documents relatifs aux conquérants étrangers, mais nous avons aussi des documents sur ceux qui les ont repoussés. Etes-vous capable de comprendre des textes de cette époque ? Après tout, ils n'ont qu'un demi-millénaire. Si vous pouvez les lire, c'est que vous êtes un érudit ! Je n'en serais pas capable, pas avec une grande précision — et j'ai été pourtant formé pour les lire...

Puis, en voyant le regard impuissant de Dragosani, il ajouta :

— Monsieur, peut-être que si vous étiez plus précis....

Dragosani ne voyait aucune raison d'user de subterfuges.

— Je m'intéresse au mythe du vampire, qui semble avoir ses racines ici, en Transylvanie, en Moldavie, en Valachie, et qui remonte au quinzième siècle.

Le bibliothécaire recula d'un pas et perdit son sourire. Il sembla soudain méfiant.

— Mais vous n'êtes pourtant pas un touriste ?

— Non, je suis d'origine roumaine, mais je vis et je travaille actuellement à Moscou. Mais qu'est-ce que cela a à voir avec mes recherches ?

Le bibliothécaire, de trois ou quatre ans plus jeune que Dragosani et visiblement un petit peu intimidé par son apparence cosmopolite, semblait donner à l'affaire une certaine importance. Il s'humecta les lèvres, fronça les sourcils et se tut un moment. Puis, finalement, il dit :

— Si vous y jetez un œil, vous remarquerez que ces catalogues que je vous ai donnés sont en grande partie écrits à la main et de la même écriture. Et je vous ai déjà dit qu'ils représentaient au moins vingt ans de travail. Eh bien, l'homme qui a réalisé ce travail est toujours vivant et il vit non loin d'ici, à Titu. C'est sur la route de Bucarest, à environ quarante-cinq kilomètres.

— Je sais où c'est, dit Dragosani. Je l'ai traversé, il y a moins d'une demi-heure. Croyez-vous qu'il puisse m'aider ?

— Oh, oui — s'il le désire.

— Eh bien, nous y allons... ?

Le bibliothécaire n'était pas sûr de lui. Il regarda ailleurs quelques instants.

— Oh, il y a deux ou trois ans, j'ai fait l'erreur d'envoyer un couple de « chercheurs » américains le voir. Il refusa d'avoir affaire à eux et les jeta dehors ! Un petit peu excentrique, vous voyez ? Depuis ce jour, je fais un peu plus attention. Nous avons pas mal de demandes de ce genre. À l'Ouest, ce *Dracula* est apparemment une sorte d'industrie. Et c'est cet aspect commercial que M. Giresci essaie d'éviter. C'est son nom, au fait : Ladislau Giresci.

— Est-ce que vous êtes en train de me dire que cet homme est une sorte d'expert en vampirisme ? Dragosani sentit son intérêt grandir. Est-ce que vous voulez dire qu'il a étudié les légendes et que, pendant vingt ans, il a reconstitué leur histoire à travers ces documents ?

— Eh bien, entre autres choses, oui, c'est ce que j'ai dit. C'est ce que vous pourriez appeler un hobby — ou peut-être une obsession. Mais une obsession très utile lorsque la bibliothèque est concernée.

— Alors, je dois aller le voir ! Cela pourrait me faire gagner du temps et de l'énergie.

Le bibliothécaire haussa les épaules.

— Très bien, je peux vous donner son adresse, mais... ce sera à lui de décider s'il veut vous recevoir ou non. Cela pourrait vous aider si vous lui apportiez une bouteille de whisky. C'est un grand amateur, lorsqu'il peut s'en procurer — mais de l'écossais et pas cette saleté qu'ils fabriquent en Bulgarie !

— Donnez-moi simplement l'adresse, dit Dragosani. Il me recevra. Vous pouvez en être certain.

Dragosani trouva l'endroit exactement comme le bibliothécaire le lui avait décrit, sur la route de Bucarest, à environ un kilomètre de Titu. Dans un petit lotissement de maisons en bois à deux étages situé en retrait de la route, la demeure de Ladislau Giresci attirait les regards par son isolement. Toutes les maisons possédaient un jardin ou un morceau de terrain qui les séparait des maisons voisines, mais celle de Giresci était située à l'écart des autres à la limite du lotissement, perdue au milieu de pins, de haies à l'abandon courant parmi des arbustes mal entretenus et des broussailles.

La rue pavée menant à la maison avait elle-même été envahie par des haies et des plantes rampantes qui faisaient glisser leurs vrilles en travers de la chaussée ; le jardin était envahi de mauvaises herbes et retournait doucement à la vie sauvage ; la maison, visiblement, était déjà bien attaquée par la pourriture sèche et semblait presque abandonnée. En comparaison, les autres maisons du lotissement étaient en bon état, et leurs jardins bien entretenus. Cependant, quelques petits efforts avaient été faits pour l'entretenir et la réparer, car ça et là, sur la façade de la maison, une vieille planche avait été remplacée par une nouvelle, quoique la plus récente de celles-ci dût avoir au moins cinq ans. Le chemin menant du portail à la porte de devant était lui aussi envahi par l'herbe, mais Dragosani s'obstina et frappa à la porte, dont les dernières traces de peinture s'écaillèrent rapidement.

Il tenait dans une main un petit sac contenant une bouteille de whisky provenant d'un magasin de Pitesti, une miche de pain, un morceau de fromage, quelques fruits. La nourriture était pour lui (son déjeuner, s'il n'y avait rien d'autre à manger) et la bouteille, pour Giresci. S'il était chez lui. Comme Dragosani attendit un certain temps, il lui sembla que non; mais après avoir frappé à nouveau, plus fort cette fois-ci, il entendit finalement du bruit.

Le personnage qui lui ouvrit la porte était un homme d'environ soixante ans, aussi fragile qu'une fleur séchée. Il avait les cheveux blancs — pas gris, mais vraiment blancs, comme une crête enneigée — au-dessus de son front, et sa peau était aussi pâle que celle de Dragosani, mais légèrement luisante, comme si elle avait été polie. Sa jambe droite était en bois, un vieux pilon comparé aux prothèses modernes, mais il semblait s'en servir avec une certaine habileté. Il avait le dos voûté et l'une de ses épaules le faisait souffrir lorsqu'il se déplaçait; mais ses yeux bruns étaient vifs et alertes et pour autant que pouvait en juger Dragosani, il paraissait en bonne santé.

— Vous ne me connaissez pas, M. Giresci, mais j'ai appris beaucoup de choses sur vous et ce que j'ai appris m'a fasciné. Je suis un historien dont les recherches portent sur la vieille Valachie. Et j'ai entendu dire que personne mieux que vous ne connaissait l'histoire de ce pays.

— Hum ! fit Giresci, en regardant son visiteur des pieds à la tête. Eh bien, il y a des professeurs à l'université de Bucarest qui mettraient ça en doute — mais pas moi !

Il bloquait l'entrée, hésitant, mais Dragosani remarqua que ses yeux étaient fixés sur le sac et la bouteille.

— Whisky, dit Dragosani; j'aime bien boire un petit coup, et c'est très dur de s'en procurer à Moscou. Vous prendrez peut-être un verre avec moi — pendant que nous parlerons ?

— Oh ? Et qui vous dit que nous allons parler ? Mais à nouveau ses yeux se fixèrent sur la bouteille et il dit d'une voix plus douce : Du Scotch ?

— Bien sûr. C'est le seul vrai whisky, et c'est...

— Comment vous appelez-vous, jeune homme ? le coupa Giresci.

Il bloquait toujours l'entrée, mais ses yeux semblaient intéressés à présent.

— Dragosani. Boris Dragosani. Je suis né dans la région.

— Et c'est pour cela que vous vous intéressez à son histoire ? Je n'en suis pas convaincu (ses yeux étaient devenus méfiants). Vous ne seriez pas envoyé pas des étrangers, au moins ? Des Américains, par exemple ?

Dragosani sourit.

— Bien au contraire. Non, car je sais que vous avez déjà eu des problèmes avec des étrangers. Mais je ne vais pas vous mentir, Ladislau Giresci, je suis probablement intéressé par les mêmes choses qu'eux. J'ai obtenu votre adresse par le bibliothécaire de Pitesti.

— Ah ? C'est cela ? Eh bien, il sait assez bien qui je veux ou ne veux pas voir. Il semble donc que vous ayez de bonnes références. Mais je voudrais tout entendre de votre bouche et ne me cachez rien : qu'est-ce qui vous intéresse réellement ?

— Très bien (Dragosani ne voyait aucun moyen d'éviter cela et il avait très peu de raisons de cacher la vérité de toute façon). Je veux tout savoir sur les vampires.

L'autre le regarda intensément, ne semblant pas du tout surpris.

— Dracula ?

Dragosani secoua la tête.

— Non, je veux parler des vrais vampires. Le *vampir* de la légende transylvanienne — le culte des Wamphyri !

En entendant cela, Giresci fit un mouvement, gémit à cause de son épaule malade, s'avança un petit peu et saisit le bras de Dragosani. Il respira bruyamment pendant quelques instants, puis dit :

— Oh ? Les Wamphyri, euh ? Eh bien — je peux peut-être vous en parler. Oui, et j'apprécierai certainement un verre de whisky. Mais d'abord, il faut que vous me disiez quelque chose. Vous avez dit que vous vouliez tout savoir sur le vrai vampire, la légende. Êtes-vous certain de ne pas avoir voulu dire le mythe ? Dites-moi, Dragosani : croyez-vous aux vampires ?

Dragosani le regarda. Giresci l'observait intensément, attendant, retenant presque sa respiration. Dragosani sut qu'il avait réussi.

— Oh oui, dit-il doucement. Bien sûr que oui !

— *Hum!* fit l'autre en hochant la tête et en s'écartant. Alors vous êtes le bienvenu, M. Dragosani. Entrez, entrez — et parlons.

Autant la maison de Giresci pouvait paraître délabrée à l'extérieur, autant à l'intérieur tout était aussi propre et aussi impeccable que possible, pour un estropié. Dragosani fut agréablement surpris par ce sens de l'ordre qu'il découvrit en suivant son hôte à travers des pièces lambrissées de chêne, dans lesquelles, dans la plus pure tradition slave, des tapis recouvraient un plancher en pin poli par les ans. Bien que rustique, l'endroit était chaud et chaleureux — dans un certain sens. Mais, d'un autre côté, le *penchant* de Giresci — son « hobby » ou son obsession — était réel et se manifestait dans chaque pièce. Il saturait l'atmosphère de la maison exactement de la même façon que les sarcophages des momies dans les musées inspirent des ergs sans fin et des antiques mystères — sauf qu'ici, les images représentaient des cols au milieu de montagnes abruptes et inspiraient une orgueilleuse fierté ; des déserts glacés et de douloureuses solitudes faisaient penser à des guerres sans fin, au sang et à la cruauté. Les pièces étaient la vieille Roumanie. *C'était* la Valachie.

Les murs d'une des pièces étaient couverts de vieilles armes, d'épées et de pièces d'armures. Ici, il y avait une arquebuse du seizième siècle et là, une pique barbelée. Un boulet de canon noir et criblé de trous, provenant d'un petit canon turc, maintenait une porte ouverte (Giresci l'avait trouvé sur un ancien champ de bataille à côté des ruines de la forteresse située près de Tirgoviste), et une paire de cimeterres d'apparat turcs décorait le mur au-dessus de la cheminée. Il y avait de terribles haches, des masses et des fléaux, et une cuirasse toute cabossée et rouillée, dont le plastron était à moitié fendu. Le mur du couloir qui séparait la pièce principale de la cuisine et des chambres était décoré de gravures encadrées représentant les infâmes princes Vlad et les arbres généalogiques des familles boyards. Il y avait également des armoiries et des blasons, des plans de bataille compliqués, des croquis (de la main de Giresci) de fortifications écroulées, de tumuli, de fouilles, de châteaux en ruines et de donjons.

Et des livres ! Des étagères et des étagères de livres, dont la plupart étaient en mauvais état, — et dont beaucoup devaient manifestement avoir de la valeur. Giresci les avait récupérés dans des ventes, dans des vieilles boutiques et des bouquineries ou chez des propriétaires ruinés. La maison était un véritable petit musée, et Giresci en était le gardien et le conservateur.

— Cette arquebuse doit valoir une fortune, fit remarquer Dragosani.

— Pour un musée ou un collectionneur, peut-être. Je ne m'y suis jamais intéressé pour sa valeur. Mais comment trouvez-vous cette arme ? Et il tendit une arbalète à Dragosani.

Dragosani la prit, la soupesa, et fronça les sourcils. L'arme était plutôt moderne, lourde, probablement aussi précise qu'un fusil, et très dangereuse. Ce qui était intéressant, c'était que son « carreau » était en bois, probablement en bois de gaïac, avec une pointe en acier poli. Elle était bien sûr chargée.

— Elle ne va certainement pas avec le reste de votre attirail, dit-il.

Giresci grimaça, découvrant de fortes dents carrées.

— Oh, mais si ! Mon « autre attirail », comme vous dites, me renseigne sur ce qui existait, ce qui peut encore exister. Cette arbalète est ma réponse à ça. Une force de dissuasion. Une arme contre ça.

— Un pieu de bois en plein cœur, hein ? Vous chasseriez vraiment un vampire avec cette arme ?

Giresci grimaça à nouveau et secoua la tête.

— Rien d'aussi insensé. Quelqu'un qui cherche à traquer un vampire est un fou ! Je ne suis qu'un excentrique. En chasser un ? Jamais ! Mais au cas où un vampire déciderait de me chasser ! Appelez cela de l'autodéfense, si vous voulez. De toute façon, je me sens mieux avec cette arme à la maison.

— Mais pourquoi auriez-vous peur d'une telle chose ?

Bien sûr, je suis d'accord avec vous au sujet de l'existence de telles créatures, mais pourquoi une de ces créatures voudrait venir vous faire du mal ?

— Si vous étiez un agent secret, dit Giresci (ce qui fit intérieurement sourire Dragosani), seriez-vous tranquille, vous sentiriez-vous toujours en sécurité, en sachant que des étrangers connaissent votre travail, vos secrets ? Bien sûr que non. Et que sont les Wamphyri ? De nos jours... je pense que le risque est peut-être très minime — mais il y a vingt ans, lorsque j'ai acheté cette arme, je n'en étais pas si sûr. J'ai vu des choses qui resteront à jamais gravées en moi. De telles créatures ont réellement existé et j'en connais un bon morceau sur elles. Et plus j'ai plongé dans leur légende, dans leur histoire, plus elles sont devenues monstrueuses. Acheter cette arbalète, c'était un peu comme siffler dans les ténèbres, je suppose : cela n'eût pas tenu les forces des ténèbres à distance, mais, au moins, cela leur montrait qu'elles ne me faisaient pas peur.

— Vous n'aviez pas peur ?

Giresci le regarda droit dans les yeux.

— Bien sûr, si, répondit-il enfin. Quoi ? Ici en Roumanie ? Ici aux pieds de ces montagnes ? Dans cette maison, où j'ai amassé et étudié des preuves ? J'étais effrayé, oui. Mais aujourd'hui...

— Aujourd'hui ?

L'autre eut l'air plutôt déçu.

— Eh bien, je suis toujours vivant, même après toutes ces années. Rien ne m'est « arrivé », non ? Et à présent... à présent je pense qu'ils se sont peut-être éteints, après tout. Oh, ils existent — si quelqu'un le sait, c'est bien moi — mais peut-être que le dernier d'entre eux est parti à jamais. Je l'espère. Mais à votre avis ? Qu'en dites-vous, Dragosani ?

Dragosani lui rendit l'arme.

— Je vous dis de garder votre arbalète, Ladislau Giresci. Et je vous dis de bien l'entretenir. Et je vous dis également de bien faire attention à celui que vous invitez dans votre maison !

Il fouilla dans sa poche à la recherche d'un paquet de cigarettes et fronça les sourcils en voyant à deux mètres de lui Giresci pointer l'arbalète en direction de son cœur et déverrouiller la sécurité.

— Mais je fais bien attention, dit l'autre en le regardant droit dans les yeux. Nous en savons apparemment beaucoup, vous et moi. Je sais pourquoi je crois, mais vous ?

— Moi ?

Sous sa veste, Dragosani fit glisser son pistolet hors de son holster.

— Un étranger à la recherche d'une légende, apparemment. Mais un étranger plutôt malin !

Dragosani haussa les épaules, assura sa prise sur la crosse de son arme et commença à tourner le canon en direction de Giresci. Au même moment, il se tourna doucement sur la droite. Peut-être que Giresci était fou. Quel dommage ! Quel dommage aussi que cela fasse un trou dans sa veste et que la poudre brûle la doublure !... Mais Giresci remit la sécurité et posa l'arbalète sur une petite table.

— Trop calme pour un vampire face à un pieu de bois ! Et vous savez : la pression exercée sur ce carreau de bois est calculée pour transpercer un homme, mais pas pour le traverser et ressortir dans le dos. Ce ne serait pas bon. Quand le pieu est en place, la créature est complètement immobilisée, et...

Ses yeux s'écarquillèrent et sa bouche s'ouvrit.

Blanc comme un mort, Dragosani avait sorti son arme. Il remit le cran de sûreté et posa le pistolet à côté de l'arbalète.

— La pression sur *ça*, dit-il d'une voix grinçante, est suffisante pour vous faire passer le cœur à travers la moelle épinière ! J'avais également remarqué les miroirs sur les murs du couloir — et la façon dont vous les avez regardés lorsque je suis passé devant. Trop de miroirs, à mon avis. Et le crucifix sur la porte, et sans doute un autre autour de votre cou. Eh bien, est-ce que je suis un vampire ?

— Je ne suis pas certain de ce que vous êtes. Mais un vampire ? Non, pas vous. Vous êtes venu ici en plein jour, après tout. Mais réfléchissez : un homme, venant me voir, désirant des renseignements sur les Wamphyri — et *connaissant* même ce nom : Wamphyri, un nom que peu de personnes dans le monde connaissent ! Ou peut-être même aucune. Alors, ne seriez-vous pas méfiant ?

Dragosani respira profondément, se détendit un petit peu.

— Eh bien, votre « méfiance » vous a presque coûté la vie. Mais avant d'aller plus loin, vous n'avez pas d'autres tours dans votre sac ?

Giresci ne put s'empêcher de rire.

— Non, non, dit-il. Non, je pense que nous nous comprenons à présent. Venez, laissez-ça là pour le moment. Et voyons plutôt ce que vous avez dans votre sac.

Il prit le sac de Dragosani et l'invita à s'asseoir à une table placée près d'une fenêtre ouverte.

— C'est ombragé ici, expliqua-t-il. Plus frais.

— Le whisky est pour vous, dit Dragosani. Le reste c'est pour mon déjeuner — sauf que je ne suis plus certain de vouloir manger à présent ! Votre arbalète m'a coupé l'appétit !

— Bien sûr que vous pouvez manger, bien sûr que oui ! Quoi ? Du fromage ? Non, je ne veux pas en entendre parler. J'ai des bécasses dans le four. Elles seront prêtes dans un moment. Une recette grecque. Délicieuse. Un whisky en apéritif, du pain pour absorber la graisse des oiseaux, du fromage en dessert. Parfait ! Un excellent repas. Et pendant que nous mangerons, je vous raconterai mon histoire, Dragosani.

Le jeune homme se calma, accepta le verre que l'autre sortit d'un vieux meuble en chêne et la bonne dose de whisky qu'il lui versa. Puis Giresci disparut un moment dans la cuisine et, bientôt, Dragosani commença à sentir une agréable odeur de viande rôtie remplir la pièce. Giresci avait eu raison : c'était délicieux. Quelques instants plus tard, il revint en portant un plat fumant et demanda à Dragosani de prendre des assiettes dans un vaisselier. Il déposa deux petits oiseaux dans l'assiette de son invité, un dans la sienne. Il y avait également des pommes de terre et, à nouveau, Dragosani reçut la part du lion.

Gêné par la générosité de Giresci, il dit :

— Ce n'est pas très équitable pour vous.

— Je bois votre whisky, alors vous pouvez manger mes oiseaux. De toute façon, je peux en tuer autant que je veux — juste par la fenêtre. C'est facile, mais le whisky se fait plutôt rare ! Croyez-moi, je fais une bonne affaire.

Ils mangèrent et, entre deux bouchées, Giresci raconta son histoire :

— Tout commença pendant la guerre. Quand je n'étais encore qu'un enfant, je fus blessé au dos et à l'épaule, ce qui régla la question de mon avenir dans l'armée. Mais je voulais faire ma part, aussi je rejoignis la Défense Passive. La « Défense Passive » — *Ah!* Allez à Ploiesti, même aujourd'hui, des années plus tard et parlez de la Défense Passive. Ploiesti brûla, nuit après nuit. Elle brûla, Dragosani ! Comment voulez-vous « défendre » quelque chose lorsqu'il pleut des bombes ?

« Alors, j'ai simplement tourné en rond comme des centaines d'autres, extirpant les corps des immeubles dévastés par les flammes ou les explosions. Certains étaient encore en vie, mais la plupart ne l'étaient plus, et pour d'autres, il aurait mieux valu qu'ils soient morts de toute façon. Mais c'est incroyable comme on s'y fait. J'étais très jeune et on s'habitue très vite à tout. On est résistant quand on est jeune. Vous savez, à la fin, le sang, la douleur et la mort ne semblaient plus avoir grande importance. Ni pour moi, ni pour les autres qui faisaient le même boulot. On fait cela parce qu'il le faut — c'est comme escalader une montagne. Sauf qu'on n'arrive jamais au sommet de celle-là. On ne fait que courir autour. Moi, courir ! Vous pouvez imaginer ça ? Mais à l'époque j'avais encore mes deux jambes.

« Et alors... alors il y a eu cette nuit... terrible. C'était terrible chaque nuit, mais celle-là fut — Il secoua la tête, à court de mots.

« En dehors de Ploiesti, dans la direction de Bucarest, il y avait de nombreuses vieilles maisons. C'étaient les demeures de l'aristocratie, construites à l'époque bénie où il y avait encore une *vraie* aristocratie. La plupart d'entre elles étaient à l'abandon parce que leurs propriétaires n'avaient pas eu assez d'argent pour les conserver. Oh, les gens qui y vivaient avaient encore de l'argent, des terres, mais pas assez. Ils survivaient, pourrissaient lentement, se désagrégeaient en même temps que leurs vieilles demeures. Et cette nuit-là, c'est à cet endroit qu'un chapelet de bombes s'écrasa.

« Je conduisais une ambulance — un trois-tonnes reconverti — entre la ville et les faubourgs où ils avaient installé des hôpitaux dans plusieurs grandes maisons.

Jusqu'alors, la plupart des bombes étaient tombées au centre de la ville. De toute façon, lorsque ce chapelet tomba, je fus soufflé hors de la route. J'ai pensé que j'étais foutu... fichu. Voilà comment c'est arrivé :

« L'instant d'avant, je roulais avec, sur ma droite, ces vieilles maisons dressées derrière de hauts murs, et le ciel à l'est et au sud rougi par le feu qui se reflétait sur les nuages, et l'instant d'après, l'enfer surgit des entrailles de la terre ! Mon ambulance était vide, Dieu merci, car je venais juste de faire un voyage et de décharger une demi-douzaine de blessés graves dans l'un des hôpitaux. Il n'y avait que moi et le deuxième chauffeur, de retour vers Ploiesti ; le camion bringuebalait sur la vieille route pavée encombrée de débris. Puis les bombes s'abattirent.

« Elles traversèrent les vieilles propriétés, hurlant comme des démons, projetant dans les airs d'énormes fragments de lumière aveuglante et des gerbes de feux rouges et jaunes ! Cela aurait pu paraître merveilleux, si ce n'avait pas été si atroce ! Et pour traverser, elles traversaient, ça oui, du pas précis du soldat, en plus gigantesque. Trois cents mètres plus loin, la première, derrière les propriétés privées : un faible boum ! et soudain une lumière aveuglante, un jet de feu et de boue, et la terre qui vibre sous mon camion lancé à pleine vitesse. Deux cent cinquante mètres, la deuxième, projette par-dessus les toits des arbres en feu et de la terre. Deux cents, et la boule de feu s'élève plus haut que les vieux murs de pierre, plus haut que les maisons elles-mêmes. Et chaque fois, la terre qui vibre de plus en plus fort, de plus en plus près. Puis, la maison juste sur ma droite, construite en retrait de la route au bout d'un chemin pavé, semble presque sauter hors de ses fondations. Et je savais où la suivante allait tomber. Elle allait frapper la maison ! Et après ça ?

« Et j'avais raison — presque. Une fraction de seconde plus tard, la maison fut transformée en silhouette, éclairée par derrière, et la lumière était si vive qu'elle semblait brûler à travers la pierre, faisant du vieux bâtiment un squelette de pierre. Au rez-de-chaussée, derrière des baies vitrées, quelqu'un apparut, les bras levés vers le ciel, comme sous l'emprise d'une terrible colère. Puis, tandis que l'éclat de cette bombe diminuait et que la terre fumante pleuvait dans la nuit, la suivante frappa la maison.

« C'est à ce moment-là que l'enfer surgit. Tandis que le toit était anéanti et que les murs volaient en éclats au milieu d'un jaillissement de flammes et de fumée, la route sembla se jeter au devant de mon camion, puis se recroquevilla comme un serpent prêt à l'attaque, projetant des débris à travers mon pare-brise. Et après ça... tout tournoya et tout brûla !

« L'ambulance fut comme un jouet entre les mains d'un enfant fou : ramassée, tournée en tous sens et balancée sur le côté, hors de la route, en feu. Je ne suis resté inconscient que quelques secondes — peut-être même pas, peut-être que c'était juste le choc ou la nausée — mais entre le moment où je revins à moi et celui où je m'extirpai du véhicule en feu, il ne s'écoula que quelques secondes. Quelques secondes puis... BOUM !

« Quant à mon partenaire, l'homme qui était avec moi dans le camion, je ne connaissais même pas son nom. Ou si jamais je le connus, je l'ai oublié depuis. Je ne l'avais rencontré que le soir même et je lui ai dit adieu au milieu d'un holocauste. Il avait un nez busqué, c'est tout ce dont je me souviens. Je ne l'avais pas vu dans le camion lorsque je m'en étais extirpé ; s'il était encore à l'intérieur, eh bien ce fut la fin pour lui. De toute façon, je ne l'ai jamais revu...

« Mais les bombes tombaient toujours et je tremblais de peur, pitoyable, choqué et vulnérable. Vous savez à quel point on peut être vulnérable lorsqu'on vient de perdre quelqu'un, même si on ne l'a pas vraiment connu.

« Puis j'ai regardé la maison qui avait été touchée juste avant que la bombe ne tombe sur la route devant moi. Bizarrement, une partie était encore debout. La pièce du rez-de-chaussée avec ses grandes baies vitrées était intacte — pas les fenêtres, juste la pièce — ou les murs de cette pièce plutôt. Mais tout le reste avait disparu — ou allait bientôt disparaître. La maison était en feu.

« Et c'est à ce moment-là que je me suis souvenu de la silhouette en colère que j'avais aperçue derrière cette baie vitrée, en train de lever les bras au ciel. Si la pièce était encore là, n'était-il pas possible que la silhouette — qu'il — le fût aussi ? C'était un réflexe, le boulot, la montagne infranchissable. Je courus en direction de la maison. C'était peut-être aussi l'instinct de survie, car une bombe était déjà tombée sur la maison, et il semblait impossible qu'une autre en fasse autant. Jusqu'à ce que le raid prenne fin, je serais aussi bien à l'abri là que nulle part ailleurs. Choqué comme je l'étais, je n'avais pas pris en compte le fait que la maison était en feu et que ces feux serviraient de balises à la prochaine vague d'avions.

« Je rejoignis la maison sans encombre, traversai la baie détruite et pénétrai dans ce qui avait été une bibliothèque. J'y trouvai l'homme en colère — ou ce qu'il restait de lui. Ce qu'il *aurait* dû rester de lui : un cadavre; mais ce n'en était pas un. En fait, l'état dans lequel il était... eh bien, il aurait dû être mort. Mais il ne l'était pas. Il était non-mort.

« À présent, Dragosani, je ne sais pas ce que vous savez sur les Wamphyri. Si vous en savez beaucoup, ce que je vais vous raconter maintenant ne devrait pas vous surprendre. Mais, moi, je ne savais rien, rien encore, et ce que je vis — ce que j'entendis, toute cette expérience — fut pour moi tout simplement terrifiant. Bien sûr, vous n'êtes pas le premier à entendre cette histoire, je l'ai déjà racontée, ou plutôt, je l'ai déjà bredouillée et je l'ai racontée plusieurs fois depuis. Mais chaque fois, je l'ai fait avec moins d'enthousiasme; sachant que si je la racontais, elle allait être accueillie avec scepticisme ou incrédulité. Cependant, cette expérience fut le choc initial — celui qui lança ma quête, mes recherches, et mon obsession, ce qui déclencha tout — cela reste le souvenir le plus important de toute ma vie, il faut donc que j'en parle. Bien que j'aie réduit de manière drastique mon auditoire au cours des années, cela doit toujours être raconté. En effet, Dragosani, vous serez le premier à l'entendre depuis sept ans. Le dernier fut un Américain qui voulait la réécrire et la publier comme une histoire à sensation, et je dus le menacer d'une arme pour le faire changer d'avis. Pour des raisons évidentes, je ne souhaite pas attirer l'attention sur moi, ce qui est exactement ce qu'aurait fait ce projet !

« De toute façon, je me rends bien compte que vous êtes impatient d'entendre la suite, alors je continue :

« Au début, je ne vis rien dans cette pièce, mis à part des débris et des dégâts. Je ne m'attendais pas à voir quelque chose de toute façon. Rien de vivant, en tout cas. Toute une partie du plafond s'était effondrée, un mur avait été soufflé par l'explosion, des étagères chargées de livres avaient été projetées dans toutes les directions et des volumes éparpillés jonchaient le sol, quelques-uns brûlaient, ajoutant un peu plus de fumée, de vapeur au chaos. L'atmosphère était saturée par l'odeur de la bombe, âcre et désagréable. Et puis, surgit ce gémissement.

« Dragosani, il y a gémissements et gémissements. Les gémissements de l'homme épuisé sur le point de s'écrouler, les gémissements vivifiants de la femme dans l'enfantement, les gémissements du vivant au moment de mourir. Et puis, il y a les gémissements de la non-mort ! Je ne connaissais rien à cela alors : c'était simplement les affres de l'agonie pour moi. Mais de quelle agonie, d'une éternité de souffrance...

« Ils provenaient de derrière un vieux bureau retourné près de la baie détruite où je me trouvais. J'escaladai les décombres, puis tirai le bureau jusqu'à ce que je puisse le remettre sur ses pieds et l'éloigner du mur. Là, entre l'endroit où le bureau avait été projeté par l'explosion et l'épaisse plinthe, un homme était allongé. Apparemment c'était un homme. Comment est-ce que je sus qu'il était différent ? Vous pourrez en juger par vous-même, mais pour l'instant, laissons *homme*.

« Son allure était imposante : il devait avoir été beau, mais son visage était déformé par l'agonie. Grand, aussi, un homme grand et fort ! Mon Dieu, quelle force il avait dû avoir ! C'est la première chose à laquelle j'ai pensé lorsque j'ai vu ses blessures. Jamais aucun homme souffrant de telles blessures n'était resté en vie — si lui le pouvait, c'est que ce n'était pas un homme.

« Le plafond était supporté par des poutres noircies par le temps, quelque chose de relativement courant dans ces vieilles maisons. Lorsqu'il avait été éventré, une poutre massive s'était cassée en deux et ses extrémités étaient tombées. L'une d'entre elles — un grand fragment de pin rendu cassant par l'âge — était venue se loger dans la poitrine de l'homme, le traversant de part en part, avant de venir se ficher dans le plancher, l'épinglant comme un cafard empalé sur la pointe noircie d'une allumette. Rien que cela aurait déjà dû le tuer, aurait déjà dû tuer n'importe qui d'autre mais pas quelqu'un comme lui. Mais ce n'était pas tout.

« Quelque chose — le souffle de l'explosion vraisemblablement, qui peut jouer des drôles de tours — avait coupé ses vêtements comme un grand rasoir. Il était nu de l'aine à la poitrine, mais il n'y avait pas que ses vêtements qui avaient été coupés. Son ventre, tout tremblant — une masse de nerfs tranchés — avait été séparé en deux abattants de chair, tous ses viscères apparaissaient. Ses entrailles, Dragosani, ses entrailles palpitaient sous mes yeux horrifiés ; mais ce n'était pas ce que je m'attendais à voir, car ce n'étaient pas les entrailles d'un homme ordinaire.

« Hein ? Quoi ? Je lis les questions sur votre visage. Vous vous demandez ce que j'entends par là. Les entrailles sont les entrailles, les intestins, les intestins. Il y a des tuyaux visqueux, des tubes torsadés et des conduits fumants, des morceaux de viande rouge, jaune ou sombre, d'étranges saucisses convulsées et des vésicules humides. Oh, oui, et en effet ces choses étaient à l'intérieur de cette panse béante. Mais pas uniquement ces choses. Il y avait quelque chose d'autre !

Dragosani écoutait, intensément, retenant son souffle ; mais tandis que son intérêt était à son comble, et que toute son attention était focalisée sur l'histoire, son visage ne montrait ni réelle émotion, ni horreur. Et Giresci s'en rendit compte.

— Ah ! dit-il. Vous n'êtes pas non plus dépourvu de force, mon jeune ami, car il y en a beaucoup qui seraient devenus pâles et auraient vomi en entendant ce que j'ai dit. Et il y a encore beaucoup de choses à raconter. Très bien, voyons comment vous allez prendre le reste...

« Je venais de dire qu'il y avait quelque chose d'autre à l'intérieur du ventre de cet homme. Je ne l'avais qu'entr'aperçu la première fois que je l'avais vu épinglé là, et j'avais pensé que mes yeux m'avaient joué des tours. En tout cas, nous nous étions vus simultanément, et après ce premier regard échangé, la chose à l'intérieur sembla se dérober et disparaître derrière le reste de ses entrailles. Ou... peut-être que j'avais simplement tout imaginé. Ce que je pensais avoir vu ressemblait à une pieuvre ou à une limace. Mais grosse, avec des tentacules enroulés autour des organes normaux, centrés dans la région du cœur ou derrière lui.

Oui, l'image d'une énorme tumeur — mais mobile, sensible !

« C'était là, ce n'était plus là, je l'avais imaginée. Je le pensais. Mais je n'avais pas imaginé l'agonie de cet homme, ses horribles blessures, le fait que seul un miracle — ou plusieurs — avait pu le garder en vie. Et je n'avais pas imaginé qu'il puisse avoir plus que quelques minutes ou quelques secondes à vivre. Oh, non, car il allait certainement mourir.

« Mais il était conscient ! Conscient, vous comprenez ! Essayez d'imaginer sa souffrance, si vous le pouvez. Moi, je le pouvais, et quand il me parla, je faillis tomber dans les pommes. Qu'il soit encore capable de penser, qu'il y ait encore un quelconque processus lui permettant d'ordonner ses pensées, était... impensable. Et de plus, il gardait un contrôle total de lui-même. Sa pomme d'Adam bougea, saillit, puis il murmura :

« Enlevez-le. Arrachez-le. Le bout de cette poutre, arrachez-le de mon corps.

« Je recouvrai mes esprits, enlevai ma veste et la posai délicatement sur ses intestins éventrés. C'était plus pour moi que pour lui, vous comprenez. Je n'aurais rien pu faire avec ses entrailles exposées à l'air libre. Puis, j'agrippai la poutre.

« — Ce ne sera pas très agréable, lui dis-je, en me léchant nerveusement les lèvres. Écoutez, cela va vous achever ! Si je peux l'enlever — et c'est un gros si — vous allez mourir. Je ne vous rendrais pas service si je vous racontais autre chose.

« Il parvint à hocher la tête : Essayez, de toute façon, lâcha-t-il.

« Et alors, j'essayai. Impossible ! Trois hommes n'y seraient pas parvenus. Elle était littéralement passée à travers son corps et à travers le plancher. Oh, je l'ai un peu bougé, et quand j'y parvins, de gros morceaux du plafond descendirent et le mur bougea sinistrement. Pire, une flaque de sang emplit le trou dans sa poitrine, là où la poutre l'avait empalé.

« Il se mit à gémir et ses yeux roulèrent, ce qui me fit grincer les dents. Puis, son corps se mit à vibrer sous ma veste comme s'il était électrocuté. Ses pieds frappèrent le sol de douleur ! Mais ce qu'il y a d'incroyable, c'est qu'en même temps, ses mains tremblantes vinrent s'agripper comme des serres à ce tronc éclaté et il essaya d'ajouter sa propre force à la mienne pour se libérer !

« C'était un effort vain et nous le savions tous les deux. Je lui dis alors :

« — Même si nous parvenons à retirer cette poutre, cela fera tout s'écrouler sur vous. Regardez, j'ai du chloroforme. Je peux vous endormir pour que vous ne souffriez plus. Mais je dois être honnête avec vous, vous ne vous réveillerez plus.

« — Non, pas de drogue ! Je suis... immunisé contre le chloroforme. De toute façon il faut que je reste conscient, que je me contrôle. Allez chercher de l'aide, plus d'hommes. Allez — allez-y, vite !

« — Il n'y a personne ! protestai-je. Qui pourrait-il y avoir dehors ? Si il y a des gens aux alentours, ils sont occupés à sauver leurs propres vies, leurs familles, leurs propriétés. Tout le quartier a été rasé par le bombardement ! Et pendant que je parlais nous parvinrent de sourdes explosions. Au loin, grondait le tonnerre d'un nouveau bombardement.

« — Non ! insista-t-il. Vous pouvez le faire, je sais que vous pouvez. Vous allez trouver de l'aide et revenir. Vous serez grassement payé en retour, croyez-moi. Et je ne mourrai pas, je tiendrai. J'attendrai. Vous... vous êtes mon unique chance. Vous ne pouvez pas me le refuser ! Il était désespéré, ça se comprend.

« Mais ce fut à mon tour de souffrir : de souffrir de frustration, et d'impuissance. Cet homme courageux, solide, était condamné à mourir là, à cet endroit. Et regardant autour de moi, je savais que je n'aurais jamais le temps de trouver quelqu'un, je savais que tout était fini.

« Ses yeux suivirent mon regard, virent les flammes qui léchaient le bas des baies démolies. La fumée devint plus épaisse lorsque les livres se mirent à brûler, mettant le feu aux étagères et aux meubles. La fumée descendit en tourbillonnant par le plafond éventré, qui vibrait un peu plus à présent et faisait tomber une pluie de poussière et de morceaux de plâtre.

« — Je... je vais brûler ! haleta-t-il. Pendant un moment ses yeux restèrent ouverts, luisants de fièvre, mais ensuite une calme résignation se lut en eux. « C'est... la fin. »

« Lorsque j'essayai de prendre sa main il me repoussa et une nouvelle fois il murmura : « Fini. Après tous ces longs siècles... »

« C'était fini de toute façon, lui dis-je. Vos blessures... vous auriez dû le savoir. (je voulais lui rendre ça aussi facile que possible). Votre souffrance était si grande que vous avez franchi le seuil de la douleur.

« Il me regarda alors, et je vis du mépris dans ses yeux.

« — Mes blessures ? Ma douleur ? répéta-t-il. *Ah !* Et son aboiement était un rire plus amer qu'un citron vert, plein d'acidité et de mépris. Lorsque je portais la bannière du dragon et qu'une lance traversa ma visière, me brisa l'arête du nez, le traversa et me brisa l'arrière du crâne, là c'était de la douleur ! grogna-t-il. De la douleur, oui-da, car une partie de moi — mon vrai MOI — avait été blessée. C'était à Silistria, là où nous avons écrasé l'Ottoman. Oh, je connais la douleur, mon ami. Nous sommes de vieilles, de très vieilles connaissances, la douleur et moi. En 1204 à Constantinople, ce fut un feu grégeois. J'avais rejoint la Quatrième Croisade à Zara, en tant que mercenaire, et je fus brûlé pour mon malheur à l'apogée de notre triomphe ! Ah, mais ne les avons-nous pas fait payer pour ça ? Car pendant trois jours entiers, nous avons pillé, violé, tué. Et moi — dans ma souffrance, à moitié dévoré, brûlé presque jusqu'au plus profond de MOI — j'étais le plus grand tueur de tous ! La chair humaine était racornie mais le *Wamphyri* vivait toujours ! Et à présent je suis là, épinglé et blessé, à l'endroit où les flammes vont me trouver et mettre fin à tout cela. Le feu grégeois s'était dissipé au moins, mais celui-ci ne le fera pas. La douleur humaine et l'agonie, je ne sais pas ce que c'est et ne m'en soucie pas. Mais la douleur du *Wamphyri ?* Empalé, brûlant, hurlant dans les flammes et fondant petit à petit ? Non, cela ne doit pas être...

« Ce furent ses mots, autant que je m'en souvienne. Je pensais qu'il délirait. Peut-être était-ce un historien. Un érudit, certainement. Mais déjà les flammes bondissaient, la chaleur devenait intolérable. Je ne pouvais pas rester avec lui — mais je ne pouvais pas non plus l'abandonner, pas tant qu'il était conscient. Je sortis un morceau de coton et une petite bouteille de chloroforme, et —

« Il comprit mon intention et frappa la bouteille débouchée. Son contenu se renversa et se consuma en un instant au milieu de flammes bleues.

« — Imbécile ! siffla-t-il. Vous n'auriez tué que la part humaine !

« Mes vêtements commençaient à devenir brûlants et de petites langues de feu traçaient leur chemin le long de la plinthe. Je pouvais à peine respirer.

« — Pourquoi ne mourez-vous pas ! lui criai-je, incapable de m'éloigner de lui. Pour l'amour de Dieu, mourez !

« — Dieu ? se moqua-t-il. Ah ! Il n'y a pas de place pour moi auprès de votre dieu, même si j'avais la foi. Pas de place pour moi dans votre paradis, mon ami !

« Sur le sol, parmi les autres débris provenant du bureau, il y avait un coupe-papier. L'un des tranchants de sa lame était aiguisé. Je le pris et m'approchai de l'homme. Ma cible serait sa gorge, d'une oreille à l'autre. C'était comme s'il avait lu dans mes pensées.

« — Pas assez, me dit-il. Il faut que ce soit la tête tout entière.

« — Quoi ? Qu'avez-vous dit ?

« Alors il me regarda droit dans les yeux : 'Approchez.'

« Je ne pouvais pas refuser. Je m'approchai de lui, me penchai au-dessus de lui et lui tendis le couteau. Il le prit et le jeta.

« — À présent, nous allons le faire à ma façon, dit-il, la seule façon efficace.

« Je le regardai dans les yeux et fus attiré par eux. Ils étaient... magnétiques ! S'il n'avait rien dit mais m'avait simplement retenu de son regard, alors je serais resté là et j'aurais brûlé avec lui. Je m'en rendis compte à ce moment-là et à présent, j'en suis convaincu. Blessé, écrasé, ouvert comme un poisson que l'on vide, il avait toujours du pouvoir !

« — Allez dans la cuisine, commanda-t-il. Un fendoir — le plus gros — prenez-le. Allez-y !

« Ses paroles libérèrent mes membres mais ses yeux — non, son *esprit* — resta lié à mon esprit. Je partis, à travers la fumée et les flammes, puis je revins. Je lui montrai le fendoir et il hocha la tête de satisfaction. La pièce était en feu à présent et mes vêtements commençaient à fumer. Mes cheveux sentaient le roussi, le grillé.

« — Votre récompense, dit-il.

« — Je ne veux pas de récompense.

« — Mais moi je veux vous en donner une. Je veux que vous sachiez qui vous avez détruit cette nuit. Ma chemise, ouvrez mon col.

« C'est ce que je fis en me penchant au-dessus de lui. Pendant ce temps, quelque chose d'autre bougeait dans sa bouche ouverte et ce n'était pas une langue. Son souffle sur mon visage avait une odeur fétide ! Je serais bien parti, mais ses yeux me retinrent jusqu'à ce que mon travail soit terminé. Autour de son cou, suspendu à une chaîne en or, je trouvai un lourd médaillon en or. Je le décrochai, le pris et le glissai dans ma poche.

« — Voilà, soupira-t-il. Règlement complet. À présent, finissez-en.

« Je levai le fendoir d'une main tremblante, mais...

« — Attendez ! dit-il. Écoutez : la tentation est grande de vous tuer. C'est ce que vous appelleriez l'instinct de conservation, qui est très puissant chez les *Wamphyri*. Mais je sais que c'est un fol espoir. La mort que vous m'offrez est rapide et miséricordieuse, les flammes lentes et intolérables. Mais malgré cela, je pourrais encore vous frapper avant que vous ne me frappiez, ou même au moment où vous frapperiez. Et alors, nous aurions tous deux des morts horribles. Cependant... retenez votre coup jusqu'à ce que je ferme les yeux — alors frappez fort et juste — puis fuyez ! Frappez et écartez-vous. Vous avez compris !

« Je hochai la tête.

« Il ferma les yeux.

« Je frappai !

« En un instant, la lame scintillante mordit dans son cou, passa à travers et la tête fut séparée. Ses yeux s'ouvrirent. Mais il m'avait prévenu et j'en avais bien pris note. Au moment où sa tête se détacha et que du sang jaillit de son corps, je reculai d'un bond. La tête rebondit, roula, tomba au milieu des livres en feu. Mais Dieu me vienne en aide, je jure qu'en s'éloignant, et quel que soit l'angle, ses yeux terrifiants se tournaient vers moi pour me suivre, accusateurs !

Et oh ! — la *bouche* — sa bouche, et ce qu'elle contenait, cette langue fourchue, comme celle d'un serpent, cette langue qui ondulait et qu'il dardait entre des lèvres qui, en un instant, devinrent exsangues.

« Aussi terrible que cela puisse paraître, la tête elle-même avait changé. La peau semblait s'être resserrée sur le crâne, qui en même temps s'était allongé comme celui d'un grand chien ou d'un loup. Son regard furieux, sombre auparavant, avait pris la couleur du sang. Ses dents du haut étaient tombées sur la lèvre inférieure, en emprisonnant la langue fourchue, et les grandes incisives s'étaient incurvées et étaient devenues aussi effilées que des aiguilles.

« C'est la vérité ! Je l'ai vu. J'ai vu tout ça — mais seulement juste avant que la tête tout entière ne se décompose. C'était la chaleur ; c'était seulement à cause de la chaleur que la chair s'était cloquée et avait fondu ; mais face à l'horreur absolue de cette scène, je m'enfuis en trébuchant. En trébuchant, oui, et en bondissant — loin de cette étrange tête en décomposition, au regard fixe, mais aussi de son corps décapité — *dans lequel venait de commencer le plus terrible vacarme !* Un vacarme... et un effondrement. Mon Dieu, c'est vrai ! Oh, oui...

« Vous vous souvenez que j'avais posé ma veste sur ses entrailles dévastées ? Ma veste fut alors empoignée par une quelconque force invisible, déchirée en deux morceaux et violemment projetée vers le plafond. Puis, un horrible tentacule de chair lépreuse s'échappa de son estomac en fouettant l'air, se tordit et ondula en tous sens dans un sinistre paroxysme. Comme un fouet démoniaque, il traversa la pièce, rampant à travers la fumée et les flammes à la recherche de quelque chose !

« Lorsque le tentacule tomba sur le sol et commença un examen minutieux de la pièce en feu, je montai sur une chaise et je me tapis dessus, paralysé de terreur. Et depuis ce point d'observation, je vis le cadavre s'effondrer sur lui-même, se putréfier, puis les chairs disparurent et, sous mes yeux, les os se transformèrent en poussière. Pendant ce temps, le tentacule prit la couleur du plomb, se rétracta, se traîna jusqu'à l'endroit où le corps reposait, jusqu'à cette poussière et aux dernières reliques de ces os centenaires...

« Et tout cela, vous comprenez, ne prit qu'un instant. Alors depuis ce jour, je ne peux pas jurer sur mon âme de ce que j'ai vu. Seulement de ce que j'ai cru voir.

« De toute façon, à ce moment-là, le plafond s'écroula et m'éjecta de la chaise, et toute la pièce dans laquelle se trouvait cette horreur s'embrasa et fit disparaître toute trace. Mais en m'éloignant — ne me demandez pas comment je me suis retrouvé dans l'air empuanti de la nuit, car je ne m'en souviens plus — il s'échappa de cet enfer comme un long cri d'agonie, si pitoyable, si terrible et si sauvagement furieux, comme jamais je n'en avais entendu et comme j'espère ne jamais plus en entendre.

« Puis...

« Le ciel se chargea à nouveau de bombes et je ne me souvins plus de rien jusqu'à ce que je reprenne connaissance dans un hôpital de campagne. J'avais perdu une jambe et, ils me l'ont dit plus tard, une partie de ma raison. Le choc, bien sûr ; et quand je me rendis compte à quel point il était inutile d'essayer de raconter cela aux autres, alors j'ai décidé de m'en tenir à ça. L'esprit et le corps, tous deux avaient été victimes des bombardements...

« Ah ! Mais lorsqu'ils me laissèrent partir, parmi mes affaires il y avait quelque chose qui authentifiait mon histoire, et je l'ai encore.

Chapitre IX

En travers de son gilet, Giresci portait une chaîne en or. De la poche gauche de son gilet, il tira une montre de gousset en argent qui jurait totalement avec l'antique chaîne, et de la droite, le médaillon dont il avait parlé. Il tendit le bijou à Dragosani pour qu'il puisse l'inspecter. Dragosani retint sa respiration et le prit. Il ignora la montre et la chaîne, mais saisit le médaillon et l'observa. Sur une face, il vit une grande croix d'héraldique stylisée qui ne pouvait qu'être celle des Chevaliers de St. Jean de Jérusalem, mais qui avait été rayée de nombreuses fois avec un objet pointu et était presque effacée; et sur l'autre face...

D'une certaine façon Dragosani s'était attendu à ça. Dans un bas-relief grossier, presque rudimentaire, un triple emblème : le démon, la chauve-souris et le dragon. Il ne connaissait que trop bien ce motif, et la question qui lui vint aux lèvres dans un souffle le surprit plus que Giresci :

— L'avez-vous retrouvé ?

— L'emblème, sa signification en héraldique? J'ai essayé. Il a certainement une signification, mais je ne suis pas parvenu à découvrir l'origine de ce blason ou de cette branche. Je peux vous expliquer le symbolisme du dragon et de la chauve-souris dans l'histoire locale; mais quant au motif du démon, c'est presque... obscur. Oh, j'ai ma petite idée là-dessus, mais cela n'engage que moi et ce n'est qu'une supposition, avec peu ou pas de...

— Non! le coupa Dragosani avec impatience. Ce n'était pas ce que je voulais dire. Je connais très bien ce blason.

Mais je veux parler de l'homme — ou de la créature — qui vous a donné ce médaillon ? Avez-vous été capable de retracer son histoire ?

Il regarda l'autre droit dans les yeux, impatient de connaître la réponse, sans trop savoir ce qui avait motivé cette question. Cela avait presque été une action involontaire, les mots étaient tout simplement sortis de sa bouche, comme s'ils avaient toujours attendu là un quelconque déclic.

Giresci hocha la tête, reprit le médaillon, la montre et la chaîne.

— C'est curieux, je sais, mais après une expérience comme la mienne, vous auricz pu penser que je me serais tenu à l'écart de tout cela, n'est-ce pas ? Vous n'auriez certainement pas pensé que cela me conduirait à faire des recherches personnelles pendant toutes ces longues années. Mais c'est ce que j'ai fait, et comme vous semblez également avoir compris, le mieux était de commencer par le nom, la famille et l'histoire de cette créature que j'ai détruite cette nuit-là. Tout d'abord son nom est Faethor Ferenczy.

— Ferenczy ? répéta Dragosani, en savourant presque le nom.

Il se pencha en avant, les articulations de ses doigts étaient devenues blanches à force d'être appuyées sur la table. Le nom avait quelque chose de familier, il en était sûr. Mais où l'avait-il déjà entendu ?

— Et sa famille ?

— Quoi ? Giresci sembla surpris. Vous ne trouvez pas ce nom étrange ? Oh, le nom de famille est assez commun, je vous l'accorde — c'est hongrois. Mais Faethor ?

— D'où vient-il ?

Giresci haussa les épaules.

— Je ne suis tombé dessus qu'à une seule occasion : un principicule[1] du dix-neuvième siècle — White Khorvaty. Son nom était assez proche : Ferrenzig.

Ferenczy, Ferrenzig, pensa Dragosani. Un seul et même nom. Puis il se reprit. Pourquoi diable avait-il aussi sauté sur une telle conclusion ? Mais en même temps, il sut qu'il

1. *Souverain d'une minuscule principauté. (N.d.T.)*

n'avait pas vraiment « sauté sur une conclusion », mais qu'il avait accepté comme un fait réel la dualité de l'identité des *Wamphyri.* Une double identité ? Mais c'était sûrement aussi une conclusion tirée à la hâte. Il avait simplement voulu dire que les noms étaient les mêmes, pas les hommes, ou l'homme, qui avaient porté les noms. Ou n'avait-il pas en fait voulu en dire plus ? Si c'était une folle conclusion — que deux Faethor, l'un, un prince khorvatien du dix-neuvième siècle et l'autre, un propriétaire roumain du vingtième siècle, puissent être une seule et même personne — cela pourrait paraître fou, sauf que Dragosani avait appris de la vieille Chose dans le sol que le concept de la longévité des vampires et des non-morts était loin d'être fou.

— Qu'avez-vous appris d'autre sur lui ? À propos de sa famille ? Des survivants ? Et son histoire, à part ce lien ténu avec ce Khorvaty ?

Giresci fronça les sourcils et se gratta la tête.

— Parler avec vous est un exercice ingrat et même frustrant. J'ai la nette impression que vous connaissez déjà la majorité des réponses. Peut-être que vous en savez même plus que moi. C'est comme si vous m'utilisiez pour confirmer vos propres observations... Il fit une pause et comme Dragosani ne répondait pas, il poursuivit.

— De toute façon, autant que je le sache, Faethor Ferenczy était le dernier de sa lignée. Personne ne lui survécut.

— Alors vous vous trompez ! lança Dragosani. Il se mordit la langue et baissa la voix. Je veux dire... vous ne pouvez pas en être certain.

Giresci était déconcerté.

— À nouveau, vous en savez plus que moi, hein ? Il avait bu pas mal de whisky, mais semblait peu affecté. À nouveau, il en avala quelques gorgées avant de poursuivre :

— Laissez-moi vous raconter ce que j'ai découvert sur ce Ferenczy, d'accord ?

« La guerre était finie lorsque je me mis au travail. Quant à ma vie, je n'avais pas à me plaindre. J'avais ma propre maison : c'était une « compensation » pour ma jambe perdue. Cela plus une petite pension. Rien de luxueux, mais je n'allais pas mourir de faim et je n'avais pas besoin de me chercher un toit. Ma femme, eh bien, c'était l'une des victimes de la guerre. Nous n'avions pas d'enfants et je ne me suis jamais remarié.

« Pourquoi me suis-je intéressé à la légende du vampire ? Je suppose que c'était parce que je n'avais rien d'autre à faire. Ou que je ne voulais rien faire d'autre. Mais cela m'attira comme un monstrueux aimant...

« Je ne veux pas vous ennuyer ; je vous explique simplement tout cela pour vous mettre dans l'ambiance. Et comme vous le savez, mes investigations commencèrent avec Faethor Ferenczy. Je suis retourné là où ça s'était passé, j'ai parlé avec les gens qui l'avaient connu. La plupart des maisons du voisinage avaient été réduites en cendres, mais quelques-unes étaient encore debout. La maison de Ferenczy n'était plus qu'une coquille noircie, sans indice permettant de savoir qui ou quoi avait vécu là.

« J'obtins néanmoins son nom grâce à différentes sources : les postes, le registre des Terres et de la Propriété, la liste des personnes mortes ou disparues, le registre des victimes de guerre, etc. Mais à part les autorités responsables, personne ne semblait l'avoir personnellement connu. Puis, j'ai trouvé une vieille femme qui vivait encore dans le quartier, une veuve Luorni. Elle avait travaillé comme femme de ménage chez Ferenczy une quinzaine d'années avant la guerre. Elle y allait deux fois par mois pour nettoyer la maison. Elle avait fait cela pendant plus de dix ans, jusqu'à ce que le travail ne lui plaise plus. Elle n'aurait pas pu dire pourquoi exactement, mais il me parut évident que le problème c'était Ferenczy lui-même, quelque chose le concernant. Une étrange sensation avait grandi en elle jusqu'à ce qu'elle ne puisse plus le supporter. En tout cas, elle ne mentionna jamais son nom sans se signer. Elle parvint cependant à me dire certaines choses intéressantes sur lui... Je vais essayer de vous les résumer :

« Il n'y avait pas de miroir dans sa maison. Je sais que je n'ai pas à vous expliquer ce que ça signifie...

« La veuve Luorni ne vit jamais son employeur sortir pendant la journée ; elle ne le vit jamais dehors d'ailleurs, sauf en deux occasions, les deux fois dans la soirée et dans son propre jardin.

« Elle ne lui prépara jamais aucun repas et ne le vit jamais rien manger. Il possédait une cuisine, bien sûr, mais d'après la vieille dame il ne s'en servait jamais, ou s'il le faisait, il la nettoyait après.

« Il n'avait ni femme, ni famille, ni amis. Il recevait très peu de courrier. Il n'avait pas de travail et ne semblait pas travailler non plus à la maison, mais il avait toujours de l'argent. Beaucoup d'argent. Quand j'ai cherché, j'ai été incapable de trouver un compte à son nom. En résumé, Ferenczy était un homme très étrange, très secret, très solitaire...

« Mais ce n'est pas tout, loin de là. Et le reste est même plus étrange encore. Un matin, en venant nettoyer la maison, la vieille dame y trouva la police. Trois frères, un gang très connu de voleurs opérant à Moreni — une bande de brutes après laquelle la police courait depuis des années — avaient été appréhendés à son domicile. Apparemment, ils étaient entrés par effraction aux premières heures du jour. Ils avaient pensé que la maison était vide ; une grossière erreur en fait !

D'après les déclarations qu'ils firent à la police, Ferenczy en tirait un par les pieds et conduisait les deux autres vers la cave, quand il fut arrêté par l'arrivée des cavaliers. Souvenez-vous, en ce temps-là, la police locale utilisait encore des chevaux dans les régions les plus isolées. C'étaient eux, bien sûr : on les avait prévenus qu'il y avait des rôdeurs dans les environs. Jamais trois criminels n'avaient été aussi heureux de tomber entre les mains de la police !

« C'étaient des brutes, mais ils n'avaient pas fait le poids face à Faethor Ferenczy. Ils avaient chacun un bras ou une jambe cassés et c'était leur future victime le responsable ! Vous imaginez sa *force,* Dragosani ! La police lui fut reconnaissante de s'être aussi bien occupé de cette affaire. Après tout, il n'avait fait que protéger sa vie et sa propriété, mais la veuve Luorni était là quand les frères furent emmenés quelques heures plus tard, et il lui parut évident que son employeur leur avait flanqué une peur bleue.

« J'ai dit que Ferenczy était en train de conduire ses captifs à la cave. Dans quel but ? Un endroit pour les enfermer en attendant de l'aide ? Possible...

— Ou un endroit pour les conserver, une sorte de garde-manger, jusqu'à ce qu'il en ait... besoin, non ? dit Dragosani.

Giresci acquiesça.

— Exactement ! Quelque temps après, la veuve cessa de travailler pour lui.

— Hum ! Cela me surprend qu'il l'ait laissée partir. Elle devait avoir soupçonné quelque chose. Vous avez dit vous-même que son travail ne lui « plaisait » plus, qu'une étrange sensation avait grandi en elle jusqu'à ce qu'elle ne puisse plus la supporter. Il n'était pas inquiet de ce qu'elle pouvait raconter sur lui ?

— Ah ! Mais vous avez oublié quelque chose, Dragosani. La façon avec laquelle il m'a contrôlé la nuit du bombardement, la nuit de sa mort — avec ses yeux et son esprit.

— De l'hypnose, répondit l'autre.

Giresci sourit.

— C'est l'un des arts du vampire, un parmi tant d'autres. Il lui a simplement intimé l'ordre de se taire aussi longtemps qu'il vivrait. *Pendant qu'il vivait,* elle avait simplement oublié tout ce qui le concernait, oublié même ce qu'il y avait de sinistre en lui.

— Je comprends.

— Et cette force était si puissante qu'elle avait tout oublié, jusqu'à ce que je lui pose des questions sur lui des années plus tard. Car, bien sûr, Ferenczy était mort.

Les manières de Giresci commençaient à agacer Dragosani. Son autosatisfaction, sa suffisance, son évidente haute opinion de ses propres talents de détective lui devenaient insupportables.

— Mais bien sûr, tout cela n'est que conjecture, dit finalement le nécromancien. Vous n'êtes sûr de rien.

— Oh, mais si. Je sais tout cela de la veuve elle-même. Comprenez-moi bien : je ne dis pas qu'elle s'est proposée de tout me raconter. Nous n'avons pas bavardé tranquillement. Loin de là. Non, car j'ai dû m'asseoir avec elle et lui poser chaque question, lui répéter, jusqu'à ce que j'aie tout déterré. Il était mort et sa force avait disparu, c'est certain, mais il restait encore quelque chose, vous comprenez ?

Dragosani devint pensif. Il plissa un petit peu les yeux. Soudain, étrangement, il se sentit menacé par cet homme. Il était très malin ce Ladislau Giresci. Dragosani le sentit et se demanda pourquoi. Il avait du mal à comprendre ce qu'il ressentait, cette soudaine vague d'émotion. Il se sentait enfermé ici, à la limite de la claustrophobie. Ce devait être ça. Il secoua la tête, se redressa sur sa chaise, essaya de se concentrer.

— Bien sûr ! la veuve est morte depuis longtemps aujourd'hui ?

— Oh, oui. Cela fait des années.

— Alors vous et moi sommes les seuls à savoir quelque chose à propos de ce Faethor Ferenczy ?

Giresci regarda le jeune homme. La voix de Dragosani était devenue si basse qu'elle n'était plus qu'un grognement, presque sinistre. Quelque chose n'allait pas. Sous le regard interrogateur de Giresci, il secoua à nouveau la tête et cligna rapidement des yeux.

— C'est exact, répondit Giresci en fronçant les sourcils. Je ne l'ai dit à personne en — euh, aussi loin que je m'en souvienne. À personne d'autre, car qui me croirait ? Mais est-ce que tout va bien ? Vous vous sentez bien ? Est-ce qu'il y a quelque chose qui vous ennuie ?

— Moi ?

Dragosani se rendit compte qu'il s'était avancé, comme attiré par Giresci. Il se força à se redresser sur sa chaise.

— Non, bien sûr que non. Je suis un petit peu somnolent, c'est tout. Le repas, je pense. La bonne chère que vous m'avez servie. Et puis, j'ai fait beaucoup de route ces derniers jours. Oui, c'est ça : je suis fatigué.

— Vous êtes sûr ?

— Oui, tout à fait sûr. Mais allez-y, Giresci, ne vous arrêtez pas maintenant. S'il vous plaît, dites-m'en plus. À propos de Ferenczy et de ses aïeux. À propos des Ferrenzig. Des Wamphyri en général. Racontez-moi tout ce que vous savez ou suspectez. Racontez-moi tout.

— Tout ? Cela prendrait une semaine !

— J'ai une semaine.

— Merde, vous semblez sérieux !

— Je le suis.

— Eh bien, Dragosani, vous êtes sans doute encore un jeune homme, et c'est bien de parler à quelqu'un qui est sincèrement intéressé et qui connaît plein de choses, mais qu'est-ce qui vous fait penser que j'ai une semaine à perdre comme ça ? À mon âge, le temps est important. Ou peut-être pensez-vous que j'ai la même longévité que celle de Ferenczy, hein ?

Dragosani sourit, mais légèrement. *Vous pouvez très bien me le dire ici ou à Moscou,* se dit-il mentalement. Ce n'était pas nécessaire. Pas encore, tout au moins. Et ce serait mettre Borowitz au courant de son secret : comment il était devenu un nécromancien.

— Deux ou trois heures alors ? Et puisque vous en avez parlé, nous pourrions commencer avec la longévité de Ferenczy.

Giresci gloussa.

— Ça me va. De toute façon, il reste encore du whisky !

Il se servit un autre verre, s'installa confortablement. Et après quelques instants de réflexion :

— La longévité de Ferenczy. La quasi-immortalité du vampire. Laissez-moi vous raconter quelque chose au sujet de ce que disait la veuve Luorni. Elle disait que lorsqu'elle était petite fille, sa grand-mère se souvenait qu'un Ferenczy vivait déjà dans la même maison. Et sa grand-mère avant elle ! Rien d'étrange dans tout cela, le fils suit le père, non ? Il y avait de nombreuses vieilles familles boyards autour d'ici dont les noms remontaient à des temps immémoriaux. Il y en a encore. Ce qu'il y a d'étrange là-dedans, c'est qu'à la connaissance de la veuve, il n'y avait jamais eu d'épouse Ferenczy. Et comment un homme peut-il transmettre son nom s'il ne se marie jamais, hein ?

— Et, bien sûr, vous avez vérifié ?

— Oui. Les registres étaient peu nombreux, cependant, car la guerre en avait détruit une grande partie. Mais la maison avait été la propriété des Ferenczy, aussi loin que j'aie pu remonter, et jamais de femme parmi eux ! Une lignée de célibataires.

Sans comprendre cet outrage, Dragosani se sentit néanmoins insulté. Ou peut-être était-ce son intelligence naturelle qui se sentit offensée.

— Célibataires ? Je ne le pense pas.

Giresci hocha la tête. En fait il était parfaitement au courant de la nature avide des Wamphyri.

— Non, bien sûr que non, confirma-t-il. Quoi ? Un vampire célibataire ? Ridicule ! Le désir est l'unique force qui les dirige. Le désir universel — pouvoir, chair, sang ! Mais écoutez ça :

« En 1840, un Bela Ferenczy vint rendre visite à un cousin ou à un autre membre de la famille habitant dans les montagnes au nord de la frontière austro-hongroise. Cette histoire repose sur des documents officiels. Bela semblait avoir peur que les gens sachent qu'il était parti en voyage. Il installa un homme pour surveiller l'endroit tandis qu'il était parti, pas un homme de la région, mais une sorte de bohémien. Il loua une voiture et un cocher pour le voyage, et prépara tout le nécessaire pour voyager. Puis il laissa entendre aux alentours que c'était un voyage d'adieu. Il semblait avoir beaucoup vieilli les deux dernières années, et on admit qu'il allait faire ses adieux à des parents éloignés.

« À présent, rappelez-vous, nous étions encore la Moldavie-Valachie en ce temps-là. En Europe, la Révolution Industrielle était partout en marche — mais ici ! Insulaires comme toujours, nous étions tellement à la traîne que nous semblions presque attardés ! La ligne de chemin de fer Lemberg-Galatz, contournant les montagnes, ne serait pas construite avant plus d'une décade. Les nouvelles voyageaient extrêmement lentement et les archives étaient difficiles à conserver. Je mentionne ce fait, car dans cette affaire, la communication fut bonne et les archives ont survécu.

— Affaire ? De quelle affaire parlez-vous ?

— De l'affaire Bela Ferenczy, de sa mort soudaine lorsque sa voiture et ses chevaux furent emportés par une avalanche dans un précipice en traversant l'un de ces hauts cols ! Les nouvelles de « l'accident » arrivèrent rapidement jusqu'ici ; Szganÿ, le serviteur du vieil homme, envoya le testament scellé de Ferenczy aux autorités locales ; le testament fut posté sans délai, il indiquait que la maison de Ferenczy et les terrains passaient à un « cousin », un certain Giorg, qui avait apparemment déjà appris la situation et son héritage.

— Et bien sûr, ce Giorg Ferenczy arriva plus tard et en prit possession. Il était — ou semblait être — beaucoup plus jeune que Bela, mais il y avait un indiscutable air de famille.

— Bien ! hurla Giresci. Vous suivez exactement mon raisonnement. Ayant vécu ici pendant cinquante ans, ce qui aurait normalement dû faire de lui un vieil homme, Bela avait décidé qu'il était grand temps de « mourir » et avait tout préparé pour le suivant.

— Et après Giorg ?

— Faethor, bien sûr. Giresci se gratta le menton. Je me suis souvent demandé si je ne l'avais pas tué la nuit du bombardement, et, s'il avait survécu cette nuit-là, quelle aurait été son incarnation suivante ? Serait-il réapparu après la guerre sous l'aspect d'un nouveau Ferenczy pour reconstruire sa maison et continuer comme avant ? Je pense que la réponse est probablement oui. Ils sont casaniers ces Wamphyri !

— Alors vous êtes convaincu que Bela, Giorg et Faethor sont une seule et même personne ?

— Bien sûr. Je pensais que c'était évident. Ne m'en avait-il pas déjà beaucoup raconté, quand il délirait à propos des batailles de Silistria et de Constantinople ? Et avant Bela, il y avait eu Grigor, Karl, Peter et Stefan — et combien d'autres encore ? Dieu seul le sait. C'était son territoire, vous comprenez ? Il avait son domaine ici. Et dans les temps anciens, en tant que principicule ou Boyard, *mon Dieu,* mais les Wamphyri tenaient jalousement à leurs territoires ! C'est pourquoi ils se joignirent à la quatrième croisade, pour tenir éloignés de leurs terres leurs ennemis passés et futurs. Leurs terres, vous comprenez ? Peu importe quel roi, quel gouvernement ou quel système est au pouvoir, le vampire considère sa terre natale comme sienne. Il a combattu pour se protéger, pour protéger son héritage monstrueux, et pas contre une bande miteuse d'étrangers crasseux venus de l'Ouest ! Vous avez vu la croix effacée des croisés sur le revers de mon médaillon — ah ! Quand il la déshonora, on le méprisa, on lui cracha dessus !

— Et vous avez retrouvé la trace de son nom en remontant aussi loin en arrière ? Jusqu'à Constantinople, en 1204 ? Un peu de la peur du vampire — ou de l'envie ? — transparaissait dans la voix de Dragosani.

Giresci pencha un peu la tête sur le côté.

— Dragosani, de quelle sorte est votre histoire ?

— Guère brillante. Honnête, je suppose.

— Hum ! Eh bien, de nombreux noms descendent des croisades, mais vous aurez bien du mal à trouver un Ferenczy ou un Ferrenzig parmi eux. Il était là, cependant, soyez-en sûr ! Comment est-ce que je le sais ? Eh bien, il est possible que vous soyez en train de parler au plus grand spécialiste mondial de ce bain de sang, car j'ai découvert des choses que de nombreux autres historiens ont négligées. Bien sûr, j'avais l'avantage de savoir ce que je cherchais, mes objectifs étaient bien précis, mais dans cette traque du vampire, j'ai naturellement étudié pas mal de choses inutiles. Je pourrais écrire un livre sur la quatrième croisade, depuis la Hongrie jusqu'à Constantinople ! En parlant de Constantinople : Seigneur, quel enfer cela a dû être ! Quelle bataille ! Et au milieu de cette mêlée, là où la bataille était la plus acharnée, il y avait cet homme et la horde de brutes qu'il commandait. Il était là aussi quand la cité tomba, quand lui et sa bande de mercenaires fous, totalement hors de contrôle, saccagèrent tout. Oui, et leurs excès s'étendirent comme un cancer ; l'armée tout entière les rejoignit ; ils violèrent, pillèrent et massacrèrent pendant trois longues journées...

« Le pape Innocent III avait appelé à la croisade ; frappé d'horreur devant ce qu'elle était devenue, il fut incapable d'en reprendre le contrôle. Les croisés avaient fait vœu de reprendre la Terre Sainte, mais Innocent et son légat furent obligés de les délier de ce vœu. Il s'en lava les mains autant que possible, mais en secret ordonna que ceux qui étaient directement responsables de ces « actes d'une cruauté excessive et anormale » n'obtiennent « ni gloire ni richesse en retour » pour leur barbarisme, mais que « leurs noms ne soient plus mentionnés, pour qu'ils ne puissent recevoir ni respect ni haute estime. »

« Eh bien, pas besoin de chercher plus loin pour trouver un bouc émissaire : un certain « Valache assoiffé de sang recruté à Zara » fit très bien l'affaire. Il n'était pas sans reproche. Tout d'abord, les croisés l'honorèrent — peut-être que secrètement, ils l'avaient envié ou l'avaient redouté — mais ensuite, ils le dépouillèrent de tous ses honneurs et le disgracièrent, et son nom fut effacé de toutes les tablettes.

En retour, il les méprisa pour leur duplicité, et effaça l'insigne de leur campagne — la croix sur son médaillon. Il rameuta sa troupe et rentra chez lui, fier et furieux sous la bannière du démon, de la chauve-souris et du dragon.

Dragosani se mordit un instant les lèvres avant de dire :

— Supposons que tout cela soit vrai, ou au moins basé sur des faits avérés. Il y a encore plusieurs questions importantes qui attendent une réponse.

— Lesquelles ?

— Ferenczy était un vampire. Un vampire a besoin de victimes. Quand la faim le prend, il doit tuer aussi impitoyablement qu'un renard tue des poulets, et avec autant d'insouciance. Là encore il semble qu'il soit sans tache. Comment serait-il possible de vivre au même endroit pendant des siècles sans éveiller le moindre soupçon ? Souvenez-vous, Ladislau Giresci, la vie est dans le sang ! Il n'y a aucun cas de vampirisme ?

— Autour de Ploiesti ? Aucun, pas un seul, pas depuis qu'il y a des archives, aussi loin que j'aie pu chercher. Giresci sourit d'un air suffisant et se penchant en avant : Mais si vous étiez un vampire, Dragosani, choisiriez-vous vos victimes juste sur le pas de votre porte ?

— Non, je ne crois pas. Où alors ?

— Au Nord, mon ami ! Où donc à part dans les Alpes transylvaniennes, là où les histoires de vampires semblent avoir leur racines ? Slanic et Sinaia sur les contreforts des Alpes, Brasov et Sacele de l'autre côté de la passe. Chacune de ces villes est à moins de cent kilomètres de la maison de Ferenczy, et elles sont toutes connues pour avoir mauvaise réputation.

— Quoi, même aujourd'hui ?

Dragosani avait feint la surprise, mais il se souvenait de ce que Maura Kinkovsi lui avait dit trois années auparavant.

— Les histoires résistent aux ravages du temps, Dragosani. Spécialement les histoires de fantômes. Ils ne croient pas au hasard, ces peuples de la montagne. Si vous mourez jeunes et qu'il n'y a pas d'explication logique, ils vous enfoncent un pieu dans le cœur ! La dernière jeune fille victime d'une morsure de vampire le fut à Slanic pendant l'hiver quarante-trois. Oui, et elle fut enterrée avec un pieu dans le cœur, comme beaucoup d'innocents avant elle. Combien ? Il y en a eu onze rien que cette année dans les villages aux alentours !

— En quarante-trois, vous dites ?

— Oh oui, et je vois que vous avez déjà fait le rapport. C'est exact, c'était juste quelques mois avant la mort de Ferenczy. Elle fut sa dernière victime, ou au moins la dernière que nous connaissons. Bien sûr, mais pendant la guerre, il fut beaucoup moins limité, car il pouvait plus facilement se débarrasser de ses victimes. Il a très bien pu en tuer plusieurs sans que nous le sachions, des gens qui ont tout simplement « disparu » pendant les raids aériens — et il y en a des milliers dans ce cas, croyez-moi.

Il s'arrêta.

— D'autres questions ?

— Vous dites que les villes dont vous avez cité les noms sont à moins de cent kilomètres de Ploiesti, en pleine montagne. Mais c'est un pays sauvage, le terrain monte rapidement, de deux cents mètres par endroits ; alors, comment faisait Ferenczy ? Se transformait-il en chauve-souris pour s'envoler vers ses terrains de chasse ?

— Le folklore raconte qu'il a ce pouvoir. Chauve-souris, loup, spectre, même puce, insecte, araignée ! Mais... je ne le pense pas. Il n'y a pas de preuves. Vous vous demandez comment il s'y prenait ? Je ne sais pas. J'ai ma propre idée... mais je n'ai pas de preuve du tout.

— Quelle idée ? demanda Dragosani.

Il attendit un peu anxieux la réponse de Giresci. Il connaissait la réponse à cette question — ou croyait la savoir — mais il allait pouvoir découvrir à quel point Giresci était intelligent. Et à quel point il était dangereux... *Quoi ?* Il dut se forcer une nouvelle fois à rester droit sur sa chaise. *Qu'est-ce qui n'allait pas dans sa tête ?*

— Un vampire, commença l'autre en choisissant bien ses mots, n'est pas humain. J'en ai vu suffisamment la nuit où Ferenczy est mort pour en être convaincu. Qu'est-il alors ? C'est une créature étrangère, un co-habitant du corps et de l'esprit d'un homme. Il est au mieux symbiotique, une créature-*gestalt,* et, au pire, un parasite, une abominable lamproie.

Correct! acquiesça Dragosani — mais silencieusement. Il fut pris de vertiges. Il savait que Giresci avait raison dans ses jugements sur le vampire — mais comment l'avait-il su? Et pendant que Dragosani se demandait ce qui lui arrivait, il s'entendit demander :

— Mais n'est-ce pas surnaturel ? Ce doit sûrement l'être, pour faire tout cela et échapper encore à toute détection après tant d'années.

— Rien de surnaturel. Un surhomme ! Hypnotiseur, magnétiseur ! Une créature de l'illusion. Ce n'est en aucun cas un magicien, mais en quelque sorte un grand illusionniste ! Pas une chauve-souris, mais silencieux comme une chauve-souris ! Pas un loup, mais rapide comme un loup ! Pas une puce, mais un monstre avec le même goût pour le sang que la puce — à une échelle monstrueuse ! C'est mon idée du vampire, Dragosani. Cent kilomètres pour une telle créature ? Une promenade de santé ! Il aura pu contraindre son enveloppe humaine à une débauche d'efforts qui dépasse l'imagination...

Tout est correct, absolument correct, pensa Dragosani, et à haute voix, il ajouta :

— Le nom, Ferenczy. Vous dites qu'il est assez répandu. Pourquoi, en étant aussi habile, et en prenant en compte toutes vos recherches et ce que vous savez, pourquoi n'avez vous pas trouvé d'autres Ferenczy ? Vous dites que le vampire est casanier et que cette région appartenait à Faethor. Il doit donc y avoir d'autres territoires — et qui les dirige ou les dirigeait, hein ?

Sa voix était grinçante, râpeuse comme une lime. Une nouvelle fois, Giresci fut pris au dépourvu.

— Vous m'enlevez les mots de la bouche ! Très belle déduction, Dragosani, très astucieux. Si Faethor Ferenczy avait la main-mise sur la Moldavie et la Transylvanie orientale depuis au moins sept cents ans, qu'en est-il du reste de la Roumanie ? C'est ce que vous voulez dire ?

— Roumanie, Hongrie, Grèce, partout où les vampires résident encore.

— Résident encore, Dragosani ? Pourvu que non !

— Où ils habitaient alors.

Giresci recula un petit peu.

— Un Château Ferenczy a explosé dans les Alpes dans les années vingt. Il fut détruit par une explosion de gaz des marais, du méthane, accumulé dans les caves et les donjons. Un endroit hideux que personne n'a oublié. De toute façon, aussi loin que l'on s'en souvienne, son propriétaire lui ressemblait. Un baron ou un comte ou quelque chose comme ça, son nom était Janos Ferenczy. Documentation ? Histoire ? Archives ? Oubliez ça ! Cette simple page de l'histoire a été rayée encore plus sûrement que le vieux Faethor durant la quatrième croisade. Ce qui, dans mon livre, ne sert qu'à le rendre plus suspect.

— À juste titre. Il a été envoyé en Enfer, hein, le vieux Janos ! Parfait ! Et avez-vous trouvé d'autres vampires, Ladislau Giresci ? Allez, racontez-moi : n'y a-t-il pas d'autres Ferenczy qui ont payé pour leurs crimes et ont été abattus dans la force de l'âge ? Qu'en dites-vous ? Que dire des Carpates occidentales, que dire de l'Oltul ?

— Hein ? Mais ces pays semblent vous être familiers, Dragosani. Vous êtes né ici après tout. Vous en savez tellement et vous paraissez vous aussi si « intelligent », qu'avec cet intérêt que vous portez aux vampires, vous avez sûrement dû vous-même effectuer des recherches ?

— En effet, vous avez raison ! Il y a cinq cents ans, il existait une telle créature à l'ouest ; elle massacra des Turcs par centaines et fut tuée à cause de son appétit anormal !

— Vous avez raison ! Giresci frappa du poing sur la table, sans se rendre compte du changement qui s'était opéré chez son invité. Oui, vous avez raison : son nom était Thibor, un Boyard très puissant, qui fut exécuté par les Vlad. Il avait un grand ascendant sur ses partisans — trop d'ascendant — car les princes s'en inquiétèrent et le jalousèrent. Aussi, c'est vraisemblablement pour cela qu'ils le suspectèrent d'être un de ces Wamphyri. Ce sont seulement les hommes modernes et civilisés qui doutent de telles choses. Le primitif et le barbare, eux, savent.

— Que voulez-vous dire par là ? grogna Dragosani.

— Rien de plus (Giresci avala un peu plus de whisky, ses yeux étaient moins vifs et son haleine commençait à sentir mauvais), pas encore. C'est mon prochain objectif. Je sais qu'il a été exécuté.

— Assassiné ! le coupa Dragosani.

— Assassiné, quelque part à l'ouest de la rivière, près de Ionesti. On lui a enfoncé un pieu dans le cœur et on l'a enterré dans un endroit secret, mais...

— A-t-il aussi été décapité, ce Thibor ?

— Hein ? Je n'ai rien trouvé là-dessus, je...

— Il ne l'a pas été, siffla Dragosani entre ses dents. Ils l'ont lesté de chaînes d'argent et de fer, lui ont enfoncé un pieu dans le cœur et l'ont enseveli. Mais ils lui ont laissé la tête. Vous savez mieux que quiconque ce que cela signifie, Ladislau Giresci. Il n'est pas mort. Il est non-mort. *Il vit toujours !*

Giresci se redressa sur sa chaise. Finalement, il sentit que quelque chose n'allait pas. Ses yeux avait paru un petit peu vitreux, mais à présent ils étaient redevenus lucides. En lisant la fureur de Dragosani, il se mit à trembler et à haleter.

— Il fait un peu trop sombre ici. Trop fermé...

Et il tendit une main tremblante pour relever le store. Le soleil entra à flots.

Dragosani se leva de sa chaise, puis se pencha en avant. Il tendit la main en travers de la table et saisit le poignet de Giresci dans une poigne de fer. Sa prise était implacable.

— Votre prochain objectif, pauvre fou ? Et si vous le trouviez, si vous trouviez la tombe du vampire, que feriez-vous, hein ? Le vieux Faethor vous a montré comment faire, c'est ça ? Et vous voudriez recommencer, Ladislau Giresci ?

— Quoi ? Êtes-vous devenu fou ?

Giresci recula un peu plus, entraînant avec lui la main et le bras du jeune homme dans les rayons du soleil. Dragosani s'en rendit compte, se jeta en arrière et se réfugia dans l'ombre. Sur son bras, le soleil avait agi comme un acide et à ce moment-là, il avait compris !

— Thibor ! Il cracha ce mot comme s'il avait eu un goût infect. Toi !

— Vous êtes malade, mon vieux !

— C'est toi ! C'est toi, vieux démon ! C'est toi, vieille Chose dans la Terre ! Tu voulais te servir de moi !

Dragosani était au bord du délire. Mais derrière son esprit, à la limite de sa conscience, quelque chose gloussait diaboliquement et reculait, reculait...

— Vous avez besoin d'un docteur! lança Giresci. D'un psychiatre même.

Dragosani ne faisait pas attention à lui. Il comprenait tout à présent. Il traversa la pièce en direction de la table basse, prit son arme et la replaça dans son holster. Il se dirigea vers la sortie, s'arrêta et se retourna. Giresci eut un mouvement de recul lorsque Dragosani s'approcha.

— Beaucoup trop! marmonna le vieil homme. Vous en savez beaucoup trop. Je ne sais pas qui vous êtes, mais...

— Écoutez-moi, dit Dragosani.

— ... je ne sais même pas ce que vous êtes! Dragosani, je...

Dragosani le frappa du revers de la main et l'atteignit à la bouche.

— Écoutez, vous dis-je!

Quand Giresci tourna ses yeux humide vers Dragosani, ils étaient écarquillés de peur.

— Je... j'écoute.

— Deux choses. Tout d'abord : vous ne parlerez plus de Faethor Ferenczy ni de ce que vous avez découvert sur lui. Ensuite : vous ne prononcerez plus jamais le nom de Thibor Ferenczy, ni n'essaierez d'en apprendre plus à son sujet. C'est bien compris?

Giresci hocha la tête, et, aussitôt, après ses yeux s'écarquillèrent à nouveau.

— V... vous? dit-il.

Dragosani eut un rire un peu forcé.

— Moi? Si j'étais Thibor, mon vieux, vous seriez déjà mort. Non, mais je le connais... et, à présent, il vous connaît! Il se tourna vers la porte, s'arrêta et lança pardessus son épaule :

— C'est possible que vous entendiez à nouveau parler de moi. À la prochaine alors. Giresci... retenez bien ce que j'ai dit.

Il quitta la maison sous les rayons du soleil. Dragosani grogna et serra les dents... mais le soleil ne lui fit aucun mal. Il se demanda s'il se sentirait à nouveau en sécurité sous les rayons solaires. Ce n'était pas Dragosani qui avait senti la morsure du soleil dans la maison de Giresci, mais Thibor, le vieux démon dans le sol. Thibor qui, à ce moment-là, le dominait, le contrôlait ! Mais même en sachant ça, Dragosani était content de ne plus être directement exposé aux rayons du soleil, à l'abri dans sa voiture. À l'intérieur de la vieille Volga on se serait cru dans un four, mais la chaleur n'était en aucun cas surnaturelle. Dragosani baissa le carreau, démarra et s'engagea sur la route principale. La température baissa et il put respirer plus facilement.

Et seulement alors, il plongea en lui-même pour essayer de débusquer la chose-sangsue qui était toujours cachée dans son esprit. Il savait que si Thibor avait réussi à le joindre, alors il pouvait certainement joindre Thibor.

— Oh oui, je connais ton nom maintenant, vieux démon. C'était toi, Thibor, chez Giresci, non ? C'était toi qui guidait ma langue et qui lui posait toutes ces questions ?

Pendant un moment, il n'y eut aucune réponse. Puis :

Je ne peux le nier, Dragosani. Mais reconnais-le, j'ai fait peu d'efforts pour cacher ma présence. Et je n'ai blessé personne. J'étais à peine...

— Tu as testé ton pouvoir ! lâcha Dragosani. Tu as tenté d'usurper mon esprit ! Tu as essayé de le faire pendant ces trois dernières années... et tu y serais parvenu si je n'avais pas été si loin ! Je comprends tout maintenant.

Quoi ? Des accusations ? Rappelle-toi, Dragosani, c'est toi qui était venu cette fois-là. Tu m'avais invité à venir dans ton esprit, de ta propre volonté. Tu m'avais demandé de l'aide pour une femme et je te l'avais offerte de bon cœur.

— De trop bon cœur ! (Dragosani était amer.) J'ai frappé cette fille — ou plutôt tu l'as frappée, à travers moi. Ton désir dans mon corps... je pouvais à peine le contrôler. J'aurais très bien pu la tuer !

Tu lui as fait plaisir.

— Non, tu lui as fait plaisir ! Je n'étais que le passager. Peut-être qu'elle le méritait, mais moi, je ne méritais pas que tu viennes dans mon esprit comme un voleur pour t'emparer de mes pensées. Et ton désir est resté dans mon corps et tu devais le savoir. Mon invitation n'était pas définitive, vieux dragon. De toute façon, j'ai retenu la leçon. On ne peut pas te faire confiance. Tu es déloyal.

Quoi ? La voix dans la tête de Dragosani s'était faite moqueuse. *Moi, déloyal ? Dragosani, je suis ton père...*

— Le roi des menteurs !

Quand ai-je menti ?

— En de nombreuses occasions. Il y a trois ans, tu étais affaibli et je t'ai apporté de la nourriture. Je t'ai redonné une partie de ta force. Tu as méprisé le sang du cochon et tu as dit qu'il n'était bon que pour revigorer la terre. Un mensonge ! Il t'a revigoré. Il t'a donné suffisamment de force pour que tu puisses tendre ton esprit vers moi-même trois ans plus tard et en plein jour ! Eh bien, je ne te nourrirai plus. De plus, tu disais que les rayons du soleil t'irritaient à peine. Un autre mensonge, car j'ai bien senti à quel point ils te brûlaient. Et combien d'autres mensonges m'as-tu racontés ? Non, Thibor, tu ne fais rien qui ne soit pas à ton avantage. Je l'ai toujours soupçonné, mais maintenant j'en suis certain.

Et qu'est-ce que tu vas faire ?

Dragosani remarqua un tremblement de peur dans la voix. Qu'est-ce qui inquiétait la Chose dans le sol ?

— Rien, répondit-il.

Rien ?

— Rien du tout. Peut-être que j'ai fait une erreur en cherchant à être ce que tu es, en désirant devenir un des Wamphyri. Peut-être que je vais m'en aller à présent, rester loin d'ici et attendre que le temps finisse son ouvrage sur toi. J'ai peut-être redonné temporairement un peu de chair à tes os desséchés, un peu de vie, mais les siècles remettront tout en ordre, j'en suis certain.

Dragosani, non ! (Une peur réelle à présent, de la panique.) *Écoute : je ne testais pas mon pouvoir. Je ne testais rien du tout. Te souviens-tu quand je t'ai dit que je n'étais pas unique, que d'autres Wamphyri existaient encore aujourd'hui ? J'ai dit que pendant des siècles j'ai attendu qu'ils viennent et me sauvent ou me vengent, mais ils ne sont jamais venus. Tu te souviens de ça ?*

— Oui, quel rapport avec ça ?

Tu ne comprends pas ? Si nos rôles étaient inversés, aurais-tu été capable de résister ? Tu m'as donné l'opportunité de me renseigner sur les autres, de savoir ce qu'ils sont devenus. Le vieux Faethor, mon père, est mort finalement ! Et Janos, l'un de mes frères qui m'avait toujours haï, a explosé avec son château. Ouida, morts, tous les deux — et j'en suis heureux! Quoi? Ne m'ont-ils pas laissé pourrir dans la terre pendant un demi-millénaire? Oh, ils m'ont entendu les appeler pendant toutes ces nuits amères, sois en sûr, mais sont-ils venus me libérer? Absolument pas! Et Ladislau Giresci pense être un chasseur de vampires? Mais j'aurais bien voulu le voir les traquer, ceux qui m'ont laissé moisir au milieu des vers, de la fange et de l'usure des siècles, alors que je voulais échapper à cette prison! Ah, eh bien, ils sont morts, et ma vengeance avec eux...

Dragosani ricana.

— Je ne comprends pas, Thibor, pourquoi ils t'ont abandonné à ton sort. Ton propre père, même, Faethor Ferenczy : qui te connaissait mieux que lui? Et pourquoi est-ce que ton frère, Janos, te haïssait tant? C'est moins simple que cela n'y paraît, hein, Thibor? La brebis galeuse des vampires! Est-ce que quelqu'un a déjà entendu parler d'une telle chose? Mais pourquoi pas? Tu as toi-même parlé de tes excès. Et je m'en souviens très bien. Est-ce qu'il y a quelque chose qui pèse sur ta conscience? Ou est-ce que les Wamphyri n'ont pas de conscience?

Tu n'en faisais pas grand cas, Dragosani.

— Oh? Je ne suis pas d'accord. Je commence seulement à apprendre des choses sur toi, Thibor. Lorsque tu ne mens pas, tu masques la vérité. C'est ce que tu fais, tu ne connais pas d'autres manières d'agir.

Le vampire était furieux.

Il t'est facile de m'insulter, puisque tu sais que je ne peux pas t'atteindre! Quand ai-je masqué la vérité?

— Quand? Ne m'as-tu jamais dit que je te « donnais » la chance de découvrir ce qui était arrivé aux gens de ta famille. Mais en fait, tu as toi-même pris ta chance. En partant de Moscou, je n'avais pas du tout l'intention de me rendre à la bibliothèque de Pitesti, Thibor, alors qui donc a bien pu me mettre cette idée en tête? Et quand tu as entendu parler de Ladislau Giresci, pourquoi me suis-je rendu chez lui pour le voir?

Écoute, Dragosani...

— Non, toi écoute. Tu t'es servi de moi. Tu t'es servi de moi comme le vampire des romans populaires se sert de ses serviteurs humains, exactement comme tu te servais de tes serfs de Szekely il y a cinq cents ans. Mais je ne suis pas un serf, Thibor Ferenczy, et tu as fait là ta plus grosse erreur. Celle que tu vas le plus regretter.

Dragosani, je...

— Je ne veux plus rien entendre, vieux dragon. Il n'y a plus qu'une chose que tu puisses faire pour moi ; sors de mon esprit !

L'esprit de Dragosani était puissant à présent, bien entraîné, aussi acéré que l'un de ses scalpels. Endurci par la nécromancie que le vampire lui avait fait découvrir, son tranchant était mortel. Pour ce genre de combat, l'esprit de Dragosani était plus affûté que celui de n'importe quel homme, mais quelle puissance avait-il ? Dragosani voulut le savoir. Il se glissa dans son esprit, poussa le monstre dehors, l'éloigna de lui.

Ingrat ! l'accusa Thibor en battant en retraite. *Mais ne crois pas que tout soit fini. Un jour tu auras besoin de moi, et alors tu reviendras. Seulement, n'attends pas trop longtemps, Dragosani. Un an tout au plus ; après cela tu pourras dire adieu aux connaissances des Wamphyri, car il sera trop tard. Un an, mon fils, pas plus d'un an. J'attendrai, et peut-être qu'alors je... t'aurai... oublié... Dragosaaniiii... !*

Puis il s'en alla.

Dragosani se détendit, respira profondément et se sentit soudain soulagé. Cela n'avait pas été facile d'exorciser Thibor. Le vampire avait résisté, mais Dragosani s'était montré plus fort. Le vrai problème n'était pas de le mettre dehors, mais ne plus le laisser entrer. Ou peut-être non ? Car à présent que Dragosani savait que Thibor était capable de s'insinuer secrètement en lui, il pouvait rester vigilant.

Mais quant à ses « vacances » roumaines, elles avaient pris fin avant d'avoir commencé. En jurant, il tourna sauvagement le volant et fit faire un demi-tour à la Volga, puis reprit la route par laquelle il était venu. Tout ce que Dragosani voulait à présent, c'était s'éloigner de la Chose dans le sol.

Dragosani s'arrêta près de Bucarest pour prendre de l'essence et essaya d'invoquer Thibor. Il faisait encore jour, mais il n'obtint qu'une faible réponse, qu'un frissonnement, qui résonna dans son esprit comme un cercueil et grouilla comme un asticot. À Braida, il essaya à nouveau, au crépuscule. La présence était plus forte quand la nuit était tombée. Thibor était là et pouvait répondre si Dragosani lui en donnait la possibilité. Il n'obtint aucune réponse et repartit. À Reni, après avoir traversé Customs, il baissa toutes ses défenses et invita Thibor à entrer. Il faisait nuit noire, mais le murmure dans son esprit était faible, comme s'il était obligé de parcourir des millions de kilomètres.

Dragosaaaniiii. Couard! Tu me fuis. Une vieille créature prisonnière de la terre.

— Je ne suis pas un couard. Et je ne fuis pas, mais je me mets hors de ta portée, là où tu ne pourras pas m'atteindre. Et si tu essaies de m'atteindre, la prochaine fois je le saurai. Tu vois, Thibor, tu as plus besoin de moi, que moi de toi. À présent tu peux reposer et y réfléchir. Je reviendrai peut-être ou peut-être pas. Mais quand je le ferai, si je le fais, ce sera à mes conditions.

Dragosani (le murmure était faible mais pressant), *je...*

— Au revoir, Thibor.

Et derrière lui, le murmure mental de Thibor Ferenczy fut dévoré par les kilomètres, et quelque temps après, Dragosani se sentit assez en sécurité pour s'arrêter et dormir.

Et ses rêves furent ses propres rêves.

Chapitre X

Printemps 76...

Viktor Shukshin courait à la faillite. Il avait gaspillé l'héritage qu'il avait reçu de Mary Keogh-Snaith dans divers projets qui s'étaient cassé la figure; les charges de la grande maison près de Bonnyrigg étaient importantes; l'argent de ses cours privés était insuffisant pour qu'il puisse la conserver. Il voulait vendre la maison, mais elle était dans un tel état de délabrement qu'il n'allait pas pouvoir en tirer grand-chose; de plus, il avait besoin de la solitude que lui apportait l'endroit. Louer quelques chambres aurait empiété sur sa vie privée et, en aucun cas, les réparations nécessaires avant une telle location n'étaient envisageables.

Ses talents de linguiste n'étaient pas les seuls qu'il possédait; ainsi, durant les mois précédents avait-il fait plusieurs voyages discrets à Londres afin d'exploiter et de vérifier quelques renseignements auxquels il avait eu accès depuis qu'il était domicilié dans les Îles Britanniques — des renseignements qui intéresseraient beaucoup certains pays étrangers et qui pourraient lui rapporter de l'argent.

En fait, Viktor Shukshin était un espion — ou du moins il avait eu l'intention d'en devenir un lorsque Gregor Borowitz l'envoya hors d'URSS en 1957. Il s'était produit un durcissement dans les relations Est-Ouest à cette époque et un durcissement général de la politique de la Russie vis-à-vis de ses dissidents, alors cela n'avait pas été trop difficile pour Shukshin d'entrer en Grande-Bretagne en tant que réfugié politique.

Après cela, et surtout après avoir rencontré, épousé et assassiné Mary Keogh, Shukshin s'était retrouvé bien intégré. Puis il avait manqué à sa parole et s'était doucement installé dans sa nouvelle vie. Il n'avait pas oublié la raison pour laquelle il était venu en Grande-Bretagne, et il avait amassé des informations qui pouvaient éventuellement intéresser son pays natal. Ce n'était que récemment cependant, à cause de ses difficultés financières, qu'il avait commencé à réaliser qu'il avait là de belles possibilités. Si les soviétiques ne voulaient pas lui payer le prix qu'il demandait pour ses informations, alors il pouvait très bien les menacer de révéler aux britanniques ce qu'il savait sur une certaine organisation russe.

C'était pour cette raison qu'en ce matin de mai, Shukshin avait écrit une lettre codée à un vieux « correspondant » à Berlin — quelqu'un qui n'avait plus entendu parler de lui depuis quinze ans, et qui pensait ne plus jamais avoir de nouvelles de lui — quelqu'un qui pourrait faire passer la lettre en Allemagne de l'Est et la remettre à Gregor Borowitz lui-même à Moscou. Cette lettre était déjà à la poste, et Shukshin rentrait à présent à la maison dans sa vieille Ford.

Mais en traversant la rivière sur le pont de pierre menant à son accès, Shukshin avait sursauté en ressentant un étrange bouillonnement qu'il avait reconnu comme étant une ancienne et étrange énergie, qui le fit frissonner et dresser les cheveux sur la tête. Sur le pont, penché au-dessus du parapet et regardant la rivière, se tenait un jeune homme portant une écharpe et un pardessus. Il avait relevé la tête et avait fixé la voiture de Shukshin. Ses yeux clairs et sérieux avaient semblé brûler Shukshin à travers la carrosserie de la voiture. Et le Russe avait immédiatement su que cet étranger était doué d'autres talents que ceux ordinairement offerts par la nature, qu'il possédait plus de pouvoirs que l'homme normal. Il l'avait su avec certitude, car Shukshin, lui aussi, était doué. Il était un « guetteur » : son don lui permettait de reconnaître immédiatement les personnes douées de talents ESP.

Qui pouvait bien être ce jeune homme ? Son apparition pouvait avoir plusieurs significations. Cela pouvait n'être qu'une coïncidence, une rencontre accidentelle ; ce n'était pas la première fois que Shukshin tombait sur une telle personne. Mais l'ESP se classait en degrés de force et de couleur, et celui-ci était vraiment très fort et écarlate — un nuage teinté de rouge dans l'esprit de Shukshin. Sa présence ici pouvait très bien être délibérée ; il pouvait avoir été envoyé ici. Le réseau britannique devait aussi avoir ses guetteurs, et Shukshin pouvait très bien avoir été détecté et suivi. À la lumière de ses récents voyages à Londres et de ce qu'il avait découvert sur le réseau d'ESPionnage britannique, cette théorie n'était pas invraisemblable, et elle le fit paniquer. Paniquer et bien plus que cela même. Il y avait quelque chose d'autre chez Shukshin à présent, quelque chose qu'il devait contrôler. Quelque chose qui lui fit plisser les yeux lorsqu'il pensa à quel point il lui serait facile de se servir de sa voiture pour écraser l'étranger contre le parapet. Il ressentait de la haine, une profonde et insupportable haine envers tous les ESPerts.

Sa rage s'estompa doucement et il regarda ses mains. Les articulations de ses doigts étaient devenues blanches à force de serrer le bord de son bureau. Il se força à relâcher sa prise et s'assit, en respirant profondément. C'était toujours comme ça, mais il avait appris à se contrôler... presque. Mais si seulement il n'avait pas envoyé cette lettre à Borowitz. Cela avait été une grosse erreur. Peut-être aurait-il pu directement offrir ses services aux Britanniques ; peut-être pouvait-il encore le faire et sans délai. Avant qu'ils ne puissent l'examiner d'un peu plus près...

Telles étaient ses pensées lorsque la sonnette de la porte d'entrée retentit. Et comme il était plongé dans ses pensées, cela le fit sursauter.

Le bureau de Shukshin était au rez-de-chaussée dans une pièce qui s'ouvrait sur une véranda située à l'arrière de la maison. Il se leva, passa de l'éclatante lumière estivale à la pénombre lorsqu'il traversa les pièces du bas et les couloirs menant sur le devant. À mi-chemin, la sonnette retentit à nouveau, ce qui lui tapa sur les nerfs.

— J'arrive, j'arrive ! hurla-t-il, mais il ralentit et s'arrêta même sous l'immense porche intérieur. Dehors, derrière la vitre dépolie, se tenait une silhouette emmitouflée, que Shukshin reconnut immédiatement : c'était le jeune homme du pont.

Shukshin le reconnut de deux façons : l'une consistait en une simple observation, mais il pouvait se tromper ; l'autre était plus sûre, aussi irréfutable qu'une empreinte digitale... Il sentit à nouveau le déferlement d'énergie et la chaleur de sa haine instinctive à l'égard de ces hommes possédant des dons ESP. À nouveau, une vague de panique et de colère le submergea, et il dut se forcer à la réprimer avant d'ouvrir la porte. Il s'était demandé qui était cet étranger. À présent, d'une façon ou d'une autre, il allait bientôt découvrir ce qui l'avait amené ici.

Il ouvrit la porte...

— Comment allez-vous? demanda Harry Keogh en souriant et en lui tendant la main. Vous devez être Viktor Shukshin, et je crois que vous donnez des cours de russe et d'allemand?

Shukshin ne serra pas la main de Keogh, mais resta simplement là à le regarder. De son côté, Harry lui renvoya son regard. Malgré cela, il continua à sourire, en sachant qu'il avait devant lui le meurtrier de sa mère. Il écarta cette pensée; pour le moment, il avait juste besoin de l'observer et d'absorber ce qu'il pouvait de cet étranger qu'il avait l'intention de détruire.

Le Russe avait dans les quarante ans, mais en paraissait dix de plus. Il avait du ventre, et ses cheveux noirs commençaient à grisonner; ses pattes descendaient jusqu'à une barbe pointue, impeccablement taillée sous une bouche charnue; ses yeux sombres étaient injectés de sang et profondément enfoncés dans un visage grisâtre. Il ne semblait pas en bonne santé, mais Keogh le soupçonnait de posséder une terrible puissance. Il avait des mains énormes et des épaules puissantes, même s'il était un peu voûté. S'il s'était tenu droit, il aurait bien mesuré plus d'un mètre quatre-vingts. En fait, il n'était qu'une caricature d'homme. Et (Keogh s'obligea à y repenser) c'était un meurtrier dont le sang était aussi froid que de la glace.

— Heu, vous ne donnez pas de cours de langues?

Le visage de Shukshin se fendit de quelque chose ressemblant à un sourire. Un tic nerveux apparut au coin de sa bouche.

— Bien sûr que si, répondit-il, d'une voix claire et profonde, dans laquelle subsistait une pointe d'accent. Est-ce que j'ai été recommandé? Qui, euh, vous a envoyé à moi?

— Recommandé ? Non, pas exactement. J'ai vu votre pub dans le journal, c'est tout. Personne ne m'envoie.

— Ah ! Shukshin se montrait prudent. Et vous désirez des leçons, c'est ça ? Excusez-moi si je suis lent à comprendre, mais plus personne ne semble intéressé par les langues de nos jours. Je n'ai que quelques bons clients. Je n'ai pas vraiment le temps de prendre quelqu'un d'autre en ce moment. De plus, je suis assez cher. Mais n'en avez-vous pas eu assez à l'école ? Des langues, je veux dire ?

— Pas à l'école, le corrigea Keogh, au collège. Il haussa les épaules. C'est loin, j'en ai peur. Je n'avais pas le temps quand c'était gratuit, et maintenant, je dois payer pour les apprendre. J'ai l'intention de beaucoup voyager et je pensais...

— Vous voudriez revoir votre allemand ?

— Et mon russe.

Une sonnette d'alarme retentit dans l'esprit de Shukshin, augmentant les doutes qu'il avait déjà. Tout cela sonnait faux, il le savait. Il y avait plus qu'un simple don ESP chez ce jeune homme. Shukshin avait la sensation étrange qu'il le connaissait déjà.

— Oh ? finit-il par dire. Alors vous êtes quelqu'un de rare. Peu d'Anglais vont en Russie de nos jours, et il y en a encore moins qui désirent apprendre le russe ! Est-ce que votre séjour est d'ordre professionnel ou... ?

— Simplement pour le plaisir, le coupa Keogh. Puis-je entrer ?

Shukshin ne voulait pas qu'il entre, il aurait préféré lui claquer la porte au nez. Mais en même temps, il voulait savoir qui il était. Il s'écarta et Keogh entra. La porte claqua sur eux comme un couvercle sur un cercueil. Il pouvait presque sentir l'animosité du Russe, il pouvait presque goûter sa haine. Mais pourquoi Shukshin le haïssait-il ? Il ne le connaissait même pas.

— Je n'ai pas saisi votre nom, dit le Russe en le conduisant à son bureau.

Keogh s'était préparé à ça. Il attendit quelques instants, jusqu'à ce qu'ils arrivent dans le bureau éclairé par la lumière naturelle pénétrant par la véranda, puis il dit :

— Je m'appelle Harry. Harry Keogh... beau-père.

Devant lui, Shukshin était presque tombé sur son bureau. Il ne bougea plus, resta un moment en équilibre comme s'il avait été changé en pierre, puis il se retourna vers son visiteur. Keogh s'était attendu à une réaction, mais rien d'aussi théâtral. Le visage de l'homme était devenu livide. Ses lèvres tremblaient dans un mélange de peur, de désarroi... et de rage ?

— Quoi ? Sa voix était enrouée à présent, haletante. Qu'avez-vous dit ? Harry Keogh ? Est-ce une farce... ?

Mais il le regarda plus attentivement et comprit pourquoi il avait pensé connaître ce jeune homme. Ce n'était encore qu'un enfant à l'époque, mais les traits étaient les mêmes. Oui, et il ressemblait à sa mère. En fait, à présent qu'il savait à qui il avait affaire, la ressemblance était frappante. Ce qu'il y avait en plus, c'est que le fils semblait aussi avoir hérité d'une partie des dons de sa mère.

Ses dons ! Le garçon était un médium, il avait hérité ça de sa mère ! C'était ça ! C'était ce que Shukshin avait détecté en lui... l'écho des dons de sa mère !

— Est-ce que vous allez bien ? demanda Keogh en faisant semblant de s'inquiéter.

Il lui tendit la main, mais l'autre recula jusqu'à son bureau. Il le contourna en s'y agrippant et se laissa tomber sur une chaise.

— C'est un... choc, dit-il alors. De te voir ici, après tant d'années. Il se reprit, soupira et respira plus profondément, plus librement. Un grand choc.

— Je ne voulais pas vous faire peur, mentit Keogh. Je pensais que vous seriez content de me revoir, d'apprendre comment j'allais. Je pensais aussi qu'il était temps que je vous rencontre. Vous êtes le seul lien que j'ai avec mon passé, ma prime enfance... ma mère.

— Ta mère ? Shukshin se mit immédiatement sur la défensive. Son visage avait un peu retrouvé de ses couleurs. Bien sûr, sa peur d'avoir été découvert par le Réseau ESP britannique était sans fondement. Keogh était simplement venu lui rendre une petite visite, un retour à ses racines : il était sincèrement intéressé par son passé. Mais si c'était...

— Alors quelle est cette blague à propos de l'allemand et du russe ? Etait-il vraiment nécessaire de passer par là pour me voir ?

— Bon, j'admets que c'était seulement un truc pour vous rencontrer, mais ce n'était absolument pas méchant. Je voulais voir si vous alliez me reconnaître avant que je ne vous dise qui j'étais.

Il avait conservé son sourire. Shukshin était à présent à sa merci ; sa colère rendait son visage particulièrement hideux. C'était le moment d'envoyer une deuxième bombe.

— De toute façon, je parle l'allemand et le russe plus couramment que vous. En fait, je pourrais même vous donner des cours.

Shukshin était fier de ses compétences linguistiques. Il ne pouvait pas en croire ses oreilles. De quoi ce morveux voulait-il parler... il pourrait lui donner des cours ? Était-il fou ? Shukshin enseignait déjà les langues avant la naissance de Harry Keogh ! Sa fierté prit le pas sur ses émotions et sur sa haine envers cet ESPert.

— Ah ! aboya-t-il. Ridicule ! Je suis russe. J'ai eu une licence dans ma langue maternelle à dix-sept ans. J'ai été diplômé en allemand avant d'avoir vingt ans. Je ne sais pas où tu as été chercher de telles idées, Harry Keogh, mais elles n'ont pas de sens ! Crois-tu vraiment que deux Bacs peuvent remplacer le travail de toute une vie ? Ou essaies-tu délibérément de me contrarier ?

Keogh continuait à sourire, mais, à présent, c'était un sourire cruel. Il prit une chaise en face de Shukshin et adressa ce même sourire cruel au visage méprisant de son vis-à-vis. Il fit appel à l'un de ses vieux amis, Klaus Grunbaum, un ancien prisonnier de guerre qui s'était marié avec une Anglaise et qui s'était installé à Hartlepool après la guerre. Grunbaum était mort d'une crise cardiaque en 55 et était enterré dans le cimetière de Grayfields. Cela n'avait aucune importance que ce soit situé à deux cent cinquante kilomètres ! Grunbaum répondit à Harry, lui parla — lui pensa — parla dans un allemand courant, rapide, directement à Viktor Shukshin :

— Et comment trouvez-vous cet allemand, cher beau-père ? Vous aurez probablement reconnu celui que l'on parle du côté de Hambourg. Harry se tut et, l'instant d'après, il changea son accent/l'accent de Grunbaum : Ou peut-être préférez-vous celui-ci ? C'est du Hoch Deutsch, comme le parlait l'élite, la noblesse, et que les masses singeaient. Ou souhaiteriez-vous plutôt que je vous parle de quelque chose de plus difficile, un peu de grammaire, peut-être ? Est-ce que cela vous a convaincu ?

— Très habile, admit Shukshin à contrecœur. Ses yeux étaient restés écarquillés durant toute la démonstration de Harry, mais il les ferma à demi. Un exercice très habile en dialecte allemand, oui, et parlé très couramment. Mais n'importe qui pourrait apprendre quelques phrases de façon mécanique en une demi-heure ! Pour le russe, c'est totalement différent.

Le rictus de Keogh s'agrandit. Il remercia Klaus Grunbaum et dirigea son esprit dans une autre direction, vers un cimetière près d'Édimbourg. Il était allé là-bas récemment pour rendre visite à sa grand-mère russe, morte quelques mois avant sa naissance. Il la retrouva et s'en servit pour parler à son beau-père dans sa langue natale. Avec l'aide de la langue de Natasha et de son esprit, il commença une diatribe sur « l'échec du système répressif communiste », ne s'arrêtant qu'après plusieurs minutes stupéfiantes, lorsque, finalement, Shukshin s'écria :

— Qu'est-ce que c'est, Harry ? De nouvelles blagues apprises par cœur ? Quel est le but de toutes ces tricheries ?

Mais au milieu de cette colère, le cœur de Shukshin battait un peu plus vite, un peu plus fort dans sa poitrine. Le garçon parlait comme quelqu'un... quelqu'un d'autre. Quelqu'un qu'il avait détesté.

En utilisant toujours sa grand-mère russe, mais en parlant à présent avec son propre esprit, Keogh répondit :

— Oh, et pourrais-je apprendre cela ? Etes-vous si aveugle que vous n'êtes pas capable de voir la vérité en face ? Je suis un homme doué, cher beau-père. Bien plus doué que ne l'a jamais été ma pauvre mère...

Shukshin se leva et se pencha au-dessus de son bureau. Des flots de haine s'échappaient de lui comme s'il avait voulu s'en servir pour noyer Keogh.

— Parfait, tu es un sale petit bâtard très intelligent ! répondit-il en russe. Et alors ? Et cela fait deux fois que tu parles de ta mère. Qu'est-ce que tu veux, Harry Keogh ? Est-ce que tu serais venu me menacer ?

Harry poursuivit dans la langue de Shukshin.

— Menacer ? Mais pourquoi voudrais-je vous menacer, cher beau-père ? Je suis simplement venu vous voir, c'est tout... et vous demander un service.

— Quoi ? Tu essaies de me faire passer pour un imbécile et tu as l'audace de me demander un service ? Qu'est-ce que tu veux de moi ?

Il était temps d'envoyer la troisième bombe. Keogh se leva lui aussi.

— J'ai entendu dire que ma mère aimait patiner, dit-il, dans un russe parfait. Il y a une rivière qui coule en bas du jardin. J'aimerais bien revenir en hiver pour vous rendre visite. Peut-être que vous serez moins énervé et que nous pourrons parler plus calmement. Et peut-être aussi que j'apporterai mes patins et que j'irai sur la rivière gelée comme ma mère le faisait, juste en bas, à la limite du jardin.

Une nouvelle fois secoué, Shukshin chancela, s'accrocha à son bureau. Ses yeux se mirent à brûler de haine et ses lèvres se retroussèrent, découvrant ses dents. Il ne put contenir plus longtemps sa colère, sa haine. Il devait frapper cet arrogant petit morveux, l'étendre raide. Il devait... devait... devait...

Lorsque Shukshin commença à faire le tour du bureau, Harry prit conscience du danger et recula en direction de la porte. Il n'en avait cependant par encore terminé. Il avait une dernière chose à faire. Il fouilla dans la poche de son pardessus et en tira quelque chose.

— Je vous ai apporté quelque chose, dit-il en anglais. Quelque chose sorti tout droit du passé, de mon enfance. Quelque chose qui vous appartient.

— Dehors ! hurla Shukshin. Dehors tant que tu es encore en un seul morceau. Toi et tes foutues insinuations ! Tu veux me rendre visite en hiver ? Je te l'interdis ! Je ne veux rien de plus venant de toi, sale moutard ! Dehors, et ne te paie plus ma tête ! Dehors ! tout de suite ! avant...

— Ne vous inquiétez pas, je m'en vais, pour l'instant. Mais d'abord... attrapez ! Et il lança quelque chose. Puis il se retourna et s'enfonça dans la maison.

Shukshin attrapa par réflexe ce qu'il avait lancé et le regarda pendant une fraction de seconde. Puis son esprit vacilla et il tomba à genoux. Longtemps après avoir entendu la porte d'entrée claquer, il continuait toujours à fixer cette chose qu'il tenait dans la main.

L'or était bruni comme s'il venait d'être marqué au fer rouge et l'œil de chat semblait le fixer avec une froide spéculation...

Depuis le ciel, le château Bronnitsy ne semblait pas avoir beaucoup changé. Personne n'aurait pu supposer qu'il abritait la meilleure unité d'ESPionnage du monde, le Réseau-E de Gregor Borowitz : ce n'était rien d'autre qu'un vieux bâtiment branlant. Mais c'était exactement ce que voulait Borowitz, et il se complimenta en silence que le travail ait été aussi bien exécuté, lorsque l'hélicoptère glissa doucement au-dessus des tours et des toits, avant de se poser sur le minuscule héliport, simple carré peint en blanc dans un grand cercle vert situé entre les dépendances et le château lui-même.

« Des dépendances », oui, c'est ce à quoi elles ressemblaient vues du dehors, ces vieilles granges qui semblaient tomber en ruines prêtes à s'écrouler en tas informe de gravats. Et cela aussi avait été voulu par Borowitz. Il s'agissait en fait de positions de défense, de nids de mitrailleuses, entièrement fonctionnels et totalement efficaces, dont les angles de tir couvraient toute la surface du terrain à découvert s'étendant entre le château et le mur d'enceinte. D'autres blockhaus avaient été construits dans le mur lui-même, dont le côté extérieur pouvait s'électrifier en un clin d'œil.

Le Réseau-E était à présent installé dans la meilleure place fortifiée de l'URSS après la base de lancement de Baïkonour. Elle rivalisait avec la station de recherche atomique de Gargetya, perdue dans l'Oural, dont le principal atout était son isolement ; mais elle avait un avantage sur Baïkonour et Gargetya, son existence était tenue « secrète » dans tous les sens du mot. À part les agents de Borowitz et une poignée d'hommes, personne ne savait que le château avait été transformé. Parmi les hommes extérieurs au Réseau, seulement trois ou quatre savaient qu'il abritait le Réseau-E. L'un d'eux était le Président lui-même, qui était venu rendre visite plusieurs fois à Borowitz. Moins chanceux, il y avait Youri Andropov qui ne l'avait pas visité et ne le visiterait jamais... pas sur l'invitation de Borowitz.

L'hélicoptère se posa sur ses patins et, lorsque son rotor ralentit, Borowitz fit glisser sa porte et sortit les jambes. Un homme de la sécurité, qui s'était lentement avancé, courut sous les pales en se baissant et l'aida à descendre. Tenant son chapeau, Borowitz se laissa conduire loin de l'appareil. Il passa sous une arche de pierre et entra dans ce qui avait été la cour du château. À présent, elle était couverte et était divisée en serres et en laboratoires, où des agents du réseau pouvaient étudier et se servir de leurs dons spéciaux dans un relatif confort ou un environnement convenant mieux à leur travail.

Borowitz s'était levé en retard ; c'est pourquoi il avait utilisé l'hélicoptère du réseau pour le conduire de sa datcha au château. Il avait quand même plus d'une heure de retard pour sa réunion avec Dragosani. Il traversa le complexe extérieur, le bâtiment principal, puis monta deux volées de marches de pierres usées par le temps, avant d'arriver dans la tour où il avait son bureau. Il ricanait méchamment en pensant que Dragosani l'attendait. Le nécromancien était d'une extrême ponctualité, il devait donc être absolument furieux. Parfait. Son esprit et sa langue allaient être plus acérés que jamais.

Après s'être déshabillé en marchant, Borowitz arriva sur le palier du deuxième étage, pénétra dans une petite antichambre qui servait également de bureau à son secrétaire. Il y trouva Dragosani qui faisait les cent pas d'un air mécontent. Le nécromancien ne fit aucun effort pour modifier son expression lorsque son chef le dépassa en lançant un jovial « Bonjour ! » avant de pénétrer dans son bureau. Là, il claqua la porte derrière lui, accrocha sa veste et son chapeau et resta quelques instants à se gratter le menton en cherchant la meilleure façon d'annoncer les mauvaises nouvelles. Car, il y en avait de très mauvaises, et le moral de Borowitz était au plus bas malgré les apparences. Mais comme le savaient très bien ceux qui le connaissaient, c'est quand le chef du Réseau-E semblait de bonne humeur qu'il était au plus mal.

Le bureau de Borowitz possédait de grandes baies vitrées donnant sur le mur de pierre de la tour et surplombait les terrains qui s'étendaient jusqu'à la forêt. Les fenêtres, bien entendu, étaient à l'épreuve des balles. Le sol de pierre était recouvert d'une épaisse et luxueuse moquette, brûlée çà et là par les cigarettes de Borowitz, et son bureau, un énorme bloc de chêne, était placé dans un coin protégé par les murs épais où il bénéficiait d'un maximum de lumière en provenance des baies vitrées.

Il s'assit, soupira un petit peu, alluma une cigarette, puis appuya sur un bouton de son intercom et dit :

— Est-ce que tu veux entrer, Boris ? Mais s'il te plaît, essaie de voir si tu ne pourrais pas laisser ta mine renfrognée dehors, ça serait gentil...

Dragosani entra, ferma la porte un petit peu plus fort que nécessaire et s'avança vers le bureau de Borowitz. Il avait « laissé sa mine renfrognée dehors » et, à la place, il arborait un visage d'une insolence à peine voilée.

— Eh bien, dit-il, me voilà.

— En effet, Boris et je crois que je t'ai dit bonjour.

— Il fallait arriver avant ! dit Dragosani sans desserrer les dents. Puis-je m'asseoir ?

— Non, grogna Borowitz, tu ne peux pas. Ni marcher, car ça m'énerve. Tu peux simplement attendre juste où tu es et m'écouter !

Jamais encore Dragosani ne l'avait entendu parler sur ce ton. Cela lui coupa les jambes. C'était comme si quelqu'un l'avait giflé.

— Gregor, je... commença-t-il.

— Quoi ? rugit Borowitz. Quoi, Gregor ? Ici on est au bureau, agent Dragosani, pas dans une réunion mondaine ! Gardez vos familiarités pour vos amis, s'il vous en reste, et pas pour vos supérieurs. Vous appartenez au réseau depuis longtemps et il y a des choses fondamentales qui sont sorties de votre petite tête et que vous n'auriez pas dû laisser sortir !

Dragosani pâlit un peu plus.

— Je... je ne sais pas ce qui t'arrive. Est-ce que j'ai fait quelque chose de mal ?

— Toi, fait quelque chose ? (Ce fut au tour de Borowitz de prendre une mine renfrognée.) Tu n'as rien fait depuis six mois ! Mais c'est une chose à laquelle nous allons remédier. Ce serait peut-être mieux si tu t'asseyais. J'ai pas mal de choses à te dire et ce sont des choses sérieuses. Prends une chaise.

Dragosani se mordit la lèvre, et fit ce qu'on lui disait.

Borowitz le regarda intensément, joua avec un crayon, puis dit finalement :

— Il semble que nous ne soyons pas uniques.

Dragosani attendit sans rien dire.

— Pas du tout uniques. Bien sûr nous savions depuis un certain temps que les Américains perdaient leur temps en essayant de faire de la perception extrasensorielle un concept d'espionnage — mais c'est tout, ils perdaient leur temps. Ils trouvaient ça « mignon ». Tout est « mignon » pour les Américains. Ils ont exploré quelques directions. Avec eux, tout est dans l'expérimentation, et non dans l'action. Ils n'ont pas étudié l'ESP avec sérieux ; ils n'ont pas de vrais agents de terrain ; ils jouent avec ça de la même façon qu'ils jouaient avec les radars avant la Deuxième Guerre mondiale... et regarde ce qu'ils en ont fait ! En fait, ils n'ont pas encore confiance dans l'ESP, ce qui nous donne une bonne tête d'avance sur eux. Oh ! C'est une chance pour nous.

— Ce n'est pas nouveau, dit Dragosani, perplexe. Je sais que nous sommes en avance sur les Américains. Et alors ?

Borowitz l'ignora.

— La même chose arrive aux Chinois. Ils ont quelques esprits éveillés à Pékin, mais ils ne les utilisent pas bien. Tu te rends compte ? La race qui a inventé l'acupuncture doute de l'efficacité de l'ESP ! Ils sont face au même genre de blocage mental que nous il y a quarante ans : s'il n'y a pas de moteur, on ne travaille pas !

Dragosani gardait le silence. Il savait qu'il devait laisser Borowitz arriver à son but comme il le souhaitait.

— Il y a aussi les Français et les Allemands de l'Ouest. Assez bizarrement, ils s'en sont pas mal sortis. Nous avons actuellement quelques-uns de leurs ESPerts ici, à Moscou, des agents de terrain travaillant dans leurs ambassades. Ils assistent à des soirées et à des réunions, simplement pour voir s'ils sont capables de glaner quelque chose. De temps en temps, nous les laissons saisir quelques potins, des choses que leurs services classiques auraient obtenues de toute façon, juste pour les garder dans le business. Mais quand arrivent les choses sérieuses, alors nous les nourrissons avec des inepties, ce qui entame leur crédibilité et nous aide à garder une longueur d'avance.

Borowitz en avait assez de jouer avec son crayon ; il le reposa, leva la tête et regarda Dragosani dans les yeux. Ses yeux à lui étaient devenus tristes.

— Bien sûr, nous n'avons pas un avantage important.

Nous avons moi, Gregor Borowitz ! C'est-à-dire, le Réseau-E ne répond qu'à moi et à moi seul. Il n'y a aucun politicien regardant par-dessus mon épaule, aucun policier robot espionnant mon espionnage, aucun officiel dépouillant mes dépenses. À la différence des Américains, je sais que l'ESP est l'avenir des services de renseignement. Je sais que ce n'est pas « mignon ». Et à la différence des patrons de l'espionnage du reste du monde, j'ai développé notre réseau afin qu'il soit une arme terriblement précise et vraiment efficace. Grâce à ces — à nos — réussites en ce domaine, j'avais commencé à croire que nous étions tellement en avance que personne ne pouvait plus nous rattraper. Je croyais que nous étions uniques. Et nous l'aurions été, Dragosani, nous l'aurions été, s'il n'y avait pas eu les Britanniques ! Oublie les Américains et les Chinois, les Allemands et les Français ; avec eux la science n'en était qu'à ses balbutiements, à ses expérimentations. Mais avec les Britanniques, c'est une autre paire de manches...

À l'exception de la dernière nouvelle, tout ce que Dragosani avait entendu lui était déjà familier depuis longtemps. Apparemment, Borowitz avait reçu des informations dérangeantes d'ici ou d'ailleurs, des informations concernant les Anglais. Le nécromancien était intéressé. Il se pencha en avant et dit :

— Que se passe-t-il avec les Britanniques ? Pourquoi es-tu soudain si inquiet ? Je pensais qu'ils étaient à des kilomètres derrière nous, comme les autres.

— Je le pensais aussi, mais ce n'est pas le cas. Ce qui veut dire que j'en sais bien moins sur eux que je ne le pensais. Ce qui veut dire également qu'ils peuvent même être loin devant. Et s'ils sont réellement aussi bons, alors que doivent-ils savoir sur nous ? Même s'ils ne connaissaient que très peu de choses sur nous, cela les placerait loin devant. S'il y avait une troisième guerre mondiale, Dragosani, et si tu étais un membre de l'Intelligence Service ayant eu connaissance du château Bronnitsy, où enverrais-tu tes avions pour lâcher les premières bombes, hein ? Où dirigerais-tu ton premier missile ?

Dragosani trouvait cela trop dramatique. Il répondit :

— Ils pourraient difficilement en connaître autant sur

nous. Je travaille pour le Réseau et je ne sais rien ! Et je suis celui qui est supposé être le prochain chef de ce réseau...

Borowitz sembla avoir retrouvé une partie de son humour. Il ricana et se leva :

— Viens, dit-il. Nous pouvons parler en marchant. Allons voir ce que nous fabriquons ici, dans ce vieux château. Allons regarder de plus près ce cerveau infantile qui est le nôtre, ce *nucleus.* Ce n'est encore qu'un enfant, sois-en sûr. Un enfant aujourd'hui, mais le futur cerveau derrière les muscles de notre mère Russie.

Le chef du Réseau-E quitta son bureau en faisant claquer ses petites jambes ; Dragosani, sur ses talons, trottinait presque pour suivre son allure.

Ils descendirent dans l'ancienne partie du château, ce que Borowitz appelait « les ateliers ». C'était un endroit absolument secret, où chaque agent, pendant qu'il travaillait, était surveillé et assisté par un homme du Réseau au statut identique au sien. Cela ressemblait à ce que le monde de l'Ouest aurait appelé un « binôme », mais ici, au château, cela permettait de s'assurer qu'aucune information n'était détenue par un unique agent. Et c'était là façon qu'avait Borowitz de s'assurer qu'il avait personnellement accès à la moindre information.

Fini les cadenas et les agents de sécurité du KGB. Il n'y avait personne de chez Andropov ici. Les propres agents de Borowitz faisaient eux-mêmes attention à la sécurité intérieure, grâce à un tableau de service, et les portes des laboratoires d'expérimentation ESP étaient contrôlées électriquement par des clefs codées contenues sur des cartes magnétiques. Et il n'existait qu'une seule carte passe-partout, détenue par Borowitz lui-même.

Dans le couloir éclairé par des tubes au néon, il inséra sa carte dans la fente, et Dragosani le suivit dans une pièce pleine d'écrans d'ordinateurs et de graphiques, d'étagères chargées de cartes et d'atlas, de courbes océanographiques, de plans détaillés des plus grandes villes du monde et des ports les plus importants, et d'un écran sur lequel défilait un flot continu d'informations météorologiques en provenance de tous les coins de la planète. Cela aurait pu être l'antichambre d'un observatoire ou le centre de contrôle d'un petit aéroport, mais ce n'était rien de tout ça. Dragosani était déjà venu ici et savait très bien à quoi servait cette pièce, mais elle le fascinait toujours autant.

Les deux agents qui travaillaient dans la pièce s'étaient retournés et s'étaient levés à l'entrée de Borowitz, puis ils reprirent leur place autour du bureau central et retournèrent à leurs occupations et à leurs observations. Face à eux s'étendait une carte détaillée de la Méditerranée, sur laquelle étaient positionnés quatre disques de couleur, deux verts et deux bleus. Les deux verts étaient proches l'un de l'autre dans la Mer Tyrrhénienne, entre Naples et Palerme. L'un des deux bleus se trouvait à trois cents miles à l'est de Malte, l'autre dans la Mer Ionienne au large du Golfe de Tarante. Même lorsque Borowitz et Dragosani regardaient tout cela, les deux ESPerts se plongèrent à nouveau dans leur « travail », assis à leur bureau, le menton dans les mains, observant simplement les disques sur la carte.

— Est-ce que tu comprends le code des couleurs ? chuchota Borowitz.

Dragosani fit non de la tête.

— Vert les Français, bleu les Américains. Sais-tu ce qu'ils font ?

— Ils localisent et dressent la carte des mouvements des sous-marins, dit Dragosani à voix basse.

— Des sous-marins atomiques, le corrigea Borowitz. Ce qu'à l'Ouest ils appellent la « dissuasion nucléaire ». Sais-tu comment ils font ?

Dragosani secoua à nouveau la tête, mais hasarda une réponse :

— Télépathie, je suppose.

Borowitz fut surpris.

— Oh ? Juste comme ça ? Un peu de télépathie ? Tu comprends la télépathie alors, n'est-ce pas ? Est-ce un de tes nouveaux talents ?

Oui, vieux schnock ! aurait voulu dire Dragosani. *Oui, et si je le voulais, je pourrais contacter immédiatement un télépathe dont tu ne peux pas imaginer l'existence ! Et je n'ai pas besoin de « cartographier sa route » parce que je sais qu'il n'ira nulle part !* Mais à voix haute il déclara :

— Je la comprends aussi bien qu'ils comprennent la

nécromancie. Non, je suis incapable de m'asseoir là comme eux, de regarder une carte et de te dire où les sous-marins tueurs sont cachés ni à quel endroit ils vont ; mais peuvent-ils ouvrir le cadavre d'un agent ennemi et sucer les secrets contenus dans ses entrailles humides ? Chacun ses propres compétences, Camarade Général.

Alors qu'il parlait, l'un des agents assis au bureau bougea, se leva et se dirigea vers un mur d'écrans représentant une vue aérienne de la Méditerranée prise par un satellite soviétique. L'Italie disparaissait sous les nuages et la Mer Egée était inhabituellement brumeuse, mais le reste de la photo était entièrement dégagé, même si elle tremblait un petit peu. L'agent tapa sur le clavier situé à la base de l'écran et une lumière verte représentant la position du sous-marin à l'est de Malte commença à clignoter. Il tapa à nouveau sur la clavier. Borowitz expliqua alors :

— Ce sous-marin français vient juste de changer de direction. Il entre les nouvelles coordonnées dans l'ordinateur. Il n'est pas très précis, mais, de toute façon, nous n'aurons les informations en provenance de nos satellites que dans une heure au moins. L'important est que nous ayons les informations les premiers. Ce sont deux de nos meilleurs hommes.

— Mais seul l'un des deux a relevé le changement de route, commenta Dragosani. Pourquoi pas l'autre ?

— Tu n'as pas tout compris, n'est-ce pas, Dragosani ? Celui qui « l'a relevé » n'est pas un télépathe du tout. C'est simplement un sensitif, il est sensible à l'activité nucléaire. Il connaît la position de chaque centrale atomique, de chaque décharge de déchets nucléaires, de chaque bombe, missile et dépôt de munitions atomiques, et de chaque sous-marin atomique dans le monde — à une exception près. Je t'en parlerai dans une minute. Dans l'esprit de cet homme, il y a une « carte » nucléaire, qu'il lit aussi facilement qu'un plan des rues de Moscou. Et si quelque chose bouge sur sa carte, c'est un sous-marin ou les Américains qui déplacent lentement leurs fusées. Et si quelque chose commence à bouger très vite sur la carte devant nous, par exemple...

Borowitz fit une pause pour ménager le suspens et, après quelques instants, il continua :

— C'est l'autre qui est télépathe. En ce moment, il est

concentré sur ce sous-marin ; regarde comment il peut se glisser dans l'esprit de son navigateur pour essayer de corriger les erreurs que son partenaire vient juste de faire apparaître sur l'écran. Ils deviennent chaque jour meilleurs. La pratique rend parfait.

Si Dragosani était impressionné, il n'en montra rien. Borowitz grogna, puis se dirigea vers la porte.

— Viens, dit-il, allons voir autre chose.

Dragosani le suivit dans le couloir.

— Qu'est-ce qui se passe, Camarade Général ? demanda-t-il. Pourquoi est-ce que tu me mets au courant de tous ces détails ?

Borowitz se tourna vers lui.

— Si tu veux vraiment comprendre ce qui se passe ici, Dragosani, alors tu seras mieux armé pour apprécier le genre d'équipement qu'ils pourraient avoir en Angleterre. En insistant bien sur cette possibilité. De toute façon, on insiste toujours lorsqu'il s'agit d'une possibilité...

Soudain, il saisit Dragosani par les bras et lui dit :

— Dragosani, durant ces cinq derniers mois nous n'avons eu aucun sous-marin *Polaris* britannique sur ces écrans là-bas. Nous ne savions ni ce qu'ils faisaient, ni où ils étaient. Oh, les protections de leurs bâtiments sont bonnes, il n'y a aucun doute là-dessus, et cela aurait pu expliquer pourquoi nos satellites ne pouvaient pas les suivre... mais que se passait-il avec nos sensitifs ? Que se passait-il avec nos télépathes ?

Dragosani haussa les épaules. Il était totalement perplexe, comme son chef.

— Dis-le-moi.

— Que se passerait-il si les Britanniques avaient des ESPerts dans leur Réseau-E capables de brouiller nos gars aussi facilement qu'un brouilleur sur un téléphone ? Si c'est le cas, Dragosani, alors ils sont très en avance sur nous !

— Tu crois que c'est ça ?

— Aujourd'hui, oui. Cela expliquerait pas mal de choses. J'ai reçu une lettre d'un vieil ami habitant en Angleterre. J'utilise ce terme au sens large. Lorsque nous serons revenus dans mon bureau, je te raconterai tout. Mais d'abord, laisse-moi te présenter un nouveau membre de notre petite équipe. Je pense que tu vas le trouver très intéressant.

Dragosani soupira intérieurement. En fin de compte, son chef arrivait au cœur du problème, le nécromancien le savait. Il empruntait toujours des chemins tortueux en toutes circonstances, même pour arriver à quelque chose de précis. Alors... mieux valait se taire et souffrir en silence, et laisser les choses suivre leur cours comme le souhaitait Borowitz.

Il laissa le vieil homme le conduire par une autre porte dans une pièce beaucoup plus grande que la précédente, qui n'était encore qu'une réserve une semaine auparavant. Mais il y avait eu de nombreux changements. L'endroit était plus aéré : des fenêtres avaient été percées dans le mur du fond et offraient une vue plongeante sur les terres du château. Un bon système de ventilation avait aussi été installé. Sur un côté, dans une sorte d'antichambre contiguë à la pièce principale, une petite salle d'opérations avait été installée pour être utilisée par des chirurgiens-vétérinaires; et en effet, devant les murs des deux pièces, de petites cages posées sur des étagères métalliques exhibaient de nombreux animaux : des souris blanches et des rats, divers oiseaux, et même un couple de furets.

Une petite silhouette en blouse blanche parlait à ces créatures tout en se déplaçant de cage en cage. Il gloussait, plaisantait et leur donnait des noms d'animaux, les chatouillant même lorsqu'il pouvait passer ses gros doigts entre les barreaux de la cage. Au moment où Dragosani et Borowitz approchèrent, il tourna la tête dans leur direction. L'homme avait les yeux bridés, sa peau avait une couleur jaune clair. Sa mâchoire était carrée, mais il essayait de paraître jovial. Lorsqu'il sourit, son visage tout entier sembla disparaître sous les rides, sauf ses yeux vert sombre qui étincelaient de vie. Il s'inclina d'abord vers Borowitz, puis vers Dragosani. Lorsqu'il fit cela, la couronne de cheveux bruns ébouriffés qui entourait sa tonsure, se redressa comme une auréole qui aurait un peu glissé.

Il y a du moine en lui, pensa Dragosani; il aurait parfaitement pu porter une bure brune et des sandales.

— Dragosani, dit Borowitz, je te présente Max Batu, qui déclare à qui veut l'entendre que ses origines remontent aux grands khans.

Dragosani inclina la tête et tendit là main.

— Un Mongol. Je suppose qu'ils pourraient tous remonter jusqu'aux khans.

— Mais je peux vraiment le faire, camarade Dragosani, dit Batu d'une voix aussi douce que la soie (il serra la main de Dragosani). Les khans ont eu beaucoup de bâtards. Pour ne pas être renversés, ils leur donnèrent des richesses, mais ni position, ni pouvoir, ni rang. Sans rang, ils ne pouvaient pas aspirer au trône. De même, ils n'avaient pas le droit de prendre épouses ou maris. Si, à leur tour, ils avaient une progéniture, on appliquait les mêmes restrictions à ces enfants illégitimes. Les anciennes coutumes ont survécu au fil des siècles. Mon grand-père était un bâtard, mon père était un bâtard, et j'en suis un aussi. Si j'ai un enfant, ce sera aussi un bâtard. Oui, et il y a plus que cela dans mon sang. Parmi les bâtards des khans il y avait des shamans. Ils connaissaient des choses, ces vieux magiciens. Ils pouvaient faire des choses. Je n'en connais pas beaucoup, car tout ce que j'ai appris c'est que j'étais plus intelligent que les autres de ma race... mais il y a certaines choses que je peux faire...

— Euh, Max a un QI très élevé, dit Borowitz, en souriant. Il a été élevé à Omsk, mais a rejeté la civilisation et est retourné en Mongolie pour élever des chèvres. Mais là-bas, il a eu un léger différend avec un voisin et il l'a tué.

— Il m'avait accusé d'avoir jeté un sort à ses chèvres et de les avoir tuées. J'aurais pu le faire, mais ce n'était pas moi. Je le lui ai dit, mais il m'a traité de menteur. C'est une insulte dans ces régions. Alors je l'ai tué.

— Oh ? Dragosani eut du mal à ne pas sourire. Il était incapable d'imaginer ce petit bonhomme tuant quelqu'un.

— Oui, dit Borowitz. J'ai lu ce qui s'était passé et j'ai été intéressé par, euh, la nature du meurtre. En fait, par la méthode employée par Max.

— Sa méthode ? Dragosani était amusé. Il a menacé son voisin qui en est mort de rire ! C'est ça ?

— Non, camarade Dragosani, répondit lui-même Batu, dont le sourire figé laissait apparaître des dents carrées d'un jaune brillant, ce n'est pas comme ça que ça s'est passé. Mais votre suggestion est très, très amusante.

— Max a le « mauvais œil », Boris, dit Borowitz qui l'avait appelé par son prénom, ce qui en soi annonçait à Dragosani que quelque chose de déplaisant allait survenir. La sonnette d'alarme retentit, mais pas assez fort.

— Le mauvais œil ? Dragosani essayait de rester sérieux. Il parvint même à regarder le petit Mongol en fronçant les sourcils.

— Exactement, dit Borowitz. Ces yeux verts-là. As-tu déjà vu un vert pareil, Boris ? C'est du poison, crois-moi. Je suis intervenu au procès, bien sûr ; Max ne fut pas condamné, mais vint nous rejoindre. Dans son domaine, il est aussi unique que toi. Max, pourrais-tu faire une démonstration au camarade Dragosani ?

— Certainement, dit Batu.

Il fixa Dragosani. Et Borowitz avait raison, ils étaient absolument uniques par leur profondeur, la nature *solide* de leur substance. C'était comme s'ils avaient été faits de jade, sans aucune trace de chair. Et à présent la sonnette d'alarme sonna un peu plus fort.

— Camarade Dragosani, dit Batu, veuillez observer ces rats blancs. Il pointa un doigt boudiné en direction d'une cage contenant un couple de ces animaux. Ce sont des créatures heureuses. Elle, à gauche, est heureuse car elle est bien nourrie et qu'elle a un mâle. Lui est heureux pour les mêmes raisons, et aussi parce qu'il vient juste de la prendre. Vous pouvez le regarder quelques instants ?

Dragosani regarda, interrogea Borowitz du regard.

— Regarde ! grogna Borowitz, les yeux fixés sur ce qui allait arriver.

— Tout d'abord, nous attirons son attention, dit Batu, et, immédiatement, il tomba dans une posture grotesque, ce qui le fit ressembler à une grosse grenouille. Le rat mâle sauta sur ses pattes, ses yeux écarquillés de terreur. Il se jeta contre les barreaux de sa cage, s'y cramponna et regarda Batu.

— Et puis... puis... *nous... tuons !*

Batu s'était accroupi, presque dans la position du lutteur japonais avant de charger. Dragosani, qui se tenait près de lui, vit son expression changer. Son œil droit sembla presque sortir de son orbite ; sa lèvre s'étira, découvrant ses dents dans une sorte de rictus animal ; ses narines s'ouvrirent comme deux puits noirs béants au milieu de son visage et de gros tendons firent saillie dans son cou et sous sa mâchoire. Et le rat hurla !

Il hurla — presque un hurlement humain de terreur et d'agonie — et vibra contre les barreaux comme s'il avait été électrocuté. Puis il lâcha prise, frissonna et tomba sur le dos au fond de la cage. Il y resta parfaitement immobile, du sang coulant aux coins de ses yeux roses exorbités. Le rat était mort. Dragosani le sut avec certitude, sans avoir à l'examiner. La femelle se précipita vers le cadavre de son mâle et le renifla; puis elle regarda à travers les barreaux les trois êtres humains.

Dragosani ne savait ni comment ni pourquoi le mâle était mort. Les mots qui lui vinrent aux lèvres étaient plus une question qu'un constat ou une accusation.

— Il... il a eu une attaque!

Borowitz s'attendait à ça; c'était bien le genre de Dragosani de sauter à pieds joints sans regarder, de se précipiter là où il faudrait y aller sur la pointe des pieds. Le chef du Réseau-E se plaça derrière Batu, toujours accroupi, et pivota pour faire face au nécromancien. Le Mongol souriait à nouveau. Il leva la tête et demanda :

— Une attaque?

— Je voulais simplement dire... commença Dragosani.

— C'est presque comme me traiter de menteur, dit Batu... Et son visage reprit sa monstrueuse transformation.

À présent, Dragosani avait une vue frontale de ce que Borowitz appelait « le mauvais œil ». Et sans l'ombre d'un doute, il était vraiment mauvais! C'était comme si le sang de Dragosani se glaçait dans ses veines. Il sentit ses muscles se raidir comme si la *rigor mortis* s'était déjà emparée de lui. Son cœur eut un brusque raté dans sa poitrine, la douleur lui arracha un cri terrifiant et le fit tituber. Mais les réflexes du nécromancien furent rapides.

Il recula contre le mur et sa main plongea à l'intérieur de sa veste et ressortit en serrant son pistolet. Il savait, ou au moins pensait, que cet homme pouvait le tuer. Dans l'esprit de Dragosani, la survie était primordiale. Il devait tout simplement tuer le Mongol en premier.

Borowitz se plaça entre eux deux.

— C'est assez! lança-t-il. Dragosani, range ça!

— Ce bâtard m'a presque tué! haleta le nécromancien, en tremblant. Il essaya de pousser Borowitz en dehors de sa ligne de mire, mais le vieil homme était inébranlable.

— J'ai dit que c'était assez ! Tu voudrais tuer ton partenaire ?

— Mon quoi ? Dragosani n'en croyait pas ses oreilles. Mon partenaire ? Je n'ai pas besoin de partenaire. Pas ce genre de partenaire ! Est-ce que c'est une blague ?

Borowitz tendit la main et prit délicatement l'arme de Dragosani.

— Voilà, dit-il. C'est mieux. Et maintenant nous pouvons aller dans mon bureau.

Borowitz poussa un Dragosani tout tremblant devant lui, puis il se retourna vers le Mongol et dit :

— Merci, Max.

— Je vous en prie, dit l'autre, dont le visage était à nouveau barré par un large sourire. Il s'inclina pour saluer Borowitz lorsque celui-ci ferma la porte.

Dans le couloir, Dragosani était furieux. Il reprit son arme d'un geste brusque et la rangea.

— Toi et ton damné sens de l'humour ! lâcha-t-il. J'ai bien failli y rester !

— Mais non, pas même failli. Si tu avais un cœur malade, cela t'aurait tué, comme cela a tué son voisin. Oh, si tu avais été vieux ou infirme, d'accord. Mais tu es jeune et en bonne santé. Non, non, je savais qu'il ne pouvait pas te tuer. Il m'avait dit lui-même qu'il ne pouvait pas tuer un homme en bonne santé. Cela le fatigue beaucoup de faire ce qu'il a fait ; aller trop loin pourrait très bien le tuer lui. Je faisais confiance à ta résistance.

— *Tu* faisais confiance à *ma* résistance ? Tu es vraiment un sadique... Et que se serait-il passé si tu t'étais trompé ?

— Mais je ne me suis pas trompé, dit Borowitz en reprenant le chemin par lequel ils étaient venus.

Dragosani n'arrivait pas à se calmer. Il avait encore les jambes tremblantes. Il suivit Borowitz en titubant et lui lança :

— Que se serait-il passé si cela avait été un piège et que tu avais parfaitement été au courant ?

Son chef se retourna et regarda Dragosani droit dans les yeux. Son rire était presque un grognement féroce.

— Mais maintenant tu y crois, non ? Maintenant que tu as vu et que tu as senti. Maintenant que tu sais ce dont il est capable ! Tu ne penses plus que c'est une plaisanterie... C'est un nouveau don, Dragosani, et un don que nous ne connaissions pas. Et qui peut dire quels sont les autres dons qui existent de par le monde ?

— Mais pourquoi m'as-tu laissé, non, m'as-tu fait affronter une chose pareille ? Cela n'a pas de sens.

Borowitz se retourna et poursuivit.

— Cela a énormément de sens. C'est la pratique, Dragosani, et comme je te l'ai déjà dit...

— La pratique rend parfait, je sais. Mais la pratique de quoi ?

— J'espérais que tu le savais, lança Borowitz par-dessus son épaule. Qui peut dire ce que tu vas affronter... en Angleterre !

— Quoi ? Il courut derrière le vieil homme. L'Angleterre ? Quoi l'Angleterre ? Et tu ne m'as toujours pas expliqué ce que tu voulais dire quand tu m'as lancé que Batu était mon partenaire. Gregor, je ne comprends rien à tout ça.

Ils avaient atteint les bureaux de Borowitz. Borowitz se glissa dans l'antichambre et se retourna juste sur le pas de la porte. Dragosani s'arrêta face à lui et le regarda d'un air accusateur.

— Qu'est-ce que tu as en tête, camarade ?

— Alors tu penses toujours que les gens sont fourbes, hein, Boris ? N'apprendras-tu jamais ta leçon du premier coup ? Je n'ai pas besoin d'avoir recours à la fourberie, mon ami. Je donne des ordres, et tu obéis ! Voici un nouvel ordre : tu vas retourner à l'école quelques mois pour réviser ton anglais. Pas seulement la langue, mais tout le système anglais. De cette façon, tu te sentiras mieux à l'ambassade là-bas. Max viendra avec toi... Et je parie qu'il apprendra plus vite que toi. Après ça, quand nous aurons pris certains arrangements... un petit voyage à l'étranger...

— En Angleterre ?

— Exactement. Toi et ton partenaire. Il y a un homme là-bas qui s'appelle Keenan Gormley, ex-MI5. Sir Keenan Gormley. Aujourd'hui, c'est le chef de leur Réseau-E. Je veux qu'il meure ! C'est le boulot de Max, car Gormley a un cœur malade. Après ça...

Dragosani comprenait tout à présent.

— Tu veux que je « l'interroge », dit-il. Tu veux que je le vide de ses secrets. Tu veux tout savoir sur lui et sur son Réseau-E, jusqu'au moindre détail.

— Parfait, du premier coup. Et c'est ton boulot, Boris. Tu es le nécromancien, l'inquisiteur de la mort. C'est pour cela qu'on te paie...

Et avant que Dragosani n'ait pu répondre, il lui ferma la porte au nez.

Un samedi soir, au début de l'été 1976. Sir Keenan Gormley se détendait en lisant un livre dans le bureau de sa maison de Kensington, un dernier verre posé sur une table devant lui, quand la sonnerie du téléphone retentit. Il l'entendit, et quelques instants plus tard, la voix de sa femme l'appela :

— Chéri, c'est pour toi.

— J'arrive ! répondit-il. Il posa son livre en soupirant et se leva. Lorsqu'il prit le téléphone des mains de sa femme, elle lui adressa un sourire et retourna à sa propre lecture. Gormley tira le téléphone jusqu'à une chaise en rotin et s'assit face à la porte d'entrée vitrée qui était ouverte sur un grand jardin isolé.

— Gormley à l'appareil !

— Sir Keenan ? C'est Harmon. Jack Harmon de Hartlepool. Comment allez-vous après toutes ces années ?

— Harmon ? Jack ! Comment allez-vous ? Mon Dieu ! Ça fait longtemps. Au moins douze ans !

— Treize. La dernière fois que nous nous sommes parlé c'était au dîner qu'ils ont donné quand vous avez quitté — chut ! vous savez qui ! Et ça remonte à 63.

— Treize ans ! Comme le temps passe vite, hein ?

— À qui le dites-vous ! La retraite ne vous a pas abattu, alors ?

Gormley eut un petit rire sec.

— Ah ! Eh bien, je ne suis qu'à moitié en retraite, comme tu dois le savoir. J'ai encore quelques occupations à droite et à gauche. Et vous... êtes-vous en forme ? Je crois me souvenir que vous avez obtenu un poste de directeur dans un collège technique à Hartlepool ?

— C'est exact, et j'y suis encore. Directeur ?... Mon Dieu, c'était plus facile à Burma !

Gormley éclata de rire.

— C'est bon de vous entendre à nouveau, Jack, spécialement depuis que je sais que vous vous portez bien. Mais que puis-je faire pour vous ?

Il y eut un petit silence avant que Harmon ne réponde finalement :

— Je me sens un peu idiot. J'ai été plusieurs fois sur le point de vous appeler la semaine dernière, mais j'ai à chaque fois changé d'avis. C'est une affaire vraiment étrange !

Gormley fut immédiatement intéressé. Il était plongé dans des « affaires étranges » depuis des années. Son sixième sens lui disait que quelque chose allait se passer et que c'était peut-être quelque chose d'important.

— Allez-y, Jack, qu'est-ce que c'est ? Et ne croyez pas que je vais trouver ça dingue. Je me souviens de vous comme de quelqu'un de très équilibré.

— Oui, mais c'est très... difficile à expliquer. Je suis très proche de cette chose, je l'ai vue de mes propres yeux, et pourtant...

— Jack, souvenez-vous de ce dîner, lorsque nous avions parlé tous les deux ? J'avais un peu trop bu cette nuit-là — beaucoup trop peut-être — et je me souviens vous avoir parlé de choses dont je n'aurais pas dû. C'était simplement parce que vous sembliez bien placé — un peu comme un directeur et tout...

— Mais c'est justement pourquoi je vous appelle ! À cause de votre conversation. Comment pouviez-vous être au courant de tout ça ?

Gormley ricana.

— Appelez ça l'intuition. Mais poursuivez.

— Eh bien, vous disiez que de nombreux enfants allaient passer entre mes mains, et que je devais garder les yeux ouverts pour voir s'il n'y en avait pas un de... spécial.

Gormley passa sa langue sur ses lèvres et dit :

— Un moment, Jack, cela devient intéressant. Il appela sa femme : « Jackie, sois un amour et apporte-moi un verre, s'il te plaît. » Désolé, Jack, mais j'ai eu soudain soif. Et aujourd'hui vous avez trouvé un gosse un petit peu différent, c'est ça ?

— Un petit peu ? Harry Keogh est très différent, vous pouvez me croire ! Franchement, je ne sais pas quoi faire de lui.

— Eh bien alors, racontez-moi tout et laissez-moi voir ce que je peux faire de lui.

— Harry Keogh est... un gars vraiment très bizarre. C'est un professeur d'une école de garçons de Harden qui a tout d'abord attiré mon attention sur lui. À cette époque, il me l'avait décrit comme un « mathématicien instinctif ». En fait, c'était un vrai génie ! Je lui ai fait passer un examen et il l'a obtenu haut la main, puis il est entré au collège. Mais il était mauvais en anglais. J'ai tout fait pour le faire progresser...

« Quand j'ai parlé de ce gars de Harden à son jeune professeur, un certain George Hannant, j'ai eu l'impression qu'il n'aimait pas Keogh. Oh, peut-être que je me suis trompé, peut-être que Keogh le mettait mal à l'aise. Eh bien, j'ai récemment eu l'occasion de parler à nouveau avec Hannant, et alors tout est devenu clair. En fait, les observations faites par Hannant il y a cinq ans recoupaient exactement les miennes. Lui aussi croyait que Harry Keogh... qu'il... »

— Qu'il quoi ? Quel est le don de ce garçon, Jack ?

— Don ? Mon Dieu ! Ce n'est pas comme ça que je décrirais ça.

— Eh bien ?

— Laissez-moi vous en parler. Ce n'est pas que j'aie peur de mes conclusions, vous comprenez, c'est simplement parce que je crois que l'évidence vous sautera aux yeux. J'ai dit que Keogh était mauvais en anglais et que j'avais tout fait pour qu'il devienne meilleur. Eh bien, il a rapidement progressé. Avant de quitter l'école, il y a deux ans, il a vendu sa première nouvelle. Depuis, il a publié deux recueils. Ils se sont bien vendus dans les pays de langue anglaise ! Ce que je vais dire est un petit peu mesquin ! J'ai essayé de vendre mes propres histoires pendant trente ans, et ce Keogh n'a pas encore dix-neuf ans, et...

— Et est-ce que ça vous ennuie ? le coupa Gormley. Qu'il soit devenu un auteur à succès aussi jeune ?

— Hein ? Grand Dieu, non ! Je suis content pour lui. Ou au moins je l'étais. Je le serais resté si seulement... si seulement il n'avait pas écrit ses histoires de cette façon...

— De quelle façon ?

— Il... il a, eh bien, des collaborateurs.

— Des collaborateurs ? Mais beaucoup d'écrivains doivent

sûrement avoir des collaborateurs ? J'imagine qu'à dix-huit ans il a probablement besoin de quelqu'un pour arranger tout cela pour lui.

— Non, non, dit l'autre, avec un peu de frustration dans la voix, comme s'il voulait dire quelque chose et qu'il n'y parvenait pas. Non, ce n'est pas ce que je veux dire du tout. Ses nouvelles n'ont absolument pas besoin d'être arrangées, ce sont de vrais petits bijoux. J'ai moi-même tapé à la machine sa première nouvelle, parce qu'il n'avait pas de machine à écrire. Je lui en ai même tapé d'autres après qu'il eut acheté une machine, jusqu'à ce qu'il comprenne comment présenter un manuscrit. Depuis lors, il le faisait lui-même... jusqu'à tout récemment. Son nouveau travail, qu'il vient juste de terminer, est un roman. Il l'a intitulé : *Journal d'un Libertin du 17e siè cle !*

Gormley ne put retenir un petit rire.

— Il est aussi sexuellement précoce ?

— En réalité, je pense que oui. De toute façon, j'ai un peu travaillé avec lui sur ce roman : c'est-à-dire que je l'ai découpé en chapitres pour lui. Il n'y avait aucune erreur historique, ni aucune erreur dans son utilisation de la langue du dix-septième siècle ; en fait, il est même incroyablement précis, alors que Keogh parle un anglais abominable. Ce livre, en fait, est répétitif et mal construit. Mais je peux vous promettre une chose : cela va lui rapporter beaucoup d'argent.

Gormley fronça les sourcils.

— Comment ses nouvelles peuvent-elles être des « bijoux » et son roman être répétitif et mal construit ? Est-ce que c'est logique ?

— Rien n'est logique dans le cas de Keogh. La raison pour laquelle le roman diffère des nouvelles est simple : son collaborateur pour les nouvelles était un homme de lettres qui savait ce qu'il faisait, alors que son collaborateur pour le roman n'était qu'un... libertin du dix-septième siècle !

— Hein ? lâcha Gormley. Je ne vous suis plus.

— Non, je ne pensais pas non plus que vous comprendriez. Je prie Dieu pour que moi non plus. Écoutez : un excellent écrivain de nouvelles a vécu et est mort à Hartlepool il y a trente ans. Son vrai nom n'a aucune importance, mais il utilisait trois ou quatre pseudonymes, et Keogh utilise presque les mêmes pseudonymes que les originaux.

— Les « originaux ». Je ne...

— Quant au libertin du dix-septième siècle : c'était le fils d'un comte. Très connu dans cette région entre 1660 et 1672. Finalement, un mari cocu le tua. Il n'était pas écrivain, mais il avait une imagination débordante ! Ces deux hommes... ce sont eux les collaborateurs de Keogh.

Gormley eut la chair de poule.

— Continuez.

— J'ai parlé à la petite amie de Keogh. C'est une charmante gosse et elle est folle de lui. Et elle ne veut rien raconter sur lui. Mais en parlant, elle a laissé entendre qu'il avait une idée à propos de quelque chose qu'il nomme un nécroscope. C'est quelque chose qu'il lui a présenté comme étant une fiction, un produit de son imagination. Un nécroscope, lui a-t-il dit, est quelqu'un...

— ... qui peut lire dans les pensées des morts, le coupa Gormley.

— Oui, soupira Harmon. Exactement.

— Un médium ?

— Quoi ? Oui, je suppose qu'on peut dire ça. Mais un vrai, Keenan ! Un homme qui parle vraiment avec les morts ! C'est monstrueux ! Je le vois en ce moment. Il est assis là-bas, dans le cimetière local... il écrit !

— L'avez-vous raconté à quelqu'un d'autre (la voix de Gormley était perçante à présent) ? Est-ce que Keogh sait que vous avez des soupçons ?

— Non.

— Alors n'en soufflez mot à quiconque. Vous comprenez ?

— Oui, mais...

— Pas de mais, Jack. Votre découverte peut devenir très importante, et je suis heureux que vous m'en ayez parlé. Mais cela ne doit pas s'ébruiter. Certaines personnes pourraient s'en servir à des fins pernicieuses.

— Vous me croyez, alors, à propos de cette terrible chose (il était vraiment soulagé) ? Est-ce que c'est vraiment possible ?

— Possible, impossible. Plus je vieillis, plus je me demande ce qui est possible et ce qui ne l'est pas ! De toute façon, je comprends votre inquiétude, et c'est vrai que vous aviez de quoi être inquiet. Mais au sujet de cette « terrible chose », j'ai bien peur que je doive réserver mon jugement. Si vous avez raison, alors ce Harry Keogh a un don exceptionnel. Imaginez simplement comment il pourrait l'utiliser !

— Je frémis rien qu'en y pensant !

— Quoi ? Vous, un directeur d'école ? Quelle honte !

— Je suis désolé. Je ne suis pas sûr que je...

— Vous n'aimeriez pas avoir la chance de pouvoir parler avec les plus grands professeurs, les plus grands théoriciens et les plus grands scientifiques de tous les temps ? À Einstein, Newton, Vinci, Aristote ?

— *Mon Dieu!* La voix à l'autre bout de la ligne était presque choquée. Mais c'est — littéralement — complètement impossible !

— Oui, eh bien continuez à croire ça Jack, mais oubliez notre conversation, d'accord ?

— Mais vous...

— *D'accord,* Jack ?

— Oui. Qu'avez-vous l'intention de... ?

— Jack, je travaille pour une organisation très étrange, un groupe très amusant. Et même vous dire cela c'est déjà trop vous dire. Cependant, vous avez ma parole que je vais m'occuper de ça. Et je veux votre parole que c'est la dernière fois que vous en parlez.

— Très bien, si vous voulez.

— Merci d'avoir appelé.

— Je vous en prie. Je...

— Au revoir, Jack. Il faudra qu'on se rappelle.

— Oui, au revoir.

Gormley raccrocha d'un air pensif.

Chapitre XI

Dragosani était « retourné à l'école » pendant plus de trois mois pour revoir son anglais. À présent, c'était la fin du mois de juillet et il était retourné en Roumanie — ou en Valachie, comme il appelait son pays natal. La raison de ce retour était simple : en dépit des menaces qu'il avait proférées lors de sa dernière visite, il était conscient qu'une année s'était écoulée et que la vieille Chose dans le sol l'avait prévenu qu'il n'avait qu'une année. Il ne savait pas exactement ce que cela voulait dire, mais une chose était certaine : il ne devait pas laisser Thibor Ferenczy expirer par mégarde. Si sa fin était imminente, alors le vampire serait plus disposé à livrer quelques secrets à Dragosani en échange d'une prolongation de sa non-mort.

Parce qu'il était arrivé très tard à Bucarest, Dragosani s'était arrêté dans un village pour acheter une paire de poulets vivants et un panier en osier. Il les mit à l'arrière de la Volga sous une couverture. Il avait trouvé une chambre dans une ferme située sur les bords de l'Oltul et, après avoir déposé ses affaires dans sa chambre, il était ressorti immédiatement dans l'obscurité et avait roulé jusqu'à la crête boisée en forme de croix.

À présent, il se tenait à nouveau à la limite du cercle de terre non consacrée que dominaient les pins noirs, et surveillait la tombe écroulée taillée dans la montagne et la terre sombre d'où s'échappaient des racines torturées semblables à de gigantesques serpents pétrifiés.

Après Bucarest, il avait essayé d'entrer en contact avec

Thibor, sans résultat; malgré tous ses efforts pour tirer l'esprit du vieux démon de son sommeil séculaire, il n'avait obtenu aucune réponse. Il était après tout peut-être trop tard. Combien de temps peut reposer un vampire non-mort dans la terre sans qu'on s'occupe de lui ? Malgré toutes les conversations qu'il avait eues avec la créature et malgré tout ce qu'il avait appris de Ladislau Giresci, il en savait encore très peu sur les Wamphyri. Ce que Thibor lui avait raconté était très restreint, et il devait attendre la venue de Dragosani dans la fraternité. Oh ? Le nécromancien devait s'occuper de ça !

— Thibor, es-tu là ? murmura-t-il dans les ténèbres. Thibor, je suis revenu... ct je t'apporte des présents !

À ses pieds, les poulets étaient serrés l'un contre l'autre dans leur panier, les pattes entravées ; mais aucune présence invisible ne bougea dans l'obscurité, aucun doigt insaisissable ne caressa ses cheveux, aucun museau impalpable ne renifla son essence. L'endroit était sec, desséché, mort. Des petites branches craquèrent bruyamment et tombèrent en poussière lorsque Dragosani marcha sur les débris végétaux accumulés par les siècles.

— Thibor, essaya-t-il une nouvelle fois. Tu m'as dit une année. L'année s'est écoulée et je suis de retour. Suis-je arrivé trop tard ? Je t'ai apporté du sang, vieux dragon, pour réchauffer tes vieilles veines et te redonner des forces...

Rien.

Dragosani s'inquiéta. Ce n'était pas normal. La vieille Chose dans le sol était toujours ici. Il était le *genius loci.* Sans lui, l'endroit n'était plus rien, les collines en forme de croix étaient vides. Et quant aux rêves de Dragosani ? Est-ce que le savoir qu'il avait espéré glaner auprès du vampire s'était envolé à jamais ?

Pendant un moment, il connut le désespoir, la colère, la frustration, mais ensuite...

Les poulets remuèrent un petit peu dans leur panier et l'un d'eux émit un léger gloussement inquiet. Une brise souffla de manière sinistre dans les hautes branches au-dessus de la tête de Dragosani. Le soleil disparut derrière les collines lointaines. Et quelque chose regarda le nécromancien derrière le rideau des ténèbres, de la poussière et des vieilles branches friables. Il n'y avait rien, mais il sentit des yeux posés sur lui. Il n'y avait rien de différent, mais l'endroit semblait respirer à présent !

Il respirait, oui — mais une respiration viciée, que Dragosani n'aimait pas du tout. Il frissonna, se sentit plus en danger ici que jamais auparavant. Il ramassa le panier et fit deux pas en arrière pour s'éloigner du cercle non consacré, jusqu'à ce qu'il se rctrouve contre le tronc rugueux d'un grand arbre presque aussi vieux que la clairière. Là, il se sentit en sécurité avec ce vieil arbre derrière lui. La soudaine sécheresse disparut de sa gorge et il déglutit plusieurs fois avant de lancer à nouveau :

— Thibor, je sais que tu es là. Tu cours à ta perte, vieux démon, si tu choisis de m'ignorer.

À nouveau, le vent souffla dans les hautes branches et à sa suite, un murmure rampa dans l'esprit du nécromancien :

Dragosaaaniiii ? C'est toi ? Ahhhh !

— Oui, c'est moi. Je viens t'apporter la vie, vieux démon — ou plutôt restaurer ta non-mort.

Trop tard, Dragosani, trop tard. Mon heure a sonné et je dois répondre à l'appel des sombres abîmes. Même moi, Thibor Ferenczy des Wamphyri. Mes privations ont été grandes et mon étincelle s'est lentement éteinte. À présent, elle vacille à peine. Que peux-tu faire pour moi, mon fils ? Rien, j'en ai peur. C'est terminé...

— Non, je ne peux pas y croire ! Je t'ai apporté la vie, du sang frais. Demain, il y en aura plus encore. Dans quelques jours, tu seras à nouveau puissant. Pourquoi ne m'avais-tu pas dit que les choses en étaient arrivées à ce point ? J'étais certain que tu criais au loup ! Comment pouvais-tu penser que j'allais te croire quand tout ce que tu me racontais n'était que mensonges ?

... Peut-être que je me suis trompé après tout. Mais quand même mon propre père et mon propre frère me détestaient... pourquoi aurais-je pu faire confiance à un fils ? Et à un fils par procuration qui plus est. Il n'y a pas de lien de sang entre nous, Dragosani. Oh, nous nous sommes fait des promesses, toi et moi. Tu as un peu progressé dans ta connaissance de la nécromancie et j'ai pu au moins goûter à nouveau au sang, même s'il était infect. Faisons la paix. Je suis trop faible pour me soucier...

Dragosani s'avança.

— Non ! Il y a encore des choses que tu peux m'apprendre, me montrer. Les secrets des Wamphyri...

(Est-ce que le sol ne tremblait pas légèrement sous ses pieds ? Est-ce que les présences invisibles ne s'approchaient pas en rampant ?) Il retourna contre le tronc.

La voix dans son esprit soupira. C'était le soupir de quelqu'un qui s'ennuie des plaisirs terrestres. Et Dragosani oublia que c'était le soupir d'un vampire.

Ah, Dragosani ! Dragosani ! Tu n'as rien appris. Ne t'ai-je pas appris que le savoir des vampires était interdit aux mortels ? Ne t'ai-je pas dit que pour apprendre il fallait en devenir un et qu'il n'y avait pas d'autre voie ? Viens, mon fils, et délivre-moi de ma malédiction. Quoi ? Je te donnerais le pouvoir pour dominer le monde, pendant que moi je resterais là et tomberais en poussière ? Quelle est cette justice ? Où est l'équité dans tout ça ?

Dragosani était désespéré.

— Alors accepte le sang que je t'ai apporté, de la douce viande. Redeviens fort. J'accepterai tes conditions. Si je dois devenir l'un des Wamphyri pour apprendre tous leurs secrets... alors qu'il en soit ainsi (il mentait) ! Mais sans toi je ne peux pas !

La Chose dans le sol resta un moment silencieuse et Dragosani attendit sans respirer. Il pensa sentir la terre trembler à nouveau sous ses pieds, mais ce n'était peut-être que son imagination, la conscience que quelque chose d'ancien et de malfaisant, de corrompu et de non-mort, était enterré là. Derrière son dos, l'arbre semblait aussi solide qu'un roc, même si Dragosani le soupçonnait d'être mangé de l'intérieur. Et en effet, il était creux et, à présent, quelque chose progressait à travers la terre et à l'intérieur du bois sec, mangé par les vers.

Peut-être qu'à un autre moment Dragosani aurait pu sentir ce mouvement, mais, à cet instant précis, Thibor lui parlait à nouveau et détournait son attention :

N'as-tu pas dit que tu avais... un présent pour moi ?

Il y avait de l'intérêt dans la voix mentale du vampire, et Dragosani y vit une lueur d'espoir.

— Oui, oui ! Juste à mes pieds. De la viande fraîche, du sang !

Il saisit l'un des oiseaux et lui tordit le cou. Puis il sortit un scalpel en forme de faucille de sa poche et trancha la gorge du poulet. Un sang écarlate jaillit et la carcasse battit légèrement des ailes là où il l'avait lancée ; quelques plumes flottèrent en silence vers la terre noire.

Le terreau aspira le sang de l'oiseau comme une éponge... mais derrière Dragosani, un pseudopode de putréfaction glissait doucement à l'intérieur de l'arbre creux. Son extrémité blanche et lépreuse trouva un trou laissé par une branche desséchée et apparut à une cinquantaine de centimètres au-dessus de la tête de Dragosani. L'extrémité pulsait, scintillant d'une vie étrange, pleine d'une urgence fœtale.

Dragosani saisit le deuxième oiseau par le cou, avança de deux pas vers le bord de la zone de « sécurité ».

— Et il y en a encore un dans ma main, Thibor. Fais-moi un peu confiance et parle-moi des pouvoirs que je vais avoir lorsque je deviendrai comme toi.

Je... je sens le sang aspiré par le sol, mon fils, et c'est bon. Mais je pense toujours que tu es arrivé trop tard. Je ne t'en veux pas. Nous étions trop différents — j'étais autant à blâmer que toi — mais oublions le passé. Oui-da, et je ne voudrais pas en finir sans te montrer au moins un petit aperçu de ce que je ressentais pour toi, sans trahir aucun secret.

— J'attends, répondit impatiemment Dragosani. Vas-y...

Au commencement, toutes les créatures étaient égales. Le vampire primitif était une créature de la Nature comme l'homme primitif. Si l'homme primitif vivait des créatures inférieures, le vampire faisait de même. Tous deux étaient des parasites à leur façon. Toutes les créatures vivantes le sont. Mais si l'homme tuait des créatures pour les manger, le vampire était plus aimable : il s'introduisait simplement en elles. Elles ne mouraient pas, même si elles devenaient des non-mortes ! À cet égard, le vampire n'est pas une créature moins naturelle que la lamproie ou la sangsue, ou même la puce ; sauf que son hôte reste en vie, devient presque immortel et n'est pas consumé comme lors d'un parasitage massif. Mais comme l'homme évolua pour devenir l'hôte parfait, alors le vampire évolua, et comme l'homme devint la créature dominante, alors le vampire étendit sa domination.

— Symbiose, dit Dragosani.

Je peux lire la signification de ce mot dans ton esprit... eh ! oui, c'est exact, sauf que le vampire avait déjà appris à rester dans l'ombre ! Mais au cours de l'évolution, survint un changement singulier : alors qu'auparavant le vampire était capable de vivre sans son hôte, il devint totalement dépendant de lui. Tout comme la myxine meurt sans son poisson-hôte, le vampire doit avoir son hôte pour exister. Et si les hommes découvraient un vampire dans l'un des leurs — oh, ils le tuaient tout simplement ! Pire, ils apprirent comment détruire la créature à l'intérieur !

Ce n'était pas le dernier problème du vampire. La Nature est bien étrange lorsqu'elle essaie de corriger ses erreurs, et elle est vraiment sans pitié. Elle ne s'attendait pas à ce qu'une de ses créations puisse être immortelle. Rien de ce qu'elle a fait n'est prévu pour vivre éternellement. Et il y avait une créature qui semblait défier cette loi, une créature qui, en évitant les accidents, pouvait survivre indéfiniment ! Et furieuse, elle cracha sur les Wamphyri. Au fil des siècles, tandis que la Terre traversait les âges, mes ancêtres vampires développèrent en eux une faiblesse. Elle passa de génération en génération, à travers les âges. C'était une limitation imposée par la Nature : comme les vampires « mouraient » très rarement, elle ne leur accorderait que rarement le droit d'avoir des enfants !

— C'est pourquoi votre race se meurt.

En tant qu'individus, nous ne pouvons nous reproduire qu'une seule fois dans notre vie, sans tenir compte de l'extrême lenteur de cette reproduction...

— Mais vous êtes si puissants ! Je ne peux pas croire que la faute en incombe à vos mâles. Est-ce que vos femelles sont infertiles... ne peuvent-elles se reproduire qu'une seule fois ?

Nos « mâles », Dragosani ? dit la voix dans l'esprit du nécromancien, sur un ton sardonique qu'il n'apprécia pas. Nos « femelles »... ?

Une nouvelle fois, il recula contre l'arbre.

— Que veux-tu dire ?

Mâles et femelles. Oh, non, Dragosani. Si la Nature nous avait imposé ce problème, alors notre race serait éteinte depuis longtemps...

— Mais tu es un mâle. J'en suis certain !

Mon hôte humain était un mâle.

Les yeux de Dragosani étaient à présent grands ouverts. Quelque chose lui intimait l'ordre de fuir — mais de fuir quoi ? Il savait que la Chose dans le sol ne pouvait pas l'attraper.

— Alors... tu es une femelle ?

Je pensais m'être clairement exprimé. Je ne suis ni l'un ni l'autre...

Dragosani n'était pas certain du terme.

— Hermaphrodite ?

Non.

— Alors asexué ? Agame !

Une gouttelette en forme de perle s'était formée sur l'extrémité blafarde du tentacule lépreux, à l'endroit où il sortait du trou dans l'arbre, juste au-dessus de la tête de Dragosani. En grossissant, elle prit la forme d'une poire et s'étira vers le bas en tremblant. Au-dessus du tentacule, un œil écarlate apparut, fixa Dragosani de son regard sans paupière.

— Mais d'où venait ton désir la nuit où nous avons pris cette fille ?

Ton désir, Dragosani.

— Et toutes ces femmes que tu as eues dans ta vie ?

Mon énergie, mais le désir de mon hôte !

— Mais...

AHHHH ! La voix dans l'esprit de Dragosani devint soudain un terrible grognement. *Mon fils, mon fils — c'est presque fini ! C'est presque terminé !*

Alarmé, le nécromancien avança à nouveau à la limite du cercle. La voix était si faible, si désespérée, si douloureuse.

— Qu'y a-t-il ? Qu'est-ce qui ne va pas ? Voilà plus de nourriture.

Il trancha la gorge du deuxième oiseau et laissa tomber le cadavre sur le sol. Le sang rouge fut aspiré par la terre. La Chose dans le sol but avidement.

Dragosani attendit et : *Ahhhh !*

Les cheveux du nécromancien se dressèrent sur sa tête. Car soudain, il sentit une grande force chez le vampire — et même une plus grande fourberie. Il recula et, au même instant, la gouttelette en forme de perle devint écarlate et tomba !

Elle atterrit sur la nuque de Dragosani, juste au-dessus de son col. Il la sentit. Cela aurait pu être une goutte d'humidité tombée d'un arbre, sauf qu'elle était totalement sèche ; ou cela aurait pu provenir d'un oiseau, mais il n'avait jamais vu d'oiseaux ici. En tout cas, sa main se porta immédiatement à sa nuque pour s'en débarrasser — et n'y trouva rien. L'œuf du vampire ne nécessitait pas d'ovipositeur. Comme le mercure, il s'était glissé sous la peau. À présent, il explorait la colonne vertébrale.

L'instant d'après, Dragosani sentit une atroce douleur et s'éloigna de l'arbre d'un bond. Il se trouvait à l'intérieur de ce qu'il avait pensé être l'endroit dangereux — il bondit à nouveau au moment où la douleur s'intensifia. Il était incapable de se diriger ; il sortit du cercle en courant, percuta un arbre ; il trébucha et tomba, roula la tête la première. Et toujours cette douleur dans son crâne, cette pression sur sa moelle épinière, ce feu perçant à travers ses veines comme un acide.

La panique s'empara de lui, la pire panique qu'il ait jamais connue. Il sentit qu'il allait mourir, que cette crise, quelle qu'en fût la cause, allait certainement le tuer. C'était comme si ses organes internes étaient écrasés, comme si son cerveau était en feu !

À l'intérieur de lui, le germe du vampire avait trouvé un lieu de repos dans sa poitrine. Il cessa son exploration et s'installa pour dormir. Ses tâtonnements initiaux n'étaient que les coups de pieds du nouveau-né ; à présent il était au chaud, tranquille et ne désirait que se reposer.

La douleur quitta Dragosani en un instant, et son soulagement fut si intense que son système perdit complètement l'équilibre. S'abandonnant au doux plaisir de l'absence de douleur, il s'évanouit.

Harry Keogh était affalé sur son lit, la sueur plaquait ses cheveux blonds sur son front, ses membres étaient agités de mouvements convulsifs, en réaction à un rêve qui était plus qu'un rêve. Lorsqu'elle était encore en vie, sa mère avait été un médium assez réputé, et la mort ne l'avait pas changée ; au contraire, elle avait accru son don. Souvent, au cours des dernières années, elle avait rendu visite à Harry pendant son sommeil, comme elle le faisait en ce moment.

Harry rêvait qu'ils se promenaient dans un jardin ensoleillé, le jardin de la maison de Bonnyrigg. Derrière la haie, la rivière tourbillonnait entre les rives herbeuses. C'était un rêve plein de contrastes et de couleurs vives. Elle était à nouveau jeune, presque une enfant, et il aurait aussi bien pu être son jeune soupirant que son fils. Mais, dans son rêve, leurs relations étaient claires, et comme toujours elle s'inquiétait pour lui.

— Harry, ton plan est dangereux et il peut ne pas fonctionner, dit-elle. Tu ne réalises pas ce que tu es en train de faire ? S'il ne fonctionne pas, ce sera un meurtre, Harry ! Tu ne seras pas meilleur que... que lui !

Elle détourna la tête, et ses yeux de cristal bleu fixèrent craintivement la maison.

La masse sombre de la maison se découpait sur un ciel si bleu, qu'il blessait les yeux. Elle ressemblait à un bloc d'encre gelée sur fond vert et bleu, que l'on aurait renversé sur un livre d'images pour enfant, ou à un trou noir interstellaire : aucune lumière n'y brillait et rien n'échappait à son vide incommensurable. Elle était noire à cause de ce qu'elle abritait, aussi noir que l'âme de l'homme qui vivait là.

Harry secoua la tête, détourna avec difficulté les yeux de la maison.

— Pas un meurtre. Justice ! Ce à quoi il a échappé durant quinze ans. J'étais presque un bébé, un petit enfant, lorsqu'il t'a éloignée de moi. Il y a échappé jusqu'à aujourd'hui. Mais je suis un homme maintenant. Quel homme serais-je si je laissais passer ça ?

— Mais ne comprends-tu pas, Harry ? insista-t-elle. Te venger ne changera rien. On ne répare pas une injustice par une autre injustice...

Ils s'assirent sur l'herbe et elle le serra dans ses bras, lui caressa les cheveux. Harry aimait ça comme un bébé. Il observa à nouveau le bloc d'encre de la maison, haussa les épaules et regarda immédiatement ailleurs.

— Je ne veux pas uniquement me venger, mère, je veux savoir pourquoi ! Pourquoi est-ce qu'il t'a tuée ? Tu étais jeune et belle, tu avais des biens et du talent. Il aurait dû t'adorer... et pourtant il t'a tuée. Il t'a maintenue sous la glace et, lorsque tu as été trop faible pour te débattre, il a laissé le courant t'emporter. Il t'a tuée aussi froidement que si tu étais un chaton indésirable, l'avorton de la portée. Il t'a arrachée à la vie comme une mauvaise herbe de son jardin, sauf que c'était lui la mauvaise herbe et toi la rose. Qu'est-ce qui l'a poussé à faire ça ? Pourquoi ?

Elle fronça les sourcils et secoua ses tresses dorées.

— Je ne sais pas, Harry. Je ne l'ai jamais su.

— C'est ce que je veux découvrir. Je ne peux pas le savoir tant qu'il est en vie, car je sais qu'il ne l'admettra jamais. Donc, je le saurai lorsqu'il sera mort. Un mort ne me refuse jamais rien. Ce qui signifie que... je dois le tuer. Et je le ferai à ma manière.

— C'est une manière particulièrement horrible, Harry (ce fut à son tour de hausser les épaules). Je le sais !

Il hocha la tête ; son regard était glacial.

— Oui, et c'est pourquoi ce doit être ainsi...

Elle avait à nouveau peur et elle le serra contre elle.

— Mais si quelque chose tournait mal ? Savoir que tu vas bien me permet de reposer en paix, Harry. Mais si quelque chose devait t'arriver...

— Rien n'arrivera. Ça se passera comme je l'ai prévu.

Il embrassa son front inquiet, mais, à nouveau, elle se cramponna à lui.

— C'est un homme intelligent, Harry. Ce Viktor Shukshin. Intelligent... et mauvais ! Parfois, je pouvais sentir cette méchanceté en lui et cela me fascinait. Qu'étais-je après tout à part une enfant ? Et lui... il était attirant. Le sang russe en lui, coulait aussi en moi ; l'obscurité troublante de son âme, son magnétisme et sa malveillance. Nous avions des pôles magnétiques opposés et nous nous attirions. Je sais que je l'ai aimé au début, malgré son cœur noir, mais quant à la raison pour laquelle il m'a tuée...

— Oui ?

À nouveau elle secoua la tête, ses yeux bleus étaient voilés par ses souvenirs.

— Il y avait quelque chose... quelque chose en lui. De la folie, une chose inexplicable qu'il ne pouvait contrôler. Ça je le sais, mais quoi exactement ?...

Une nouvelle fois elle secoua la tête.

— C'est ce que je vais découvrir, répéta Harry, car je ne pourrai pas dormir tranquille jusqu'à ce moment-là.

— *Chut!* haleta-t-elle en le serrant plus fort. Regarde !

Harry regarda. Un petit bloc d'encre s'était détaché de l'énorme masse sombre de la maison. Ce bloc humain descendit l'allée du jardin, regardant ça et là, se tordant les mains d'inquiétude. Dans le bloc sombre de sa tête, deux ovales argentés brillaient, des yeux qu'il dirigea vers la haie qui se dressait au fond du jardin. Harry et sa mère se serrèrent l'un contre l'autre, mais, pour le moment, l'apparition de Shukshin ne faisait pas attention à eux. Il passa près d'eux, s'arrêta brièvement, renifla soupçonneusement, presque comme un chien, puis continua son chemin. Il s'arrêta à la haie, se pencha par-dessus et observa pendant un long moment le lent courant de la rivière.

— Je sais ce qu'il a en tête, murmura Harry.

— *Chut!* Sa mère répéta son avertissement. Il peut sentir certaines choses. Il le pouvait déjà...

Le bloc d'encre fit demi-tour, s'arrêtant çà et là pour renifler de façon étrange. Près du couple, la chose-Shukshin sembla directement regarder à travers eux. Puis, il cligna des yeux et repartit en direction de la maison en se tordant les mains. Lorsqu'il se fondit dans la maison, une porte claqua.

Le son se répercuta dans la tête de Harry, se réverbéra, puis se métamorphosa en un coup, en une série de coups, répétitifs.

Toc-toc-toc ! Toc-toc-toc !

— Il faut que tu t'en ailles, dit sa mère. Sois prudent, Harry. Pauvre petit Harry...

Il se réveilla dans son appartement. D'après l'inclinaison des rayons solaires à travers la fenêtre, il sut que c'était le soir. Il avait dormi au moins trois heures. Il se rendit compte que le coup se répétait à la porte.

Toc-toc-toc !

Qui cela pouvait-il être ? Brenda ? Non, car il ne l'attendait pas. De plus, on était samedi, elle devait donc faire des heures supplémentaires pour bichonner les cheveux des dames les plus « chics » de Harden. Qui alors ?

Toc-toc-toc ! Avec insistance.

Harry fit glisser ses jambes du lit, se leva et alla à la porte. Il avait les cheveux ébouriffés et ses yeux étaient encore pleins de sommeil. Les visiteurs étaient rares. Il considérait cela comme une intrusion. Il enfila son pantalon, passa une chemise... et on frappa à nouveau.

Derrière la porte, Sir Keenan Gormley attendait en sachant que Harry Keogh était là. Il l'avait su en descendant la rue. Il l'avait senti en grimpant les escaliers. La signature ESP de Keogh était inscrite dans l'air aussi indubitablement qu'une empreinte digitale sur un miroir. Car comme Viktor Shukshin et Gregor Borowitz, Gormley avait ce don : c'était un « guetteur », il « savait » de manière instinctive s'il se trouvait en présence d'un ESPert, et l'aura ESP de Keogh était la plus puissante qu'il eût jamais sentie. Lorsqu'il arriva devant la porte et qu'il attendit sur le palier, il sut immédiatement qu'il était en présence d'un grand générateur.

Harry Keogh ouvrit lui-même cette porte...

Gormley avait déjà vu Keogh auparavant, mais jamais de si près. Durant ces trois dernières semaines, tandis qu'il séjournait chez Jack Harmon, il l'avait souvent aperçu. Gormley et Harmon avaient même quelques fois suivi Keogh et l'avaient observé de façon discrète. George Hannant les avait même accompagnés à deux reprises. Il n'avait pas fallu longtemps à Gormley pour être d'accord avec Harmon et Hannant : Keogh avait quelque chose de spécial. Ils avaient eu raison à son sujet : c'était un nécroscope ; il était capable d'avoir des échanges intelligents avec les morts. Gormley avait longuement pensé à l'étrange don de Keogh durant ces trois semaines. C'était quelqu'un qu'il aurait bien aimé avoir dans son équipe. Il devait juste trouver une manière de faire comprendre ça à Keogh.

Harry Keogh cligna les yeux pour en chasser le sommeil, puis il dévisagea son visiteur. Il avait pensé se débarrasser du problème, quel qu'il fût, pour être tranquille, mais au premier regard, il sut que Gormley n'était pas du genre à partir aussi facilement. Cet homme avait l'allure tranquille de quelqu'un possédant une grande intelligence, mais dépourvu de prétention ; associé à son sourire charmant et à sa main tendue, cela formait une combinaison totalement désarmante.

— Harry Keogh ? demanda Gormley, qui savait parfaitement que c'était Keogh (il insista pour que l'autre lui serrât la main). Sir Keenan Gormley. Vous n'avez jamais entendu parler de moi, mais moi, je vous connais un peu. En fait, je sais absolument tout sur vous.

Le palier n'était pas bien éclairé, et Harry pouvait à peine discerner la silhouette de son visiteur ; il en avait juste des impressions indistinctes. Finalement, il serra brièvement la main de Gormley, puis s'écarta et le laissa entrer. Le contact, même s'il avait été bref, lui avait appris beaucoup de choses. La main de Gormley avait été ferme, fraîche, mais honnête ; elle n'avait rien promis, mais ne l'avait pas menacé. Ce pouvait être la main d'un ami. Sauf que...

— Vous savez absolument tout sur moi (Harry n'était pas certain d'avoir compris ce que cela signifiait) ? Eh bien, cela ne doit pas faire grand-chose. Il n'y a pas beaucoup de choses à connaître.

— Oh, je ne suis pas d'accord. Vous êtes bien trop modeste.

À présent, dans la lumière tombant de la fenêtre, Keogh regardait plus attentivement son visiteur. Il devait avoir entre cinquante et soixante ans, mais semblait plus près de soixante ; ses yeux verts étaient un peu ternes et son visage était envahi de petites rides ; son haut crâne bombé était orné de cheveux gris bien peignés. Il mesurait environ un mètre soixante-quinze, et sa veste bien découpée n'arrivait pas à dissimuler ses épaules légèrement tombantes. Sir Keenan Gormley avait eu des jours meilleurs, mais Harry Keogh pensa qu'il avait encore du temps devant lui.

— Comment dois-je vous appeler ? demanda-t-il. C'était la première fois qu'il parlait à un « Sir ».

— Keenan suffira, puisque nous allons devenir des amis.

— Vous êtes sûr de ça ? Que nous allons devenir amis ? Je dois vous prévenir que je ne m'en fais pas beaucoup.

— Je ne pense pas que nous ayons le choix, sourit Gormley. Nous avons trop de choses en commun. De toute façon, d'après ce que j'ai entendu, vous avez beaucoup d'amis.

— Alors, ce que vous avez entendu est faux (Harry fronça les sourcils et secoua la tête). Je peux compter mes véritables amis sur les doigts d'une main.

Gormley croyait qu'il pouvait aussi bien aller droit au but. Et de toute manière, il voulait voir la réaction de Keogh, si cela allait le déstabiliser.

— Ça, ce sont les vivants, répondit-il lentement, en faisant petit à petit disparaître son sourire. Mais je pense que les autres sont plus nombreux...

Ses paroles atteignirent Harry comme une grenade. Il s'était souvent demandé ce qu'il ressentirait si quelqu'un l'affrontait de cette manière, et à présent il le savait. Il se sentait mal.

Il chancela, trouva un vieux fauteuil et s'y laissa tomber. Il était pâle comme un mort et tremblait. Puis il déglutit et regarda Gormley avec les yeux d'un animal pris au piège.

— Je ne sais pas ce que vous...

— Mais si vous savez, Harry ! le coupa Gormley. Vous savez très bien ce que je veux dire. Vous êtes un nécroscope. Et vous êtes probablement le seul véritable nécroscope au monde !

— Vous êtes fou ! Venir ici et m'accuser de... de choses. Un nécroscope ? Ça n'existe pas. Tout le monde sait qu'on ne peut pas... peut pas...

Piégé, il bredouillait.

— Ne peut pas quoi, Harry ? Parler aux morts ? Mais vous, vous le pouvez, n'est-ce pas ?

Une épaisse sueur coulait sur le front de Harry. Il avait besoin d'air. Il était coincé et il le savait. Piégé comme une goule tenant un cœur humide dans les mains, comme un violeur haletant entre les cuisses de sa victime dans le faisceau de la lampe d'un policier. Il n'avait jamais pensé au crime avant, il n'avait jamais blessé personne, mais à présent...

Gormley s'avança, le prit par les épaules, le secoua.

— Secouez-vous ! Vous ressemblez à un petit garçon surpris en train de se masturber. Vous n'êtes pas malade, Harry... cette chose qui est en vous n'est pas une maladie... c'est un don !

— C'est un secret, protesta-t-il faiblement. Je... je ne leur fais pas de mal, je ne leur en ferai jamais. Sans moi, à qui pourraient-ils parler ? Ils sont si *seuls !*

Il bredouillait presque, convaincu de s'être attiré de gros ennuis. Le rendre fou était bien la dernière chose que désirait Gormley.-

— Ça va, fiston, ça va. Calmez-vous, personne ne vous accuse de rien.

— Mais c'est un secret ! insista Harry en grinçant des dents sous l'effet de la colère. Ou, au moins, c'en était un. Mais maintenant, si tout le monde le sait...

— Personne ne le saura.

— Vous, vous savez !

— C'est mon travail de savoir ce genre de choses. Fiston, je vous l'assure, vous n'aurez pas d'ennuis, pas avec moi.

Il était si persuasif, si calme. Etait-ce un ami, un vrai ami, ou était-ce autre chose ? Harry n'arrivait pas à contrôler la panique qui s'était emparée de lui, le choc de savoir que quelqu'un d'autre était au courant. Sa tête tournait. Pouvait-il faire confiance à cet homme ? Pouvait-il faire confiance à quelqu'un ? Et si Gormley annonçait sa fin en tant que nécroscope, qu'allait devenir sa revanche sur Viktor Shukshin ? Rien ne pouvait se mettre entre eux !

En désespoir de cause, il entra en contact avec un escroc qu'il connaissait dans le cimetière de Easington.

Gormley sentit le pouvoir s'échapper de Harry à ce moment-là, une énergie pure comme jamais encore il n'en avait senti, une énergie qui lui fit dresser les cheveux sur la tête et accéléra son rythme cardiaque. C'était ça ! Le don du nécroscope en pleine action. Gormley le savait aussi sûrement qu'il était né.

Dans son fauteuil, Harry s'était recroquevillé en une masse compacte. Il était pâle comme un mort et dégoulinait de sueur comme un robinet défectueux. Mais à présent...

Il s'assit, serra les dents et sourit, puis il pencha la tête en arrière et essuya les gouttes de sueur qui tombaient. Il se détendit, chassant en un instant toute panique. Ses mains ne tremblèrent plus lorsqu'il brossa ses cheveux en arrière. Son visage reprit rapidement des couleurs.

— C'est bon, dit-il en souriant. L'interview est terminée.

— Quoi ? Gormley était étonné par cette transformation.

— Absolument. C'en était une, n'est-ce pas ? Vous êtes venu ici pour apprendre quelque chose sur Harry Keogh l'écrivain. Quelqu'un vous a parlé du thème de ma nouvelle histoire et vous me l'avez lancé à la figure pour voir ma réaction. C'est une histoire d'horreur, et vous savez que je prends toujours très à cœur ce que j'écris. Alors quand je joue le personnage du nécroscope, qui est un mot de mon invention, je le fais naturellement avec talent. Je suis un bon acteur, vous voyez ? Eh bien, vous avez eu votre représentation gratuite et je me suis bien amusé, et à présent l'interview est terminée.

Le sourire disparut brusquement et se transforma en un ricanement acerbe.

— Vous savez où est la porte, Keenan...

Gormley secoua lentement la tête. Au début, il avait été stupéfait, mais, à présent, son instinct reprenait le dessus. Et ce fut son instinct qui lui expliqua ce qui se passait.

— Très astucieux, dit-il, mais pas assez astucieux cependant. À qui parlez-vous, Harry ? Ou plutôt, qui parle à travers vous ?

Pendant un moment encore, une lueur de défi brilla dans les yeux de Harry Keogh, puis Gormley sentit à nouveau le flot de cette étrange énergie, lorsque le jeune homme coupa le lien avec son ami inconnu si astucieux. Son visage avait changé, tout sarcasme avait disparu et Harry était à nouveau lui-même ; mais, au moins, il avait conservé une certaine maîtrise de soi. Toute panique s'était envolée.

— Que voulez-vous savoir ? demanda-t-il d'une voix dépourvue d'émotion.

— Tout.

— Je pensais que vous saviez déjà tout ? C'est ce que vous avez dit.

— Mais je veux l'entendre de votre bouche. Je sais que vous ne pouvez pas expliquer comment vous y parvenez, et je ne veux pas le savoir ; il me suffit de savoir que vous avez découvert ce don et que vous l'utilisez pour améliorer votre vie. C'est compréhensible. Non, je veux des faits. L'étendue de votre don, par exemple, et ses limites. Jusqu'à présent, je ne savais pas que vous pouviez l'utiliser à distance. Je veux savoir de quoi vous parlez, ce qui les intéresse. Est-ce qu'ils vous considèrent comme un intrus ou êtes-vous le bienvenu ? Comme je viens de le dire : je veux tout savoir.

— Ou sinon ?

Gormley secoua la tête.

— On n'en est pas là, pas encore.

Harry eut un sourire acide.

— Alors nous allons devenir « amis », c'est ça ?

Gormley prit une chaise et s'assit en face de lui.

— Harry, personne d'autre ne le sait. Je vous le promets. Eh oui, nous allons devenir des amis. C'est parce que nous avons besoin l'un de l'autre. D'accord, vous devez probablement penser que vous n'avez pas besoin de moi, que je suis la dernière chose dont vous ayez besoin ! Mais c'est provisoire. Vous allez avoir besoin de moi, je vous l'assure.

Harry le regarda en plissant les yeux.

— Et pourquoi avez-vous besoin de moi ? Je crois qu'avant de vous raconter quoi que ce soit, qu'avant même d'admettre quoi que ce soit, il serait bon que vous me parliez un peu de vous.

Gormley n'attendait que cela. Il hocha la tête, regarda Harry droit dans les yeux et prit une profonde inspiration.

— Très bien. Vous savez qui je suis, je vais donc vous dire ce que je suis et ce que je fais pour vivre. Mais ce qu'il y a de plus important, je vais vous parler des gens avec qui je travaille.

C'est ce qu'il fit. Il parla à Harry du Réseau-E britannique et du peu qu'il savait sur ses équivalents américain, français, russe et chinois. Il lui parla des télépathes qui pouvaient converser ensemble à travers le monde sans téléphone, uniquement par l'esprit. Il lui parla de la prescience, la capacité de prévoir le futur et de raconter des événements qui ne se sont pas encore produits. Il lui parla de la télékinésie et de la psychokinésie, et des hommes capables de faire bouger des objets solides par leur seule volonté et sans avoir recours à la moindre force physique. Il lui parla de la « vision lointaine » et d'un homme qu'il connaissait qui pouvait raconter ce qui se passait n'importe où dans le monde à cet instant précis. Il lui parla des guérisseurs et d'un « médecin » qui possède le don de la Vie dans ses mains nues et qui peut guérir des maladies sans faire appel à aucun traitement conventionnel. Il lui parla enfin de tous les ESPerts qu'il dirigeait et de la place qu'il y avait pour Harry parmi eux. Il lui parla de tout ça avec une telle compréhension, une telle clarté, et une telle conviction que Harry sut qu'il disait la vérité.

— Alors, vous voyez, dit finalement Gormley, vous n'êtes pas un monstre, Harry. Votre don est peut-être unique, mais vous, en tant qu'ESPert, vous ne l'êtes pas. Votre grand-mère en avait un avant vous et elle l'a transmis à votre mère. Elle, à son tour, vous en a transmis un peu plus. Dieu seul sait ce que vos enfants seront capables de faire, Harry Keogh !

Après un long silence pendant lequel il assimila tout ce qu'il venait d'entendre, Harry demanda :

— Et vous voulez que je travaille pour vous ?

— En un mot, oui.

— Que se passera-t-il si je refuse ?

— Harry, je vous ai trouvé. Je suis un guetteur. Je n'ai pas de réel don ESP mais je peux repérer un ESPert à plus d'un kilomètre. Je suppose que c'est un don en soi, mais c'est tout ce que j'ai. La seule chose dont je suis certain c'est qu'il y en a d'autres comme moi. L'un d'eux est le chef du réseau russe. Je suis venu vous voir et j'ai joué cartes sur table. Je vous ai raconté des choses que je n'avais pas le droit de vous dire. C'est parce que je veux que vous ayez confiance en moi et aussi parce que je crois que je peux avoir confiance en vous. Vous n'avez rien à craindre de moi, Harry — mais je ne peux pas vous promettre la même chose pour l'autre côté !

— Vous voulez dire... ils peuvent aussi me trouver ?

— Ils deviennent de plus en plus adroits, Harry, exactement comme nous. Ils ont au moins un homme en Angleterre. Je ne l'ai jamais rencontré, mais je sens qu'il n'est pas loin. Je sais qu'il me surveille, qu'il m'observe. C'est probablement aussi un guetteur. Ce que j'essaie de vous dire c'est que si je vous ai trouvé, ils ne vont pas tarder à le faire. La différence, c'est qu'avec eux vous n'aurez pas le choix.

— Et avec vous, j'ai le choix ?

— Bien sûr que oui. Tout est entre vos mains. Vous nous rejoignez ou vous ne nous rejoignez pas. C'est vous qui décidez. Prenez votre temps, Harry, et pensez-y. Mais pas trop longtemps. Comme je l'ai dit, nous avons besoin de vous. Le plus tôt sera le mieux...

Harry pensa à Viktor Shukshin. Il ne pouvait pas le savoir, mais Shukshin était l'homme que Gormley avait « senti ».

— J'ai d'abord quelque chose à faire, dit-il, avant de prendre ma décision.

— Bien sûr, c'est compréhensif.

— Cela peut me prendre du temps. Peut-être cinq mois ?

Gormley acquiesça.

— S'il le faut.

— Je pense qu'il le faut, oui (pour la première fois, Harry sourit de façon naturelle, timidement). Hey, j'ai soif ! Voulez-vous un café ?

— Volontiers, dit Gormley en lui renvoyant son sourire. Et pendant que nous boirons, peut-être que vous pourrez me parler de vous, hein ?

Harry se sentait délivré d'un poids énorme.

— Oui, soupira-t-il. Je pense que je pourrais.

Harry Keogh termina son roman une quinzaine de jours plus tard et « se prépara » pour Viktor Shukshin. Une avance pour son livre lui offrit l'assise financière dont il avait besoin pour les cinq ou six mois à venir, jusqu'à ce que le boulot soit fini.

Tout d'abord, il se joignit à un groupe de nageurs fous qui se baignaient par tous les temps et qui avaient coutume d'aller nager dans la mer du Nord au moins deux fois par semaine et durant toute l'année — même à Noël et le jour de l'An ! Ils avaient la réputation de casser la glace du réservoir de Harden et de faire des plongeons de charité pour la Fondation du Cœur britannique. Brenda, qui était une fille équilibrée, excepté lorsque cela concernait Harry, pensa bien sûr qu'il était fou.

— C'est parfait en été, Harry, lui avait-elle dit un soir d'août, alors qu'ils étaient tendrement enlacés dans son appartement, mais qu'est-ce que ça va être lorsqu'il commencera à geler ? Je ne t'imagine pas brisant la glace pour aller nager ! Et quel est cet intérêt soudain pour la natation ?

— C'est juste une façon de rester en forme et en bonne santé, lui avait-il dit, l'embrassant sur les seins. Tu n'aimes pas lorsque je suis en pleine forme ?

— Parfois, avait-elle répondu, en se tournant totalement

vers lui alors qu'*il* se durcissait à nouveau dans sa main. Je pense que tu es un peu *trop* en forme !

En fait, elle était bien plus heureuse que lors de ces trois dernières années. Harry était plus ouvert, moins déprimé, plein d'entrain et plus excitant. À part cet intérêt soudain pour la natation. Il avait déjà pris des cours de self-defense et avait rejoint un petit club de judo à Hartlepool. Après seulement une semaine, son entraîneur lui avait dit qu'il avait un don « inné » et qu'il attendait beaucoup de choses de lui. Il ne savait pas, bien sûr, que Harry avait un autre entraîneur, un homme qui avait été champion de judo de son régiment et qui n'avait plus rien d'autre à faire à présent que de lui transmettre ses compétences.

Mais quant à la natation :

Il s'était toujours considéré comme un piètre nageur ; c'est exactement ce qu'il avait été. Au début, le reste du groupe était loin devant lui, au moins jusqu'à ce qu'il trouve un ancien médaillé d'argent olympique qui était mort dans un accident de voiture en 1960, un fait inscrit sur sa pierre tombale dans le cimetière Ste Mary de Stockton. Harry fut reçu avec enthousiasme (son plan avec des réserves), et son nouvel ami se joignit aux réjouissances avec beaucoup d'aplomb.

Même avec un tel avantage cependant, il fallait encore améliorer sa condition physique. Harry pouvait laisser le nageur professionnel lui apprendre sa technique, mais cela ne pouvait pas palier son manque de muscles ; seule la pratique pouvait les développer. Malgré tout, ses progrès furent rapides.

En septembre, son intérêt se porta sur la nage en apnée : c'est-à-dire qu'il essaya de voir combien de temps il pouvait rester sous l'eau sans respirer et quelle distance il pouvait parcourir sans faire surface. La première fois qu'il fit deux longueurs complètes de la piscine sans remonter à la surface, fut un jour mémorable pour Harry ; tout le monde s'était arrêté de nager pour le regarder. C'était à la piscine de Seaton Carew, où, après ça, quelqu'un lui avait demandé quel était son secret. Harry avait haussé les épaules et lui avait répondu :

— Tout est dans la tête. La volonté, je suppose...

Ce qui était la vérité. Mais ce qu'il n'avait pas dit, c'est qu'il ne s'agissait absolument pas de sa propre volonté, et pas entièrement de sa tête non plus...

À la fin octobre, Harry avait un peu laissé tomber son entraîneur de judo. Ses progrès avaient été trop rapides et ses entraîneurs du club le surveillaient du coin de l'œil. De toute façon, il était convaincu qu'il pouvait très bien se débrouiller tout seul à présent, même sans l'aide du « Sergent » Graham Lane. Pendant ce temps, il avait également appris à faire du patin à glace, la dernière discipline de son programme.

Brenda, qui elle-même ne se débrouillait pas trop mal sur des patins, fut stupéfaite. Elle avait souvent essayé d'emmener Harry avec elle lorsqu'elle allait à la patinoire de Durham, mais il avait toujours refusé. Ce n'était pas étonnant; elle savait pour sa mère; mais elle croyait qu'il ne pourrait jamais surmonter sa peur. Elle ne pouvait pas savoir que cette peur ne venait pas de lui, mais de sa mère. Finalement, Mary Keogh parvint à comprendre le sens des préparatifs de Harry et elle finit par lui venir en aide.

Au début, elle était terrorisée — la glace, le souvenir, l'horreur de sa propre mort persistaient encore — mais rapidement, elle fut heureuse de pouvoir à nouveau patiner autant que lorsqu'elle était en vie. Elle s'amusait à travers Harry et en retour, il recevait les bénéfices de son enseignement; il fut rapidement capable de guider Brenda dans un petit pas de deux à travers la glace — pour son plaisir à lui!

— Il y a une chose dont je suis certaine, Harry Keogh, lui avait-elle dit en haletant après une valse autour de la patinoire, c'est que l'on ne s'ennuie jamais avec toi! Eh bien, quel athlète!

À ce moment, Harry comprit ce qu'il pouvait vraiment devenir, s'il n'était pas pris par d'autres affaires pressantes.

Mais, lors de la première semaine de novembre, alors que l'hiver arrivait à pas de loup, sa mère avait fait éclater une bombe...

Harry ne s'était jamais senti aussi bien de toute sa vie, il était prêt à s'attaquer au monde entier, la nuit où elle vint le voir dans ses rêves. Lorsqu'il était éveillé, il devait toujours la contacter s'il souhaitait lui parler, mais quand il dormait c'était différent. Elle avait un accès immédiat. Habituellement, elle respectait son intimité, mais, cette fois-ci, elle avait quelque chose à lui dire, quelque chose qui ne pouvait pas attendre.

— Harry ? Elle s'était faufilée dans son rêve, avait marché à ses côtés à travers un cimetière brumeux dans lequel se dressaient de gigantesques pierres tombales aussi hautes que des maisons. Harry, il faut que nous parlions. Tu comprends ?

— Non, M'man, je ne comprends pas. Qu'est-ce qu'il y a ?

Elle lui prit le bras, le tint fermement, et sachant qu'elle avait parfaitement établi le contact, laissa ses peurs et ses inquiétudes s'échapper en un véritable torrent de mots :

— Harry, je viens de parler aux autres. Ils m'ont dit que tu courais un grave danger. Shukshin est dangereux et si tu parviens à le détruire, un autre danger t'attend après lui ! Oh, Harry, Harry — je suis terriblement inquiète pour toi !

— Dangereux, mon beau-père (il la serra contre lui pour essayer de la réconforter) ? Bien sûr. Nous l'avons toujours su. Mais un danger *après* lui ? Avec quels « autres » as-tu parlé, M'man ? Je ne comprends pas.

Elle s'écarta de lui et se mit en colère.

— Si, tu comprends très bien ! l'accusa-t-elle. Ou tu pourrais, si tu le voulais. D'où penses-tu que vient ton don, Harry Keogh, sinon de moi ? Je parlais avec les morts bien avant ta venue au monde ! Oh, pas aussi bien que tu le fais, mais assez bien tout de même. Tout ce que j'obtenais, c'étaient de vagues impressions, des échos, des souvenirs qui s'attardaient, tandis que toi, tu peux vraiment leur parler, apprendre des choses de leur part, les inviter en toi. Mais les choses sont différentes à présent. J'ai eu quinze ans pour m'exercer à mon art, Harry, et je suis bien meilleure maintenant que lorsque j'étais en vie. J'ai été obligée de m'en servir pour ton bien. Comment aurais-je pu te surveiller autrement ?

Il la serra à nouveau contre lui et l'entoura de ses bras, puis il plongea son regard dans ses yeux anxieux.

— Ne nous disputons pas, M'man, nous n'avons pas besoin de ça. Explique-moi plutôt qui sont ces autres dont tu as parlé ?

— Des autres comme moi, des gens qui étaient des médiums. Certains, comme moi, sont morts récemment, mais les autres reposent dans la terre depuis très longtemps déjà. Dans les temps anciens, ils étaient appelés sorcières et sorciers, parfois même on leur attribuait des noms pires que ceux-là. Beaucoup sont morts à cause de ça. Ce sont les premiers avec qui j'ai parlé...

Même en rêve, cette idée fit frissonner Harry ; des morts parlant à d'autres morts, communiquant de tombe en tombe, observant les événements d'un monde éveillé, vivant, qu'ils ont eux-mêmes quitté à jamais. Il haussa légèrement les épaules en espérant qu'elle ne l'avait pas remarqué.

— Et que t'ont-ils dit, ces autres ?

— Ils te connaissent, Harry. Du moins, ils savent qui tu es. Tu es celui qui vient en aide aux morts. Grâce à toi, les morts ont un futur, certains d'entre eux, en tout cas. Grâce à toi, certains d'entre eux ont la chance de pouvoir terminer ce qu'ils n'avaient pas terminé au cours de leur vie. Ils te voient comme un héros, Harry, et ils s'inquiètent pour toi. Sans toi, ils n'ont plus aucun espoir. Ils... ils te demandent d'oublier cette obsession, cette vendetta.

— Tu veux dire, Shukshin ? Je ne peux pas faire ça. Il t'a envoyé là où tu es, M'man.

— Harry, ce n'est pas... ce n'est pas si mal, ici. Je ne suis pas seule, plus maintenant.

Il secoua la tête et soupira :

— Ça ne marchera pas, M'man. Tu dis ça pour me protéger. Je t'aime encore plus pour ce que tu fais, et tu me manques. Mais la vie est un cadeau et Shukshin te l'a volée. Je sais que ce que je vais faire n'est pas bien, mais ce n'est pas injuste. Après cela, tout sera différent. J'ai tout prévu. Tu m'as transmis ce don, et quand ce sera terminé, je l'utiliserai convenablement. Je te le promets.

— Mais cette affaire avec Viktor Shukshin passe avant tout ?

— Absolument.

— C'est ton dernier mot ?

— Oui.

Elle baissa la tête tristement, se détacha de lui et s'écarta de quelques pas.

— Je leur avais dit que tu répondrais ça. Très bien, Harry, je n'insisterai pas plus longtemps. Je vais m'en aller et te laisser faire ce que tu veux. Mais tu dois savoir ceci : il y aura des avertissements, deux avertissements, et ils ne seront pas agréables. L'un provient des autres, et tu le trouveras dans ce rêve. L'autre attend dans le monde de l'éveil. Deux avertissements, Harry, et si tu n'y prêtes pas attention... C'est toi qui choisis !

Elle s'éloigna de lui et s'enfonça entre les pierres tombales hautes comme des tours ; la brume tournoyait autour de ses hanches, de ses mollets. Il essaya de la suivre, mais en vain ; ses pieds semblaient soudés aux graviers de l'allée du cimetière.

— Des avertissements ? Quelles sortes d'avertissements ?

— Suis l'allée, lui indiqua-t-elle, et tu trouveras l'un d'eux. L'autre viendra de quelqu'un à qui tu peux faire confiance. Tous les deux te renseigneront sur ton avenir.

— L'avenir est incertain, M'man ! lança-t-il au fantôme couronné de brume. Personne ne peut le voir clairement ! Personne ne peut le connaître avec certitude !

— Alors, ton avenir probable si tu préfères, répondit-elle. Le tien et aussi l'avenir de deux autres personnes. Quelqu'un que tu aimes et quelqu'un qui t'a demandé de l'aide...

Harry n'était pas certain de bien avoir entendu.

— Quoi ? hurla-t-il. Qu'est-ce que tu as dit, M'man ?

Mais la voix, la silhouette et l'esprit de sa mère s'étaient déjà fondus dans les tourbillons de brume du rêve et elle était partie.

Harry regarda le chemin qu'elle lui avait indiqué.

Les pierres tombales défilaient comme des dominos géants, de gigantesques balises dont les sommets disparaissaient dans des nuages de brouillard. Elles étaient menaçantes, troublantes, et le chemin que lui avait indiqué sa mère passait entre elles. Quant aux « avertissements » : peut-être valait-il mieux qu'il ne les connaisse pas. Peut-être qu'il ne devrait pas marcher sur ce chemin du tout. Mais il n'avait pas besoin de marcher ; son rêve l'emmenait de toute façon dans cette direction.

Harry fut inexorablement entraîné sur l'allée de graviers

entre les deux rangées de pierres tombales, attiré par une force onirique contre laquelle, il le savait, il ne pouvait pas résister. Au bout de l'allée de balises, s'étendait un espace nu, où seule la brume tourbillonnait et tournoyait. Un endroit désolé et glacial, et au-delà...

Trois autres balises s'y dressaient, mais encore plus menaçantes que les autres. Harry se laissa entraîner à travers l'espace situé à leur pied. Lorsqu'il s'approcha de l'endroit où elles sortaient de terre, la force onirique l'abandonna et lui rendit sa volition. Il regarda les pierres tombales ; la brume qui les cachait à moitié se déchira lentement. Harry lut l'avertissement que les « autres » avaient profondément gravé en lettres géométriques et rigides sur leurs surfaces.

La première pierre disait :

BRENDA COWELL
NÉE EN 1958
MOURRA BIENTOT EN COUCHE
ELLE AIMAIT ET ÉTAIT TRÈS AIMÉE

La deuxième disait :

SIR KEENAN GORMLEY
NÉ EN 1915
MOURRA BIENTOT DANS D'ATROCES SOUFFRANCES
D'ABORD ET AVANT TOUT UN PATRIOTE

La troisième disait :

HARRY KEOGH
NÉ EN 1957
LES MORTS LE PLEURERONT

Harry ouvrit la bouche et hurla :

— Non !

Il s'éloigna en chancelant des balises à moitié voilées par la brume, trébucha, tendit les bras pour amortir sa chute — et se heurta à une petite table de chevet. Il resta étendu un long moment, bouleversé par son rêve. Son cœur lui martelait les côtes. Il sursauta une nouvelle fois lorsque le téléphone sonna !

C'était Keenan Gormley. Harry se traîna jusqu'à une chaise, le téléphone collé à l'oreille.

— Oh, dit-il. Vous.

— Suis-je la cause de cette déception, Harry ? demanda l'autre sans aucune trace d'humour dans la voix.

— Non, mais je dormais. Vous m'avez réveillé en sursaut.

— Oh, je suis désolé. Mais nous n'avons pas vu le temps passer et je...

— Oui, le coupa Harry.

— Hein ? Gormley semblait surpris. Avez-vous dit oui ?

— Oui, je me joins à vous. Tout au moins, je vais venir vous voir. Il faut que nous en parlions.

Harry avait étudié la proposition de Gormley, comme il l'avait promis ; mais, en fait, c'était son rêve, qui était bien sûr plus qu'un simple rêve, qui l'avait finalement décidé. Sa mère lui avait parlé de quelqu'un en qui il pouvait avoir confiance, de quelqu'un qui lui avait demandé de l'aide. Qui cela pouvait-il être, à part Gormley ? Jusqu'à présent, il n'avait pas vraiment décidé s'il allait rejoindre ou non les ESPerts de Gormley. C'était cinquante-cinquante. Peut-être que oui, peut-être que non. Mais à présent, s'il y avait un moyen de changer ce que Mary Keogh avait appelé son avenir « probable », le sien, celui de Brenda et celui de Gormley, alors...

— Mais c'est merveilleux, Harry (la joie de Gormley était réelle) ! Quand allez-vous venir ? Il y a plein de gens que vous devez rencontrer. Nous avons tant de choses à vous montrer... et tant de choses à faire !

— Mais pas maintenant. Harry essaya de freiner son impatience. Je vais venir bientôt. Quand je pourrai...

— Quand vous pourrez ? Gormley semblait désappointé.

— Bientôt, répéta Harry. Dès que j'aurai terminé... ce que j'ai à faire.

— Parfait, s'il le faut. Mais Harry... n'attendez pas trop longtemps, s'il vous plaît !

— Non, c'est promis.

Il raccrocha.

Il n'avait pas sitôt raccroché que le téléphone sonna avant même que Harry ait le temps de s'éloigner. Il décrocha.

— Harry ? C'était la petite voix calme de Brenda.

— Brenda ? Écoute, mon amour, dit-il avant qu'elle ne puisse parler. Je pense... je veux dire, j'aimerais... ce que j'essaie de te dire... oh, merde ! Marions-nous !

— Oh, Harry ! soupira-t-elle doucement avec un soulagement évident. Je suis si heureuse que tu me demandes ça avant... avant...

— Marions-nous bientôt, la coupa-t-il, en essayant de ne pas lui faire comprendre ce qu'il avait vu en rêve, — la légende sur la balise de Brenda — et ce qui lui était arrivé.

— Mais c'est pour cela que je t'appelais. C'est pour ça que je suis heureuse que tu me l'aies demandé. Tu vois Harry, nous aurions dû le faire de toute façon...

Ce qu'elle annonça n'était pas vraiment une surprise pour Harry Keogh.

Chapitre XII

Mi-décembre 1976.

Après l'un des étés les plus longs et les plus chauds jamais enregistrés, la Nature essayait à présent de rétablir l'équilibre. Déjà, l'hiver s'annonçait rude.

Boris Dragosani et Max Batu arrivaient en Angleterre en provenance d'un endroit bien plus froid, et, de toute manière, le climat ne les intéressait absolument pas. Cela ne faisait pas partie de leurs préoccupations. Le froid leur convenait bien : il correspondait exactement à l'insensibilité de leurs cœurs, à la nature glaciale de leur mission : le meurtre, pur et simple.

Pendant tout le vol, pas très confortable, dans les fauteuils rigides de l'avion de l'Aeroflot, Dragosani était resté assis à ruminer des pensées morbides : certaines, pleines de colère, et d'autres, effrayantes ou du moins chargées d'appréhensions, mais toutes uniformément morbides. Sa colère était dirigée contre Gregor Borowitz qui l'avait envoyé en mission, et ses peurs concernaient Thibor Ferenczy, la Chose dans le sol.

À présent, bercé par le faible bruit des moteurs à réaction et par le sifflement de l'air conditionné, il s'enfonça au fond de son fauteuil et ressassa dans sa tête les détails de sa dernière visite aux collines en forme de croix.

Il pensa à l'histoire de Thibor : à la symbiose ou à la ressemblance du vrai vampire avec la lamproie, et il pensa à sa souffrance et à sa fuite avant que l'oubli ne le délivre à mi-chemin de la pente boisée. C'était là qu'il avait repris conscience dans la lumière de l'aube, étendu sous les arbres à la limite du coupe-feu. Et une nouvelle fois, il avait interrompu son séjour dans son pays natal et était aussitôt retourné à Moscou rendre visite aux meilleurs médecins qu'il connaissait. Cela n'avait été qu'une perte de temps ; il était en parfaite santé.

Les radios n'avaient révélé aucune anomalie ; les analyses de sang et d'urines étaient absolument normales ; sa pression artérielle, son pouls et sa respiration étaient exactement ce qu'ils devaient être. Avait-il ressenti quelque chose ? Rien du tout. Avait-il souffert de migraines ou d'asthme ? Non. Alors, peut-être était-ce à cause de l'altitude. Est-ce que ses sinus étaient en cause ? Non. Peut-être s'était-il surmené ? Même pas ! Avait-il la moindre idée de l'origine de ce trouble ? Non.

Oui, mais il n'osait pas y penser et ne pouvait de toute façon pas en parler.

Le docteur lui avait prescrit des analgésiques en cas de rechute, et ça s'était arrêté là. Dragosani aurait dû être satisfait, mais ce n'était pas le cas. Loin de là...

Il avait essayé d'entrer en contact avec Thibor. Peut-être que le vieux démon connaissait la réponse ; même un mensonge pouvait contenir quelque indice ; mais... rien. Si Thibor pouvait l'entendre, il ne répondait pas.

Il s'était repassé des centaines de fois les événements précédant sa terrible douleur, sa fuite, sa chute. Quelque chose s'était écrasé sur sa nuque quelques instants auparavant. La pluie ? Non : c'était une superbe nuit, absolument sèche. Une feuille, un morceau d'écorce ? Impossible, car il avait senti quelque chose d'humide. Une fiente d'oiseau, alors ? Non plus, car sa main était restée propre.

Quelque chose s'était posé au sommet de sa colonne vertébrale et, quelques instants plus tard, sa colonne et son crâne avaient été empoignés et écrasés ! Par quelque chose d'inconnu. Mais... quoi ? Dragosani croyait le savoir, mais avait encore énormément de difficultés à l'accepter. Son sommeil était envahi par de mauvais rêves, ses nuits interminables étaient infestées de cauchemars récurrents dont il n'arrivait jamais à se souvenir, mais qui, il le savait, étaient terrifiants.

Tout cela était devenu une sorte d'obsession et il ne se passait pas une minute sans qu'il y pense. Cela ne concernait pas uniquement ce qui s'était passé, mais aussi ce que le vampire lui avait dit quand c'était arrivé. Et cela concernait aussi certains changements qui s'étaient produits en lui *depuis* que c'était arrivé...

Des changements physiologiques, des changements inexplicables. Ou, s'il y avait une explication, Dragosani n'était pas encore prêt à y faire face.

— Dragosani, mon garçon, lui avait dit Borowitz une semaine auparavant, tu vieillis à vue d'œil ! Est-ce que je te fais travailler trop dur ? Ou peut-être que je ne te fais pas assez travailler ! Oui, c'est probablement ça : tu n'es pas occupé. Quand as-tu sali pour la dernière fois tes mains si délicates, hein ? Il y a un mois, c'est ça ? Cet agent double français ? Mais regarde-toi ! Ton front se dégarnit... tes gencives se rétractent ! Et avec ton teint pâle et tes joues creuses, eh bien, tu sembles anémique ! Peut-être que cette balade en Angleterre te fera du bien...

Borowitz avait essayé de le faire marcher, Dragosani le savait parfaitement, mais il n'avait pas eu envie de mordre à l'hameçon. Cela n'aurait servi qu'à attirer l'attention sur lui, ce qui était la dernière chose qu'il souhaitait. Et, en plus, Borowitz avait presque raison.

Il semblait bien avoir perdu des cheveux, mais ce n'était pas vrai. Une petite tache de vin sur le cuir chevelu de Dragosani, à la naissance des cheveux, en était la preuve. En effet, sa position relative par rapport à ses cheveux n'avait pas changé lors de ces dix dernières années, il n'avait donc pas perdu de cheveux. C'était son crâne lui-même qui avait changé, car l'arrière paraissait s'être allongé. C'était exactement la même chose pour ses gencives : elles ne s'étaient pas rétractées, comme l'avait suggéré Borowitz, mais ses dents s'étaient allongées ! Particulièrement ses incisives, en haut et en bas.

Quant à son anémie, c'était tout à fait ridicule. Il était certes pâle, mais pas affaibli ; au contraire, il se sentait même plus fort, débordant de vitalité, comme jamais auparavant. Physiquement, en tout cas. Sa pâleur provenait de cette photophobie qui l'avait gagné récemment et qui l'obligeait à fuir littéralement la lumière du jour, à sortir avec des lunettes noires, même par temps couvert.

Physiquement en forme, oui — mais ses rêves, ses peurs et ses obsessions sans nom... ses névroses...

C'était simple, il *était* névrosé !

Cela choquait Dragosani d'avoir à admettre cela, même s'il était obligé de l'admettre.

Une chose au moins était certaine : quelle que fût l'issue de cette mission, Dragosani avait l'intention de retourner en Roumanie, dès qu'elle serait terminée. Il y avait des choses, des questions, qui devaient trouver des réponses. Et le plus tôt serait le mieux.

À côté de Dragosani, assis dans l'un des trois étroits fauteuils, Max Batu ricanait.

— Camarade Dragosani, murmura le petit Mongol, je suis supposé être celui qui a le mauvais œil. Peut-être avez-vous oublié nos rôles ?

— Pardon ? dit Dragosani en se redressant sur son siège. Il fixa son compagnon. Que voulez-vous dire ?

— Je ne sais pas à quoi vous pensiez, mon ami, mais je suis certain que ça n'annonce rien de bon pour quelqu'un. L'expression sur votre visage était particulièrement cruelle.

— Oh ! lâcha Dragosani en se détendant un petit peu. Eh bien, mes pensées étaient dirigées contre moi, Max, et quelqu'un d'autre que vous ne connaissez pas.

— Vous êtes plutôt glacial, camarade, dit Batu. Nous le sommes tous deux d'ailleurs, mais je parviens même à sentir votre froideur. Elle suinte jusqu'à moi en ce moment (son petit sourire disparut de son visage). Je ne vous ai pas offensé au moins ?

— Seulement par vos bavardages !

— Mais nous devons bavarder. Vous êtes supposé me mettre au courant, régler les détails, ces détails que Gregor Borowitz a laissés en suspens. Ce serait une bonne idée si vous le faisiez maintenant. Nous sommes seuls, même le KGB n'a pas encore mis de micros dans les avions de l'Aeroflot ! De plus, il nous reste une heure avant d'arriver à Londres. À l'ambassade, une telle conversation pourrait s'avérer difficile.

— Je suppose que vous avez raison, dit Dragosani à

contrecœur. Très bien alors, laissez-moi vous révéler toute l'affaire. Il est d'ailleurs préférable que vous soyez au courant.

« Borowitz a conçu le Réseau-E, il y a une vingtaine d'années. À cette époque, un groupe de "scientifiques marginaux" avait commencé à s'intéresser à la parapsychologie, ce qui était totalement réprouvé en URSS. Borowitz, lui, s'y intéressa — il avait toujours été intéressé par l'ESP — et cela, malgré l'opposition de militaires très terre-à-terre et malgré l'emploi de certains moyens de persuasion.

« Les gens ayant des dons étranges l'avaient toujours fasciné et attiré : en fait, il était lui-même un "guetteur", mais ne s'en était jamais rendu compte. Quand, finalement, il réalisa qu'il avait ce don particulier, il demanda à diriger sa propre école d'ESPionnage. Au départ, c'était une école sans réel débouché. Le KGB n'était pas intéressé : tout dans les muscles et le gilet pare-balles, l'ESP était trop ésotérique pour eux.

« De toute façon, comme il avait terminé son service dans l'armée et qu'il avait de bonnes relations, sans compter son propre don, il obtint le boulot.

« Quelques années plus tard, il rencontra un autre guetteur, mais dans des circonstances très étranges.

« Une femme télépathe, l'une des filles appartenant à l'équipe de Borowitz, dont le don venait juste de s'épanouir, fut brutalement assassinée. Son petit ami, un homme nommé Viktor Shukshin fut accusé du crime. Pour se défendre, il déclara qu'il croyait que la fille était possédée par le démon. Il pouvait le sentir en elle. Bien sûr, Borowitz fut très intéressé. Il testa Shukshin et découvrit que c'était un guetteur. Mieux que ça, car en réalité, l'aura-ESP des personnes dotées de pouvoirs psychiques le perturbait à tel point qu'il était saisi de pulsions meurtrières, généralement dirigées contre les ESPerts. D'un côté, Shukshin était attiré par les ESPerts, et de l'autre, il était conduit à les détruire.

« Borowitz sauva Shukshin des mines de sel, de la même façon qu'il vous sauva, Max, et le plaça sous sa protection. Il pensait être capable de débarrasser cet homme de ses tendances meurtrières tout en conservant son don de guetteur. Dans le cas de Shukshin cependant, le lavage de cerveau ne fonctionna pas. Il ne servit qu'à aggraver le problème. Mais Gregor Borowitz détestait perdre. Il chercha une façon d'utiliser l'agressivité de Shukshin.

« À cette époque, les Américains étaient eux aussi particulièrement intéressés par l'ESP en tant qu'arme ; ils se penchèrent à nouveau sur la question plus récemment, mais pas avec la même ampleur que nous. En Angleterre, une petite équipe ESP existait déjà, et les Britanniques étaient bien plus attirés par une étude sérieuse et par une exploitation du paranormal. Alors, Shukshin fut envoyé pendant un certain temps dans une école d'espionnage à Moscou, puis fut finalement envoyé chez les Britanniques. Pour le couvrir, on en fit un "désertcur". »

— Il fut envoyé pour tuer les ESPerts britanniques ? murmura Batu.

— C'était l'idée de départ. Pour les trouver, pour faire un rapport sur leurs activités et, quand la tension devenait trop grande, pour les tuer. Mais après quelques mois en Angleterre, Viktor Shukshin déserta réellement !

— Pour rejoindre les Britanniques ?

— Non, pour le pays, pour leur système politique, pour la liberté ! Shukshin se foutait pas mal de notre mère Russie de toute façon ; à présent, il avait un nouveau pays, presque une nouvelle identité. Il n'allait pas faire deux fois les mêmes erreurs, vous comprenez ? En Russie, il avait failli être emprisonné à vie pour meurtre. Il n'allait pas faire la même chose en Angleterre. Il pouvait y couler des jours heureux, prendre un nouveau départ. C'était un linguiste, ayant des diplômes très élevés en russe, en allemand, en anglais, et des notions de base dans une demi-douzaine d'autres langues. Non, il n'a pas déserté pour quelqu'un, il a déserté l'URSS. Il a fui, il s'est sauvé vers la liberté !

— On pourrait croire que vous approuvez le système britannique, ricana le Mongol.

— Ne mettez pas en doute ma loyauté, Max. Vous ne trouverez pas quelqu'un de plus loyal que moi.

Envers la Roumanie ! Envers la Valachie !

— Eh bien, c'est bon à savoir. Ce serait parfait si je pouvais dire la même chose. Mais je suis un Mongol et ma loyauté est différente. En ce moment, je ne suis loyal qu'envers Max Batu.

— Alors vous devez probablement avoir beaucoup de points en commun avec Shukshin. J'imagine que c'est ce qu'il a ressenti. Petit à petit, ses rapports se firent moins nombreux et, finalement, il ne donna plus signe de vie. Cela mit Borowitz dans l'embarras. Shukshin ayant obtenu l'asile politique, Borowitz ne pouvait pas l'obliger à revenir ! Tout ce qu'il pouvait faire, c'était de garder l'œil sur lui, de voir ce qu'il allait faire.

— Il avait peur qu'il rejoigne les ESPerts britanniques ?

— Pas vraiment, non. Shukshin était psychotique, vous vous en souvenez ? De toute façon, Borowitz n'avait rien laissé au hasard et pouvait éventuellement le ramener de force. Le plan de Shukshin était simple : il se trouva un travail à Édimbourg, acheta une petite propriété près de Dunbar et demanda sa naturalisation. Il vécut à l'écart et s'installa dans une vie normale. Ou du moins, il essaya...

— Cela ne marcha pas ?

— Si, mais seulement quelque temps. Puis il se maria avec une femme d'origine russe. Elle était médium, un authentique médium, et, naturellement, son don avait agi sur lui comme un aimant. Peut-être essaya-t-il de lui résister, mais sans résultat. Ils se marièrent et il la tua. Du moins, c'est ce qu'a compris Gregor Borowitz. Après ça, plus rien.

— Il s'en est tiré ?

— On a conclu à une mort accidentelle. Noyade. Borowitz en sait plus que moi là-dessus. De toute façon, ce n'est pas important. Shukshin hérita de l'argent et de la maison de sa femme. Il y vit encore...

— Et nous avons été envoyés pour le tuer... Batu réfléchit. Pouvez-vous me dire pourquoi ?

Dragosani hocha la tête.

— S'il avait simplement gardé un profil bas et était resté en dehors de nos affaires, il n'y aurait pas eu de problèmes. Oh, Borowitz l'aurait attrapé un jour ou l'autre, mais pas dans l'immédiat. Mais la chance a abandonné Shukshin, Max. Il est à court d'argent, complètement à sec. Cela est déjà arrivé à beaucoup d'autres avant lui. Alors, après toutes ces années, il s'est transformé en maître-chanteur. Il menace Borowitz, le Réseau-E, toute l'organisation.

— Un seul homme représente une si grande menace ?

À nouveau, Dragosani fit un signe de la tête.

— Le réseau britannique est à présent opérationnel. À quel point, nous l'ignorons, mais il pourrait même être meilleur que le nôtre. Nous savons très peu de choses sur eux, ce qui est un mauvais signe. Il se pourrait très bien qu'ils soient assez bons pour se protéger entièrement, pour se doter d'une protection anti-ESP cent pour cent efficace. Et s'ils en sont à ce stade...

— Ils doivent en savoir pas mal sur nous, hein ?

— C'est ça (Dragosani regarda son compagnon avec un peu plus de respect). Ils peuvent même savoir que nous sommes tous deux à bord de cet avion en ce moment, et connaître le but de notre mission... Dieu nous garde !

Batu sourit.

— Je ne crois en aucun dieu, seulement au diable. Donc, le Camarade Général craint que si Shukshin n'est pas réduit au silence, il pourrait très bien parler aux Britanniques ?

— C'est ce que Shukshin a laissé entendre. Il veut de l'argent, ou il racontera tout ce qu'il sait au Réseau-E britannique. Il ne doit pas en savoir beaucoup après toutes ces années, mais même la moindre petite information sur notre Réseau-E est déjà de trop au goût de Gregor Borowitz !

Max Batu resta pensif un certain temps.

— Mais si Shukshin parlait, il se trahirait par la même occasion, non ? Ne devrait-il pas alors reconnaître avoir été envoyé en Angleterre en tant qu'agent ESP de l'URSS ?

Dragosani secoua la tête.

— Il n'a pas besoin de se trahir. Une lettre, c'est parfaitement anonyme, Max. Ou un coup de téléphone. Et même s'il s'est écoulé vingt ans, il sait encore des choses que Borowitz tient à garder secrètes. Deux choses en particulier qui pourraient s'avérer intéressantes pour les ESPerts britanniques. L'une est la position du Château Bronnitsy. L'autre, le fait que le camarade Borowitz est lui-même à la tête de l'ESPionnage russe. Ce sont les menaces proférées par Shukshin, et c'est pourquoi il doit mourir.

— Et pourtant, sa mort n'est pas notre objectif principal.

Dragosani se tut un moment, puis ajouta :

— Non, notre principal objectif est la mort de quelqu'un d'autre, de quelqu'un de beaucoup plus important : Sir Keenan Gormley, le chef de leurs ESPerts. Sa mort... et tout ce qu'il sait, voilà notre principal objectif. Borowitz veut leur mort à tous deux et veut également connaître leurs secrets. Vous allez tuer Gormley, grâce à votre manière un peu « spéciale », et moi je l'examinerai à ma manière. Avant ça, nous aurons déjà tué Viktor Shukshin et nous l'aurons déjà examiné. Cela ne devra pas poser trop de problèmes : il habite dans un endroit désert, à l'écart de la route. Nous l'aurons là-bas.

— Et vous pouvez vraiment le vider de tous ses secrets ? Je veux dire, après sa mort ?

Batu semblait avoir des doutes.

— Oui, je peux vraiment le faire. D'une manière plus sûre que n'importe quel tortionnaire, s'il était encore en vie. J'arracherai à son sang, à sa moelle, à ses os glacés ses pensées les plus secrètes.

Une hôtesse un peu boulotte apparut au bout de l'allée centrale.

— Accrochez vos ceintures, dit-elle comme un robot, et les passagers s'exécutèrent de la même manière.

— Quelles sont vos limites ? demanda Batu. Sans aucune curiosité morbide, bien entendu.

— Mes limites ? Que voulez-vous dire ?

— Si un homme est mort depuis une semaine par exemple ?

— Aucune importance.

— Et s'il est mort depuis des centaines d'années ?

— Une momie desséchée, vous voulez dire ? Borowitz a posé la même question. Nous avons essayé. C'est exactement la même chose pour moi. La mort n'a aucun secret pour un nécromancien.

— Mais un cadavre, en pleine décomposition ? Disons quelqu'un mort depuis un mois ou deux. Ce doit être épouvantable...

— Ça l'est. Mais j'y suis habitué. La pourriture ne m'inquiète pas autant que le risque. Un mort, ça grouille de maladies. Je dois être très prudent. Ce n'est pas un travail très sain.

— *Pouah!* fit Batu en réprimant un haut-le-cœur.

Au loin, les lumières de Londres se découpaient sur

l'horizon nocturne. Depuis le hublot, la ville semblait n'émettre qu'un rougeoiement voilé.

— Et vous ? demanda Dragosani. Est-ce que votre don a ses limites, Max ?

Le Mongol haussa les épaules.

— Lui aussi a ses dangers. Il nécessite beaucoup d'énergie ; il sape mes forces ; il m'affaiblit. Et comme vous le savez, il ne fonctionne que sur les personnes malades ou infirmes. De plus, il est supposé avoir une autre limite aussi, mais cela fait partie de la légende et je n'ai pas vraiment envie de la vérifier.

— Oh ?

— Oui. Dans mon pays, on raconte l'histoire d'un homme qui avait le mauvais œil. C'est une très vieille histoire, qui remonte à plus de mille ans. Cet homme était vraiment mauvais et il se servait de son pouvoir pour terroriser le pays. Il attaquait des villages avec ses bandits, violait, pillait, puis en repartait indemne. Et personne n'osait s'opposer à lui. Mais dans un village vivait un vieil homme qui disait connaître un moyen de se débarrasser de lui. Quand les voleurs furent annoncés, les villageois prirent des cadavres, les transpercèrent d'une lance et les placèrent sur les murs. Les voleurs arrivèrent et dans la pénombre, leur chef vit que le village était défendu. Il dirigea son mauvais œil contre les sentinelles du mur. Mais bien sûr, les morts ne pouvaient pas mourir une deuxième fois. Le sort rebondit et le terrassa. Il se ratatina comme un porcelet grillé !

Dragosani aima cette histoire.

— Et la morale ? demanda-t-il.

Batu haussa les épaules et frissonna.

— Ne parle-t-elle pas d'elle-même ? On ne doit jamais maudire les morts, je suppose, car ils n'ont rien à perdre. De toute façon, ils gagnent toujours à la fin...

Dragosani pensa à Thibor Ferenczy.

Et qu'en est-il avec les non-morts ? Est-ce qu'ils gagnent toujours, eux aussi ? Si c'est comme ça, alors il est temps que quelqu'un change les règles...

Ils furent accueillis et arrachés à la douane par « un homme de l'ambassade ». Leurs bagages furent emmenés comme par magie jusqu'à une Mercedes noire portant des plaques diplomatiques. En plus de leur garde du corps, il y avait également un chauffeur en uniforme. Sur le chemin de l'ambassade, leur garde du corps s'assit sur le siège à côté du chauffeur, et se tourna vers eux. Il laissa échapper quelques mots, de façon mécanique, en essayant de montrer un quelconque intérêt amical. Il ne trompa guère Dragosani.

— Votre première visite à Londres, camarades ? Vous trouverez cette ville très intéressante, j'en suis sûr. Décadente, bien entendu, et pleine d'imbéciles, mais néanmoins intéressante. Je, euh, je n'ai pas été mis au courant de votre travail ici. Combien de temps comptez-vous rester ?

— Jusqu'à ce que nous partions, dit Dragosani.

— Ah ! Parfait ! Veuillez m'excuser d'être aussi curieux, camarade, mais c'est... un réflexe. Vous comprenez ?

Dragosani acquiesça.

— Oui, je comprends. Vous êtes du KGB.

Le visage impassible de l'homme se ferma immédiatement.

— Nous n'employons pas ce terme en dehors de l'ambassade.

— Quel terme employez-vous ? murmura Batu avec un sourire. Connards ?

— *Quoi ?* Le visage de leur garde du corps pâlit.

— Mon ami et moi avons un travail à faire qui ne vous concerne pas, dit Dragosani. Nous avons des autorisations venant de très haut. Toute interférence vous serait... néfaste. Si nous avons besoin de votre aide, nous vous le ferons savoir. En dehors de ça, vous nous laisserez tranquilles et vous ne nous ennuierez pas.

Le garde du corps grimaça et poussa un profond soupir.

— Personne ne me parle comme ça d'habitude.

— Bien entendu, si vous persistez à vous opposer à nous, continua sur le même ton Dragosani, je peux toujours vous casser le bras. Cela vous écarterait de notre chemin pendant deux ou trois semaines au moins.

L'autre suffoqua.

— Vous me menacez ?

— Non, je vous fais une promesse. Mais Dragosani savait qu'il n'arriverait à rien. C'était un des habituels automates du KGB. Le nécromancien soupira, puis dit :

— Bon, si vous avez été détaché auprès de nous, je suis désolé pour vous. Vous ne pourrez pas faire votre travail. De plus, c'est dangereux. C'est tout ce que je vous dirai, et rien de plus. Nous sommes ici pour tester une arme secrète. À présent, ne posez plus de questions.

— Une arme secrète ? dit l'autre, en écarquillant les yeux. Ah ! Quelle arme ?

Dragosani sourit d'un air mécontent. Eh bien, il avait prévenu cet imbécile.

— Max, dit-il en prenant la précaution de détourner la tête. Une petite démonstration, peut-être... ?

Peu de temps après, ils arrivèrent à l'ambassade. Dragosani et Batu descendirent de la voiture et sortirent leurs bagages du coffre. Ils ne s'occupèrent que d'eux-mêmes. Le chauffeur s'occupait de leur garde du corps. La dernière fois qu'ils l'aperçurent, il titubait, soutenu par le bras du chauffeur. Il les regarda une seule fois, fixa Batu d'un air terrifié, puis ils disparurent dans l'immeuble lugubre et imposant. Et ce fut la dernière fois qu'il les vit.

Après cela, personne ne les ennuya plus.

Le deuxième mercredi de l'année 1977, Viktor Shukshin faisait une dépression depuis une quinzaine de jours ; elle s'était à peine apaisée avec l'arrivée de la quatrième lettre mensuelle de Gregor Borowitz contenant mille livres en grosses coupures. En fait, la rapidité avec laquelle Borowitz avait répondu, et l'absence de menaces de sa part, inquiétait beaucoup Shukshin.

Ce jour-là était particulièrement maussade ; le ciel était lourd de neige ; la rivière était recouverte d'une épaisse couche de glace grise ; la grande maison était froide et semblait envahie par des courants d'air glacés qui s'infiltraient partout. Pour la première fois depuis longtemps, tout semblait étrangement calme, et les bruits paraissaient étouffés par l'épaisse neige qui commençait déjà à tomber. Le tic-tac d'une vieille horloge résonnait doucement, de manière lugubre, et même le plancher semblait craquer de manière moins volubile. Tout cela tapait sur les nerfs de Shukshin. C'était comme si la maison retenait sa respiration et attendait quelque chose.

Ce « quelque chose » arriva à deux heures et demie de

l'après-midi, juste au moment où Shukshin venait de se verser un verre de Vodka glacée et de s'asseoir dans son bureau devant un convecteur électrique. Il regardait le jardin gelé recouvert de cristal blanc à travers la fenêtre sale. Tout commença avec la sonnerie discordante du téléphone.

Le cœur battant, il posa son verre presque vide, décrocha le combiné et dit :

— Shukshin.

— Mon cher beau-père (la voix de Harry Keogh semblait très proche) ? Harry à l'appareil. Je suis à Édimbourg chez des amis. Comment allez-vous ?

Shukshin sentit monter la colère. C'était bien lui ; cette foutue progéniture d'ESPert était là, tout près, et envoyait son aura psychique pour écraser l'esprit sensible de Shukshin ! Il serra les dents, lança un regard furieux au téléphone et réprima son désir de hurler.

— Harry ! C'est toi ? À Édimbourg tu as dit ? C'est gentil à toi de m'appeler. *Espèce de bâtard! Ton aura de mutant me fait mal!*

— Mais vous semblez être en pleine forme ! Quand je vous ai vu la dernière fois, vous paraissiez si...

— Oui, je sais (Shukshin essayait de ne pas répondre sur un ton hargneux). Je n'allais pas très bien à l'époque, Harry, mais je me sens mieux. Qu'est-ce que tu veux ? *Je pourrais t'arracher le cœur, espèce de petit salaud!*

— Eh bien, oui, je me demandais si je ne pourrais pas venir vous voir. Peut-être que nous pourrions parler de ma mère. Et puis, j'ai pris mes patins avec moi. Si la rivière est gelée, je pourrais aller patiner. Je suis ici pour quelques jours encore, et je...

— Non ! fit-il brusquement, avant de se reprendre.

Pourquoi ne pas en finir avec tout ça ? Pourquoi ne pas chasser ces fantômes du passé une fois pour toutes ? Quel que fût ce que pouvait savoir ou suspecter Harry Keogh (il était quand même venu avec sa bague, celle qu'il pensait avoir perdue dans la rivière), et quel que fût le lien psychique qui semblait encore unir le fils et la mère, pourquoi n'y mettrait-il pas fin sur-le-champ ? Le bon sens n'avait plus aucune chance à présent face à l'envie de meurtre qui submergeait Shukshin.

— Alors ?

— Écoute, j'ai bien peur que mes nerfs ne soient pas encore tout à fait guéris. Je vis seul, tu comprends. Je n'ai pas l'habitude d'avoir de la compagnie. Bien sûr que j'aimerais te voir, et la rivière est absolument parfaite si tu veux patiner, mais je n'ai pas vraiment envie d'être envahi par une meute de jeunes gens, Harry.

— Oh, non, je n'ai pas l'intention de venir accompagné. Je ne pensais pas vous imposer ça. Mes amis ne sont même pas au courant que j'ai de la famille par ici ! Non, je voudrais surtout revoir la maison et aller à la rivière. J'aimerais patiner là où ma mère aimait le faire, c'est tout.

Encore ça ! Ce bâtard savait quelque chose ou au moins suspectait quelque chose, c'était certain ! Eh bien, il voulait patiner ? Sur la rivière où sa mère patinait ?... Le visage de Shukshin se déforma.

— Eh bien, dans ce cas... quand veux-tu passer ?

— Dans à peu près deux heures ?

— Parfait. Entre quatre heures et demie et cinq heures alors. Je vais t'attendre avec impatience, Harry.

Et il raccrocha le téléphone avant qu'un grognement animal de haine ne s'échappe de sa bouche et ne trahisse ses vrais sentiments : *Bien sûr que je vais t'attendre !*

Harry Keogh n'était pas si près que cela d'Édimbourg. En fait, il se tenait dans le hall de l'hôtel dans lequel il avait passé quelques nuits, à Bonnyrigg même. Après avoir parlé à Shukshin au téléphone, il s'emmitoufla dans son pardessus et sortit prendre sa voiture, une vieille Morris toute cabossée qu'il avait achetée pour une bouchée de pain spécialement pour ce voyage. Il avait eu son permis de conduire du premier coup, ou du moins, un ancien moniteur d'auto-école du cimetière de Seaton Crew l'avait eu à sa place.

Il roula sur une route verglacée vers le sommet de la colline qui dominait la vieille maison, où il gara sa voiture et en sortit. Il n'y avait personne ; l'endroit était glacial. Harry sortit sa paire de jumelles en frissonnant et se dirigea vers un bosquet d'arbres dénudés. De derrière l'un d'eux, il dirigea ses jumelles vers la maison et attendit pendant une ou deux minutes.

Shukshin sortit de son bureau par la porte de la véranda,

traversa la cour en se dépêchant et émergea finalement par une porte du mur d'enceinte faisant face à la rivière. Il tenait une pioche à la main...

Harry retint son souffle et le laissa s'échapper doucement dans l'air glacé. Shukshin se fraya un passage à travers les arbustes et les ronces jusqu'à la rivière. Là, il se laissa descendre avec précaution sur la glace, la testa, sauta dessus. Puis il se tourna et regarda autour de lui. L'endroit était désert.

Il avança vers le centre de l'étendue gelée et sauta à nouveau plusieurs fois sur la glace. Il parut une nouvelle fois satisfait. Les yeux de Harry étaient rivés sur la scène, sur ce tableau monochrome qu'il semblait déjà connaître et qu'il était certain que Shukshin connaissait lui aussi.

La silhouette qu'il captait dans les lentilles de sa paire de jumelles s'accroupit, prit sa pioche et lui fit décrire un large cercle, gravant dans la glace une limite, une démarcation. Et tout autour de ce cercle, il marcha à grandes enjambées, entaillant régulièrement la glace avec la même force et la même passion qu'un fou, jusqu'à ce l'eau jaillisse à chacun de ses coups de pioche; quelques minutes plus tard, un grand disque dc glace d'une vingtaine de centimètres de diamètre flottait sur sa propre flaque. Puis il mit la touche finale.

Shukshin s'arrêta une nouvelle fois pour inspecter les environs, puis il marcha le long du périmètre du cercle, en utilisant ses pieds pour replacer les éclats de glace dans le trou. L'eau allait à nouveau geler, bien sûr, mais elle ne redeviendrait pas aussi épaisse avant plusieurs heures, certainement pas avant le lendemain matin. Shukshin avait mis son piège en place... mais il ne savait pas que sa victime était en train de l'observer!

Harry pouvait à peine contrôler ses frissons. Le tremblement qui s'était emparé de ses membres n'avait pas grand-chose à voir avec la température actuelle. Non, il était plutôt dû à l'état mental de cette silhouette voûtée qui se tenait sur la glace. Les jumelles n'étaient pas assez puissantes pour qu'il puisse réellement voir la silhouette de près, mais Harry était sûr d'avoir vu son visage prendre une expression hideuse pendant qu'il piochait. Le visage d'un dément, qui, pour une raison inconnue, voulait attenter à la vie de Harry comme il l'avait fait avec sa mère.

Harry voulait en connaître les raisons, et n'aurait de cesse de découvrir la vérité. Et il n'y avait qu'une seule façon de le savoir.

Se sentant physiquement et mentalement prêt, et sachant que sa tâche n'était pas encore terminée, Viktor Shukshin rentra à la maison. À l'intérieur de la cour entourée d'un mur, il lança sa pioche derrière un massif d'iris gelés, puis il entra par les portes ouvertes de la véranda et passa dans son bureau. Tête baissée et les bras ballant le long du corps, il fit deux pas dans la pièce... et s'arrêta net !

Quoi ? Keogh était-il déjà là ? La maison tout entière était envahie d'étranges forces. Elle empestait l'aura ESP, son atmosphère tout entière semblait vibrer de ces énergies étrangères.

Instantanément enflammé, Shukshin sentit quelque chose bouger : la porte de la véranda se ferma derrière lui en grinçant ! Il se tourna et resta bouche bée.

— Qui... ? Que....

Deux hommes lui faisaient face, debout dans son propre bureau, où ils l'attendaient, et l'un d'eux tenait un pistolet pointé sur le cœur de Shukshin. Il reconnut l'arme utilisée par les services russes, reconnut l'expression glaciale et dépourvue d'émotion des deux hommes et sentit le Destin refermer sa main sur lui. Mais, en un sens, il n'était pas si surpris que ça. Il pensait bien recevoir une visite un jour ou l'autre. Mais que ce soit *ce jour-là*...

— Asseyez-vous... camarade, dit le plus grand.

Max Batu poussa une chaise en avant et Shukshin s'y laissa tomber. Batu se plaça derrière lui et s'assit en face de Dragosani. L'aura ESP submergeait Shukshin à présent, c'était comme si son esprit nageait dans de la bile. Oh, oui, ils venaient bien du Château Bronnitsy, ces deux-là !

Le visage du maître-chanteur était défait, ses yeux étaient profondément enfoncés dans leurs orbites. S'adressant à Dragosani par-dessus la tête de Shukshin, Batu lâcha dans un sourire :

— Camarade Dragosani, j'ai toujours pensé que vous aviez l'air malade... jusqu'à aujourd'hui !

— Des ESPerts ! cracha Shukshin. Des hommes de Borowitz ! Qu'est-ce que vous voulez de moi ?

— Il a de nombreuses raisons de se sentir malade, Max (la voix de Dragosani était aussi profonde qu'un puits). C'est un traître, un maître-chanteur et probablement un meurtrier...

Shukshin semblait prêt à sauter sur ses pieds, mais Batu plaça ses mains puissantes sur ses épaules.

— J'ai demandé ce que vous me vouliez.

— Votre vie, dit Dragosani.

Il sortit un silencieux de sa poche, le vissa doucement au canon de son arme, s'avança et l'appuya sur le front de Shukshin.

— Juste votre vie.

Shukshin sentit Max Batu s'écarter de lui, et il sut qu'ils allaient le tuer.

— Attendez ! lâcha-t-il d'une voix rauque. Vous faites une erreur. Borowitz ne vous félicitera pas pour ce meurtre. Je connais beaucoup de choses sur les Britanniques. Je les envoie à Borowitz morceau par morceau. Mais il y en a beaucoup qu'il ne connaît pas encore. En plus je travaille pour vous... à ma façon. Je suis sur un coup en ce moment ! Oui, juste là.

— Quel coup ? demanda Dragosani.

Il n'avait pas eu l'intention de tuer Shukshin, mais simplement de lui faire peur. Lorsque Max s'était écarté de la ligne de mire, c'était une réaction instinctive. Descendre quelqu'un, c'était plutôt sale et ce n'était pas très bon pour la nécromancie. Ce que Dragosani avait prévu pour la mort de Shukshin était bien plus intéressant : après avoir obtenu tout ce qu'il pouvait par simple interrogatoire, il emmènerait alors Shukshin dans la salle de bains et l'attacherait. Ils le mettraient alors dans la baignoire à moitié remplie d'eau froide et Dragosani utiliserait l'un de ses scalpels pour lui entailler les poignets. Lorsqu'il flotterait dans l'eau devenue écarlate au fur et à mesure que sa vie s'échapperait, Dragosani pourrait l'interroger à nouveau. Il lui ferait alors la promesse de bander ses blessures et de le libérer s'il racontait tout. Puis il lui montrerait ses pansements, ses bandes chirurgicales. Mais bien entendu, Shukshin n'aurait pas beaucoup de temps pour répondre. Juste le temps que l'eau s'assombrisse de son sang et qu'il gise dans une soupe froide et cramoisie. Ce serait un avertissement, une promesse que si Shukshin continuait à leur causer des problèmes, alors Dragosani et Batu, ou d'autres comme eux, reviendraient terminer le travail. C'est ce qu'il avait l'intention de dire à Shukshin, mais, bien entendu, ils allaient terminer le boulot.

Même ainsi, Shukshin pouvait très bien cacher quelque chose. Quelque chose qu'il n'aurait peut-être pas considéré comme important, quelque chose qu'il aurait oublié, quelque chose trop accablant pour qu'il puisse le raconter. Par exemple, qu'il travaillait déjà pour les Britanniques...

Mais quoi qu'il dise, cela ne ferait guère de différence. Lorsqu'il serait mort, ils pourraient nettoyer le cadavre à l'eau glacée, le sortir de la baignoire, et alors... alors Dragosani poursuivrait son interrogatoire.

Dragosani écarta son arme et s'assit en face de lui.

— J'attends, dit-il. Quel boulot ?

Shukshin déglutit et essaya d'oublier la peur que lui inspiraient ces deux hommes et sa haine envers leurs dons ESP. Il essaya de l'ignorer. Sa vie ne tenait qu'à un fil et il le savait. Il devait se contrôler et mentir comme jamais encore auparavant. Il y aurait de toute façon une partie de vérité dans ce qu'il avait à dire et il pouvait au moins en parler avec un certain aplomb.

— Vous savez que je suis un guetteur ?

— Bien entendu, c'est pour cette raison que Borowitz vous a envoyé ici : pour les trouver et les tuer. Vous n'avez pas été très chanceux apparemment, dit Dragosani de manière sarcastique.

Shukshin l'ignora et reprit :

— Lorsque je suis entré, il y a quelques instants, juste au moment où je suis entré dans cette pièce, j'ai su que vous étiez ici. Je pouvais presque goûter votre présence. Vous êtes des ESPerts très puissants... tous les deux. Vous surtout... il regarda Dragosani. Il y a un don terrifiant, monstrueux en vous. Il... il me blesse !

— Oui, Borowitz me l'a raconté, répondit Dragosani sur un ton sec. Nous savons ce qu'est un guetteur, Shukshin, alors arrêtez de gagner du temps et venez-en aux faits.

— Je n'essaie pas de gagner du temps. J'essaie de vous parler de l'homme que j'ai l'intention de tuer... aujourd'hui !

Dragosani et Batu échangèrent des regards étonnés. Batu se pencha au-dessus de la tête de Shukshin et demanda :

— Vous allez tuer un ESPert britannique ? Pourquoi ? Et qui est-ce ?

— C'est ma façon d'être à nouveau dans les petits papiers de Borowitz, mentit Shukshin. Il s'appelle Harry Keogh. C'est mon beau-fils. Quel que soit son don, il le tient de sa mère. Elle, je l'ai tuée il y a seize ans... Shukshin continuait à fixer Dragosani. Elle me fascinait... et me rendait furieux ! Est-ce à elle que vous pensiez lorsque vous avez dit que j'étais « probablement » un meurtrier ? Pas « probablement ». Oh, je l'ai vraiment tuée. Comme tous les ESPerts, elle me blessait. Son don m'a rendu fou !

— Elle ne m'intéresse pas, lâcha Dragosani. Mais quel rapport avec ce Keogh ?

— C'est ce que j'essaie de vous dire. Avec vous deux, puissants comme vous êtes, j'ai dû cependant entrer dans la maison pour savoir que vous étiez là. Mais avec Harry Keogh...

— Oui ?

Shukshin secoua la tête.

— Il est différent. Son don est... immense ! Je le sais. Vous comprenez, plus il est important, plus il me fait mal. Alors je ne vais pas seulement le tuer pour Borowitz, mais pour moi-même également.

Dragosani était intéressé. Il pouvait toujours en terminer avec Shukshin plus tard ; mais si Harry Keogh était si puissant, il aimerait bien en savoir plus sur lui. En tout cas, si c'était un membre du Réseau-E britannique, ce serait bien de faire d'une pierre deux coups. Comme son intérêt augmentait, il oublia de poser à Shukshin une question capitale : est-ce quc Keogh faisait partie du Réseau-E britannique ? Et c'est quelque chose que l'autre ne lui dirait pas de son plein gré.

— Je pense que nous allons vous croire, dit finalement Dragosani. C'est toujours bon de trouver un terrain d'entente avec de vieux amis (il rangea son arme). Quand devez-vous tuer cet homme exactement, et comment ?

Et Shukshin lui raconta tout.

Après que Shukshin fut rentré chez lui, Harry retourna à sa voiture et roula jusqu'au pied de la colline dans la direction de Bonnyrigg. En bas, il se gara à nouveau, à l'écart de la route, puis alla à pied jusqu'à la rivière. L'endroit, couvert de givre, lui sembla peu familier et le devint encore moins lorsque les premiers flocons de neige se mirent à tomber. Tout commença à prendre le doux aspect brumeux d'un tableau hivernal.

Harry remonta la rivière. La dernière demeure de sa mère se situait quelque part par là, il ne pouvait pas dire exactement où. C'était l'une des raisons pour lesquelles il revenait à cet endroit : pour être certain de savoir exactement où elle était, afin de pouvoir la trouver dans n'importe quelle circonstance. Tout en marchant sur la rivière gelée, il tendit son esprit :

— M'man, peux-tu m'entendre ?

Elle fut immédiatement là.

— Harry, c'est toi ? Si près ! (et, une nouvelle fois, son appréhension, ses craintes à son sujet) Harry ! C'est... l'heure ?

— C'est l'heure, M'man. Mais ne me cause pas plus de problèmes que ceux que j'ai déjà. J'ai besoin de ton aide, pas d'un débat. Je n'ai besoin de rien qui puisse me troubler l'esprit.

— Oh, Harry, Harry ! Que puis-je te dire ? Comment puis-je cesser de m'inquiéter pour toi ? Je suis ta mère...

— Alors aide-moi. Ne dis rien, sois là. Je veux voir si je peux te trouver, les yeux fermés.

— Les yeux fermés ? Je ne...

— M'man, s'il te plaît !

Elle se tut, mais l'inquiétude de sa mère le rongea, envahit son esprit. Il poursuivit sa route, ferma les yeux et se dirigea vers elle. Une centaine de mètres, peut-être un peu plus, et il sut qu'il était arrivé. Il s'arrêta, ouvrit les yeux. Il se tenait près d'un coude de la rivière, sur une épaisse plaque de glace qui formait la pierre tombale de sa mère. Son repère, leur repère. À présent, il savait qu'il pourrait la retrouver chaque fois qu'il le souhaiterait.

— Je suis là, M'man.

Il s'agenouilla sur la glace, gratta la petite couche de neige qui recouvrait la glace et leva le lourd cric qu'il tenait dans sa main gantée. C'était la deuxième raison pour laquelle il était venu.

Lorsqu'il frappa la glace, elle dit :

— Je comprends tout à présent, Harry. Tu m'as menti, tu m'as trompé, lui reprocha-t-elle. Tu penses qu'il pourrait y avoir des problèmes, finalement.

— Non, M'man. Je suis beaucoup plus fort, dans de nombreux domaines. Mais s'il y a un problème... eh bien, ce serait bête de ne pas envisager toutes les possibilités.

Ici, près de la rive, la glace était un petit peu plus épaisse. Harry commença à transpirer, mais, bientôt, il avait creusé un trou de presque un mètre de largeur. Il fit disparaître du mieux qu'il le put les morceaux de glace et se redressa. À l'intérieur, une eau tourbillonnait sombrement. Et sous cette eau, sous la vase et la boue glacées...

Tout était terminé. Harry devait partir rapidement. Ce n'était pas bon de laisser sa sueur se refroidir sur sa peau. La neige s'était mise à tomber un peu plus fort. Il commençait même à faire sombre. Il avait néanmoins le temps de retourner à l'hôtel prendre un cognac, puis il serait temps pour lui d'aller rendre visite à Viktor Shukshin.

— Harry, l'appela sa mère une dernière fois tandis qu'il traversait le champ en direction de sa voiture. Harry, je t'aime ! Bonne chance, mon fils...

Une heure plus tard, Dragosani et Batu se tenaient derrière une rangée de petits conifères, sur la rive de la rivière, à environ deux cent cinquante mètres de la maison de Shukshin. Ils n'étaient là que depuis moins d'une demi-heure, mais ils commençaient déjà à sentir le froid les mordre à travers leurs vêtements. Batu était en train de se battre les flancs et Dragosani venait d'allumer une cigarette, lorsque la lumière de la porte de la cour intérieure de Shukshin brilla brusquement. C'était le signal les prévenant que tout était prêt pour la scène du meurtre. Deux silhouettes apparurent dans la pénombre.

La nuit n'était pas encore réellement tombée, mais l'obscurité hivernale avait tout envahi et, à part les étoiles et la lune qui se levaient, la visibilité était quasiment nulle. Les nuages, si denses une heure auparavant, s'étaient éloignés à présent et la neige ne tombait plus ; mais à l'est, le ciel était sombre et chargé de neige. Il allait à nouveau neiger cette nuit. Mais pour le moment, les étoiles éclairaient la scène de leur douce lumière froide et la lune déposait un ruban d'argent sur les méandres de la rivière gelée.

Lorsque les silhouettes se dirigèrent vers la rivière, Dragosani tira une dernière fois sur sa cigarette en l'abritant derrière sa main, puis il la jeta et l'écrasa sous son talon ; Batu cessa de se réchauffer ; ils ne bougèrent plus et attendirent la suite de la pièce.

Arrivées au bord de la rivière, les deux silhouettes enlevèrent leurs manteaux et les posèrent sur la rive, puis les deux hommes s'agenouillèrent et enfilèrent leurs patins. Ils échangèrent quelques paroles, mais le vent soufflait dans la mauvaise direction. Seules quelques bribes parvinrent jusqu'aux deux observateurs. La voix de Shukshin, sombre et très grave, semblait très agressive à Dragosani et avide, comme celle d'un gros chien, et il se demanda pourquoi Keogh n'était pas effrayé, pourquoi il ne se doutait de rien. La voix du jeune homme était atone, presque insouciante. Puis, tous deux s'élancèrent sur la glace et commencèrent à patiner.

Au départ, ils allèrent de long en large, presque l'un à côté de l'autre, mais bientôt la plus petite silhouette prit la tête. Puis, se déplaçant avec une certaine habileté, elle prit rapidement de la vitesse et vint raser la rive en direction de l'endroit où les deux observateurs étaient dissimulés. Dragosani et Batu se baissèrent un petit peu, mais au dernier moment, juste avant d'arriver à leur hauteur, le patineur décrivit un large virage et changea de direction.

Derrière lui, Shukshin semblait presque arrêté. Il était beaucoup moins à l'aise que lui sur la glace, et paraissait gauche et même presque maladroit en comparaison. Lorsque Keogh se dirigea vers lui, il prit la même direction, mais de façon à lui couper la route. Keogh évita l'autre de justesse en exécutant un court virage qui arracha des éclats neigeux à la glace, puis Shukshin s'élança derrière lui pour suivre la même route. Quelques centimètres plus loin, ses patins entaillèrent la glace à la limite du piège, là où la glace nouvellement formée maintenait en place le disque central.

Et Shukshin le suivait de si près que lui aussi devait impérativement changer de route pour éviter son propre piège !

— Attention ! lui lança Keogh en s'éloignant. J'aurais pu vous rentrer dedans.

Dragosani et Batu l'entendirent. Batu lâcha :

— Très chanceux, ce jeune homme, cette fois-ci.

— Oh ? Dragosani n'était pas certain que la chance ait grand-chose à voir avec ça. Shukshin avait été incapable de préciser quel était le don de Keogh : était-il télépathe ? Il pouvait très bien avoir le pouvoir de lire dans les pensées de son beau-père.

— Je pense, reprit-il, que notre maître-chanteur va avoir plus de difficultés qu'il ne le pensait.

Shukshin s'était arrêté à présent et regardait Keogh patiner. Les épaules et la poitrine du Russe se soulevaient de façon spasmodique, et son corps tremblait comme sous l'effet d'une intense douleur ou d'une forte émotion.

— Par là Harry, lança-t-il d'une voix cassante. Par là ! Tu es trop fort pour moi, j'en ai peur. Tu pourrais décrire des cercles autour de moi !

Keogh se dirigea vers lui et tourna autour de la silhouette voûtée. Et, à chaque passage, ses patins glissaient un peu plus vers le désastre. Shukshin tendit les bras et Keogh lui saisit les mains, puis il tournoya autour de son beau-père en s'en servant comme d'un axe.

— Et maintenant, murmura Batu, le *coup de grâce !*[1]

Soudain, Shukshin s'arrêta de tourner et tenta de faire trébucher Keogh en le poussant. Keogh l'esquiva. Ses mains étaient toujours solidement refermées sur celles de Shukshin. L'un des patins de Keogh s'enfonça dans la glace à travers une mince couche de neige, juste là où Shukshin avait entaillé la glace. Il était en équilibre au-dessus du trou et seule la prise de Shukshin sur ses poignets l'empêchait encore de tomber.

Shukshin éclata de rire, d'un rire dément, animal, puis il poussa Keogh... il le poussa vers la mort !

Mais Keogh tenait solidement les pans de la veste de Shukshin et lorsqu'il le poussa, celui-ci fut entraîné avec lui.

1. *En français dans le texte. (N.d.T.)*

Shukshin fut projeté en avant et Keogh le fit passer par-dessus sa hanche. Mais lorsqu'il lâcha Shukshin, le Russe le tenait encore fermement ! Avec un cri de haine, le vieil homme tomba dans son propre piège, entraînant Keogh avec lui.

Tous les deux s'écrasèrent sur la glace. Le cercle émit des craquements semblables à des coups de feu ; l'eau jaillit en petits jets sombres là où le disque venait de se briser en deux morceaux ; Shukshin poussa un cri de terreur... un étrange cri de bête blessée, lorsque le demi-cercle de glace qui les supportait les précipita dans l'eau glacée.

— Vite Max ! lança Dragosani. Nous ne pouvons pas les perdre tous les deux.

Il sortit de derrière les conifères en courant, avec Batu sur les talons.

— Qui préférez-vous sauver ? lui demanda le Mongol en sautant sur la glace.

— Keogh, si c'est possible. Il en sait plus que Shukshin au sujet de l'organisation britannique. Et il a un don...

En disant cela, une idée fantastique surgit dans l'esprit de Dragosani, une chose qu'il n'avait même pas prise en considération auparavant. S'il avait pu « apprendre » la nécromancie grâce à la Chose non-morte ; et comme il pouvait voler leurs secrets aux morts, ne lui était-il pas possible de leur voler leurs dons ? Au Château de Bronnitsy, les agents étaient tous des alliés, travaillant du même côté, pour la même cause. Mais ici, en Angleterre, les ESPerts étaient des ennemis ! Pourquoi ne pas voler le don de Keogh et l'utiliser à ses propres fins ?

Lorsque Dragosani et Batu s'approchèrent, ils entendirent des halètements et des grognements s'échapper du trou dans la rivière où des morceaux de glace se soulevaient dans l'eau sombre et glacée ; mais quand ils arrivèrent à proximité du trou lui-même, tout bruit avait cessé et ils furent accueillis par les clapotis de l'eau sous la glace. Un instant plus tard, une main sortit de l'eau et essaya de s'agripper au bord, mais avant qu'ils ne puissent esquisser le moindre mouvement pour la saisir, elle disparut, aspirée sous la glace.

— Par là ! lança Dragosani. Suivons le cours de la rivière.

— Vous pensez qu'il y a une chance ?

Apparemment, Batu n'était pas de cet avis.

— Une chance très mince, dit Dragosani.

Ils coururent sur la glace aussi vite que possible sous le regard de la lune silencieuse.

Sous la glace, emporté par le courant, Harry Keogh enleva sa veste et se laissa dériver. Sous sa chemise, il portait une combinaison humide en caoutchouc, mais malgré cela, le froid était terrible. Il avait sûrement tué Shukshin, qui, lui, était sans protection.

Harry se mit à nager, tourna la tête pour la maintenir juste sous la glace, cherchant des endroits où l'air était emprisonné dans de petites poches. Il nagea en direction de sa mère, suivant le courant de ses pensées inquiètes exactement comme il l'avait suivi les yeux fermés deux heures auparavant. Sauf qu'à ce moment-là, il pouvait respirer à sa guise et qu'il était au chaud.

La panique le saisit un moment, mais il la chassa de son esprit. M'man était toute proche, dans cette direction ! Il nagea plus vite... mais quelque chose saisit ses pieds, puis ses jambes. Quelque chose s'agrippa à lui et se cramponna à son pantalon. Shukshin ! La rivière les avait entraînés ensemble.

Harry nageait plus désespérément encore, en s'aidant des bras, d'une jambe. Il nagea comme jamais auparavant. Ses poumons étaient prêts à éclater, son cœur battait la chamade. Et Shukshin remontait le long de son corps en s'agrippant, utilisant ses mains comme les pinces d'un énorme crabe, saisissant Harry comme s'il avait voulu le tailler en pièces.

Il n'allait plus pouvoir nager bien longtemps ; l'eau était le sang noir d'un extraterrestre géant, dans les veines duquel Harry avait été injecté, et où Shukshin était l'anticorps destiné à le détruire.

— M'man ! M'man ! *Aide-moi !* cria mentalement Harry lorsqu'il fut obligé d'avaler dc l'air, mais qu'il n'absorba par la bouche et les narines que de l'eau glacée.

— Harry ! répondit-elle. Sa voix forte était presque à portée de main. Harry tu es arrivé !

Il donna un coup de pied pour remonter, frappa des deux pieds Shukshin, et poussa vigoureusement du dos et de la tête la couche de glace qui céda, heureusement, et se brisa en minces tessons lorsque sa tête et ses épaules émergèrent à l'air libre !

Et soudain, l'eau se referma à nouveau sur lui et ses pieds touchèrent le fond vaseux. Harry sut qu'il était arrivé. Il rassembla ses dernières réserves, tendit les mains vers le haut et agrippa des racines qui pendaient de la rive. Et, doucement, il commença à se hisser.

Sous lui, l'eau tourbillonnait et gargouillait comme sous l'effet d'une invisible perturbation. Harry se tourna à moitié, et la terreur lui déforma le visage lorsqu'il vit la tête de dément de Shukshin émerger derrière lui en toussant ! Lorsque le dément l'aperçut, il vomit de l'eau, hurla de rage, et se précipita sur lui pour le saisir à la gorge avec une poigne d'acier.

Harry lui assena un coup de genou dans l'aine. Des os craquèrent, mais Shukshin ne lâcha pas prise. Il tirait inexorablement Harry vers le bas en lui bavant sur le visage. Pendant un long moment, Harry pensa qu'il allait le mordre, l'attaquer férocement comme un chien fou ! Il se défendit, frappa le visage de Shukshin de son poing fermé, en vain. Le dément allait gagner. Harry avait le dessous...

Il se hissa à nouveau sur la rive en s'aidant des racines, mais les mains de Shukshin le privaient d'air et de vie.

— M'man ! cria silencieusement Harry. Tu avais raison, M'man. J'aurais dû t'écouter. Je suis désolé.

Non ! Non ! Shukshin l'avait tuée, mais elle n'allait pas le laisser tuer son fils.

Et, à nouveau, l'eau se mit à gargouiller et à bouillonner — mais de manière plus intense encore !

Dragosani s'arrêta en glissant à une quinzaine de mètres de là, saisit Batu et l'obligea à s'arrêter lui aussi. Haletants, leurs souffles formaient de fragiles plumes neigeuses dans l'air, ils regardèrent la scène, l'observèrent et ils n'en crurent pas leurs yeux. Les deux hommes avaient disparu sous la glace, avaient été entraînés jusqu'à ce trou, où ils se battaient et s'entre-déchiraient dans l'eau glacée au bord de la rive. Mais à présent, il y avait trois silhouettes dans l'eau, et la troisième était l'apparition la plus effrayante qu'ait jamais entendue, imaginée ou vue Dragosani dans ses pires cauchemars !

Ce n'était... pas vivant, et cela avait encore la mobilité de la vie, la volonté de la vie. Et c'était résolu. Cela s'accrocha à Shukshin, l'enlaça, plaça ses bras de boue et d'os autour de lui et plaqua son crâne couvert d'algues et de cheveux contre son visage. Ses yeux avaient disparu, mais, à la place, un regard putride brillait dans les orbites vides. Alors qu'auparavant Shukshin hurlait, bégayait et riait comme un dément, à ce moment-là il devint totalement fou.

Tout en se battant contre cette chose terrifiante, il poussait des hurlements horribles, les plus horribles hurlements que Dragosani et Batu aient jamais entendus ; et à la fin, juste avant que la chose n'emporte Shuksin sous les eaux, les deux spectateurs pétrifiés purent entendre ces mots :

— Pas toi ! Oh non, mon Dieu, oh non, *pas toi !*

Puis il disparut et la chose d'os, de boue, d'herbe et de mort disparut avec lui...

Sur la rive, Harry Keogh se releva avec peine.

Batu l'aurait peut-être cherché à l'aveuglette, mais Dragosani était toujours accroché à son bras. Il s'y tenait fermement, presque comme à un support. Batu commença à se mettre en position d'attaque, mais Dragosani le retint à nouveau.

— Non, Max, murmura-t-il avec fermeté. Nous ne devons pas l'affronter. Nous avons vu de quoi il était capable, mais quels sont ses autres dons ?

Batu comprit, se détendit et se redressa. Sur la rive en face d'eux, Harry Keogh prit conscience de leur présence. Il tourna la tête dans leur direction. Il les dévisagea, puis sembla sur le point de parler, mais finalement, ne dit rien. Pendant un long moment, ils ne firent que se regarder tous les trois, puis Keogh fixa l'étendue d'eau sombre.

— Merci M'man, dit-il simplement.

Dragosani et Batu le regardèrent, le virent faire demi-tour, vaciller, trébucher, puis se mettre à courir en direction de la maison de Shukshin. Ils le regardèrent s'éloigner et ne firent aucun geste pour le suivre. Pas encore. Lorsqu'il fut hors de vue, Batu siffla :

— Mais cette chose, camarade Dragosani ? Elle n'était pas... ne pouvait pas être... humaine. Qu'est-ce que c'était ?

Dragosani secoua la tête. Il pensait connaître la réponse, mais ne souhaitait pas encore s'engager.

— Je ne suis pas sûr, dit-il. Cela avait une forme humaine. En tout cas, ce qui est certain, c'est qu'elle est venue en aide à Keogh lorsqu'il en a eu besoin. Voilà son don, Max : les morts répondent à son appel.

Et il se tourna vers l'autre; ses yeux étaient encore plus sombres que d'habitude.

— Ils répondent à son appel, Max. Et il y a beaucoup plus de morts que de vivants.

Chapitre XIII

Le jeudi matin, Harry retourna à la rivière, à l'endroit où sa mère reposait, toujours emprisonnée dans la boue et les herbes. Mais ils étaient deux à présent à cet endroit, et il ne venait pas pour parler à sa mère, mais pour parler à Viktor Shukshin. Il sortit un coussin de la voiture, l'emmena jusqu'au bord de la rivière, le posa sur la neige épaisse avant de s'asseoir dessus en prenant ses genoux dans ses bras. En face de l'endroit où il était assis, la glace s'était reformée dans le trou qu'il avait creusé pour s'échapper et la neige l'avait déjà recouverte.

Après être resté assis un instant sans parler, il dit :

— Mon cher beau-père, m'entendez-vous ?

— ... Oui, entendit-il au bout d'un certain temps. Oui, je peux t'entendre, Harry. Je t'entends et je sens ta présence ! Pourquoi ne pars-tu pas et ne me laisses-tu pas en paix ?

— Attention, ma voix est peut-être la dernière voix que tu pourras entendre. Si je m'en vais et que je te laisse en paix, qui donc te parlera alors ?

— Alors, c'est cela ton don, Harry ? Tu parles aux morts. Tu es un agitateur de cadavres ! Eh bien, je veux que tu saches que ça me blesse, comme me blessent tous les dons ESP. Mais la nuit dernière, pour la première fois depuis de très longues années, j'ai reposé ici, dans mon lit glacial et j'ai dormi profondément, et il n'y avait aucune douleur. Qui me parlera ? Je ne veux parler à personne. Je veux la paix.

— Que veux-tu dire par : « Ça me blesse ? » Comment ma simple présence peut-elle te blesser ?

Shukshin lui raconta tout.

— Et c'est pour ça que tu as tué ma mère ?

— Oui, et c'est pour ça que j'ai essayé de te tuer. Mais dans ton cas, cela pouvait également servir à me sauver la vie.

Et il raconta à Harry ce qu'il savait sur les hommes que Borowitz avait envoyés pour le tuer.

Harry n'était pas satisfait. Il voulait tout savoir depuis le début jusqu'à la fin.

— Raconte-moi tout, tout ce que tu sais, et je te promets de ne plus jamais t'ennuyer.

Et alors Shukshin lui parla de tout ce qu'il savait.

Il lui parla de Borowitz et du château Bronnitsy. Il lui parla des ESPerts russes qui, dans leur repaire secret au cœur de la Russie, travaillaient à la conquête du monde grâce à l'ESP. Il lui raconta comment Borowitz l'avait envoyé en Angleterre pour trouver et tuer les ESPerts britanniques et comment il s'était enfui et était devenu un citoyen britannique. Et une nouvelle fois, il lui raconta tout sur la malédiction qui le frappait : comment les gens doués de talents ESP lui mettaient les nerfs à vif et le rendaient fou. Et, finalement, Harry le comprit et eut presque pitié de lui... mais il y avait sa mère.

Tout en écoutant Shukshin, Harry pensa à Sir Keenan Gormley et au Réseau-E britannique, et il se souvint qu'il avait promis d'aller voir Gormley et de se joindre à son groupe après avoir tout réglé. Eh bien, tout était réglé. Et Harry savait à présent qu'il devait aller voir Gormley. Car Viktor Shukshin n'était pas le seul coupable. Il y en avait d'autres bien pires. Celui qui l'avait envoyé commettre ces meurtres, par exemple. Car, si Shukshin n'était pas venu ici, la mère de Harry serait toujours en vie.

Harry était satisfait. Jusqu'à présent, il n'avait eu qu'un seul but dans la vie, qu'une seule ambition : tuer Shukshin, mais il savait maintenant qu'il avait quelque chose de plus important que ça à faire, et soudain il se rendit compte de la tâche qui l'attendait.

— Très bien, dit-il finalement, je vais vous laisser en paix. Mais c'est une paix dont vous n'êtes pas digne. Je ne peux pas et ne veux pas vous pardonner.

— Je ne veux pas de ton pardon, Harry, je veux juste la promesse que tu me laisseras reposer en paix. Et tu viens de me la faire. Alors, va-t-en, fais-toi tuer et laisse-moi...

Harry se redressa doucement. Chaque os de son corps le faisait souffrir et il se sentait totalement vidé de ses forces. C'était en partie physique, mais c'était surtout mental. C'était le calme qui suit la tempête et, bien entendu, il ne pouvait pas le savoir, c'était aussi l'accalmie avant une tempête encore plus grande.

Il haussa les épaules, laissa le coussin dans la neige là où il l'avait posé et se dirigea vers la voiture. Derrière lui, une voix s'adressa à lui dans son esprit.

— Au revoir, Harry (mais ce n'était pas la voix de Shukshin).

— Au revoir, M'man. Et merci. Je t'aimerai toujours.

— Je t'aimerai toujours aussi, Harry.

— Quoi (à présent, c'était la voix horrifiée de Shukshin) ! Quoi ! Keogh, qu'est-ce que c'est ? Je t'ai vu la réveiller, mais... ?

Harry ne répondit pas. Il laissa Mary Keogh le faire à sa place :

— Salut, Viktor. Non, tu ne te trompes pas. Harry ne m'a pas réveillée. Je me suis éveillée toute seule. Par amour, ce que tu ne peux pas comprendre. Mais c'est du passé et je ne le referai plus. Mon Harry a d'autres personnes qui veillent sur lui ; alors, je vais juste reposer là, seule dans la boue. Sauf que je ne vais peut-être plus être seule à présent...

— Harry ! l'appela frénétiquement Shukshin. Harry, tu m'as promis... tu as dit que tu étais le seul à pouvoir me parler. Mais elle me parle, elle aussi — *et elle me blesse !*

Harry s'éloigna.

— Maintenant, Viktor (il entendit sa mère répondre, comme si elle était en train de parler à un petit enfant). Tu n'iras plus nulle part. Tu disais que tu voulais la paix et la tranquillité ? Oh, mais tu en auras vite marre de la paix et de la tranquillité, Viktor.

— Harry ! (La voix de Shukshin n'était plus qu'un simple cri.) Harry, tu dois me tirer de là. Déterre-moi, dis-leur où est mon corps, *ne me laisse pas seul avec elle !*

— En ce moment, Viktor, continua Mary Keogh, je pense que je suis presque heureuse de parler avec toi. Tu es si proche de moi que ça ne demande aucun effort !

— Keogh, espèce de salaud ! Reviens ! Oh... *je t'en prie...* reviens !

Mais Harry poursuivit son chemin.

Harry fut de retour à Hartlepool à une heure et demie de l'après-midi. Les routes étaient impraticables, envahies de neige compacte depuis la mi-journée, ce qui avait fini par lui taper sur les nerfs. Cela ne servit qu'à le priver d'une partie de ses forces, et, lorsqu'il rentra enfin à la maison, c'est tout juste s'il parvint à se traîner jusqu'en haut des escaliers.

Brenda, sa femme depuis huit semaines, s'occupait à merveille de l'appartement, et toujours avec bonne humeur. Il avait d'ailleurs subi une fantastique et inexplicable métamorphose depuis qu'elle était venue y habiter après le mariage. Elle était enceinte depuis moins de trois mois, mais elle avait déjà des formes. Harry aussi était en pleine forme la dernière fois qu'elle l'avait vu ; mais à présent, le contraste était saisissant...

Il fit à peine l'effort de l'embrasser sur la joue et s'endormit presque avant que sa tête ne touche les oreillers.

Il était parti trois jours, afin de faire des « recherches », pour un nouveau livre en préparation, mais il ne lui en avait pas dit plus que ça. C'était Harry tout craché et elle allait devoir s'y habituer à présent... mais elle n'allait pas pouvoir s'habituer à le voir revenir comme s'il venait de passer trois jours dans un camp de concentration !

Après l'avoir laissé dormir toute l'après-midi, elle appela le médecin, car Harry semblait avoir attrapé de la fièvre. Celui-ci arriva vers huit heures. Harry ne se réveilla même pas. Le docteur pensa à une pneumonie, rien qu'en observant les symptômes ; il laissa une ordonnance, des recommandations et son numéro de téléphone. Si l'état de Harry empirait durant la nuit, surtout si sa respiration devenait irrégulière ou s'il se mettait à tousser, ou si la température montait de façon alarmante, Brenda devait l'appeler immédiatement.

Mais l'état de Harry n'empira pas durant la nuit, et au petit matin, il fut capable d'avaler un bon petit déjeuner et il engagea avec Brenda une conversation bizarre dont elle constata avec consternation qu'elle était aussi déprimante et morbide que celles qu'elle avait eues avec lui durant toute cette période triste et morose qui avait précédé leurs jours heureux. Après l'avoir écouté un petit moment, et lorsqu'il commença à faire le vœu de tout abandonner pour elle ou pour leur enfant au cas où il lui arriverait quelque chose, elle se tourna vers lui et rit à gorge déployée.

— Harry, dit-elle en lui prenant les mains, qu'est-ce que ça veut dire ? Je sais que tu viens d'attraper un microbe et que tu ne te sens pas bien, et je sais que lorsque tu as quelque chose qui ne va pas, c'est comme si c'était la fin du monde ; mais nous ne sommes mariés que depuis huit semaines et tu parles comme si tu allais mourir au printemps ! Oui, et moi peu de temps après ! Je n'ai jamais rien entendu d'aussi dingue ! Il y a à peine une semaine, tu nageais, te battais, patinais, plein de vie ; alors qu'est-ce qui t'inquiète ?

Il décida alors de ne pas lui mentir plus longtemps. De toute façon, elle était sa femme et elle devait savoir. Il la fit s'asseoir et lui raconta tout, en omettant volontairement son rêve à propos des pierres tombales et la mort de Viktor Shukshin. Il fit passer ses exercices des derniers mois pour une remise en forme avant le travail qui l'attendait, ce travail qui pouvait très bien s'avérer dangereux, ce qui l'obligea à parler de l'organisation ESP britannique, mais il ne le fit pas en profondeur. Il lui suffisait de savoir qu'il existait des gens doués d'étranges dons, que ces gens étaient assez nombreux, et qu'il y avait des forces étrangères qui se dressaient contre le monde libre et qui utilisaient de telles personnes pour le détruire. Une partie du travail de Harry dans l'organisation allait être de s'assurer que ces forces ennemies échouent dans leurs objectifs, son don de nécroscope allait être utilisé comme une arme contre eux ; le futur semblait néanmoins... incertain. Émettre des vœux avait simplement été l'expression de cette incertitude : il pensait qu'il valait mieux être prêt à parer à toute éventualité.

En lui parlant de tout ça, et sans trop s'étendre sur les détails, il se demanda s'il n'était pas en train de commettre une erreur, s'il n'aurait pas été préférable de la laisser totalement dans l'ignorance. Et il s'interrogea sur ses propres raisons : s'était-il vraiment confié à elle dans le but de la préparer à... à tout ? Ou avait-elle raison lorsqu'elle disait qu'il se sentait à plat et qu'il avait besoin de quelqu'un pour partager ce fardeau ?

Ou était-ce encore de la culpabilité ? Il avait commencé quelque chose et il devait le terminer ; la partie n'était pas terminée; Shukshin n'avait été qu'une simple étape. Ressentait-il cela parce qu'il avait choisi de s'engager sur une voie qui mettait Brenda en danger ? L'épitaphe de son rêve, l'avertissement de sa mère n'avait pas dit si la mort de Brenda était le résultat de ce que Harry allait faire. Elle portait son enfant, d'accord, mais comment pouvait-il avoir une quelconque influence sur l'épreuve physique de la naissance elle-même ? Une petite voix dans sa tête lui disait que c'était pourtant possible.

Et il lui semblait que la raison pour laquelle il lui avait parlé, c'était bien la culpabilité et aussi le besoin de parler à quelqu'un, de parler à un ami. Le problème, c'est qu'il semblait s'appuyer sur celle qu'il mettait en danger, ce qui aggravait sa sensation de culpabilité !

Tout était si confus et si abstrus. Essayer de tout régler le fatiguait plus que jamais ; aussi, lorsqu'il eut terminé, il fut heureux de s'asseoir en arrière et de la laisser réfléchir à tout ça.

Étrangement, elle accepta tout ce qu'il avait dit, comme si ça coulait de source et avec un réel soulagement. Elle s'en expliqua :

— Harry, je sais que je ne suis pas aussi intelligente que toi, mais je ne suis pas totalement stupide. Je savais qu'il y avait quelque chose qui n'allait pas depuis le jour où tu m'as parlé de ton histoire, du nécroscope. J'avais l'impression que tu n'avais pas terminé, que tu voulais m'en dire plus, mais que ça te faisait peur. Et puis, il y a eu ce jour où M. Hannant m'a arrêtée à Harden et m'a demandé de tes nouvelles. Vu la façon dont il parlait, j'ai immédiatement su qu'il se passait quelque chose d'étrange avec toi, aussi...

— Hannant ? dit-il en fonçant les sourcils. Qu'a-t-il dit ?

— Oh, rien d'important. En fait, je pense qu'il a un peu peur de toi. Harry, je t'ai entendu parler de la mort de ta pauvre M'man pendant ton sommeil et je sais que tu tenais de vraies conversations avec elle ! Et il y avait d'autres choses encore. Tes nouvelles, par exemple. Comment es-tu subitement devenu un brillant auteur ? J'ai lu tes histoires, Harry, et ce n'était pas toi. Oh, ce sont des histoires merveilleuses, mais ça ne venait pas de toi ! Pas réellement de toi. Tu es quelqu'un d'ordinaire en réalité, Harry. Oh, je t'aime, bien sûr, mais je ne suis pas tombée de la dernière pluie ! Et la natation, le patinage, le judo ? Croyais-tu vraiment que je pensais que tu étais un superman ? Je t'assure que c'est beaucoup plus facile de croire que tu es un nécroscope ! C'est un soulagement de connaître la vérité, Harry. Je suis heureuse que tu me l'aies finalement dite...

Harry secoua la tête de surprise.

— Mais je ne t'ai pas encore parlé de tout, mon amour.

— Oh, je le sais. Bien sûr que tu ne l'as pas fait ! Si tu travailles pour ton pays, il y a des choses que tu dois garder secrètes, même à moi. Je comprends ça, Harry.

C'était comme si quelqu'un l'avait débarrassé d'un énorme poids. Il respira profondément, s'allongea et posa la tête sur son oreiller.

— Brenda, je suis encore fatigué. Tu serais un amour si tu me laissais dormir. Demain, je dois aller à Londres.

— Très bien, mon amour. Elle se pencha pour l'embrasser sur le front. Et ne t'inquiète pas, je ne te demanderai pas de me raconter pourquoi tu y vas.

Harry dormit jusqu'au soir, puis il se leva et mangea. Ils sortirent vers huit heures pour aller se promener une petite heure dans l'air nocturne. Puis, ils regagnèrent la maison, prirent une douche et firent l'amour. Après cela, tous deux dormirent jusqu'au petit matin.

Harry n'avait absolument rien fait de la journée.

Plus tard, il aurait des raisons pour s'en souvenir comme du jour le plus inutile de sa vie.

Sir Keenan Gormley était pensif en quittant son QG. Il prit l'ascenseur, traversa le minuscule vestibule et sortit dans la froide nuit londonienne. Plusieurs choses le tracassaient en ce moment, et une bonne partie concernait Harry Keogh. Car Keogh ne l'avait pas encore appelé, et chaque jour qui passait semblait un peu plus lourd pour Gormley dont le temps pesait sur ses épaules comme des barres de plomb. Il était un peu plus de neuf heures lorsque Gormley descendit la rue en direction de la station de métro Westminster et lorsqu'à trois cent cinquante kilomètres de là, Harry Keogh lui-même était en train de faire l'amour à sa femme avant de se coucher.

Gormley avait deux autres sujets de préoccupation. Tout d'abord, il y avait son second qui s'inquiétait régulièrement de sa santé, ce qui aurait pu sembler ridicule, si ce second n'était pas Alec Kyle, et si Alec Kyle n'était pas un voyant très talentueux, un homme capable de prédire l'avenir ! Kyle se faisait du souci pour son patron depuis maintenant une bonne dizaine de jours, il n'avait d'ailleurs aucune raison de le lui cacher. S'il avait su quelque chose de précis, Gormley savait que Kyle lui en aurait parlé. C'est pourquoi il ne l'avait pas pressé de questions. Néanmoins, tout cela était plutôt angoissant.

Et puis, il avait également un autre sujet de préoccupation, un sujet important. Depuis six ou sept semaines, Gormley avait senti une bonne douzaine de fois la présence d'ESPerts dans les environs. Il ne s'était jamais trouvé face à face avec eux, n'avait jamais été capable d'en épingler un, mais il savait qu'ils étaient là. Au moins deux d'entre eux.

Il avait été capable de les reconnaître aussi bien que ses propres hommes, mais ce n'étaient pas ses hommes. Leurs auras étaient étranges. Ils l'avaient toujours observé à l'abri de la foule, dans des endroits fréquentés, jamais là où il aurait pu les apercevoir. Il se demandait combien de temps ils allaient encore l'observer et s'ils n'avaient pas une autre idée derrière la tête. Lorsqu'il quitta le métro et sauta dans le train, il tapota la bosse que faisait son Browning 9 mm sous son pardessus et sa veste. Cela le rassura. Il n'existait aucun ESPert dans le monde capable d'éviter une balle, pas à la connaissance de Gormley en tout cas...

Il y avait très peu de personnes dans le compartiment. Gormley ramassa un exemplaire du *Daily Mail,* que quelqu'un avait abandonné, pour lui tenir compagnie durant le voyage. Il trouva un peu alarmant de voir que les gros titres lui étaient complètement étrangers. Avait-il vraiment perdu le contact avec la réalité ? C'était très probable ! Son travail lui avait demandé beaucoup d'efforts et lui avait pris tout son temps ; il avait travaillé très tard trois nuits d'affilée ; il était même incapable de se souvenir de la dernière fois où il avait eu le temps de lire un livre ou d'inviter des amis. Kyle avait peut-être raison de se faire du souci à son sujet, d'une manière purement personnelle et non pas en tant qu'ESPert. Il était peut-être temps qu'il prenne un peu de repos et qu'il laisse son second diriger la baraque. Dieu seul savait s'il était encore temps. Il se fit la promesse de prendre un peu de repos... dès qu'il aurait mis le jeune Harry Keogh dans le bain.

Keogh...

Gormley avait souvent pensé à Keogh, essayant de comprendre de quelles manières son don allait pouvoir être utilisé. Il allait à nouveau se pencher sur la question, mais à ce moment le train arriva à St. James et Gormley fut distrait par une incroyable paire de jambes dépassant d'une jupe minuscule qui passa juste devant ses yeux avant de sortir sur le quai. C'était un vrai miracle si cette charmante créature ne mourait pas de froid, pensa-t-il... et ce ne serait pas une perte !

Gormley rit de ses propres pensées. Sa femme, Dieu la bénisse, s'était toujours plainte de le voir regarder les filles. Eh bien, son cœur était peut-être fragile, mais tout le reste de son être était en parfait état de marche. Il n'aurait pas simplement jeté un regard à cette fille, s'il avait été plus jeune de trente ans !

Il toussa bruyamment, se replongea dans son journal et essaya de se remettre au courant des événements mondiaux. Un effort louable, mais il perdit tout intérêt à la moitié de la deuxième colonne. Tout cela était plutôt banal, après tout, en comparaison avec son propre monde. Un monde de voyants, de télépathes et maintenant de nécroscopes.

Harry Keogh une nouvelle fois.

Gormley jouait à un jeu avec Kyle. C'était un jeu d'associations d'idées. Parfois, cela mettait en route les visions de Kyle, cela lui ouvrait une fenêtre. Une fenêtre sur l'avenir. Normalement, le don de Kyle fonctionnait de manière indépendante par rapport à sa conscience ; habituellement, il « rêvait » ses prédictions ; s'il essayait d'obtenir des résultats de manière consciente, il n'obtenait rien. Mais si on pouvait le prendre au dépourvu...

Ils avaient joué à ce jeu quelques jours auparavant. Gormley avait pensé à Keogh et il s'était alors rendu dans le bureau de Kyle. En voyant l'ESPert assis dans son fauteuil, il lui avait souri et avait demandé :

— Un jeu ?

Kyle avait immédiatement compris.

— Allons-y.

— C'est un nom, l'avait averti Gormley.

— Je suis prêt.

Gormley marcha un petit peu et se retourna brusquement pour lancer à celui qui était assis à son bureau :

— Harry Keogh !

— Möbius ! répondit Kyle.

— Maths ? demanda Gormley en fronçant les sourcils.

— Espace-temps !

Kyle était devenu livide et Gormley avait compris qu'il avait saisi quelque chose. Il lança une nouvelle fois :

— Nécroscope !

— Nécromancien !

— Quoi ? Nécromancien ? avait répété Gormley. Mais Kyle avait continué à travailler.

— Vampire ! hurla-t-il en se levant d'un bond. Il transpirait, tremblait, secouait la tête. C'est... c'est tout, Sir. Quoi que ce soit, c'est... c'est parti maintenant.

Et ça s'était arrêté là...

Gormley revint au présent.

Il releva la tête et se rendit compte qu'ils avaient dépassé Victoria et que le train était presque vide. Ils étaient déjà à mi-chemin de Sloane Square. À ce moment-là, il commença à ressentir une étrange sensation.

Quelque chose n'allait pas, mais il n'arrivait pas à mettre le doigt dessus. Peut-être n'étaient-ce que l'absence de voyageurs dans ce train (ce qui était assez rare en soi à cette heure) et son manque de contact avec les autres êtres humains, avec la vie elle-même. Mais il ne le pensait pas. Soudain, lorsque le train s'arrêta en gare, il comprit ce que c'était : son don fonctionnait.

Les portes s'ouvrirent en sifflant et un couple sortit, laissant Gormley presque seul, mais juste avant que les portes ne se referment, deux hommes pénétrèrent dans le wagon... et leurs auras-ESP le submergèrent comme une vague d'eau glacée ! Oui, et à présent il pouvait leur faire face.

Dragosani et Batu s'assirent directement en face de lui et le regardèrent de leurs visages froids, dépourvus d'émotion. Ils formaient un couple étrange, pensa-t-il, et ne semblaient rien avoir en commun. Le plus grand des deux se pencha en avant, ses yeux creux rappelèrent à Gormley ceux de Keogh. Oui, ils ressemblaient un peu à ceux de Keogh d'une certaine façon, probablement par leur couleur et leur intelligence. Et c'était particulièrement étrange, car ils donnaient l'impression d'être sauvages, presque sanglants, et l'intelligence qui se cachait derrière n'était pas entièrement celle d'un homme, mais avait quelque chose de bestial.

— Vous savez ce que nous sommes, Sir Keenan, dit l'étranger d'une voix profonde comme la mort et dont l'accent russe ne laissait aucun doute, ou au moins qui nous sommes. Et nous savons qui et ce que vous êtes. Par conséquent, cela serait totalement puéril de s'asseoir ici et de prétendre ne pas se connaître. N'êtes-vous pas d'accord ?

— Votre logique est imparable, acquiesça Gormley qui sentait déjà son sang se refroidir dans ses veines.

— Alors, continuons à être logiques, dit Dragosani. Si nous avions voulu vous tuer, vous seriez déjà mort. Nous n'avons pas manqué d'opportunités, vous le savez très bien. Donc, lorsque nous quitterons le train à South Kensington, vous ne vous enfuirez pas, vous ne ferez pas d'histoires et vous n'attirerez l'attention ni sur vous, ni sur nous. Si vous le faites, alors nous serons dans l'obligation de vous tuer, ce qui serait fâcheux et n'arrangerait personne. Vous avez compris ?

Gormley se força à rester calme.

— Vous êtes bien sûr de vous, monsieur, heu... ?

— Dragosani. Boris Dragosani. Oui, je suis très sûr de moi. Comme mon ami, Max Batu, l'est aussi.

— Pour un étranger, voulais-je dire, continua Gormley. Il me semble que je viens d'être kidnappé. Mais êtes-vous certains de tout connaître sur mes habitudes ? N'auriez-vous pas pu négliger quelque chose ? Quelque chose que votre logique n'a pas pris en compte ?

Il sortit un briquet de la poche droite de son pardessus, le posa sur son genou et tapota ses poches comme s'il était en train de chercher un paquet de cigarettes, puis il se mit à chercher à l'intérieur de son pardessus.

— Non ! dit Dragosani en sortant lui-même une arme et la pointant sur le visage de Gormley. Non, nous n'avons rien négligé. Max, pourriez-vous vous en charger, s'il vous plaît ?

Batu se leva, s'assit sur le siège à côté de Gormley, lui sortit délicatement la main de son pardessus et prit le Browning des doigts tremblants de Gormley. Le cran de sécurité n'était pas ôté. Batu enleva le chargeur et le glissa dans sa poche, puis il rendit l'arme à Gormley.

— Rien du tout, poursuivit Dragosani. C'est malheureusement le dernier mauvais geste que nous vous permettons.

Il rangea son arme et posa ses doigts maigres sur ses genoux. Sa posture n'était pas naturelle. Elle était presque féline, presque féminine.

— Toute autre action héroïque signera votre arrêt de mort!

Et Gormley sut qu'il ne plaisantait pas.

Il remit doucement son automatique dans son holster et demanda :

— Quc voulez-vous de moi?

— Nous voulons vous parler, dit Dragosani. Je souhaite... vous poser quelques questions.

— On m'a déjà posé des questions, lâcha Gormley en se forçant à sourire. J'imagine que ce seront des questions « cuisantes », hein?

— Ah! s'exclama Dragosani. Il souriait à présent, mais d'une façon horrible.

Gormley éprouva un sentiment de répulsion. La bouche de cet homme s'ouvrait comme celle d'un chien haletant, et ses grandes dents brillaient d'un vif éclat blanc.

— Ah, non. On ne vous projettera pas de lumières brillantes dans les yeux, Sir Keenan, si c'est ce que vous pensez. Pas de drogues. Pas de tenailles. Pas d'entonnoir pour vous remplir le ventre d'eau. Oh non, rien de tout ça. Mais vous me direz tout ce que j'ai envie de savoir, je peux vous l'assurer...

Le train ralentit en arrivant à South Kensington. Le cœur de Gormley eut une petite défaillance. Si proche de la maison et en même temps si loin. Dragosani avait posé son pardessus sur son bras. Il montra le silencieux de son arme à Gormley, en le faisant dépasser un instant des plis de son pardessus, puis il lui rappela :

— Pas d'héroïsme.

Il y avait très peu de monde sur le quai : quelques jeunes gens et deux clochards avec une bouteille dans un sac en papier posé entre eux. Même si Gormley demandait de l'aide, il n'en trouverait pas là.

— Quittez la gare par le même chemin que vous empruntez chaque soir, dit Dragosani.

Le cœur de Gormley battait la chamade. Il savait très bien que s'il accompagnait ces hommes, il signait son arrêt de mort. C'était un vieux routier dans ce boulot par rapport aux deux agents étrangers. Lorsque Dragosani lui avait révélé son nom et celui de son compagnon, c'était comme s'il lui avait dit : « Ça ne fait rien, car vous ne pourrez le raconter à personne ! » Il devait donc leur échapper... mais comment ?

Ils quittèrent le métro à Pelham Street, puis descendirent Brompton Road en direction de Queen's Gate.

— Je traverse au feu, dit Gormley.

Mais à ce moment-là, Dragosani saisit le bras de Gormley.

— Nous avons une voiture, dit-il en poussant Gormley le long des voitures garées jusqu'à une Ford. Dragosani avait acheté la voiture d'occasion et l'avait payée en liquide sans poser aucune question. Ils n'en avaient besoin que pour ce séjour. Ensuite, ils allaient la brûler. C'est en approchant de la voiture que Gormley entrevit une chance.

Quelques mètres plus loin, une voiture de police se garait à une place vide et un agent en uniforme en descendit et commença à vérifier les portières des voitures. Une vérification de routine, supposa Gormley. Ou plutôt, en ce qui le concernait, un véritable miracle !

Dragosani perçut une soudaine tension envahir Gormley et sentit son mouvement avant même qu'il ne l'esquisse. Batu qui venait juste d'ouvrir les portières de la Ford se tourna vers Dragosani et Gormley. À ce moment-là, son partenaire lui lança :

— Maintenant, Max !

Immédiatement, Batu se mit en position et son visage exécuta sa monstrueuse métamorphose. Dragosani maintint sa prise sur Gormley tout en regardant ailleurs. Gormley avait ouvert la bouche pour appeler à l'aide, mais tout ce qui en sortit fut un croassement. Il vit le visage de Batu se découper dans la nuit et l'un de ses yeux se muer en une fente jaune tandis que l'autre s'arrondissait et semblait s'emplir de pus ! Quelque chose sortit de ce visage et entra en Gormley à la vitesse de l'éclair, comme la pointe d'un couteau mental ; sa lame effilée repéra son esprit, son âme, et l'ouvrit en deux ! À part quelques voitures qui passaient, tout était calme. Gormley entendit des coups de gong à l'intérieur de lui-même et sut que c'était son cœur.

Projeté en arrière par l'effrayante puissance de Batu, Gormley heurta violemment l'aile de la voiture garée derrière la Ford. Le visage du policier se tourna avec inquiétude dans sa direction, tandis qu'un autre agent descendait de la voiture de patrouille. Pire, un autre véhicule, une Porsche bleue, s'arrêta dans un crissement de freins, ses phares dirigés sur les trois silhouettes. Au même instant, la Porsche sembla cracher dans la rue un grand jeune homme. Il se précipita pour soutenir Gormley, le visage ravagé par l'inquiétude.

— Mon oncle ? dit-il en regardant les yeux protubérants de Gormley et son visage bleu. Mon Dieu ! C'est son cœur !

Les deux policiers s'étaient déjà précipités pour voir ce qui se passait.

Dragosani resta presque paralysé par ce changement de situation. Tout allait mal. Il fit un effort pour se contrôler, et murmura à Max Batu :

— Montez dans la voiture !

Puis il se tourna vers l'étranger. Les policiers lui prêtaient déjà assistance.

— Que se passe-t-il ? demanda l'un des deux.

Dragosani réfléchit en vitesse.

— Nous l'avons vu tituber, dit-il. Je pensais qu'il avait bu. Je suis venu l'aider. Je lui ai demandé si je pouvais faire quelque chose. Il m'a parlé de son cœur... J'allais le conduire à l'hôpital lorsque ce jeune homme est arrivé et...

— Je suis Arthur Banks, dit l'homme en question. C'est Sir Keenan Gormley, mon oncle. J'allais le chercher à la gare lorsque je l'ai vu en compagnie de ces deux hommes. Mais ce n'est ni le moment ni l'endroit pour donner des explications. Il a le cœur malade. Il faut l'emmener à l'hôpital. Et tout de suite !

Cela galvanisa les policiers. L'un des deux dit à Dragosani :

— Vous pourriez peut-être nous passer un coup de fil un peu plus tard, monsieur ? Pour que nous puissions avoir quelques détails en plus. Merci.

Il aida Banks à mettre son oncle dans la Porsche. Pendant

ce temps, le chauffeur courut jusqu'à la voiture de patrouille et alluma le gyrophare. Tandis que Banks s'écartait du trottoir et faisait demi-tour avec sa Porsche, l'agent hurla :

— Suivez-nous, monsieur. Nous y serons en un clin d'œil !

Il rejoignit son collègue dans le véhicule de patrouille dont la sirène hurlait ses *dee-dah, deeh-dah* pour avertir les autres voitures. Dragosani regarda s'éloigner les deux véhicules avec incrédulité. Il les regarda disparaîtrc, puis entra lentement dans la Ford et s'assit à côté de Batu en tremblant de rage. La porte resta ouverte. Finalement, Dragosani saisit la poignée et la claqua si fort qu'il arracha presque les charnières.

— Merde ! hurla-t-il. Au diable ce Sir Keenan Gormley et son neveu. Au diable leur putain de police !

— Les choses ne se sont pas déroulées comme prévu, dit Batu.

— Allez au diable vous aussi ! Vous et votre putain de mauvais œil ! Vous ne l'avez même pas tué !

— Je connais mon boulot, répondit doucement Batu. Je l'ai tué. Je l'ai senti. C'était comme si j'avais écrasé une punaise.

Dragosani fit démarrer la voiture.

— Il m'a dévisagé, je vous dis ! Il va parler...

— Non. Il n'aura pas la force de parler. C'est un homme mort, camarade, croyez-le. En ce moment, il est mort.

Dans la Porsche, Gormley lâcha un seul mot : « Dragosani », ce qui ne signifiait rien du tout pour son neveu horrifié, puis il se projeta en arrière sur son siège et de la salive s'écoula au coin de sa bouche.

Max Batu avait raison : il était mort avant d'arriver.

Harry Keogh arriva à la maison de Gormley vers trois heures de l'après-midi le jour suivant. Arthur Banks avait été très occupé. Il était venu de Chichester la veille rendre une petite visite éclair avcc sa femme, la fille de Gormley, et pourtant, il avait l'impression que cela faisait un an. Il y avait eu la crise cardiaque de son oncle, puis le monde entier semblait être devenu complètement fou !

Tout d'abord, il avait dû téléphoner à sa tante, Jacqueline Gormley, depuis l'hôpital, et il lui avait tout raconté ; puis elle avait fait une crise de nerfs en arrivant à l'hôpital ; et sa fille l'avait consolée toute la nuit. Ce matin, elle était restée à la maison jusqu'à ce qu'il ramène son mari de la morgue de l'hôpital. Le croque-mort avait fait du bon travail sur lui, mais le visage du vieil homme était toujours déformé par un horrible rictus. Les arrangements en vue des funérailles furent rapides, car Gormley avait toujours émis le souhait de se faire incinérer, mais il allait devoir attendre à la maison jusqu'au lendemain. Jackie ne pouvait pas rester là, pas avec son mari sous les yeux. Aussi, elle décida de se rendre chez son frère à l'autre bout de Londres. Cela avait aussi été le travail de Banks. Puis il avait conduit sa femme à la gare de Waterloo, afin qu'elle puisse rentrer à Chichester pour s'occuper des enfants. Elle reviendrait pour l'enterrement. Quant à lui, il était resté dans la maison de son oncle pour le veiller. Tante Jackie lui avait fait promettre de ne pas quitter Sir Keenan, et, bien entendu, il n'avait pas pu le lui refuser.

Mais lorsqu'il rentra à la maison après avoir déposé sa femme au train de Chichester...

Cela avait été le pire de tout ! C'était horrible ! Macabre ! Inconcevable ! Et même si cela s'était passé un quart d'heure auparavant, il en était encore malade, il vacillait, son esprit était comme paralysé d'horreur ; lorsque Harry Keogh sonna à la porte, il alla ouvrir la porte de devant comme un automate.

— Je suis Harry Keogh, dit le jeune homme. Sir Keenan Gormley m'a demandé de venir le voir...

— Ai... *aidez-moi !* murmura Banks. Mon Dieu, au secours ! qui que vous soyez... ai... aidez-moi !

Harry le regarda complètement ébahi, puis il le retint afin qu'il ne tombe pas.

— Qu'y a-t-il ? Que s'est-il passé ? C'est bien la maison de Sir Keenan Gormley ?

L'autre fit un signe de la tête. Il était lentement devenu vert et allait sûrement vomir une nouvelle fois.

— En... entrez. Il est là. Dans le salon... mais n'entrez pas. Je dois... je dois appeler la police.

Ses jambes tremblaient, et Harry s'attendait à ce qu'il s'écroule d'un moment à l'autre. Il le conduisit donc jusqu'à une chaise et le fit s'asseoir. Puis, il s'accroupit à côté de lui et le secoua :

— C'est Sir Keenan ? Que lui est-il arrivé ?

Avant même d'entendre la réponse, Harry se souvint.

Mourra dans d'atroces souffrances. D'abord et avant tout un patriote.

Banks leva la tête, regarda le visage de Harry.

— Est-ce que... est-ce que vous travaillez pour lui ?

— J'allais le faire.

Banks se leva et se dirigea vers une petite pièce.

— Il est mort la nuit dernière. Une attaque. Il va être incinéré aujourd'hui. Mais...

Il ouvrit la porte d'un coup sec et une odeur de vomi s'en échappa. C'étaient les toilettes, et il était évident qu'il s'en était déjà servi.

Harry détourna la tête, aspira une grande bouffée d'air frais par la porte d'entrée avant de la refermer. Puis, il laissa Banks vomir et se dirigea vers le salon... Il comprit *de visu* les raisons des malaises de Banks.

Et ce qui n'allait pas chez Sir Keenan Gormley.

Une attaque avait dit Banks. D'un simple coup d'œil dans la pièce, il comprit qu'il y avait eu une attaque, mais ce n'était pas celle à laquelle il s'attendait. Il réprima un haut-le-cœur et battit en retraite. Il rejoignit Banks qui était accroupi devant la lunette des W.C.

— Appelez la police dès que vous le pourrez, dit-il. Le bureau de Sir Keenan également, s'il y a quelqu'un. Je suis certain qu'il aurait voulu qu'ils voient... ça. Je vais rester avec vous, avec lui, pendant quelque temps.

— M-merci, lâcha Banks sans lever la tête. Je suis désolé de ne pas pouvoir vous aider pour l'instant. Mais lorsque je suis rentré et que je l'ai trouvé comme ça...

— Je comprends.

— Ça ira mieux dans quelques minutes.

— Bien sûr.

Harry retourna dans l'autre pièce. Il observa la pièce, et commença à comprendre toute l'horreur de la situation, puis il s'arrêta. Ce qui avait attiré son attention, c'était une chaise renversée sur le côté. L'un de ses pieds en bois avait été cassé. Une dent était incrustée dans ce pied semblable à une massue, et d'autres dents, arrachées, gisaient sur le sol ; la bouche du cadavre avait été forcée et elle s'ouvrait à présent comme un puits sombre dans ce visage figé sur une horrible grimace !

Harry chercha une chaise à tâtons, une autre chaise, libre de tous débris et il se laissa choir dessus. Il ferma les yeux et s'imagina la pièce comme elle avait dû être avant tout cela. Sir Keenan dans son cercueil sur la table en chêne drapée de noir, les bougies à l'odeur de rose se consumant à ses pieds et à sa tête. Et ensuite, tandis qu'il reposait là tout seul... l'intrusion.

Mais pourquoi ?

— Pourquoi, Keenan ? demanda-t-il.

— *Noooon! Non, partez!* La force, la peur et la terreur contenues dans la réponse de Keenan projetèrent Harry en arrière.

— Dragosani, espèce de monstre ! Arrêtez... pour l'amour de Dieu !

— Dragosani ? Ce n'est pas Dragosani, Keenan. C'est moi, Harry Keogh.

— Quoi (ce mot ne fut qu'un souffle dans son esprit) ? Keogh ? Harry ? Il y eut un soupir, puis il pleura de soulagement. Dieu merci ! Dieu merci, c'est vous Harry, et pas... pas lui !

— Qui est ce Dragosani ? Mais pourquoi ? Est-il fou ? Il aurait été...

— Non ! le coupa violemment Gormley. Oh, il est fou, bien sûr qu'il est fou... mais c'est un renard ! Et son don est... monstrueux !

Soudain, la réponse, ou ce qu'il pensait être la réponse, surgit dans un éclair. Il sentit son sang se figer.

— Il est venu vous voir après votre mort ! Il est comme moi, un nécroscope.

— Non, absolument pas ! le contredit Gormley. Pas comme vous, Harry. Je vous parle parce que je le veux bien. Nous... nous parlons tous avec vous. Vous apportez la chaleur, la paix. Vous êtes le lien avec nos rêves d'autrefois, avec ces rêves qui se sont éteints. Vous êtes la chance, la dernière chance, une lumière au milieu des ténèbres, Harry. Voilà ce que vous êtes. Mais Dragosani...

— Quel est son don ?

— C'est un nécromancien... et c'est une chose totalement différente !

Harry ouvrit les yeux et regarda une nouvelle fois l'état de la pièce. Mais lorsque l'horreur de la situation le submergea à nouveau, il referma les yeux et dit :

— Mais c'est le travail d'une goule !

— D'une goule et de quelque chose de pire. Gormley frissonna et Harry le sentit... il sentit ce frisson de terreur lui retourner l'esprit. Il... il ne fait pas que parler, Harry, il ne pose pas de questions. Il n'essaie même pas. Il les arrache tout simplement, les prend, les vole. On ne peut rien lui cacher. Il trouve ses réponses dans votre sang, dans vos entrailles, dans la moelle de chacun de vos os. Un mort ne peut pas ressentir de douleur, Harry, ou ne pouvait pas. Mais son don nous la fait connaître. Quand Boris Dragosani travaille, il nous le fait sentir. J'ai senti ses couteaux, ses mains, ses ongles. J'étais conscient de tout ce qu'il faisait, et c'était vraiment infernal ! Après une minute, je lui aurais tout dit, mais ce n'est pas sa façon de travailler. Comment aurait-il pu savoir que je disais la vérité ? Grâce à son talent, il *sait* que c'est la vérité ! C'est écrit dans la peau et les muscles, dans les ligaments et les tendons, dans les globules. Il peut lire dans le liquide céphalo-rachidien, dans le mucus des yeux et des oreilles, dans la texture des tissus morts eux-mêmes !

Harry garda les yeux fermés, secoua la tête. Il se sentit malade, étourdi et totalement désorienté, comme si tout cela arrivait à quelqu'un d'autre. Finalement, il dit :

— Cela ne peut... ne doit pas se reproduire. Il doit être arrêté. Je vais l'arrêter. Mais je ne peux pas y arriver tout seul.

— Oh, oui, il faut l'arrêter, Harry. Surtout maintenant. Tu comprends, il m'a tout pris. Il sait tout. Il connaît nos forces, nos faiblesses, et il peut utiliser tout cela contre nous. Lui et son maître, Gregor Borowitz. Et tu pourrais bien être le seul qui puisse l'arrêter.

Harry entendit Banks téléphoner. Le temps était compté et Gormley devait encore lui raconter tant de choses.

— Écoutez, Keenan. Il faut nous dépêcher. Je vais rester un petit peu plus longtemps avec vous, et puis, j'irai chercher un hôtel en ville. Mais si je reste ici plus longtemps, la police voudra me parler. De toute façon, je vais trouver un endroit et à partir de maintenant jusqu'à ce... (il prit conscience de ce qu'il avait failli dire et ravala ses paroles... mais pas ses pensées.)

— ... jusqu'à ce que je sois incinéré, dit Gormley. On devait le faire assez rapidement, mais à présent ce sera probablement reporté.

— Je resterai en contact. Il y a encore beaucoup de choses que j'ignore, à propos de notre organisation, de la leur. Comment les retrouver ? Beaucoup de questions sont sans réponse.

— Savez-vous quelque chose sur Batu (à nouveau, la peur de Gormley était perceptible) ? Le petit Mongol, Harry... savez-vous qui c'est ?

— Je sais que c'est un des leurs, mais...

— Il a le mauvais œil... il peut vous tuer d'un simple regard ! Mon attaque... c'est lui. Il m'a tué, Harry. Son visage, son mauvais œil, il génère un poison mental ! Son pouvoir brûle comme un acide, dissout l'esprit, le cœur. Il m'a tué...

— Alors je dois aussi lui régler son compte, répondit Harry avec une froide détermination.

— Soyez prudent, Harry.

— Bien sûr.

— Je pense que vous avez les réponses en vous, mon garçon, et Dieu seul sait combien je prie pour que vous puissiez les trouver. Laissez-moi juste vous donner cet avertissement : quand Dragosani était... avec moi, j'ai senti quelque chose en lui. Ce n'était pas uniquement de la nécromancie. Harry, il y a quelque chose de démoniaque chez cet homme, quelque chose de plus vieux que le temps ! Avec lui, personne n'est en sécurité. Pas même ceux qui pensent le contrôler.

— Je me tiendrai sur mes gardes et je trouverai les réponses, Keenan, toutes les réponses. Avec votre aide. Aussi longtemps que vous pourrez m'apporter cette aide, évidemment.

— J'y ai pensé, Harry. Et vous voyez, je ne pense pas que ce soit la fin. Je veux dire, ceci n'est pas moi. Ce que vous voyez ici, c'était moi, ce fut moi... un bébé né en Afrique du Sud, puis un jeune homme enrôlé dans l'armée britannique à dix-sept ans, et enfin le chef du Réseau-E pendant treize ans. Ils ont tous disparu, et après mes funérailles, cette partie de moi disparaîtra également. Mais moi, je serai toujours là. Quelque part.

— Je l'espère, dit Harry. Il ouvrit les yeux et se leva en évitant de regarder la pièce.

— Trouvez-vous un hôtel, alors, et revenez me voir dès que vous le pourrez. Plus tôt nous commencerons, mieux ce sera. Et ensuite, quand tout cela sera fini, si jamais cela a une fin...

— Oui ?

— Eh bien, ce serait bien si vous pouviez me rendre visite de temps en temps. À moins que je ne me trompe, vous êtes le seul capable de le faire. Et vous serez toujours le bienvenu.

Une heure plus tard, Harry s'enferma dans une chambre d'hôtel bon marché et entra une nouvelle fois en contact avec Gormley. Comme toujours, cela fut plus facile, puisqu'il était déjà entré en contact avec lui. L'ancien chef du Réseau-E l'attendait. Il avait réfléchi à ce qu'il allait lui dire et il lui livra les informations par ordre d'importance. Il commença par le Réseau-E lui-même, lui offrit une vue d'ensemble du Réseau et des gens qui y travaillaient, et lui expliqua pourquoi il ne pouvait pas encore approcher le second de Gormley et pour quelle raison il ne devait pas essayer d'entrer dans l'organisation.

— Ce serait une perte de temps, expliqua Gormley. Oh, il y aurait des avantages, bien sûr. Tout d'abord, vous seriez soutenu financièrement, toutes vos dépenses nécessaires seraient couvertes, mais, en même temps, ils voudraient vous examiner soigneusement. Ils essaieraient naturellement de vous tester. Particulièrement maintenant que je suis mort, ils chercheraient à savoir ce qu'on a fait à mon cadavre...

— Vous pensez que je serais suspecté ?

— Quoi, un nécroscope ? Bien sûr que vous seriez suspecté ! J'ai monté un dossier sur vous, mais il est peu épais et vraiment incomplet — et actuellement je suis le seul à pouvoir me porter garant de vous ! L'essentiel, c'est le temps, Harry, et il ne faut pas le gâcher. Ce que je propose, c'est que vous n'essayiez pas de rejoindre le Réseau-E pour l'instant, mais que vous travailliez pour votre propre compte. Après tout, les seuls qui vous connaissent actuellement sont Dragosani et Batu. Le plus embêtant, c'est que Dragosani sait absolument tout sur vous, puisqu'il m'a volé ces informations ! Ce que nous devons nous demander, c'est pourquoi Borowitz les a envoyés ici. Pourquoi en ce moment ? Qu'est-ce qui se prépare ? Veut-il étendre un petit peu ses tentacules pour tâter le terrain ? Oh, il avait déjà envoyé des agents auparavant, mais c'étaient des espions. Ils venaient en ennemis, pour chercher des informations, mais ce n'étaient pas des tueurs ! Alors que s'est-il passé pour que Borowitz décide de transformer la guerre froide entre les Réseaux-ESP en guerre totale ?

Harry lui parla de Shukshin, lui donna une vision d'ensemble des choses qu'il avait vues et de ce qu'il en avait compris.

Gormley semblait désabusé lorsqu'il dit :

— Eh bien, vous avez déjà travaillé pour nous, on dirait ! Quel dommage de ne pas avoir su tout cela le jour où je suis venu vous voir. Nous aurions terminé ce travail bien plus vite. Shukshin était important à vos yeux, Harry, mais en fait ce n'était que du menu fretin. Nous aurions même pu nous servir de lui.

— Je voulais le tuer moi-même. Je voulais en finir avec lui ! De toute façon, je ne connaissais pas toutes ces connections. Je n'en ai pris connaissance qu'après l'avoir tué. Mais ce qui est fait est fait, et maintenant il nous faut continuer. Alors... vous voulez que je travaille seul. Mais il y a un problème : je n'ai pas la moindre idée de la façon de devenir un agent ! Je sais ce que je vais faire : je vais tuer Dragosani, Batu et Borowitz. C'est ma priorité... mais je ne sais vraiment pas comment y parvenir.

Gormley semblait comprendre son problème :

— C'est la différence entre espionnage et ESPionnage, Harry. Nous comprenons tout en premier. Les agents secrets, les maladresses, les brigades d'intervention, tout ça c'est dépassé. Mais aucun d'entre nous n'en sait réellement beaucoup sur l'autre. Vous faites ce que votre don vous dit de faire. Vous cherchez à l'utiliser du mieux possible. C'est tout ce que nous pouvons faire. Pour certains d'entre nous c'est facile : nous n'avons pas suffisamment de don pour nous en inquiéter, nous ne pouvons pas l'étendre. Moi-même, par exemple, je peux repérer un autre ESPert à plus d'un kilomètre de distance, mais c'est tout. Dans votre cas cependant...

Harry commençait à se sentir frustré. Sa tâche paraissait énorme, impossible. Il n'était qu'un homme après tout, avec un seul cerveau et un don pas tout à fait mature. Que pouvait-il faire ?

Gormley poursuivit :

— Vous n'avez pas écouté, Harry. J'ai dit que vous trouverez la meilleure façon d'utiliser votre don. Jusqu'à présent, vous ne l'avez pas fait. Comment vous en êtes-vous servi pour l'instant ?

— J'ai parlé avec les morts ! C'est tout, c'est ce que je fais habituellement. Je suis un nécroscope.

Gormley était patient.

— Vous ne faites qu'égratigner la surface, Harry, c'est tout. Vous avez écrit des histoires qu'un mort n'avait pas pu terminer. Vous avez utilisé des formules qu'un mathématicien n'avait pas eu le temps de développer dans sa vie. Des morts vous ont appris à conduire, à parler le russe et l'allemand. Ils ont amélioré votre façon de vous battre et de nager et une ou deux autres choses de ce genre. Mais que pensez-vous personnellement de tout ça ?

— Rien !

— Rien, en effet. Parce que vous ne vous êtes pas adressé aux bonnes personnes. Vous avez laissé votre don vous diriger au lieu de diriger votre don. Je sais que les exemples que je vais donner sont mauvais, mais vous êtes comme un hypnotiseur qui ne pourrait que s'hypnotiser lui-même, ou un voyant qui ne pourrait voir que sa propre mort... pour le lendemain ! Vous avez un don exceptionnel, mais vous ne vous en servez pas de manière exceptionnelle. Le problème, c'est que vous vous êtes entièrement formé seul. D'une certaine façon, vous ne savez rien. Vous êtes comme un barbare dans un banquet, qui se goinfrerait, mais sans rien apprécier. Si j'ai raison, vous avez eu la réponse à portée de main lorsque vous étiez enfant. Sauf que votre cerveau d'enfant n'était pas capable de voir ces possibilités. Mais vous êtes un homme maintenant, et ces possibilités devraient vous sauter aux yeux. Après tout, vous avez un don et vous devez apprendre comment vous en servir, c'est tout...

Ce que disait Gormley était sensé et Harry le savait.

— Mais par où vais-je commencer ? demanda-t-il d'un air désespéré.

— Je peux vous donner ce qui pourrait être un indice pour

vous (Gormley se montrait très prudent). C'est le résultat d'un jeu ESP que j'avais l'habitude de faire avec Alec Kyle, mon second. Je n'en avais pas parlé auparavant parce que cela pouvait n'avoir aucun sens, mais si nous voulons avoir un point de départ...

— Allez-y, dit Harry.

Gormley lui envoya cette image mentale.

— Mais qu'est-ce que c'est ? Harry était perplexe.

— C'est un anneau de Möbius. Il porte le nom de son inventeur, August Ferdinand Möbius, un mathématicien allemand. Il suffit de prendre une mince bande de papier, d'effectuer une torsion et de coller les deux extrémités. Cela transforme une surface à deux dimensions en surface à une seule dimension. Cela a de nombreuses applications, mais je ne peux pas vous en parler, car je ne suis pas mathématicien.

Harry était totalement dérouté, non par le principe, mais par son application.

— Et c'est supposé avoir un lien avec moi ?

— Avec votre avenir, votre avenir immédiat, votre futur possible (Gormley restait délibérément vague). De toute façon, laissez-moi vous raconter comment c'est arrivé.

Il parla à Harry des jeux d'associations de mots qu'il faisait avec Kyle.

— J'ai donc commencé par votre nom, Harry Keogh, et Kyle a répondu « Möbius ». J'ai dit « Maths ? » et il a répondu « espace-temps » !

— Espace-temps ? (Harry était intéressé.) Ça pourrait très bien avoir un certain rapport avec l'anneau de Möbius. Il me semble que cet anneau est simplement la représentation d'un espacc tors, et l'espace et le temps sont inextricablement liés.

— Oh ? s'exclama Gormley, et Harry se représenta son expression de surprise. Mais c'est une idée originale, Harry, ou est-ce que vous avez eu... une aide extérieure ?

Cela donna une idée à Harry.

— Attendez. Je ne connais pas votre Möbius, mais je connais quelqu'un d'autre.

Il entra en contact avec James Gordon Hannant et lui montra l'anneau.

— Je suis désolé, Harry, je ne peux pas t'aider, dit Hannant, dont les pensées étaient toujours aussi précises. Je suis allé dans des directions tout à fait différentes. Je ne me suis jamais penché sur ces courbes de toute façon. Ce que je veux dire, c'est que mes maths étaient — sont — pratiques. Différentes, mais pratiques. Mais tu le sais déjà, bien sûr. Si cela peut être dessiné sur du papier, je peux probablement le faire ; je suis plus concret que Möbius, si tu veux. La plupart des ses concepts sont abstraits, théoriques, des vues de l'esprit. Si seulement lui et Einstein pouvaient se réunir, alors nous pourrions vraiment obtenir des résultats extraordinaires !

— Ça, je le savais déjà ! Harry était désespéré. N'avez-vous pas une idée ?

Hannant perçut l'impatience de Harry. Sans émotion, Hannant lui dit :

— Mais n'est-ce pas là, la réponse, Harry ? Pourquoi est-ce que tu ne le demanderais pas à Möbius lui-même ? Après tout, tu es le seul à pouvoir le faire...

Harry, soudain excité par cette idée, revint vers Gormley.

— Eh bien, lui dit-il, au moins, j'ai un point de départ à présent. Qu'est-il encore sorti de ce jeu avec Alec Kyle ?

— Après qu'il eut dit « espace-temps », j'ai essayé « nécroscope ». Aussitôt, il a répondu « nécromancien ».

Harry se tut un moment, puis :

— Il semble qu'il ait aussi bien lu votre futur que le mien...

— Je le pense aussi. Mais ensuite, il m'a dit quelque chose que je ne comprends toujours pas. Même en admettant que tout ce que nous venons de dire est lié, que suis-je supposé faire du mot « vampire », hein ?

Harry se sentit glacé jusqu'aux os.

— Keenan, est-ce que nous pouvons arrêter là ? Je vais revenir vous voir dès que possible, mais d'abord, j'ai une ou deux choses à faire. Je veux essayer de rencontrer Möbius, il va donc falloir que je me rende en Allemagne. Et puis, j'ai faim ! Et... il faut que je réfléchisse. Tout seul.

— Je comprends, Harry, et je serai prêt lorsque vous voudrez recommencer. Mais pensez d'abord à vos propres besoins. Ils ont plus d'importance que moi. Allez, fiston. Vous devez vivre. Les morts ont tout leur temps.

— Il y a aussi quelqu'un à qui je veux parler... mais c'est un secret pour l'instant.

Gormley fut soudain inquiet pour lui.

— Ne commettez pas d'imprudences, Harry. Je veux...

— Vous avez dit que je devais agir seul, le faire à ma manière, lui rappela Harry.

— C'est vrai, fiston. J'espère seulement que tout se passera bien, c'est tout.

Harry ne pouvait qu'être d'accord avec ça.

Plus tard dans la soirée, à l'ambassade de Russie, Dragosani et Batu avaient terminé de faire leurs bagages et attendaient leur vol de retour. Dragosani n'avait pas encore commencé à transcrire sur papier ce qu'il avait appris ; c'était la dernière chose à faire d'ailleurs. Autant envoyer directement une lettre à Andropov lui-même !

Les deux agents russes avaient des chambres attenantes et un unique téléphone qui était situé dans l'appartement de Batu. Le nécromancien venait juste de s'allonger sur son lit, perdu dans ses sombres pensées, lorsqu'il entendit le téléphone sonner dans la chambre de Batu. Un instant plus tard, le petit Mongol frappa à la porte de communication.

— C'est pour vous, dit la voix assourdie par les minces panneaux de chêne. Le standard. Un appel de l'extérieur.

Dragosani se leva, entra dans la chambre de Batu. Assis sur son lit, le Mongol lui décocha un petit sourire en coin.

— Ho ! Camarade ! Vous avez des amis ici, à Londres ? Quelqu'un semble vous connaître.

Dragosani lui adressa un regard mauvais et saisit le téléphone.

— Le standard ? C'est Dragosani. Qu'est-ce que c'est ?

— Un appel pour vous de l'extérieur, camarade, répondit la voix froide et nasillarde d'une femme.

— J'en doute. Vous devez faire erreur. Personne ne me connaît ici.

— Il dit que vous aimeriez lui parler. Son nom est Harry Keogh.

— Keogh ? Dragosani regarda Batu d'un air étonné. Ah, oui ! Oui, lui me connaît. Passez-le moi.

— Très bien. Souvenez-vous, camarade : parler est peu sûr.

Il y eu un clic, puis un bourdonnement et enfin :

— Dragosani, c'est vous ?

La voix était jeune, mais étrangement forte. Elle ne correspondait pas du tout au visage émacié que Dragosani avait aperçu sur la berge de la rivière écossaise.

— Oui, ici Dragosani. Que voulez-vous, Harry Keogh ?

— Vous, nécromancien. Vous, et je vais venir vous chercher.

Les lèvres de Dragosani se retroussèrent sur ses dents en un grognement silencieux. C'était quelqu'un d'intelligent, d'impétueux, de téméraire... de dangereux !

— Je ne sais pas qui vous êtes, siffla-t-il, mais vous êtes visiblement fou ! Expliquez-vous ou raccrochez.

— L'explication est simple, « camarade ». Je sais ce que vous avez fait à Sir Keenan Gormley. C'était mon ami. Œil pour œil, dent pour dent, Dragosani. Telle est ma devise, comme vous avez pu déjà le constater. Vous êtes un homme mort.

— Oh ? (Dragosani rit de manière sardonique.) Moi, je suis mort ? Et vous aussi, vous commercez avec la mort, n'est-ce pas Harry ?

— Ce que vous avez vu avec Shukshin n'était rien, « camarade ». Vous ne savez pas tout. Pas même tout ce que Gormley savait.

— Du bluff, Harry ! J'ai vu ce que vous pouvez faire et cela ne me fait pas peur. La mort est mon amie. Elle me raconte tout.

— C'est bien, car vous allez bientôt pouvoir lui parler... mais en face à face. Alors, vous savez ce que je peux faire ? Eh bien, pensez-y, car bientôt, je vous le ferai !

— Un défi, Harry? La voix de Dragosani était dangereusement basse, pleine de menaces.

— Un défi et le gagnant ramasse tout.

Le sang valache de Dragosani était en ébullition; il était impatient maintenant.

— Mais où? Je suis déjà hors de portée, et demain, il y aura la moitié du monde entre nous.

— Oh, je sais que vous vous enfuyez, dit l'autre avec mépris. Mais je vous retrouverai, bientôt. Vous, et Batu, et Borowitz...

À nouveau, les lèvres de Dragosani se retroussèrent.

— Peut-être que nous allons nous rencontrer, Harry... mais où et comment?

— Vous le saurez en temps voulu. Et je peux vous dire ceci : ce sera pire pour vous que pour Gormley.

Soudain, la voix glacée de Keogh sembla envahir les veines de Dragosani. Il se secoua, reprit ses esprits et dit :

— Très bien, Harry Keogh. Quand vous voulez, où vous voulez, je vous attendrai.

— Et le gagnant ramasse tout, répéta la voix.

Puis, il y eut un petit clic et la ligne coupée fit entendre le staccato de sa sonnerie.

Pendant un long moment, Dragosani regarda le combiné qu'il tenait à la main, puis il le posa sur son support.

— Oh, je gagnerai sûrement! Et je prendrai tout, Harry Keogh!

Chapitre XIV

De retour au château Bronnitsy, l'après-midi suivant, Dragosani ne trouva pas Borowitz. Sa secrétaire lui apprit que Natasha Borowitz était morte deux jours plus tôt; Gregor Borowitz était dans leur datcha pour lui tenir compagnie un jour ou deux : il ne voulait pas être dérangé. Dragosani lui téléphona quand même.

— Ah Boris (la voix du vieil homme était douce pour une fois) ! Alors tu es rentré.

— Gregor, toutes mes condoléances, dit Dragosani en observant un rituel qu'il ne comprenait pas vraiment. Mais je pensais que tu aimerais apprendre que j'ai fait ce que tu voulais. Même plus que ce que tu voulais. Shukshin est mort. Gormley aussi. Et je sais tout.

— Bien, dit l'autre sans émotion. Mais ne me parle pas de la mort, Boris. Pas maintenant. Je vais rester là une semaine encore. Après ça... il faudra un certain temps avant que je m'en remette. J'aimais cette vieille folle. Elle avait une tumeur, qu'ils disaient, dans la tête. Soudain, elle s'est mise à grossir. Une fin très rapide. Elle va beaucoup me manquer. Elle ne savait pas ce que c'était qu'un secret ! Elle était parfaite.

— Je suis désolé, répéta Dragosani.

Borowitz sembla reprendre le contrôle de lui-même.

— Prends des vacances. Note ça sur un bout de papier et reviens me faire un rapport dans huit-dix jours. Et ça ira.

Dragosani serra le téléphone.

— Des vacances seraient les bienvenues. Je vais en profiter pour aller rendre visite à un vieil ami. Gregor, puis-je emmener Max Batu ? Lui aussi a bien fait son boulot.

— Oui, oui... mais ne viens plus m'ennuyer pour l'instant. Au revoir, Dragosani.

Dragosani n'aimait pas Batu, mais il avait des projets pour lui. De toute façon, cet homme faisait un compagnon de voyage plutôt agréable : il parlait très peu et n'avait pas d'énormes besoins. Il avait un penchant pour la slivovitz, mais ça ne posait aucun problème. Le petit Mongol pouvait boire jusqu'à ce que ça lui sorte par les oreilles, et paraître toujours aussi lucide. L'apparence seule avait de l'importance.

On était au milieu de l'hiver russe. Ils prirent le train, mais à cause des nombreux incidents survenus pendant le trajet, ils n'arrivèrent à Galatz qu'un jour et demi plus tard. Là, Dragosani loua une voiture et des chaînes, ce qui leur donna une certaine liberté de mouvements. Finalement, le soir du deuxième jour, dans les chambres que Dragosani leur avait trouvées dans un petit village près de Valeni, le nécromancien n'y tint plus et demanda à Batu, dont le silence avait fini par l'ennuyer :

— Max, vous ne vous êtes pas demandé ce que nous faisons ici ? Cela ne vous intéresse pas de savoir pourquoi je vous ai traîné ici ?

— Non, pas vraiment. Je le saurai lorsque vous serez prêt à me le dire, je suppose. Pour l'instant, ça ne fait pas de différence. Je pense que j'aime bien voyager. Peut-être que le camarade Général m'a encore trouvé du travail dans cette région étrange.

Dragosani pensa : *Non, Max, il n'y aura pas de travail supplémentaire pour vous de la part de Borowitz... mais vous travaillerez pour moi.*

Puis à voix haute, il dit simplement :

— Peut-être.

La nuit était tombée pendant qu'ils étaient en train de manger. Dragosani en profita pour faire une première allusion à ce qu'ils étaient venus faire :

— C'est une très belle nuit, Max. On voit parfaitement les étoiles et il n'y a aucun nuage en vue. C'est parfait, car nous allons faire un petit tour en voiture. Il y a quelqu'un dont j'aimerais vous parler.

Sur la route des collines en forme de croix, ils passèrent près d'un pré dans un coin duquel des moutons se serraient les uns contre les autres sur de la paille que l'on avait déposée pour eux. Il y avait une mince couche de neige, mais la température était supportable. Dragosani arrêta la voiture.

— Mon ami aura soif, expliqua-t-il, mais il n'aime pas trop la slivovitz. Je pense qu'il serait bon de lui apporter quand même à boire.

Ils sortirent de la voiture et Dragosani pénétra dans le pré, faisant fuir les moutons.

— Celui-là, Max, dit-il en désignant un mouton qui passait près de la barrière contre laquelle s'était appuyé le Mongol. Ne le tuez pas. Étourdissez-le, si vous le pouvez.

Max le pouvait. Il s'accroupit, son visage se déforma et il dirigea son regard à travers la barrière. Dragosani détourna la tête lorsque le mouton, une belle brebis, poussa un cri de terreur. Un instant plus tard, il vit l'animal bondir, comme si on venait de l'abattre, puis il s'écroula comme une masse de laine frissonnante.

Ils mirent l'animal dans le coffre et repartirent. Après quelques instants de silence, Batu dit :

— Votre ami doit avoir un étrange appétit, camarade.

— En effet, Max, en effet.

Alors Dragosani lui raconta ce à quoi il pouvait s'attendre.

Batu réfléchit quelques minutes avant de reprendre la parole.

— Camarade Dragosani, je sais que vous êtes un homme étrange, nous sommes d'ailleurs tous deux des hommes étranges, mais maintenant, je suis tenté de croire que vous êtes fou !

Dragosani aboya comme un chien, puis éclata de rire.

— Vous voulez dire que vous ne croyez pas aux vampires, Max ?

— Oh, mais si j'y crois. Si vous le dites. Je ne veux pas dire que vous êtes fou d'y croire... mais vous êtes certainement fou de vouloir déterrer cette chose !

— Seul l'avenir nous le dira. Juste une chose, Max, quoi

que vous puissiez entendre ou voir, vous ne devez pas intervenir. Je ne veux même pas qu'il sache que vous êtes là. Pas encore, du moins. Vous comprenez ce que je veux dire ? Vous devez rester en dehors de tout ça. Vous devez rester si calme que je dois même oublier que vous êtes là.

— Comme vous voulez. Mais vous avez dit qu'il pouvait lire dans votre esprit. Peut-être qu'il sait déjà que je suis avec vous.

— Non, car je peux sentir lorsqu'il essaie d'entrer en moi et je sais comment le chasser. De toute façon, il sera très faible et il ne pourra pas se battre avec moi, pas même mentalement. Non, Thibor Ferenczy ne sait même pas que je suis là, Max, et il sera si content de m'entendre qu'il ne pensera pas à tricher.

— Si vous le dites.

— Vous avez dit que je dois être fou. Pas du tout, Max. Mais vous comprenez, ce vampire possède des secrets que seuls les non-morts connaissent. Ils possèdent des secrets que je veux connaître. Et d'une façon ou d'une autre, j'ai l'intention de les connaître. Surtout maintenant qu'il y a cet Harry Keogh. Thibor m'a souvent frustré, mais pas cette fois-ci. Et si je dois le réveiller pour obtenir ces secrets... alors je le ferai !

— Et vous savez comment ?... comment le réveiller, je veux dire ?

— Pas encore, non. Mais il va me le dire, Max. Soyez-en sûr...

Dragosani gara sa voiture à l'écart de la route, sous le couvert de grands arbres et, sous la pâle lueur des étoiles, ils escaladèrent lentement la colline par l'ancien coupe-feu, en portant le mouton.

En approchant de la clairière secrète, Dragosani prit l'animal sur ses épaules et murmura :

— Maintenant, vous ne bougez plus Max. Vous pouvez me suivre un petit peu si vous voulez et regarder ce qui se passe, mais rappelez-vous, restez en dehors de tout ça !

L'autre hocha la tête, fit quelques pas, se recroquevilla et s'enveloppa dans son pardessus. Dragosani avança sous les arbres jusqu'à la tombe de la Chose dans le sol.

Il s'arrêta à la limite du cercle, mais un peu plus loin que lors de sa dernière visite.

— Et maintenant, vieux dragon ? dit-il doucement, en laissant tomber à ses pieds la brebis à demi morte. Et alors, Thibor Ferenczy, toi qui as fait de moi un vampire !

Il parlait doucement afin que Max Batu ne puisse pas l'entendre, car comme d'habitude, il préférait parler à voix haute au vampire, plutôt que de le faire mentalement.

Ahhhh !

Le sifflement mental s'étira et soupira, comme la respiration de quelqu'un s'éveillant après un rêve profond.

C'est toi, Dragosani ? Ho ! — et tu as deviné, n'est-ce pas ?

— Il n'y avait pas beaucoup d'autres possibilités, Thibor. Ce fut une question de mois, mais je suis un homme nouveau. Et pas seulement un homme.

Mais pas de colère, Dragosani ? Pas de fureur ? Eh bien, il me semble que tu es presque devenu humble ! Pourquoi ? Je me le demande.

— Oh, tu sais très bien pourquoi, vieux dragon. Je veux me débarrasser de cette chose.

Ah non, malheureusement non. C'est tout à fait impossible. Vous ne faites plus qu'un, toi et lui. Ne t'ai-je donc pas appelé mon fils depuis le début, Dragosani ? N'est-ce donc pas juste que mon véritable fils grandisse en toi ?

Son rire éclata dans l'esprit de Dragosani.

Dragosani ne pouvait pas se permettre le luxe de se mettre en colère. Pas encore.

— Fils ? Cette chose que tu as mise en moi ? Ton fils ? Un autre mensonge, vieux démon ? Qui m'a dit que ceux de ton espèce n'avaient pas de sexe ?

Je crois que tu ne m'as jamais écouté, Dragosani, soupira le vampire. Toi, son hôte, tu détermines son sexe ! Lorsqu'il grandira et qu'il deviendra une partie de toi, alors tu commenceras à lui ressembler. À la fin, il n'y aura plus qu'une seule créature, qu'un être unique.

— Mais avec son esprit ?

Avec ton esprit, mais subtilement altéré. Ton esprit et ton corps aussi, mais tous les deux un petit peu modifiés. Tes désirs seront plus... ardents. Tes besoins... différents. Écoute : en tant qu'homme, tes désirs, tes passions et tes colères sont limités par ta force d'homme, par tes capacités d'homme. Mais en tant que Wamphyri... À quoi cela servirait-il de posséder un tel moteur en toi sans rien à diriger, à part un vulgaire paquet de chair et des os fragiles ? Un tigre avec le corps d'une souris ?

C'était plus ou moins ce à quoi Dragosani s'était attendu de la part du monstre. Mais avant d'en arriver à une décision peut-être définitive, il essaya une dernière fois, fit une ultime tentative.

— Alors je vais m'en aller et me livrer aux mains des médecins. Ils sont très différents des médecins que tu as connus à ton époque, Thibor. Je leur raconterai que j'abrite un vampire. Ils m'examineront, le trouveront et m'opéreront. Ils possèdent des instruments que tu ne peux pas imaginer. Lorsqu'ils l'auront sorti, ils le disséqueront, l'étudieront, découvriront sa véritable nature. Et ils voudront savoir le comment et le pourquoi. Je le leur dirai. Je leur raconterai tout sur les Wamphyri. Oh, ils riront, ils me passeront même une camisole de force... mais ils seront bien incapables d'apporter une explication valable. Alors, je les conduirai ici, pour qu'ils te voient. Ce sera la fin. La tienne, celle de ton « fils », celle d'une légende. Et quel que soit l'endroit où se cacheront les Wamphyri, les hommes les traqueront et les détruiront...

Bien dit, Dragosani ! lâcha Thibor. *Bravo !*

Dragosani attendit, puis il demanda :

— C'est tout ce que tu as à répondre ?

C'est tout. Je ne parle pas avec les fous.

— Explique-toi.

À présent la voix dans son esprit était devenue totalement glacée et furieuse, une colère contrôlée, mais bien réelle et effrayante.

Tu es un homme vaniteux, égotique et stupide, Boris Dragosani. Mais tu as toujours lancé des « raconte-moi ça » et des « montre-moi ça » et des « explique-moi ça » ! J'étais quelqu'un de puissant dans le pays bien des siècles avant même que tu ne soies engendré, et cela ne serait jamais arrivé si je n'avais pas été là ! Et je dois rester là et me laisser faire ? Eh bien, tout a une fin. Très bien, je vais « m'expliquer » comme tu le demandes, mais pour la dernière fois. Car après ça... il sera temps d'avoir une véritable discussion et de faire un véritable marché. Comme tu le sais, Dragosani, je suis fatigué de rester ici, inerte, et tu as la possibilité de me faire sortir de là. C'est l'unique raison pour laquelle j'ai été patient avec toi! Mais à présent, ma patience est à bout. Examinons tout d'abord ta situation.

Tu dis que tu vas te mettre entre les mains des médecins. Eh bien, il est certain que le vampire peut être détecté dans ton corps. Il est là, physiquement, c'est un véritable organisme qui vit en toi dans une sorte de symbiose — un mot que tu m'as appris, Dragosani. Mais quant à l'opérer? L'exorciser? Tes docteurs sont peut-être habiles, mais ils ne possèdent pas l'habileté nécessaire à une telle opération! Peuvent-ils te l'enlever des circonvolutions de ton cerveau? Du fluide de ta moelle épinière? De tes entrailles, de ton cœur? Peuvent-ils le séparer de ton propre sang? Même si tu étais assez fou pour les laisser faire, le vampire te tuerait d'abord. Il rongerait ta moelle, insinuerait du poison dans ton cerveau. Tu commences sûrement à comprendre notre ténacité? Ou peut-être penses-tu que l'instinct de conservation est uniquement l'apanage des humains? Survivre. Ah! Tu ne connais pas le sens de ce mot!

Dragosani se tut.

Nous nous sommes fait des promesses, toi et moi. J'ai fait ma part du marché. À présent, fais la tienne. N'est-ce pas le moment de me payer, Dragosani?

— Un marché? C'est une blague? Quel marché?

As-tu oublié? Tu voulais connaître les secrets des Wamphyri. Très bien, ils sont à toi. Car à présent tu es un Wamphyri! Lorsqu'il grandira en toi, son savoir grandira aussi. Vous apprendrez ensemble.

— Quoi? Avoir été fécondé, *imprégné*, par un vampire, c'était ça ta part du marché? Quel genre de marché était-ce là? Je voulais la connaissance, Thibor! Je la voulais, mais je ne voulais pas d'un fruit noir, pourri, comme cette liaison contre nature, indésirable avec cette saloperie de parasite!

Tu oses insulter mon œuf? Pour chaque Wamphyri venant au monde, il n'y a qu'un seul descendant, qu'une seule nouvelle vie capable de traverser les siècles. Et je t'ai offert le mien...

— Ne joue pas le père affectueux avec moi, Thibor

Ferenczy ! N'essaie même pas et reconnais que j'ai blessé ta fierté. Je veux me débarrasser de cette saloperie. Et tu oses me dire que tu t'en préoccupes ? Mais je sais parfaitement que vous, les vampires, vous détestez vos semblables encore plus que les hommes ne vous détestent !

La Chose dans le sol savait que Dragosani était parvenu à lire en elle.

Une véritable discussion, un véritable marché.

— Au diable ton marché — je veux m'en débarrasser ! hurla-t-il. Inutile de discuter ou de négocier. Dis-moi comment... et alors je t'éveillerai.

Pendant un long moment, il n'y eut que le silence. Puis :

Tu ne peux pas y arriver. Tes docteurs ne peuvent pas non plus. Je suis le seul à pouvoir faire avorter ce que j'ai mis en toi.

— Alors, fais-le.

Quoi ? Pendant que je repose ici, dans le sol ? Impossible ! Éveille-moi d'abord... et je le ferai.

À présent, c'était au tour de Dragosani de réfléchir à la proposition du vampire, ou du moins de faire semblant d'y réfléchir.

— Très bien, finit-il par dire. Comment dois-je procéder ?

Thibor se fit pressant.

Tout d'abord, fais-tu cela de ta propre volonté ?

— Tu sais bien que non ! lui lança Dragosani sur un ton méprisant. Je fais ça uniquement pour être débarrassé de cette harpie que j'ai en moi.

Mais de ta propre volonté ?

— Oui, vas au diable !

Bien. Tout d'abord, il y a des chaînes dans la terre. On s'en est servi pour m'attacher, mais elles se sont depuis longtemps desserrées en perdant de leur substance. Tu vois, Dragosani, il existe certains éléments chimiques que ne supportent pas les Wamphyri. Un bon alliage d'argent et de fer nous paralyse. Même si presque tout le fer a rouillé, son essence reste néanmoins dans le sol. Et l'argent est toujours présent. Il faut donc déterrer ces chaînes.

— Mais je n'ai pas d'outils !

Utilise tes mains.

— Tu veux que je creuse dans cette saleté avec mes mains ? À quelle profondeur ?

Pas très profondément, juste en surface. Au cours des siècles, j'ai repoussé ces chaînes vers la surface, en espérant que quelqu'un les trouverait et les emporterait. Est-ce que l'argent est toujours précieux, Dragosani ?

— Plus que jamais.

Alors prends-les avec ma bénédiction. Allez, creuse !

— Mais — (Dragosani ne voulait pas montrer qu'il gagnait du temps, mais d'un autre côté, il avait certaines dispositions à prendre) — combien de temps cela va-t-il prendre ? Tout le processus, je veux dire ? Et qu'est-ce qui va se passer ?

Nous allons commencer cette nuit et nous terminerons demain.

— Je ne peux pas te faire sortir avant demain ? Dragosani essaya de ne pas trop montrer son soulagement.

Pas avant, non ! Je suis trop faible, Dragosani. Mais je remarque que tu m'as apporté un présent. C'est très bien. Je vais pouvoir tirer un peu de force de ton offrande... et après tu enlèveras mes chaînes.

— Très bien. Où dois-je creuser ?

Approche-toi, mon fils. Viens au centre de la clairière. Là, là ! À présent tu peux creuser...

Lorsque Dragosani s'agenouilla et commença à plonger ses mains dans la poussière et les feuilles mortes, cela lui donna la chair de poule. Une épaisse sueur coula sur son front, mais pas en raison de l'effort, mais plutôt en souvenir de la dernière fois où il était venu ici et de ce qui lui était arrivé. Le vampire sentit son appréhension et ricana dans son esprit :

Oh, tu as peur de moi, Dragosani ? Malgré ton bluff et tes bravades ? Quoi ? Un grand garçon comme toi effrayé par un vieux Thibor Ferenczy, qui n'est rien qu'une Chose non-morte dans le sol ? Bah ! Quelle honte, mon fils !

Dragosani avait gratté le sol sur une quinzaine de centimètres. Il avait atteint la terre glacée de la tombe elle-même. Mais lorsqu'il plongea à nouveau ses doigts dans le sol étrangement fertile, ils rencontrèrent quelque chose de dur, quelque chose qui tinta de manière sinistre. Il travailla un peu plus vite, et les premiers anneaux qu'il découvrit furent de solides anneaux en argent massif ! Ils faisaient au moins cinq centimètres de long et avaient été forgés dans des tiges d'argent d'au moins un centimètre d'épaisseur !

— Combien... combien y en a-t-il là-dessous ?

Assez pour me garder prisonnier, Dragosani. Jusqu'à maintenant.

Les paroles du vampire, simples et spontanées, contenaient néanmoins quelque chose de menaçant qui fit dresser les cheveux sur la tête de Dragosani. La voix mentale de Thibor avait bouillonné, comme si elle avait été chargée de tout le mal contenu dans ce puits. Dragosani était un nécromancien, il se prenait lui-même pour un monstre, mais à côté du vieux démon du sol, il se sentait aussi innocent qu'un nouveau-né !

Il assura sa prise sur une longue chaîne de maillons d'argent, se leva et tira de toutes ses forces afin de l'arracher au sol. Les maillons apparurent, un par un, déchirant le sol, émergeant au milieu de cette croûte de terre coagulée, de ce dépôt de poussière et de feuilles en décomposition ; leur exhumation secoua même les racines des arbres qui avaient poussé durant ces longues années autour de cette clairière afin de la garder secrète. Après avoir eu besoin de trois voyages pour transporter son trésor au-delà des limites du cercle de racines, de dalles brisées et de terre déchirée, Dragosani calcula qu'il y en avait pour une petite fortune ! À l'Ouest, il pourrait devenir un homme riche. Mais à Moscou... essayer simplement d'en tirer un quelconque profit lui vaudrait au moins dix ans dans les mines de sel de Sibérie. Ce ne serait pas considéré comme la découverte d'un trésor en URSS... mais comme un vol !

D'un autre côté, que pouvait donc avoir de bon un tel trésor pour lui ? Rien du tout. Il ne pourrait pas en profiter comme un homme ordinaire. Mais un jour prochain, il allait pouvoir en profiter, lorsque les autres hommes, tous les autres hommes, allaient venir ramper à ses pieds et que les dirigeants du monde viendraient lui prêter allégeance à la cour de l'Hyperétat de la Grande Valachie. Dragosani dissimula ses pensées en transportant les dernières chaînes à l'écart. Puis il s'arrêta et fixa au milieu des ténèbres la terre balafrée de la clairière secrète.

Il se moqua de lui en se souvenant du temps où il lui était

impossible de distinguer quoi que ce soit dans cet endroit sombre, même avec ses yeux de chat. Mais à présent, il y voyait comme en plein jour ! Encore une autre preuve qu'un vampire vivait en lui, s'engraissant aux dépens de son corps, comme il allait bientôt le faire aux dépens de son esprit. Mais comme Thibor Ferenczy lui avait promis de le débarrasser de cette chose, Dragosani savait que ce n'était pas pire qu'une poignée de terre arrachée à une tombe. Eh bien, s'il devait vivre avec cette sangsue, qu'il en soit ainsi ; mais *il* désirait être le maître. D'une manière ou d'une autre, il trouverait une solution.

Ces pensées aussi, il les garda pour lui...

Il avait enfin terminé et avait disposé les chaînes d'argent en un immense cercle tout autour de la surface de terre retournée.

— Voilà, lança-t-il à la Chose dans le sol. C'est terminé. Rien ne te retient plus, Thibor Ferenczy.

Tu as été parfait, Dragosani. Je t'en suis reconnaissant. Mais, à présent, je dois manger et me reposer. Ce n'est pas une chose facile de revenir d'outre-tombe. Alors, donne-moi ton présent, s'il te plaît, puis laisse-moi en paix pour en profiter pleinement. J'aurai besoin de la même chose la nuit prochaine, avant de pouvoir réapparaître sous les étoiles. Alors, et seulement alors, tu seras libre toi aussi...

Dragosani donna un coup de pied à la brebis, qui reprit vie. Il serra l'animal tremblant entre ses jambes, lui maintint la tête en arrière. La lame scintillante traversa sans effort la gorge de la brebis, et en ressortit immaculée juste avant que les premiers jets de sang ne jaillissent dans les ténèbres et ne viennent arroser le sol non-consacré. Puis, il saisit l'animal agonisant, comme un homme peut saisir un chat, par la peau du cou et des fesses, et le projeta au milieu du cercle. Il s'y affala et se remit à nouveau sur ses pattes... À ce moment-là seulement, il sembla réaliser qu'il avait été blessé et que c'était la fin. Dégoulinante de sang, la bête tomba sur le flanc, donna des coups de pattes frénétiques, tandis que sa vie s'écoulait en flots écarlates.

Dragosani recula à nouveau, un peu plus loin encore, et, dans son esprit, retentit un profond soupir de contentement, un monstrueux soupir de satiété :

Ahhhh! Pas vraiment à mon goût, Dragosani, mais grandement satisfaisant. Je dois te remercier, mon fils, mais cela pourra attendre demain. À présent, retire-toi car je suis fatigué et affamé, et surtout, la solitude est une drogue dont je n'ai pas encore brisé la dépendance...

Dragosani n'eut pas besoin d'un deuxième ordre. Il s'éloigna de la tombe brisée et de la forme compacte qui se convulsait au centre du cercle. Mais même en reculant, ses yeux restèrent en alerte, guettant le moindre signe de mouvement ou de liberté du vampire. Oh, oui ! car Thibor Ferenczy était libre à présent, le nécromancien pouvait le sentir bouger sous ses pieds, il pouvait le sentir s'étirer, il pouvait presque entendre lc craquement de ses muscles parcheminés et le grincement de ses vieux os tandis qu'ils s'imbibaient de sang et qu'ils se solidifiaient petit à petit.

Puis, la carcasse de la brebis s'affaissa, s'effondra, avalée par la terre imbibée de sang. Ce fut comme si quelque invisible succion sismique avait aspiré l'animal, comme si la terre elle-même était une gigantesque bouche. Quelque chose semblait remuer sous la bête sacrifiée, mais Dragosani ne pouvait pas en être certain. Il recula, recula jusqu'à un arbre, et rapidement, il en fit le tour, laissant l'énorme tronc entre lui et ce qui se passait. Mais, pour autant, il ne détourna pas les yeux et les garda fixés sur la carcasse de la brebis.

L'animal était couvert d'une épaisse laine, mais malgré cela, Dragosani se rendit compte que son volume se réduisait un petit peu, s'affaissait sur lui-même... diminuait ! Le nécromancien envoya une sonde mentale en direction de la Chose dans le sol, mais il n'y rencontra qu'une avidité bestiale qui le fit reculer. Et la brebis continuait toujours à s'affaisser, à se ratatiner, à fondre.

Pendant qu'elle était dévorée, tout autour d'elle le sol glacé commençait à fumer, exhalant une brume nauséeuse qui s'épaissit rapidement et obscurcit le reste de la scène. Ce fut comme si la terre transpirait, ou comme si quelque chose en son sein respirait, quelque chose qui n'avait pas respiré depuis très, très longtemps.

Ce fut assez. Dragosani fit demi-tour et rejoignit Max Batu en courant. Un doigt sur les lèvres, il invita l'autre à le suivre et ils descendirent rapidement l'ancien coupe-feu jusqu'à la voiture.

Plus tôt dans la journée, mais à mille deux cents kilomètres de là, Harry Keogh, qui se tenait devant la tombe d'August Ferdinand Möbius (né en 1790, mort le 26 septembre 1868), décida que cette journée avait été plutôt mauvaise pour la science des nombres. Non seulement pour les maths, mais aussi pour la topologie, et pour l'astronomie aussi. Cette journée en question, c'était bien entendu le jour de la mort de Möbius.

Des étudiants étaient venus là quelques heures auparavant, des Allemands de l'Est pour la plupart, mais de véritables étudiants, cheveux longs et allure dépenaillée; des étudiants apparemment respectueux. C'est ainsi qu'ils s'étaient comportés. Harry aussi se sentait plein de respect, même s'il craignait un peu cette rencontre avec un tel homme. De toute façon, ne voulant pas paraître bizarre, il avait attendu d'être seul. Il avait également eu besoin de penser à la meilleure façon d'aborder Möbius. Ce n'était pas quelqu'un d'ordinaire qui reposait ici, mais un penseur qui avait contribué à mettre la science sur les bons rails.

Finalement, Harry opta pour une approche directe. Il s'assit, laissa ses pensées s'évader et toucher celles de l'homme décédé. Une sorte de sérénité gagna alors Harry; ses yeux prirent une apparence étrange, vitreuse; malgré la fraîcheur ambiante, une fine patine de sueur apparut sur son front. Et, doucement, il prit conscience que Möbius, ou ce qui restait de lui, était là. Et actif!

Formules, tables de chiffres, distances astronomiques et configurations non-euclidiennes de Riemann agressèrent la conscience de Harry comme les pulsations de puissants ordinateurs vivants. Mais... tout cela dans un seul esprit? Un esprit qui traiterait toutes ces pensées en même temps? À ce moment-là, Harry comprit que Möbius était en train de travailler sur quelque chose, qu'il tournait les pages de sa mémoire tout en essayant de trouver comment lier ensemble les pièces d'un puzzle trop complexe pour la compréhension de Harry ou de presque tout autre homme vivant. C'était parfait, mais cela pouvait lui prendre des jours entiers, et Harry n'avait pas du tout le temps.

— Monsieur ? Excusez-moi, monsieur ? Mon nom est Harry Keogh. J'ai fait une longue route pour venir vous voir.

Le flot de chiffres et de figures fantomatiques s'arrêta net, comme si on venait d'éteindre un ordinateur.

— Hein ? Quoi ? Qui ?

— Harry Keogh, monsieur. Je suis anglais.

Il y eut une légère attente avant que l'autre ne lance :

— Anglais ? Je me moque bien que vous soyez anglais ou arabe ! Je vais vous dire ce que vous êtes : un raseur ! À présent, qu'est-ce qu'il y a, hein ? C'est à quel sujet ? Je ne suis pas habitué à ce genre d'intrusion.

— Je suis un nécroscope, expliqua Harry du mieux qu'il pouvait. Je peux parler avec les morts.

— Morts ? Parler avec les morts ? Hum ! J'ai examiné ça, oui, et il y a longtemps que j'en suis venu à la conclusion que je l'étais moi-même. Il est évident que vous pouvez le faire. Eh bien, cela nous arrive à tous... de mourir. En tout cas, cela a ses avantages. L'intimité notamment... jusqu'à présent tout au moins ! Un nécroscope, vous dites ? Une nouvelle science ?

Le visage de Harry s'éclaira d'un sourire.

— Je suppose que vous pouvez l'appeler comme ça. Sauf que je pense être l'unique praticien. Les spirites ne font pas exactement la même chose.

— Je peux affirmer que non ! Ce sont au mieux des fraudeurs. Eh bien alors, que puis-je faire pour vous, Harry Keogh ? Vous avez bien une raison pour venir me déranger ? Une bonne raison, au moins ?

— La meilleure qui soit, dit Harry. Je pourchasse un démon, un meurtrier. Je sais qui il est, mais je ne sais pas comment le livrer à la justice. Tout ce que j'ai, c'est un indice m'indiquant comment m'y prendre, et c'est là que vous intervenez.

— Vous pourchassez un meurtrier ? Un don comme le vôtre !... et vous l'utilisez pour pourchasser des meurtriers ? Mon garçon, vous pourriez parler à Euclide, Aristote, Pythagore ! Non, oubliez-le. Vous n'obtiendriez rien de lui. Lui et sa mystérieuse Confrérie pythagoricienne ! C'est même étonnant qu'on fasse toujours circuler son théorème ! Au fait, quel indice avez-vous ?

Harry lui montra une projection mentale de l'anneau de Möbius.

— Voilà. C'est ce qui lie mon futur à celui de ma proie.

À présent, l'autre était intéressé.

— De la topologie dans la dimension temporelle ? Cela mène à toutes sortes de questions intéressantes. Voulez-vous parler de vos futurs probables ou de vos futurs réels ? Avez-vous parlé à Gauss ? C'est le meilleur dans le domaine des probabilités... et de la topologie. Gauss était un maître lorsque je n'étais encore qu'un étudiant... un étudiant plutôt brillant d'ailleurs !

— Réels. Nos futurs réels.

— Mais cela présuppose que vous connaissiez déjà quelque chose sur votre futur. Est-ce que la prémonition est un autre de vos dons, Harry ?

— Pas l'un des miens, non, mais celui d'un de mes amis qui peut parfois saisir des bribes du futur, aussi sûrement que je...

— Balivernes ! le coupa Möbius. Espèce de zöllneriste.

— ... parle avec les morts.

L'autre se tut un moment. Puis, il reprit :

— Je suis peut-être fou... mais je vous crois. Au moins, je crois que vous croyez et que vous avez été trompé. Mais je ne vois pas du tout comment je pourrais vous aider dans vos recherches.

— Ni moi, d'ailleurs. Sauf... qu'est-ce que l'anneau de Möbius ? C'est tout ce que j'ai comme point de départ. Ne pourriez-vous pas m'expliquer ce que c'est ? Après tout, qui le connaît mieux que vous ? Vous en êtes l'inventeur !

— Non, on y a simplement accolé mon nom. Inventé cela ? Ridicule ! Je *l'ai remarqué,* c'est tout. Quant à l'expliquer : il fut un temps où cela aurait pu être très simple. À présent, cependant...

Harry attendit.

— En quelle année sommes-nous ?

Le changement de sujet décontenança Harry.

— Mille neuf cent soixante-dix-sept, répondit-il.

— Vraiment ? Aussi longtemps que ça ? Eh bien, eh bien ! Vous pouvez vous rendre compte par vous-même, Harry, que je repose ici depuis plus de cent ans. Croyez-vous que je sois resté inactif ? Pas le moins du monde ! Les nombres, mon garçon, l'ultime réponse à tous les mystères de l'univers. L'espace, ses courbures, ses qualités, ses propriétés... ses propriétés restées encore très largement insoupçonnées, je l'imagine, dans le monde des vivants. Sauf que je n'ai pas besoin de l'imaginer, car je le sais ! Mais l'expliquer ? Etes-vous mathématicien, Harry ?

— Je m'y connais un petit peu.

— L'astronomie ?

Harry secoua la tête à contrecœur.

— Que comprenez-vous à la science... à la SCIENCE ? Que comprenez-vous à la physique, à la matière et à l'univers conjectural ?

Harry secoua à nouveau la tête.

— Pouvez-vous comprendre quelque chose à... ça... ?

Et un flot de symboles, d'équations et de calculs défila dans l'esprit de Harry, chaque « item » étant plus complexe que le précédent. Il en reconnut certains qu'il avait déjà vus lors de ses conversations avec George Hannant, il en reconnut d'autres de manière intuitive, mais la plupart d'entre eux lui restèrent complètement étrangers.

— C'est trop... assez difficile, dit-il finalement.

— Hum ! Mais d'un autre côté... vous avez des intuitions. Et je crois qu'elles sont plutôt bonnes ! Je pense que je vais pouvoir vous apprendre quelque chose, Harry.

— M'apprendre quelque chose ? Des mathématiques ? Quelque chose sur lequel vous avez travaillé pendant toute votre vie et depuis que vous êtes mort ? Qui raconte des balivernes à présent ? Cela me prendrait au moins autant de temps que cela vous en a pris ! Au fait, qu'est-ce qu'un zöllneriste ?

— J. F. K. Zöllner était un mathématicien et un astronome... qui m'a survécu. C'était aussi un excentrique et un spirite. Pour lui, les nombres étaient « magiques » ! Je vous ai traité de zöllneriste ? C'est impardonnable ! Vous devez m'en excuser. En réalité, il n'était pas très mauvais. Sa topologie était mauvaise, c'est tout. Il a essayé de remplacer l'univers physique par un univers non-physique, ou un univers mental. Et cela ne marche pas. L'espace-temps est constant, fixe et immuable comme pi.

— Cela ne laisse pas beaucoup de place aux métaphysiques, dit Harry, qui était certain à présent de s'être adressé à la mauvaise personne.

— Pas de place du tout, acquiesça Möbius.

— La télépathie ?

— Balivernes !

— Qu'est-ce que c'est alors ? Qu'est-ce que je suis en train de faire en ce moment ?

Möbius fut un peu pris de cours. Mais il finit par dire :

— De la nécroscopie, c'est ce que je suis porté à croire.

— Vous êtes tatillon, dit Harry. Que penser alors de la clairvoyance ou de la vision à distance, de la possibilité de voir des événements qui se déroulent loin de l'endroit où se trouve le médium ?

— Dans le monde physique, impossible ! Vous recommenceriez les erreurs de Zöllner.

— Mais je sais que ces choses existent. Je sais qu'il y a des gens qui le font. Pas tout le temps, jamais facilement ni avec une grande exactitude, mais de manière occasionnelle. C'est une nouvelle science qui requiert de l'intuition.

Après une nouvelle pause, Möbius répondit :

— Je suis à nouveau tenté de vous croire. Quel intérêt auriez-vous à me mentir ? Le savoir de l'homme, dans tous les domaines, augmente tout le temps. Et après tout, je peux le faire moi aussi ! Et pourtant, je n'appartiens plus au monde physique...

Harry fut pris de vertiges.

— Vous pouvez le faire ? Êtes-vous en train de me dire que vous pouvez voir des événements à distance ?

— Oui, je peux les voir, dit Möbius, mais pas à travers une boule de cristal. Ni réellement à distance. La distance est quelque chose de relatif. J'y vais. Je vais là où se déroulent les événements que je souhaite observer.

— Mais... où allez-vous ? Comment ?

— « Comment », c'est difficile à dire. « Où », c'est plus facile. Harry, lorsque j'étais en vie, je n'étais pas uniquement un mathématicien, mais aussi un astronome. Après ma mort, je fus limité aux mathématiques. Mais l'astronomie m'intéressait également ; j'avais ça en moi et elle ne m'abandonna pas. Tout vient à qui sait attendre. Au fur et à mesure que le temps s'écoulait, j'ai commencé à sentir les étoiles briller à l'intérieur de moi, aussi bien de jour comme de nuit. Je devins conscient de leur poids, de leur masse si vous préférez, de leur éloignement, des distances entre elles. Bientôt, j'en sus plus sur elles que tout ce que j'avais su pendant ma vie, et alors je me suis décidé à aller les voir. Lorsque vous êtes venu me voir, j'étais en train de calculer la magnitude d'une nova que l'on voit dans la constellation d'Andromède et j'allais me rendre là-bas pour y jeter un coup d'œil ! Pourquoi pas ? Je n'ai plus de corps. Les lois de la physique universelle ne s'appliquent plus à moi.

— Mais vous venez juste de rejeter la métaphysique, protesta Harry. Et à présent, vous me dites que vous pouvez vous téléporter dans les étoiles !

— Téléportation ? Non, car rien de physique ne se déplace. C'est comme le fait de vous parler, Harry, je ne suis pas un corps physique. On pourrait appeler ça un univers « métaphysique », mais ni l'univers réel, ni l'univers irréel n'ont d'influence l'un sur l'autre.

— C'est ce que vous croyiez avant de me rencontrer ! dit Harry dont les yeux étranges venaient de s'écarquiller et dont la voix s'était emplie de crainte. Car soudain, une étoile venait de s'allumer dans l'esprit de Harry, une étoile qui brillait bien plus que n'importe quelle nova dans l'esprit de Möbius.

— Quoi ? Que dites-vous ?

— Êtes-vous en train de dire qu'il n'y a aucun point de rencontre entre l'univers physique et l'univers métaphysique ? Est-ce votre raisonnement ?

— Exactement !

— Je suis toujours un corps physique et vous êtes une entité purement mentale... et pourtant nous nous sommes rencontrés !

Il sentit l'étonnement de son interlocuteur.

— Ahurissant ! Il semble que j'ai négligé l'évidence.

Harry poursuivit sur cet avantage.

— Vous utilisez l'anneau pour aller dans les étoiles ?

— L'anneau ? J'utilise une variante de l'anneau, oui, mais...

— Et vous m'avez traité de zöllneriste ?

Möbius resta un moment sans voix.

— Il semble que mon raisonnement... ne puisse plus s'appliquer !

— Vous vous téléportez ! Vous téléportez un pur esprit. Voilà votre don ! D'une certaine façon, vous l'avez toujours eu. Même durant votre vie, vous pouviez voir ce qui était invisible aux autres. L'anneau en est un parfait exemple. Eh bien, utilisé tel quel, ce pourrait être une arme merveilleuse, mais je veux aller un peu plus loin. Je veux imposer, réellement imposer mon moi physique à l'univers métaphysique.

— S'il vous plaît, Harry, pas si vite ! protesta Möbius. J'ai besoin de...

— Monsieur, vous m'avez proposé de m'apprendre certaines choses. Eh bien, j'accepte. Mais apprenez-moi ce qui est strictement nécessaire. Laissez mon instinct, mon intuition faire le reste ! Mon esprit est un tableau noir et vous avez de la craie dans votre main. Alors, allez-y, apprenez-moi... Apprenez-moi à chevaucher votre anneau de Möbius !

C'était à nouveau la nuit lorsque Dragosani escalada les collines en forme de croix. Sur son dos, il portait une nouvelle brebis qu'il avait assommée avec une grosse pierre. Toute la journée avait été bien remplie, mais cela allait certainement porter ses fruits ; Max Batu avait eu la chance de pouvoir montrer à nouveau la puissance de son mauvais œil, cette fois-ci sur Ladislau Giresci ; le vieil homme serait certainement retrouvé dans sa maison, « victime d'une crise cardiaque ».

Mais le travail de Max ne s'était pas arrêté là, car, à peine une heure plus tôt, Dragosani avait envoyé le Mongol remplir une autre mission cruciale ; ce qui signifiait que le nécromancien était à présent seul en approchant de la tombe du vampire. Il laissa ses pensées et ses réflexions derrière lui avant de s'enfoncer dans les ténèbres glaciales s'étendant entre les grands arbres sombres.

— Thibor, est-ce que tu dors ? Je suis là comme prévu. Les étoiles brillent, la nuit frissonne et la lune monte au-dessus des collines. C'est l'heure, Thibor... pour nous deux.

Ahhhh !... Dragosaaaniiii ? Dormir ? Je suppose que oui. Mais j'ai dormi d'un long sommeil, Dragosani. Du sommeil des non-morts. Et j'ai fait un beau rêve, un rêve de conquête et d'empire! Et grâce à cela, mon lit si inconfortable était devenu aussi doux que la poitrine d'une amante, et ces vieux os, ces os si vieux ne me pesaient plus et étaient devenus aussi légers que le pas d'un amoureux qui se rend au rendez-vous de son aimée. Un beau rêve, oui-da, mais... hélas, seulement un rêve.

Dragosani sentit de... l'abattement? Alarmé, il demanda :

— Est-ce que quelque chose ne va pas?

Au contraire. Tout va bien, mon fils... sauf que j'ai peur que cela prenne plus de temps que je ne le pensais. J'ai tiré de la force de ton présent d'hier, bien entendu, et j'ai même dû reprendre un peu de chair. Mais le sol est encore sec et mes vieux muscles sont engourdis par les sels de la terre... Mais tu t'en souviens, Dragosani, et tu m'as apporté un autre tribut. Pas trop petit, j'espère? Quelque chose de comparable avec mon dernier repas?

Pour toute réponse, le nécromancien s'arrêta au bord du cercle et laissa choir sur le sol la masse inerte de la brebis.

— Je n'ai pas oublié, dit-il. Mais allez, vieux dragon, dis-moi ce que tu veux. Pourquoi est-ce que cela va prendre plus de temps que tu ne le pensais?

Dragosani était déçu, car son plan dépendait entièrement du réveil du vampire.

N'as-tu pas compris, Dragosani? Parmi tous les hommes qui m'ont suivi lorsque j'étais un guerrier, beaucoup ont été si durement blessés durant la bataille qu'ils ont été transportés jusqu'à leur lit. Certains se sont rétablis. Mais après des mois d'inaction, ils étaient souvent perdus et pétris de douleurs. Imagine-moi alors après cinq cents ans! Mais... nous verrons ce que nous verrons. Tandis que je te parle, je sens déjà mes forces revenir... alors qui sait, après un peu plus de repos...?

Dragosani comprit immédiatement, tira un petit couteau de sa poche et se baissa vers la brebis.

Attends! Comme tu t'en doutais, il se peut bien que ce soit l'heure, pour nous deux. Une heure exceptionnelle! Pour nous deux. Je pense donc que nous devons la traiter avec tout le respect qu'on lui doit.

Le nécromancien fronça les sourcils et pencha la tête sur le côté.

— Que veux-tu dire ?

Je pense, mon fils, que tu seras d'accord avec le fait que je n'ai pas fait de cérémonie. Car tout ce que j'ai obtenu, c'est la nourriture que l'on m'a jetée, comme à un cochon, sans que je ne me plaigne. Mais j'aimerais que tu saches, Dragosani, que moi aussi j'ai soupé à des tables. Et j'ai même dîné à la cour de certains princes ! Oui-da, et je le ferai à nouveau, et tu m'accompagneras. Ne puis-je donc pas recevoir un traitement plus agréable ? Ou devrai-je à jamais garder en mémoire que tu étais l'homme qui me balançait ma nourriture comme on jette des eaux usées dans une porcherie ?

— Un petit peu de raffinement, Thibor (Dragosani se demandait où le vampire voulait en venir) ! Qu'est-ce que tu veux exactement ?

Thibor remarqua immédiatement son appréhension.

Quoi ? Tu te méfies encore de moi ? Eh bien, je suppose que tu as tes raisons. La mienne est de survivre. Mais viens, ne nous sommes-nous pas mis d'accord pour que j'ôte de ton corps la semence de ma propre chair dès que je serai à nouveau debout ? Et à ce moment-là, ne seras-tu pas entièrement à ma merci ? Cela peut sembler complètement fou, Dragosani, d'accepter de remettre ton destin entre mes mains une fois que je serais revenu sur terre et de ne pas accepter de le faire tant que je suis encore dans ma tombe ! Si j'avais ce désir, je serais certainement plus à même de te faire du mal en étant là-haut plutôt qu'en étant sous terre. Si cela avait été dans mes intentions de te faire du mal, qui alors deviendrait mon guide dans ce nouveau monde dans lequel je vais entrer ? Tu vas m'instruire, Dragosani, et moi je vais t'instruire.

— Tu ne m'as toujours pas dit ce que tu veux.

Le vampire soupira.

Dragosani, je suis forcé d'admettre que j'ai un petit défaut. Je t'ai accusé par le passé d'être vaniteux, je dois donc te dire que je le suis également. Oui-da, et je voudrais célébrer ma renaissance d'une manière plus digne. Néanmoins, apporte-moi la brebis, mon fils, et dépose-la devant moi. Cette fois, fais-le comme si c'était une véritable offrande, ou un sacrifice rituel à quelqu'un de puissant, et ne le fais pas comme si ce n'était que des eaux grasses destinées à engraisser des porcs. Laisse-moi manger comme si c'était dans une assiette et non pas dans une auge !

Pauvre con ! pensa Dragosani, en veillant à bien garder ses pensées secrètes. Était-il le serf de ce vampire ? Était-il lui aussi un pauvre bohémien que l'on gifle et qui doit suivre son maître comme un chien ? Ah, mais j'ai de bonnes nouvelles pour toi mon vieil ami, mon si vieil ami ! Et Dragosani dissimula à nouveau ses pensées. Profites-en Thibor Ferenczy, car c'est la dernière fois qu'un homme te sert de la sorte ! Et à voix haute il ajouta :

— Tu veux que je t'apporte la bête, comme si c'était une offrande ?

Est-ce trop te demander ?

Le nécromancien haussa les épaules. À cet instant précis, rien n'était de trop. Il rangea son couteau et saisit le mouton. Puis, il le transporta jusqu'au centre du cercle, le posa sur le sol et le tira jusqu'à l'endroit où il avait lancé l'offrande de la nuit précédente. Là, il ressortit son couteau.

La clairière était restée clame, tranquille comme une tombe, mais soudain Dragosani sentit un frémissement. C'était comme si des muscles s'étaient subitement tendus, l'avancée silencieuse d'un chat s'approchant d'une souris, de la salive se formant sur la langue du caméléon prêt à frapper. Frissonnant d'horreur face à l'inconnu — même un monstre comme Dragosani peut être rempli d'effroi — il tira rapidement la tête de l'animal en arrière et la maintint tendue. Et...

Pas besoin de ça, mon fils.

Dragosani voulut se sauver, car au même moment il sut, mais trop tard, que la Chose dans le sol avait assez mangé de porcelets et de moutons ! À quelques centimètres de l'endroit où il se tenait, un tentacule phallique creva le sol, entailla ses vêtements comme une lame de rasoir et remonta en lui. Comment aurait-il pu s'enfuir alors, s'en débarrasser, même si ce déchirement allait le tuer ; il aurait bien voulu s'enfuir... mais il ne pouvait pas. Garni de barbillons qui grandissaient en lui, le pseudopode se répandit à travers chaque conduit du corps de Dragosani et l'attira vers le sol comme un poisson que l'on vient de pêcher.

Les jambes de Dragosani se dérobèrent sous lui, et il fut plaqué contre cette terre noire qui bouillonnait. Puis la douleur, le tourment, l'ultime agonie commencèrent...

Ses boyaux furent secoués, ses entrailles s'enflammèrent, comme s'il venait d'être plongé dans un bain d'acide ! Et à travers cette douleur incommensurable, il entendit Thibor Ferenczy hurler son triomphe et se moquer de lui en lui posant la dernière question, celle à laquelle le nécromancien n'avait jamais eu de réponse tout au long de ces années :

Pourquoi me haïssaient-ils ? Mes amis et mes parents ? Pourquoi est-ce que tous les vampires haïssent les autres vampires ? Pourquoi, la réponse est vraiment très simple ! La vie est dans le sang, Dragosani ! Oh, le sang de pourceaux est suffisant s'il n'y a rien d'autre à se mettre sous la dent, et le sang des poulets et des moutons aussi. Mais ce qui est meilleur, c'est le sang des hommes, comme tu vas bientôt être forcé de le découvrir. Mais par-dessus tout, le véritable nectar de la vie ne peut se trouver que dans les veines d'un autre vampire !

Dragosani souffrit un terrible enfer ; il se sentit déchiré de toutes parts ; son double parasite vécut sa propre agonie tandis que l'appendice de Thibor absorbait son essence. Et pourtant, ce terrible tentacule ne provoquait pas de réels dégâts. De nature protoplasmique, il s'introduisait dans les organes sans les détruire, pénétrait en eux sans les déchirer. Même ses barbillons ne causaient aucune blessure, car ils étaient façonnés de manière à s'agripper sans arracher les chairs. La douleur était provoquée par l'être lui-même, par son contact avec les muscles et les organes, par son cheminement à travers le corps physique de Dragosani. Un docteur fou n'aurait pas pu lui faire plus de mal, même en lui vidant de l'acide dans les veines, et encore, cela l'aurait tué, à coup sûr. Mais Thibor ne voulait pas le tuer. Oh, certes, il le tuerait certainement un jour ou l'autre, mais pas maintenant, pas cette fois-ci.

Au milieu de ses tourments, Dragosani ignorait tout cela. Et, au milieu de ses tourments, il cria :

— Finis... en... tout... de... suite, espèce de salaud ! Maudit sois-tu... menteur parmi les menteurs ! Tue-moi... Thibor ! Vas-y ! Finis-en tout de suite, je... t'en supplie !

Il s'assit dans les ténèbres au milieu des ruines de l'ancienne tombe et l'horreur s'insinua dans son esprit. Quelqu'un avait glissé un hachoir à viande dans ses entrailles et était en train de réduire ses intestins en un tas de vers grouillants. Il se débattit et tomba sur le côté. La douleur s'empara à nouveau de lui et le coucha sur l'autre côté. Il se convulsa, se débattit, s'abandonna à la douleur et hurla. Et Thibor Ferenczy se nourrissait toujours.

Tu m'as donné des forces, Dragosani, oui-da. Des forces tirées du sang des bêtes. Mais la vraie vie est dans le sang des créatures sœurs — même dans le sang immature de mon enfant qui baragouine en toi tandis qu'il s'affaiblit. Mais le tuer ! Te tuer ! Non, non ! Quoi ? Et me priver de centaines de festins ? Nous allons visiter le monde ensemble, Dragosani, et tu seras mon esclave jusqu'à ce que tu me quittes. Tu n'auras pas besoin alors de me poser de questions, car tu sauras pourquoi les Wamphyri se haïssent mutuellement !

Le vampire était rassasié. Son tentacule sortit de Dragosani et disparut dans la terre. Ce fut comme si une épée chauffée à blanc venait d'être retirée de son corps.

Il hurla. Son cri se répercuta dans les collines glacées en forme de croix et bascula sur l'autre versant. Thibor ne lui avait-il pas dit qu'ils avaient appelé Vlad « l'empaleur », en mémoire de lui ? Dragosani comprenait pourquoi à présent !

Le nécromancien essaya de se relever, en vain. Il avait les jambes en coton et son cerveau n'était plus qu'une soupe acide dans la coupe de son crâne. Il roula, quitta le cercle maudit et essaya à nouveau de se redresser. Impossible. La volonté ne suffisait pas. Il resta donc là, à pleurer dans la nuit, en rassemblant ses esprits et ses forces. Le vampire lui avait parlé de haine, et il avait eu raison. La haine venait d'envahir la conscience de Dragosáni. La haine, seulement la haine. Sa haine et celle de la créature qui était en lui. Tous deux avaient été pillés.

Finalement, il s'appuya sur le côté et déversa sa haine en direction de la terre noire qui, à présent, bouillonnait et fumait comme si les vapeurs de l'enfer montaient à travers elle. Des fissures apparurent dans le sol. La terre se souleva, commença à s'ouvrir. *Quelque chose* s'en extirpa. Puis...

Cette même *chose* s'assit... une chose incroyable !

Dragosani grimaça de dégoût et de terreur ! Car c'était la Chose dans le sol. C'était avec elle qu'il avait parlé, avec elle qu'il avait discuté, avec elle qu'il avait blasphémé et profané la vie maintes et maintes fois. C'était Thibor Ferenczy, l'incarnation non-morte de son propre blason chauve-souris-démon-dragon. Mais pire, c'était ce qu'il s'était lui-même condamné à devenir un jour !

Les fines oreilles de la Chose étaient collées contre sa tête, mais elles étaient pointées vers l'arrière de son crâne allongé, et ressemblaient à de petites cornes. Son nez était plissé, convoluté et écrasé, comme celui d'une grande chauve-souris. Sa peau était squameuse et ses yeux injectés de sang, comme ceux d'un dragon. Et il était... gigantesque ! Ses mains apparurent alors et griffèrent le sol de leurs ongles interminables.

Dragosani chassa finalement ses peurs et se força à se redresser, juste au moment où le vampire tourna vers lui sa tête avide et le fixa de son regard monstrueux, presque effarouché. Ses yeux s'écarquillèrent au moment où ils se posèrent sur lui, et Thibor vacilla en criant :

— JE... JE PEUX TE... VOIR !

Sa voix était encore plus démoniaque et plus étrange que la voix mentale de la tombe. Mais ses mots ne semblaient pas effrayants en eux-mêmes ; c'était autre chose, comme si retrouver la vue, et surtout apercevoir Dragosani, avait apporté à la créature un mélange de soulagement et d'incrédulité. Le nécromancien recula, mais au même moment :

— Oh, la Chose sortie de terre ! dit Max Batu en sortant du couvert des arbres.

La tête de Thibor Ferenczy se tourna rapidement dans la direction de la voix du Mongol. Lorsqu'il aperçut Batu, sa grande mâchoire canine s'ouvrit et découvrit des crocs semblables à des lames d'os dégoulinantes de bave. Sans s'arrêter, Batu jeta un regard en direction de cette face monstrueuse, puis il pointa l'arbalète de Ladislau Giresci et tira.

Le carreau de bois à pointe d'acier fusa de l'arme, plongea dans la poitrine du vampire et le transperça.

Thibor hurla et tenta de s'enfoncer dans la terre fumante, mais le carreau se coinça dans la terre et l'en empêcha, déchirant ses chairs grises. Il hurla une nouvelle fois de façon déchirante, et se débattit en jurant et en crachant.

Batu courut vers Dragosani, le soutint et lui tendit une faucille dont le tranchant récemment aiguisé brillait d'un éclat argenté. Le nécromancien la prit, repoussa Batu, et se dirigea en chancelant vers le monstre qui se débattait dans sa tombe.

— La dernière fois qu'ils t'avaient enterré, ils avaient fait une grave erreur, Thibor Ferenczy (les muscles de son cou se tendirent lorsqu'il leva la faucille). Ils t'avaient laissé la tête !

Le monstre tira sur la hampe qui dépassait de sa poitrine et regarda Dragosani. Il y avait de la peur dans son regard, mais il y avait aussi de l'étonnement, comme si la bête ne pouvait pas comprendre ce soudain revirement.

— ATTENDS ! hurla-t-il, tandis que Dragosani s'approchait. Et sa voix était pareille à de jeunes arbres se brisant dans une avalanche. TU NE VOIS PAS ? C'EST MOI ! ! ! !

Mais Dragosani n'attendit pas. Il savait qui était ce monstre. Il savait également que la seule façon de pouvoir hériter de son savoir, de sa puissance, était d'utiliser ses dons de nécromancien. Oui, et l'ironie du sort, c'était que ce don lui avait été donné par Thibor lui-même !

— Meurs, espèce de Chose bâtarde ! hurla-t-il, et la faucille laissa une trace métallique dans l'air lorsqu'elle sépara la tête du monstre de son corps.

L'horrible tête s'envola, retomba et rebondit. Tout en roulant elle s'écria :

— FOU ! PAUVRE FOU !

Puis les yeux injectés de sang se fermèrent. La bouche s'ouvrit une dernière fois et un dernier crachat sanglant s'en échappa, suivi d'un dernier mot, presque un chuchotement :

— Fou !

Pour toute réponse, Dragosani lui donna un deuxième coup de faucille qui sépara sa tête en deux, comme un gros melon mûr. À l'intérieur du crâne, le cerveau était une bouillie informe avec un noyau palpitant : en effet, deux cerveaux, l'un humain et flétri, et l'autre... étranger ! Le cerveau du vampire. Sans s'arrêter, sans peur, sachant exactement ce qu'il faisait, Dragosani plongea ses mains dans les deux parties de la cavité crânienne et laissa ses doigts tremblants sentir les fluides puants et la pulpe cervicale. Tous les secrets et le savoir des Wamphyri étaient là, juste là, n'attendant que lui pour se révéler.

Oui ! Oui !

Les cerveaux pourrissaient, subissant l'altération et la corruption naturelles des siècles... mais le don de nécromancien de Dragosani traquait irrémédiablement les secrets du monstre non-mort (réellement mort à présent) au plus profond des sucs de son cerveau en décomposition. Aussi gris que la pierre, ses yeux lui sortant de la tête, il approcha cette sanie de son visage... mais trop tard !

Devant ses yeux avides, tout pourrissait, se réduisait en fumée, se transformait en ruisseaux de poussière sous ses doigts. Même le crâne difforme ne fut plus que cendres.

Avec un cri angoissé, agitant ses bras comme un moulin devenu fou, Dragosani se retourna et plongea en direction du corps privé de tête du vampire. Le cou tranché s'en allait en poussière, s'affaissant dans la poitrine écailleuse, qui, elle-même, s'effondrait sur son tronc invisible. Et lorsque le nécromancien plongea sa main et son bras dans le trou, au milieu de la pourriture et de la puanteur, la terre elle-même vomit un énorme nuage de vapeurs empoisonnées et s'effondra sur le cadavre déjà presque liquide.

Dragosani hurla comme une banshee et retira son bras du bourbier, puis il s'éloigna doucement du trou fumant et tremblant, tandis que, lentement, le sol retrouvait sa tranquillité. Au bord du cercle, il s'arrêta, tête et épaules basses, et pleura de frustration.

Secoué jusqu'au plus profond de lui-même par ce qu'il venait de voir, Max Batu ne quitta pas des yeux le nécromancien en s'approchant lentement de lui. Il posa un genou à terre et saisit Dragosani par l'épaule :

— Camarade Dragosani, c'est terminé ? La voix de Batu était à peine plus qu'un murmure enroué.

Dragosani cessa de pleurer. Il garda la tête basse et réfléchit à la question de Batu : était-ce vraiment terminé ? C'était vraiment terminé pour Thibor Ferenczy, mais cela commençait seulement pour le nouveau vampire, la créature encore immature qui partageait à présent le corps de Dragosani. Ils allaient avoir besoin l'un de l'autre, allaient apprendre l'un de l'autre, n'allaient plus faire qu'un. La question revenait à se demander qui allait éventuellement dominer l'autre.

Contre n'importe quel homme ordinaire, le vampire sort vainqueur. Toujours. Mais Dragosani n'était pas un homme ordinaire. Il avait toute la puissance requise pour accumuler son propre savoir, ses propres talents. Et pourquoi pas? Peut-être que quelque part dans son apprentissage, dans sa recherche de secrets et de nouvelles puissances étranges, allait-il trouver un moyen de se débarrasser de ce parasite. Mais jusqu'à ce moment-là...

— Non, Max Batu, dit-il, ce n'est pas encore terminé. Pas avant un certain temps.

— Alors, que dois-je faire? Comment puis-je vous aider? De quoi avez-vous besoin?

Dragosani fixait toujours la terre noire. Comment Batu pouvait-il l'aider? Quels étaient les besoins du nécromancien? Des questions très intéressantes!

La douleur et la frustration s'évanouirent. Il y avait beaucoup à faire, et le temps était compté. Il était venu ici pour chercher de nouveaux pouvoirs à opposer à Harry Keogh et au Réseau-E britannique, et c'était un boulot qu'il devait faire. Les secrets de Thibor étaient hors de sa portée à présent, morts et enterrés comme le vampire lui-même, mais ce n'était pas la fin de tout. Même s'il était affaibli et fourbu, il se sentait beaucoup mieux à présent, car il savait qu'il n'avait pas été réellement blessé. La douleur avait zébré son corps et son âme (s'il avait toujours une âme d'ailleurs), mais ces cicatrices allaient bientôt disparaître. Non, il n'avait pas souffert de véritables blessures. Il avait simplement été... épuisé.

Épuisé, c'est ça. La chose en lui avait faim et Dragosani savait ce qu'elle voulait. Il sentait la main de Batu sur son épaule et pouvait presque sentir le sang couler dans ses veines. Puis, Dragosani aperçut le bistouri avec lequel il avait voulu trancher la gorge de la brebis. Il gisait près de sa main, éclat brillant sur la terre noire. Bon, il s'était préparé à cette éventualité. Elle survenait un peu tôt, c'était tout.

— J'ai besoin de deux choses venant de vous, Max, dit Dragosani en levant la tête.

Max Batu déglutit bruyamment et sa bouche s'ouvrit. Les

yeux du nécromancien étaient injectés de sang comme ceux du démon qu'il venait juste de tuer ! Le Mongol les vit... vit quelque chose d'autre briller dans la nuit... et ne vit... plus rien d'autre.

Jamais...

INTERVALLE DEUXIEME

— Il faut que je m'arrête, dit Alec Kyle à son étrange visiteur. Il posa son crayon et massa son poignet endolori. Le bureau était recouvert des rognures de cinq crayons, tous les cinq avaient été taillés jusqu'au bout. C'était le sixième crayon de Kyle, et son bras lui faisait mal à force d'écrire.

Une épaisse liasse de papiers trônait devant Kyle. Chaque feuille était couverte de haut en bas de notes manuscrites. Lorsqu'il avait commencé à écrire tout cela (il y a combien de temps ? Quatre heures et demie, cinq heures ?), les notes étaient claires, bien écrites. Depuis une heure, elles étaient devenues de simples griffonnages, à peine lisibles. Kyle lui-même allait avoir beaucoup de mal à les déchiffrer, et elles étaient réduites à une liste de dates accompagnées de quelques gros titres.

Pour se reposer le poignet et l'esprit, Kyle regarda à nouveau les dates et secoua la tête. Il était certain que tout ceci était absolument vrai, mais il y avait néanmoins une grosse anomalie. Une ambiguïté qu'il ne pouvait pas ignorer. Kyle fronça les sourcils, regarda l'apparition qui flottait de l'autre côté de son bureau, cligna des yeux en direction du fantôme sautillant et dit :

— Il y a quelque chose que je n'arrive pas à comprendre.

Il eut alors un rire quasi hystérique. Il y a certes beaucoup de choses intéressantes là-dedans que je n'arrive pas à comprendre, mais jusqu'à maintenant au moins, j'y croyais. Celle-ci est plus dure à croire.

— Oh ? fit l'apparition.

— Aujourd'hui nous sommes lundi. Sir Keenan va être

incinéré demain. La police n'a encore rien découvert, et dans ces conditions, c'est presque un blasphème de garder son corps plus longtemps.

— Oui, acquiesça l'autre.

— Eh bien, continua Kyle, en fait, je sais que beaucoup de choses que vous m'avez dites sont vraies et je pense que le reste l'est aussi. Vous m'avez raconté des choses que personne d'autre que moi et Sir Keenan ne savaient. Mais...

— Mais ?

— Mais votre histoire nous a déjà devancés ! J'ai enregistré toutes les durées et vous venez juste de me raconter ce qui va arriver mercredi, c'est-à-dire dans deux jours. Selon vous, Thibor Ferenczy n'est donc pas encore mort et ne le sera pas avant mercredi soir !

Après un instant de silence, l'autre répondit :

— Je peux comprendre que cela puisse vous paraître étrange. Le temps est relatif, Alec, l'espace aussi. En fait, tous les deux fonctionnent ensemble. Je vais même aller plus loin : *tout* est relatif. Il y a un Grand Système qui ordonne les choses...

Presque tout cela échappa à Kyle. Car à ce moment-là, il ne voyait que ce qu'il voulait voir :

— Vous pouvez lire l'avenir ? C'est ça ? Et moi qui pensais avoir un don ! Mais être capable de lire aussi clairement que cela l'avenir est presque incroy...

Il s'arrêta net et déglutit. Comme si les choses n'avaient pas été assez incroyables, une nouvelle chose plus incroyable encore lui traversa l'esprit.

Peut-être que son visiteur parvint à le lire sur son visage. En tout cas, il sourit, d'un sourire aussi transparent que de la fumée de cigarette, un sourire qui ne reflétait pas la lumière tombant de la fenêtre, mais qui la laissait passer à travers.

— Qu'y a-t-il, Alec ? demanda-t-il.

— Où... où êtes-vous ? demanda Kyle. Je veux dire, où êtes-vous... réellement, physiquement, en ce moment ? D'où me parlez-vous ? Ou plutôt, *quand* êtes-vous en train de parler ?

— Le temps est relatif, répéta le spectre en souriant.

— Vous êtes en train de me parler depuis le futur, c'est ça ?

Kyle respira profondément. C'était l'unique réponse possible. C'était la seule façon pour que le spectre connaisse tout ceci, la seule façon pour qu'il puisse faire tout ceci.

— Vous allez m'être très utile, dit l'autre lentement. Il semble que vous vous serviez de votre prémonition avec une étonnante habileté, Alec Kyle. Ou peut-être cela fait-il partie de votre don. Mais pouvons-nous continuer ?

Kyle reprit son crayon.

— Je pense que le mieux que vous ayez à faire c'est de continuer, murmura-t-il. Vous feriez mieux de tout me raconter, jusqu'à la fin...

Chapitre XV

Moscou, jeudi soir,
dans l'appartement de Dragosani, chaussée Pouchkine.

La nuit était tombée depuis le moment où Dragosani était rentré dans son appartement et s'était versé un verre. Les trains avaient été d'une exaspérante lenteur durant tout le trajet depuis la Roumanie, et l'absence de Max Batu avait rendu le voyage de retour encore plus long. L'absence de Batu, oui, et Dragosani sentit monter en lui ce sentiment d'urgence, cette sensation d'être précipité vers une confrontation titanesque. Le temps était passé trop vite et il lui restait encore tant à faire. Éreinté, il ne pouvait pourtant pas encore se reposer. L'instinct le poussait à rester éveillé, le prévenait contre toute sorte d'arrêt dans sa course.

Après un deuxième verre, il commença à se sentir mieux. Il téléphona au Château Bronnitsy et se renseigna si Borowitz était encore dans sa datcha de Zhukovka. Puis il demanda à parler à Igor Vlady, mais Vlady était déjà rentré chez lui. Dragosani lui téléphona là-bas et lui demanda s'il pouvait passer le voir. L'autre acquiesça.

Vlady vivait dans son propre appartement non loin de celui de Dragosani. Mais ce dernier prit néanmoins sa voiture ; dix minutes plus tard, il était assis dans le minuscule salon de Vlady et jouait avec un verre de vodka.

— Eh bien, camarade ? demanda finalement Vlady lorsqu'ils en eurent fini avec les formalités habituelles et les préliminaires. Que puis-je faire pour vous ?

Il fixait les lunettes noires de Dragosani avec curiosité.

Dragosani hocha la tête comme s'il voulait confirmer quelque chose et dit :

— Je vois que vous m'attendiez.

— Oui, je pensais que j'allais peut-être vous voir, répondit prudemment Vlady.

Dragosani décida de ne pas tourner autour du pot. Si Vlady ne donnait pas de bonnes réponses, il le tuerait tout simplement. Il le ferait probablement, de toute façon :

— Très bien, je suis là, dit-il. Alors, dites-moi comment cela va-t-il se passer ?

Vlady était un petit homme sombre et normalement très affable. C'était l'impression qu'il donnait. Il parut surpris.

— Comment cela va-t-il se passer ? demanda-t-il d'un air innocent.

— Ne me prenez pas pour un imbécile, dit Dragosani. Vous savez probablement déjà pourquoi je suis venu ici. C'est pour cela que l'on vous paie, pour votre habileté à voir les choses à l'avance. Alors je vous repose la même question : comment cela va-t-il se passer ?

Vlady recula et fit la grimace.

— Avec Borowitz, vous voulez dire ?

— Pour commencer, oui.

Le visage de Vlady resta étrangement impassible, presque froid.

— Il va mourir, dit-il sans émotion. Demain, à midi. Une crise cardiaque. Sauf...

Il s'arrêta et fronça les sourcils.

— Sauf ?

Vlady haussa les épaules.

— Une crise cardiaque, répéta-t-il.

Dragosani hocha la tête, soupira et se détendit un petit peu.

— Oui, c'est comme ça que ça va se passer. Et pour moi... et vous ?

— Je ne lis pas mon avenir, dit Vlady. C'est tentant, bien sûr, mais beaucoup trop frustrant. Connaître son avenir et ne pas être capable de le modifier. C'est également effrayant. Quant à vous... c'est un peu étrange.

Dragosani n'aima pas ce qu'il venait d'entendre. Il posa son verre et se pencha en avant.

— Qu'y a-t-il d'étrange ? demanda-t-il. Cela pouvait être très important pour lui.

Vlady prit leurs deux verres et les remplit de vodka.

— Tout d'abord, mettons les choses au point, vous et moi. Je ne suis pas votre rival, camarade. Je n'ai pas d'ambitions en ce qui concerne le Réseau-E. Aucune ambition du tout. Je sais que Borowitz a pensé à moi pour ce boulot, comme à vous d'ailleurs, mais je ne suis pas intéressé. Je pensais que vous deviez le savoir.

— Vous allez me laisser la place ?

— Je ne laisse la place à personne. Je ne veux pas de ce boulot, c'est tout. Je n'envie personne. Youri Andropov n'aura pas de repos tant qu'il ne nous aura pas tous écrasés... même si cela doit lui prendre le reste de la vie ! Franchement, je souhaite me tenir à l'écart de tout cela. Saviez-vous que j'étais un architecte diplômé, Dragosani ? Eh bien, je le suis. Lire le futur ? J'aurais préféré lire les plans de mes immeubles.

— Pourquoi est-ce que vous me racontez tout cela ? demanda Dragosani avec curiosité. Cela n'a aucun sens.

— Oh si, cela en a un. Cela s'appelle la vie. Et je veux vivre. Vous comprenez, Dragosani, je sais que vous avez quelque chose à voir avec la mort de Borowitz. Avec sa « crise cardiaque ». Et si vous êtes capable de l'affronter et de gagner, alors quelles chances puis-je avoir ? Je ne suis pas courageux, et encore moins stupide. Le Réseau-E est tout à vous...

Dragosani se pencha à nouveau en avant. Ses yeux étaient piquetés d'étoiles rouges qui brillaient derrière les verres teintés de ses lunettes.

— Mais votre boulot c'est justement de raconter à Borowitz ce genre de choses, Igor. Et surtout ces choses-là. Êtes-vous en train de me dire que vous ne lui avez rien raconté ? Ou est-ce qu'il sait déjà que je vais y être... impliqué ?

Vlady se secoua et se redressa. Pendant un moment, il s'était senti comme hypnotisé par Dragosani. Le regard de cet homme était semblable à celui d'un serpent. Ou d'un loup ? Quelque chose de non-humain en tout cas.

— Je ne sais pas pourquoi je vous aurais parlé de ça, autrement. Car tout ce que je sais, c'est que ce vieux vétéran aurait très bien pu vous envoyer lui-même ici !

— Mais ne l'auriez-vous pas su dans ce cas-là ? demanda Dragosani. N'est-ce pas le genre de chose que votre don vous permet de prévoir ?

— Je ne peux pas tout prévoir ! lança Vlady.

Dragosani hocha la tête.

— Hum ! Eh bien, il ne m'a pas envoyé. À présent, parlez-moi franchement : est-ce qu'il est au courant qu'il va mourir demain ? Et si c'est le cas, sait-il que je vais en être responsable ? Eh bien, j'attends...

Vlady se mordit la lèvre et secoua la tête.

— Il ne le sait pas.

— Pourquoi ne lui avez-vous rien dit ?

— Pour deux raisons. La première, c'est que cela n'aurait rien changé s'il l'avait su. La deuxième, c'est que je déteste ce vieux con ! J'ai une fiancée et nous voulons nous marier. J'attends cela depuis plus de dix ans. Mais Borowitz n'est pas d'accord. Il veut que je reste en éveil. Il ne veut pas que mes dons s'amenuisent. Trop de sexe pourrait altérer mes capacités, dit-il ! Pauvre vieux con... il me rationne avec ma propre fiancée !

Dragosani éclata de rire. Vlady aperçut le puits de sa bouche et la longueur de ses dents et, une nouvelle fois, il sentit qu'il parlait avec un étrange animal et non pas avec un homme.

— Oh, je vous crois ! lâcha Dragosani entre deux rires. C'est tout à fait son style. Eh bien, Igor, je pense que vous pouvez vous lancer dans vos préparatifs de mariage. Et dès que vous le voudrez.

— Mais vous allez me garder avec vous dans le réseau, hein ? La voix de Vlady restait amère.

— Bien sûr que oui. Vous avez trop de valeur pour n'être qu'un simple architecte, Igor Vlady, et vous avez bien trop de talent ! Quant au réseau ? Ce n'est qu'un début. Il y a mieux que ça dans la vie. Après ça, j'ai l'intention d'aller plus loin et plus haut. Et vous pourrez m'accompagner.

Pour toute réponse, Vlady le regarda avec étonnement. Soudain, Dragosani fut certain qu'il lui dissimulait quelque chose.

— Vous étiez en train de me parler de ce que vous aviez lu dans mon avenir. À présent que nous en avons fini avec

Borowitz, je pense que ce serait une bonne idée. Vous disiez qu'il y avait quelque chose... d'étrange.

— D'étrange, oui. Mais bien sûr, je peux très bien me tromper. De toute façon, je ne serai certain de cela que... demain.

— Quoi ? Que se passera-t-il demain ? Le nécromancien se leva doucement. Est-ce que vous m'avez fait perdre mon temps en me racontant toutes ces bêtises alors que vous saviez très bien que vous ne saurez quelque chose que demain ? Quand, demain ? Et où ?

— Demain soir. Au château. Il va s'y passer quelque chose d'important, mais je ne sais pas quoi.

Dragosani arpenta le salon en cherchant des réponses.

— Le KGB ? Est-ce qu'ils vont découvrir le corps de Borowitz aussi vite ? J'en doute. Même s'ils le faisaient, pourquoi suspecteraient-ils le réseau ? Ou moi ? Après tout, cela pourrait n'être qu'une « crise cardiaque ». Ça peut arriver à n'importe qui. Ou y a-t-il quelqu'un à l'intérieur du réseau ? Peut-être vous, Igor ? (Vlady secoua énergiquement la tête). Y aura-t-il un sabotage ? Et quel genre de sabotage ? Non, non, je ne crois pas ! Merde, Igor, continuez. Je suis certain que vous en savez plus que vous n'en dites ! Qu'est-ce qu'il y a exactement ? Qu'avez-vous vu ?

— Vous ne semblez pas comprendre ! Je ne suis pas un superman. Je ne peux pas *toujours* avoir raison !

C'était vrai, et Dragosani le savait ; la voix de Vlady reflétait sa propre exaspération ; lui aussi souhaitait avoir une réponse.

— Parfois, les choses sont très floues, comme le jour où Andrei Ustinov a été abattu. Je savais que quelque chose allait arriver cette nuit-là et j'ai prévenu Borowitz, mais je ne savais ni qui ni quoi ! C'est la même chose cette fois-ci. Il va y avoir un gros problème demain et vous serez en plein milieu. Cela va venir du dehors et ce sera... un très gros problème ! Je suis certain de ça, mais c'est tout.

— Ce n'est pas tout, dit Dragosani. Je ne sais toujours pas ce que vous entendez par « étrange ». Pourquoi évitez-vous d'en parler ? Serais-je en danger ?

— Oui, en grand danger. Et pas seulement vous, mais tout le monde au Château.

— Merde ! lança Dragosani en frappant du poing sur la table. Vous dites cela comme si tout le monde allait mourir !

Le visage de Vlady perdit une bonne partie de ses couleurs. Il détourna la tête, mais Dragosani s'avança vers lui, lui saisit la joue entre ses doigts puissants et l'obligea à tourner son visage ébahi vers lui. Dragosani le regarda au fond des yeux où il y lut une peur panique.

— Etes-vous certain de bien m'avoir tout dit ? lui demanda-t-il en articulant ses mots à l'excès. Ne pouvez-vous pas essayer de me dire au moins ce que vous entendez par « étrange » ? N'auriez-vous pas vu par hasard si j'allais mourir demain ?

Vlady se libéra de la prise d'une secousse et recula sa chaise loin de Dragosani. Les marques blanches sur sa joue disparurent petit à petit pour être remplacées par des marques roses. Il ne faisait aucun doute que Dragosani était un tueur. Vlady devait au moins essayer de répondre à sa question.

— Écoutez, dit-il, et je vais essayer de vous l'expliquer du mieux que je peux. Après ça... vous en ferez ce que vous voulez. Quand je regarde un homme, quand j'essaie de voir son avenir, d'habitude je vois une ligne bleue s'étendant vers l'avant. Comme une ligne tracée de haut en bas sur une feuille de papier. Appelez ça la ligne de vie, si vous voulez. D'après la longueur de cette ligne, je peux déduire la durée de vie de cet homme. D'après les défauts et les déviations de cette ligne, je peux déterminer certains événements futurs et comment ils vont avoir une influence sur la vie de cet homme. La vie de Borowitz s'arrête demain. À son extrémité, il y a un défaut qui indique un dysfonctionnement physique : sa crise cardiaque. Comment est-ce que je sais que vous allez être impliqué ? C'est simple, car votre ligne de vie coupe la sienne et continue toute seule !

— Mais pendant combien de temps ? Et au sujet de demain soir, Igor ? Est-ce que ma ligne de vie s'arrête là ?

Vlady frissonna.

— Votre ligne est complètement différente, répondit-il finalement. J'ai beaucoup de mal à la lire. Il y a environ six mois, Borowitz m'a demandé de lire votre ligne de vie chaque semaine et de lui faire un rapport. J'ai essayé mais...

c'était impossible. Il y a tellement de déviations sur votre ligne que je suis incapable de la lire avec suffisamment d'exactitude ! Il y a des défauts et des sinuosités que je n'ai jamais vus auparavant. Puis, au bout de quelques mois, votre ligne a commencé à se diviser, à se séparer en deux lignes parallèles. La nouvelle ligne n'était pas bleue, mais rouge, ce qui était quelque chose que je n'avais encore jamais vu. Quant à l'ancienne, la vieille ligne, elle est lentement devenue rouge. Vous êtes comme... comme des jumeaux, Dragosani. Je n'ai pas d'autre façon de l'expliquer. Et demain...

— Oui ?

— Demain soir, l'une des deux lignes va se terminer...

La moitié de moi va mourir! pensa Dragosani. *Mais quelle moitié ?* Il demanda alors à voix haute :

— La rouge ou la bleue ?

— La rouge.

Le vampire... mort! Dragosani soupira intérieurement et il retint un rire de soulagement.

— Que va-t-il arriver à l'autre ligne ?

Vlady secoua la tête, manifestement très embarrassé de donner une explication raisonnable. Finalement, il dit :

— C'est ce qui est le plus étrange encore. C'est quelque chose que je ne peux tout simplement pas expliquer. L'autre ligne perd sa couleur rouge et forme une boucle, revient sur elle-même, rejoint l'autre ligne là où la division était apparue !

Dragosani s'assit et prit son verre. Ce que Vlady venait de lui dire n'était pas rassurant, mais c'était mieux que rien.

— J'ai été dur avec vous, Vlady, et j'en suis désolé. Je vois bien que vous avez essayé de faire de votre mieux et je vous en remercie. Mais vous avez dit que ce qui va arriver demain est important, ce qui veut dire que vous avez probablement lu la ligne de vie de tous ceux qui sont au Château. Alors, j'aimerais savoir à quel point cela est important.

Vlady se mordit la lèvre.

— Vous n'allez pas aimer la réponse, camarade.

— Allez-y quand même.

— Cela va être un désastre ! Une force, une puissance, va venir au Château Bronnitsy et elle va tout dévaster.

Keogh! Ce ne peut être que Harry Keogh! Il n'existe

aucune autre menace... Dragosani se leva, saisit son manteau et se dirigea vers la porte.

— Il faut que j'y aille maintenant, Igor. Mais je vous remercie une nouvelle fois. Je n'oublierai pas ce que vous avez fait pour moi ce soir, croyez-moi. Et si vous voyiez quelque chose de nouveau, vous me rendriez service si...

— Bien sûr, dit Vlady en poussant un soupir de soulagement. Il l'accompagna jusqu'à la porte et, tandis que Dragosani s'éloignait dans la nuit :

— Camarade... qu'est-il arrivé à Max Batu ?

C'était une question dangereuse, mais il devait la poser. Dragosani s'arrêta juste après le pas de la porte et jeta un regard en arrière.

— Max ? Ah, vous savez pour lui ? Eh bien, c'était un accident.

— Oh, dit Vlady en hochant la tête. Bien sûr...

Lorsqu'il fut à nouveau seul, Vlady termina sa Vodka et s'assit dans le noir, perdu dans ses propres pensées. Mais une horloge sonna minuit quelque part dans la cité glacée. Il se secoua et frissonna puis, finalement, il décida d'explorer son propre destin. Rapidement, il projeta son esprit vers le futur, suivit sa propre ligne de vie jusqu'à sa fin inévitable. Elle s'arrêtait seulement trois jours plus tard, sur un terrible nœud final !

Automatiquement, Vlady commença à emballer quelques affaires et se prépara à fuir. Une pensée s'imposa dans son esprit : avec la fin de Borowitz, Dragosani allait devenir le chef du Réseau, ou le chef de ceux qui survivraient. Même si Gregor Borowitz n'était pas un patron commode, il avait le mérite d'être humain ! Mais... ? Vlady savait qu'il ne pourrait jamais servir sous ses ordres. Oh, il se pourrait bien que la mort de Dragosani survienne la nuit suivante... mais si cela n'arrivait pas ? Sa ligne était vraiment très confuse, vraiment très étrange. Non, il n'y avait qu'une seule issue pour Vlady à présent. Il devait essayer, au moins essayer, d'éviter l'inévitable.

À près de mille kilomètres de là, là où une tour de guet dominait le mur de Berlin, une Kalachnikov attendait Igor Vlady. Il ne le savait pas, mais à cet instant même, lui et la mitraillette avaient rendez-vous l'un avec l'autre. Ils allaient se rencontrer trois jours plus tard à exactement vingt-deux heures trente-deux.

Dragosani se rendit directement à son appartement. De là, il appela le Château et demanda l'officier de permanence. Il lui donna le nom et la description de Harry Keogh afin qu'ils soient immédiatement transmis aux postes frontières et aux aéroports de toute l'URSS, en indiquant bien qu'il était un espion de l'Ouest et qu'il devait être immédiatement arrêté ou tué sans délai s'il essayait d'opposer la moindre résistance. Le KGB en serait informé, bien sûr, mais Dragosani n'en avait rien à faire. S'ils parvenaient à le prendre vivant, ils ne sauraient pas quoi en faire et, d'une façon ou d'une autre, Dragosani pourrait mettre la main dessus. Et s'ils le tuaient... cela mettrait fin à tout ça.

Quant aux prédictions de Vlady, Dragosani y croyait, mais ne leur vouait pas une confiance totale. Vlady affirmait que le futur ne pouvait pas être changé. Dragosani pensait le contraire. L'un des deux devait avoir raison, mais ils devaient attendre la nuit suivante pour savoir lequel. Après tout, le « problème » qu'il avait prévu au Château Bronnitsy pouvait très bien n'avoir aucun rapport avec Harry Keogh; et de toute façon, les choses devaient continuer selon ses plans.

Après avoir transmis ses informations au Château, Dragosani prit un autre verre, bien tassé, ce qui n'était pas dans ses habitudes, et alla se coucher. Éreinté, il dormit jusqu'au beau milieu de la matinée...

À onze heures quarante, il gara sa Volga dans un bosquet à l'écart de la route principale, à environ cinq cents mètres de la datcha la plus proche. Il remonta le col de son manteau et marcha jusqu'aux abords de Zhukovka. Juste avant midi, il s'engouffra sur un chemin recouvert de neige et marcha sous le couvert de grands arbres parallèles à la rivière, jusqu'à ce qu'il arrive à la datcha de Borowitz. Un sourire inflexible aux lèvres, il traversa rapidement l'allée pavée jusqu'à la porte et frappa doucement aux vieux panneaux de chêne. En attendant qu'on vienne lui ouvrir, il respira l'odeur des bois environnants qui embaumaient l'air glacé. Les poils délicats de ses narines crépitèrent, mais les stalactites de glace qui pendaient du toit de la maison de Borowitz lui annonçaient que la température était déjà en train de remonter. Bientôt, la neige tomberait et ses traces disparaîtraient ; il n'y aurait donc plus aucune preuve.

Dragosani entendit des pas lents derrière la porte, puis celle-ci s'ouvrit en grinçant. Pâle, hirsute, les yeux rougis de sommeil, Gregor Borowitz apparut dans la lumière grisâtre.

— Dragosani ? dit-il en fronçant les sourcils. Mais j'avais dit que je ne voulais pas être dérangé. Je...

— Camarade Général, le coupa Dragosani, si cela n'avait pas été de la plus haute importance...

Borowitz s'écarta et ouvrit la porte.

— Entre, entre, marmonna-t-il sans empressement. Il était resté seul pendant une semaine ; il ne semblait pas en forme du tout ; sa peine était réelle, et elle l'avait abattu et fait vieillir un peu plus vite.

Il entra, suivit l'autre dans l'étroit couloir, puis ils pénétrèrent dans une petite pièce lambrissée, tendue de lourdes tentures, où Natasha Borowitz reposait en silence sous son linceul. Paysanne plutôt agréable lorsqu'elle était en vie, elle paraissait tout à fait quelconque et sans beauté dans la mort. Elle gisait là comme un énorme cierge mal façonné, la cire de son visage était toute ridée et les mèches de sa chevelure étaient grossières et clairsemées. Borowitz caressa son visage glacé et baissa la tête en s'éloignant. Mais il ne put pas dissimuler les larmes qui scintillaient au coin de ses yeux.

Puis, il conduisit Dragosani dans la pièce qui faisait office de salon et de salle à manger et l'invita à s'asseoir près d'une fenêtre. Toutes les autres fenêtres de la datcha étaient obturées par des volets, mais celle-ci était la seule à laisser pénétrer la lumière dans la maison. D'un signe de tête, Dragosani déclina l'invitation et regarda Borowitz se laisser lourdement tomber dans un énorme sofa.

— Je préfère rester debout, dit le nécromancien. Ce ne sera pas long.

— Une visite en coup de vent ? grommela Borowitz, à peine intéressé. Tu aurais pu attendre, Dragosani. Demain, ils me prennent Natasha et je retournerai ensuite à Moscou et au Château Bronnitsy. Qu'est-ce qu'il y a donc de si urgent ? Tu m'avais dit que ton voyage en Angleterre avait été couronné de succès.

— Oui, il l'a été, mais quelque chose est arrivé depuis.

— Ah bon ?

— Camarade Général, Gregor, je ne veux te poser aucune question, mais je voudrais simplement que tu me dises une chose. Tu te rappelles cette conversation que nous avons eue, toi et moi, à propos de l'avenir du Réseau-E ? Tu avais dit qu'un jour tu nommerais un remplaçant avant de partir en retraite. Tu avais dit également que la décision se ferait entre moi et Igor Vlady.

Borowitz fronça les sourcils et regarda d'un air mécontent.

— Quoi ? C'est pour ça que tu es venu ! Une affaire de la plus haute importance, hein ? Tu penses que je suis prêt à passer la main, c'est ça ? Ou peut-être est-ce que tu penses qu'il est *temps* que je passe la main ! Maintenant que Natasha est partie, peut-être que je vais penser à la retraite, hein ?

Il se redressa. Ses yeux lançaient des flammes en direction de Dragosani.

— Je t'ai dit que je n'allais te poser aucune question, lui rappela-t-il, d'une voix sombre, lourde de menaces. Je suis le seul à posséder les réponses, Gregor. À présent, dis-moi, qui as-tu décidé de prendre à ta place ? Au fait, est-ce que tu as décidé ? Et si tu l'as fait, est-ce que tu as déjà enregistré cette décision ?

Borowitz était stupéfait, outré.

— Tu oses... ? Tu oses... ? Tu oublies qui tu es, Dragosani. Tu oublies qui je suis et où tu es. Et, apparemment, tu oublies, ou tu as volontairement choisi d'ignorer le fait que je viens de perdre ma femme ! Eh bien, va au diable, Dragosani ! Mais en réponse à tes questions : non, je n'ai rien écrit, car j'ai bien l'intention de rester à la tête du Réseau-E pendant un bon bout de temps encore, je te l'assure. Cependant, si j'avais choisi un successeur, tu pourrais t'enlever cette idée de la tête (il se leva, tremblant de rage) ! Et maintenant, vire-moi ton putain de cul d'ici ! Fous-le camp avant que je...

Dragosani ôta doucement ses lunettes noires.

Borowitz regarda le visage de Dragosani et fut pétrifié par l'étonnante métamorphose qui était en train de se produire.

Ce n'était plus Dragosani qui se tenait là, mais quelqu'un d'autre. Et ces *yeux*... ces *yeux* injectés de sang !

— Je te mets en retraite, Gregor, lâcha Dragosani d'une voix pareille à un roulement de tonnerre. Mais tu ne vas pas partir les mains vides. Pas après tant d'années de bons et loyaux services.

Il s'accroupit, ses épaules et son dos semblèrent se contracter.

— Me mettre en retraite ? Borowitz essaya de s'éloigner de Dragosani, mais le sofa était juste derrière lui. Toi, me mettre en retraite ?

Dragosani hocha la tête, ouvrit la mâchoire et sourit, découvrant des crocs semblables à des faux.

— Nous avons un petit cadeau pour ton départ, Gregor.

— Nous ?

— Moi et Max Batu.

Et l'instant d'après, Borowitz fit face à l'enfer.

Puis, ce fut comme si une mule lui avait lancé un coup de pied en pleine poitrine. Il fut projeté en arrière, ses bras battirent l'air et il s'écrasa contre le mur avant de retomber en avant. Des étagères et des tableaux s'écroulèrent. Borowitz tomba à moitié sur le sofa. Il porta les mains à sa poitrine, essaya de reprendre le contrôle de ses membres défaillants, se redressa et avala de l'air. Il sentait son cœur être compressé dans sa poitrine et s'il ne savait pas comment, au moins il savait ce que Dragosani lui avait fait.

Finalement, il se redressa.

— Dragosani ! Il tendit ses mains tremblantes en direction du nécromancien. Drago...

À nouveau, Dragosani tira son verrou psychique et...

Borowitz fut frappé de plein fouet par la première décharge qui l'envoya voler contre le sofa. Il essaya néanmoins de s'asseoir, et termina le dernier mot qu'il n'avait pas pu prononcer entièrement avant que la deuxième décharge ne l'atteigne :

— ... *sani !*

Puis ce fut fini. L'ancien chef du Réseau-E était assis là, bien droit, tout ce qu'il y a de plus mort, affichant tous les signes d'une crise cardiaque.

— Classique ! grommela Dragosani.

Il observa toute la pièce. La porte d'un placard était ouverte, laissant apparaître une vieille machine à écrire, des feuilles de papier, des enveloppes et d'autres articles de bureau. Il transporta rapidement la machine à écrire sur une table, inséra une feuille de papier vierge et commença à taper laborieusement :

> Je ne me sens pas bien. Je pense que c'est mon cœur. La mort de Natasha m'a énormément affecté. Je pense que c'est la fin. Comme je n'ai encore désigné personne pour poursuivre mon travail, il faut que je le fasse maintenant. Le seul homme capable de continuer ce que j'avais commencé est Boris. Il est totalement dévoué à l'URSS et au Parti.
> Si, comme je le redoute, ma fin survient rapidement, je veux que mon corps soit confié à Dragosani. Il connaît mes dernières volontés.

Dragosani grimaça en retirant la feuille de la machine à écrire. Il relut la lettre, prit un stylo et griffonna « G. B. » à la fin de la dernière ligne, en imitant le mieux possible l'écriture de Borowitz. Puis il essuya les touches avec son mouchoir et transporta la machine jusqu'au sofa. Là, il s'assit à côté du mort, lui saisit les mains et posa ses doigts sans vie sur les touches. Pendant tout ce temps, Borowitz le fixa de ses yeux absents, vitreux.

— C'est fini, Gregor. dit Dragosani en remettant la machine à écrire sur la table. Je m'en vais maintenant, mais je ne vais pas te dire au revoir comme ça. Quand ils t'auront trouvé, nous nous reverrons au Château Bronnitsy. Et nous échangerons quelques secrets, n'est-ce pas Gregor Borowitz ?

Il était midi vingt-cinq lorsqu'il sortit de la maison silencieuse au milieu des arbres et retourna jusqu'à sa voiture.

Comme on était samedi, il y avait au Château Bronnitsky moins de monde qu'habituellement pour l'accueillir, mais lorsque les gardes du mur d'enceinte contrôlèrent les papiers de Dragosani, ils annoncèrent son arrivée. Au centre du groupe de bâtiments, l'officier de permanence l'attendait. Il portait l'uniforme gris du Château et un galon doré sur le cœur. Il se précipita vers l'endroit où Dragosani avait garé sa Volga.

— Bonnes nouvelles, camarade ! déclara-t-il, en ouvrant le chemin vers le complexe et en lui tenant la porte ouverte. Nous avons des renseignements sur cet agent britannique, sur ce Harry Keogh.

Dragosani l'attrapa par l'épaule, sa prise était semblable à un étau. L'autre se dégagea doucement et regarda Dragosani avec étonnement.

— Quelque chose ne va pas, camarade ?

— Tout va bien si nous avons Harry Keogh. Tout va très bien. Mais vous n'êtes pas l'homme à qui j'ai parlé la nuit dernière ?

— Non, camarade. Il est en repos. J'ai lu son registre, c'est tout. Et bien sûr, j'étais là ce matin lorsque les renseignements sur Keogh sont arrivés.

Dragosani le regarda attentivement. Il ne lui plaisait pas du tout. Mince, les épaules tombantes, il ne payait pas de mine et pensait avoir de l'importance. Cet officier de permanence n'était pas un ESPert, simplement un officier de l'équipe au sol. Un bon employé, efficace, mais qui se donnait un peu trop d'importance, un homme suffisant et trop imbu de lui-même pour Dragosani.

— Suivez-moi, lui dit-il froidement. En chemin, vous me raconterez tout ce que vous savez sur Keogh.

L'officier sur ses talons, Dragosani s'élança dans les couloirs du Château et s'engagea dans les escaliers menant au bureau privé de Borowitz. Trouvant Dragosani difficile à suivre, l'homme lui dit :

— Moins vite, camarade, ou je ne pourrai rien vous raconter !

Dragosani continua son chemin.

— À propos de Keogh, lui lança-t-il par-dessus l'épaule. Où est-il ? Qui l'a ? L'emmènent-ils ici ?

— Personne ne « l'a », camarade. Nous savons simplement où il est, c'est tout. Il est en Allemagne de l'Est, à Leipzig. Il est passé par le Checkpoint Charlie à Berlin, comme un touriste ! Et, apparemment sans essayer de cacher son identité. Très étrange. Il est à Leipzig depuis trois ou quatre jours à présent. Il semble avoir passé la plupart de son temps dans un cimetière ! Il attend certainement un contact.

— Oh ? fit Dragosani en s'arrêtant. Il regarda l'officier avec mépris. Vous avez dit certainement ? Laissez-moi vous dire une chose, camarade : rien n'est certain avec cet homme ! À présent, entrez dans mon bureau et je vous donnerai quelques instructions.

Un moment plus tard, l'officier suivit dans l'antichambre de la suite de Borowitz.

— Votre bureau ? fit-il d'un air ébahi.

Derrière son bureau, le secrétaire de Borowitz, un jeune homme aux sourcils étroits et à la calvitie précoce, le regarda avec stupéfaction derrière ses petites lunettes. Dragosani lui indiqua la porte.

— Vous, dehors ! Attendez-moi là-bas. Je vous appellerai quand j'aurai besoin de vous.

— Quoi ? fit l'homme en se levant. Camarade Dragosani, je dois protester ! Je...

Dragosani se précipita au-dessus du bureau, attrapa l'homme par la joue gauche et le traîna à travers le bureau, faisant voler en tous sens les crayons et les stylos. Au milieu de cris de douleur, il le projeta par la porte ouverte et lui donna un coup de pied aux fesses en lui criant :

— Protestez auprès de Gregor Borowitz la prochaine fois que vous le verrez. Mais, pour l'instant, obéissez à mes ordres ou je vous descends !

Il se dirigea vers le vieux bureau de Borowitz, l'officier de permanence tout tremblant sur les talons. Dragosani se laissa tomber dans le fauteuil de Borowitz et fixa l'officier :

— Qui surveille Keogh, en ce moment ?

Intimidé, l'officier de permanence bégaya un petit peu avant de se calmer :

— Je... je... nous... la GREPO. La Grenzpolizei, la police des frontières est-allemande.

— Oui, oui, je sais ce qu'est la GREPO. Bien ! Ils sont très efficaces. Bon, voici mes ordres... au nom de Gregor Borowitz. Keogh doit être capturé vivant si possible. C'est ce que j'ai ordonné la nuit dernière et j'ai horreur de me répéter !

— Mais ils n'ont aucune charge contre lui, camarade Dragosani. Il n'est sur aucune liste, ce Keogh, et en plus, il n'a rien fait de mal.

— Il est accusé de... meurtre, dit Dragosani. Il a tué l'un de nos agents, un dormeur, en Angleterre. De toute façon, il faut le prendre. S'il oppose la moindre résistance, les ordres sont de l'abattre ! J'ai déjà donné cet ordre la nuit dernière.

L'officier de permanence sentit qu'il était personnellement mis en cause. Il sentit qu'il devait trouver des excuses.

— Mais ce sont des Allemands, camarade. Ils préfèrent croire qu'ils se gouvernent eux-mêmes, si vous voyez ce que je veux dire.

— Non ! Je ne sais pas. Prenez le téléphone qui est derrière la porte. Passez-moi le quartier général de la Grenzpolizei à Berlin. Je vais leur parler.

L'officier de permanence attendait, la bouche grande ouverte.

— *Maintenant!* hurla Dragosani. Et au moment où l'homme sortait, il lui lança : Et envoyez-moi cet abruti qui est dehors.

Lorsque le secrétaire de Borowitz entra, Dragosani lui dit :

— Assis. Et écoutez. Jusqu'au retour du camarade Général Borowitz, je prends les commandes. Que savez-vous sur ce qui se passe ici ?

— Presque tout, camarade Dragosani, répondit l'autre en se tenant la joue. Le camarade Général me laissait régler pas mal de choses.

— Les effectifs ?

— Que voulez-vous savoir, camarade Drag...

— Abrégez ! Pas de « camarade », c'est une perte de temps. Appelez-moi simplement Dragosani.

— Oui, Dragosani.

— Les effectifs. Qu'est ce que nous avons comme effectifs en ce moment ?

— Ici, au Château ? En ce moment ? Quelques ESPerts et une douzaine d'hommes de la sécurité.

— On peut joindre les autres ?

— Oh oui, Dragosani.

— Parfait ! Je voudrais avoir au moins une trentaine d'hommes. Et je les veux pour cinq heures cet après-midi... au plus tard. Je veux nos meilleurs télépathes et nos meilleurs voyants, y compris Igor Vlady. Est-ce que c'est possible ? Pouvons-nous rassembler ces hommes pour cinq heures ?

— En moins de trois heures ? Oh oui, Dragosani. Absolument.

— Alors, allez-y.

Lorsqu'il fut seul, Dragosani s'enfonça dans son fauteuil et posa les pieds sur le bureau. Il pensa à ce qu'il était en train de faire. Si les Allemands de l'Est attrapaient Keogh et surtout s'ils le tuaient (dans ce cas, Dragosani pouvait être sûr de mettre la main sur son cadavre), cela mettrait certainement fin à l'implication possible de Keogh dans les problèmes de la nuit prochaine. En tout cas, il était difficile de s'imaginer comment Keogh allait faire pour venir ici, depuis Leipzig, en seulement quelques heures. Dragosani devait peut-être se concentrer sur d'autres possibilités... mais lesquelles ? Sabotage ? Cela voudrait dire que la guerre froide passerait à une guerre totale entre les réseaux ESP. Est-ce que le meurtre de Sir Keenan Gormley avait mis le feu aux poudres ? Mais qui est-ce qui pourrait bien attaquer le Château ? L'endroit était imprenable, comme une forteresse. Cinquante soldats ne pourraient pas prendre d'assaut le mur d'enceinte.

En colère contre lui-même, sentant monter la tension, Dragosani se força à chasser Keogh de son esprit. Non, le danger devait certainement venir d'ailleurs. Il inspecta mentalement les fortifications du Château.

Dragosani n'avait jamais compris la nécessité de fortifier le Château, mais, à présent, il était heureux de posséder de telles défenses. Bien sûr, le vieux Borowitz avait été soldat pendant longtemps avant de diriger le Réseau-E ; c'était un expert en stratégie et il avait sans doute eu ses raisons pour imposer un tel système de sécurité. Mais ici, juste à côté de Moscou ? De quoi avait-il peur ? D'une insurrection ? Des problèmes avec le KGB peut-être ? Ou étaient-ce des obsessions qu'il avait héritées du temps où il faisait de la politique ?

Non que ce fût l'unique endroit fortifié dans toute l'URSS, loin de là. Les centres spatiaux, les stations de recherche atomique, les laboratoires d'armes chimiques ou biologiques de Berezov possédaient tous une sécurité optimale, tendue comme une peau de tambour.

Dragosani fit la grimace. Il aurait tellement souhaité que Borowitz fût là en ce moment, dans sa salle d'opération, allongé sur sa table métallique, le ventre ouvert et tous les secrets de son âme à portée de main. Ah, et ça aussi, ça allait arriver... dès qu'ils auraient trouvé le corps de ce vieux con !

— Camarade Dragosani ! La voix de l'officier de permanence l'arracha à ses pensées. J'ai le QG de la GREPO en ligne.

— Bien. Pendant que je leur parlerai, je voudrais que vous fassiez quelque chose. Je veux qu'on inspecte le Château de fond en comble. Spécialement les caves. À ma connaissance, il y a des pièces en bas où personne ne va jamais. Je veux que l'on me retourne tout. Cherchez des bombes, des engins incendiaires, tout ce qui peut paraître suspect. Je veux que l'on y mette autant d'hommes que possible... et en particulier les ESPerts. Compris ?

— Oui, camarade, bien sûr.

— Très bien, à présent passez-moi ces foutus Allemands.

Il était trois heures et quart de l'après-midi et il faisait un froid glacial dans le cimetière de Leipzig.

Harry Keogh, le col de son pardessus rabattu sur ses oreilles et un Thermos de café vide sur ses genoux, était assis au pied de la tombe d'August Ferdinand Möbius et perdait tout espoir. Il avait tenté d'appliquer ses dons « métaphysiques », son esprit d'ESPert, aux propriétés conjecturales d'un espace-temps modifiable et d'une topologie à quatre dimensions, et il avait échoué. Son intuition lui disait que c'était possible, qu'en fait il pouvait prendre un anneau de Möbius pour se déplacer dans le temps, mais les mécanismes de cette chose restaient tout à fait incompréhensibles. Sa compréhension instinctive et intuitive des maths n'était pas suffisante. Il se sentait comme un homme apportant l'équation E = mc2 et demandant de prouver que cela peut provoquer une explosion atomique... mais uniquement de manière abstraite ! Comment transformer des nombres, des mathématiques pures, en faits physiques ? Ce n'est pas suffisant de savoir qu'il y a des milliers de briques dans un mur ; vous ne pouvez pas construire la maison avec des nombres, vous avez besoin de briques ! C'était facile pour Möbius d'envoyer son esprit désincarné dans les étoiles, mais Harry

Keogh était un homme de chair et de sang en trois dimensions. Et s'il y parvenait et découvrait comment se téléporter d'un point « A » à un hypothétique point « B » sans parcourir l'espace se trouvant entre ces deux points ? Et ensuite ? Où se téléporterait-il et comment saurait-il où il se trouve ? Cela pouvait s'avérer aussi dangereux que de se jeter du haut d'une montagne pour prouver la loi de la gravitation universelle !

Ce problème l'obsédait depuis maintenant plusieurs jours. Il avait mangé, bu et dormi, mais n'avait rien fait d'autre. Et ce problème se révélait toujours insoluble, l'espace-temps refusait de se déformer pour lui, les équations demeuraient de sombres gribouillis incompréhensibles sur les pages de son esprit. Une merveilleuse ambition, certes, de vouloir imposer à son propre corps physique un corps métaphysique, mais comment y parvenir ?

— Il suffirait d'une étincelle, Harry, répéta pour la quinzième fois au moins l'esprit de Möbius. Personnellement, je pense qu'il ne manque que cela. Après tout, la nécessité est la mère de l'invention. Vous savez ce que vous voulez faire et moi je crois que vous avez l'intuition et le talent pour le faire, même si vous n'en avez pas encore trouvé le moyen, mais vous n'avez pas une assez bonne raison pour le faire ! C'est tout ce dont vous avez besoin à présent, de cette étincelle. Le coup de pouce qui vous fera faire le dernier pas.

Harry était d'accord avec lui.

— Vous avez probablement raison. Je sais que je peux le faire ; c'est juste que je... n'ai pas encore essayé. C'est comme s'arrêter de fumer : vous pouvez le faire, mais vous ne le faites pas. Vous y arrivez quand c'est déjà trop tard, lorsque vous êtes atteint d'un cancer. Sauf que je ne veux pas attendre aussi longtemps ! Je possède toutes les maths, toute la théorie, j'ai tout l'ego nécessaire, l'intuition, mais je n'en éprouve pas le besoin, pas encore. Ou l'étincelle si vous préférez. Laissez-moi vous dire comment je ressens ça :

« Je suis assis dans une pièce bien éclairée avec une porte et une fenêtre. Je regarde par la fenêtre et il fait noir dehors. Il a toujours fait noir. Ce n'est pas la nuit, mais des ténèbres plus épaisses qui existent depuis toujours. Ce sont les ténèbres des espaces entre les espaces. Je sais qu'il y a d'autres pièces quelque part. Mon problème, c'est que je ne sais pas où elles se situent. Si je sors par la porte, je plonge dans les ténèbres, et elles m'avalent. Je serai ensuite incapable de revenir en arrière, ni là, ni ailleurs. Ce n'est pas tant que je ne veuille pas sortir, mais je n'ai pas envie de savoir ce qu'il y a dehors. Je sens que ce n'est qu'un prolongement de tout ce que je peux faire, mais un prolongement jamais encore exploré. Je suis un poussin dans un œuf qui ne veut pas briser sa coquille avant d'y être obligé !

— À qui êtes-vous en train de parler, M. Harry Keogh ? demanda une voix qui n'était pas celle de Möbius. Une voix froide, plate, dépourvue d'émotion.

— Quoi ? fit Harry en levant la tête.

Deux hommes se tenaient face à lui et il était aisé de savoir ce qu'ils étaient. Même en ne connaissant rien à l'espionnage, ni à la politique Est-Ouest, il les aurait reconnus au premier coup d'œil. Leur venue le glaça plus que le vent qui s'était levé et qui soufflait dans le cimetière vide, en soulevant les feuilles mortes et les vieux papiers dans les allées.

L'un des deux était très grand, l'autre plus petit, mais leurs pardessus gris anthracite, leurs chapeaux rabattus sur leurs yeux et leurs petites lunettes cerclées étaient un uniforme en soi et les faisaient ressembler à des jumeaux. C'étaient certainement des jumeaux du point de vue de leurs caractères, de leurs pensées, de leurs ambitions malveillantes. C'étaient indubitablement des policiers en civil, ou, plus précisément, des policiers politiques.

— Quoi ? répéta Harry en se levant. J'étais encore en train de parler tout seul. Je suis désolé, je fais ça tout le temps. C'est une manie.

— Vous parliez tout seul ? répéta le plus grand en secouant la tête. Non, je pense que non. Il avait un accent épais et des lèvres aussi fines que son sourire était triste. Je pense que vous étiez en train de parler à quelqu'un d'autre, probablement à un autre espion, Harry Keogh !

Harry recula de quelques pas.

— Je ne sais vraiment pas de quoi...

— Où est votre radio, M. Keogh ? demanda le plus petit

(il s'avança, racla du bout de sa chaussure la terre de la tombe sur laquelle s'était assis Harry). Est-elle ici, enterrée dans cette tombe peut-être ? Jour après jour, assis ici, à vous parler ? Vous nous prenez pour des imbéciles !

— Écoutez, dit Harry d'une voix rauque en reculant encore. Vous devez vous tromper de personne. Un espion ? C'est ridicule. Je ne suis qu'un touriste.

— Oh ! s'exclama le plus grand. Un touriste ? En plein hiver ? Un touriste qui vient s'asseoir dans le même cimetière des jours entiers pour se parler à lui-même ? Vous ne pouvez pas trouver mieux, M. Keogh ? Nous, nous pouvons. Nous savons de source sûre que vous êtes un agent britannique et que vous êtes un assassin. Alors, s'il vous plaît, vous allez nous accompagner.

N'allez pas avec eux, Harry ! C'était la voix de Sir Keenan Gormley, sortant de nulle part. *Courez ! Courez !*

— Quoi ? Keenan ? Mais comment... ?

Oh, Harry ! Mon Harry ! cria sa mère. *Sois prudent, je t'en supplie !*

— Quoi ? répéta-t-il en secouant la tête et en s'éloignant des deux hommes.

Le plus petit sortit des menottes et dit :

— Je dois vous déconseiller de résister M. Keogh. Nous sommes des agents du contre-espionnage appartenant à la Grenzpolizei, et...

Frappe-le, Harry ! hurla Graham « Sergent » Lane dans l'oreille interne de Harry. *Tu es assez fort pour les avoir tous les deux. Tu sais comment faire. Étale-les avant qu'ils ne le fassent. Mais attention... ils sont armés !*

Lorsque le plus petit s'avança de trois pas en tendant les menottes, Harry adopta aussitôt une position défensive. En s'approchant, le plus grand lança :

— Qu'est-ce que c'est ? Vous nous menacez ? Apprenez, Harry Keogh, que nos ordres sont de vous prendre mort ou vif !

Le petit tendit les mains pour passer les menottes aux poignets de Harry. Au dernier moment, Harry les repoussa, se tourna à moitié, et lui envoya un violent coup de genou. Le coup cueillit le petit en pleine poitrine, brisa quelques côtes et l'envoya voler contre son collègue. Il glissa sur le sol en hurlant de douleur.

Vous ne pouvez pas gagner, Harry! insista Gormley. *Pas comme ça.*

Il a raison, le soutint James Gordon Hannant. *C'est votre dernière chance, Harry, et vous devez la prendre. Même si vous arrêtez ces deux-là, il y en aura d'autres. Ce n'est pas la bonne manière. Vous devez utiliser votre don, Harry. Votre don est plus important que vous ne le croyez. Je ne vous ai rien appris au sujet des maths... je vous ai simplement montré comment utiliser ce que vous aviez en vous. Mais votre potentiel reste toujours inexploité. Mon garçon, vous connaissez des formules dont je n'ai même jamais rêvé! Vous avez vous-même dit quelque chose dans ce genre à mon fils, souvenez-vous!*

Harry s'en souvint.

D'étranges équations apparurent soudain sur l'écran de son esprit. Des portes s'ouvrirent là où il n'y avait aucune porte. Son esprit métaphysique surgit et s'empara du monde physique, avide de le plier à sa volonté. Il put entendre l'homme en civil tomber sur le sol, crier sa haine et sa douleur, il put voir le plus grand fouiller sous son pardessus et en sortir une arme menaçante. Mais, imprimées par-dessus ce monde réel, les portes appartenant à l'espace-temps dimensionnel de Möbius étaient là, à sa portée, leurs sombres seuils semblant lui faire signe.

C'est ça, Harry! lui cria Möbius. *Aucun d'eux ne pourra vous suivre!*

— Je ne sais pas où elles vont! cria-t-il.

Bonne chance, Harry! crièrent Gormley, Hannant et Lane, presque à l'unisson.

Le pistolet cracha du feu et du plomb. Harry esquiva, sentit un souffle chaud sur sa nuque comme si quelqu'un avait hurlé sa colère dans le col de son manteau. Il pivota, sauta, envoya un coup de pied au plus grand des deux hommes et sentit avec satisfaction son pied s'écraser sur son visage. L'homme s'écroula, son arme tinta sur le sol dur de l'allée. Jurant et crachant du sang et des dents, il rampa dans sa direction, le saisit à deux mains, et s'accroupit avec difficulté.

Du coin de l'œil, Harry repéra une porte dans l'anneau de Möbius. Elle était si proche qu'il aurait pu la toucher en tendant simplement la main. Le plus grand des deux agents marmonna quelque chose d'incompréhensible et pointa son arme en direction de Harry. Harry l'écarta d'un geste, saisit l'homme par les manches, le tira vers lui et le balança...

... à travers la porte ouverte.

L'Allemand... disparut ! Un terrible cri surgit de nulle part avant de disparaître lentement. C'était le cri d'un damné, d'une âme perdue à jamais dans les ténèbres insondables.

Harry écouta ce cri et frissonna... mais quelques instants seulement. Tandis que ce cri diminuait, il entendit des éclats de voix et le crissement de pas sur le gravier. Des hommes approchaient, en contournant les pierres tombales, et convergeaient vers lui. Il savait que s'il devait utiliser les portes, c'était le moment de le faire. L'agent blessé tenait un pistolet dans ses mains tremblantes. Il n'en croyait pas ses yeux. Il n'était pas vraiment certain d'oser appuyer sur la détente et de tirer sur cet homme.

Harry ne lui en laissa pas le temps. D'un coup de pied, il envoya voler l'arme, puis il s'arrêta quelques secondes et laissa les écrans de son esprit dérouler une nouvelle fois leur fantastique formule. Les hommes approchaient ; une balle gémit en arrachant des éclats de marbre.

Imprimée par-dessus la pierre tombale de Möbius, une porte sortit de nulle part en flottant. Tout à fait approprié, pensa Harry... et il y plongea.

Sur la terre glacée, l'agent est-allemand le regarda disparaître *dans* la pierre !

Les hommes haletants refermèrent la nasse, et s'arrêtèrent en dérapant. Tous les pistolets étaient pointés en avant, prêts à tirer. Ils scrutèrent les environs de leurs yeux froids et perçants. L'agent blessé pointait son doigt devant lui. Il gisait à terre, les côtes brisées, le visage exsangue, et il pointait un doigt tremblant en direction de la pierre tombale de Möbius. Mais pour le moment, complètement retourné, il était incapable de parler.

Le vent glacial continuait à souffler.

À seize heures quarante-cinq, Dragosani apprit le pire. Harry Keogh était vivant ; il n'avait pas été capturé, s'était arrangé pour s'échapper ; ce qui signifiait qu'il avait employé des moyens inconnus pour ce faire, ou alors les explications qui lui avaient été données à ce sujet avaient été déformées ou n'étaient pas dignes de confiance. Mais un agent avait disparu et un autre avait été sérieusement blessé. Les Allemands de l'Est étaient mécontents et ils voulaient savoir à qui ou à quoi ils avaient affaire. Eh bien, laissons-les demander ce qu'ils veulent... Dragosani souhaitait être le seul à savoir à qui il avait affaire !

De toute façon, c'était son problème maintenant, et le temps pressait. Car il ne faisait plus aucun doute que ce Keogh venait ici et qu'il allait arriver dans la soirée. Comment ? Qui pouvait le dire ? Quand exactement ? Ça aussi, c'était impossible à savoir. Mais il y avait une chose dont il était certain, c'est qu'il allait venir. Un homme, lancé contre une petite armée ! Sa tâche était impossible, bien sûr... mais Dragosani connaissait beaucoup de choses que les hommes ordinaires considéraient comme impossibles...

Le dispositif d'urgence du Château avait cependant bien fonctionné. Dragosani avait obtenu tous les hommes qu'il avait demandés, et même une demi-douzaine de plus. Ils avaient mis en service les nids de mitrailleuses du mur d'enceinte, les batteries des bâtiments extérieurs et aussi les blockhaus construits dans les fondations du Château. Des ESPerts travaillaient dans les laboratoires, chacun utilisant au mieux ses capacités et ses dons, et Dragosani avait transformé le bureau de Borowitz en QG.

Le Château avait été fouillé de fond en comble suivant ses ordres ; mais dès qu'il eut appris la fuite de Keogh, il avait ordonné d'arrêter tout ça, car il avait immédiatement su d'où viendrait le problème. Néanmoins, les caves avaient été inspectées, les planchers et les dalles centenaires avaient été arrachés dans les vieux bâtiments, les fondations avaient même été mises à nu presque jusqu'à la terre elle-même. Trois douzaines d'hommes peuvent faire beaucoup de dégâts en trois heures, surtout quand ils ont appris que leurs vies en dépendent.

Mais ce qui rendait furieux Dragosani, c'est la pensée que tout cela n'était dû qu'à un seul homme, Harry Keogh, et que ce chaos absolu avait été commis en son nom. Ce qui signifiait tout simplement que Keogh maniait une incroyable puissance de destruction. Mais laquelle ? Dragosani savait que c'était un nécroscope... et alors ? Il avait également vu un mort sortir de la rivière et venir à son aide. Mais c'était sa mère et cela se passait en Écosse, à des milliers de kilomètres d'ici. Il n'y avait personne ici pour combattre aux côtés de Keogh.

Bien sûr, si Dragosani était tellement inquiet, il pouvait toujours s'enfuir, puisque le problème était circonscrit au Château Bronnitsy, mais ce n'était pas son intérêt. Il n'avait pas du tout peur de se montrer lâche, il voulait simplement vérifier la prédiction d'Igor Vlady... la prédiction annonçant que le vampire de Dragosani allait mourir cette nuit. Et c'était une prédiction que Boris Dragosani désirait vérifier par-dessus tout.

Quant à Igor Vlady, on avait trouvé un message expliquant son absence, un message à l'intention de sa fiancée. Vlady l'appellerait bientôt, disait le message, depuis l'Ouest. Dragosani avait pris un malin plaisir à donner une description de ce traître à tous les points de passage obligés. Il ne fallait pas faire de quartier, il devait être abattu, au nom de la sécurité de la puissante URSS.

Tant pis pour Vlady, et encore... n'aurait-il rien eu de mieux à faire ici ? Dragosani se le demandait. Avait-il terrifié Vlady à ce point ou s'était-il enfui à cause d'autre chose ?

Autre chose qu'il avait vu venir, peut-être dans un avenir proche.

Chapitre XVI

C'était exactement comme Harry l'avait soupçonné : au-delà des portes de Möbius, il découvrit les Ténèbres Primordiales elles-mêmes, ces ténèbres qui avaient existé avant même le début de l'univers.

Ce n'était pas seulement l'absence de lumière, mais l'absence de tout. Il aurait pu être au cœur d'un trou noir, sauf qu'un trou noir possède une gravité énorme et que cet endroit n'en avait pas. En un sens, c'était un plan métaphysique de l'existence, mais, en même temps, ce n'en était pas un, parce que rien n'existait ici. C'était simplement un « endroit », mais un endroit où Dieu n'avait pas encore prononcé ces mots merveilleux : « Que la lumière soit ! »

C'était nulle part et partout à la fois; c'était en même temps interne et externe. Depuis ici, on pouvait aller partout ou nulle part, à jamais. Et ce serait à jamais, car dans cet environnement dépourvu de temps, rien ne vieillissait ni ne changeait, excepté par la force de la volonté. Harry Keogh était donc un corps étranger, un atome indésirable dans l'œil du continuum de Möbius qui devait essayer de le rejeter. Il sentait des forces immatérielles agir sur lui, le pousser et essayer de le déloger de cette irréalité afin de le renvoyer dans sa réalité. Mais il ne voulait pas se laisser pousser.

Il pouvait faire apparaître des portes, des millions de portes donnant sur tous les endroits, sur toutes les époques, mais il savait que beaucoup de ces endroits et de ces époques seraient mortels pour lui. Il ne devait pas, comme Möbius, émerger dans une lointaine galaxie au plus profond de l'espace. Harry n'était pas une créature purement spirituelle, mais c'était un être charnel. Il n'avait envie ni de geler, ni de frire, ni de se dissoudre, ni d'exploser.

Le problème était le suivant : quelle porte choisir ?

Le plongeon de Harry à travers la tombe de Möbius pouvait l'avoir transporté à un mètre ou à une année-lumière. Il aurait très bien pu être là depuis une minute ou un mois, lorsqu'il avait senti la première secousse donnée par les forces de cette dimension de l'hyper-espace-temps. C'était à peine une secousse d'ailleurs, plus une douce pression qui semblait vouloir le guider. Il avait déjà connu quelque chose de semblable auparavant, lorsqu'il avait cherché sa mère sous la glace et qu'il était parvenu à grimper sur la rive par le trou qu'il avait percé. Il ne semblait y avoir aucune menace dans cette pression.

Harry l'accompagna, la suivit et la sentit s'intensifier, se dirigeant vers lui, comme un aveugle qui se dirigerait vers une voix amicale. Ou un papillon de nuit vers la flamme d'une bougie ? Non, car son intuition lui disait qu'il n'y avait aucun danger. De plus en plus puissante, la force le guidait sur le courant de cet espace-temps. C'était comme apercevoir une lueur au bout d'un tunnel... Il suivit donc ce chemin et commença à avancer volontairement dans cette direction.

— Bien ! fit une voix lointaine dans la tête de Harry. Très bien ! Venez vers moi, Harry Keogh, venez vers moi...

C'était la voix d'une femme, mais une voix sans chaleur. Ténue, elle était aussi glacée que le vent soufflant dans le cimetière de Leipzig et, comme ce vent, elle n'avait pas d'âge.

— Qui êtes-vous ?

— Une amie.

Harry continua à suivre cette voix mentale. Il voulait... suivre cette voie. Devant lui apparut une porte de Möbius. Il se précipita vers elle, s'arrêta.

— Comment puis-je être sûr que vous êtes une amie ? Comment puis-je savoir si je peux vous faire confiance ?

— J'ai posé cette même question une fois, dit la voix. Car moi non plus je n'avais aucun moyen de savoir. Mais j'ai fait confiance.

Harry ouvrit mentalement la porte et la traversa.

S'allongeant comme pour son premier plongeon, il se retrouva suspendu à quelques centimètres du sol, et tomba... puis il se cramponna à la terre et se serra contre elle. La voix dans sa tête rit.

— Là ! Vous voyez ? Une amie...

Pris de vertiges et se sentant malade, Harry retira doucement ses doigts du sol sec. Il tourna la tête et regarda tout autour de lui. Sa vision vacillante fut presque physiquement agressée par la lumière et les couleurs. Lumière et chaleur. Ce fut la première impression qui lui vint à l'esprit : quelle chaleur il faisait ! Le sol était chaud sous son corps étendu, la chaleur du soleil le frappait sur sa nuque et sur ses mains. Où était-il ? Était-il seulement sur Terre ?

Doucement, toujours pris de vertiges, il s'assit. Et au fur et à mesure qu'il sentit la gravité agir sur lui, tout se remit en place et il poussa un « ouf ! » de soulagement.

Harry n'avait pas beaucoup voyagé, ou il se serait immédiatement rendu compte qu'il était dans un paysage de type méditerranéen. Le sol était brun-jaune et veiné de sable, les plantes n'étaient que de simples broussailles, la chaleur du soleil de janvier rappelait la proximité de l'équateur. Il était à des milliers de kilomètres de Leipzig. Au loin, une montagne dressait ses sommets vers le ciel. Près de lui, s'étendaient des ruines, de vieux murs blancs écroulés au milieu de décombres ; et au-dessus de sa tête...

Deux avions à réaction, comme deux flèches d'argent sur le bleu du ciel, laissaient des traînées de vapeur en disparaissant à l'horizon.

Harry respira profondément et regarda en direction des ruines. Le Moyen-Orient ? Probablement. Quelque ancien village détruit par les caprices de la nature. Et à nouveau, il se demanda où il se trouvait.

— Endor, dit la voix dans sa tête. C'était son nom, lorsqu'il en avait un. C'était mon village.

Endor ? Ce nom lui était familier. L'Endor biblique ? L'endroit où Saül passa la nuit avant de mourir sur les pentes de Gilboé ? Où il rencontra... une sorcière ?

— C'est ainsi qu'ils m'appelaient, oui-da. La Sorcière d'Endor. Mais c'était il y a longtemps, si longtemps, et il y avait sorcières et sorcières. J'avais un grand talent, mais, à présent, un plus grand encore est apparu sur terre. Dans mon sommeil, je l'ai entendu, ce puissant mage, et des rumeurs disaient qu'il allait me réveiller. Les morts l'appellent leur ami et certains, parmi les vivants, le craignent beaucoup. Oui-da, et je désirais lui parler, parler avec celui qui est déjà une légende parmi les légions des tombes. Et voyez ! Je l'ai appelé et il est venu vers moi. Et son nom est Harry Keogh...

Harry regarda la terre sur laquelle il était assis, posa les mains dessus et appuya. Ses mains se couvrirent de poussière.

— Vous êtes... là ? demanda-t-il.

— Je fais partie de la poussière du monde, fit la voix. Mes cendres sont là.

Harry hocha la tête. Deux mille ans.

— Pourquoi m'avez-vous aidé ?

— Voudriez-vous que je sois à jamais damnée par les morts ? Pourquoi vous ai-je aidé ? Parce qu'ils me l'ont demandé ! Tous ! Votre gloire vous précède, Harry. « Sauvez-le ! » m'ont-ils dit, « car nous l'aimons. »

Harry hocha une nouvelle fois la tête.

— Ma mère.

— Votre mère, entre autres. Elle est la première à vous défendre, mais les morts sont nombreux. Elle a plaidé pour vous, oui-da, et des milliers d'autres aussi.

Harry était stupéfait.

— Je n'en connais pas des milliers, à peine une ou deux douzaines.

Elle rit, d'un long rire sec et sans émotion.

— Mais eux vous connaissent ! Et comment puis-je ignorer mes frères et mes sœurs ?

— Vous voulez bien m'aider ?

— Oui-da.

— Savez-vous ce que je dois faire ?

— Oui-da, les autres m'ont informée.

— Alors, offrez-moi toute l'aide que vous pouvez... si vous le pouvez. Je ne voudrais pas paraître ingrat, mais je ne sais pas de quoi vous êtes capable.

— Oh ? Mais je contrôlais la même puissance que vous, il y a deux mille ans. Est-ce que mes arts sont oubliés ? Un roi est venu me demander de l'aide, Harry Keogh !

— Saül ? Cela ne lui a pas été d'un grand secours, dit Harry sans méchanceté.

— Il voulait connaître son avenir, répondit-elle pour se défendre, et je lui ai montré.

— Et vous pouvez me montrer le mien ?

— Votre avenir ? Elle se tut un moment, puis dit : « J'ai déjà regardé votre avenir, Harry, mais ne me demandez pas cela. »

— Il est mauvais, hein ?

— Il vous faut accomplir certaines actions, et ce ne serait pas bon d'en être informé avant. Si je vous montrais cet avenir, vous ne seriez pas assez fort pour accomplir votre tâche. Comme Saül, vous vous évanouiriez peut-être.

— Je vais perdre... le cœur de Harry battait à tout rompre.

— Vous allez perdre quelque chose.

Harry secoua la tête.

— Je n'aime pas la façon dont vous le dites. Ne pouvez-vous pas m'en dire plus ?

— Je n'en dirai pas plus.

— M'aiderez-vous alors dans la dimension de Möbius ? Comment puis-je trouver ma route ? Je ne sais pas ce que j'aurais fait si vous ne m'aviez pas aidé à en sortir.

— Mais je n'ai rien fait, répondit-elle, visiblement étonnée. Je vous ai appelé et vous m'avez entendue. Pourquoi ne pas laisser ceux qui vous aiment vous guider ?

Était-ce possible ? Harry pensa que c'était sans doute possible.

— Voilà quelque chose au moins. Je peux essayer. Comment pouvez-vous m'aider, alors ?

— Pour le roi Saül, j'ai appelé Samuel. Mais en ce moment, nombreux sont ceux qui veulent vous parler. Laissez-moi être le médium de leurs messages.

— Mais n'est-ce pas évident que je peux parler aux morts tout seul ?

— Pas à ces trois-là, car vous ne les connaissez pas.

— Très bien, mettez-moi en contact avez eux.

— Harry Keogh (une nouvelle voix murmurait dans sa tête, une voix douce qui jurait avec la cruauté de son possesseur) ! Je vous ai déjà vu une fois et vous m'avez également vu. Mon nom est Max Batu.

Harry déglutit et cracha son dégoût sur le sable.

— Max Batu ? Vous n'êtes pas mon ami. Vous avez tué Keenan Gormley (puis il réfléchit) ! Mais vous ? Mort ? Je ne comprends pas.

— Dragosani m'a tué. Il m'a volé mon don grâce à la nécromancie. Il m'a tranché la gorge et m'a éventré, puis il a laissé mon corps pourrir. À présent, il possède le mauvais œil. Je ne prétends pas être votre ami, Harry Keogh, mais je suis encore moins son ami. Je vous raconte cela parce que ça peut vous aider à le tuer... avant qu'il ne vous tue. C'est ma vengeance !

Lorsque la voix de Max Batu disparut, une autre prit sa place.

— Je suis Thibor Ferenczy, fit-elle, d'un timbre de voix triste et attendrissant. J'aurais pu vivre éternellement. J'étais un vampire, Harry Keogh, mais Dragosani m'a détruit. J'étais un non-mort ; à présent, je suis réellement mort.

Un vampire ! Une créature comme celle qui est apparue dans le jeu d'association d'idées de Gormley et Kyle. Kyle avait vu un vampire dans le futur de Harry.

— Je ne peux pas condamner Dragosani pour avoir tué un vampire ! dit-il.

— Je ne veux pas que vous le condamniez, fit la voix qui devint en un instant plus cruelle, se dépouillant de sa tristesse comme d'une peau de serpent. Je veux que vous le tuiez ! Je veux que ce tricheur, que ce chien de nécromancien soit mort, mort, mort !... comme moi ! Et je sais qu'il mourra... je sais que vous allez le tuer... mais seulement grâce à mon aide. Seulement si vous faites... un marché avec moi.

— Ne le faites pas, Harry ! le prévint la Sorcière d'Endor. Satan lui-même n'est pas de taille à rivaliser avec ses mensonges et ses duperies.

— Pas de marché, lança Harry.

— Mais je ne veux qu'une toute petite chose ! protesta Thibor, et sa voix se transforma en un long gémissement.

— Laquelle ?

— Je voudrais que vous me promettiez de venir me parler, lorsque vous en aurez le temps. Car il n'y a personne d'aussi seul que moi, Harry Keogh.

— Très bien, je vous en fais la promesse.

L'ex-créature poussa un soupir de soulagement.

— Bien ! Et, à présent, je sais pourquoi les morts vous aiment. À présent, écoutez, Harry : Dragosani abrite un vampire ! La créature est encore immature, mais elle grandit très vite et apprend encore plus vite. Savez-vous comment tuer un vampire ?

— Un pieu en bois ?

— Cela ne sert qu'à l'épingler. Mais vous devez ensuite lui couper la tête !

— Je m'en souviendrai, lui dit Harry en se léchant nerveusement les lèvres.

— Et souvenez-vous aussi de votre promesse, dit Thibor dont la voix s'éteignit.

Pendant un moment, il n'y eut que le silence, et Harry pensa à cette terrible créature contre laquelle il allait devoir se battre ; puis il entendit une voix briser le silence.

— Harry Keogh ! Vous ne me connaissez pas, mais Sir Keenan Gormley vous a peut-être parlé de moi. J'étais Gregor Borowitz. Aujourd'hui je ne suis plus rien. Dragosani m'a tué en utilisant le mauvais œil de Max Batu. Je suis mort dans la fleur de l'âge, par traîtrise !

— Vous aussi vous voulez vous venger ? N'avait-il aucun ami ce Dragosani ? Pas même un seul ?

— Si, moi. J'avais des projets pour Dragosani, de grands projets. Ah, mais ce bâtard avait ses propres projets ! Et je n'en faisais pas partie. Il m'a tué pour me voler mes connaissances sur le Réseau-E, pour contrôler ce que j'ai créé. Mais cela va plus loin que ça. Je pense qu'il veut... tout ! Tout ce qui existe ! Et s'il continue à vivre, il pourrait éventuellement tout posséder.

— Éventuellement ?

— Il n'en a pas encore terminé avec moi. Mon corps gît dans ma datcha, là où il l'a laissé, mais tôt ou tard il atterrira entre ses mains, et alors il me traitera comme il a traité Max Batu. Je ne veux pas de ça, Harry. Je ne veux pas que ce salaud farfouille dans mes entrailles pour en extirper mes secrets !

Harry comprit l'horreur de la situation, mais il ne pouvait pas éprouver de pitié pour cet homme.

— Je comprends vos motivations, mais s'il ne vous avait pas tué, c'est moi qui l'aurais fait. Si j'avais pu. Pour ma mère, pour Keenan Gormley, pour tous ceux que vous avez tués ou fait tuer.

— Oui, oui, bien sûr, dit Borowitz sans animosité. Si vous aviez pu. J'étais un soldat avant de devenir un conspirateur. Je sais ce qu'est l'honneur, même si Dragosani n'en a pas. C'est pour cela que je veux vous aider.

— J'accepte vos raisons. Comment pouvez-vous m'aider ?

— Tout d'abord je peux vous raconter tout ce que je sais sur le Château Bronnitsy : son agencement et ses plans, les gens qui y travaillent. Écoutez (et il donna rapidement à Harry Keogh tous les renseignements possibles sur la place et sur ses ESPerts). Et je peux aussi vous dire autre chose, quelque chose que vous pourrez utiliser à votre avantage grâce à votre don. Je vous ai dit que j'avais été soldat. Ma connaissance de la guerre était sans pareille. J'ai étudié toute l'histoire de la guerre depuis les débuts de l'humanité. J'ai relevé toutes les guerres qui ont eu lieu à la surface de la planète et je connais tous les champs de bataille sur le bout des doigts. Vous vous demandez comment je peux vous aider ? Eh bien, écoutez ce que je vais vous dire.

Harry écouta et, lentement, ses étranges yeux s'écarquillèrent et un sourire sardonique s'épanouit sur son visage. Lui qui était fatigué, éreinté, sentit un poids énorme quitter ses épaules. Il avait une chance après tout. Borowitz termina finalement son exposé.

— Eh bien, nous étions ennemis sans nous être jamais rencontrés, dit Harry. Mais je dois néanmoins vous remercier. Vous savez bien sûr que je vais essayer de détruire votre organisation en même temps que Dragosani ?

— Vous ne détruirez rien de plus que ce qu'il a déjà détruit, grogna l'autre. De toute façon, je dois y aller maintenant. Il y a quelqu'un d'autre que je veux trouver, si je le peux...

Et sa voix s'évanouit.

Harry observa le terrain qui l'entourait et vit que le soleil était déjà bas sur l'horizon. Des tourbillons de poussière couraient le long d'une crête. Des milans tournoyaient dans le ciel du jour déclinant. Pendant un long moment, tandis que les ombres s'allongeaient, il resta assis là, au milieu du sable et des cailloux, le menton posé sur ses mains, pensif.

Finalement, il dit :

— Pour quelles raisons veulent-ils tous m'aider ?

— Parce que vous leur apportez l'espoir, lui dit la Sorcière d'Endor. Pendant des siècles, depuis la nuit des temps, les morts sont restés immobiles dans leurs tombes et c'était ainsi. Mais à présent, ils s'agitent, ils se cherchent, ils se parlent de la même manière que vous leur parlez. Ils ont trouvé un champion. Demandez-leur ce que vous voulez, Harry Keogh, et ils vous obéiront...

Harry se leva, regarda autour de lui et sentit monter la fraîcheur du soir.

— Je ne vois aucune raison de rester ici plus longtemps. Quant à vous, vénérable dame, je ne sais comment vous remercier.

— J'ai reçu tous les remerciements possibles. Les morts me remercient.

— Oui, et il y en a quelques-uns à qui je voudrais tout d'abord parler...

— Allez. L'avenir vous attend comme il attend tous les hommes.

Harry ne dit plus un mot, mais fit apparaître les portes de Möbius, en choisit une et la traversa.

Il se rendit tout d'abord chez sa mère, en trouvant son chemin sans aucune difficulté ; puis il passa voir le « Sergent » Graham Lane à Harden et fit même un saut sur la tombe de James Gordon Hannant ; puis il se rendit au Garden Repose de Kensington, là où avaient été dispersées les cendres de Keenan Gormley ; et finalement, il se rendit dans la datcha de Gregor Borowitz à Zhukovka. Il passa dix à quinze minutes sur chaque emplacement, excepté sur le dernier. Parler à des morts reposant dans leurs tombes était une chose, mais c'en était une tout autre de parler à un mort assis devant vous, en train de vous regarder de ses yeux vitreux d'où s'écoule du pus.

En tout cas, Harry était content de connaître son affaire, de pouvoir correctement maîtriser la complexité du continuum de Möbius; il n'avait plus qu'un seul endroit à visiter à présent. Mais tout d'abord, il décrocha du mur un fusil de chasse à double canon et remplit ses poches de cartouches trouvées dans un tiroir.

Il était juste six heures et demie du soir, heure européenne, lorsqu'il invoqua l'anneau de Möbius et quitta Zhukovka pour le Château de Bronnitsy. En chemin, il prit conscience que quelqu'un d'autre cheminait à ses côtés, il sut qu'il n'était pas seul dans le continuum de Möbius.

— Qui est là? lança-t-il dans les ténèbres primordiales.

— Juste un autre mort, lui répondit-on d'une voix désabusée et dépourvue d'humour. Lorsque j'étais en vie, je lisais l'avenir, mais ce n'est qu'après ma mort que j'ai réellement pris conscience de l'étendue de mon don. Étrangement, dans votre « présent », je suis encore en vie, mais je vais bientôt mourir.

— Je ne comprends pas, dit Harry.

— Je ne m'attendais pas à ce que vous compreniez tout de suite. Je suis là pour expliquer. Mon nom est Igor Vlady. Je travaillais pour Borowitz. J'ai fait l'erreur de lire mon propre avenir, ma propre mort. Elle surviendra dans deux jours, dans votre « présent », à cause d'un ordre donné par Dragosani. Mais après ma mort, je vais explorer mon réel potentiel. Ce que j'ai fait durant toute ma vie, je vais le faire encore mieux durant ma mort. Si je le voulais, je pourrais remonter aux origines du temps, ou aller voir à la fin des temps... si le temps a un début et une fin. Mais bien sûr, ni l'un ni l'autre n'existent; il fait partie intégrante du continuum de Möbius, une boucle torse sans fin contenant l'espace et le temps tout entier. Laissez-moi vous montrer.

Et il montra à Harry les portes menant au futur et au passé, et Harry put se tenir sur leurs seuils et voir le temps qui avait été et le temps qui sera; même s'il ne put comprendre ce qu'il voyait. Car derrière les portes des temps futurs, il n'y avait qu'un chaos de lignes de lumière bleue, et l'une d'entre elle s'écoulait de sa propre personne et traversait la porte pour s'étendre dans le futur — *son* futur. Il en fut de même derrière les portes du passé, la même lumière bleue se déversait vers le passé — *son* passé — en compagnie de millions d'autres. Et c'était l'éclat bleu de toutes ces lignes de vie qui l'avait presque aveuglé.

— Mais aucune ligne ne sort de vous, dit-il à Igor Vlady. Pourquoi ?

— Parce que ma lumière a été éteinte. À présent, je suis comme Möbius : un pur esprit. Et là où l'espace n'a plus de secrets pour lui, le temps n'en a plus pour moi.

— J'aimerais revoir ma ligne de vie.

Et à nouveau, il se tint sur le seuil de la porte du futur. Il regarda dans la fournaisc bleue du futur et vit sa ligne de vie scintiller comme un néon ; il put clairement voir quel chemin du futur elle empruntait. Mais tandis qu'il la regardait, la fin de sa ligne de vie lui apparut ; et alors il lui sembla que sa ligne de vie ne sortait pas de son corps, mais y entrait ! Il semblait avaler sa ligne de vie au fur et à mesure qu'il s'approchait de la fin ! Et à ce moment-là, sa fin fut entièrement visible et se précipita vers lui comme un météore en provenance du futur !

Rapidement, terrorisé par l'Inconnu, il s'écarta de la porte et retourna dans les ténèbres.

— Vais-je mourir ? demanda-t-il alors. C'est ce que vous vouliez me dire, me montrer ?

— Oui... dit l'esprit voyageant dans le temps d'Igor Vlady... et non.

Harry ne comprenait toujours pas.

— Je vais passer par une porte de Möbius pour me rendre au Château Bronnitsy. Si je dois mourir là-bas, j'aimerais le savoir. La Sorcière d'Endor m'a dit que je dois perdre « quelque chose ». Et là, j'ai vu la fin de ma ligne de vie (il frissonna). Je crois que je perds patience...

— Mais si vous utilisez la porte du futur, vous pourrez vous rendre après la fin de votre ligne... là où tout recommence !

— Recommence (Harry était déconcerté) ? Êtes-vous en train de me dire que je vais revivre ?

— Il y a une deuxième ligne qui vous appartient, Harry. Elle existe déjà en ce moment. Tout ce dont elle a besoin c'est d'un esprit.

Et Vlady lui expliqua ce que cela signifiait : il avait lu le futur de Harry, exactement comme il avait lu celui de Boris. La seule différence, c'est que Harry avait un futur, alors que Dragosani n'avait qu'un passé. Et à présent au moins, Harry avait toutes les réponses.

— Je dois vous remercier, dit-il alors à Vlady.

— Vous ne me devez rien.

— Mais vous êtes venu juste à temps, insista Harry, qui ne réalisa pas l'exacte portée de ses paroles.

— Le temps est relatif, dit l'autre en haussant les épaules. Ce qui sera, a été !

— Merci quand même, dit Harry en passant par la porte menant au Château Bronnitsy.

À six heures trente et une exactement, le téléphone de Dragosani sonna et le fit sursauter.

Dehors il faisait déjà sombre, et la neige qui tombait en lourds flocons du ciel noir accentuait cette impression. Des projecteurs installés sur le mur d'enceinte et sur les tours inondaient le terrain s'étendant entre le complexe lui-même et les murs extérieurs, comme ils le faisaient depuis que la nuit était tombée, mais, à présent, leurs faisceaux étaient réduits à une pâle lumière grise qui ne parvenait guère à percer l'épaisseur des ténèbres.

Cela ennuyait fortement Dragosani que la vision soit si réduite, mais les défenses du Château reposaient sur d'autres dispositifs que sur des yeux humains ; il y avait un réseau de capteurs, les derniers engins électroniques de détection, et un champ de mines antipersonnel s'étendait même au-delà des blockhaus.

Mais rien de tout cela ne rassurait Dragosani ; les prédictions d'Igor Vlady n'avaient pas tenu compte de ces protections. En tout cas, le coup de téléphone ne provenait ni des blockhaus, ni du périmètre fortifié : les hommes en position étaient tous équipés de radios portatives. Cet appel provenait de l'extérieur ou d'un service du Château.

Dragosani décrocha le combiné et lança d'une voix acerbe :

— Oui, qu'est-ce que c'est ?

— Felix Krakovitch, répondit une voix tremblante. Je suis dans mon labo en bas. Camarade Dragosani, il y a... quelque chose !

Dragosani connaissait cet homme : un voyant, un devin de second rang. Son don ne valait pas celui de Vlady, loin de là, mais il ne devait rien ignorer... pas cette nuit.

— Quelque chose ?

Les narines de Dragosani frémirent. L'homme avait insisté de façon inquiétante sur ce mot.

— Expliquez-vous, Krakovitch ! Qu'est-ce qui ne va pas ?

— Je ne sais pas, camarade. C'est simplement que... qu'il y a quelque chose qui arrive. Quelque chose de terrible. Non, c'est là. C'est déjà là !

— Qu'est-ce qui est « là » ? hurla Dragosani dans le téléphone. Où, « là » ?

— Dehors, dans la neige. Belov le sent aussi.

— Belov ?

Karl Belov était un excellent télépathe sur de courtes distances. Borowitz l'avait souvent utilisé lors de réceptions dans les ambassades étrangères, où il avait piqué ce qu'il pouvait dans l'esprit de ses hôtes.

— Est-ce que Belov est avec vous en ce moment ? Passez-le moi.

Belov était asthmatique. Sa voix était toujours faible et haletante, ses phrases toujours courtes. Mais à ce moment-là, elles furent plus courtes encore.

— Il a raison, Camarade, haleta-t-il. Il y a un esprit dehors... un esprit très puissant.

Keogh ! Ce ne pouvait être que lui.

— Juste un ?

Les lèvres de Dragosani se retroussèrent sur une bouche pleine de dagues blanches. Ses yeux injectés de sang semblèrent briller d'un feu intérieur. Comment Keogh était entré, il ne le savait pas, mais s'il était seul, c'était un homme mort — et cela malgré les foutues prédictions de ce traître de Vlady !

À l'autre bout de la ligne, Belov cherchait de l'air, en essayant de trouver une explication.

— Eh bien ? le pressa Dragosani.

— Je... je ne suis pas sûr. Je pense qu'il est seul, mais...

— Oui ? hurla presque Dragosani. Mais putain de merde !... Je suis entouré par des idiots ou quoi ? Qu'est-ce que c'est, Belov ? Qu'est-ce qu'il y a dehors ?

Belov haletait au bout du fil.

— Il... appelle. C'est une sorte de télépathe, et il appelle.

— Qui ? Vous ?

Dragosani fronça les sourcils. Ses larges narines reniflèrent avec méfiance et anxiété, comme s'il voulait directement trouver les réponses dans l'air.

— Non, pas moi. Il appelle... les autres. Oh ! mon Dieu... *et ils commencent à lui répondre !*

— Qui lui répond ? aboya Dragosani. Qu'est-ce qui ne va pas, Belov ? Il y a des traîtres ? Ici au Château ?

Il y eut un craquement à l'autre bout du fil, un gémissement et un bruit sourd, puis Krakovitch reprit :

— Il a disparu, camarade !

— Quoi ? (Dragosani ne pouvait pas en croire ses oreilles.) Belov, disparu ? Que diable... ?

Des lumières s'étaient allumées sur la radio de Dragosani, annonçant des appels retransmis par l'officier de permanence. Plusieurs hommes possédant des radios portatives essayaient d'entrer en contact avec lui depuis leurs positions. Derrière la porte, le secrétaire de Borowitz, Yul Galenski, était assis derrière son bureau, et s'agitait en écoutant monter la fureur de Dragosani. Soudain, le nécromancien s'adressa à lui :

— Galenski, êtes-vous sourd ? Venez ici. J'ai besoin d'aide !

Au même moment, l'officier de permanence surgit sur le palier. Il transportait des Kalachnikov. Comme Galenski se levait, il lui dit :

— Bougez pas, j'entre.

Sans frapper, il entra presque en courant dans l'autre pièce, s'arrêta net, haletant, en voyant toutes les lumières clignoter sur le récepteur de Dragosani. Celui-ci avait enlevé ses lunettes. Hurlant violemment dans la radio, il ressemblait plus à une bête à moitié folle qu'à un homme.

Tout en regardant avec étonnement le visage du nécromancien et ses yeux terrifiants, l'officier de permanence posa une brassée d'armes sur une chaise ; dans le même temps, Dragosani lui cria :

— Ne restez pas bouche bée ! (Il tendit une main énorme et le saisit par l'épaule, l'attirant sans effort vers la radio.) Est-ce que vous savez faire marcher ce putain de truc ?

— Oui, Dragosani, lâcha l'officier, la gorge serrée. Ils essaient de vous joindre.

— Je le vois bien, espèce d'idiot ! Eh bien, répondez-leur. Essayez de savoir ce qu'ils veulent.

L'officier de permanence se percha sur le dossier d'une chaise face à la radio. Il décrocha le combiné, appuya sur ses commutateurs et dit :

— Ici Zéro. Tous les postes au rapport, terminé.

Les réponses arrivèrent l'une après l'autre, dans l'ordre numérique.

— Poste Un, OK, terminé.

— Deux, OK, terminé.

— Trois, OK, terminé.

Et ainsi de suite, les quinze postes défilèrent. Les voix étaient faibles et il y avait un peu de friture, mais elles semblaient toutes un petit peu trop aiguës, et toutes contenaient une terreur panique qu'elles avaient du mal à contrôler.

— Zéro à poste Un, envoyez votre message, terminé.

— Un : il y a des choses dans la neige ! (La réponse fut répétée, la voix de Un crépitait à cause de la friture et de la peur.) Ils sont tout près de ma position. Demande permission d'ouvrir le feu, terminé.

— Zéro à Un : attendez ! lança l'officier de permanence. Il regarda Dragosani. Les yeux rouges du nécromancien ressemblaient à d'épais caillots de sang coagulé au milieu de son visage inhumain.

— Non ! hurla-t-il. Je veux d'abord savoir à quoi nous avons affaire. Dites-lui de ne pas tirer et de décrire ce qu'il voit.

Le visage exsangue, l'officier acquiesça, transmit les ordres de Dragosani, heureux de ne pas être dehors dans l'un de ces blockhaus. Mais d'un autre côté, pouvait-il y avoir quelque chose de pire que de rester là avec ce cinglé de Dragosani ?

— Zéro, c'est Un ! (La voix de Un crépitait dans la radio de façon presque hystérique.) Ils avancent en demi-cercle dans la neige. Dans une minute, ils sauteront sur les mines. Mais ils bougent si... si lentement ! Voilà ! L'un d'eux a marché sur une mine ! Elle l'a réduit en morceaux... mais les autres avancent toujours ! Ils sont maigres, en haillons... ils ne font aucun bruit. Certains ont des... épées ?

— Zéro à Un : vous les appelez des « choses ». Est-ce que ce sont des hommes ?

Un oublia la procédure radio :

— Des hommes ? (Sa voix était complètement hystérique.) Ce sont peut-être des hommes, ou c'étaient... Je pense que je suis devenu fou ! C'est incroyable ! (Il essaya de reprendre le contrôle de lui-même.) Zéro, je suis seul ici et ils sont... si nombreux. Je demande la permission d'ouvrir le feu. Je vous en supplie ! Je dois me protéger...

Une écume blanche commença à apparaître au coin de la bouche de Dragosani lorsqu'il regarda une carte murale à la recherche de l'endroit où se trouvait Un. C'était un blockhaus situé juste en dessous de la tour de commandement, à une cinquantaine de mètres du Château lui-même. Parfois, lorsque les tourbillons de neige le permettaient, il pouvait voir sa sombre silhouette ramassée à travers les fenêtres à l'épreuve des balles, mais il ne voyait pas encore de signes des envahisseurs inconnus. Il regarda à nouveau à travers la neige, et, à ce moment précis, il vit la lueur d'un feu orange s'élever et éclairer le bâtiment extérieur... Cette fois-ci, il y eut une explosion assourdie lorsqu'une nouvelle mine fut touchée.

L'officier attendait les instructions.

— Demandez-lui de décrire ces... choses ! lança Dragosani.

Mais avant que l'officier ne puisse obéir, un nouveau poste parla sans qu'on le lui ait demandé.

— Zéro, ici Onze. Allez vous faire foutre ! Ces connards sont partout ! Si nous n'ouvrons pas le feu maintenant, ils vont nous submerger. Vous voulez savoir ce que c'est ? Je vais vous le dire : *ce sont des morts !*

C'était ça. C'était ce que craignait Dragosani. Keogh était là, et il avait appelé les morts ! Mais d'où venaient-ils ?

— Feu à volonté ! lança-t-il au milieu d'un jet de salive. Dites-leur d'abattre ces choses... ou quoi que ce soit d'autre !

L'officier de permanence transmit les ordres. Mais déjà, de tous côtés, de faibles explosions se faisaient entendre, accompagnées du crépitement des mitrailleuses. Les défenseurs avaient finalement pris eux-mêmes l'initiative et avaient commencé à tirer presque à bout portant sur une armée de zombies qui marchaient inexorablement sous la neige.

Gregor Borowitz n'avait pas menti. Il connaissait en effet toutes les guerres de l'Histoire, et spécialement dans son pays natal. En 1579, Moscou avait été mis à sac par des Tartares venus de Crimée ; il y avait eu des disputes au sujet d'un butin ; un soi-disant khan avait défié l'autorité de ses supérieurs ; lui et sa bande de trois cents cavaliers avaient été dépouillés de leur butin, de leur rang, de la plupart de leurs armes et avaient été chassés de la cité. Disgraciés et trouvant leur nourriture où ils le pouvaient, ils avaient gagné le Sud. Il avait énormément plu et ils s'étaient enlisés dans une forêt marécageuse où des rivières avaient débordé. Là, cinq cents Russes venus au secours de leur cité assiégée leur avaient fondu dessus au milieu du brouillard et de la pluie et les avaient massacrés. Leurs corps avaient été avalés par la vase et la boue et personne n'en avait jamais plus entendu parler... jusqu'à maintenant.

Harry n'avait pas eu besoin d'user de beaucoup de persuasion ; en effet, ils semblaient même l'attendre, prêts à répondre au moindre appel afin d'échapper à cette terre ingrate au sein de laquelle ils reposaient depuis plus de quatre cents ans. Os après os, lambeau de cuir après lambeau de cuir, ils étaient sortis de terre, certains en tenant encore leurs antiques armes rouillées, et, au commandement de Harry, ils s'étaient dirigés vers le Château Bronnitsy.

Harry était sorti du continuum de Möbius à l'intérieur des murs d'enceinte ; les défenseurs de ces murs qui regardaient vers l'extérieur ne l'avaient même pas vu, et n'avaient pas vu non plus l'arrivée de son armée de cadavres. Les nids de mitrailleuses des murs extérieurs étaient pointés dans la mauvaise direction ; ce qui, combiné avec la nuit et la neige qui tombait, lui offrait une excellente couverture.

Mais c'est là que les morts avaient rencontré les fils de détection et les autres alarmes, et, à présent, les champs de mines et le cercle intérieur des blockhaus.

Pour Harry, aucun de ces obstacles n'avait vraiment posé de problème : aucun obstacle n'existait d'ailleurs pour celui qui était capable de sortir de cet univers et de réapparaître subitement dans n'importe quelle pièce du Château. Mais il voulait tout d'abord voir comment ses forces de soutien s'y prenaient : il voulait que les défenseurs du Château soient totalement occupés à défendre leur vie et ne puissent pas défendre celle de Boris Dragosani.

En ce moment, il était à plat ventre dans une petite dépression de terrain, blotti derrière une chose d'os et de cuir privée de tête qui, un moment plus tôt, avait marché devant lui en direction du blockhaus tenu par le poste Un et son mitrailleur. Ces deux hommes tiraient de longues rafales dans le mur de choses mortes qui avançaient lentement vers eux. Une grande partie de l'armée de Harry avait émergé dans ce secteur, près de cent cinquante morts, et les mines avaient déjà prélevé un lourd tribut. À présent, les blockhaus et leurs mitrailleuses causaient d'importants dommages dans l'armée de Harry.

Il décida de prendre d'assaut le blockhaus, ouvrit le fusil de chasse de Gregor Borowitz et glissa des cartouches dans le double canon.

— Prenez-moi avec vous, le supplia le Tartare qui lui servait de bouclier. J'ai participé au pillage d'une cité, et ceci n'est pas un palais. Son crâne avait été arraché par un éclat de mine, mais cela ne semblait pas le gêner. Il tenait encore un énorme bouclier de bronze et de fer martelé dont le bord était fiché dans la terre glacée et se dressait dans la neige. Le Tartare se servait de ses propres os et de son bouclier pour protéger Harry du mieux possible.

— Non, dit Harry en secouant la tête. Il n'y aura pas beaucoup de pièces à l'intérieur et je devrai y entrer et en sortir continuellement. Mais j'accepterais volontiers votre bouclier.

— Prenez-le, dit le cadavre, en détachant la lourde plaque de ses doigts osseux.

Une mine explosa sur la droite, l'éclat de l'explosion transforma la neige en pluie orange pendant quelques instants, et son fracas fit trembler la terre. Dans cet éphémère jet de flammes, Harry put voir un demi-cercle de silhouettes squelettiques s'approcher en trébuchant de la sombre forme du blockhaus et des hommes qui s'y tenaient. Les balles blindées de la mitrailleuse miaulèrent dans la nuit, fauchant les restes de Tartares, et s'approchèrent dangereusement de Harry. Car si son bouclier était lourd, il était rongé par la rouille et la pourriture; il savait qu'il ne pourrait pas arrêter un tir direct.

— Allez-y maintenant ! le pressa la chose morte qui se redressa sur ses pieds osseux et se précipita en avant. Tuez-en quelques-uns pour moi.

Harry regarda une dernière fois à travers les rafales de neige et localisa avec précision le bâtiment fortifié dans son esprit, puis il roula sur le côté et passa à travers une porte de Möbius... jusque dans le blockhaus.

Il n'eut ni le temps de réfléchir, ni le temps de bouger. Ce qu'il avait pris de l'extérieur pour une vieille étable était en réalité un nid de mitrailleuses protégé par des plaques d'acier et des parpaings. Une lumière grise s'infiltrait à travers les meurtrières, transformant la cordite et la transpiration en un épais brouillard au milieu duquel poste Un et son adjoint toussaient et crachaient en s'affairant fiévreusement.

Harry émergea dans l'espace étroit situé derrière eux, laissa tomber son lourd bouclier sur le sol et leva son fusil de chasse.

En entendant le bouclier claquer sur le sol, les deux Russes se retournèrent. Ils aperçurent un jeune homme au visage pâle, vêtu d'un pardessus, qui pointait un fusil de chasse dans leur direction. Ses yeux n'étaient que deux points lumineux au-dessus de narines pincées et d'une bouche réduite à un sourire grimaçant.

— Qui... ? lança Un.

Il ressemblait à un étrange extraterrestre ahuri dans son uniforme ; les écouteurs de sa radio lui servaient d'antennes au-dessus de ses yeux écarquillés.

— Comment... ? demanda le deuxième homme, qui rechargeait automatiquement la mitrailleuse avec une nouvelle bande de cartouches.

Puis poste Un essaya de tirer un pistolet de son holster, et son adjoint se leva en jurant.

Harry n'éprouva aucune pitié. C'étaient eux ou lui. Il y en avait de nombreux autres comme eux prêts à les accueillir. Il pressa les détentes, la première pour Un, la deuxième pour son second, et il les précipita dans les bras de la mort. L'odeur fétide du sang chaud se mêla à l'odeur âcre de la cordite et aux relents de sueur et de peur, ce qui fit pleurer Harry. Il cligna des yeux, ouvrit le fusil de chasse et rechargea. Puis il chercha une autre porte de Möbius.

Tout se déroula de la même façon dans le deuxième blockhaus, ainsi que dans le suivant. Il pénétra dans six blockhaus en tout, et chaque fois, il fit de même. Harry les tua en moins de deux minutes.

Dans le dernier, quand ce fut fini, il chercha l'esprit chaotique de l'un des défenseurs fraîchement tués et le rassura.

— C'est terminé pour vous à présent, lui dit-il, mais le responsable de tout ceci est encore en vie. Vous seriez chez vous au sein de votre famille s'il n'avait pas été là. Et moi aussi. Alors, où est Dragosani ?

— Dans le bureau de Borowitz, dans la tour. Il l'a transformé en centre de commandement. Il a plusieurs hommes avec lui.

— Je m'y attendais, dit Harry en regardant le visage méconnaissable et encore tout fumant du Russe. Merci.

Il n'y avait plus qu'une seule chose à faire, mais Harry avait besoin d'aide.

Il déverrouilla la mitrailleuse de son support, saisit la lourde arme et la projeta sur le sol. Puis, il la reprit et la laissa tomber une nouvelle fois. Après l'avoir laissé tomber sur le béton trois ou quatre fois, la crosse de bois éclata en longs morceaux, fournissant à Harry un pieu acéré.

Il chercha ses cartouches et n'en trouva qu'une seule, qu'il plaça dans le fusil. Cela devait suffire. Puis il ouvrit la porte du blockhaus et s'élança au milieu des tourbillons de neige.

Tout près de là, estompé par la nuit et les chutes de neige, le Château brillait de mille feux, et ses projecteurs parcouraient le terrain de long en large à la recherche de cibles. Le plus gros de l'armée de Harry, ou du moins ce qui en restait, était arrivé au pied des murs du Château. À présent, les mitrailleuses ne cessaient d'aboyer, les défenseurs survivants essayaient de tuer les morts, ce qui n'était pas une mince affaire.

Harry regarda autour de lui, et aperçut un groupe de retardataires s'avancer dans la neige en direction des bâtiments assiégés. Les silhouettes monstrueuses de ces hommes les faisaient ressembler à de sinistres épouvantails animés d'une vie abominable. Mais la mort n'effrayait pas Harry Keogh. Il arrêta deux d'entre eux, une paire de cadavres momifiés, un petit peu moins ravagés que les autres, et tendit à l'un d'eux le pieu de bois.

— Pour Dragosani.

L'autre Tartare tenait un grand sabre incurvé, rongé par la rouille ; Harry comprit qu'en son temps, il avait servi de manière effroyable. Eh bien, à présent, pour la justice, il allait pouvoir servir une nouvelle fois. Il désigna le sabre, hocha la tête et dit :

— Pour Dragosani également... pour le vampire qui est en lui.

Puis il ouvrit une porte de Möbius et guida ses deux compagnons à travers elle.

À l'intérieur du Château Bronnitsy, c'était la pagaille depuis le début. La place avait été construite deux cent trente ans auparavant sur un ancien champ de bataille ; le bâtiment lui-même était le mausolée d'une douzaine de guerriers tartares. Sa présence avait protégé le terrain des intempéries, et le sol de tourbe avait momifié les corps.

Comme Dragosani avait ordonné de briser l'énorme dalle de béton qui recouvrait les caves et avait fait arracher les planchers pour chercher des bombes, au premier appel de Harry Keogh les Tartares n'avaient pas éprouvé de difficultés à s'extraire de leurs tombes séculaires pour obéir à ses ordres. Ils s'étaient donc engouffrés dans les couloirs, les laboratoires et les serres. Lorsqu'ils rencontrèrent des ESPerts ou des défenseurs, ils les massacrèrent.

À présent, tous les survivants des nids de mitrailleuses situés dans les murs mêmes du Château n'avaient plus aucune issue, ni aucun moyen de s'enfuir. On ne pouvait entrer dans les postes de mitrailleuses que par l'intérieur du Château, il n'y avait pas de porte extérieure, pas d'issue de secours. La voix de l'un de ces hommes coincé dans sa position fortifiée, apprit à tous les détails sanglants de la situation.

— Camarade, c'est l'enfer, c'est l'enfer ! hurlait la voix dans la radio de Dragosani, bloquant toutes les autres interventions... s'il y avait encore quelque chose à bloquer. Ce sont des... zombies, des morts ! Comment voulez-vous tuer des morts ? Ils avancent et mon mitrailleur les abat et les taille en morceaux... et même les morceaux avancent !

Dehors, un mur de morceaux s'agite et cogne contre le mur du Château. Des troncs, des jambes, des bras, des mains... même des débris de chair et d'os ! Bientôt, ils vont dégouliner à travers les meurtrières, et ensuite...

Dragosani hurla comme un animal et tendit le poing en direction de cette nuit chargée de neige qui s'étendait derrière les fenêtres de la tour.

— Keogh ! Je sais que tu es là. Alors, viens, si tu oses, et finissons-en !

— Ils sont à l'intérieur du Château ! gémit la voix dans la radio. Nous sommes coincés ici. Mon mitrailleur est devenu fou. Il délire tout en continuant à tirer. J'ai bloqué la porte d'acier, mais quelque chose continue à frapper dessus pour essayer d'entrer. Je sais ce que c'est, car je l'ai vu : il a passé une main parcheminée à l'intérieur avant que je ne puisse fermer la porte sur son poignet ; à présent, la main... oh, mon Dieu, la main !... elle est agrippée à ma jambe et essaie de grimper. Je l'ai écartée d'un coup de pied, mais elle essaie de revenir. Regardez, regardez ! Elle revient ! Elle revient !

Et la voix finit dans un rire d'aliéné.

En même temps, Yul Galenski se mit soudain à hurler de terreur dans son bureau.

— Les escaliers ! Ils grimpent les escaliers !

Sa voix était aussi aiguë que celle d'une petite fille ; il n'avait aucune expérience du feu ; c'était un clerc, un secrétaire. Et de toute façon, qui donc avait l'expérience d'une pareille chose ?

L'officier de permanence se tenait devant la fenêtre, pâle et tremblant ; mais soudain, il sauta sur son fusil-mitrailleur et se précipita vers Galenski qui était en train de s'écarter de la porte donnant sur le palier. En chemin, il prit quelques grenades sur le bureau de Dragosani. *Lui au moins, c'est un homme !* pensa Dragosani, à contrecœur.

Puis, il entendit les cris d'horreur de l'officier, ses jurons, le crépitement de son fusil-mitrailleur et, finalement, l'explosion des grenades qu'il avait dégoupillées et jetées dans les escaliers. Puis, après l'explosion des grenades, la radio cracha le dernier message du poste inconnu :

— Non ! Non ! Dieu du ciel ! Mon mitrailleur s'est suicidé et ils pénètrent par les meurtrières ! Des mains sans armes ! Des têtes sans corps ! Je crois que je vais faire comme mon mitrailleur. Lui au moins est loin de tout ça ! Mais ces... *restes !* Ils rampent sur les grenades ! Non... arrêtez ça !

Puis arriva le cliquetis d'une grenade qu'on dégoupille, de nouveaux cris, des gargouillis et des bruits infernaux, puis finalement une effroyable déflagration suivie... du silence.

La radio ne sifflait plus que des parasites. Soudain, le Château Bronnitsy sembla bien calme...

Mais cela ne pouvait pas durer. Au moment où l'officier de permanence revint dans le bureau, Harry Keogh et ses Tartares émergèrent du continuum de Möbius. Ils apparurent dans l'antichambre, comme si quelqu'un les avait subitement allumés.

L'officier de permanence entendit le hurlement de terreur de Galenski, se retourna et vit ce qu'avait vu Galenski : un jeune homme à la mine sinistre, barbouillé de fumée, flanqué de deux choses momifiées de cuir noir, aux os luisants. La simple vue de ces choses dans cette pièce était suffisante pour les paralyser. Mais la vie était précieuse.

Le visage déformé par un rictus de désespoir et de peur, l'officier de permanence marmonna quelque chose d'incompréhensible et leva son arme... mais il fut projeté sur le palier par la dernière cartouche de Harry qui le cueillit en plein visage.

Immédiatement après, les deux compagnons de Harry se tournèrent vers Galenski tout tremblant qui s'était tapi derrière son bureau. Harry pénétra dans ce qui avait été le sanctuaire de Borowitz. Dragosani, en voulant jeter la radio de la table, se retourna et aperçut Keogh. Ses grandes mâchoires s'ouvrirent sous l'effet de surprise ; il tendit une main tremblante vers lui et siffla comme un serpent, les yeux injectés de sang. Pendant un court instant, les deux hommes s'observèrent.

Il s'était opéré de grands changements chez les deux hommes, mais, pour Dragosani, ce changement était une véritable métamorphose. Harry le reconnut, bien évidemment, mais, dans d'autres circonstances, il aurait certainement eu du mal. Quant à Harry, il ne subsistait que peu de choses de ce qu'il avait été. Il avait hérité de nombreux dons et avait transcendé l'Homo Sapiens. Ainsi, ces deux hommes étaient devenus deux êtres étranges, et ils s'en rendirent compte immédiatement. Puis...

Dragosani aperçut le fusil de chasse que tenait Harry dans les mains, ignorant qu'il était déchargé. Crachant sa haine et s'attendant à tout moment à entendre le rugissement de l'arme, il bondit vers le bureau de chêne de Borowitz et s'empara d'un fusil-mitrailleur. Harry retourna son fusil, se précipita en avant et assena un violent coup de crosse sur la tête du nécromancien. Dragosani fut projeté en arrière et laissa échapper son arme. Il entra en collision avec un mur et resta un instant les bras en croix, puis il se leva d'un bond. Il se rendit compte que le fusil de chasse de Harry était brisé au niveau de la crosse. Harry cherchait désespérément des yeux une autre arme. Dragosani comprit qu'il avait l'avantage, puisqu'il n'avait pas besoin d'arme pour en finir avec cet homme.

Les hurlements de Galenski se turent brusquement. Harry recula en direction de la porte entrouverte. Dragosani ne voulut pas le laisser partir. Il se précipita sur lui, l'attrapa par les épaules et le souleva sans effort à bout de bras.

Hypnotisé par le visage terrifiant de Dragosani, Harry ne pouvait pas détourner les yeux. Il haletait, pétrifié d'horreur par la puissance de cette créature.

— Oui-da, tu halètes, grogna Dragosani. Tu halètes comme un chien, Harry Keogh, et tu vas mourir comme un chien ! Et il rit comme jamais encore Harry n'avait entendu quelqu'un rire.

Tenant toujours sa victime, le nécromancien l'attira à lui et ouvrit une gueule menaçante. Ses dents pointues comme des aiguilles dégoulinaient de bave, et quelque chose bougeait dans cette bouche béante, quelque chose qui n'était pas une langue. Son nez sembla s'écraser sur son visage, comme le museau d'une chauve-souris, et un œil écarlate gonfla de façon hideuse tandis que l'autre se réduisait à une simple fente. Harry fixait l'enfer et ne pouvait pas détourner le regard.

Sachant qu'il avait gagné, Dragosani tira son verrou mental... quand, soudain, la porte derrière Harry s'ouvrit dans un fracas épouvantable et le projeta hors des griffes du nécromancien. Là où il était tombé, la porte lui servit de protection, tandis qu'au même moment, quelqu'un d'autre pénétrait dans la pièce pour recevoir à pleine puissance la décharge de Dragosani. Et, comprenant la nature de ce qui était entré, Dragosani se souvint de l'avertissement de Max Batu : on ne doit jamais maudire les morts, car les morts ne peuvent pas mourir deux fois !

La décharge fut détournée, réfléchie, et retournée contre Dragosani. Dans l'histoire de Batu, un homme avait été réduit en cendres par une telle décharge d'énergie, mais, dans le cas de Dragosani, ce ne fut pas aussi terrible que ça... ou ce fut peut-être pire.

Il fut projeté à travers la pièce comme s'il avait été frappé par un poing géant. Les os de ses jambes se brisèrent lorsqu'il heurta le bureau. Puis, à nouveau, le mur l'arrêta, mais cette fois, il s'écrasa au sol. Il se redressa en s'agrippant au bureau, mais ne put retenir un hurlement de douleur. Ses jambes cassées s'affaissèrent, comme si elles avaient été de caoutchouc. Il agita les bras à l'aveuglette devant son visage.

À l'aveuglette, car sa décharge était revenue à son point de départ : ses yeux !

Harry sortit de derrière le bouclier de la porte et vit le nécromancien assis par terre, haletant. Les yeux de Dragosani semblaient avoir explosé de l'intérieur. Ses orbites n'étaient plus que d'affreux cratères, d'où pendaient les fils sanguinolents de ses nerfs. Harry comprit que c'était fini et qu'il avait été rattrapé par sa propre décharge mentale. Dégoûté, il se détourna de Dragosani et vit ses partisans qui attendaient.

— Terminez le travail, leur dit-il. Ils avancèrent en grinçant vers le monstre blessé.

Dragosani était aveugle et le vampire avec lui. Mais si immature que fût cette créature, ses sens étaient suffisamment développés pour reconnaître l'approche inexorable du gouffre insondable de l'oubli. Elle sentit le pieu tenu par les serres momifiées, reconnut le sabre rouillé dressé au-dessus de la tête de son hôte. Dragosani n'était plus qu'une coquille détruite et n'avait plus d'utilité pour le vampire à présent. Aussi, son esprit démoniaque s'échappa-t-il de cette enveloppe, comme si on l'avait exorcisé !

Dragosani hurla, se convulsa, saisit sa gorge à deux mains. De l'écume et du sang s'écoulèrent de ses mâchoires ouvertes, et il se mit à secouer énergiquement la tête en tous sens. Son corps tout entier fut pris de convulsions, comme si la douleur qui s'était emparée de lui était bien pire que la perte de ses yeux, que ses os cassés. N'importe qui serait certainement mort sur le coup, mais Dragosani n'était pas n'importe qui.

Son cou se gonfla et son visage gris s'empourpra, bleuit. Le vampire se retira de son cerveau, s'extirpa de ses organes internes, s'arracha de ses nerfs et de sa moelle épinière. Il sortit ses barbillons et les utilisa pour grimper la tête la première le long de sa gorge. Crachant du sang et des mucus, Dragosani expectora entièrement la chose. Elle resta là, enroulée sur elle-même comme une énorme sangsue, sa grosse tête, maculée du sang de son hôte, se balançant comme celle d'un cobra.

Alors le pieu l'épingla, traversa le corps palpitant du vampire et le projeta sur celui de Dragosani, comme si les mains osseuses avaient voulu renvoyer cette horreur d'où elle provenait. Un simple coup donné par la lame du deuxième Tartare termina le travail, séparant la grosse tête répugnante de son corps qui fouettait l'air de manière grotesque.

Vidé, torturé, devenu presque fou, Dragosani était assis les bras ballants. Lorsque Harry Keogh dit : « Et maintenant, finissez-le », la main du nécromancien trouva le fusil-mitrailleur qui gisait près de lui sur la moquette. Quelque part au fond de son cerveau, il avait reconnu la voix de Keogh, et même en sachant qu'il allait mourir, sa nature démoniaque et vengeresse refit surface. Oui, il allait partir, mais il ne voulait pas partir seul. L'arme toussa une première fois, s'arrêta brutalement, puis cracha une longue rafale d'obscénités mécaniques, jusqu'à ce que son vocabulaire et son magasin soient épuisés... une fraction de seconde avant que l'antique sabre du Tartare ne tranche d'une oreille à l'autre le crâne monstrueux de Dragosani.

Douleur ! Cuisante douleur. Et la mort. Pour tous deux.

Presque coupé en deux, Harry trouva une porte de Möbius et bascula à travers elle. Mais il ne put pas emmener son corps blessé avec lui. Tout était terminé. L'âme était seule.

En entrant dans le continuum de Möbius, il entraîna à sa suite — et guida — l'âme du nécromancien. La douleur avait pris fin pour tous les deux, et la première pensée de Dragosani fut :

— Où suis-je ?

— Là où je le voulais, lui répondit Harry. Il trouva la porte du passé et l'ouvrit. De l'âme de Dragosani s'écoulait un flot rouge à côté de la lumière bleue. C'était le chemin de son passé de vampire.

— Suivez-le, dit Harry, en poussant Dragosani à travers la porte.

Tombant vers son passé, Dragosani se cramponna à sa ligne de vie passée et fut entraîné en arrière, loin en arrière. Il n'aurait pas pu lâcher cette ligne écarlate, même s'il l'avait voulu, puisqu'elle faisait partie de lui.

Harry regarda la ligne écarlate s'éloigner de lui en emportant Dragosani, puis il se détourna et chercha la porte du futur. Quelque part dans cette direction, sa ligne de vie interrompue continuait, recommençait. Tout ce qu'il avait à faire, c'était de la retrouver.

Et il se précipita dans l'infinité bleue de l'avenir...

INTERVALLE FINAL

Alec Kyle regarda sa montre. Il était quatre heures et quart de l'après-midi, il était déjà en retard de quinze minutes pour son importante réunion gouvernementale. Mais le temps, purement relatif, avait filé à une vitesse inimaginable, et Kyle se sentait vidé ; les feuilles devant lui formaient un énorme tas ; tout son corps le faisait souffrir, et les muscles de sa main droite, de son poignet et de son bras étaient noués. Il n'aurait pas pu écrire le moindre mot de plus.

— J'ai raté la réunion, dit-il, en ayant du mal à reconnaître sa propre voix. (Les mots sortaient avec un son rauque. Il essaya de rire, mais ne put que tousser.) Eh bien, je pense que j'ai perdu quelques kilos ! Je n'ai pas bougé de cette chaise depuis au moins sept heures, mais je n'ai jamais fait autant d'exercice. Ma chemise me colle à la peau.

Le spectre hocha la tête :

— Je sais et j'en suis désolé. J'ai mis votre esprit et votre corps à l'épreuve. Mais ne pensez-vous pas que ça en valait la peine ?

— Valait la peine ? lâcha Kyle en parvenant à rire. Le Réseau-E soviétique est détruit...

— Sera détruit, le corrigea l'autre, dans une semaine.

— ... et vous me demandez si ça en valait la peine ? Oh, oui ! Puis il baissa la tête. Mais j'ai manqué la réunion. C'était important.

— Pas vraiment. De toute façon, vous ne l'avez pas manquée. Ou plutôt, vous l'avez manquée, mais pas moi.

Kyle fronça les sourcils, secoua la tête.

— Je ne comprends pas.

— Le temps...

— ... est relatif ! termina Kyle.

Le spectre sourit.

— Il existe une porte pour chaque époque dans l'anneau de Möbius. Je suis ici... mais je suis aussi là-bas. Ils vous en ont peut-être fait voir de toutes les couleurs, mais pas moi. Le travail de Gormley, votre travail, le mien, continue. Vous allez obtenir toute l'aide dont vous avez besoin, sans problème.

Kyle ferma doucement la bouche et laissa son cerveau se reposer un moment, jusqu'à ce qu'il se calme. Il se sentait épuisé, éreinté.

— Je suppose que vous allez partir à présent, dit-il, mais j'ai encore une ou deux choses à vous demander. Je sais qui vous êtes, car vous ne pouvez être personne d'autre, mais...

— Oui ?

— Eh bien, où êtes-vous en ce moment ? Où est votre présent ? Votre base ? Où est-ce ? Est-ce que vous me parlez depuis le continuum de Möbius, ou à travers lui ? Harry, *où êtes-vous ?*

Le spectre sourit une nouvelle fois

— Demandez plutôt : « Qui êtes-vous ? » Je suis toujours Harry Keogh. Harry Keogh Junior.

Kyle en resta bouche bée. Tout était dans ses notes, mais il n'avait pas compris, jusqu'à maintenant. À présent, les pièces du puzzle étaient toutes en place.

— Mais Brenda... je veux dire, votre femme... devait mourir. Sa mort avait été prévue. Et comment quelqu'un a-t-il pu changer ou modifier le futur? Vous avez vous-même montré que c'était impossible.

— Elle va mourir, dit-il. Subitement, pendant l'accouchement, elle va mourir... mais les morts ne vont pas l'accepter.

— Les morts ne vont... ? Kyle était perdu.

— La mort est un endroit au-delà du corps, dit Harry. Les morts ont leur propre existence. Quelques-uns le savaient, mais la plupart l'ignoraient. À présent, ils savent. Cela ne change rien pour le monde des vivants, mais ça modifie énormément de choses pour les morts. Ils ont compris que la vie est précieuse. Ils savent pourquoi ils l'ont perdue. Si Brenda meurt, ma vie aussi sera en péril. C'est quelque chose qu'ils ne peuvent pas accepter. Ils me doivent ça, vous comprenez?

— Ils ne l'ont pas acceptée? Vous voulez dire qu'ils vont lui redonner vie?

— En un mot, oui. Il existe des gens très brillants dans le monde d'en bas, Alec, des milliards de gens brillants. Ils peuvent faire énormément de choses lorsqu'ils le veulent vraiment. C'est comme pour mon épitaphe : c'était l'œuvre de ma mère protectrice... et pessimiste! (Ses contours commencèrent à s'estomper et la lumière tombant des fenêtres sembla le traverser plus facilement.) Et à présent, je pense qu'il est temps que je...

— Attendez! dit Kyle en se levant. Attendez, s'il vous plaît. Juste une chose.

Harry leva un sourcil fantomatique.

— Mais je pense avoir tout expliqué. Et même si je ne l'ai pas fait, je suis certain que vous comblerez les vides.

Kyle lui fit un signe de tête.

— Je suis sûr que je le ferai... je pense. Mais pourquoi avez-vous choisi de venir me voir et de me parler?

— C'est simple. Mon fils sera moi. Mais il aura sa propre personnalité, il aura sa propre personne. Je ne sais pas quelle part de moi il aura, c'est tout. Parfois, il, nous, aurons besoin de nous rappeler quelque chose. En tout cas, ce qui est certain, c'est que ce sera un enfant très doué !

Kyle comprit enfin.

— Vous voulez que je, que nous, que le réseau, le surveille, c'est ça ?

— C'est ça, dit Harry Keogh en s'effaçant dans une lumière bleue scintillante. Vous le surveillerez... jusqu'à ce qu'il soit prêt à vous surveiller. Vous tous. Vous en sentez-vous capable ?

Kyle sortit de derrière le bureau en trébuchant et tendit les bras vers la chose spectrale qui s'estompait rapidement.

— Oh oui ! Oui, nous en sommes capables !

— C'est tout ce que je demande. Et aussi que vous surveilliez sa mère.

Le scintillement bleu devint une brume, se referma en une simple ligne verticale ou en un tube de lumière bleue, se réduisit en un unique point de feu bleu à hauteur des yeux... puis s'éteignit. Et Kyle sut que Keogh était parti renaître.

— Nous le ferons, Harry ! cria-t-il d'une voix rauque, en sentant des larmes couler sur ses joues sans savoir pourquoi. Nous le ferons... Harry ?

Épilogue

Dragosani tomba vers son passé le long de la ligne de vie du vampire, mais il n'alla pas très loin. Car tout ceci fut court, un voyage qui l'hébéta et l'effraya; mais à la fin, il se retrouva à nouveau vêtu de chair. Vêtu d'autre chose aussi. Un corps l'entourait, mais une âme autre que la sienne également. Il faisait partie de quelqu'un d'autre, de quelqu'un d'aveugle... ou *d'enterré!*

Car en ce moment même, son hôte inconnu luttait pour sortir de sa tombe peu profonde, pour échapper aux ténèbres d'une nuit longue de plusieurs siècles, pour s'extirper de sa prison de terre.

Il n'avait pas le temps de réfléchir aux implications, pas le temps de prévenir l'autre de sa présence. Dragosani se sentit étouffé, écrasé, à nouveau au bord de l'oubli. Il avait connu la douleur et ne voulait plus la connaître. Il ajouta sa propre volonté à celle de son hôte et lutta pour atteindre la surface. Et au-dessus de lui, la terre s'ouvrit soudain en craquant, et Dragosani et son hôte sortirent ensemble.

Des croûtes de terre tombèrent lorsqu'ils regardèrent autour d'eux. Il faisait nuit mais, au-dessus de leur tête, entre les branches torturées des arbres centenaires, des étoiles brillaient dans le ciel glacé. Dragosani pouvait voir!

Mais... ne connaissait-il pas cet endroit?

Quelqu'un se tenait là dans les ténèbres, le regardait. La vision de Dragosani s'ajouta à celle de son hôte... et le choc qu'il ressentit fut comme un coup de marteau sur son esprit vacillant.

— JE... JE PEUX TE... VOIR !

Il voyait... il comprenait... et la terreur bégaya sur les collines en forme de croix !

Puis, une deuxième silhouette apparut dans les ténèbres, une silhouette courtaude dont la voix était douce et disait :

— Oh, la Chose sortie de terre !

Et l'instant d'après, le carreau de bois fit un bruit sourd en pénétrant dans la poitrine de son hôte et y resta. Alors, Dragosani ajouta sa voix à celle de cet hôte répugnant dans un sifflement strident et essaya de retourner dans le sol. Mais il n'y avait pas d'issue, et il le savait.

Il n'arrivait pas à y croire. Ça ne pouvait pas finir ainsi !

— ATTENDS ! grogna-t-il avec la voix de son hôte, lorsque la première silhouette s'approcha en tenant à la main quelque chose qui brillait dans la lumière des étoiles.

— TU NE VOIS PAS ? C'EST MOI ! ! ! !

Mais l'autre Dragosani ne le savait pas, ne pouvait pas comprendre, ne voulait pas attendre. Et la faucille qu'il portait décrivit un cercle d'acier lorsqu'elle lui trancha la tête avec une force irrésistible.

— FOU ! PAUVRE FOU ! hurla la tête déjà coupée de Ferenczy/Dragosani. Et il sut que ce n'était que la première d'une longue série d'agonies, d'une longue série de morts, dans la boucle sans fin de son existence, dans cette bande de Möbius écarlate. Cela s'était déjà produit avant, cela se produisait en ce moment et cela allait se reproduire... et se reproduire... et se reproduire...

— *Fou !...* Ses lèvres sanglantes et boursouflées murmurèrent son dernier commentaire, son dernier mot... mais seulement, cette fois, il se parla à lui-même...

Table des matières

Préface 7
Prologue 17
Chapitre I 31
II 71
III 95
IV 125
V 139
VI 167
Intervalle premier 197
VII 201
VIII 223
IX 251
X 273
XI 303
XII 331
XIII 359
XIV 387
Intervalle deuxième 415
XV 419
XVI 445
Intervalle final 471
Épilogue 475

Achevé d'imprimer en janvier 1999
sur les presses de l'Imprimerie Bussière
à Saint-Amand (Cher)

POCKET - 12, avenue d'Italie - 75627 Paris Cedex 13
Tél. : 01-44-16-05-00

— N° d'imp. 248. —
Dépôt légal : février 1999.

Imprimé en France